Le Grand Monde

皮耶·勒梅特　繆詠華——譯

Pierre Lemaitre

大世界

A NOVEL

目錄

第一部　一九四八年三月，貝魯特

第二部 一九四八年九月，西貢

第三部

一九四八年十月

茲將我的友誼獻給皮耶・阿索利納[1]

巴絲卡琳而寫

「有好多小說可寫了。」

——呂西安・博達爾，《印度支那之戰》[2]

「世上唯有一件事可以確定，就是任何故事都沒真正結束。」

——羅伯特・潘・華倫，《國王的人馬》[3]

1 Pierre Assouline（1953-）：法國記者、小說家、傳記家。

2 Lucien Bodard（1914-1998）：出生於中國重慶，法國知名作家，曾為《法國西晚報》知名通訊員。父親為法國駐重慶領事。「領事三部曲」（《領事先生》〔*Monsieur le consul*〕、《領事之子》〔*Le fils du consul*〕、《安娜・瑪麗》〔*Anne Marie*〕）為伯達爾的代表作，其中最後一部《安娜・瑪麗》榮獲一九八一年龔古爾文學獎。《印度支那之戰》（*La Guerre d'Indochine*）將「領事三部曲」匯集成冊，在長達一千兩百頁的篇幅中，博達爾以這場戰爭為背景，深刻描繪了戰時交織著希望與淚水的悲歡離合。

3 Robert Penn Warren（1905-1989）：知名詩人、評論家，美國第一任桂冠詩人。《國王的人馬》（*All the King's Men*）為其代表作，曾榮獲普立茲小說獎。

第一部

一九四八年三月，貝魯特

1 既然你決定要走

多年來，沿著法國人大道[1]行進的這一家族人發生不少變化，送葬倒是還未曾有過。除了還活著的這個事實之外，今年差不多也要了佩萊蒂埃夫人的命。一如既往，她丈夫帶頭走在最前面，相較於夫人，佩萊蒂埃先生的步履較為持重，因為她遠遠落在後面，不斷停下來，看著小兒子艾蒂安面露哀怨，眼神猶如行將就木之人，彷彿在祈求他乾脆賜她一死。走在他們背後的是尚，小名哺哺，身為長兄，他不情願地邁步向前，老婆大人珍妮芙只能勾著他的胳臂，小跑步跟上。弗朗索瓦則一路由海倫相伴，兩人殿後。

隊伍最前面，佩萊蒂埃先生向西瓜小販、黃瓜小攤微笑致意，向擦鞋童揮手招呼，彷彿正要去接受加冕，實際情況也差不多如此。

無論天氣如何，「佩萊蒂埃家族朝聖之旅」都在三月第一個禮拜天舉行。幾個孩子一直都知道，就算逃得過鄰居婚禮、年夜飯、復活節的羔羊聖餐，也休想逃過肥皂廠週年慶祝。今年，佩萊蒂埃先生甚至支付了巴黎往返貝魯特的船票，以確保弗朗索瓦、尚和他妻子到場共襄盛舉。

「朝聖」儀式包括：

第一幕：大搖大擺走到肥皂廠，主要是走給街坊鄰居和老朋友看。

第二幕：參觀每個人都熟到不行的廠區。

第三幕：重回法國人大道，在廊柱咖啡館稍事停留，享用開胃酒。

第四幕：家庭聚餐。

「如此一來，」弗朗索瓦說，「我們才會無聊四次而不是一次。」

我說你就承認吧，從肥皂廠回家的路上，在咖啡館裡最難熬。因為佩萊蒂埃先生會請所有人喝一輪，大夥兒只得任他追憶往事，聽他講述家族傳奇各個重大階段。這段經歷深具啟發性，打從有史以來第一位佩萊蒂埃開始（據說他曾與拿破崙一世麾下的內伊大元帥[2]並肩作戰），直到他本人，再到「佩萊蒂埃父子公司」，在他看來，此乃佩氏王朝登峰造極之一大成就。

路易．佩萊蒂埃，此君為人沉穩，遇事不驚。在他遺傳給所有孩子的那張輪廓分明的嘴巴上方，有一撮胡椒鹽似的灰白小鬍子，和一頭梳得整整齊齊、近乎全白的頭髮相得益彰。別看他白髮蒼蒼，他卻引以為傲，「我們家族每個男人一到四十歲都是禿頭！」這話他說得自豪，彷彿他毋須禿頭就能令佩氏家族光宗耀祖。他那狹窄的肩膀與如今變得寬大的臀部形成鮮明對比，有時候還自我解嘲：「我可以在聖—加爾米耶鎮當模特兒呢」，他指的是該鎮出產的細頸氣泡水瓶，每下愈寬，不可逆轉。他身上散發出一股寧靜力量，自持滿足。誠然，他相當成功。一九二〇年間，他收購了一家小型肥皂廠，勵精圖治，發展成了大企業，「將工藝品質與工業效率相結合」，他喜歡這種說法。在他心目中，這個離大砲廣場一箭之遙的肥皂廠注定要成為該市的明星企業。不出幾年，佩萊蒂埃家族之於貝魯特，想必將誠如溫德爾家族之於洛林[3]、米其林家族之於克萊蒙[4]，抑或是施奈德家族之於勒克勒佐[5]。雖然後來，他稍稍降低標準，但他若自詡為「黎巴嫩工業之珠」，沒人膽敢提出異議。多年來，他不斷嘗試在傳統配方中加入椰果油、棕櫚油或棉花油，改善乾燥條件，變更油酸用途等等，創意不絕如縷。

一九三〇年代，佩萊蒂埃公司大發利市，在的黎波里、阿勒坡、大馬士革各地都收購了一些小作坊。佩萊蒂埃家族的財力無疑比其表面上樸實的生活方式更為雄厚。

雖然分公司管理已經委託給廠長，但監督生產品質，路易．佩萊蒂埃依然親力親為。他經常到各分公司視察，有時無預警現身，沒預先通知就到了現場，逕自進行採樣、分析、改進生產過程。

他聲稱不太喜歡旅行。「我相當戀家。」他語帶歉意。他的確在退伍軍人聯合會中擔當重任，還因此經常前往巴黎，但顯然這些在他的生活中占不了多少分量，因為他所有精力、所有才幹、所有驕傲全集中在製造「他的肥皂」與改良品質之上。毫無疑問，看到工班晝夜監測他那些蒸騰大鍋的溫度，欣賞給料槽如何將液態肥皂輸送到模具定型，再沒什麼比這些更能讓他欣慰的了，就連肥皂切割成條狀和塊狀的過程也能使他熱淚盈眶。有時，即使生產線末端的員工什麼也沒要求，他也會說「我幫你一下」。於是乎，大夥兒看到老闆親自坐在切割機前，機器一將綠肥皂塊滑到他那邊，他立刻以強弱適中的敲擊力道，將由兩片雪松葉托著工廠剪影的「佩萊蒂埃公司」戳記打在肥皂上頭。佩萊蒂埃夫人負責管理員工、監控產品到貨和出貨，以及財務帳目。佩萊蒂埃先生的專長則是製造。他會大半夜騎著自行車（他從沒嘗試過開車）親自前往工廠採樣，甚至和值班的肥皂師傅徹夜討論，直到翌晨，大家早就司空見慣。

他聲稱第一口「大鍋爐」開始啟用的那一天，佩萊蒂埃公司才算真正誕生了。他將那口鍋爐命名為「拉妮儂」，因為據他說「拉妮儂」和克里斯多福．哥倫布的三艘快帆中的第一艘拉妮娜[6]號諧音，還將「拉妮儂」字樣刻在銅板上，貼在有著家徽的那口大鍋爐底部。兩年後，當她的丈夫將第二口大鍋爐命名為「卡絲蒂莉歐妮」時，佩萊蒂埃夫人皺起眉頭，她看不出這個名字與發現美洲新大陸有任何關聯。第三口大鍋（「帕伊娃」）的安裝更令她深深不解。她只好去問弗朗索瓦，因為他提前拿到中學畢業文憑，是家裡面的金頭腦。

「媽，這些都是妓女的名字。前者為妮儂・德・倫克洛，後者則為維吉妮亞・德・卡絲蒂莉歐妮。帕伊娃則是一位名為埃絲特・拉赫曼的女子所採用的花名，這妞『誰付錢誰上[7]』。」

佩萊蒂埃夫人張大了嘴。

「這些是……？」

「對，媽媽，就是。」弗朗索瓦確認，他說得雲淡風輕。

「才不是！」佩萊蒂埃夫人問她丈夫，他提出抗議。「她們可是交際花，安潔兒。我這麼叫這幾個鍋爐，因為它們是我的小寶貝，如此而已。」

「她們都是婊子。」

「對，也是啦。但我不是因此才這麼取名的。」

佩萊蒂埃夫人喜歡讓她丈夫背上不忠的罵名。想必她以此為樂。說真的，路易從沒做過對不起她的事，這些所謂的不當行為，她心知肚明純粹是自己的憑空想像，但在公開場合，依然從不放過任何機會加以痛斥。比方說吧，她丈夫去巴黎都下榻於歐洲旅館就是一例。他經常稱讚旅館老闆娘杜克勞夫人熱情好客，於是當佩萊蒂埃夫人跟幾個孩子提到她的時候，除了「我丈夫的老相好」或「你們父親的情婦」之外，向來不稱呼她別的。路易每次都提出抗議。「杜克勞夫人少說也有兩百歲了，安潔兒！」但她總是對他輕輕揮揮手，意思是：「你去說給別人聽吧！」

然而此刻，佩萊蒂埃夫人擔心的遠非她丈夫的老相好或是三個肥皂大鍋爐的暱稱，而是：她要怎麼活下去。

在她看來，再沒什麼比活不下去更確定的了。

家族隊伍才剛剛經過馬吉德清真寺。她卻覺得工廠遠在天邊，永遠也走不到。

「別管我，艾蒂安，我……」

她差點說出「我要死在這裡」，但僅存的一絲理智和自覺荒謬（因為不斷遇到熟人）制止了她。她僅僅放慢腳步，拿手帕按住太陽穴。海風的氣息猶如春天般清新，輕撫著這座城市，沒人流汗，連她都沒有。不過，她還是示意艾蒂安攔住正在敲鑼打鼓的冷飲小販，幫她買了一杯羅望子汁，二話不說喝了下去，像在喝毒芹汁似的。除了微微抬起帽子，用手指按按額頭之外，她沒有其他方式來表明她有多累。話說這會兒她又停了下來，一手捧心，想著實吸口氣。艾蒂安轉身衝著海倫撇了撇嘴，無可奈何，他也沒辦法。幾個孩子相繼離去就跟這麼多根釘子似的，一根根輪流釘在母親心坎上。

「我說安潔兒，孩子都大了，」佩萊蒂埃先生勸過她，「離開家很正常嘛。」

「他們才不是離家，路易，他們是逃家！」。

佩萊蒂埃先生兩手一攤，他認輸。妻子身負詭辯神技，他向來無力招架。

「得了，得了……」佩萊蒂埃夫人低聲說，「別管我。」

艾蒂安不再回話，僅止於輕輕摁了摁母親的胳臂，鼓勵她儘管疲累，還是繼續走吧，一步接一步，總會走到的。他肩負支持母親的任務，因為這回犯錯的是他，他是罪魁禍首。

殷鑑不遠，大夥兒記憶猶新。

兩年前，弗朗索瓦表示想去巴黎高等師範學院就讀，佩萊蒂埃夫人聞言，當下整個人跌坐在廚房方磚地板上。

「太令人震驚了……」杜埃里醫生根本是蒙古大夫，除了曬傷和支氣管炎，他從來沒有治好過任何病症（蠢材一個，總是對病人的健康問題束手無策，只有打勃洛特[8]的時候才稍微靈光一點）。

弗朗索瓦不得不在母親床邊守了一整天，聽她自艾自憐，一直到她睡著。她哀嘆自己怎麼生了這麼一個不知感恩的兒子，三番兩次說她會被這個家害死。「你倒好，你向來不表示意見。」這話是衝著她那口子說的。

「那可是高等師範學院啊……」佩萊蒂埃先生含糊回了半句，旋即騎上自行車，朝工廠飛奔而去。

好不容易，佩萊蒂埃夫人終於願意下床，豈料弗朗索瓦又得經歷另一番折磨，不見得比較好受，那就是眼睜睜看著母親「幫他打包行李」。每天嘴裡念叨十次「既然你決定要走……」，一邊整理、分類、挑選成堆吃的穿的。她幫兒子整理行李就像準備嫁妝，逐漸陷入困境，愈整理愈大包。雞毛蒜皮事都能惹得佩萊蒂埃夫人發火，惱羞成怒，拾掇東西粗手粗腳。弗朗索瓦再也不是一名成年男子，在家人依依不捨的目送中離去，而是成了一個不肖子，被逐出家門。

事實上，佩萊蒂埃夫人和他還有一筆舊帳未清，放在五斗櫃上的那封信，她依然保留著。話說一九四一年五月某天，十八歲的他離家出走，跑去蓋斯蒂奈軍營和萊根蒂洛姆將軍會合，加入自由法國[9]第一輕裝師，這封信始終令她耿耿於懷。怪的是，她對弗朗索瓦第一次離家反而較能理解，好歹他是為了參戰才走的，畢竟是件光榮的事，而不是為了明明在貝魯特就可以讀的書，偏偏要離家遠去。

「不，媽媽，」弗朗索瓦解釋說，「不可能在這裡讀。」

「是啊，當然不可能！因為這裡對『閣下』來說不夠好！」

兩個行李箱，塞得快滿出來，弗朗索瓦提著上船，佩萊蒂埃夫人看似平靜又鄭重其事，附到他耳邊悄聲說：「好好照顧自己，嗯？」。路易擔心妻子會待在碼頭，直到船完全消失才走，不過船一駛遠，她就拉著他的胳臂說：「但願他會寫信回來……」

她回歸日常生活。慢慢習慣這件事。尤其是當弗朗索瓦成功進入巴黎高師就讀，更是猶如一帖良藥，佩萊蒂埃夫人又開始為自己的兒子感到驕傲，因為他的離去與進入名校多少是她的功勞。

不久之後，輪到長子尚也宣布要和妻子離開貝魯特前往巴黎。弗朗索瓦才剛離開一年半。

「啊，你也要走？」安潔兒喃喃說道。

她躺在床上，不想見任何人，連尚都不想。

杜埃里醫生依然搞不清狀況，出了個主意，用碳酸氫鹽泡腳。「杜埃里是個傻瓜。」路易心想，這一點大家都早就知道了。

喃喃離家和弗朗索瓦相比之下，對安潔兒傷害較小。其實，這幾個月來，尚一直悶悶不樂，總是到處躲著他們。他的感受，她懂。她之所以一直待在房裡，因為她不希望尚覺得當她得知他要離家，她沒有表現得像弗朗索瓦要走的時候那麼傷心。

靜待她再度現身期間，佩萊蒂埃先生從肥皂廠回家途中，都會上廊柱咖啡館歇歇腿兒，喝杯琴夏洛[10]開開胃。

服務生整天都在聽烏姆・庫勒蘇姆[11]唱個沒完，他邀路易下盤雙陸棋[12]，反正沒幾個顧客需要服務。

有人問起他安潔兒健康狀況如何，他說：

「好多了。」路易請對方放心。「儘管醫生是杜埃里，她很快就會康復。」

「好吧。」路易說。

雖然從來沒人知道醫生和疾病何者比較危險，但是找杜埃里看病成了慣例，沒人少得了他。

「他是個傻瓜……」服務生脫口而出。

「不，他是個白痴。」

「同一回事。」

佩萊蒂埃先生停住，不下棋了。

「不，這不是同一回事。如果你向某人解釋了三次，他還不明白，他就是個傻瓜。但是，如果搞了半天，他確信自己比你更懂，那麼你面對的就是一個白痴。」

服務生嘰嘰嘴。

「沒錯，照你這種說法，毫無疑問，杜埃里真是個白痴。」

棋下完了，琴夏洛也喝了個見底，路易依然若有所思。他對安潔兒瞭如指掌，知道他得幫她找個臺階下，她才會走出房間。他折回肥皂廠，帶著一批他早就付過了的舊帳單回到家。安潔兒打開一看。

「路易！」她警覺地說。「別跟我說你付了！」

「我……我去想辦法把錢追回來。」他一臉慚愧，支支吾吾，說完旋即衝出房間。

他回到工廠（「該死的，」他邊踩自行車邊想，「把這件事做個了結吧！」），又開出一張支票，然後馬上撕掉，再將支票碎片裝進信封，放在妻子的書桌上。

第二天，佩萊蒂埃夫人恢復正常作息。

兩天後，尚和珍妮芙出發。「好好照顧自己，」她對哺哺耳提面命。船逐漸駛遠，這時她拉著路易的胳臂說：「但願珍妮芙會寫信回來……」

好，這會兒輪到艾蒂安……

佩萊蒂埃夫人的生活作息再度中斷。

「印度支那！可是那裡在打仗啊！」

他已經解釋過上千次，對，是在打仗沒錯，其實不完全是，他怎麼跟她說呢？

「是衝突，媽媽。」

「衝突有死人，就叫在打仗。」

她擤鼻子擤了好久，抬頭看著他。雖然她不會承認，但她以腦袋擔保，自己始終覺得三個兒子裡頭就屬艾蒂安最帥。好多問題都在嘴邊，但從她肩膀低垂、兩眼無神，就看得出來她不會問，因為她已經知道答案。

印度支那……幾個月來不斷收到他朋友雷蒙寄來的信。

那回艾蒂安邀雷蒙到家裡來，她就說過：「我懂你，雷蒙的確是個小帥哥。」啊，倘若艾蒂安的生活到處都像他和母親在一起時這麼單純就好了……差之遠矣。從學校到銀行，他經歷過無數羞辱，聽到過無數影射，遭受過無數辱罵……

艾蒂安，這個男孩子纖細修長，髮呈栗色，微帶金黃，一對會笑的眸子，一舉手，透著些許慵懶，一投足，流露出性感魅惑。他對數字頗有天賦，但因為他對職業生涯毫無抱負，所以只混了個會計文憑。

何其不幸，他的生活重心是愛。佩萊蒂埃一家所處的貝魯特小小社交圈一方面過於文明，並不會因為他的性傾向而不接納他，卻又過於因循守舊，無法毫無保留接受他。因此，艾蒂安一直覺得自己處於夾縫之中，就某種程度而言，他自己的家便是縮影。女性（他母親、海倫）崇拜他；男性（弗朗索瓦、尚）愛他，卻是有距離的愛。剩下他父親，他最好的聽眾，容忍他的一切，對他的愛帶著唐突、笨拙，反映出路易那帶著三分酸楚的無力感。艾蒂安是一個「漂浮」般的存在，安潔兒想不出別的詞。他似乎懸浮在空中，永遠不知道他將往哪個方向飄去。他是個理想主義者，卻沒有理想。光是活著，對他來說是不夠的。他母親心想，八成就是因為這樣，所以他才有這些愛情衝動、這些澎湃激情。有時她會捧著他的臉，問他：「艾蒂安，你什麼時候才會對生命賜予你的東西感到滿足？」他笑著回答：「明天就會，媽媽。我保證，我發誓！」

他和雷蒙於一年前相識，當時雷蒙駐紮在哈達斯附近。兩人濃情蜜意過了半年。雖然艾蒂安一直是個開心果，但他母親從未見過他如此快樂。半年後，雷蒙前往印度支那，到那邊履行未完的合約。他是比利時人，無心回國。加入外籍兵團之前（原因為何？他從未向艾蒂安揭露），他在小學教書。「比利時的一切都結束了，」幾週後，他寫信給艾蒂安。「等我合約結束，我想留在印度支那，這裡有不少機會。」他們兩人針對留在印度支那交換過許多意見，從開運輸公司到栽種作物，勾勒出各式計畫。雖然不抱多大希望，但艾蒂安很快就開始找派駐當地的工作，沒想到四週後竟然收到一封信，通知他位在西貢的印度支那貨幣局接受了他的申請。

「你會染上黃熱病，這就是會發生的事。」

「當然不會，媽媽，我永遠也不會被染黃！」

「你儘管把我的話當耳邊風吧！」

佩萊蒂埃先生顯得比妻子更講求實際行動。他與西貢當地的勒科克．達爾奈維爾商行關係甚好，「黎凡特[13]肥皂」在印度支那的銷量雖然不大，卻也不容小覷。「艾蒂安在當地永遠都能受到最好的照顧」。妻子看不出來勒科克．達爾奈維爾對她兒子有什麼用處，路易回她：「這是一種保障，安潔兒。海外法國人之間團結一致。勒科克是個大好人！」

艾蒂安躺在母親大腿上咯咯笑道：「我說老媽，一個叫『公雞』的人，不可能是壞法國人啦！[14]」

經過一番折騰，一行人像環法自行車賽騎到中途站那樣，拖拖拉拉，終於抵達肥皂廠。等所有人通過門廊，走進工廠的這段時間裡，佩萊蒂埃先生伸出兩條胳臂，雙手握住圓形把手，興高采烈，高聲喊道：「注意，注意囉！」準備好要打開通往主車間的雙扉門。他被自己一頭熱沖昏了頭，遲遲下不了決心趕緊開門，延長了唯有他自己才覺得懸疑的懸念。安潔兒覺得他未免拖太久了。四個孩子只能等，反正他們都習慣了。

弗朗索瓦倚著樓梯鐵欄杆。他在船上暈了兩天，昨天才剛下船，到家的時候筋疲力盡，整個人被掏空，肥皂味兒令他作嘔。

「他再不快點，」他在海倫耳邊悄悄說道，「我就要倒過來用餐，從甜點開始吃囉。」

海倫強忍住笑，母親還是賞了她一個白眼。

佩萊蒂埃先生翹起下巴，興致高昂，看著他的小天地。

「怎麼？沒人猜得出來？請看！」

一個新鍋爐。第四個。生鐵製的。佩萊蒂埃夫人衝過去查看貼在底座上的小銅牌：「美人奧特羅[15]」。

「臭婊子，我就知道！這裡不再是肥皂廠了，是窯子。」

「媽……」艾蒂安壯起膽子想制止她。

不過此時佩萊蒂埃先生已經進入下個階段，詳細解釋起新鍋爐的用途，這意味著要從製造過程從頭講起。幾個孩子跟在這位嚮導後頭，其實沒人在聽。

尚抵擋不住父親的熱情，被他抓住胳臂拖著走（「過來看看這個，哺哺，你再跟我說你覺得怎麼樣！」），使得他成了他父親長篇大論說明的首席聽眾。

然而，一靠近肥皂廠，尚立即隱隱約約升起一股焦慮。

嬌小的珍妮芙，他的妻子，總是塗抹得跟侯爵夫人似的，望著大門廊，衝著尚脫口而出：「這個綠色不怎麼好看，你不覺得嗎？」

這個地方，象徵他那失敗的人生，尚沒回妻子話，嚥下口水，硬逼著自己走進去。

現在被他父親抓來當作證人實在是一種煎熬，重新上演了他在這裡經歷過的那場苦難，最終還得靠一次既不光榮也無功績可言的臨陣脫逃才得以落幕。

一直以來，尚注定要接手家族企業。打從他出生的那一刻起，「佩萊蒂埃公司」遲早會變成「佩萊蒂埃父子公司」，這則傳奇便已寫就。這個「子」——就是他——哺哺，話說回來，他對此一許諾也不曾表示不悅。在貝魯特的法國小社交圈裡，子承父業是一種規矩，而且最好是長子，和君主制國家一樣。

不同於一般做法，安潔兒和路易·佩萊蒂埃從來不想送孩子去念教會學校，他們不想把三個兒子交給耶穌會神父、把女兒海倫交給拿撒勒修女，反而希望子女進入法國世俗傳教會[16]體系。於是四個孩子進了黎巴嫩法國中學就讀，哺哺在學校表現得甚為勤奮好學，最後低空飛過，勉強拿下兩科高中畢業文憑，但這並未動搖路易・佩萊蒂埃對他接班的信心，依然深信他天生就是做肥皂的料。依照路易的想法，廠長首先得懂製造，因此他引導哺哺去念工程學科：化學。事情就是在這個時候開始走樣的。尚不是個優等生，甚至連普通都稱不上，他很平庸，成績經常被評等為「差」或「不佳」，但父親依然絲毫都沒有為他的成績差強人意感到心慌。在這所私立學校裡，教學成本和家長（也就是說客戶）的社會地位不允許教職員做出更嚴厲、更符合實際情況的評論，反正再怎麼評論，佩萊蒂埃先生也不為所動。「學習是一回事，肥皂又是另一回事。」他如此宣稱，信念堅定不移。他深信兒子離開學校後，在各個製程待上幾個月，就能成為製皂領域的專家。

只需稍事觀察，便足以衡量出這位父親何其盲目。

尚，這個男孩略微超重、遲鈍不靈活，體力卻極其驚人，不喜歡出風頭，相當愛做夢，而他之所以笨手笨腳，很大程度是因為他害羞。嬰兒時期，他已經胖乎乎的，他父親認為他和《臭皮匠》[17]裡的嘻哺嚕旦頗為雷同，安潔兒覺得他這麼比喻很傷人，不過哺哺這個綽號就這麼延續了下來。由於尚對任何事都不抱熱情，甚至對許多東西都興趣缺缺，所以同意走上這條現成鋪好的路，偏偏這是條漫漫長路，令他失望之至，孰知這還只是等著他的一碟小菜，因為在拿到文憑後（沒人知道佩萊蒂埃先生塞了多少紅包），他被推進肥皂廠，擔負起權威專家的重責大任。

「我不確定這個職位適不適合他，」安潔兒試著指出。「我在想他是不是真的具備技術優勢。」

他父親倒是依然信心滿滿。「等他發現這個工廠到底是怎麼一回事，他就會滿腔熱血，一定會這樣，沒問題的。」

佩萊蒂埃先生倒是天天一大早就到工廠，滿心歡喜吸著精油和氫氧化鈉的氣息──「咱們這行的香氣啊。」──尚卻依然對這行的魅力無動於衷。結果呢，他什麼也沒記住，什麼也沒學到。

眼前已是一九四六年。

早在一九三〇年代，佩萊蒂埃公司已經成功將產品出口到歐洲。「黎凡特肥皂」儼然成了一個品牌，訂單不斷，從而大規模招聘。戰後，這家公司簡直被訂單撐爆了。自建廠以來，肥皂廠一直座落於馬賽路，就在海關倉庫對面，如今顯得有些擁擠。碰巧隔壁有塊地要出售，佩萊蒂埃先生連忙收購下來。

「你確定沒買得太貴？」妻子怕他吃虧，如此問道。

「這是投資啊，安潔兒！不到兩年，就能回本！」

話說尚經過不同生產職位數週培訓之後，並沒能迸出火花，成果黯淡，父親只好委託他負責擴廠業務，這是攸關公司未來發展決定性的一步。於是，新近收購的那塊地與肥皂工廠院子隔開的樹籬笆遭到剷平，計畫已定，準備大展鴻圖。

尚一被任命為總經理，立即感到無所適從。

他很少做出錯誤決定，因為他幾乎沒做過任何決定。他從來不知道該怎麼做，眼睜睜看著平面圖和立面圖，滿頭大汗，嘴巴半開，數據和他話不投機，圖形對他更加薄情。工頭可說是隨心所欲，因為尚從沒向他提出任何問題，連一點要求也沒有。

某天，佩萊蒂埃先生發現車間不夠方正，放不下設備，已經蓋好的地方必須拆除，拓寬地基，予以重建。殊不知這只是這系列連續劇中的第一集，事實證明：卸貨碼頭深度不夠，烘乾室朝向不對，無法利用風來加速乾燥，一串問題好比項鍊上的珍珠，接二連三。每當問題出現，尚都說「我再想想看」，結果就從此再也不提。而當問題變成了難題，他就佯裝大忙人，另有重大任務在身，大聲喊道「以後再處理！」他知道有人在走廊上等他定奪，反而將自己鎖在辦公室，整天兩隻手搓來搓去，一籌莫展。他動彈不得，窺伺良機出關，飛快打開門，出其不意，趁大夥兒措手不及，大步走向樓梯，再走向他的車，對眾人拋下一句：「你們都看到我很急！」

有時候，迫於來自各方的壓力，他以民主領袖的方式徵求幾個人意見，隨後斷然決定支持一項必然會被證明是災難的倡議。他父親躲在幕後，會在最緊急狀況下現身，但，根深蒂固，他依然對尚堅信不疑，經常答道：「這件事得請示尚先生，你們明明知道！」自豪得近乎亢奮。工廠員工忍氣吞聲，悄悄抱怨：「他說要請示哺哺『大人』。」

尚為焦慮所苦，咽喉被緊緊掐住，他白天顫抖，夜裡在恐慌中驚醒。他起床，跑進洗手間，吐在馬桶裡。他咬著嘴唇，都咬出血了。先是用指甲猛抓前臂，然後改用剃刀割，所以他才老是把襯衫袖子拉到手腕，旁人還以為他怕冷呢。晚上，他聽著父親大談家用洗滌液，他恨不了自己的父親，轉而恨起自己，他經常想一死了之。辜負了父親對他的期望，夜幕低垂時，這份無力感蔓延全身。每當他獨自一人，他就拿頭撞牆。除了院子，他的房間什麼都看不到。父母和弟弟妹妹的房間都在走廊另一端，沒人聽到他在做什麼。因為這不過是有規律的悶響，就像一臺執拗神祕機器的活塞聲。於是，他就這麼坐在床上，用後腦勺往牆上撞，慢慢地，一連幾個鐘頭，直到睡著。

擴廠計畫陷入泥沼，生產大受衝擊。工廠員工與建造新廠房的工人共處，廠區一片混亂。原本存放精油桶的地方，這會兒堆了金屬工字梁，卡車轉過來轉過去，四下找地方卸貨。鋸木頭的屑屑被風吹散，好幾噸香皂遭到汙染，不得不銷毀……眼看始終被奉為是未來老闆的尚如此無能，工頭默默咒罵，工人擔心不已，無不都在為自己的飯碗默默祈禱。公司開始一蹶不振，每況愈下。「尚先生」的到來不但沒帶來他父親期待的重大進步，反而愈來愈糟，沒完沒了。

這種情況持續了將近一年，痛苦、折磨、驚恐的一年，還得加上他和珍妮芙婚姻不幸。

郵局局長有四千金，珍妮芙是唯一不漂亮的那一位，其他三位都貌美如花，這畢竟令人吃驚，這種遺傳意外，沒人解釋得了。憑良心講，她並不是個醜八怪，只不過和姊妹一比，長相平庸就顯得其貌不揚了。她的五官粗裡粗氣，眼神毫不善解人意，身形稍顯肥短，要胸沒胸、要腰沒腰。她非常愛笑，這點原本應該可以讓她扳回一城，然而，事實上，由於她老是笑個不停，不管發生任何事，不管任何情況，這種微笑，呆板又僵硬，令人不舒服，渾身發毛。

或許是因為在家中地位不討喜，使得她胸懷野心，瘋狂到了白熱化。她深信自己總有一天會有錢的，很難想像她打算如何實現這個目標，直到她嫁給了尚，也就是佩萊蒂埃公司未來的老闆，大家這才懂了。不過，在很長一段時間裡，她都拒絕叫他哺哺，因為這個綽號粗俗，玷汙了她。身為父親麾下的郵局職員，智力僅限於日常視野，而且相當無情，陰險的人通常都這樣，不過跟貝魯特法國圈裡的其他女孩相比，她畢竟還是具備一大競爭優勢：她身懷獨門絕技。

尚是個不折不扣的在室男。兩人第二次約會時，她把手放在他的褲襠上，他驚訝地「站起來」，隨後，有良心的她，在一片小樹林後面跪著幫他「消下去」。哺哺回到家中，整個人被吸乾抹盡，徹底繳械投降。

四個月後，他倆結婚。這時尚才瞭解到——他是唯一不知情的人——珍妮芙是做口碑的。在她家那區，鮮少有與她同齡的男孩未曾享有過小樹林後那足足一刻鐘的銷魂時光，其中好幾個還經常再度光顧，並且樂於口耳相傳。

由於珍妮芙的絕活兒是吹喇叭，所以結婚時，她仍是處子之身。跟哺哺一樣。從那一刻起，小倆口的關係變得複雜。透過不知如何是好的性交、搞不清楚狀況的插入、為了取悅對方的假高潮，兩人各自都不知道自己確切是在哪個當下失去童貞的。圓房不易，記憶猶新，尤其是珍妮芙認為丈夫繼承家業失敗，責怪他沒有善盡他那部分的合約義務，既然如此，還不如與他保持距離。雖然有時候她還是會跪在尚面前，但他懷疑這個動作並不是為了他，只是她在略盡人妻義務罷了。珍妮芙幫他口交就像翻相簿那樣草草了事。結婚一個月後，性生活就此告終。

從此成了絕響。

在肥皂廠，已婚尚先生並不比單身喃喃成功到哪去。事情繼續惡化。生產和交貨大亂引發客戶不滿，威脅著要上別處採購，連在廠裡服務多年的老員工都提到要離職。佩萊蒂埃夫人終於決定站出來和她丈夫唱反調。

這對每個人來說都是解脫。

佩萊蒂埃先生板著臉，扮演起全新角色，就是妻子硬將令人遺憾的決定強加於丈夫的受氣包一角。他全心投入，處理有待解決的問題，花了一年多的時間才使公司走出困境，從而使得這個附屬問題也浮上檯面：尚先生曾是繼位太子，如果可以這麼說的話，肥皂大業由他掌管，然而，就像一株植物長歪了，結構上的缺失依然提醒著經歷過那段黑暗時期的每一個人。佩萊蒂埃先生不曾開口建議艾蒂安或弗朗索瓦「接下這把薪火」（海倫不一樣，她是女兒），因為他確信他們會拒絕他，何必自取其辱，他一邊檢查大鍋爐腳下的溫度計，一邊思考著整個家族企業的命運，尤其是他自己的未來。

尚，解放了，卻也感到羞愧，於是決定離開黎巴嫩，我們去巴黎吧。雖然珍妮芙對丈夫失望至極，但想到能夠離開這個傷心地，依然感到高興。她父親，郵局局長修萊先生向她保證，他將利用法國和黎巴嫩雙邊協議把她安插進法國政府當員工，不過他需要幾個月的時間運作。如此甚好，因為她恰巧喜歡遊手好閒。話說回來，尚和她都從沒想過有一天她竟然需要工作！因為一個自尊自重的丈夫，不是應該要有能力養活全家老小，而毋須強迫妻子去工作嗎？尤其是珍妮芙原本就夢想著在巴黎無所事事，令她無比興奮，到頭來，現在竟然得去工作。此外，再補充一點，哺哺還有一個理由，非離開黎巴嫩不可：兩週前他用十字鎬敲死了一名十九歲少女，生怕警察會找上門來。

佩萊蒂埃先生死了心，幫兒子在巴黎老友庫德克先生那兒找了一份業務代表的差事。目前咱們就是在這個階段。這份工作掙不了幾個錢。因為阮囊羞澀，使得珍妮芙煩悶透頂，巴黎生活完全不符合期待，她想買的東西只有黑市才買得到，遑論她壓根兒買不起。連她這麼一個成天遊手好閒的人，都希望趕緊被任命到巴黎某個郵局上班，重拾社交生活，因為如今她受困於四壁之間，交際應酬遭到剝奪，她可有多怨哪。夫婿沒出息，沒能力掙錢養活他們兩口，她對社交活動的這份想望，使得她對尚愈發不滿，猶如火上加油。

眼看「佩萊蒂埃朝聖之旅」最後期限迫在眉睫，儘管父親寄了來回船票給他，尚還是立即拒絕返回貝魯特，「尤其是為了這個愚蠢的週年慶」。其實他是因為貝魯特這座城市令他畏懼，他沒說出口罷了。不回去，他是這麼打算的，可他不是珍妮芙，她很想回去。

「我要看我爸媽！」

「妳明明討厭他們！半年寫不到兩封信！」

「討厭歸討厭，但他們畢竟是我爸媽啊！何況還有我的姊妹們。」

「都一樣！妳大姊生孩子，我建議送點東西給她，妳回我：『她去死吧！』」

「再怎麼說，她們還是我的姊妹。」

她的態度如此堅定，沒人比尚更驚訝。

「反正，不回去就是不回去，」他心意已決。「我們留在巴黎。」

這件事就這麼定案。

珍妮芙兩手叉腰，就此展開消極反攻。

她具備一種能力，每天都能搞破壞，令尚歎為觀止。這回她採取的反攻策略是靜坐罷工。不買菜、不做家事、不出門、不澆花、不拿信，甚至連窗戶都不開。一大早，她就端坐餐桌另一頭，盛裝打扮，悉心化妝，面帶微笑，一言不發，一動不動（她在任何情況下都擺出這副姿態，乃至於艾蒂安說過：「哺哺應該一併帶上珍妮芙的一個姊妹，這樣就可以拿她們當書擋用……」）。

早上，哺哺自己煮咖啡。珍妮芙看著他忙來忙去，他那雙胖乎乎的小手在鋪著油布的餐桌上交錯穿梭。傍晚，他發現她在同一個地方，彷彿一整天都沒動過。食品櫃空空如也。過不了多久，家裡就成了樣樣都缺。

尚，氣力耗盡，他認了，跟老闆請了假。

珍妮芙說想家云云，尚一分鐘都不相信，至於她為什麼堅持非走這一趟不可？他很快就懂了。他們在馬賽和弗朗索瓦會合，兄弟倆僅止於握手，幾乎算是行禮如儀，他們之間向來沒什麼話說。珍妮芙輪流將左右臉頰貼在弗朗索瓦臉頰上，隨後便迫不及待走向碼頭搭船，一看到尚─巴特二世號，珍妮芙的欣喜立刻化為狂喜。

佩萊蒂埃先生寄來頭等艙船票。珍妮芙也立刻表現得像個百萬富婆。人家可不是那種反覆無常或陰晴不定的富婆喔，不，人家是虛懷若谷的謙遜百萬貴婦。她頻頻說道：「好孩子，你不會介意給我一杯雞尾酒吧，我快熱死了。」工作人員整天被她使喚得團團轉，不出三個鐘頭，船艙服務生、房務員、清潔工，就連水手都領教過這位貴客的厲害，她胖嘟嘟的，活潑開朗，不管她指使他們做與不做任何事，語氣一概輕柔有禮。「小姐，對不起，麻煩妳做這件事，請問妳可以換一下床單嗎？流汗，這妳懂的。」她有著真正有錢人的一種習氣：從不給小費，身上也從不帶錢，老是暗示服務人員旅行結束時，她再一次打賞。這個規矩，工作人員懂，不禁暗自竊喜。

尚一肚子火，可是沒有表現出來。妻子在甲板上晃悠，一會兒要服務人員搬張躺椅過來，一會兒又要服務人員從她艙房拿頂帽子過來，因為她忘了拿，「啊，不，不是這頂，是另外一頂，如果妳不介意的話，小姐，謝謝妳，妳真是個可人兒呢，噢，既然妳都在這兒，妳可以……？」

第二天早上，她不見人影。尚四下找她，找得有氣無力，沒人看到她。

在主甲板大廳裡，他聽到匆匆腳步聲，發現她在一根柱子後面，兩頰緋紅。

「我正在找妳呢……」

「是嗎？」

她用一隻手撫平裙子前片，另一隻手，漫不經心，食指和拇指揉著嘴角，彷彿在思考某件令人憂心的事。

尚依然沉默不語。

弗朗索瓦原本被她這個小把戲逗樂過一陣子，但很快就發現可怕的真相。不是因為他看到珍妮芙假扮富婆，而是因為瞥見服務人員的眼神、水手的微笑、酒保為她奉上雞尾酒、大副堅持帶她參觀機房、軍官宿舍、艦長套房等等。最後一晚，艦長邀請頭等艙貴賓參加傳統晚宴，無人不識佩萊蒂埃夫人，她將她的丈夫介紹給航管官員和乘務長，其中有好幾位，她還直呼其名呢。

要不是他暈船暈得厲害，或許弗朗索瓦會出面干預。至於喃喃嘛，整段航程都待在甲板，雙手平放在舷牆上，凝視著空蕩大海。好像嫌他回到曾經使他那麼不快樂的城市還不夠似的，渡海旅程本身還得是趟地獄之旅。他用盡全力緊握舷牆，指關節因為使勁都發白了，一張臉也緊緊繃著。

任憑他再怎麼努力回想，他這一生中，沒有任何一刻是不荒謬的。

弗朗索瓦一直覺得跟尚不親，他到甲板來找他，一股衝動油然升起，想安慰他、安撫他。兒時，兩兄弟之間，發展出若有似無的敵意，他們從未瞭解這股敵意究竟從何而來，然而它卻在青春期更加茁壯，隨後在接管肥皂廠的悲劇事件中達到最高峰，一個人暗自嫉妒父親偏心，另一個人則覺得自己飽受不公平所害。隨著時間流逝，隨著年齡增長，這些競爭已然淡化，卻在他們之間留下了一種尷尬氣氛，使得兄弟倆的關係變得既不自然又彆扭。因此，弗朗索瓦找到他哥的時候，一句話也說不出來，只好把手放在哥哥肩上。哺哺立刻笑了，轉過身來，對他說：「海鷗，牠們八成無聊死了，你不覺得嗎？」

⁂

尚在父親陪同之下繞車間一圈，看到父親興致如此高昂，令他心頭一震。因為他自己在這裡敗事有餘，這間肥皂廠可說是他的失敗博物館啊。

「快中午囉，路易。」安潔兒說。

「來啦，馬上好！」佩萊蒂埃先生從倉庫那邊喊道。

佩萊蒂埃先生又回到尚和珍妮芙身邊，看到尚蒼白得像復活節蠟燭，珍妮芙反倒比以往更加花枝招展，她對一切都讚不絕口，滿嘴冒蠢話。

出工廠的時候，她緊緊攬著尚的胳臂。

「你父親真了不起！好個有事業心的男子漢啊！對他來說天下無難事，他做什麼都成功呢！」

因為她以看望父母為由，尚才決定展開這趟旅程，結果她探親不到兩小時，反而老是待在佩萊蒂埃先生跟前，滿眼仰慕，彷彿他才是自己的父親。

回程，朝聖大隊的排列順序改了。

因為佩萊蒂埃夫人和艾蒂安動作最慢，大家擔心兩人會落隊，所以叫他們領頭，走在最前面。母子兩人後面跟著弗朗索瓦和海倫，隨後才是佩萊蒂埃先生和珍妮芙，她問東問西，他回答得正起勁，離他們兩步之遙的是尚，他總是最後一個。

一輛警車經過，他瑟瑟發抖。

不禁放慢了腳步。

目光尾隨著它，直到警車消失在大道拐角處，這才喘了一口氣，心裡依然七上八下。海倫和弗朗索瓦走在他前面，你一句我一句，好不熱鬧。只見他妹愈說愈激動，不過卻壓低了嗓門，說得咬牙切齒。弗朗索瓦繼續走他的路，僅僅點了點頭。「妳可以的」他似乎在說。

「我辦不到，」海倫說，「我向你保證，這超出我能力範圍。艾蒂安走了，我一個人和爸媽住，還不如從窗戶跳下去比較快。」

「那妳就像喃喃那樣，結婚啊，」弗朗索瓦笑著回她，「這樣就有藉口了。」

海倫轉過來看了看珍妮芙和尚。

「她真的很可笑，真不知道他跟她有什麼搞頭。」

「我相信他也不知道。」

「說真的，弗朗索瓦，我該怎麼辦？」

「先通過中學會考，然後再看看。」

她忍不住笑了。家裡每個孩子，到了她這個年齡，父親都會派上這句話。

「我在這裡會死掉。」

十九歲的海倫出落得和母親一樣標緻，是會讓男人一見鍾情那型。她在文學方面表現尤其卓越——她是個書蟲——繪畫方面也很出色，乃至於她一直在要念文學院或是藝術學院之間猶豫不決。

每回弗朗索瓦向父親提起海倫在文學和藝術上有天分，路易的嘴巴就張得像魚一樣圓，屏著氣，好長一段時間後，才做出結論：「我啊，我驚訝得下巴殼都快掉了。」

依路易之見，幾週後，她將「不費吹灰之力」拿下第二個高中會考文憑。無論她選文學還是藝術，反正都會當老師。女孩子家，當老師和當護士最好了。

當老師或當別的，她都沒差。她不知道自己要什麼，不過這種被父母困住的生活，不，不惜任何代價，她都不要。

她和她的數學老師洛蒙先生有染，他帶她去極其奢華的新卡薩爾大飯店開房間。

艾蒂安走在海倫前面，儘管兄妹相差將近五歲，她卻覺得他們像雙胞胎。她對弗朗索瓦相當欽佩，對哺哺極其同情，對艾蒂安則是另一回事，幾乎是是視作共同體。他們形影不離。即便如今他們都長大了，她跑去和他一起睡也是稀鬆平常的事，他們分享生活，傾吐心事。現在他竟然要走了！她沒辦法怪他，但她感到孤單，感覺自己被拋棄。去印度支那找他嗎？想都別想，他有自己的生活要過。她當然喜歡雷蒙，這個小伙子，高大健壯，眼神溫柔，舉止自信（每當她看到艾蒂安用崇拜的眼神注視著他，她都對他說：「艾蒂安，嘴巴閉起來，不要流口水！」令他聞之大笑），可是和他們在一起，完全沒有她的空間，這點她懂。然而，留在這裡，介於爸媽和肥皂廠之間，她更加感到前途渺茫。

彷彿察覺到她心亂如麻，艾蒂安轉身向她走來。先是兩眼朝天，隨後指著「太后」說道：「她的反應完全不出我們所料。」一大早的時候，他就說過：「就算死，老媽也要先把飯菜端上桌，先把碗盤洗乾淨。」他說得沒錯，朝聖大隊回程花的時間是去程的一半，他們這一家子將在下午一點上桌吃飯。

廊柱咖啡館的常客都在等著朝聖大隊途經此地。當天，白色大理石桌、黑色藤椅被集中到一邊，撞球在後廳開心地撞來撞去，有人送來水煙筒，在場有多少人就點多少杯開胃酒，大夥兒又在聽路易講古，述說佩萊蒂埃家族傳奇。

唯獨艾蒂安和母親繼續往家裡走，安潔兒身心俱疲，一到家就癱倒在安樂椅上。

「你想要我的老命，」她說，連氣都沒喘一下，緊接著說：「麻煩你去把火點上，可是慢慢來，好嗎？可別再燒著了。」

朝聖當天，一成不變，她總是端上這道菜豆燉菜。

偌大公寓靜悄悄的，窗戶從早上一直開著。很快就聽到煤氣嘶嘶作響，艾蒂安回到客廳，他們出發朝聖前，餐桌就已經擺好了。

「我說我的媽呀，」艾蒂安說，「咱們這位美人奧特羅力氣可真大。」

她笑了。這孩子總是能逗她發笑，他從不把任何事情當真。她知道，或者該說她猜到，他八成遭受了什麼打擊，因為即便他都是個大人了，她還是經常聽到他在床上偷哭。

艾蒂安跪在安樂椅旁，頭枕在母親腿上。約瑟夫趁機溜到他們中間。約瑟夫是一隻虎斑貓，約莫八個月大，腿長腳長，走起路來像在踩高蹺。牠的頭形比普通混種貓顯得更為三角（「牠是爵爺品種。」艾蒂安宣稱），外加目光令人捉摸不透。雷蒙在建築工地發現了牠，雷蒙走後，由艾蒂安接手。他和海倫一起餵牠、寵牠，一有機會，牠就傍過來磨蹭他們。

艾蒂安摸著約瑟夫的被毛，安潔兒摸著兒子的頭。

「我知道，」她說，「我是個老頑固。」

「才不會，媽，妳才不老。」

她在他頭頂輕輕拍了一下。

「我擔心你生病。」

艾蒂安抬起頭。

「一定會，他們吃米飯，保證會便祕。」

「他們好像吃狗肉。」

「你把越南人和中國人搞混了。」

「才沒有，我確定印度支那也吃。」

「別吃約瑟夫就好。」

他的頭又靠回她腿上，他們可以維持這個姿勢好幾個鐘頭，這個時刻是他們母子的祕密花園，所有人都看得到，但沒有人進得去。

「你多久沒有雷蒙的消息了？」

整整十八天。

「一個禮拜。」他說。

他騙她，她假裝相信。

「一個禮拜不算什麼。」

她不禁納悶兒子舟車勞頓，會不會白跑一趟？這個雷蒙嘛，雖然看起來人挺好的，萬一他不要她的艾蒂安了呢？萬一他是因為變心才不回信呢？佩萊蒂埃夫人暗自這麼希望，這樣兒子就會重回她懷抱……她對自己竟然有這種想法感到羞愧。不過也因為艾蒂安這趟出遠門牽扯出她對當地抱有許多偏見……印度支那素有荒淫放蕩之臭名，是為獵奇嚐鮮、落魄潦倒、道德敗壞之士的首選目的地。自從艾蒂安宣布要動身前往這個以各種形式淫慾邪惡著稱的國度，安潔兒立刻察覺到周遭有些人笑得曖昧，好比說修萊夫婦，從不吝於暗中譏笑。她擔心修萊家看笑話的這種想法是否已經禍及佩萊蒂埃家族本身？比方說，尚，令她愁眉不展。

安潔兒勉強站起身來，海倫和弗朗索瓦想去廚房幫忙，被她拒絕：「我不要任何人進我的廚房」，噫，她好像好多了喔。珍妮芙稍微補了妝，第一個坐定，獨自端坐桌前，彷彿這場餐會是為她舉辦的，而她正在邀請其他人入席。

尚為了緩和她這種反客為主的印象，走到她旁邊坐下。這時，佩萊蒂埃先生拿來好幾瓶酒，弗朗索瓦和海倫也依次就座。

是時候敬酒了。

只待佩萊蒂埃夫人一從廚房過來，她丈夫就會站起來，向家人舉杯。按照傳統，他只會說幾句話。光選擇本年度主題，幾週來，就耗費掉他不少精氣神，因為他得找到一個起著凝聚作用的題目，還得將想法一條條列出來，划掉、加上，改來改去，直到最後一刻。

佩萊蒂埃夫人終於來了，一邊脫下圍裙，艾蒂安拍手叫好，全家跟著鼓掌，逗得她都笑了，但旋即收斂，因為這個場合不適合顯得歡天喜地。

她坐下來，神情端莊，向所有人投去一瞥，展開餐巾，鋪在腿上，手肘置於盤子兩側，因為不常有機會把大家都聚在一起，所以看了看幾個孩子。一家人默契十足，除了哺哺以外。她心想「從來沒人懂他」，她感到困窘，因為自己也沒比別的家人瞭解他到哪去。她觀察了一會兒哺哺的側影，不到三十歲，體型卻已經橫向發展。對她來說，他也是一個謎，即便他們知道他不喜歡什麼（肥皂廠、他老婆，諸如此類的事情），卻沒人說得出來他想要什麼、他渴望什麼、他期待什麼。安潔兒的目光閃過珍妮芙這個傻妞，落在海倫身上，她正衝著她哥艾蒂安的脖子噗嗤一聲笑了出來。好一對兄妹，她叛逆、他放肆。在她旁邊坐著的是弗朗索瓦，他經常為焦慮所困。佩萊蒂埃先生打開酒瓶，如同服務生般訓練有素，繞餐桌一圈，一一為大家倒酒。這時，安潔兒側身挨向弗朗索瓦。

「兒子，手洗了沒？」

「拜託妳，當然洗了！」他開心地笑著回答。

佩萊蒂埃夫人搖搖頭，表示懷疑。指甲髒髒的，掌紋油油的，與她想像中的巴黎高師學生的手並不相符。

佩萊蒂埃先生慢慢倒上穆薩酒莊出產的酒[18]，以又快又準的動作接住最後那一小滴，以免弄髒桌布。弗朗索瓦耐著性子，海倫狀似不耐煩幾乎想掀桌。艾蒂安陷入沉思。「一個禮拜沒什麼」，母親這麼說過，但十八天可就有什麼了。

通常，即便很簡短，雷蒙禮拜天都會寫信，並於禮拜一寄出。信十天後送達。最後一封信是二月二十二日寫的，「我們明天要出任務」他如此寫道。雷蒙寫信準時到周圍的人都取笑他。「朋友都笑我：『喲，寫信給心上人啊。』我說對，你別生氣。外籍兵團裡面，男人之間的關係不像大家想像的那樣受到譴責與壓抑，只要別明目張膽就好。我們班上就有好幾對，每個人都知道，沒人對他們另眼相看，『同袍情誼重於道德』，因為在印度支那，你一到這兒，他們就這麼告訴你，不團結一致，遠征軍撐不過幾個禮拜。」

這一刻，儘管雷蒙痛苦至極，但正是懷抱著有人會來救他們的這種信念，給了他希望。

他暗自琢磨著，拉喬姆指揮官當然召集了部隊，兄弟們準被激得鬥志高昂，已經踏上征程。他們聽到飛機的聲音，但在這麼一片森林裡，密密麻麻，怎麼可能……永遠都是這個問題，越盟[19]可以在叢林深處建立一座貨真價實的城市，然而，不過兩公里外，就什麼都看不到。從天上往下俯瞰，只看到一片漆黑葉叢覆蓋，茂密到連陽光都無法穿透。而當奇蹟出現，他們瞎打誤撞，終於來到此地，越南佬早就跑光了，只剩下空空如也的隧道，廢棄屋棚，但是他們知道越共正平躺在爛泥巴裡，用竹筒呼吸，而且可以一連保持這種姿勢好幾個鐘頭……

雷蒙再三告訴自己，部隊肯定已經出發了，正在找他們，想必已經到了他們這支特遣隊遭到攔截的地方。幾天前，一棵巨大樹幹突然倒下，橫在前導軍卡前面，車一停，子彈一下子從四面八方射來，彷彿整座森林都在向你開火、每根樹枝都是槍管。不過才幾秒鐘，法國機槍手開始還擊，橫掃周遭地區。雷蒙將方向盤朝左邊使勁一打，讓軍卡翻倒在溝裡，端起機槍跳下車。副駕那位兄弟稍事猶豫，喉嚨就吃了一記槍子兒。雷蒙躲在車子後頭，看到右側其他駕駛兵也和他一樣都衝到路肩。

他們九個人靠車體掩護排成一排，越共突然出現在他們背後，瞄準他們……

道路另一邊，戰事愈發激烈，越共聲東擊西，坐收奇效。才幾秒鐘，雷蒙他們就被解除武裝，槍管頂住太陽穴、脖子、背部，越共不用三分鐘就將他們雙手綑綁妥當，用槍托將他們往森林推，於是，他們就像石頭落入池塘裡一樣消失無蹤。荊棘叢生，如此密集，使得交戰聲很快弱去，隨後完全聽不見。稍遠處，人質跪在地上，嘴裡塞著東西，越共頭子，這傢伙看不出年齡，又乾又癟，前胸貼後背，臉龐瘦削，眼神狂熱。他們每個人都挨了好幾頓痛打，這個訊息大家明白得很，「少自作聰明，我們不會手軟」。

他們又站了起來，展開長征，非常非常之長。

好幾個人遭到俘虜，雷蒙只認出其中三位戰友，其他人不知是誰。一個叫夏博的大個子就走在他前面，腿部受傷，越共甚至沒給他時間綁上止血帶或者加壓包紮，就逼他上路。

他們跌跌撞撞，在潮濕的環境中走了一個鐘頭，絆到樹根，摔倒，趁一陣毒打之前趕緊爬起來，雷蒙感到非常吃力。一整天都在走，斗大的汗珠一顆顆滴落。夏博在他前面很遠的地方，哼哼唧唧，痛苦呻吟，不時哀嚎個兩聲。雷蒙聽出是他的聲音，不過並沒有持續多長時間，八成受到帶頭的那個越共殘暴壓制。

他們穿過沼澤地，這位年輕的阿兵哥感覺有水蛭黏在腿上，晚上他數了數，超過四十隻，他一一把牠們拔下來，用腳跟踩扁。

現在，六天過去了，每個人的兩條腿都被綑住，各自被囚禁在一小間竹棚裡。白天，濕氣飽和，悶熱難耐，活像浸在水裡。夜裡，沒有毯子，凍得發抖，只能蜷縮在竹棚角落。

兩個兄弟已經死了，雷蒙看到越南人把屍體往髒兮兮的土裡拖，手臂像兩道鐵軌一樣耷拉在後頭。他認出是維爾努下士，他是個好人，總是樂於助人。越共把屍體拖到哪去？夜裡，他們聽到嗷嗚聲。難道屍體被拖進叢林某處，任由野獸吞噬？

他們只剩下七個。

每天只拿到一個飯糰，一口裝滿水的生鏽鐵罐。

雷蒙聽到夏博在左側稍遠處的竹棚裡呻吟，但是太遠了，所以他並沒有嘗試跟他說話。夏博染上熱病，沒人幫他治療，他八成正在眼睜睜地看著自己的腿爛掉。有時候，雷蒙甚至覺得自己聞到腐肉的氣味飄過來。

僅剩的七個人當中，也包括維爾布瓦士官長，此人向以「刺探敵情絕招」著稱。他一定非常希望沒有任何越南人認出他，否則有他好受的了。話說每回有越共遭到俘虜，都交給他審訊。兩年經驗讓他探索出許多祕方，但最終歸結為兩大「絕招」。「甲」和「乙」。他會站在俘虜面前，盯著他，簡單明瞭，說出「甲」或「乙」，兄弟們就知道該怎麼做了。「甲」：從腳趾將俘虜從天花板倒掛而下，最後錦上添花的那一擊由維爾布瓦擔當，他用竹杖猛抽、電擊俘虜全身各個部位，再拿錘子撞爛胃部和腎臟。「乙」：把俘虜的雙手綁在背後，讓他趴著。維爾布瓦坐在俘虜後頸上，死命把他的兩個胳臂肘往上拉到耳朵這邊。肌肉反應使得血從鼻子、嘴巴、肛門噴出來。這招也被稱為「倒胃」。維爾布瓦審訊俘虜的時候，雷蒙向來都不願意在場。萬一越共知道維爾布瓦是誰，不知道會對他做出什麼事，雷蒙連想都不敢想。據說越共曾經把人綁在樹上，開膛破肚，再把腸子綁在水牛尾巴上，任由水牛施施然漫步而去。

每名戰俘八成都曾自我催眠，希望自己能被騎兵隊拯救。

他們聽到兩次，北面傳來飛機隆隆響，但幾分鐘後，聲音就漸漸遠去。

人人心知肚明。特遣隊中途遭到越共伏擊，通常都是為了俘虜其中那一小撮「駐紮在殖民地的法國軍隊」，但這回情況大有不同。

這回越共才不會把這些肉票拿去交換區區數千皮亞斯特[20]或是美國武器。

一週前，有個共產黨老窩被噴火器給燒了，好些老百姓在小屋裡被活活燒死。

為了報復這些劊子手，越共將獻上一個相當壯觀的場面：酷刑伺候遠征軍士兵。

越共要殺雞儆猴，搞個大場面給遠征軍好看。一大堆畫面、流言、傳聞浮現雷蒙眼前，使得他精神恍惚，無比恐慌。

他的大腿前後被掀掉有前臂那麼大的一塊皮，他死命慘叫，回到小棚子後，沒有任何東西可以燒灼潰爛處，傷口開始滲出液體，痛到難以形容，壞疽也伺機而動。蚊子整夜嗡嗡亂飛，由於叮咬造成的瘙癢無法緩解，他只能用手抓腿，直到皮被掀掉的地方被他抓出血來。昨天夜裡，他感覺有蟲子擦過身體。他跳起來，原來身體下面有一條蜈蚣，亮晃晃的，二十多公分長，被這種蟲子咬到會發高燒，可怕得要命。

雷蒙試圖找出其他人的位置，但是不可能彼此叫喚或交談。不遠處，稍稍靠右，從第一天起，有個荷蘭人就開始在自己的竹棚裡大唱荷蘭歌，出奇輕快，好像是首兒歌，他的歌聲清脆，與他厚實的體格形成鮮明對比。一個荷蘭大老粗，鮮少表露出情感。越共衛兵過來拍打竹柵欄時，他就閉嘴，沒過多久，他又唱起同一個曲調，日夜不停。衛兵走進他的小棚子，痛扁他一頓，無濟於事，一小時後，他又開始唱。他每兩小時睡一下，然後又開始唱，一夜唱上二十、三十、五十遍，總是同樣那首。不僅引得越共神經緊張，連每間棚子都傳來叫聲和吼聲，隨後就是一陣咒罵，甚至連雷蒙，累得要命，痛苦得要死，也開始破口大罵。三天三夜之後，越共受夠了，走進棚裡。兩個抓住他的胳臂和腿，第三個用繩子勒住他的脖子，拉緊、絞動，就像在擰毛巾那樣。荷蘭人繼續唱，他的聲音卡住，變成咕噥一片，然後就什麼都沒了。

第六天，雷蒙被帶了出去，回來的時候渾身是血，差點斷了氣，他被打得遍體鱗傷，因為尖叫，聲音都啞了（背上又被扯掉一大塊皮），他終於懂了，那個荷蘭人多麼有智慧，與其徒勞頑強抵抗，他選擇退出遊戲，他不玩了。

雷蒙還沒準備好。他是那種抱著希望的人。他在盤算。戰友正在找他們，他們會想盡辦法讓所有他們認識、他們碰到的越南佬開口，好歹會得到一些情報，然後再一步一步……戰友不可能找不到他們，他們才走了不到一天就被抓走，走得畢竟不遠……

雷蒙因為發燒陷入譫妄狀態，再也分不清白天與黑夜。他不確定聽到的呻吟聲是他自己的，還是隔壁棚裡其他戰友傳來的。

然後，所有囚犯，第一次全都被帶了出來。

人人兩眼呆滯，你看我、我看你。個個都經歷了不同折磨，戰友們出發來找他們，一旦找到他們的時候將會看到一場精彩無比的好戲：雷蒙扮演的角色被活活剝皮，維爾布瓦，是遭到截去雙手的無臂大兵，夏博，他被竹子和香蕉葉做的擔架抬著走，一路慘叫連連，他扮演的角色渾身關節全被打斷……

沒人站得住，他們被堆上卡車車斗，想交談幾句，但全身力量都花在維持身體平衡，以免卡車撞上榕樹氣根或是陷入坑洞的時候會摔倒。一路上，雷蒙想盡辦法護著夏博，讓他留在擔架上，別掉下去。

車燈亮起。卡車倏地停了。

一行人來到一小塊林中空地。只見兩頭水牛，低著頭，正拖著釘齒耙在把土耙鬆。

他們在槍托招呼下被推到地上。

突然，所有人全都愣住，抬頭望天。

這一次，飛機的隆隆聲沒有消失在遠方，就在那兒，幾乎近在咫尺。

他們看到一架莫拉納，所謂的「蚱蜢」[21]，正在低空飛行。雷蒙心慌意亂。飛行員不可能沒看到這片空地，也不可能沒看到這五十來個人。何況，「蚱蜢」還來了個大迴轉，再度飛越這區……

法國士兵焦急地轉向越盟士兵。他們是不是沒料到會被發現？現在他們知道時間緊迫，「蚱蜢」八成已經發信號回報他們的位置，一支傘兵部隊很快就會起飛前來拯救俘虜，越盟士兵會怎麼做呢？

越盟士兵也在抬頭望天，不慌不忙，彷彿一切都在預料之中。

隆隆聲逐漸減弱，隨著飛機拉遠，瘦小指揮官大聲發出命令。

麾下士兵，步伐堅定，向這群囚犯靠攏。一干俘虜在靴子和刺刀伺候下又站了起來。

只有兩個人勉強能夠自己走路。其他幾個不住喘氣，越盟士兵惡狠狠抬著他們，才不管傷口不傷口。

已經挖好了九口井，每口間隔數米，井深有一個人這麼深。其中三口已經滿了，裡面的屍體鬆軟無力，已經開始腐爛。雷蒙認出了維爾努下士頸背上的刺青，他幾天前遭到處決，他也認出第一個死掉的那個荷蘭人的刺青。

每名囚犯雙手都綁在背後，被推進一口井中。

雷蒙肩膀寬，掉不進井底，越共只得用槍托使勁把他推下去，他感到右鎖骨硬生生斷掉。然後，兩三個越共繼續剷土往每個俘虜身上扔。現在，他們只剩下頭還露出地面。遠遠望去，八成很像一方菜圃，裡頭種著圓滾滾的南瓜。

偵察機再度冒出，飛得相當低。雷蒙因為汗水流進眼裡，無法確定它的位置。

偵察機之後，是不是跟著一支傘兵正準備跳傘？

維爾布瓦開始哀嚎。

雷蒙放棄仰望天空，看到水牛朝他們緩緩走了過來，頓時毛骨悚然。

在他上方，飛機再度飛過，這回飛得又更低了……

在他面前，水牛拖著釘齒耙，朝他們走過來……

他腦海中閃過的畫面是艾蒂安的臉，而同一時刻，艾蒂安在貝魯特，正對著母親微笑。

安潔兒同意拿起酒杯，像其他人一樣舉了起來。

為了這個場合，她也勉為其難地陪著大家笑了笑。

佩萊蒂埃先生終於想好說詞。

他開開心心朝艾蒂安伸出手臂，大聲喊道：

「敬西貢！」

所有人都舉起酒杯，又說了一遍：

「敬西貢！」

---

1 l'avenue des Français：黎巴嫩於第一次世界大戰後曾受法國託管，直到一九四三年十一月二十二日宣布從法國獨立。法國人大道便是於託管期間，作為首都貝魯特都市更新計畫的一部分所規劃的第一條濱海大道。

2 Le maréchal Ney：指的是法國名將Michel Ney（1769-1815），法國大革命和拿破崙戰爭期間的軍事指揮官。一八〇四年，拿破崙一世任命一級元帥，並稱其為「勇者中的勇者」。

3 Wendel：一七〇四年，馬丁・溫德爾（Jean Martin de Wendel）從路易十四手中買下洛林（Lorraine）的鍛造廠及煉油廠。這家歐洲鋼鐵巨擘，現為法國最長壽的百年企業，有長達三百一十九年的歷史。

4 Michelin：十九世紀末，全球首屈一指的米其林輪胎發跡於多姆山省的克萊蒙費朗（Clermont-Ferrand，Puy-de-Dôme)。

5 Schneider：一八三六年，來自洛林的施奈德家族在勒克勒佐（Le Creusot）買下兩家工廠及附近建物，組建成為施耐德鋼鐵廠，現執世界能源企業牛耳。

6 la *Niña*：西班牙語，即「東太平洋降溫階段」，現又稱反聖嬰現象。在西班牙語中，利用與聖嬰現象「厄爾尼諾」（*El Niño*）相對應的陰性名詞「拉尼娜」（La *Niña*）來代表反聖嬰現象。聖嬰是「男孩」的意思（定冠詞*El*專指「那個」男孩，意指幼年耶穌，即「聖嬰」），而拉尼娜則是「聖女」（女孩）的意思。

7 帕伊娃（Païva）與「誰付錢誰上（qui paie y va）」諧音。

8 la belote：類似橋牌玩法。四種花色的A、K、Q、J、10、9、8、7，共三十二張牌，玩牌時通常兩人一組，玩家與對面玩家一組，叫牌決定王牌花色，最後以獲得最高累積積分的一方獲勝。

9 la France libre：一九四〇年六月二戰期間，原法蘭西第三共和國國防部次長戴高樂在英國建立的政體。萊根蒂洛姆將軍（Paul Legentilhomme）則為自由法國在巴勒斯坦蓋斯蒂奈（Qastinah）軍營指揮官。

10 Cinzano：一款義大利苦艾酒，以葡萄酒為基底，加上糖、草本植物與荳蔻、杜松子、橙皮、丁香等香料。

11 Oum Kalsoum（1904-1975）：埃及女歌手、音樂家、演員，活躍於一九二〇年代到一九七〇年代。享有「東方之星」美譽。

12 une partie de trictrac：雙陸棋，又稱百家樂棋，是一款供兩人對弈的版圖遊戲，棋子的移動以擲骰子的點數決定，比對方更快將自己全部的棋子移出棋盤者獲勝。

13 le Levant：包括地中海東部附近諸島及沿岸諸國在內的地區。

14 勒科克的法文為Lecoq，coq在法文中則為「公雞」之意。由於公雞是法國象徵，所以艾蒂安方有此一說。

15 La Belle Otero：原名為奧古絲汀娜・卡羅琳娜・德爾・卡門・奧特羅・伊格萊西亞斯（Agustina Carolina del Carmen Otero Iglesias，1868-1965），「美好年代」知名歌舞表演者、舞蹈家、歌手。

16 la Mission laïque française：創立於一九〇二年的非營利性組織，致力於透過在法國境外創建與管理學校以傳播法語和文化。

17 *Pieds nickelés*：路易・福爾通（Louis Forton，1879-1934）創作的漫畫系列，一九〇八年六月四日首度發表。是為二十世紀初期，法國最受歡迎的漫畫系列。該系列作品多次重印，保持法國漫畫最長發行記錄：一百零七年（從一九〇八年到二〇一五年）。pieds nickelés的字面意義為「鍍鎳的腳」，引申為「不熱衷工作的人」。Ribouldingue一詞，原意為「花天酒地」，是該系列三位主角其中一位，蓄有絡腮鬍，體型圓滾，生性疏懶。

18 le Château Musar：該酒莊出產的酒享有黎巴嫩酒王盛名。

19 Việt Minh：越南獨立同盟會，簡稱越盟，由印度支那共產黨成立於一九四一年，帶領越南脫離法國殖民統治為其主要目的。本書譯文視上下文脈絡，翻譯成「越盟」或「越共」。

20 piastre：一八八五年到一九五二年期間，流通於法屬印度支那的貨幣。

21 Morane：指的是莫拉納・索尼埃（Morane-Saulnier）MS.500戰鬥機，綽號「蚱蜢」（Criquet），是法國於二戰德軍占領期間生產的單翼戰鬥機。

2 許可證是我們局裡發的

一個月後，艾蒂安依然沒有雷蒙的消息。雷蒙在最後一封信中用「出任務」簡單帶過，看似乎鋪直敘，隨著時間和空間拉大，這個詞變得像是威脅，有時甚至像災難。害他的思緒在天堂與地獄之間擺盪。一會兒作白日夢，雷蒙結束任務，無約一身輕，去咖啡館露天座找他。他身著便服，跟艾蒂安暢談各式計畫，開鋸木廠啦、栽種橡樹啦、插秧種稻啦，艾蒂安覺得很棒，說他可以幫忙管帳，亞洲看似人間天堂。一會兒作惡夢，好幾個月音訊全無，突然有一天來了人，一位戰友按了門鈴，手中把玩著白色軍帽，宣布雷蒙死訊。這名男子的輪廓略顯模糊，艾蒂安辨認不出面容，在深藍背景襯托下顯得稜角分明，神秘宛若鬼魅。

艾蒂安查過地圖。雷蒙的部隊「開往顯江[1]那一帶，如果我沒理解錯的話」，雷蒙如此寫道。顯江？好像在西貢西北部。是一個村莊？還是一個地區？好抽象。越南地圖上每個地名都好像。令人費解的是，在艾蒂安眼裡，顯江這個地名暗含厄運。

與雷蒙相遇的那一刻帶給他的啟示有多深，此刻他的憂慮就有多深。那一刻的光明彌補了他自青春期以來所有令他失望或是不堪的慘澹邂逅。或許是運氣不好，艾蒂安向來不曾愛得如此痴狂。性愛、慾望，有；但是激情，向來沒有。因此，這位微笑自信的高大比利時兵團成員，在艾蒂安眼中代表一種榮耀，令他感到驕傲。

艾蒂安的腦海中，當他不為這種他無法解釋的失落而惶惶不安時，就會被一個懸浮在時間中的影像占據：雷蒙滿臉落腮鬍，戴著翻邊帽，帽簷用短繩捲起，和其他士兵排成一列在叢林中行進。這個定格影像，猶如一顆未爆彈。

約瑟夫在提籠裡喵喵叫，乘客嫌牠吵，怨聲載道，艾蒂安夾在兩者之間，一路都沒睡。

飛機艙門打開，他走下登機梯，西貢潮濕、凝重的熱氣迎面撲來，彷彿進到露天澡堂。才走了幾步，汗水就順著背脊往下流。女人家忙著拿扇子搧風，男人家拿著帽子憑空拍打，滿臉大汗，伸出胳臂擁抱前來接機的家庭成員，胳肢窩被汗水暈濕了圓圓的一大片。

已經被這種氣候壓得透不過氣，還得在白熾天空下邁著沉重步伐走到車子那邊，大朵雲彩在空中緩緩滾動，人人盯著瞧，目光夾雜著憂心與欣慰。

「是佩萊蒂埃先生吧？莫里斯．詹特，貨幣局局長。」

一名高大男子，頭髮幾乎全白，滿臉倦容，身著乳白套裝。他的一切在在予人一種疲憊的印象，無論是聲音、眼神，甚至連握手都是。他看著艾蒂安手上的提籠，簡直不敢相信。

「這什麼？」

「我的貓。」

詹特震驚之餘，嘆了口氣。

「好，走吧，這邊請。」

他說得好像急於擺脫一樁苦差事。

「我還有一個箱子。」艾蒂安冒昧說道。

詹特隨意擺了擺手，彷彿在說這一點都不重要。艾蒂安加緊腳步趕上他，計程車正在等，兩人鑽了進去。

「等等有人會把你的行李箱送去格里弗勒街，專門為新來的員工準備的公寓。我先警告你，沒有人能在那裡待上超過幾天的時間。」

「為什麼？」

詹特用手在空中掃了一下，就像在趕蒼蠅。

「你自己等著瞧吧……你的貓怎麼這麼臭！？」

「因為長途旅行。」

「嗯，是啊。」

艾蒂安很快就明白，這個人的態度與疲勞無關，而是因為認命。當他發現局長竟然親自到機場接他，出於禮貌也出於好奇，表明自己受寵若驚。

「我剛好可以出來走走。你從哪兒來的？」

「貝魯特。」

詹特睜大雙眼，跟碟子一樣圓大。

「貝魯特？不會吧！真沒想到！你怎麼不早告訴我？從來都沒人告訴我任何事。」

「我的人事資料裡面有寫，沒嗎？」

「人事資料？我才不看。反正，我什麼都不能做，要用誰，我又不能決定，你說是吧！」

他要艾蒂安幫他作證，這個小伙子不知道該說什麼，不過詹特沒等他回話，又回到剛剛的話題。

「貝魯特，我的回憶可多著呢！」

他兩眼空洞，憶起自己的軍旅生涯。他去非洲打仗的時候，途經貝魯特，匆匆待了一天半，卻留下不可磨滅的記憶，很難理解為什麼。他反覆念著「啊，貝魯特！貝魯特！」之後閉上了嘴，過了一會兒，突然問道：

「那裡天氣好嗎？」

怪問題，或許因為西貢當地的這種天氣，所以他才有此一問吧。而且，他還把頭探出車門外，望著滿是烏雲的天空：

「這些雲哪，說落下就落下……啪一下，就把人淋成了落湯雞……」

計程車駛抵看似市中心的地方，這時一場名副其實的大雨傾瀉而下。

「我是怎麼跟你說的！」

預測成功，詹特的五官瞬間為之一亮，但隨後同樣這麼突然，再度展現出一副沮喪、遺憾、怨懟的神情，整個人也散發出同樣感覺。

劈哩啪啦，斗大雨滴像礫石般敲打車身，雨水完全垂直落下，將這條街劃成一道水牆，車速有如步行。他們只能依稀辨識出、而非看出，其他車輛半個輪胎都泡在水裡，車影朦朦朧朧，好像在馬路上跳舞。艾蒂安出於本能高高挺起肩膀，生怕計程車頂會突然塌陷。

詹特搖了搖頭，對這副景象感到遺憾。

「這還不算什麼呢！雨季來的時候……你等著瞧吧！」

他突然轉向艾蒂安。

「我有三個孩子。」

沒人知道他是為之慶幸抑或是感到遺憾，甚至不知道他為什麼在這個節骨眼提到這件事，因為他已經轉到別的事情上了，正講著越南話，對司機下達指令。或許他很難集中注意力吧。

不久後，車子駛離主幹道，周遭景象變得較不起眼。計程車終於像船隻往浮橋漂移靠岸那般停在人行道邊。他們一路跑到一棟樓房入口處，將腳下足足有一米寬的水窪濺得水花四起。

才走了幾步，就被雨淋得全身濕透。艾蒂安抖著身子，把水抖掉。詹特用手掌隨隨便便把頭髮給順平。

大廳相當普通。牆上的油漆呈鱗片狀剝落，正在慢慢風化。

「在三樓。」

房間相當大，不帶人味兒，格外淒涼，裡頭備有一張鐵床，破舊的草蓆上擱著一個五斗櫃，略微往右歪。令人驚訝的是蒸汽從半開著的窗戶滲了進來，聞起來像澱粉、洗衣粉。

「好吧，我警告過你。」

詹特搖搖頭，彷彿大難又臨頭。

「我沒預算，只能租這種……」

他指指窗戶。

「院子裡有個洗衣房，蒸汽飄上來，我們拿它沒輒。除非把窗戶全關上，那樣又會熱死……」

艾蒂安把提籠放在地上，打了開，約瑟夫八成瘦了一公斤，跑去躲了起來。艾蒂安拿出一個小碗，往裡面倒水，還有一小袋餅乾，這就是約瑟夫的全部家當，然後把它們全都放在廚房水槽下。

他剛站起來，突然聽到樓梯間一片嘈雜，砰砰聲一路迴響到樓梯平臺。很快，兩名瘦小男子出現了，他們幫他把箱子搬上樓，樓梯扶手、走廊轉角、好幾扇門，到處撞來撞去。兩人都笑咪咪的。爬了這麼高的樓梯，把箱子往地上一扔，顯然對圓滿達成任務相當滿意，並且杵在那兒不走，畢恭畢敬，自信滿滿，盯著艾蒂安。他翻口袋，沒找到零錢，正準備道歉，此時詹特剛好開罵，兩名搬運工連忙從樓梯平臺溜，衝下樓梯。

「已經付過錢了，」他說，「老想要更多。」

「局裡付的？」

詹特沒有回答。

「好吧，頭兩個晚上局裡負責，不過你待得下去才怪。我叫琰幫你另外找一間。」

詹特一陣脾氣上來，猛地轉身，走出公寓，隨便朝他揮揮手，一看就很不耐煩。艾蒂安衝過去，鎖上門。局長走下樓梯，邊發脾氣：「在洗衣房上面租一間公寓，什麼餿主意！」

兩人下樓到了街上，雲層已遠去，白日將盡，夕陽在地上投下大片陰影。朝著艾蒂安迎面而來的是一股濕土、辛香料、烤肉、草藥的美妙氣息；天空放晴，這場雨帶來一絲清涼。計程車還停在原地，他們上了車。司機把排檔打得嘎嘎作響。

他們又往市中心開去，只見高樓大廈奢華富麗，寬闊的人行道上熙熙攘攘，還有那令人費解的交通狀況，汽車、自行車、黃包車夾雜，各類行人，安南人或歐洲人，穿梭其間。計程車停在一棟大樓前面。入口處掛著一塊銅牌，上面寫著：「印度支那貨幣局」。

詹特沒動。

「好，到了。」

彷彿他是新晉員工，進門的這一刻正猶豫著要不要轉身離開。艾蒂安舉棋不定。

「我讓加斯頓帶你參觀。」

看到艾蒂安不知道來者何人，詹特煩了，補上這句：

「加斯頓．鮑梅爾！」

然後，邊開車門，邊自言自語：

「我又不是沒別的事要幹！」

艾蒂安下了車，跑在局長後面，因為詹特現在正大步走進大樓。

兩人走進等候廳，廳裡十分寬敞，設有長長的櫃檯，櫃檯用鐵欄杆圍住，十幾名歐洲職員在櫃檯後面忙得不可開交。他們談話的回聲形成一種持續、低沉的背景噪音，不時夾雜著幾句驚呼聲。「可是你昨天告訴我……」一個人叫道；「噢，不，這是一張預估發票！」另一個人如此跟他確認。

對著櫃檯窗口，總共約有三十來張椅子，上頭坐著穿著套裝的男士、化了妝的女士、戴著玳瑁眼鏡的安南人、亞洲生意人、穿著絲綢裙裝的貴婦，人人指間都攥著一張淡黃色號碼牌，全部是一名肥胖老員工在門口發給他們的。櫃檯後面更遠處，又有好幾張辦公桌，桌上案牘高疊，員工個個彎腰駝背，埋首於文書工作，面對他們，在訪客座椅上，同樣是那些客戶，但他們必須先越過櫃檯那道障礙，才能抵達這方至聖所：聖地中的聖地。

「過來，過來啊！」

局長總是一臉不耐煩，你只好忍著點。

兩人走進他的辦公室，裡頭到處都是文件，辦公桌上擺著好多相框，數量驚人，但全以背面示人，向訪客展示著不知廬山真面目的執拗背影。

艾蒂安始終站著，詹特繞過去，坐進局長寶座。艾蒂安的人事資歷檔案在他面前，他打開，戴上眼鏡。

「法國─黎巴嫩銀行，好極了……商事訴訟……非常好。」

他闔上檔案，身子前傾，拿起一個小相框，轉向艾蒂安。

「伊蘇。」

照片上是一隻德國牧羊犬。

「去年死了。當然是因為這裡的氣候。好，轉帳部門少一個人，你就去那兒吧。喏，這位是加斯頓……他會帶你……嗯，反正你懂就好……」

弔詭的是，儘管艾蒂安現在就在印度支那，反而因為來到這裡而苦惱，因為雷蒙似乎從未如此遙不可及。眼前所見，一切都將他與雷蒙分離，這次旅行、這位局長、這間散發著松節油臭氣的公寓、這座耀眼刺目的城市、這些氣味、這種疲鈍懶散的感覺，雨一停，又回來將他淹沒……

還有這個大鼻子年輕人，一副很跩的樣子。

加斯頓．鮑梅爾與艾蒂安同齡，但架勢完全不一樣，襯衫光鮮亮麗，搭配小手絹，右手小指上戴著一只頗有分量的印章戒。加斯頓，這名男子，意氣風發、志得意滿，摻雜著幾絲市儈氣，解決事情專走邪門歪道。他摟著艾蒂安的肩膀，俯下身子，彷彿要跟他說一個祕密。

「我們直呼其名就好了，嗯？同事嘛……」

他確定艾蒂安一定會答應，於是，挽著這位新同事的胳臂，好像與老友重逢那般熱絡，用賊兮兮的語氣說道：

「我們先參觀『宮殿』，我再開車載你回你的『國王內宅』！」

他大笑出聲，開心到顫抖。這個笑話屢試不爽，永遠說不膩。

「你從哪來的？」

「貝魯特。」

看到加斯頓眼帶狐疑，他只得補充說道：

「在黎巴嫩。」

「啊，從阿拉伯國家來的……我說你有什麼靠山啊？」

艾蒂安從沒想到，這個不起眼的行政部門職位居然這麼搶手，還需要靠人關說？

「我運氣好。我沒有任何人脈。」

加斯頓瞇起眼睛、噘起嘴唇。在他的世界裡，只有人脈、利益、提供服務、人情債、交換，至於運氣嘛，從來沒有這回事。他點了根菸，喃喃說道：「你說沒有就沒有囉……」

「我向你保證。」艾蒂安堅持自己所言不虛。

加斯頓觀察這位年輕同事好一會兒，發現他一臉真誠，他沒靠山這件事，加斯頓百思不解。

「從這邊……」他邊說邊走向一部寬敞石階，階梯通往三個樓層，各個樓層分別有著好幾間一模一樣的辦公室，間間寬敞又挑高，配備大窗戶，每扇窗戶都開著，流通空氣，少數幾臺沒故障的電風扇在天花板上轉啊轉的。

「這邊，兌換……」

「我可以拿法郎換皮亞斯特嗎？」

加斯頓攤開雙手，掌心朝天，像使徒一樣，表示這還用說嘛。

艾蒂安從錢包裡掏出幾張一千法郎鈔票，兩人走到櫃檯窗口前，一名女子，深度近視，看似與背景融為一體，毫無違和感。

「這位是艾蒂安．佩萊蒂埃，新同事。」加斯頓幫她介紹，聲音洪亮。

這位女士瞇起眼睛點了點頭。艾蒂安遞給她法郎，她慢慢數著，一絲不苟，把鈔票一張張排整齊。或許是因為新奇，或許是氣候，或許是那位令他喘不過氣的怪異局長……一陣倦意襲來，艾蒂安問過洗手間在哪，走過去用冷水沖沖臉，照照鏡子，發現自己一臉憔悴。

肯定是因為這棟大樓的牆壁夠厚和方位坐向，這裡的氛圍沒戶外那麼沉重，不過卻充滿汗臭、塔夫綢袖套、墨水、檔案、舊文件和陳腐老舊的氣味。

貨幣局大約有六十名男員工，女性甚少，全都坐在工作桌和辦公桌後面，被堆積如山的檔案團團包圍，怪的是竟然沒塌下來，實在是奇蹟啊。不過，萬一忘記文件放在哪兒就完了。在加斯頓帶領下，艾蒂安跟同事們握手、匆匆一笑，隨口回答一些不是問題的問題，人名、職位、職務，同事才剛說出口，他一轉頭就忘了，貨幣局對他來說就像蟻窩，蟻群麇集，所有人致力於從事一種徒勞無功、一絲不苟、隱晦神祕的活動。

他們上到頂樓，走進檔案室，好一間積滿灰塵的蒸氣室，一名亞洲老嫗，羊皮紙般的臉上阡陌縱橫，戴著怪裡怪氣的藍色透明塑膠面罩，默默遊走於其間。

「這位是安妮，」加斯頓圈起兩隻手，朝掌心說話，輕聲開著玩笑。「我說安妮，妳什麼時候才退休啊？」

「滾一邊去！」檔案管理員發著牢騷，轉過身去背對他們。

下樓的時候，加斯頓胡亂議論：

「今年秋天她就要走了，她好像在法國行政機構待了四十五年，一直都是檔案管理員，很不可思議吧，不是嗎？」

艾蒂安不懂這有什麼好大驚小怪。加斯頓點點頭，彷彿在說：「我自己懂就好。」或許經過一段時間，員工也沾染上了局長的行事作風吧。

「這邊是票據交換所。」

艾蒂安差點又撐不住，因為他剛剛踏進另一個世界，令他頭暈目眩。

「有什麼不對嗎？」大鼻子年輕人問。

他的頭歪向艾蒂安，那張臉像刀片般瘦削，艾蒂安靠著桌子，正在用手帕擦拭額頭，手帕已經濕到再怎麼擰也擰不乾。

「沒，沒事……長途旅行的關係。」

艾蒂安勉強擠出微笑。「振作點，」他在心裡幫自己打氣。「加油。」

加斯頓看了看錶。

「反正時間快到了……」

他們下了樓。下班時間的確到了，員工穿上外套，把「已關閉」的桌牌擺上櫃檯，給那些沒得到服務的二十幾位客戶看，不過後者正邁著平靜的步子離開，他們知道，明天一開門，自己就會回到這邊，重新排隊等候。

「我說老弟，今天晚上你有什麼安排啊？」

艾蒂安想找出路脫身，但他迷失方向，什麼藉口都找不到。

「那就一起吃飯吧！約『龍岩』見，你去問問看，每個人都知道。吃完以後嘛……（他眨眨右眼）有個驚喜……包你喜歡……」

艾蒂安還沒來得及反應，在一片喧鬧聲中，聽到又是越南話又是法國話，員工加緊腳步往出口走去。加斯頓已經戴上草帽，刻意戴得歪歪的，想必是為了突現優雅的名士風範。

「你自己找得到吧？老弟。」

艾蒂安揮揮手，笑了笑，表示沒問題。加斯頓一蹦一跳走遠了。

現在寬闊的人行道上，只剩下艾蒂安一個人。

在他周遭，這座城市在日暮時分最熱鬧，黃包車一邊罵街一邊在路上橫衝直撞，五顏六色外加笨重的有軌電車鳴著喇叭，某處傳來手風琴旋律，但很快就被引擎噪音和小販喊叫聲淹沒。在他參觀貨幣局期間，又下過一場雨。街道和人行道亮晃晃的，好些路人並沒脫下雨衣，好一場繽紛亮麗的色彩秀，猶如萬花筒般在流動。這場好戲永無休止。五金雜貨攤。一個個小販，賣熱氣騰騰的湯品、賣紫蘇炸物，要不就是賣零售香菸。離林蔭大道有不遠的地方，有輛車爆胎，邊上圍了一圈人。他繼續走他的路，耳邊傳來消防車警笛聲。

艾蒂安隨意向右轉，找著一張歐洲臉孔。一個六十多歲的老頭，拄著沉甸甸的竹拐杖慢慢走。

「沿著麥克—馬洪路往上走，就會看到它在你左邊。」

馬賽口音。艾蒂安順著拐杖指示的方向走去。衣服又粘在皮膚上。走著走著，他感覺到那把沉重的公寓鑰匙在口袋裡面滾啊滾的……他記得那位老人家還加上了這句……

「得走上一大段路。」

再往前走一點，好幾輛黃包車橫七豎八停在人行道上，車夫全在抽菸，彼此笑著打招呼。艾蒂安問道：

「你們會說法語嗎？」

才剛問完，身邊已經站了四個人。他隨便指了其中一個。

「你知道高級專員公署在哪裡嗎？」

「知道，知道，諾羅敦宮！」

車夫立刻坐上坐墊，艾蒂安鑽進車裡，看著城市景觀羅列而過，這時，頭頂又有新雲層飛到，又灰又重。

十幾分鐘後，車夫讓他在一棟大樓前下了車，此處正是法國行政機構和遠征軍總部所在地，開口要了一筆天文數字的車資，艾蒂安除以三後給他，車夫滿臉笑容，十分開心。

透過關著的大柵門，艾蒂安看到這棟宏偉建物甚為寬闊，有著大拱廊、羅馬式三角門楣、呈淡藍色的厚實圓頂。大柵門前只有一個警衛室，可是裡面空無一人，沒人可以詢問。

大雨驟降，連一丁點兒徵兆都沒有，直直落下，淅淅瀝瀝，又大又密，高級專員公署消失在雨簾之後。

艾蒂安沒做出任何反應，像一盞路燈，就這麼佇立在人行道上。沒有雷蒙，他孤單得可怕。

他臉頰上淌著的淚水被滂沱大雨一併沖了去。

「麻將」因其曖昧的雙重服務而享有盛名，酒吧這裡的客戶群為西貢資產階級，還有摟摟抱抱、成雙成對的法國男女。女士們戴著項鍊耳環，披著絲綢披肩，搧著老式摺扇，放開嗓門笑得開懷，男士們穿著容易起皺的亞麻套裝，摟著女士們的香肩，抽著有濾嘴的香菸，這一整個小圈子都邊喝馬丁尼和白蘭地蘇打水，邊大聲談笑。樂隊有兩位手風琴樂師和一位身穿金蔥晚禮服的女歌手。男士們彷彿是隨意走了進來，正準備開懷暢飲，三三兩兩坐定，哥兒們聚在一起放蕩不羈，今晚喝個不醉不歸。酒吧間裡，專門陪人跳舞的亞裔舞女望著舞廳裡，低聲交換意見。此情此景，宛如置身巴黎酒吧。

不過在反方向的另一邊則截然不同。

衣帽間附近，桌子一張接一張，青春女郎在那兒跳起另一種風格的舞蹈。

這裡隨時都有五、六個女孩。安南女孩身著短上衣，面對大廳，一坐下衣服就往上擼得特別高；高不可攀的中國女人則一襲旗袍，開衩開到大腿根部，帶著優越感，睥睨全世界。男人叼著菸挨近衣帽間，一臉不在意，看似只是過來問點事，這是一支男子芭蕾；至於那支越南少女芭蕾則是女孩兒接受某桌邀請，過去喝一杯，捂著嘴咯咯偷笑，笑聲天真爛漫，如銀鈴般此起彼落。還有中國女人，風姿瀟灑走出場，後頭跟著一名男子，腆著大肚腩，西裝外套都鼓了出來。殊不知，這種運動，你來我往、心照不宣、暗通款曲、蓄意低調，正是這場好戲的重點，正是這個場所的魅力所在。從上流社會婦女誇張的笑聲中，不難猜出這種待價而沽的賣淫習氣，給他們帶來何其美妙的感覺。廳裡雪茄和香菸煙霧瀰漫，風扇也無力驅散，整個俱樂部霧濛濛一片，氛圍有如水族館。每張圓桌上都有一盞小燈，燈上罩著紅布，蓄意強調這個地方私密的一面。

加斯頓把艾蒂安領到一張桌子前，事實證明，這張桌子的戰略位置極佳，可將衣帽間和站在那兒的年輕姑娘盡收眼底。

整個晚上，艾蒂安都在等待時機，希望能把交談引向他唯一感興趣的話題——雷蒙，但是，看到加斯頓兩眼發直，覬覦著那些女孩，他明白他將無法探聽到有關軍事動向的一丁點兒資訊，於是，這一夜就這麼過了。

在「龍岩」（「每個人都知道！」加斯頓再三強調）度過的前半夜，加斯頓沒能好好表現，那家餐廳嘈雜，顧客不斷進出，彼此打著招呼，坐下又站起來，很難理解到底是誰在為顧客服務，因為每個人經過時，好像都端著菜、端著盤子，錢從一個人手裡傳到另一個人手裡，最後終於傳給一個滿臉汗津津的男人，他身上圍著一條做菜用的半身圍裙，奇髒無比，被腆著的大肚腩給遮住了一大半。加斯頓沒有徵求艾蒂安意見，自顧自點了菜，交給一個正在忙的女人，她沒停手，繼續拿抹布擦著桌子，隨後鑽進人群，幾分鐘後回來，端著滿滿好幾盤子的菜，全是些艾蒂安從沒見過的：一個酒精爐，她把滿是滾燙熱油的小平底鍋放在上頭……一盤叉燒、又酥又脆的炒麵、菠蘿、芒果……每樣都無比美味，從他到越南以來，第一次享有這種單純的幸福時刻，但他很快就感到索然無味，因為他想到雷蒙一定會喜歡這裡，這正是艾蒂安想像他們在西貢重逢時的情景，偏偏在他面前的卻是加斯頓．鮑梅爾，正在把他的大鼻子探到平底鍋上，手指舔過一根又一根，邊擺出一副神祕兮兮的樣子，只因為他知道兩三件艾蒂安還不知道的事情。

艾蒂安想起他向加斯頓保證他到這裡來沒有靠任何人關說，當時這位同事對此表示懷疑。

「那你呢？」於是他這麼問道，「你是從哪裡來的？」

一有機會談到自己，加斯頓都會深吸一口氣，好像他並不想提到自己，純粹是為了讓對方開心才不得不說。

「我祖父在這兒住了一輩子。鮑梅爾種植園，你聽過嗎？」

他沒等艾蒂安回話，因為答案不言自明：

「這個國家可以說是我們家族建設起來的。我祖父他們到這裡的時候，甭提了，呸，這得追溯到很久以前，那時候這些亞洲人啊幾乎什麼都不會。就連稻米，也兩三下隨便亂種……我祖父經常說：『黃種人啊，這種人就是需要別人告訴他們做什麼，還得做給他們看。』我說到哪兒了？」

「你的靠山。」

「啊，對噢，我父親……他在交通部做大官。硬把我安插在這兒，還不是為了他自己，這……好，然後嘛……」

他壓低聲音，哈哈一笑，表示彼此心照不宣。

「一個女孩子……被我搞大了肚子。我最好還是走為上策，你懂嗎？」

艾蒂安懂得不得了。

「好，到這裡來……有點像接下家族薪火。」

「詹特先生很奇怪。」艾蒂安想找話題，於是試探他。

「噢，他是個好人。不怎麼有辦法，卻是個好人。」

他說起詹特好像在說自己的部下。

「他好像不太喜歡這裡。」艾蒂安補充道。

「他負責貨幣局都這麼久，有點倦勤了吧。不然你想怎麼樣呢？他老婆，她啊，她可非常喜歡這裡呢。」

加斯頓大口吞著麵條，分量多到驚人，但是，一提到局長老婆，他就停了一下：

「比他年輕二十歲，即使到了今天，身材依然是前凸後翹，我可以告訴你。」

他還在做春夢，筷子懸在半空中。哪怕局長老婆走進餐廳，他也不會感到驚訝。終於，他哼了一聲：

「他們有三個孩子，你懂嗎？」

艾蒂安不知道這有什麼好懂的？

「孩子都大了。她可以自由來去囉。」

他眨眨眼睛。

「結果還是窩在三島[2]或博科[3]，如果你懂我意思的話……」

「不太懂，不懂。」

「高海拔地區度假村。松樹、瀑布，全都有，她說這些讓她想起阿爾卑斯山。她是孔布盧[4]人。可是我啊，我心想肯定還有別的原因……」

他慢慢舔了舔嘴唇，一臉迷惘，然後又探進盤子，繼續大吃特吃。由於這個話題似乎已經結束，艾蒂安趁著聊到一半的空檔，拋出這句：

「我有一個表哥是傭兵，在西貢這邊……」

由於艾蒂安停下不吃了，加斯頓就直接端著大盤吃，八成會被他一掃而光。這小子並不胖，可是狼吞虎嚥，食量驚人。他夾起最後一團麵條，拿桌布一角擦了擦嘴，然後往椅背一靠。

「順便說一句，有點奇怪……」艾蒂安又開了口。

「怪什麼怪？」

「他最近一封信是一個多月前寫的，此後就沒消沒息。」

「也許你表哥不喜歡寫信吧。」

艾蒂安還沒來得及回話，加斯頓就拍拍肚子，俯身在桌子上方，以低沉的嗓音說道：

「現在，老弟，給你一個驚喜！包你喜歡……」

然後，他就站了起來。

他們去了「麻將」。這個「驚喜」就是加入舞廳裡那夥男人，對女人品頭論足，和舞女跳舞，然後帶小姐出場。

到目前為止，加斯頓一直表現得置身事外，理性地分析點評，可是一進「麻將」，搖身一變，當場成了一個興奮難耐的男人，好像這輩子只為了一個目的存在，如今考驗終於降臨了。他色瞇瞇地盯著女孩子瞧，貪婪到令人尷尬。

「從三百到將近一千皮亞斯特都有。」

他一直往衣帽間那邊瞟，那兒有兩個越南少女緊緊貼在一起，扭來扭去，又騷又辣，宛如一對女同性戀情侶，當然沒人相信她們真的是。

「這兩個，」加斯頓俯身說道，「一千皮亞斯特就夠。兩個一起。你有意思嗎？」

「今天晚上先不要吧，」艾蒂安語帶保留。「這一路太累了。」

加斯頓盯著他。這已經是第二次了，這個同伴真掃興。但眼前這些女孩的吸引力依然比什麼都強。

「這裡，」他沒看艾蒂安，低聲說道：「她們不像我們那裡那麼騷……不過，要是選對人，要她幹麼就幹麼，搞了半天，兩邊差不多浪呢。中國妞最貴……右邊那個穿黃旗袍的，要八百皮亞斯特。說實在的，找中國妞簡直像把錢扔進水溝，什麼都不會，什麼都不願意做，懶得要命，就這樣，沒別的。」

服務生剛把白蘭地蘇打水放到他們面前，加斯頓跟大地主似地往椅子後頭坐，又補充道：「從我到這裡以來，全西貢最美的妓女，我全上過，而且一直都有新貨進來。我眼光好得很。喏，左邊那個，穿襯衫露肚臍的那個，我跟你打賭……」

艾蒂安再也沒在聽他講話，而是正在觀察這位同伴，他的印章戒，他的手錶，他的西裝……所有這些都和貨幣局普通職員的薪水搭不上。

「你怎麼都不喝？」

「要，我要喝啊。」

艾蒂安笑著舉起杯子。

「謝謝你的『驚喜』。」

加斯頓受寵若驚，這個新人在他心目中的地位稍微提高了一點。

「就算我不累，這些女孩子對我來說也太貴了。」艾蒂安接著說。

「老弟，我可以借你錢。你要是個有辦法的人，很快就能還我。」

這是他第二次提到「有辦法」。

「怎麼做呢？」

剛剛到了兩個新女孩，加斯頓的目光在她們身上游移。

「跟其他人一樣就結了。你看，我啊……」

說到自己，他這才找到唯一一個比越南妓女更有意思的話題。他展示他的印章戒。

「你著實瞧瞧我這個大戒指。」

「真夠瞧的。」

「每攢到一萬法郎，我就換一個更大的。等我回法國的時候，才不用大包小包，你懂嗎？」

艾蒂安進貨幣局的薪水是一萬五千法郎。就算加斯頓有一兩年資歷，就算他的職位收入比較高，也不可能比艾蒂安多到哪去。

「怎麼？」他嚷道，好像艾蒂安在怪罪他。「每個人都趁轉帳撈一點，又不是只有我，對吧！」

他咯咯笑了起來，這個新來的傻小子什麼都不懂，他得跟他解釋，對他來說，就像帶處男逛窯子一樣令人興奮吶，還沒解釋就樂不可支。

「一皮亞斯特等於八法郎。但是，其實一九四五年，法國就裁決一皮亞斯特不等於八法郎，而是……十七法郎！從這裡下單到法國，隨便買什麼東西，這下好了，用皮亞斯特買貨，等皮亞斯特轉帳匯回巴黎的時候，價值已經翻倍！而且差額由法國政府支付。你匯出去價值十萬法郎的皮亞斯特，到法國的時候就成了二十萬。你付了一百萬法郎，結果價值兩百萬。一千萬，就變成兩千萬。不管多少金額，全世界沒別的地方能在一週內讓你的財富翻倍。」

「申請轉帳的都是哪些人？」

「官員、個人、買辦。」

艾蒂安聽過這個詞。「買辦」指的是當地中間商，代表外國公司與當地人或政府聯繫。

「但是，」艾蒂安繼續追問，「沒這麼簡單吧！又不是自動轉帳，總有規定吧？沒嗎？」

加斯頓害羞得雙眼低垂，彷彿剛剛有人向他求婚。

「啊，是的！想轉帳，注意囉！得有正規許可證！」

他等的就是這個問題，專注又緊張，他性高潮的那個當下肯定就是這副德性。艾蒂安選擇稱他的心。

「那麼誰批准轉帳呢？」他問。

加斯頓盯著在衣帽間那邊扭腰擺臀的妓女，漫不經心轉動著小拇指上的印章戒。

「印度支那貨幣局，我的小老弟。許可證是我們局裡發的。」

---

1 Hiên Giang：實際查地圖及詢問越南在臺博士生，顯江位於越南北邊，靠近河內西南方處，離西貢甚遠。但作者在本書中顯然並非如此安排。

2 Tam Dao：越南永福省下轄的一個縣，算是較為鄉下的地方。

3 Bokor：位於柬埔寨貢布省山區。

4 Combloux：法國上薩瓦省的一個市鎮，阿爾卑斯旅遊知名景點。

3 這就是報紙的香氣

下班後，弗朗索瓦只有一個願望：垂下手臂，讓它們像石頭那般落下。肩膀痛，手肘痛，背部僵硬，兩腿發抖。最後幾捆滑動的速度慢了下來，轉輪印刷機魔音穿腦的噪音也逐漸減弱，聽起來宛如火車進站。一切終於停止，現場陷入一片寂靜，靜，卻有活力，令人難以相信。一上來，沒人說話，各自看著自己的手，黑漆漆地，像極煤礦工人的手，隨後抖去身上髒污。在這個地方，一項任務完成，另一項任務立刻開始，工作人員交叉作業，毫無停歇。機器一暫停，清潔工就到了，精神抖擻，跟剛捕獲的紅眼魚一樣新鮮，好像在趕你似的，邊把油罐放在地上，弄得噹啷噹啷直響，邊打開鐵桶，汽油蒸汽隨之逸出，把滿是油污的抹布浸到鐵桶裡面。現在，氣氛不再充斥著印刷噪音，正常生活聲響又開始迴盪，大夥兒又開始你叫我、我叫你，又開始吹牛開玩笑。弗朗索瓦把最後幾捆報紙堆在手推車上，看了看，有人正把它們往裝貨區升降梯那兒推。卡車在上頭等著，引擎轟隆轟隆，油門蓄勢待發，司機急得跺腳，沒人喜歡最後一個出發，因為這會讓人有一種感覺：還沒開始到處送貨，就已經遲到了。

現在是早上七點，《人民報[1]》的第三版剛上路。

弗朗索瓦去洗手、洗前臂，永遠都洗不乾淨，墨水總會滲進細紋和指甲裡面，用浮石也洗不掉。「兒子，手洗了沒？」兩週前母親的聲音依然在腦海中迴盪。他彷彿又看到她那對乜斜、疑神疑鬼，圓得像母雞一樣的眼睛，憂心忡忡，愣神放空……她這種無聲勝有聲的表達方式，一直都讓他渾身起雞皮疙瘩。

他生她的氣，因為他身陷困境，無法自拔，她得負很大一部分責任。

佩萊蒂埃夫人始終把記者列入見不得人又臭名昭彰的職業之流，和妓女及修車工人相提並論。此乃源自於一段古老又可笑的歷史：夏蒙先生在她身懷六甲時差點撞死她。此君在貝魯特知名日報《東方報》上班，明明是編輯，卻自詡為記者。要不是他從咖啡館出來，身上散發出一股濃濃酒味，沒人會注意這個小事故。佩萊蒂埃夫人忠於自己用一竿子打翻一船人的偏好，堅持信念，始終相信新聞業就是酒鬼業。

不幸的是，新聞業顯然是弗朗索瓦覺得自己唯一適合的行業。他正是透過父親晚上帶回來的《東方報》才發掘到閱讀之樂。看到在他家附近、甚至就在他住的這條街上發生的事情被印刷刊登出來，傳遍全市、乃至於全國，令他瞠目結舌。上回失火，他根本沒注意，豈料某天竟然在報上看到一張他們家這棟樓房的照片，覺得無比神奇。學校裡大家都在談自行車賽和拳擊賽，他卻在體育版上找著相關報導。佩萊蒂埃先生曾將一九三七年某報對肥皂廠做的一份報導裝裱起來，但妻子只同意掛在走廊裡一個很難走得進去的角旮旯那兒，因為是夏蒙先生寫的，那個酒鬼！在他們家，《東方報》類似一種可恥的機關行號。晚上，弗朗索瓦偷看《東方報》每日連載小說「溫柔的柯琳娜」，還偷偷幫父親把每填必睡的填字遊戲填好。

當他面臨選擇要讀什麼科系，也就是說選擇職業的時候，弗朗索瓦稍微往新聞方向上做了一些嘗試，但很快就明白自己這是在白費工夫。於是，他找著一門父母有可能批准的學科，成為教師的提議得到熱烈支持。佩萊蒂埃先生說：「傳授知識是崇高使命。」「沒錯，當公務員很好啊。」佩萊蒂埃夫人跟著幫腔。

弗朗索瓦學業成績優異，他選了巴黎高等師範學院，因為貝魯特沒有類似學校，他也因而為自己贏得一張飛往巴黎的機票。在他第二次考中學會考那年，還專程去巴黎參加入學考試，殊不知他根本沒去考試，而是僅僅從舊生那邊蒐集了一些考古題，讓他能夠透過寫信給父母，針對他有可能碰上的相關困難討論一番。他父親想知道所有細節，因為他已經在廊柱咖啡館大肆宣揚，不久之後，他兒子就會確保佩萊蒂埃王朝名滿天下，眾人聞之，無不瞪大雙眼，稱羨不已。誰知道，弗朗索瓦根本沒去報名，對入學考試內容只略知一二，在信中長篇大論撒謊實令他為難，但他自我勉勵，這等於是在做新聞專業培訓。

三週後，他發了一封熱情洋溢的電報給父母，宣布他名列前茅。路易欣喜若狂，請大家喝了兩輪。

弗朗索瓦心想，現在他有四年時間成為頂尖記者，如果可能的話，成為知名專欄作家。屆時，這個騙局將在他父親孜孜編纂的家族傳奇記上一筆，父母將因而感到欣慰，也就不會再去追究他沒念巴黎高師的事。

一年半後，他對進入新聞界的看法大為改觀，因為他向巴黎所有日報（外加幾家雜誌）毛遂自薦，沒人願意錄用他。除了《人民報》，他藉由一場誤會得到一份「收貨員」的工作，整夜都在把報紙堆起來、捆好，然後搬到推車上，巴黎高師的課程肯定沒這麼髒亂。

弗朗索瓦從地下室上來，待在人行道上，點了根菸，和趕著回家的同事們握手道別。他從口袋裡掏出一張皺巴巴的紙條，那是門房莫羅太太，大家都叫她萊昂蒂娜——一個長舌婦，不巧碰到她，你絕不可能知道何時才能脫身——留在他門墊上的，可是，快到午夜，他出門的時候才發現。

吉爾柏的筆跡：「下班後，可以過來找我嗎？」弗朗索瓦看看錶。吉爾柏早上十點才下班，所以去朗布托[2]找他，時間綽綽有餘。

地鐵擁擠不堪，人人臉色陰沉。他於一九四六年九月抵達巴黎，在他眼裡，巴黎這座城市又灰又累。解放的欣喜，所有曾讓巴黎燃起希望、激起熱情的一切，都像舒芙蕾，一度膨起，又塌陷下去。巴黎垂垂老矣。面對匱乏、配給、交通不便、失業、居住條件欠佳，甚至惡劣到悲慘程度，打勝仗的樂觀已然被焦慮、權宜之計、如同戰時一般的找門路、鑽空子所取代。「熬過德軍占領時期，結果走到今天這一步，著實令人痛心」，弗朗索瓦從這些人臉上看到的就是這點。只見到處都在罷工，連警察也不例外。尤其是一九四七年的情況比前一年還要糟糕好幾十倍。一夜之間，麵包從七法郎漲到十一塊五法郎。貴成這樣，卻難以下嚥，像杜魯門先生的玉米一樣發黃[3]，令人消化不良。今年，通貨膨脹上看百分之四十。他的長褲膝蓋處鬆得像口袋，打著補丁的粗毛衣被缺了兩顆鈕扣的夾克遮住，但當他環顧四週，看到大家穿得跟他半斤八兩，女生卯足了勁兒讓自己稍微稱頭一點，全都打扮得像十年前的鄉下姑娘。尤有甚者，緊接著酷暑而來的是奇寒嚴冬。在這段時間裡，雷諾汽車廠展開罷工，每個人配給的麵包從三百公克減少到兩百五十公克，隨後又減少到兩百公克，加油站員工加入鐵路工人、清道夫、公務員的罷工行列，十月的時候，大眾運輸完全停頓，緊接著小學老師也罷工了，法國社會長期處於緊張狀態，十二月巴黎到里爾火車出軌事件，政府歸咎於工會發起怠工所致，全國就此陷入恐慌。到了今年，一九四八年，情況絲毫不見好轉。法郎貶值百分之四十五，全體人民生活愈發加劇惡化。礦工剛開始罷工的時候，政府狠批是共產黨搞的鬼，派出軍隊鎮壓。雖然弗朗索瓦一到巴黎就立誓絕對不碰父母每月寄給他的一萬兩千法郎，因為總有一天要還給他們，但是生活開銷加上薪水微薄，逼得他非碰不可。儘管他對每筆花費可說是錙銖必較，還是不停動用到這筆積蓄，他別無出路，看不出還能怎麼過日子。

弗朗索瓦在朗布托站下了地鐵，他每天都這樣，邁著堅定步伐走進《晚報》辦公大樓，大家老是碰到他，還以為他在這兒上班呢。這棟大樓位於坎康普瓦街，不久前還是通敵的賣國報總部，因為該報社具備現代化鑄造排字機和轉輪印刷機，所以被新老闆亞德里安·德尼索夫趁著解放初期的混亂局面一眼相中。他和另外兩家來自地下抗德組織的日報同行一起一舉奪下該報，幾乎可說是強取豪奪了。在他推動之下，短短數週，昔日的《日報》，這個再沒多少人感興趣的巴黎老牌報紙搖身一變，改以新穎的版面設計和字體排列方式出報，版面清晰可讀，與眾不同，博得讀者喜愛。當局察覺《日報》遭到非法占用，為時已晚，《晚報》的印刷機已經開始全速運轉了。

別無他處，《晚報》正是弗朗索瓦夢寐以求的工作。

德尼索夫，這位記者三十八歲，曾在大西洋彼岸參戰，帶著滿腦子想法，懷抱著無數計畫待價而沽，回到巴黎，此君精力旺盛得驚人，外加「大報必須獨立於政黨」這個口號，對弗朗索瓦造成重大影響。此一口號完全是反潮流，蓋因有影響力的新聞機構往往與政黨運作掛鉤。德尼索夫希望透過讀者青睞和廣告資助以維持報紙的獨立性。在連政府都撐不到一季並不罕見的這個時代，德尼索夫卻宣稱「我要辦的報，能在這個日新月異的世界歷久不衰」。他深知如何和競爭對手區隔開來。至於弗朗索瓦，自從弟弟去了印度支那，就對該地時事十分關注，他注意到當《果敢報》以「共產浪潮衝擊法國地位」為標題，《震旦報》強調「維持法國責任之必要性」的時候，德尼索夫派出通訊員[4]前往當地，他們身兼新聞從業人員與探險家二職，並且發表了標題為：「我和外籍兵團深陷南定地獄！」的系列報導。

而這正是弗朗索瓦第一次毛遂自薦的時候。他花了三天時間才攔截到德尼索夫，然而一和他面對面，立即望而生畏。這名男子身上一切都很長：他的身高，他的手，他的鼻子，好像一個孩子出生時被拉長，再也沒有恢復正常比例。圓框眼鏡後方，一對淺灰眸子，目光如炬，頭髮向後梳起，有如水獺毛般油光水亮，緊貼在他那略呈圓錐狀的頭顱上。他因為父親而有俄羅斯血統，但他的養成卻深受美國文化影響，他在《紐約時報》和《芝加哥論壇報》有著輝煌過去，不過向來沒人核實過就是了，反正新聞界和其他領域一樣，都需要英雄。德尼索夫信誓旦旦，宣稱報紙獨立自主的這些想法並非由他首創，但因為這些點子新奇，而且來自於當紅的美利堅，所以大家一廂情願歸功於他。

「我不需要記者，老弟，我需要……」

德尼索夫在大廳中間停下腳步，皺起眉頭，盯著弗朗索瓦。由於他比一般人高，所以總是俯視他人，你得抬起頭才能和他說話，這對雙方交流可沒多大幫助。

「事實上我全都需要。紙張、卡車、廣告，甚至讀者！」

弗朗索瓦的確挑了最糟糕的時期來新聞界碰運氣。短短幾個月裡，運輸成本提高了四分之一，紙張價格上漲了十六倍，印刷一份報紙的成本比五年前高出二十五倍，廣告收入不理想，不得不提高每份報紙售價，造成許多讀者不願意上書報攤購買，陷入惡性循環。

有那麼一會兒，德尼索夫似乎沉浸於暗黑思維中，但彷彿受到某個悲慘事實襲擊，幡然驚醒。

「沒錯，紙張來源才是真正問題所在。」

他轉向弗朗索瓦：

「總之，最不缺的就是記者。」

「我是愛國分子……」

「愛國分子甚至比記者更不缺！」

「一九四一年，我在大馬士革[5]。」

弗朗索瓦看到德尼索夫因為他提起這點而突然止步，趕緊補上：

「在萊根蒂洛姆將軍麾下。」

這並不是第二次世界大戰中最知名的篇章，但德尼索夫記得，在這場戰役中，自由法國軍隊和維琪政府對幹，法國人和法國人打了一仗。

「所以你沒拿到勛章？」

「沒有，」弗朗索瓦說。「好像我們毫無建樹似的。」

他語帶怨懟。這場造成一千多人死亡的戰役被視為是內戰的一段插曲，法國人朝自己同胞開槍休想得到獎勵，所以，事後既無向任何人授勛，也沒表揚任何人。

德尼索夫直視前方，朝接待室、大廳看了看，目光游移了一會兒。

「好，首先，你為什麼想進我們報社？而不是其他地方？」

弗朗索瓦已經準備好回答，這些句子在他腦海中反覆琢磨，使得它們被精雕細琢到像銀器般閃閃發亮，但是，眼前這個巨人像昆蟲學家一樣朝他低下頭，就在他面前，弗朗索瓦再也不知道從何說起：

「你們報社……和其他地方不一樣。」

「是嗎？」

德尼索夫等他說下去，弗朗索瓦壯起膽子：

「其他報社甘為政黨喉舌。你則以讀者優先，選民次之。」

「不錯嘛……」

德尼索夫一微笑，嘴唇便形成一條完美水平線，看似從一邊到另一邊畫過他的臉。他身上帶著一股強烈吸引力，令人無法抗拒。他結婚了嗎？弗朗索瓦沒看到婚戒。大家都說他是個「天生為女人而生的男人」，他不禁羨慕起德尼索夫，他就是想成為這種男人。

「你會寫嗎？」

弗朗索瓦點點頭，以強調他回答得很保守。

「大家都說我寫得還不錯。」

德尼索夫大失所望，閉上眼睛。

「寫得好的話，新聞界不適合你，改寫小說吧！」

他繼續穿過大廳。

「難道你比較喜歡寫不好的人？」

德尼索夫倏地轉身，弗朗索瓦還以為他要甩他一耳光。

「新聞界充滿只會寫句子的人。我們這裡寫的是文章。」

「兩者不一樣嗎？」弗朗索瓦壯起膽子問道。

「不一樣。我們報社不寫句子。我們講故事。」

完了。德尼索夫又繼續往電梯走去，弗朗索瓦拖著輸家的步子尾隨在後。但是好幾位員工正在等老闆，一小群人已經將德尼索夫圍住，大獻殷勤，忙著請教他一連串問題。他言簡意賅，每個問題都回答得簡單明瞭，是，不是，同意。有時候戴上眼鏡，接過屬下遞給他的急件，聚精會神，瀏覽一番，隨後立即裁示，並將原件一道遞了回去。他總是專心聆聽，但討厭重複：「你已經跟我說過了」。他的機敏、效率，有些人想模仿，卻流於表面。「你應該再考慮考慮」，他語帶保留，如此說道。在報社，這個建議相當於一巴掌。

電梯門開了，電梯員興高采烈地問候他「老闆好」。德尼索夫沒看弗朗索瓦一眼就消失了。

自此，每天下班後，他都會來報社。

起初他站在小廣告牆前，隨後鼓起勇氣，爬上樓梯，一路走到編輯部，然後又下樓，來到轉輪印刷機這邊。拼版臺那邊當他是寫專欄的；編輯部又以為他是排字的；排版室說他是校對。

他父親對「行業香氣」的痴迷，他第一次懂了。這裡的氣味，不是精油和氫氧化鈉，而是印刷排版的鉛字、電話聽筒的硬橡膠、混雜著地窖酒味的汗水。這就是報紙的香氣！弗朗索瓦從未如此確定自己屬於這裡。男男女女，匆匆忙忙，跑著、怪來怪去、笑著、對罵，他小心翼翼和他們打招呼，他們以為自己認識他，大大咧咧回他禮，態度輕慢，他再度遭受不公平對待，對一位年輕人來說未免多了點。隨著他經常在報社出沒，大家習以為常，他的存在徹底遭到遺忘，可這扇大門，通往他唯一想待的地方，他依然不得其門而入。他總是從走廊拐角處探出頭來，跟要進病房似的，大家有可能認為他生性靦腆，殊不知，他是怕撞上德尼索夫。幸虧德尼索夫大嗓門兒，大老遠就聽得到，有時候他竟然能夠哇哇大叫成那樣，真令人難以置信。

弗朗索瓦到各部門轉了一圈，關注起晨間新聞，按捺不住誘惑，真想幫每則小道消息、每條新聞下標。他下樓去嗅嗅機房的氣息，遠遠望著拼版臺，那兒，菸斗和香菸呼出的青煙繚繞，煙幕瀰漫中，顯出一個個佝僂身影趴在打樣稿上方。

弗朗索瓦看了看大圓鐘，九點半。是時候該離開了。

他又搭上地鐵。吉爾柏在拉格朗熱歐貝勒街的《體育週刊》當通訊員，但他夢想進《果敢報》。「這才是報紙啊！」他不明白弗朗索瓦為什麼非進《晚報》不可，「那份白菜價的小報」[6]。

他們是在去年認識的，當時弗朗索瓦在各報章雜誌社兜了一圈，到處找工作，他們一起喝了幾杯，要不是吉爾柏有個妹妹，兩人或許不會成為朋友。那個女孩叫瑪蒂德，相當聰明伶俐，弗朗索瓦很快就和她交往。兩人的關係靜如止水，平靜到令人憂心。瑪蒂德和他一起去看電影，去布洛涅森林划船，也在「她有感覺的時候」和他上床。她早上離開，既不承諾也無要求，正中弗朗索瓦下懷，儘管如此，他還是不禁納悶她和別人是不是也這樣？關於這一點，他就較為不開心了。

《體育週刊》的工作剛告一段落。弗朗索瓦因為認識大家，可以隨意進出，他和同事們打過招呼，穿過大倉庫，那兒存放著好幾大捲重達六噸的紙張，等著送去印刷，他在衣帽間看到吉爾柏，一臉緊張，心急火燎，一把揪住他的肩膀，「過來，過來。」似乎很著急。吉爾柏沒花時間過街去酒吧，而是直接靠在逃生鐵門上。

「啊，老弟，」他說。「千萬別告訴任何人，嗯，你答應我？」

他心煩意亂。

「《體育週刊》收了，馬上就要關門大吉……」

吉爾柏這小子向來消息靈通。

「這是機密，你懂嗎？一個禮拜左右才會公布，在此之前不會，因為他們怕引起社會運動。」

吉爾柏即將失業。弗朗索瓦幾乎都為自己還有工作而感到羞愧。

「你可以去《人民報》，問問看他們缺不缺人。」

說是這麼說，他們兩個都知道答案。

一個向右歪去的鼻子，反倒給了他一種溫柔、略帶迷茫的神情。弗朗索瓦低著頭看著地上，他在思考。

「我當然會問。」

吉爾柏說出心事，洩漏機密，身心已經不堪負荷。這個金髮男孩，相當壯碩，打拳多年，落了

「好了，走吧，」吉爾柏說，「去喝一杯。」

「不了，對不起，我……我還有事。晚一點再見面？」

吉爾柏兩手一攤，感到無奈，弗朗索瓦已經走了，跑向地鐵，坐回朗布托，步伐比以往更為堅定，走進報社。電梯剛好到了，他衝進去。

「你在樓下工作嗎？」電梯員問道，面帶懷疑。

「對，其實不是……」

寬敞走廊以對開的雙扇門將管理部祕書處和編輯部隔開，編輯部無時無刻都擠滿了人。弗朗索瓦走上前去，被這種無與倫比的氣氛給震懾住。對他來說，報社不是一家企業，而是一大冒險。在這兒忙進忙出的人不是雇員，而是先鋒啊。

「你在這裡幹什麼？」

他一直都有辦法避開他，現在卻突然發現自己和德尼索夫面對面。

弗朗索瓦笑了笑，四下看了看。

「現成有三十大捲紙，」他壓低嗓門，「不貴，你有意思嗎？」

德尼索夫把頭一歪。

「《體育週刊》即將停刊，這是機密，幾天後才會正式公布。依我之見，破產前賣掉紙張庫

存，應該會皆大歡喜。」

德尼索夫迸出一聲乾笑，點了點頭。

「喂，馬勒維茨，過來一下！」

德尼索夫抓住一個人的胳臂。這名男子四十多歲，肥肉伺機而動，白鬍白髮，眉毛卻黑得又濃又密，使得他目光陰鷙，分外令人心驚。

「我給你這位……」

德尼索夫轉向弗朗索瓦。

「弗朗索瓦．佩萊蒂埃。」

「弗朗索瓦．佩萊蒂埃就弗朗索瓦．佩萊蒂埃。你把他擺到社會新聞那邊。兩個禮拜，要是他成不了氣候，你就把他踢出去。」

馬勒維茨張開嘴，但是被德尼索夫打斷，他從辦公室門口轉過身來對著他們兩個，然後衝著弗朗索瓦喊道：

「九千法郎！」

這個小伙子連忙舉手表示感謝。他的月薪剛少了三百法郎。

---

1 *Le Populaire*：一九一六年，由法國社會主義黨所創辦，是為該黨喉舌。一九四〇年，德軍入境，一度停辦。一九四四年到年，隨著社會主義政黨工人國際法國支部盛行，《人民報》成為巴黎僅次於《人道報》的主要日報。一九七〇年停報。

2 Rambuteau：指的是巴黎市中心，第三區與第四區一帶。

3 jaune comme le maïs de M. Truman：指的應該是二戰後美國對遭戰爭破壞的西歐各國進行經濟援助，包括提供玉米等食物等等，當時美國總統為杜魯門先生。

4 reporter：通常指以通訊形式為新聞機構反映情況、採集外地新聞、按稿計酬的編外新聞工作。

5 指的是敘利亞戰役或稱為出口商行動（l'opération Exporte）。一九四一年六月至七月，第二次世界大戰期間，盟軍（包括自由法國軍隊）為了攻佔維琪法國控制的大敘利亞地區（即今日的敘利亞和黎巴嫩）的一場戰役。

6 cette «feuille de chou»：首度出現於一八六〇年的龔古爾兄弟作品中，代表「價格低廉且無趣的報紙」，特指地方報紙和只有幾頁的小型出版品。

4 然而終究會有打完的一天……

儘管有時差，也或許正是因為時差，艾蒂安無法入睡。他只睡了幾個鐘頭，大半夜的，已經醒了，坐在床上。約瑟夫睜開一隻眼睛，翻了個身，又繼續睡。

艾蒂安點了根菸，自從雷蒙離開後，他經常抽菸；同時將他保存信件的軟皮套放在腿上。每封信，雷蒙總是以「我親愛的艾蒂安」起首。這種稱呼毫不親密，因為他生怕信件被軍方審查部門攔截，這份擔憂始終縈繞不去。「你寫信給我好像寫給布列塔尼的表弟。」艾蒂安這麼回他，不過回信時自有分寸，注意別在任何一封信裡調情，他不想害雷蒙惹上麻煩。

「氣候令人難以忍受，」雷蒙寫道，不僅僅是因為天氣的關係。高溫、潮濕、驟雨，這些問題當然有，但也因為某種懷疑氛圍，任何人都不能相信。「這個民族難以捉摸，令人不安。不管是廚師，或是一週前才剛招募進來的偵察兵，可能突然就從隊伍裡面扔出一顆手榴彈，然後拔腿逃跑。」但是，想必是為了別讓艾蒂安擔心，隨著一封封信，雷蒙愈來愈少提到軍中日常生活，所以呢，像他這樣與世隔絕，總得談談自己吧……他卻吝於這麼做。艾蒂安兩度提起他入伍的事，可不是每天都有小學老師加入外籍兵團呢，可是雷蒙卻有所保留，不跟他多做解釋。「往後我再跟你說。」他迴避。艾蒂安並沒堅持問下去，但他胡思亂想，自己編起故事來了。雷蒙殺了人，不得不逃跑。其實，這小子壯歸壯，在學校打架鬧事，但這並不代表他會變成殺人犯哪。

即便當了軍人，雷蒙一直保有小學老師的書寫風格。信紙左邊留下五公分邊距，書寫字體筆劃優美，粗的粗、細的細。拼寫從未出錯。他們相遇時，這也是艾蒂安被他迷倒的地方，雷蒙是個有文化素養的人。到了回軍營的時間，萬一他遲了，他就會說：「你啊，赫耳墨斯[1]，你可以隨心所欲，我可不能惹眾神不快！」他一臉嚴肅，很難知道他是不是說真的。他們每週好幾個晚上都能見面，他的職位允許他這樣，而且，由於艾蒂安從沒讀過《奧德賽》，所以雷蒙幾乎全部都用口述講給他聽了。他到底為什麼加入外籍兵團？這個問題糾纏著艾蒂安。愛人跟你講述尤利西斯漂流記，未免也太令人難以招架，太出人意表。太令人尊敬了。對艾蒂安來說，簡直有如天賜。他不敢相信自己怎麼這麼幸運？像雷蒙這樣的一個男人，竟然會選上他。

「不，」雷蒙最近寫道，「我永遠都不會回去那裡了。」他指的是布魯塞爾，他在那邊長大。「你願意和我待在一起嗎？」即使時至今日，這幾個字依然令艾蒂安淚眼婆娑。因為，如今，尤利西斯就是他本人啊。尤利西斯想和分別甚久的愛人重逢。他也千里迢迢正要去和雷蒙相聚。

眾神會眷顧他嗎？疑雲罩頂，他掙脫不了。

走廊繁華褪盡，鑲木地板喧囂嘈雜，一扇扇緊閉的門，電風扇橫七豎八、嘎吱作響，辦公室人滿為患，公務員忙得團團轉，若非令人昏昏欲睡的酷熱和四下聽到的亞洲口音，西貢印度支那貨幣局和法國任何行政機構如出一轍。艾蒂安還是沒能認出前一天見過的同事。一有人對他揮手示意，他就頷首微笑。

有人帶他穿過被鐵欄杆圍著的櫃檯，來到後面的大廳，他和法國及亞洲新同事握手致意，僅僅匆匆一握，因為每個人都忙著和客戶交談。所謂的客戶，指的是提出「轉帳到法國」的申請人，這些人在法國買了貨以後，得先去營業窗口讓行員檢查申請轉帳資料是否齊全。艾蒂安的任務就是收件後研究這些檔案，然後接待申請人，請他們補足資料，或是通知他們審核結果。

他分配到一張辦公桌，他先把黏糊糊的桌面清乾淨，再把他放到地上的那堆文件重新搬回桌上，然後坐下來開始辦公，每動一下，椅子就吱一聲。

這些需要處理的業務主要涉及殖民地公司向法國採購商品。每份轉帳申請書都附有長篇解釋，重點在於說明買進這些商品對促進印度支那經濟有何益處。申請人從法國採購發動機、工具、菜種、塑膠薄膜、鋼板、袋裝水泥、洗手檯、雨傘、肥料、手電筒、辦公用品……印度支那到底缺多少東西才能正常運作？才得以發展？簡直是瘋了。第一天上班，整個上午艾蒂安都花在核實報價單和發票，乏味之至，酷熱無濟於事，香菸煙霧也無濟於事。

隨著他一一核對，他把看似合乎規定的申請書放在右邊，看起來可疑的（他嗅出有低價高報的味道）放在另一邊。

不一會兒，第二堆就比第一堆高出一倍。

他該怎麼做呢？

局長還沒有給他任何指示。

十點多的時候，他看到那位叫莫里斯．貝洛瓦的同事扶著腰走開，他是艾蒂安記得名字的少數幾個人之一。肥佬一個，五官粗獷，髮色灰白，粗大眉毛髭髭著，好像動物園裡的獅子或日本版畫中武士的憤怒像。加斯頓私下跟艾蒂安解釋過，貝洛瓦他老婆專挑高階軍官當情夫，由於她表現得相當勇於冒險犯難，大夥兒幫她取了個外號叫「遠征軍」。貝洛瓦也不遑多讓，他養了一個安南情婦，被他金屋藏嬌在卡提拿街，四年內，她幫他生了兩個孩子，現在就和幾個佣人待在那間公寓裡照顧孩子。

這會兒艾蒂安也站起身來，藉口需要放鬆一下，走到露臺去找貝洛瓦。

艾蒂安饒有耐心，跟他談這種氣候有多難熬（「走著瞧吧，你會習慣的」），工作有多單調（「這裡只有兩種可能的工作：找別人碴兒和被別人找碴兒。我比較喜歡前者」），雨季（「真的下起雨來，你等著看，可不是鬧著玩兒的」），抽完菸，兩人走回辦公室：

「我有一個表哥在外籍兵團。」

「是嗎？在西貢這邊？」

「對，而且很奇怪，我們都一個多月沒收到他的消息了。」

貝洛瓦抬起頭仰望天花板，擺出一副包打聽的莫測高深狀。

「他八成被派去整頓那些教派問題。我聽說這陣子平川那邊有人相當不安分。」

對艾蒂安來說，在亞洲聽人講起「教派」感覺好怪。遠征軍到這兒該不是為了……宗教戰爭吧？難道真的是？一看就知道他很驚訝。雷蒙在信中從沒提過任何教派。越盟，提過，共產黨當然提過，但是教派……向來都沒有。

貝洛瓦愈發擺出一副無所不知的模樣，他就喜歡這樣，在他眼裡，這副模樣讓他有了光環、顯得他了不起。

「教派不僅僅是宗教問題，你懂嗎？而是……」

解釋這種事令他尷尬，彷彿他正在對一個外行人說話，猶豫著要不要透露更高深的真理。

「你走著瞧吧，黃種人啊，這個種族非常特殊。比誰都迷信。從古至今，黃種人一直都需要信仰。所以，印度支那每個地方，到處都有各個不同教派。一個教派就是一種崇拜，一個武裝團體，一個黑手黨，一個幫派，影響力無遠弗屆，到頭來就演變成了一股如假包換的勢力。」

「可是這些人……他們相信什麼呢？」

貝洛瓦禁不住得意一笑：

「他們相信這些教派啊！因為夾在殖民法國和越共恐怖主義之間，唯一能夠享有一絲和平的就是這些教派。起初，只是一種信仰。之後，各教派為了保護自己，建立了軍隊。為了養軍隊，從事起買賣鴉片的勾當，於是教派不斷壯大。規模愈大，信徒就愈受保護。就像壽險那樣。何況他們還信仰狂熱。」

「法國在跟他們打仗？」

「看情形。時好時壞。」

「我表哥在最後一封信裡提到顯江。」

「應該是在北部。」

「我查地圖，比較像在這附近，西北方向……」

「既然在這附近，你去瞧瞧不就結了。」

貝洛瓦覺得受到冒犯。他明明給艾蒂安上了貨真價實的一課，卻被他在地理位置上的枝微末節糾正，真叫人惱火。

他擰熄了菸，回去辦公。

艾蒂安也坐回辦公桌，埋頭審查檔案，吃午餐的時候，突然有人跟他說話，嚇了他一跳。

「老弟，你還應付得來吧？」加斯頓問道。

他們和其他同事一起往出口走去。到局裡來申請轉帳的客戶待在原地，沒有離開，等著這些公務員回來。艾蒂安正準備再度向加斯頓提出他唯一感興趣的問題，一名男子朝他走來。矮矮胖胖，一雙含笑的眼睛狡黠靈動，一張孩子氣的嘴，兩頰圓潤發亮，頭頂留著好幾綹濃密黑髮，驕傲地朝天聳立，好像鳳頭鸚鵡的羽冠，要不就是像幽默漫畫裡面誰突然被嚇到似的。

「我叫唐克琰，」他說。「詹特先生派我來的，對對對。」

聲音尖銳，帶點鼻音。艾蒂安因為手掌濕熱，只好意思伸出幾根手指，唐克琰一把抓住，輕輕笑了出來，嘻嘻嘻，笑聲刺耳，露出一口白森森的牙。

「我幫你找到了，艾蒂安先生，一間漂亮的公寓。你想看的話……地段非常好，非常好。」

他經常在句子最後幾個音節都稍微提高聲調，聽起來每句都像疑問句。

「你會住得非常舒服，對對對。」

除了這些口頭禪外，琰說得一口好法語。艾蒂安想問他在哪裡學的？他忍住沒問（每個人肯定都問過他這個問題），只有緊跟著他。

他從來都沒有方向感，很快就搞不清楚東南西北。這座城市萬頭攢動。店鋪占據了人行道，流動攤販，吆喝叫賣聲，行人背著包袱、提著籃子，小毛頭四下亂跑，每條街看起來都一樣。

「你等等就會看到，離貨幣局不遠，對對對。非常方便。」

果不其然，幾分鐘後，他們停在一棟豪華建築物前，這棟大樓備有電梯，雖然這臺電梯更像貨梯，不過它依然堅定不移履行職責，算他們好運，因為否則的話，可得爬到四樓呢。

公寓相當乾淨、清爽，甚至可將部分城市景觀攬入眼底。

一房一廳，家具齊全、布置得宜，洗手間雖然在樓梯平臺，但僅供住戶私人使用。

「六百皮亞斯特，」琰開口說道，他看到艾蒂安的反應，立即改口：「不過我只花四百五就租下來了！」

艾蒂安笑了。

「唐先生，我為什麼這麼幸運，可以拿到這種折扣呢？」

「唐克琰，叫我琰就好。」

「琰先生……」

「琰！你可以叫我唐先生，不過叫我琰更好。」

「琰，好的。所以呢？為什麼我可以有優惠？」

「我幫過房東一個小忙，做個順水人情讓給你，對對對。」

艾蒂安繼續參觀，床很不錯，衣櫃裡面的灰塵已經清理掉了，小廚房也很乾淨，整體讓人感到有點像修道院那般樸實。

「這邊一直都這麼熱嗎？」

「現在這個季節就是這樣，對，很熱。」

艾蒂安心想不知道前門和客廳的窗戶之間會不會有穿堂風。樓梯間傳來人聲打斷了他的思緒，隨著碰碰幾聲悶響，琰去開門，昨天那兩個苦行僧般乾瘦的搬運工出現，滿臉堆笑，以他們自認極其專業的動作完成了任務，其中就包括從跟他們一般高的地方把箱子往地上一扔。右邊那位搬運工手裡還拎著約瑟夫的提籠，繼那口箱子之後，輪到提籠，眼看他正準備鬆手拋下，艾蒂安及時衝了過去……貓一被放出來，立刻鑽到床底避難去了。

「好吧，」艾蒂安說，看著箱子被摔得凹凸不平，好像剛從卡車上掉下來，「這間公寓我應該會租。」

隨後，熱心的搬運工和琰私下進行長時間祕密會談，談完後，琰轉向艾蒂安，一臉遺憾，說道：

「艾蒂安先生，搬箱子的費用倘若低於十二皮亞斯特，我就談不下去了……」

艾蒂安探進口袋找零錢，心中兀自納悶，不知道租這間公寓，琰拿到多少佣金。

錢一到手，搬運工立即消失，樓梯間傳來他們匆忙的腳步聲。臨出門前，艾蒂安又看了這間公寓一眼。

這個地方的確更像修道院的修士小室，而不是單身公寓。要是雷蒙看到他竟然在這種環境過日子，準會捧腹大笑。

他和琰回到人行道，向貨幣局走去，這時艾蒂安問道：

「不嫌我冒昧的話，除了幫忙安排公寓，你到底是做什麼的？」

琰拿手擋在嘴前，嘻嘻嘻，然後舉起手掌朝向天空：

「多半時間，我是個買辦，對對對。」

加斯頓向他解釋過轉帳的事，此時又浮現艾蒂安腦海。

「但是，」琰微微噘了噘嘴，補上一句，「這陣子生意不好，不不不。」

「所以你才幫我……」

琰的臉漲得通紅。

「艾蒂安先生，你不一樣，你是朋友。」

艾蒂安大笑出聲。他們才剛認識十分鐘啊。

趁著這個輕鬆時刻，就像是這個問題突然浮現腦海，艾蒂安轉而向琰問起兵團成員動向，提到他的親戚雷蒙。

「你剛剛說顯江？」

琰稍微放慢步伐。

「艾蒂安先生，軍隊移防全是最高機密，對對對。因為越盟到處都有耳目，你懂嗎？間諜！軍隊在做什麼，沒人會說出來。」

他們停在水果攤前，買了切片菠蘿，就地在人行道上吃了起來。

「你說一個親戚？阿兵哥佩萊蒂埃？」琰問道。

「呃……不是，是我母親那邊的一個親戚。比利時那邊。他叫雷蒙・范・穆倫。外籍兵團第三步兵團[2]。」

貨幣局到了。

「我再問問看。我會去打聽，可是我什麼都不能保證，不不不。」

「當然，沒打聽到就算了，不要緊。」

「給我一天時間，對對對。」

琰說完就走了，艾蒂安喊住他。

「你知道嗎？我不是觀光客……」

琰歪歪頭，他的「羽冠」隨之驟然波動。因為艾蒂安剛剛聽到他和行李搬運工在說話，注意到他的語調有些細微變化，所以認為自己最好把話說清楚。

「非常感謝你為我提供了一些地方色彩，」他笑道，「你這麼做可真貼心，但是跟我在一起，沒必要刻意強調越南口音。你那些對對對、不不不，就省省吧！」

琰笑了笑，點點頭，好的。

儘管艾蒂安猜想琰在為他提供的所有服務中肯定都撈了不少油水，但在摸清楚這個男人的底細之前，他不願意欠琰太多人情。

「老琰啊，他什麼生意都做，」加斯頓說。「能撈就撈。畢竟……八個孩子……加上父母、岳父岳母全住在一塊兒，加起來家裡有好多張嘴得餵呢！」

彷彿是為了凸顯他和琰身分地位不一樣，加斯頓摸摸弄弄他的印章戒，接著說：

「他當然老是看著轉帳業務眼紅……可是他玩小的。小交易、小合約，拼拼湊湊，賺些蠅頭小利，這個琰啊！跟大公司完全沒得比，他就是個搞手工業的，你要說他成不了大器也行。」

加斯頓嘛嘛嘴，面露不屑。跟他接待客戶時，完全是另一副嘴臉。

他的辦公室只離艾蒂安的辦公室幾米遠。每三刻鐘換一批人進去申請轉帳，絡繹不絕，從穿著歐式西裝、鋥亮皮鞋、戴著金手鍊、玳瑁眼鏡的亞洲富豪，到種植園的貴婦闊太、遠征軍士兵，形形色色，什麼人都有。

艾蒂安一下午都在處理早上他覺得有蹊蹺的文件。

在等待管理階層指示，好試著理出點頭緒之前，他選了轉帳金額最高的申請書加以研究：勒魯兄弟公司從法國採購價值十五萬皮亞斯特的教材，進口這些小冊子是為了「促進法國語言及文化發展，掃除印度支那當地文盲人口」。艾蒂安上了頂樓，來到檔案室，老安妮永遠都沉默不語，永遠都像羊皮紙般乾癟多皺，一言不發接待他，隨後便消失在一排排灰色層架中，一個個層架被硬殼資料夾和用扁平帶子綁著的文件壓得都快塌了。

「勒魯兄弟公司，拿去。」

他在借出單上簽了字，回到辦公室開始研究。

這家進出口公司總部位於菲利皮尼街十二號，四年來，申請過十一、二次轉帳，進口各式各樣商品：美髮用具（剪刀、剃刀、吹風機、髮捲髮）、農具（犁、犁鏵、十字鎬、耙），甚至連船用發動機都有，「用於裝備在機帆船上，因為印度支那各港口需要更換成這種船才能轉運稻米」。出售這些發動機的法國公司開出天文數字的發票，特別說明因為這些發動機是所謂的ＲＮ—Ｐ１原型機。他除了看不出運輸稻米的機帆船為什麼需要裝上原型發動機之外，為什麼需要進口六十多臺，這點他也很納悶。六十多臺，比較像是要用於工業生產……

他計算了一下，勒魯公司獲准轉帳的總金額超過兩百萬皮亞斯特，在西貢相當於一千七百萬法郎……匯到法國以後就會變成三千四百萬。

「對不起，打擾一下。」

原來是詹特先生，局長。

「可以打擾你一分鐘嗎？好……」

艾蒂安原以為局長終於要告訴他說希望他做些什麼，豈料詹特僅僅指了指櫃檯欄杆另一側，有一位五十多歲的男士，那人向詹特揮手致意，他和詹特兩人之間似乎頗有默契。

「那位是米修先生。他昨天就來過，今天又來了。」

詹特朝櫃檯比了比，有點不耐煩。

「櫃檯那邊慢吞吞的！好，不管怎麼樣，都得在辦公室關門前接待米修先生，因為他明天就得搭船。」

艾蒂安有點搞不清楚狀況。詹特先生立刻就發起火來。

「永遠離開殖民地，」他解釋道，語帶激動，「總有權利把自己的所有家當送回法國吧，這很正常！」

他剛開始解釋時的強硬語氣突然柔和下來，改以一種輕描淡寫的語氣繼續說明，藉以強調這種情況稀鬆平常。

「如果他的資料完整，我們只管授權批准轉帳就是了。」

他大手一揮，叫那個姓米修的人過來，隨後便走了，但旋即又跟在米修後頭走了回來。

「啊，是啊，『大都會』，好地方，你的確該去見識見識，去喝杯開胃酒，大家聊聊貝魯特。在這裡無聊得要命，一起喝兩杯解解悶。晚上七點整，嗯？因為之後啊，你知道……」

他沒和米修先生打招呼逕自走了過去，米修先生鬆了一口氣，一屁股坐在艾蒂安對面的椅子上。

詹特回到自己的辦公室，這個案子已經不關他的事了。

米修先生用一大條格子手帕揩著額頭。

「這種氣候，我從來都沒習慣過。」一邊說，邊伸出手，遞給艾蒂安一個相當厚的檔案夾，可是都被他那雙汗津津的手給弄髒了。

艾蒂安開始慢慢檢查檔案夾裡面的每份文件。

「你離開是因為氣候嗎？」他問道，逐一核對官方規定的必備文件。

「是啊，尤其因為氣候，超出我忍耐極限。濕度大，溫度高，還有傾盆大雨，一下就下好幾個禮拜，真是個爛地方！我來自隆蓋—瑞梅勒，你懂嗎？」

「不怎麼懂。」

「『安茹四季如春』[3]？你沒聽過？」

米修先生是札維耶．瑪爾登商行的職員，在西貢工作了一輩子。如今準備離開印度支那，身家超過一百萬皮亞斯特。

「我看到你每個月的薪水差不多是兩千皮亞斯特，是這樣沒錯吧？」

「沒錯，為什麼問這個？」

「因為經過十年，即使你把全部收入都存起來，也不到所有積蓄的四分之一。」

「對，我看不出有什麼……」

「好吧，我想知道差額從哪裡來。」

米修先生擺出一副苦瓜臉：

「我的太座啊，這位認真的先生。」

他看到艾蒂安在等他說下去，於是他接著說：

「她賭博……」

坦承妻子染上賭博惡習，米修先生卻喜形於色。

「幸虧她手氣非常好。」

「我也覺得。」

米修先生離開印度支那帶走的錢，比他十年來賺的薪水還多四倍。八百萬法郎，只要他一踏上馬賽碼頭，立刻變成一千六百萬法郎。講明了，他只是個白手套。

別人託他把錢帶回去，他從中收取回扣，八成頗有賺頭。但由於米修先生打算永遠離開印度支那，艾蒂安不知道怎麼反對他申請轉帳，把錢匯回去，於是，他在轉帳許可書上蓋了章。終於能回國了，米修先生看似鬆了一口氣。

艾蒂安藉口要搬進新公寓，相當早就離開貨幣局，坐上黃包車，來到諾羅敦宮，前往高級專員公署內的法國駐印度支那軍事總部。從近處看，這棟建築物碩大無朋，看似比前一天晚上更令人有壓迫感。樓梯宏偉，他拾級而上，向接待員說明來意，然後就被從一個辦公室打發到另一個辦公室，直到碰上一位下士長，這才終於停止迷航。這位下士長十分看重自個兒的軍銜，因為艾蒂安稱呼他「先生」，遭到他糾正。

「士兵沒消沒息很正常。」聽完艾蒂安大致說明來意之後，下士長回他。

「有的士兵會經常聯絡，他就是這樣，而且正因為……」

下士長抖抖肩膀，窩進扶手椅，好像要準備冬眠，問道：

「你剛到沒多久吧？」

這不像是個問題。

「幾天。」

他輕輕嘬了一聲，毫不驚訝。

「這裡，出任務一個月很正常。」

「沒消沒息？」

「稻田裡，信箱並不常見。」

「部隊沒帶無線電就出發？指揮官不需要通報位置嗎？」

「怎麼回事？」

艾蒂安轉過身去。

門口站著一名男子，身著外籍兵團制服，約莫五十歲，自信而威嚴。

「這位先生來打聽他表哥的消息，」下士長結結巴巴。「外籍兵團一等兵范．穆倫。」

「雷蒙．范．穆倫。」艾蒂安糾正他。

軍官盯著艾蒂安看了好久，然後問道：

「表哥？你的……『表哥』？」

啊，這種語氣，這種充滿暗示、意有所指的表情，艾蒂安司空見慣。他選擇不回答，只管直視著他。

「報告上校，外籍兵團第三步兵團，」下士長補充道。「第二連。」

這個彙報細節使得軍官挑起眉毛，轉向艾蒂安，開口說道：

「軍方無法告知出任務的部隊動向，想必你也知道，這位是……」

「佩萊蒂埃。」

上校點點頭，「你的表哥，我懂……」

「佩萊蒂埃先生，越盟到處伺機刺探兵團行動情報。一丁點洩密都可能危及整支部隊。」

下士長認為最好說清楚一點，好像這樣就足以解釋一切：

「報告上校，這位先生才剛到西貢幾天而已。」

「在我表哥寫的最後一封信裡面，」艾蒂安堅持到底，「他提到要去顯江那一帶出任務。」

上校立刻回他：

「顯江那一帶沒有任何行動。」

這位軍官比艾蒂安整整高出一個頭。

「可是……」

「萬一出了什麼事，」上校被打斷不開心，繼續說道，「軍方會通知家人。既然你是他的家人，想必一定收到……」

一說完，整個人立刻向後轉，往走廊走去。

「下士長，」他邊走邊補充說，「送這位先生出去。」

不需要。艾蒂安已經往外走去。他走到樓梯前，看到那位軍官進了辦公室。門上掛著「畢拉爾上校」的名牌。

他走出諾羅敦宮，心情十分沮喪：連軍方自己都把消息封鎖得這麼嚴，他根本沒機會瞭解真相。

上校說「一丁點兒洩密都可能危及整支部隊」，那麼，顯江到底是個什麼地方？一個村莊？一個軍事基地？他憂心忡忡，等他回過神來，發現自己已經來到菲利皮尼街。

出於好奇，他一路走到十二號……進口了價值十五萬皮亞斯特教材的勒魯兄弟公司總部，竟然是一家科西嘉酒吧，「環遊」。

「大都會」，這棟建築物十分氣派，位於卡提拿街和劇院廣場拐角處，共有兩層樓，窗戶又高又寬，頂樓露臺有人字形屋頂庇蔭。從遠處看，整體建物在艾蒂安眼裡熠熠發亮，璀璨得像棵耶誕樹。現在正值開胃酒時光，神聖不可侵犯，西貢所有稱得上名號的人物來往穿梭於喧囂聲中，就連裡頭正在演奏的管弦樂隊音樂也遮蓋不住，難得突然安靜下來，倏地嘎然無聲，唯聞回音混沌，嚶嚶嗡嗡，一波波傳將過來。想找到詹特先生，任務何其艱難。男士們相互寒暄，女士們笑語盈盈，艾蒂安在餐桌間遊走，招來賓客對他行注目禮，他邊走，同時還得避開亞洲服務生，他們穿著白外套，端著碩大托盤，上頭滿滿都是飲料，汽水在冰得起了霧的大玻璃杯中，顏色益發鮮艷，紅色和金色的瓶頸也從冰桶裡探了出來，杯觥交錯，香檳高腳水晶杯碰得叮咚作響，偶有杯子掉落在地，引起一陣大笑，此起彼落，從一張桌子傳到另一張，彷彿在慶祝生日。

詹特在露臺一隅，背後有一株闊葉綠色植物。艾蒂安走到他面前，他驚訝地揮揮手，不記得自己有邀請他。但他旋即迅速指了指面前的一把藤椅，沒好氣地說：

「坐下，大家都在看你。」

艾蒂安轉向熱鬧的大露臺，回道：

「我不認為這些人對我有多大興趣。」

「你以為……你在局裡上班，在這裡可是件大事。幾天後、幾小時後，每個人都會知道你是誰。要不然就是已經知道了。」

他似乎對週遭嘈雜人群蔑視到了極點。

「這裡是『卡提拿廣播電臺』。這個露臺是『西貢暖房』，一切都在這裡滋生茁壯，隱情、祕密、威脅、交易，全部。有毒的花花草草就更甭提了。正是在這裡，女人招攬情夫，男人炫耀情婦。西貢這兒啊，是亂搞男女關係一家親[4]。」

艾蒂安這下懂了，這杯開胃酒並不是為了跟他追憶貝魯特和詹特在那兒度過的半天堂似也的美好時光，甚至也不在於幫他設定工作範圍，而是因為這位貨幣局局長抑鬱消沉，想找人陪伴。加斯頓提過他美麗的妻子、他的孩子，殊不知莫里斯．詹特需要的是別的東西，他需要聽眾，今天是艾蒂安，明天可能換作他人。

詹特偶爾會舉手招呼或向某人點點頭，但這些問候依然心不在焉而且疏遠冷淡，似乎他對自己不得不作出這麼多妥協深感懊惱。他擅自點了蘋果燒酒和一瓶汽水。艾蒂安不習慣喝烈酒，很快就感受到了酒的後勁。但微醺的何止他一人。這群人，喧鬧歡快，一點都不像是處於戰爭國度的居民。艾蒂安遠遠看到畢拉爾上校，身旁有美女相伴，一襲緊腰身帥氣戎裝，剛剛燙好，就連他，也沒有一個正在打仗的軍人的樣子。

「這裡的人不說『打仗』，說『綏靖』，兩者有細微差別！」

詹特輕輕一笑，又乾又冷，類似咯地一聲。他說話時每每強調某些音節，使得他說起話來語氣前後不一致，難以預測，聽起來倒像在說反話。

「法國政府已經放棄消滅越共了。話說回來，放棄得可真好哪，因為這是不可能的嘛。共產黨啊，就像陰蝨，你以為你清乾淨了，偏偏總是留下幾隻，光這幾隻就夠重新迅速大量繁殖的囉。政府的新策略是把他們隔離起來，這樣對大家都好。越共擁有自己的領土，其他一切歸法國人。所以囉，盡可能維持這種緊張情勢愈久愈好，到處都有一點小規模衝突，皆大歡喜。這場戰爭太重要了，可千萬不能結束啊。」

「和平畢竟比戰爭好。」

「看情形……戰爭戰爭，什麼戰爭都有。比方說吧，法國那邊壓根兒不在乎這裡發生什麼事，因為這場戰爭只牽涉到職業軍人。只要被徵調來的新兵別死在稻田裡面，對法國人來說，和也罷、戰也罷，都是同一碼事，反正他們照吃照喝。」

艾蒂安掛念著雷蒙，思緒向來離不開雷蒙多長時間，既然詹特提起軍事情況，姑且碰碰運氣。

「那些軍人，我是說外籍兵團的人，所有這些等等……他們到底在做什麼？」

「軍事行動。越共朝露天咖啡座扔手榴彈，外籍兵團燒毀他們的村子（如果找得到村子的話）。所謂的禮尚往來。遠征軍打仗，越共搞游擊戰，西貢這兒大吃大喝。」

杯子裡的酒，他一口乾了。

「西貢是一個與眾不同的世界。」

艾蒂安回想起傍晚聽到的爆炸聲，他還以為是輪胎爆炸。難道是手榴彈？

「是啊，當然有一些風險。」詹特說。

他環顧露臺了好一大圈。

「你倒是看看他們……他們不像是一群在戒備的人吧？你知道為什麼嗎？嗯？」。

艾蒂安搖頭，表示「不知道」。詹特一飲而盡。

「因為值得冒這個風險，這就是為什麼。」

艾蒂安逮著機會，趁勢說道：

「的確，大家好像並不擔心。我打算趁著公餘時間到處逛逛，我想去顯江那一帶……」

詹特閉上雙眼，一臉痛苦，就像老師受不了學生平庸，都快崩潰了。

「你想去逛逛？去觀光？在這裡，在印度支那？」

「事實上，我有一位表兄……」

「你還搞不太清楚自己的腳踏進哪兒了。」

詹特看看錶，噯地一聲，強調他有多意興闌珊。他略事猶豫，突然下定決心：

「我帶你去看點東西。」

話還沒說完，人已經站了起來，再次穿過長露臺，艾蒂安注意到所有人都向詹特打招呼致意，詹特雖然跟每個人回禮，但動作敷衍、不耐煩，幾乎稱得上失禮。經過服務生身邊，隨手扔出幾張皺巴巴的鈔票，並沒放慢腳步。

他們沿著卡提拿街往南走，街上有冰淇淋店，也有豪華咖啡館，這條主幹道，熱鬧滾滾，熙熙攘攘，在街上碰得到準備去跳舞的歐洲人、賣叉燒的小販、軍人，也和越南少女擦肩而過，她們瘦得像男孩，彼此挽著胳臂走路，優雅得像母貓。詹特怒氣沖沖，大步往前，揮手驅趕乞討的孩子和兜售食品的小販。

兩人走到比利時堤岸，「水晶宮」矗立在拐角處，造型嬌慵柔媚，宛若蛋白酥，予人一種印象，彷彿窗戶和露臺就快往下淌落，流得人行道到處都是。

詹特毫不猶豫走進大廳，廳裡滿是綠色植物，媲美熱帶溫室，他逕自走到電梯口，一名越南侍者，作巴黎美心餐廳服務生裝束，沒問他們要去幾樓，就將他們送到五樓露臺。這兒，玻璃天棚下，美國淑女香檳在手，正在交談，德英法各國紳士，身著晚禮服或燕尾服，正在抽菸閒聊。

夜幕業已完全垂下。露臺燈火通明，看似一艘郵輪漂浮在黑夜的海上。

詹特從托盤裡拿起一杯香檳，沒想到幫艾蒂安也拿一杯，然後，屁股靠在陶瓷套盆邊上，只見盆裡長著一棵香蕉樹，葉子奇大，兀自招展，這時，詹特揚揚下巴，朝這群鬧哄哄又不協調的人士比了比。

「在『大都會』的露臺和『水晶宮』的露臺之間，西貢所有重要人物都在這兒。即將回國的外交官、冒險家、花花公子、貪腐銀行家、酒鬼記者、妓女和交際花、法國貴族、地下共產黨員、種植園主大富豪，一應俱全。如果你以為西貢只是一座城市，那你就錯了。其實西貢是一個完整的世界。貪污、賭博、酒色、權勢，全都在這位終極女神的權柄之下恣意橫流，而這位人人敬畏的女神就是：皮亞斯特陛下！」

詹特手一揮，順勢將高腳杯裡的香檳倒進套盆，然後穿過露臺。艾蒂安亦步亦趨，跟著他走到女兒牆邊，來到一處光線稍微暗些的地方，局長停下腳步，一雙大手平放在護欄上。

艾蒂安和詹特一樣，凝視著夜晚，他看到一個無限大的黑洞被錨定船隻數不清的燈光刺穿，心中油然升起一種怪異之感。

「你聞到了嗎？」詹特問。「河水的氣味。」

英語談話的喧囂逐漸遠離，直至消失，彷彿電影劇終，取而代之的是岸邊一片寂靜，凝重且深沉，這條河，又黑又令人望而生畏，等到眼睛逐漸適應半明半暗，這才依稀辨識出這些高高的草究竟是沼澤稗草抑或是田間水稻。

「另一邊，」詹特說，「是越盟。他們包圍了這座城市。」

他轉向「水晶宮」那一小群客人，眾人正在相互揶揄、彼此調笑。

「你看到這些，是法國在印度支那僅存的一切。實際上，西貢不過是一座遭到圍困的孤堡。」

兩人又轉過來對著河。

「那邊，法國在野外建造了好幾百座小碉堡，一點用都沒有。遠征軍只能盡力守住罷了。你的顯江，如果可能的話，遠征軍甚至會力圖透過奪下像顯江這種村莊，好歹收復一些失土，但是如果你從高處往下看，從空中俯視，你就會看到，其實這數百座碉堡也遭到圍困。或是明天就會被包圍……」

艾蒂安一陣暈眩。雷蒙和他的袍澤正處於這個潮濕、振動著的黑洞裡，有那麼一瞬間，他覺得自己感覺到雷蒙實實在在就在他身邊，幾乎聞得到他的呼吸，溫暖又熟悉。

「在這個國家到處逛簡直是在找死，你走不了兩公里。想出城，只能全副武裝，有人陪同，有人護衛，即便如此也不確定到不到得了目的地。西貢已經成了一座孤島。」

詹特的聲音跟原來不太一樣，成了喃喃自語，彷彿某種思緒正在緩緩成形，擾人心扉，拐彎抹角，猶如海藻般迂迴曲折。

「到頭來，皮亞斯特成了這座城市與外界的最後連結。」

「皮亞斯特」這個詞似乎喚醒了詹特。他轉向艾蒂安。

「這種財富是買空賣空，完全取決於法令。越盟透過說服或是恐嚇，逐步拿下稻田、種植園、郊區。不過想占領西貢完全是另一回事，因為（他食指朝天），西貢……有皮亞斯特……」

突然，遠處爆炸聲打斷了談話。河對岸亮起一道強光，數公里外，紅光一片，很明顯，開火了。

「現在是法國碉堡在防衛，」詹特平靜地說。「越共經常在夜間發動攻擊。要是碉堡那邊能撐到早上，就可以多存活幾個禮拜。否則，遠征軍就會在幾公里外再建一座碉堡。」

在艾蒂安的思緒中，雷蒙又出現了，他就在那兒，被困在竹塔裡面，越盟士兵從四面八方進攻；因為夜黑，等你發現的時候，他們已經來到你面前。

「似乎沒完沒了，」詹特脫口而出，「然而終究會有打完的一天。這場戰爭，法國是贏不了的。政府知道，每個人都知道。與此同時，大家繼續表現出一副會贏的樣子。」

他轉向露臺。

「你看。」

籠罩「水晶宮」賓客的短暫驚愕已然煙消雲散。

談話回歸正常，氣氛輕鬆愉快。

詹特盯著艾蒂安，一隻手搭在他的肩膀上。

「歡迎來到鐵達尼號。」

1 Hermès：宙斯與邁亞的兒子，是奧林帕斯十二主神之一。通常給人的形象是圓滑機靈、變化多端，所以雷蒙才說艾蒂安「可以隨心所欲」。

2 3e REI：全稱為3e régiment étranger d'infanterie。創立於一九二〇年，隸屬法國外籍兵團。一九四六年，曾參加法越戰爭，並曾於一九四八年七月二十五日與越盟在通化府激戰。

3 la douceur angevine：指安茹地區氣候溫和，四季如春。此說似乎起源於十六世紀，出於安茹詩人Joachim Du Bellay詩句。而隆蓋—瑞梅勒（Longué-Jumelles）正位於安茹心臟地帶，故而米修有此一說。

4 Famille tuyau de poêle：這種說法源於一九三二年Jacques Prévert同名戲劇，該劇描述墮落的資產家庭，亂搞男女關係，甚至亂倫，卻虛偽地自稱非常有道德。

5 一看就知道他是哪種男人……

海倫並不討厭父母，但自從艾蒂安離開後，她一直感到孤單，乃至於把所有怨恨都遷怒於他們。她個性倔強，顯少讓步，而且性喜挑釁，沒事找事，見縫插針，所以她感到迷茫或不確定的時候，行為乖張也就不足為奇了。她透過離經叛道來解決疑惑和自己變化無常的慾望，而這正是導致她和數學老師札維耶・洛蒙上床的原因。有一天她問艾蒂安：

「你覺得四十歲的男人怎麼樣？」

「比妳大二十歲欸。」

就失戀這方面，艾蒂安是專家，他不贊成妹妹這麼做，卻也沒能勸阻她去追求一段畸戀，即使她一無所求，這種孽緣勢必會害她不快樂。他本人深受諸多客觀因素所害痛苦不已，無法理解海倫何苦自找罪受。

洛蒙有望成為老師哥典範：他這副體格使他成為網球運動首選搭檔，頭髮業已花白，又直又濃密，向後梳理，搭配著一張男人味十足的臉。說到臉啊，他臉上那對淺藍色的眸子……一舉一動，語氣腔調，在在流露出自命不凡。生活輕鬆快意，對女人簡直攻無不克，令他堅信自己是個萬人迷。由於他心中從未對這點抱有一絲懷疑，所以他幾乎對所有女性都展開攻勢。戰功彪炳，儘管這純粹是統計數字。

他毫不費力就瞄準了海倫，全校最可愛的女學生。她啊，與其說是被他迷惑，不如說是受寵若驚，這個男人，幾乎和她父親同齡卻帥得多，令她有點暈頭轉向——最起碼她是這麼相信的。豈料事與願違，兩人相處並沒那麼容易。海倫對床笫之事僅有模糊概念，幾個哥哥的身體結構，她好幾次無意間看到，反而使得這件事更令她擔心，而非安心。

母親經常提起那些「失去童貞」的女孩，卻不說究竟指的是哪方面，對她幫助不大。這種事，海倫之所以不跟班上同學做，卻準備要跟老師做，正是因為這種行為違反常規，十分刺激，而且，老師這個年齡的男人一定很懂。所有女生都擔心懷孕風險，但他懂得讓她們安心，就連處女也毋須擔心，因為他有美國保險套，每回他提到保險套都壓低嗓門，好像他是某個令人不齒，卻強大又神祕的祕密結社成員。

儘管如此，海倫還是開始了這段師生戀，她一肚子苦水，他卻引以為樂，因為有一種男人，除了讓女人感到害怕，又能令她們感到痛苦，才會更得意，他就是這種男人。

起初，海倫將破處解讀為一種衝著女孩子的變相霸凌行為，將性行為歸類成必須情投意合才算正常。

每逢禮拜一，因為下午三點才需要回學校上課，所以早上她都和洛蒙上床。洛蒙說禮拜一很好，「讓他這一週都精力充沛」。

他認為定期在自己家裡接待女學生對他名譽有損，於是在新開幕的卡薩爾大飯店租了一間套房。大飯店老闆與他交好，兩人狼狽為奸，幹了不少下三濫的勾當，所以他特別給洛蒙優惠。浴室和臥室一樣大，臥室又和客廳一樣大，客廳可以俯瞰大海，桌上擱著水果盤，還備有毛巾布浴袍，對海倫來說，這些不啻為禁忌的美妙刺激與奢華的幻景相結合。光這些不夠完美，還得錦上添花才行：海倫發掘到性高潮之妙，這可不是件小事。有時候他敷衍了事，心不在焉，請她包涵，她懷疑他是不是還有其他情人。萬一他從學生裡面「選妃」，她還在這邊自作多情，傻傻地堅信自己是他的唯一，那可有多難堪。不過嘛，洛蒙這個男人向來不吝於承諾，樂於向她公開發誓。

他想出接近學生的藉口是「攝影社」。他靠著原本就存在、只不過變得時有時無的攝影活動，聚集了少數幾位學生，指導他們基礎取景技巧和沖洗照片祕訣。

佩萊蒂埃夫人有時會向丈夫坦承她對這位教師抱有疑慮。身為一個尚稱「閱人無數」的女人，她認為札維耶·洛蒙自吹自擂、自傲自大，從她嘴裡說出來就成了：「一看就知道他是哪種男人……」

她提醒女兒，海倫回她：「他敢搞我就試試看」，她酷愛這種雙關語。

佩萊蒂埃先生則是一笑置之。「我說安潔兒，人家是科學家！他搞攝影就跟我搞肥皂一樣，他對攝影充滿熱情，女兒多學點東西沒壞處，妳真是的！」海倫眼中帶著一絲揶揄，附和說道：「就是說嘛，多學點東西沒壞處……」

四個孩子在私立學校就讀期間，路易·佩萊蒂埃當過十年家長會長，所以全校教職員，他都認識，至於這位數學老師嘛，他不斷要妻子放心，因為他確信窮操心對她健康有害。

不過，今年具有特殊意義，因為這是路易最後一年出任家長會會長。他沒請示老婆大人，逕自捐了兩萬法郎給學校。校長嚷嚷著說他捐太多了，實在太多了，他對校長說：「今年是我老么最後一學年，該捐多少就捐多少！」這筆捐款（他全部都捐現金）將作為合作社基金，用於資助學生出國遊學、年終辦活動等等。眼看著都三月中旬了，佩萊蒂埃先生認為是時候該查查合作社的帳目。此舉殊不尋常。因為通常都在學年結束時才核實帳目，提前兩個多月查帳，所有人莫不感到震驚。第一個就屬會計察基爾先生。一個印度人，五十出頭，成天窮忙、戰戰兢兢，無時無刻都繃緊神經，拘泥形式到幾乎令人尷尬的程度，性格更是一絲不苟到超乎常理。他立即將「佩萊蒂埃會長」要求查帳一事當成懷疑他個人手腳不乾淨，路易只得傾注滔滔不絕的恭維與讚美，還拿四個孩子的項上人頭立下重誓，證明自己這麼做絕無懷疑之心，為的就是讓察基爾先生願意把這回查帳看成不過就是學校章程規定裡的一項義務罷了。

「我只是想早點擺脫這個苦差事，你懂嗎！」路易幫自己辯白。

為了消弭此番會面任何一絲不信任，他提出建議，邀請察基爾先生到新開張的卡薩爾大飯店餐廳共進午餐。

「下禮拜一，不知意下如何？聽說菜色相當不錯。開了一年，我都還沒去過呢。」

路易建議會計先生快中午的時候直接約在飯店見面，飯店那兒有專供客人使用的小包廂，兩人可以安安靜靜先把事情給辦了，手續完成之後，再面對大海享用午餐。只消看看這位會計一臉福泰，便不難理解菜色甚佳這個理由，對他而言極具吸引力。察基爾先生接受了，但開出條件，他要付自己的份兒，因為他不想讓任何人以為他……

「好吧，」佩萊蒂埃先生說，「那就下禮拜一見。」

同一天、同一時間，卡薩爾大飯店將在餐廳接待父親享用美食，豪華套房歡迎女兒進入洞房，只有天真的人才會當作是巧合。

6 橋上的少女已然遠去

不再滿眼怨懟看待這個世界，喃喃等這一天等很久了。兩個禮拜前，他一度相信這一刻已經到來。截止日期就是今天。然而，隨著幾個鐘頭過去，什麼也沒發生。

晚上六點半左右，他走進餐廳，現在都過了四十五分鐘了。他打過三次電話，不能再打，以免庫德克先生不耐煩。可是很快，時間就太晚了，辦公室快關門了。

服務生把醋溜韭蔥放在他面前。紅髮女孩，二十多歲，晚娘面孔，雀斑滿臉，好一顆火雞蛋，胸部倒是渾圓。尚喜歡女人的胸部。除了珍妮芙的例外，她那兩個奶雖然變大不少，不過那不一樣……

天哪，他過的是什麼樣的生活……

這家餐館在外省，尚甚至記不得這座城市的名字，在盧瓦雷省某個地方吧，要不就是在厄爾—盧瓦省，還是盧瓦—謝爾省？他再也不知道了。電話那頭一直沒動靜。他給的號碼正確嗎？沒人打這個號碼給他，他總不至於打電話回辦公室查核這個號碼對不對吧。

是啊，他過的是什麼樣的生活……

盯著長眠在他盤裡的那三根切成半段的韭蔥，他心想自己是否來到人生最低谷？難不成還有階梯可以繼續往下？他夠沮喪的了，不過外表完全看不出來，這名男子向以淡漠著稱，必須非常瞭解他，才猜得出他心中一場如假包換的風暴正在蠢蠢欲動。

他看了看錶。七點半。

「你不用了嗎？」

這位服務生專門惹人厭。這家餐廳顧客少，可以吃的東西也很少，哪天商店裡買得到食品，取代糧票，這裡才會有人上門。尚推開盤子，不用了。女孩收了回去，嘆了口氣，一聽就很做作，其他人可不會白白浪費這幾根兒韭蔥啊。

又過了幾分鐘，由於定量配給的關係，瓶子裡的酒，他只能省著點兒喝。

萬一這回行不通，他會變成什麼樣？

尚剛從貝魯特回來。回想起這趟旅行、這次短暫停留，害他神經特別緊張。珍妮芙挽住佩萊蒂埃先生的胳臂，對公公讚不絕口，以示強調父子之間有天壤之別。「你父親的膽子可大著呢！」她驚呼道。公公說的每一句話，無不被她奉為金科玉律。尚整張臉埋進盤裡，又幫自己夾了肉、盛了菜。珍妮芙說：「尚，你會變得更肥！你的外號最終會變得名不虛傳！」

長途旅行是考驗，短暫停留飽嘗屈辱，這還不夠，回程還得受苦受難才行。佩萊蒂埃先生並沒為兄弟二人在同一艘船上安排艙位，沒任何親人目睹他丟人現眼，這是哺哺唯一的安慰。臨行前，珍妮芙專程學了這種飄洋過海長途航程中的規矩和慣例，步伐堅定，不可一世，走進艙房。簡直當自己是船長。從第二天起，她就成了船上主管們的香餑餑和房務人員的背後靈。尚感覺到所有乘客的目光都放在他身上，像對待病人一樣對他說話。珍妮芙她啊，從沒這麼開心過。很難知道她整天都在做些什麼。

當庫德克先生表示他想找個人當巴黎和郊區全權代表的時候，他才剛從飄洋過海的痛苦考驗中恢復元氣。每天晚上回家令他感到踏實。倒不是他對這個家如此在意，看到珍妮芙在家的愉悅感早已飄然消逝。不是的，而是想到可以別再住這些旅館，他感到放鬆。在外省奔波，這麼多公里數令他沮喪，無聊至極，虛耗人生。倘若順利就算了，偏偏生意難做得要命。只要有門路，要什麼黑市都能供應，正因為有黑市在，想光明正大賣出點東西何其困難……他代表六家公司，扛著六份目錄、清潔用品、家用工具、種種巴黎商品。尤有甚者，還得拖著一整箱廚房用具——庫德克先生有預感這些會賣得比其他東西好……才怪！壓根兒沒人在乎——五金店、雜貨店、顏料店買他的貨，他還得在銷售清單上打勾：成把成把的家用蠟燭、四把一捆的粗布拖把，成對裝的勺子、大盆子是單個兒賣的……他靠微薄收入維持生計。

尚恨死外省。外省的壁紙起泡、瓷盆有缺口，外加鄰居還打鼾，床單潮濕、地毯也破舊。所以他一聽說巴黎有工作機會，立刻衝去找庫德克先生。「我會考慮的，我的小尚。」這代表會，也代表不會。尚環顧所有業務代表，看不出誰能跟他比，他的銷售成績沒比別人差太多，再加上他父親跟庫德克先生有私交，他有父親當靠山，甚至多虧這層關係，當初庫德克先生才僱用了他。他心想，走後門對招聘有用，對升遷想必也會奏效。不過，尚倒是經常忘記自己擁有一輛全新雷諾4CV，這是他父母資助他買的，這個優勢在他的候選人資格篩選中占了極大分量。

白醬燉肉送到，兩塊小牛肉，燉了個天荒地老，泡在半透明醬汁裡。尚開始嚼。他自忖，這份巴黎全權代表的差事將因他的一連串失敗告終，這件事一直困擾著他。今天是禮拜二。再過兩天，他將回到巴黎，然後是禮拜天，例行公事，得跟弗朗索瓦吃中飯（也許他會帶個妞兒過來，也許是上次那個，胸部非常小的那個褐髮女郎）。珍妮芙極其看重此一慣例。「家庭是神聖的！」講得一副好像她自己的家對她無比重要。每個禮拜，弗朗索瓦都找不到藉口逃避這份苦差事，這頓飯他吃得味如嚼蠟，沒人喜歡這種場合，但依然全照規矩辦事。對珍妮芙來說，這一刻無比珍貴，因為她對自己的生活，尤其是對她丈夫的看法，她有好多話要說，弗朗索瓦和他女友便是她唯一的聽眾。她看似從不抱怨，以一種近乎不經意的方式談起生活百般艱辛，但歸根究底，這一切又回到缺錢這個問題上，暗指他們夫妻之所以過得乏善可陳，都該歸咎於尚。

即便珍妮芙非常喜歡接待弗朗索瓦，但他們的公寓也很難允許她這麼做。

他們家的飯廳兼作臥室使用，壁櫥搖身一變成了廚房，廚房又精簡成了一個洗碗槽和一個瓷磚流理臺，上頭擱著一臺瓦斯爐，瓦斯爐接著一個瓦斯桶。另外還有一個瓷盆供梳洗用。廁所則在家門外的樓梯平臺。四人晚餐，得把所有東西推到一邊，椅子也得貼著床放。尚還嘴硬，說他們很幸運，因為有五十萬人擠在旅館房裡，這個理由珍妮芙完全聽不進去。她閉上眼睛，嘆了一口長氣，語帶哀怨，對弗朗索瓦幽幽說道：「是啊，的確有點小。等尚找到一份比較有賺頭的工作，到時候我們再搬家，但是目前啊……」言下之意，他們處境不穩定不是因為住房危機，而是因為尚賺的錢太少，過不了好日子。

其實，狹窄無比的廚房大可再變回壁櫥，反正珍妮芙向來不近庖廚，下廚的是同樓層的鄰居福爾太太，她們倆說好了，每個禮拜她幫他們煮三次飯。因為福爾太太行動不便，而且他們住四樓，又沒電梯，所以由珍妮芙負責採買。店裡什麼都沒賣，黑市什麼都很貴，可珍妮芙就是有辦法從這些地方弄到吃的，隨後這位廚藝精湛的鄰居再以非比尋常的烹飪天賦，拿這些雜七雜八的食材幫他們煮飯作為交換。

他們接待弗朗索瓦的那一天，尤其是在有人陪同他出席的情況下，珍妮芙千方百計找藉口、想法子讓福爾太太端著盤子送菜。像她這麼胖的一位老太太，邁著小碎步，兩手捧著盤子，斜著從幾張椅子中間穿過，看了可真心酸哪。

「看起來好好吃喔！」珍妮芙驚呼道。「福爾太太，妳願意幫我們服務嗎？」

於是乎，在這間公寓裡，小到沒法接待客人，也沒多少東西可吃，珍妮芙依然設法得到服務，好像她家裡有佣人伺候，她有辦法養個奴才。

「等尚找到更好的工作，」她說，「我們就找個人來家裡幫忙，家務我可做不來……」

弗朗索瓦曾多次為他哥打抱不平，但現在幾乎不再這麼做了。尚歸因於最近那趟貝魯特之行，歸因於弗朗索瓦到甲板上找他、拍拍他肩膀的那些時刻，感覺起來好像是安慰他，好像嫌他家有悍妻還不夠難堪，還得加上同情。

奢華越洋之旅過後，尚害怕回到這間位於巴黎北郊拉維萊特門的小公寓。然而，實際上珍妮芙並沒有經常責怪他，不，因為她的招數是話裡帶刺。

她無聊得要命，巴黎生活完全不符合她的期望，但她絕不會因為這樣而公然指責她的丈夫。她都含沙射影、意有所指、拐彎抹角，更過分的是她還笑著提出來，譴責意味更濃，彷彿她說的這些微不足道，不過是小事一樁。「抱歉，弗朗索瓦，真丟人，」她邊迎他進門邊說，「我這禮拜沒去美髮院，醜都醜死了，可是我又能怎麼樣呢？物價一直在漲漲漲！」然而，連她咯一聲笑出來，一邊脫口說道：「算了，我再幫自己倒點酒，不是每天都這麼好運可以喝得到呢！」尚始終悶不吭聲。

長久以來，尚一直在等待機會，但願能在巴黎找到新工作。打開一扇門，迎向美好未來，讓他從谷底翻身。珍妮芙也在等候庫德克先生定奪。「再怎麼說，這家公司給你安排一個正式的職位也該是時候了。」尚不敢想像與弗朗索瓦共進午餐將是何等情景，萬一不幸……尤其是還得討論海倫的問題，一想到有這個可能性，他已經提前心力交瘁。海倫寫信給他們，提到她要來巴黎。「不可能繼續在貝魯特這裡過下去……」

「然而，」他心想，「搞不好，她卻有可能在巴黎這裡……」

他喝完玻璃瓶裡的水。看都沒看，就吞下甜點（某種糕點，很難說得出來究竟是什麼）。才八點三刻，餐廳已經空無一人。服務生在櫃檯後面猛嘆氣。他很快就得離開餐廳。

他在這裡已經待了兩個多小時。

突然意識到這點令他方寸大亂，血液直衝腦門。他站起來，邁著一副要去扔手榴彈似的步伐，義無反顧，衝向電話，拿了起來，打回巴黎。服務生趁機收拾桌子，拿海綿抹了幾下，毫不掩飾餐廳即將打烊，就等著他出去呢。

庫德克先生接了電話。

「啊，是你，我的小尚！」

「我打來是為了……」

他難以啟齒，不知道怎麼開頭。

「對，為了巴黎這個職位，是吧……」

聲音裡帶著遺憾。庫德克先生這個人和藹可親，脾氣有點暴躁，心地倒是挺好。

「聽著，尚，我就直說吧。」

沒著落了。

尚原本應該立刻掛電話，可是他辦不到。

「我寧願從外面找人，你懂嗎？絕對不是針對你，這點你大可放心。而是因為……怎麼說呢……要為公司注入新血。」

他衝著一個不到三十歲的人說出這話。

「你的情況，我們再聊，好嗎？」

「我不幹了。」

他就這麼脫口而出，連他自己也嚇了一跳。

一片寂靜。

「尚，你……等你回來我們再談，好嗎？」

「我不幹了。」尚機械式地又說了一遍。

他掛下電話，抓起帳單，兩手哆嗦著結了帳，接過收據，一如往常，慢慢折好，收進皮夾，咕噥了一句晚安，穿上外套，走了出去。

半小時後，他從車裡看到那個服務生離開餐廳，沿著一條幹道往橋邊走去。他發動引擎，從她身旁開過，停在百來米外，下了車，朝她走去。

全省沉陷於睡夢中。傍晚下過雨，人行道亮晃晃的。他擔心年輕女子會往右轉，不過她倒是繼續朝他這邊走來。她走到他身邊，這時認出了他，皺起眉頭。他只有盯著她瞧而已。他倆擦肩而過。她又掉過頭來，有那麼一會兒，尚感覺到她在看他，然後，等他確定她繼續往前走的時候，他半路折了回去，他卯足了勁兒，兩手一起，舉起藏在雨衣裡面的汽車曲柄[1]，往她後腦勺猛力一擊。她應聲倒地。這一下子來得如此突然，如此之猛，她可能沒受什麼苦，鐵曲柄劈開顱骨、壓碎大腦的那個當下，她就死了。他跨過屍體，回到車上，放下凶器，曲柄末端還夾帶著一撮頭髮，他發動車子。

因為要回旅館，他又經過那座橋，人行道上空無一人，唯有少女躺在那兒。一灘血在柏油路上留下一塊黑色污斑。這座城市依然冷清得可怕。再往前十一、二公里，這條河再度迂曲，公路橫跨河灣，就是在這兒，他把曲柄往護欄外那麼一扔。

因為辭職這件事，他睡得很差。他該怎麼辦？怎麼跟珍妮芙交代？他父母，他父親會怎麼想？大半個夜，他都在翻來覆去想這些事。

橋上的少女已然遠去。

這是他到法國後殺死的第二個女人。還沒算上貝魯特的那個。

1　有些車子需要靠手搖曲柄發動，例如佩萊蒂埃夫婦買給尚的雷諾4CV。

7 嘲笑別人不厚道

「啊，你在貨幣局上班？」

這位法國官員，面似靴皮，酒糟鼻如海綿般坑疤，膚色絳紫，到目前為止，都對艾蒂安愛搭不理，這會兒驟然從昏睡狀態驚醒。不見得是因為他希望搭上這條線，往後可以從「轉帳到法國」中得到好處（搞不好是，誰知道呢），而是出於敬意，因為眼前這位同僚拿到手的回扣跟他自己的比起來簡直天差地遠。

「所以，我們剛剛說到……」

「雷蒙・范・穆倫，外籍兵團第三步兵團。」

「我記下來了。」

他寫的字歪歪扭扭，真不知道他自己看不看得懂。在他辦公桌上有個專門給訪客看的小牌子，上頭寫著：「二等官員喬治・維揚」。

法屬印度支那高級專員公署類似大使館和地方政府，也兼具兩者缺點。在這裡，辦事流程清楚明白，不需要從一個服務部門轉介到另一個，每個步驟都有箭頭指路，問題是：指來指去，又繞回原地。「這是遠征軍管的！」這個酒鬼終於弄懂了艾蒂安的需求後大聲嚷道。

「對，但是軍方什麼都不願意透露。」

「他們有他們的理由……」

「那你們的理由是什麼呢？」

這位官員已經知道艾蒂安在貨幣局負責的職務了，咱們這會兒就是在這個時間點。

他歪向艾蒂安（滿口酒氣，因為茴香酒蒸發了嘛）：

「老實說，軍方也從不對我們說明。全部都是機密，機密……不過嘛……」

他左看右看，確保周遭沒人豎起耳朵在閒晃。

「我再想辦法打聽打聽。」

他站起來，咧開大嘴笑了，他的效率之高可是出了名的，他為自己的表現感到驕傲。

「你……打聽？去哪裡打聽？什麼時候？」

到目前為止，這位官員都表現得善解人意，甚至主動積極，可是，現在這個年輕人卻開始快要把他煩死了。

「其一，我得去高層那邊打聽。其二，我會盡快。少說也得一個禮拜，不可能更快。」

艾蒂安離開高級專員公署，感到一陣心悸。

好想推倒擋他路的所有障礙。

在遠征軍那邊，他遭到沉默以對，公署這兒，則是無能為力，他看不到有任何轉圜餘地。

他到西貢都四天了，毫無進展。

憂心逐漸轉變成內疚，彷彿一場與時間賽跑的競逐就此展開，雷蒙能否安然無恙歸來全靠他了，端看他能否及時介入。

琰答應他去打聽消息，這是他最後的希望。

但琰依然不見蹤影。他說他需要一天的時間瞭解情況，卻再也沒有見過他。

傍晚，艾蒂安從貨幣局出來，招了一輛計程車，來到引水渠邊。「他住在汽車渡口附近。」加斯頓說過。艾蒂安到了那邊，這才瞭解加斯頓的聲音中何以帶著一絲輕蔑。經過有著小花園和臺階的豪宅之後，在河流和運河交匯處有著那麼一區，歷經無數次修補的簡陋民宅擠成一堆，各家院落緊緊挨著，孩子們蹚著泥水，身邊還有雞隻和豬仔，一派勞動氛圍。這兒有女人在編織、烹飪、縫紉、縫補、編織藤籃；那兒有男人穿著汗衫在修馬達、摩托車、縫紉機……

艾蒂安到來引起孩子們一陣騷動，他扔零錢給他們，要命的舉動，人數立刻暴增三倍。艾蒂安掏空口袋，不住說道「唐克先生」，然後又試著說「克琰」，然後又說「唐先生」，所有可能組合，他都說盡了。孩子們成群結隊圍著他，窒礙難行。艾蒂安四處張望，每棟房子看起來都一樣，不知如何是好。他正準備放棄，這時看到一個老頭，蓄著山羊鬍，坐在萎黃灌木樹蔭下的卡車輪胎上，正在翻閱紙張。艾蒂安朝老頭走過去，孩子們不再跟著他，或許是怕老頭吧。他來到老頭跟前，才看清楚原來老頭正在翻看票券，一種被稱為三十六獸與四靈[1]的彩券，西貢大街小巷到處都有賣。

老頭會說法語。

「對，我好像知道琰住哪……」

訊息明確，艾蒂安掏出一張鈔票，接著又一張。每掏一張，老頭都盯著他看，艾蒂安只好又挖出一張，朝他遞了過去。艾蒂安琢磨著自己付的錢夠多了，老頭搖搖頭，表示「不夠」。老頭好整以暇，將帶路費收進口袋，費力地站起身來，穿過大院子，經過一排房屋，指了指其中一間的後院，這個院子好像被颶風掃過，才剛馬馬虎虎修補了一番。

消息八成傳得很快，總之比艾蒂安快，因為他到的時候，琰，頭髮高揚，朝著白色天空豎起，已經站在門口，說著：「啊，艾蒂安先生……」，但並沒有走上前來，看似想阻擋來客。

幾個孩子和兩個上了年紀的婦人在他身後有段距離處，滿眼戒備，正在觀察這個法國人。

艾蒂安走近他。

「艾蒂安先生……」琰又說了一遍。

「關於我表哥的事，你說你會去打聽消息。因為你沒回來找我，所以我就冒昧……」

很難知道這兩個男人誰比較尷尬。琰害怕被問及此事，往前走了幾步，伸出他那胖乎乎的小手，艾蒂安握了握。

「這……我什麼都沒探聽到，對對……」

他想起艾蒂安提醒過他這點，尷尬一笑，隨後又開了口，聲音較為低沉、平穩，幾乎聽不出越南口音：

「沒有關於部隊移防的消息。」

「這個我已經知道了，每個人都這麼跟我說，不需要你再說一遍。」

琰咬著嘴唇，依然滿臉堆笑，搖了搖頭，「羽冠」隨之擺盪。

「我很抱歉。」

就是在這個當下，艾蒂安懂了，琰在撒謊。這個男人的唯一職責就是幫他找到住的地方，他幾乎不認識他，但卻因為琰的這個謊言或是蓄意隱瞞，使得他找到雷蒙的最後希望破滅。

因為琰的沉默並非他不知道。

而是奉命行事，搞不好是受到威脅。

雷蒙他們分隊出任務有什麼好隱瞞的呢？甚至連琰這種人都寧願裝傻，也不願意把情報賣給他好賺上一百皮亞斯特？

對艾蒂安而言，四天來的焦慮與徒勞奔走，四天來被心上人或許死了的這件事糾纏，他為了雷蒙繞了半個地球，他為了雷蒙，準備好要接受……任何事，對，任何事。艾蒂安淚如雨下。

一個歐洲年輕人在紅土院子中間，當著這個警戒到啟人疑竇的越南家庭哭泣，好一幅怪異景象。

琰依然在笑，但他這是在苦笑，硬擠出來的，甚至連他的一頭亂髮也平靜下來，不再搖晃。他背後那幾個人全都沒動，他們從沒見過當前這種情況。艾蒂安轉身掏手帕，免得丟人現眼，不過自從他到西貢以後，原地打轉的感覺、失去信心、負面想法，失敗可以預見，焦慮不斷累積，在這麼一個地方、在這麼一個時刻，在在令他墮入深淵，沉陷於這份突如其來的悲傷裡。他聽到琰用越南語在發號施令，聲音突然變得尖銳又權威，然後他感覺到一隻手搭在他肩上。

「來吧，艾蒂安先生，別待在這兒。」

於是兩人朝房子大門走去。「我八成一臉誰死了的模樣。」艾蒂安心想。他出於本能，敲醒了喪鐘，迴盪又迴盪，為了對抗這種晦暗想法，他使盡僅存的一點氣力，加快腳步。

他們走進一大間廳室，粗麻袋固定在窗前遮住了光線，室內相當暗。這種黑暗，從外面進來感覺分外深沉，使得坐在這兒的老人和小孩尤其神祕，彷彿一群人在密謀生事或是信徒為了玄祕彌撒在聚會。居中一張長桌上放著一個托盤，托盤卻是空的，不免令人詫異，好像剛剛有人清過，上頭還殘留著黑色粉末，一名老婦正在用稻草小掃帚輕輕拂去。

「進來吧，艾蒂安先生，坐啊。」

琰下達一連串命令，一個孩子站起來端來一杯水，一個女人走過來放下一籃水果。說不太出來在這間廳裡究竟泛著什麼氣味，混合了線香、發酵的魚，還有某種更嗆、苦苦的、略帶刺激性的東西，艾蒂安從沒聞過。他的視線逐漸適應了昏暗，他十分驚訝，竟然看到沿著牆排列的擱板上，擺著彩繪人物石膏小雕像，數量驚人。地上和塞滿稻草的板條箱裡也有，準備要運出去。再過去一點，其他包裝都封起來了，這間廳室更像倉庫而不是家裡的飯廳。

艾蒂安在眾人靜靜注視下在椅子上坐下，琰並沒有費心幫他介紹。沉默讓氣氛變得很不舒服，琰感覺到了，因為他開始說話，說得好快，而且稍嫌大聲。

「我們因為祭祀先人才彩繪小雕像，對對對。這邊這個是孔子，這個是佛陀。」

事實上艾蒂安注意到這些雕像完全一樣，而且全部都是這兩個人物。顏料、布片、畫筆在哪兒呢？

「家庭手工，量很少，賺點小錢。」琰補充說明，好像是在為這份工作的寒酸辯解。

艾蒂安突然感到需要呼吸新鮮空氣。他站起來準備告辭，甚至連杯子裡的水都沒喝。

「謝謝。」他說，沒人知道他在謝誰。

他轉向門口，邁出一步，踩到稻草廢料，腳一滑，他扶住擱板，一尊小雕像掉到地上，引起眾人集體驚呼。在孔子碎片中間，一卷報紙滾了出來，慢慢展開，碰到艾蒂安的鞋子才停住，露出一小根像香腸般的物體，淺褐色、光滑、有可能還黏黏的……

誰都沒動，艾蒂安看著自己的腳，他不知道這是什麼物質，但毫無疑問，醫學院絕對不會推薦。

一名老婦終於走上前來，掃去孔子遺骸。

琰從地上撿了起來，將褐色物質握在掌心，面帶微笑，彷彿要把它送給客人。

「這個活兒不值一提，你知道嗎？賺不了幾個錢，但我有一大家子得養。」

艾蒂安揮手要他別說了。

「琰，這不關我的事。」

目光卻不由自主掃過這家人的臉，大多數都是孩子，四到十五歲都有。現在他比較明白為什麼他們要拿黃麻袋擋住窗戶。屋裡所有人都在戒備，因為萬一被發現，就是警察，就是監獄。

「這是什麼啊？」受到好奇心驅使，他還是問了。「鴉片嗎？」

琰立刻噗哧一笑。

「噢啦啦，不是啦，艾蒂安先生！有錢人才買得起鴉片，不是鴉片。這些是渣渣，抽鴉片剩下的渣滓，鴉片屑。很不好。只有窮人才抽。品質很差。」

艾蒂安看著擱板，好幾十尊彩繪人物愣在那兒。

「我們只負責搬運。我們把鴉片渣棒塞進孔子屁股，板條箱一裝滿，就往全國各地送。」

他拿起一尊佛像遞給艾蒂安。

「拿著吧，艾蒂安先生，紀念你到此一遊。裡面是空的，你知道嗎？」

艾蒂安微微一笑以示感謝，收下了。

「我們做了好多孔子，」琰繼續說道，「然後就換了。佛陀比孔子好。」

「噢，是嗎？」

「是的，佛陀的屁股比孔子大，更方便。」

琰陪著艾蒂安走到院子。

「我可以請鄰居騎自行車送你去車站。」

「謝謝，我用走的就好。」

「很遠。」

艾蒂安指指佛陀。

「我們可以聊天。」

他正要走開，琰拉住他的袖子。

「艾蒂安先生……」

他的頭每動一下，他的「羽冠」便隨之又豎了起來，搖晃得厲害。

「隨著戰爭，越盟勒索我們，法國剝削所有人，日子很難過，你知道嗎？我一直在找一門好生意。雖然我一直在思考，但是，到頭來，我只能找到什麼做什麼……」

他隨意指了指他的房子、院子。

「這些對孩子不好。但我只找到這個活兒，今年比去年更難做。為了別再賣佛陀，我需要收入，為了這幾個小鬼，為了整個家。我有一個申請案……」

「你要申請轉帳？」

「對，金額很少，非常少，一筆小小的轉帳，如果你能……」

「多少？」

「噢，五萬皮亞斯特。」

「我沒辦法向你保證，琰……我不知道。」

那兒，兩個年紀最小的孩子剛從屋裡出來，好奇地望著這兩個人。

「帶著你的申請案過來找我，我們再看看吧。」

他回來時心緒不寧。他對提出「我再想辦法打聽打聽」的那位高級專員公署官員沒信心，看到琰的孩子被迫參與齷齪買賣，則令他痛心。

在辦公室裡，他又看到堆積如山的文件等著處理，散發出官商勾結的詐騙惡臭。貨幣局每天收到大約六十份申請書，都是些金額相當龐大的案子。因為最普通的案子，比方說將部分薪水匯回法國的公務員，或是把孩子送回法國本土學習的父母匯去生活費，只要透過郵局匯款就能辦妥。

堆在他辦公桌上的案子，都是些價值成千上萬皮亞斯特的進口商品，等著要在法國支付數以百萬法郎計的貨款。但至今完全沒人告訴他該如何處理。

他決定正面對決這個問題，於是去敲了詹特先生的門。

「我需要指示。」

詹特抬起頭，好像沒聽到問題，逕自說道：

「你看過這個嗎？」

他把報紙折起來，摘下眼鏡，揉揉眼皮。

「他們對小東西痴迷，我認為……」

艾蒂安已經養成習慣，打斷局長是沒有用的，必須靜靜等待，試著瞭解他的思緒飄到哪兒，然後伺機而動，再引導他回到你的話題，就像魚上鉤，必須慢慢往岸上拉，線才不會斷掉。

「越共……在南猖附近……北部，靠近四號公路[2]……用大彎刀砍了四個法國憲兵，有人發現殘肢堆在路邊，四顆人頭擱在最上面，簡直像蛋糕上的櫻桃。旁邊還有胳臂、腿啦什麼的，亂七八糟，根本分不清楚哪條胳臂搭配哪個腦袋。」

艾蒂安感到自己臉發白。確定他們是憲兵？不是兵團成員？

「越共就是這樣，」詹特繼續說道，「他們就是要大卸八塊，他們就是忍不住。連越南菜都是一小塊一小塊的，這不就看出來了嘛！這是一種執迷，越共不把人碎屍萬段就殺不了人。這種怪癖八成歷史悠久……」

他站起來，繞過辦公桌，將黑皮小相框轉向艾蒂安：

「我給你看過嗎？我的狗。」

沒等艾蒂安反應，他又放回原位。

「我們法國啊，偏重搞心理戰。有一次，為了從越共那裡探聽情報，帶他們上了飛機。飛上天以後，把其中三個往空中那麼一推。其他幾個立刻把自己知道的全說了，我跟你打包票，其實這麼做也算漂亮啦，給他們一個痛快，不是嗎？怎麼？我嚇著你啦？」

艾蒂安臉色白得像裹屍布。他的思緒還停留在路邊，四名憲兵的屍塊堆在那兒。找到雷蒙的時候，他就是會像這樣嗎？

「哎呀，這是戰爭嘛……好，對，指示，這就是你想要的……」

他的目光飄向艾蒂安頭頂某處。

「嗯，是啊，我想也是……」他說道，語帶茫然。「指示，當然……」

艾蒂安認為最好還是專注於申請案，別跟著詹特九彎十八拐，於是他開了口：

「我到任後一直在研究檔案，現在我必須接待申請人。好幾份申請案都相當可疑。」

「可疑？」

「發票金額低價高報。」

艾蒂安沒來得及繼續說，詹特走近他，一副想打爆他的臉的樣子。

「我當然知道啊，佩萊蒂埃先生！不然你以為怎麼樣？你發現任何一起皮亞斯特不法交易了嗎？我說這位年輕朋友，你以為你是誰啊？」

詹特的脾氣來得急去得也快，他走回辦公桌，一隻手摀著臉，怎麼這麼累啊……

他伸出手，翻過一個相框，衝著艾蒂安揮了揮。

「我的第一任妻子。蜜莉安。賤貨一個，就甭提了。」

說完又放了回去。

「我們不能怎麼樣，」他唉聲道，「你懂嗎？我們無能為力……」

「許可證畢竟是我們局裡核發的，而且……」

「他們不需要！」

艾蒂安等他說下去。

詹特原本希望談話就此結束，現在偏偏不得不繼續解釋，實令他懊惱：

「皮亞斯特屬於法郎流通區。他們要把皮亞斯特轉帳到法國，我們沒有權利反對！照理來說，他們連申請許可都不需要。」

「那我們在這邊做什麼？」

「拖時間。」

詹特的忍耐到了極限。他示意艾蒂安坐下，椅子原本是預留給訪客坐的。

「皮亞斯特和法郎之間的匯率是固定的。就理論而言，轉進轉出不受任何條件限制。我們貨幣局專門把時間花在拿棍子插到他們輪子裡面，卡他們，就這樣而已。因為……（他臉色一沉，顯現出連他本人也對這場災難的嚴重性有多震驚）……轉帳這件破事已經讓法國損失了一千八百億法郎，你懂嗎？」

艾蒂安難以置信，這可是一個天文數字啊。

「沒人反對的話，再過幾年，印度支那就能買下法國，而且是……用法國自己的錢！」

「我們什麼都做不了嗎？」

「可以。我們表現得像公務員：專門找碴。拖拖拉拉，吹毛求疵，雞蛋裡挑骨頭，沒事找事。我剛剛跟你說過：我們拖時間。」

「我們有什麼權力嗎？」

「什麼都沒。實際上，卡了半天，最後還是得簽名放行。只不過申請轉帳會變得非常麻煩……稍微平息一點這股歪風。」

艾蒂安看不出來有什麼辦法。具體作為……

「這就留給大家很多想像空間。還不賴喔，局裡有些人樂得索取愈來愈多賄賂，才幫他們蓋章。這些人要污，只管污他們的，至於其他人嘛……」

詹特揮揮手，意義不明，其他人嘛……

很快就到了西貢的第一個週末，艾蒂安原本還等得好不耐煩，但如今西貢猶如一片荒漠，除了不時爆發幾陣焦慮壓得他喘不過氣來以外，沒有其他高低起伏。差不多有十次他都差點租車去顯江，但詹特說的話言猶在耳……「沒人護衛，你走不了多遠……」

每天晚上，他都買鮮魚給約瑟夫吃，牠到西貢後都長胖了。約瑟夫牠啊，牠不擺出獅身人面像姿勢臥於窗臺、監看周遭的時候，就窩在床腳邊。

禮拜六早上，艾蒂安被樓梯間的聲響吵醒，聽起來像是前幾天有人送箱子過來時那樣。

「你不是說你很熱嗎？」

琰搔著腦門上的那撮亂髮，咧嘴大笑，指著兩個人，他們正把一臺冰箱放在樓梯平臺上，諾曼第衣櫃般大小，表面凹凸不平得還挺嚴重。

「美國貨！」

光說這幾個字，就等於全說了。

艾蒂安正想拒絕，可是冰箱已經被推了進來。琰相信雖然他自作主張，但肯定會受到讚賞。艾蒂安後退一步。現在冰箱已經靠牆放好，光它就占了室內三分之一的空間。琰插上插頭。

「柴油發動機？」艾蒂安問。

「對，一開始有點吵，不過很快就安靜了，你等等就知道。二手貨。七百皮亞斯特，很划算。」

艾蒂安張開嘴，正要開口。

「可是我四百就買到，簡直是奇蹟，艾蒂安先生。」

這東西怪裡怪氣、奇貴無比、碩大無朋……雷蒙看到準會狂笑，說，「啊，你打算住冰箱裡喔……」

約瑟夫小心翼翼往前，嗅了嗅「這頭野獸」，然後一下子跳到上面，安安穩穩坐著。

「好吧。」艾蒂安說，同時掏出一百五十皮亞斯特。

琰皺起眉頭，不過很快恢復臉色，又是笑咪咪的，一臉諂媚。

艾蒂安原本以為琰又要跟他提申請轉帳的事，結果並沒有。

「祝你週日愉快！你八成要去參觀這座城市吧。」

琰隨時都在想辦法，東賺一點、西賺一點。艾蒂安擔心琰會提議要當他的導遊，他想一個人走走。

「我要去逛逛，對，但我更想休息，剛到西貢幾天，我挺累的。」

「我瞭解。」

冰箱的噪音並沒減弱。發動機安靜了一個小時，突然又激動了起來，發出嘶啞叫聲，像火車頭那樣鳴起笛來，試圖達到巡弋速度、臻於臨界值，轟隆轟隆，予人一種枕邊人正在打呼的感覺。艾蒂安還挺喜歡的，雷蒙打呼也打得很厲害。怪的是，約瑟夫幾乎整天都待在冰箱上頭，旁邊擺著琰送的彩繪佛陀像，雖然冰箱震個不停，牠依然老神在在。

艾蒂安趁著禮拜天去露天座喝啤酒，到處品嚐美食，吃吃切塊烤乳豬、嚐嚐新鮮菠蘿，逛逛商店，一家家店裡堆滿自行車、收音機、廚房用具、二手書、家庭清潔用品、家用五金，看得你眼花繚亂，全世界沒有東西是你在這些街上買不到的，商人在店門口五官動都不動就能剔牙，要不就是拿長桿子把遠處商品撈過來給你，一臉溫良恭儉讓，討價還價起來，頓時成了厲害的談判專家。艾蒂安來到影音器材店門口，突然想買臺照相機把這些影像拍下來，為雷蒙和海倫留下雪泥鴻爪。一上來他覺得好玩，從前有時候，他會用海倫高中攝影社的器材隨便拍拍，結果都慘不忍睹。他完全沒能力取景，拍出來的照片，想拍的人事物老是在畫面最邊邊，不然就是整個被他切成兩半。他的攝影大作害他母親、害他妹海倫捧腹大笑，他假裝生氣，嗔道：「都怪我右眼有點弱視，嘲笑別人不厚道。」

率性而為，總是把他推向不利、怪誕或是危險的解決方案，他花了一大筆錢買了一臺徠卡相機，店家肯定跟他講過怎麼操作，也建議他把相機掛在脖子上避免被搶。

傍晚時分，他前往港口，為之著迷，苦力扛下一袋袋比自己還重的稻米，這些男人乾瘦、敏捷、面無表情，他拍了好多苦力幹活兒的照片，還拍了工頭吹哨子。

卡車駛過，引起整個港口一陣騷動，舢板正往法國郵船公司碼頭靠岸，到處都是一袋袋大米、生橡膠、農場種出來的經濟作物、原木、橡膠樹，船東坐在車上監督卸貨，工人在車陣中蛇形穿梭，還有一位祕書在提貨單背面簽字，錢從這手傳到那手，大呼小叫，輪船汽笛聲聲長鳴，催促乘客趕緊登船，將叫嚷聲淹沒。艾蒂安頭昏眼花，離開了碼頭，沿著保稅倉庫柵欄一路往前走。他買了芒果，想找地方休息一會兒，在不遠處找著一塊空地，那兒有一根水泥界標可以坐下來。西貢的天空一片白。他寫過一封短信給父母，另外寫了一封給海倫，比較長。他在信上僅僅告訴母親他還沒找到雷蒙，但他寫的一副好像這種延誤很正常，完全在預料之中。至於海倫，他則說了實話：「不論我問哪個單位，全都拒絕告訴我任何事」。萬一找不到雷蒙，他該怎麼辦？他該留下來？還是回貝魯特？海倫被迫和父母單獨生活叫苦連天，哀嚎聲彷彿又傳進耳裡。他懂，因為他感同身受。但如今他已經離開了，貝魯特屬於過去，無論如何，他的生活都已經改變。不管有沒有雷蒙。這個想法令他揪心。

他正在想這些事，準備離開前，回頭望了一眼空地，他才發現原來那邊是垃圾場，堆放著貨箱、板條箱，以及各種器具，甚至還有一輛燒毀的汽車殘骸。一堆棧板吸引了他的注意力，壞掉的發動機隨便扔在棧板上，機型老舊，外加生了鏽，好幾臺還被拆過，顯然是為了拆下零件作為他用，剩下的就被丟棄了。他走近一看，機殼上刻著RN-P1。

原來這些竟然是所謂的原型發動機，幾個月前勒魯兄弟公司為了供機帆船使用而專程進口的。這個發現對他個人來說不啻為心口被狠狠劃了一刀。皮亞斯特不法交易助長了這場荒謬戰爭，而此時此刻，雷蒙卻在這場戰爭中不知去向。

在他心中，一股黯黑怒火正在滋長。

他繞遠路回家，路線蜿蜒曲折，連他自己也搞不清楚為什麼會這麼走。當他意識到自己的腳步把他帶到了一個相當惡名昭彰的街區時，一切變得清晰。街道兩側酒吧林立，妓女在街上走來走去，亞洲皮條客如蠟像般面無表情靜靜抽著菸，打量著路人，眼光精準專業。這條街並不是他的目的地。事實上，在這個狹窄小區繞了幾圈之後，他的潛意識就帶著他找對了門，引導他來到一間只有一個小露天座的酒吧前面。所有客人都擠在裡頭，嘈雜、快活、熱鬧，激動得大聲喧嘩、放聲大笑，這間酒吧叫做「卡梅倫」[3]，外籍兵團成員都在這兒聚會。

他放慢腳步。

好幾張桌子擺在人行道上，一張緊挨著一張，此時，三條大漢，身著制服，從酒吧間走了出來，在其中一張桌子坐下。他們盯著他。在他們饒有興味的沉默中，有一種難以言喻的暴力在醞釀，他們舉起啤酒杯，好像要敬他酒，令人渾身發毛……
他怕了，加快腳步，趕緊逃離。
直到他找到計程車，他都聽到他們在笑。

前一晚憤怒與絕望的後遺症，致使第二天，一到辦公室，他心煩氣躁，有一股想搞破壞的衝動。看到第一批申請案，就覺得貨幣局弄虛作假，對他來說簡直就是侮辱。同樣也是貨幣局這個行政單位，拒絕向他提供有關雷蒙生死的絲毫消息，卻要求他整天幫假申請案蓋章放行，當促進這場戰爭大躍進的幫凶。
在他內心深處，某種迷信驅使他抵抗，這是他表示反對的抗爭方式，也是他的希望所在。
他把一大疊申請案放在辦公桌附近的地板上，稍後再處理。
他需要直搗問題核心。於是，他走到接待櫃檯，好多客戶正在耐心等候，他主動表示他也可以接待他們。
第一位是一個中國買辦，長得怪裡怪氣，五官形同蠟製，毫不留情，全都往下耷拉著。
「好的，鄉間蓋別墅的工程……」艾蒂安一邊查閱他的申請檔案一邊說。「在朗布依埃。」
這位中國買辦的鼻子非常短，沒有嘴唇，使得他看起來活像烏龜。而且，他的動作還真慢，說得一口從書上照搬過來的法語，文雅、精準，用詞遣字充滿自信。

艾蒂安在好幾份申請案裡都看過他的名字：喬先生。他來幫高級專員公署的一位官員代辦手續。

「對，朗布依埃，就在……」

「我知道在哪裡，謝謝。所以說，工程款要四十萬法郎。」

「是這樣沒錯。」

艾蒂安一一翻閱文件。這位官員從越南這邊支付他的別墅翻修費用。屋頂、磚瓦、木結構，除非人在現場，否則這些工程費用難以驗證。只要艾蒂安一蓋章，申請人從這裡轉帳匯回法國的四十萬法郎就會變成將近一百萬。

「缺了一份資料。」

「你說什麼？」

「房子的照片。」

「這些文件全都是工程方面的，我不明白……」

「我甚至應該說缺了『廢墟』的照片，因為這種金額，你的委託人還不如買一棟新的，不是嗎？」

他闔上檔案夾，交還買辦。

「地籍紀錄摘要、購屋契約、房產轉手紀錄、證明翻修工程實屬必要之建築師報告、法國建築協會的意見或許可，此外，每一細項工程的估價單都必須附上當前狀態照片，以便本局判斷該項施工之必要與否，同時還得附上預期結果比例圖。」

喬先生咬緊嘴唇，算了，走出辦公室，又走了回來，俯下身子。

「一萬法郎。」他鬆了口。

艾蒂安瞇起眼睛。

「用哪種貨幣支付，隨你選。」

中國人把申請檔案夾放回辦公桌上。

艾蒂安重新拿了起來，還給他。

「『廢墟』的照片，加上這一萬法郎，空拍也行。」

---

1 Jeu des Trente-six Bêtes et des Quatre Génies：當地稱為Số đề。類似樂透的彩票，二十世紀四〇年代在西貢蔚為流行，玩家必須猜出哪隻野獸或精靈符合發行彩票單位提供的故事或描述。作者在後文中有進一步解釋。

2 la RC 4：指的是諒山市通往高平市的四號公路。印度支那戰爭期間，該地頗不寧靜。南猜（Nam Khái），遍尋不著，只能以音譯處理。

3 le Camerone：發生於一八六三年四月三十日的卡梅倫戰役（Bataille de Camerone），法國外籍兵團以寡敵眾，英勇抵抗墨西哥軍隊十多個小時，經常被視為是外籍兵團歷史上最偉大的戰役，或許正因如此，酒吧才被取名為「卡梅倫」。

8 慾火

珍妮芙像女王一樣高踞寶座。尚整天都在找工作，每天傍晚都看到她以相同姿勢，坐在小飯廳餐桌另一頭，背對窗戶，精心打扮，無所事事，滿臉笑容。莫非她聽到樓梯間傳來他的腳步聲，才立刻擺出這副姿態？一副她整天都坐在那兒的樣子？隨時準備接待夫婿，就像接待某人前來訴苦，願以善意與諒解接受申訴人陳情。沒抽菸的時候，她就交叉雙手，端端正正放在桌上，香腸似的十指緊扣，指甲修得美美的。

對尚來說，珍妮芙的生活是個謎。

她整天都在做什麼？她幾乎什麼也不對他透露。「我去買東西。」她敷衍帶過。用什麼錢買？他兀自納悶，他們的錢這麼少。但這個問題顯然通往是非之地，他向來不敢冒進。

「還順利嗎？」她問。

他每次面試回來，她都問同樣問題。尚也總是給出同樣回答。

「不太順利。」

這回他是去應徵業務，銷售成套工具。你得瞭解管扳手、斷線鉗、鑽床……面試沒拖多久。「下一位！」他排了快三小時的隊，面試了連五分鐘都不到。

早上，尚下樓拿報紙，像前一晚看晚報一樣精讀一遍。他小心翼翼剪下招聘廣告，貼在筆記本上，標明日期，寫應徵信，有電話號碼就打電話，沒有的話，就出門去應徵，要是廣告有註明：

「請直接到……」隨後並附上地址和開放時間，他就跟其他失業的人一樣去排隊。儘管有車是莫大優勢，但缺乏證明工作能力的可靠參考資料，致使尚處於不利地位。他應徵了各式銷售工作（這是他唯一可以稍微吹噓有點經驗的領域），但失業率嚴重，就業市場狹隘，總有人比他更具優勢。

或許是出於慈悲，珍妮芙從不過問面試細節，僅僅將結果記錄下來：哺哺空手而歸。

「那妳呢？」昨晚，他突然一陣脾氣上來，如此嗆她。

珍妮芙對他挑挑眉毛，表示不解。

「嗯，對啊，妳也沒工作啊！」他補上這句。

「我？」她如此宣告，聲音反應出她理由充分，「我是公務員！」

調職這件事，他向來都沒搞清楚。珍妮芙的父親相當有把握：這不過是個形式，做做樣子罷了。法國郵政部和黎巴嫩郵政之間關係活絡，聯繫頻繁，他誇下海口可以利用自己的人脈讓女兒進入法國公職體系。對尚來說，這件事籠罩在一圈未知光暈之中，不確定性甚濃，尤其是因為巴黎這邊根本沒人找得到工作，他看不出珍妮芙握有何種錦囊妙計，甚至連動都不用動，工作會自個兒上門來。儘管夫妻倆的財務狀況處於最低谷，他依然希望她別比他先找到工作，否則，妻子高高在上的睥睨目光……他承受不起。

餐桌擺好了，為了「自家人午間聚餐」，也就是說弗朗索瓦蒞臨用餐（他說過這次他將獨自前來）。在這間一丁點大的公寓裡看到豪華餐具和印花棉餐布鋪擺上陣，一顆心就痛。他們結婚的時候，珍妮芙堅持非要一個銀花盆和全套利摩日[1]瓷器不可。「本來就應該這樣！」她頒布過這道懿旨。然而，等他們有辦法住進較寬敞的公寓，足以容納所有東西之前，他們不得不把大部分家當都留在貝魯特，珍妮芙唯一帶走的正是這個大花盆和這張桌布（對，還有這張桌布，這樣才能配成一套，外加兩套花稍床具，其中就包括用於新婚之夜、令這對伉儷留下可怕回憶、如今每隔一個月才用上一回的那一套）。餐桌就這麼擺起來，猶如在貧民窟裡搭起一座資產階級孤島，毫不協調。在尚心裡，妻子對他的滿腹怨懟都濃縮在這張餐桌之上，他害她這輩子注定要過得淡而無味。

福爾太太為這次聚餐精心烹調的菜餚香氣從樓梯平臺飄了過來。

弗朗索瓦敲了敲門，手裡拿著一束康乃馨，珍妮芙樂得窮嚷嚷。

「我請福爾太太幫我們做了一道紅酒燉雞。」珍妮芙撒謊，菜色根本不是她選的。

「太棒了。」弗朗索瓦說，他向來不喜歡吃這道菜。

兄弟二人相對而坐。珍妮芙端坐餐桌另一頭，她的寶座。搞得一副好像每個人都在期待她搖鈴召人過來服務了呢。

「所以說，」她問道，「你跟小瑪蒂德吹啦？」

瑪蒂德……尚記得她，沒錯，瑪蒂德，胸部非常小，可是性感到你會瘋掉。基於禮貌，弗朗索瓦沒辦法跟他們解釋，上次（也是唯一一次）一起用餐，瑪蒂德已經受夠了。「親愛的，你嫂子有病，你哥是個孬種。看著他們兩個，實在很痛苦，下回我恕不奉陪。」

弗朗索瓦思索著該說些什麼。

「《晚報》錄用我當通訊員。」他就是忍不住。

儘管他發過一大堆誓，不要哪壺不熱提哪壺！別提他找到新工作的事！別給他嫂子這根骨頭啃，讓她逮著藉口羞辱哺哺，但是，這兩個禮拜，他經歷了一場奇妙旅程，令他無比振奮，乃至於飄飄然到可與一九四一年五月跟萊根蒂洛姆將軍握手媲美。他在報社的感受就像在談戀愛。

該不該據實以告？其實還有一個不足為外人道又令他為難的原因。他自己編出來在巴黎高師學習的那套謊話，他父母依然深信不疑，由於兩兄弟在巴黎住得相當近，使得他很難對珍妮芙和尚繼續隱瞞。跟哺哺分享祕密，他一向沒有負擔，但他隱隱約約感覺，珍妮芙她啊，極有可能利用這點大做文章，所以他才急於在職場上有所表現，令隱瞞入學這個祕密變得微不足道，從而降低引爆雙親怒火的危險。

這個問題不是一天兩天了，弗朗索瓦心中始終難以平復。事實證明，長子哺哺沒能力管理家族企業，好歹他有過機會。當然，經過他哥的慘痛教訓，弗朗索瓦永遠也不會接下家業，然而，父親壓根兒就沒要求他接棒，使得他沒能享受到拒絕父親的樂趣，著實令他扼腕。從來沒人問過弗朗索瓦任何事。由於他是個優秀的學生，人人為他的成績喝彩，卻對他的學習漠不關心。大家欽佩他於一九四一年的英勇行為，但由於他沒有得到獎章榮歸故里，一夕間壯舉等級大打折扣，僅被列入供人磕牙的軼事之林，成了大夥兒口中的奇聞。於是，就這麼著，某一天，他父母的關愛，略過弗朗索瓦，直接從哺哺跳到老么海倫身上。噢，他曾經受到寵愛，是的，但在內心深處，最最重要的部分已經遭到剝奪了。但同時，他也怪自己嘴快，剛剛不該說出被報社錄用，這種事就是你明明發誓不要這麼做，偏偏又忍不住這麼做了。

幸虧福爾太太剛好進來，這個問題不了了之。她使盡全力捧著她那盤紅酒燉雞搭配蒸馬鈴薯，要不是弗朗索瓦衝過去幫她，恐怕她都沒辦法把盤子放在桌上。珍妮芙瞅著這一幕，心滿意足，樂得兩頰泛起紅暈。

弗朗索瓦鬆了一口氣，不幸的是輕鬆不了多久，因為，福爾太太才剛把菜都端好，回她家去，珍妮芙又開了口：

「那麼，你在報社的這份工作，跟我們說說吧！我全都想知道。」

毫不誇張，珍妮芙飢渴地吸收著她小叔的話，就像在貝魯特聽佩萊蒂埃先生對他的肥皂誇誇其談時那樣，尚發現她的態度一如既往的貪婪亢奮。

他弟想透過這份新工作大放異彩，尚並沒因此產生酸葡萄心理。畢竟，弗朗索瓦是父母眼中的模範兒子，哪像他，成不了大器。而且，要是他找到一份好工作，他也會開心宣布。他也不怪他妻子，她的性格就是這樣，永遠都會這樣。至於他嘛，見不得別人好，不是他的秉性。

「我負責社會新聞。」弗朗索瓦說，他儘量講重點就好。

「好棒喔！」珍妮芙喊道，一滴紅酒醬汁從唇角淌下。

弗朗索瓦提到《晚報》刊登過的幾樁事件，忍不住稍微美化了一下他的工作內容，聲稱自己也有貢獻。

事實上，社會新聞部主管馬勒維茨對待他就像把某人硬塞給你時，你會做的那樣。他這個人老派，凡事按部就班，得挨上很長時間才能被委以重任。因此他派弗朗索瓦去各個派出所和醫院蹲點，使得弗朗索瓦整天都在派出所查閱案件登記冊，同樣的夫妻吵架、同樣的酗酒作樂並以在人行道上鬧事作終，他對這些內容感到心灰意冷，偏偏還得想出亮眼的標題，還得以令人感興趣的角度切入，以這些為素材，寫出一篇十一行的補白，透過吸引讀者關注，證明刊出他這一小篇花絮的價值。

這個職位乏善可陳，但報社的日常氛圍卻令他飄飄然：在他眼裡，沒有比這更厲害的麻醉劑了。他從不錯過任何到樓下拼版臺的機會，讓自己沉浸於付梓印刷前最後一道工序、如同觸電般強烈的氛圍之中，每個人都在你叫我、我喚你，你罵我、我吼你，先是排鑄機劈哩啪啦響，印刷機緊接著轟隆轟隆轉。他偷偷將頭探進校對室，好幾個人肩膀挨著肩膀圍著一張大桌子，站在十字交叉的聚光燈下，一一給文章加注，室內香菸煙霧瀰漫，菸灰缸滿得溢了出來。

不論他到哪兒，都看到德尼索夫全神貫注，拿著校樣和付印樣一讀再讀，不厭其煩。唉，他有多麼急於想坐上編輯部的位子……他還差得遠呢。

他一邊說，一邊看著哺哺，瞧他吃的，連鼻子都埋到盤子裡，看似沒在聽他說話。弗朗索瓦感覺得到尚身心俱疲，被他至今遭受過的千百次的小小失敗消磨得精力衰退，無力抵抗，乃至於他都默許接受了。

「你到底清不清楚？哺哺！」珍妮芙無時無刻都說個不停。

哺哺清楚得不得了。

「我們需要談談海倫。」他驀地冒出這句。

一陣沉默，誰也不開口，面對這個對誰而言都不方便的情況，每個人都硬撐著，千萬別先沉不住氣。弗朗索瓦和尚在海倫寫來的短信中讀到過，自從艾蒂安走後，她現在過的非常難熬。

艾蒂安和海倫被稱為「雙胞胎」。尚沒明說，但他指的是「雙胞胎女兒」。在他心中，這並無惡意，但畢竟還是……他一想到艾蒂安正在……毫無性生活可言的他，對他弟的性事感到有點噁心。

因此，自從艾蒂安離家以來，海倫就像孤兒。或說像寡婦。

艾蒂安很少寫信給弗朗索瓦和哺哺。他們想像他和他的外籍兵團大兵正在編織萬丈情絲，除了報告近況，他有別的事要忙。尚又想起艾蒂安那個朋友，那個大塊頭，壯得幾乎令人尷尬……他驅走腦海中浮現的畫面。

海倫在上封信中詢問哪個哥哥可以收留她。

「她離家的話，等於要了你們媽的命！」珍妮芙如此預言，臉上那抹微笑令人參不透。

弗朗索瓦只想著自己的工作，尚只想著自己沒工作，海倫想借宿的這個請求來得真不是時候。

「我們啊，讓你妹住我們這兒容易得很，」珍妮芙笑著評論。「把餐桌換成地鋪不就結了，不過這樣就沒地方吃飯囉，反正我們都可以在床上吃嘛，像蘇丹一樣！」

她對自己提到的這個畫面頗為自豪，語帶諷刺又補上一句：

「對促進夫妻親密關係，這種情況再理想不過了呢！」

她經常這樣提及他們的「夫妻親密關係」，這種怪異概念同時意味著她渴望圖個清淨、她生性疏懶，以及透過婚姻關係，行使她獲得的兩項權利：對丈夫盛氣凌人和剝奪他的性生活。至於弗朗索瓦呢，這種「親密關係」喚起了他對尚—巴特二世上航行的手足之情回憶，於是他悶聲不吭，光顧著把馬鈴薯吃完。

「這裡的確太小了。」尚索性一次把話說清楚。

「我那裡也有同樣問題。」弗朗索瓦也亮出底牌，他從沒邀請他們去他家。

「真的這麼小？」珍妮芙問道。「現在，隨著你找到新工作，你打算搬家吧？不是嗎？」

「還是通訊員的薪水，花錢哪能大手大腳。」

海倫在寫給兩個哥哥的信中解釋，她想來巴黎繼續學業。

「學什麼？」

沒人知道。海倫什麼也沒提，好像她學什麼都行，學什麼都無所謂。尚一向苦幹實幹，他認為一個人什麼都沒做就想坐享其成，這樣不合乎情理。

「跟父母一起住在貝魯特算不上受苦受難。」

此話一出，尚立刻後悔。海倫處處受到父母支配，若說有誰能夠感同身受，同情她的處境，那應該就是他了。

「反正，我已經回海倫信了，對我們來說是不可能的。」尚說了謊，但他決心明天立刻寫。

「我也一樣。」弗朗索瓦邊把餐巾折起來，邊做出結論。

此案已結，兄弟兩人卻依稀感到只怕沒這麼容易。

「別怪我，」弗朗索瓦說，「不過我得先失陪了。」

「幽會喔……」珍妮芙用一種她希望會很俏皮的語氣低聲說道。

「不算是，」弗朗索瓦笑著回答。「『攝政王』在演《慾火》，才剛上映，四點鐘有一場。」

珍妮芙彷彿受到強烈電擊刺激，身子倏地挺起：

「我也好想看喔！」

弗朗索瓦咬咬嘴唇，他怎麼會說溜嘴呢？這麼不小心！

「我說親愛的，你不想看《慾火》嗎？」

尚還沒想到怎麼答覆，她已經站了起來（誠如胖子也可以是優秀舞者，珍妮芙活動起來有如苗條女郎那般靈活）：

「你不介意我們跟你一起去看吧？」她問弗朗索瓦。

他「毫不」介意。

想也知道，珍妮芙得花時間「改頭換面」。

「約『攝政王』見！」

「四點開演，」弗朗索瓦看看錶，刻意強調。「我們沒那麼多時間。」

「很快就好，很快就好！」

兄弟倆面面相覷。兩人都對一起看電影這個主意感到遺憾，卻又不知如何反對。現在，想反對也來不及了。

弗朗索瓦揮揮手，先行離去。

「待會兒見。」他低聲說，可是沒人聽到。

1 Limoges：一七六五年在距離該市以南四十公里處發現土質富含高嶺土，開始大規模開採並製造瓷器。利摩日生產的瓷器銷往法國及歐洲各地，素來享有「法國瓷器之都」美譽。

9 任何人、任何事都阻止不了他

冰箱沙啞長叫一聲。隨後便是類似喘息的聲音，嘶啞呻吟。佛陀緩緩震動，彷彿正以慢動作在打嗝。約瑟夫審慎地抬起頭。

艾蒂安醒了。

禮拜天，早上九點，他睡了很沉的一覺。他想起床，但沒有力氣。因為街上喧鬧，他到凌晨兩三點才睡著，天哪，西貢可真吵。

他討厭這個城市、這個國家，憎恨戰爭這種情況，他唯一只有一件要緊事，找到雷蒙，求他去別的地方，這個地球上肯定有比印度支那更有益身心的地方，不是嗎？他不懂雷蒙怎麼會愛上……想到這些害他好難過。

冰箱又咳了一聲，更為沙啞。艾蒂安強迫自己下床，打開冰箱的門，冰箱呼嚕呼嚕低聲抗議，艾蒂安衝著左邊踹了一腳，通常這就足以讓它閉嘴。事實也是如此。約瑟夫受到驚擾，喵了一聲表示譴責，隨後又躺了回去。艾蒂安也是。

什麼樣的一個禮拜啊……

貨幣局裡的一切都迅速變得緊張起來。

他打開檔案夾，發現一只信封，內有兩千皮亞斯特。

「你忘了這個，」他連看都沒看一眼就對客戶說。「如果信封是需要附上的文件，我會第一個通知你。」

週一到週三，超過三分之一的申請案都遭到他退件，天大的事，各部門傳將開來：「聽說新來的會卡轉帳。」

想卡？沒那麼容易，詹特說過，好幾個消息甚為靈通的包打聽買辦也沒忘了提醒他。

「佩萊蒂埃先生，轉帳絕無違法！」其中一位法國人說道，此君童山濯濯，一張臉活活被豬排般大小的鬢角給吃掉半張。他來申請進口文具，共計八萬皮亞斯特的筆記本、紙張、筆等等。

「誰說違法了？」

「那好啊，既然沒有違法，你就在下面這邊蓋章，批准轉帳。」

「沒違法，但是有限額。」

前所未聞，這位客戶一臉詫異。

「某些轉帳，」艾蒂安邊說，邊把檔案夾還給他，「每季度都有最高批准授權額度。今天早上已經到了天花板。可真不巧啊，你昨天來就好了。」

艾蒂安不太受同事歡迎。「他怎麼卡？」他們在走廊上彼此探聽。

「委員會還沒確定哪天召開……」

坐在艾蒂安對面的是凱勒爾及瓦萊斯科進出口公司負責人，他想從利摩日進口瓷器。十九萬皮亞斯特，相當於一百五十萬法郎，在法國政府施恩之下將變成三百萬。

「什麼委員會？」

「管控。財政部命令。我們要設立一個委員會，負責授權批准轉帳之前嚴格審查某些申請案。」

這位客戶大為震驚。

「『某些申請案？』……哪些申請案？」

「取決於產品。利摩日瓷器就是其中之一，如果是向巴卡拉[1]訂購水晶，就像透過郵局寄信一樣簡單，可是瓷器嘛……」

「等等，等等！可以看一下行政命令原件和管控商品清單嗎？」

「財政部不急。我們貨幣局要兩三個月才拿得到，到時候你就可以知道內容。在此之前，局裡照規定辦事。」

禮拜三早上，加斯頓過來找他：

「你害大家不好辦事，佩萊蒂埃……」

「那你呢？你又辦了什麼好事？一年換兩次戒指嗎？」

艾蒂安的語氣跟他那張嚴厲、易怒、稜角分明的臉一樣冷酷，一個憤青，從他到西貢起，怒火就地沸騰。加斯頓佯裝頓悟，突然明白艾蒂安犯了什麼錯：

「我懂了。你認為把皮亞斯特轉到法國是不道德的，對吧？」

「士兵在這裡被殺掉，難道就是為了讓這些『大班』利用法國人的錢發大財……」

「才不是，老弟，恰恰相反！法國經濟需要這場戰爭！這場戰爭帶給法國三倍回報。皮亞斯特是一種武器啊！多虧了它，法國才有辦法說服那些有可能會站到共產黨那邊的人。」

「法國才不是說服他們，法國是收買他們。」

「好吧，對，法國是收買他們，難道你寧願法國把他們都宰了嗎？」

加斯頓像哥兒們那樣搭著他的肩膀。

「欸，放輕鬆，姓佩萊蒂埃的！轉帳這檔子事，個個是贏家。所以囉，你不見得要參一腳，好歹為其他人著想一下……」

其他人的確很快就採取了行動。

詹特收到投訴，並於禮拜四召見艾蒂安。

「局長，如果你指示我簽准所有轉帳，我會……」

「才不是這樣，很不幸，正相反！有些行員接受，有些行員拒絕，這正是行政不確定性該引以自豪之處啊！」

艾蒂安站在詹特對面，眼前是詹特那些多到驚人的肖像收藏。

「不不不，繼續這樣。」

詹特起身走到艾蒂安身邊，順道抓起一個鑲著皮邊的小相框。

「我給你看過嗎？蜜莉安，我的第一任妻子。你沒辦法想像……」

他閉上眼睛，陶醉到近乎崇拜。

「好，」他繼續說道，毫無轉折，直接從蜜莉安跳回投訴，「因為有人抱怨，所以我必須請你過來告訴你，好，那我就告訴你，有人在抱怨。就這樣。有人在抱怨……」

「所以呢？」

「所以沒人能夠怪罪我，說我們貨幣局對轉帳過於寬鬆！我們可是有退件的呢，這就是證明。所以囉，繼續退件，老弟，不核准！」

不巧，琰偏偏這時候來了。

艾蒂安看到他在貨幣局前面的人行道上，謙卑得巴不得融入大樓圍牆。

他遞上申請檔案，艾蒂安不用打開，心裡已經知道這次轉帳自己是純粹出於好心幫他忙。

「琰，你為什麼要申請轉帳？」

「買大米。」

「什麼？買大米？你想進口大米到印度支那？」

琰做了個鬼臉，他只找得到這個藉口。

「不過，請注意，艾蒂安先生，這是卡瑪格地區出產的大米[2]！我們印度支那沒有卡瑪格大米。想吃，就得進口。」

他們朝港口走去，艾蒂安可以合理批准進口大米嗎？

他深深嘆了一口氣。但令他好奇的不僅是訂單，還有整個流程。

「我說，琰……有件事我不懂。你用皮亞斯特付給一家法國公司，他們應該寄大米給你。實際上，八個月後我們將看到三袋爛米送到這裡，就此結案。令我好奇的是法郎……」

「什麼法郎？」

「這……匯到法國的皮亞斯特，你得把它們兌換成法郎。」

「我就是這麼打算的，艾蒂安先生，完全正確。」

「可是你們住在西貢，這筆法郎卻在法國，你打算拿這筆錢怎麼辦呢？」

說著說著已經走到碼頭，他們不得不讓開路，以免妨礙乘客下船。

琰一臉尷尬。

「艾蒂安先生，在法國，可以用這筆法郎買黃金，然後弄回西貢。我們再把黃金變現成皮亞斯特，然後再向你提出新的轉帳申請。」

艾蒂安試圖衡量這種不正當交易的後果。他感到震驚，琰能夠理解。

「對，就是這樣，艾蒂安先生，皮亞斯特轉去法國，又轉回來，然後再轉出去。就金融業務方面，印度支那發明了這種恆定運動。」

「那黃金怎麼弄回來呢？」

琰沒回話，指了指客輪，只見乘客拎著行李，嘴角掛著微笑，正從寬闊舷梯走下來。

琰的「羽冠」現在從左向右搖擺，艾蒂安順著他的目光望去，觀察海關官員的把戲，他看到他們攔住某些乘客檢查行李，同時放行其他乘客。賄賂八成像大雨那樣落到海關頭上，正如落到貨幣局那樣。皮亞斯特交易雖是靠人為操作的手工活兒，卻早已具備企業規模。

「我再看看吧，琰，不過老實說，我不想讓你抱太大希望……」

拒絕琰令艾蒂安心碎。院子裡那幾個盯著他看的小毛頭，整晚都花在給佛像小管子裝填毒品……他心裡還惦記著他們。

但他怎麼可能拒絕那麼多申請案之後，偏偏受理琰提出的這個近乎荒謬的案子呢？

禮拜六上午，艾蒂安二度造訪。保證會幫他調查士兵范·穆倫的這位高級專員公署酒鬼官員，再也沒露出上禮拜對這位印度支那貨幣局同僚的欣羨之情。有鑒於從早上開始喝下的茴香酒量，不容他滿嘴胡吹，天花亂墜，於是他選擇開門見山，清楚明瞭（如果他夠清醒的話），陳述事實：

「法國當局不提供任何訊息。」

自認完成任務，又埋首於案牘之中。

「哪個當局？」

「法國，我剛剛告訴過你。」

「對，是法國哪個當局呢？」

正常情況下，他連答都不會答，但是艾蒂安這麼問簡直出言不遜。

「你不知道什麼是當局嗎？」

「我略知一二，但我感興趣的是你的『當局』。因為，士兵失蹤，我希望你告訴我，哪個『當局』可以決定家屬一無所知。」

這時，火氣槓上茴香酒氣，兩人吵了起來，場面失控，旁人先聽到「酒鬼」，緊接著又聽到「同性戀」。

一名傳達人員介入，抓住艾蒂安的胳臂，逼他下樓，往出口走去。此情此景，諷刺的是，倒像他才是酒鬼，猶如夜幕降臨時，醉漢被趕出酒吧那樣被逐出高級專員公署。

西貢的第二個禮拜天宣告比第一個禮拜天更令人沮喪。

上午部分時間，艾蒂安都躺在床上翻閱雷蒙寫的信。「見到你真好……」雷蒙離開後隔天寫的。因為艾蒂安老喜歡以自己的悲傷為樂、把自己的不幸轉化成玩笑，所以大家經常指責他輕佻。

在學校裡，大家都說他很隨便，弗朗索瓦說他輕浮，喃喃說他膚淺，除了海倫例外（不過她啊，她本來就不一樣）。雷蒙是第一個、也是唯一的一個，說他這樣好體貼，雷蒙告訴他，他的體貼讓他感到輕鬆。「我有重擔在身，」他寫道，「你的溫柔讓我安心、讓我平靜。」雷蒙背負了什麼重擔呢？有一天艾蒂安會知道嗎？

約瑟夫從冰箱頂上向他投以責備的一眼。你該不會一整天都在翻來覆去想這些吧？

艾蒂安穿好衣服，出門去。

他出了市中心，前往唐人街，擾人心扉的一區，大家口中的「西貢的白天與黑夜」：白天寧靜、日常，幾乎無害；晚上一到，火山爆發、令人不安、肉慾又危險。他大步走在水兵街上，走了很長時間，街上的攤位，賣香料的、賣花的、賣鳥籠的、賣籮筐的、賣帽子的，全都裝了鐵柵欄，電車在攤位間穿梭。人人當街吃東西，路邊攤破破爛爛，在大鍋米飯和烤架冒出的蒸騰霧氣後面，依稀看出廚子汗流浹背，忙得團團轉。他感到孤獨得可怕，不是因為他是一大群亞洲人中唯一一個歐洲人，而是因為他是一個不快樂的人，他的悲傷……他望不到盡頭。

中午剛過，他回到市中心，回到他那一區，回到西貢核心地帶，權力與金錢在此橫流，美女、富豪、中國闊佬、高級官員，這一整個世界，下午在「寶塔」暢飲冰鎮飲料，晚上在「大都會」細品小酒開胃，隨後又在賭場、在水上漂浮露天座看到他們，馬丁尼、白蘭地蘇打水逕自流入血管，五顏六色花飾上的千百根蠟燭為燕尾服增添頹廢光彩，為殖民地僑民交談披上巴黎風情金裝。

但是，就在走向卡提拿街的這個當下，他的腳步不聽使喚。

他再度來到「卡梅倫」露天座前。大夥兒盯著他瞧，上下打量、左右端詳，唇邊泛出笑意。艾蒂安步履堅定走了進去，任何人、任何事都阻止不了他。

三個阿兵哥正在喝啤酒，他站在他們桌前，開口說道：

「各位好，我正在找你們的一位戰友，雷蒙·范·穆倫，外籍兵團第三步兵團第二連。自從二月二十二號以來，我們就沒收到他的消息。軍事總部和高級專員公署都沒提供任何消息……」

說到最後幾個字，他的聲音漸漸快聽不見。

事情並沒像他所預想、他所擔心的那樣進行。沉默許久之後，其中一名士兵站了起來，走進酒吧。艾蒂安聽到他操著一口北歐口音，大聲說著話。其他士兵不再盯著他看，反而轉向別處，望著街道，看著自己的酒杯，四下籠罩著不安氣氛，這種死寂宣告大難臨頭。

不安氣氛化為一名五十多歲的男子，比其他袍澤矮小甚多，但一張長方形臉卻頗為俊帥，兩眼清澈，邊走過來邊戴上白色軍帽，在艾蒂安面前立定說道：

「你哪位？」

他的聲音不帶絲毫攻擊性，甚至不帶懷疑，他只不過是問一個問題罷了，問完以後，看著艾蒂安，等他回答。

「我叫艾蒂安·佩萊蒂埃。」

他並沒有繼續自我介紹，而是直接告知對方：

「我從貝魯特來找他。」

「你是他的家人？」

男子問這個問題時跟畢拉爾上校的猥褻語氣全然不同。

「不是。」

老兵平靜地看著他，權衡著自己該如何定奪，兩人都沒說話。

「跟我來。」

他們在人行道上走了幾米。老兵停下來，轉向艾蒂安。

當艾蒂安意識到他是誰的時候，已經太遲了。

這位老兵就是他經常夢到的那位使者。

由於逆光，老兵的五官模糊難辨。

在深藍背景映襯下，他的身影顯得格外醒目，予人一種鬼魅之感。

「雷蒙．范．穆倫死了，」他說得很平靜。「我很遺憾……」

---

1 Baccarat：創立於十八世紀，法國知名水晶製造商。

2 le riz de Camargue：卡瑪格位於法國南部普羅旺斯地區，該地氣候溫和，適合稻米生長，從十六世紀末便開始種植稻米。

10 很快只會剩下不好的位子了

搭地鐵幾分鐘就可以到「攝政王」，珍妮芙偏偏決定要步行前往，她經常突發奇想，見怪不怪。電影四點開始，尚勸她還是搭地鐵吧，完全沒用，「來得及，再說走路對你有好處，你運動量不夠」，說得一副好像珍妮芙她本人不該受到相同譴責似的，不過……算了。

珍妮芙擺脫掉了在地鐵上和別的乘客前胸貼後背的尷尬，好生利用這次強迫哺哺行軍的機會，盡情找碴。尚等著她衝著他求職一事對他施以唇槍舌戰，豈料她卻突然換了戰場。

「好歹你爸媽可以稍微多幫我們一點。」她鬆口說道。

尚張口結舌，放慢腳步，看著珍妮芙用她那震怒、堅定的小碎步繼續往前走。佩萊蒂埃夫婦幫他們的已經夠多了：買了一輛4CV，以便兒子比較容易找到工作，還跟庫德克先生套交情，讓他僱用了尚，而且，每個月還寄錢給他們，少了這筆補貼，這對夫婦永遠也沒辦法收支平衡。

「他們給我們這麼一點點，只是為了讓我們難堪……明白他們有錢，我們卻沒有。」

珍妮芙這麼批評既不公平又惡劣，令尚感到氣悶，但他之所以沒有回嘴，是因為他覺得新鮮。她從沒這麼直接了當責怪他們。他趕上她，走到她身邊。

「妳爸媽也可以幫忙……」他說。

鼓起膽小鬼的勇氣，與其自我防衛，不如展開進攻。他立刻意識到自己錯了。珍妮芙一如既往衝著每個人笑，好像每個路人她都認識，連看都不看尚一眼就回道：

「我爸媽還以為我在當少奶奶呢，因為我嫁給佩萊蒂埃家族的長子嘛。」

這輩子已經很不容易了，既不成功，又沒錢，總是靠父母養活，婚姻不幸，娶了自己不愛的女人，對方也沒愛他到哪裡去，生活平淡無奇，沒有未來，既無歡愉也無性生活，毫無樂趣可言，沒人愛、沒人感激，沒一件事順心，種種不公平使得尚喉頭一緊，哽咽到回不出話來。

他順著她的步子，跟在她身後兩步，無言以對，代表他默認了。

珍妮芙繼續衝著周遭的櫥窗、小孩子微笑，笑得既機械化又莫名其妙。

「這段困難時期，我那口子唯一想到的就是辭掉他在庫德克那邊的工作。」

提到尚的時候，她經常用第三人稱，好像他不在場，她正在和閨密說話。而且，她還採用一種充滿娛樂、自信、虛情假意的語氣說話，每回都是一小齣戲，尚是唯一對象、唯一對象，這齣戲在他倆之間設下現場演出應有的距離，一堵無形的牆豎在他倆之間，使得尚沒辦法表達自己、沒辦法回應，想硬也硬不起來。硬不起來，啊，這個說法何其不堪啊！

「等著瞧吧，一個月後，為了活下去，『他』不得不賣掉我們的車。過日子已經讓人笑不出來了，要是還得……」

尚覺得自己快窒息了。

他張開嘴、才剛發出一個音節，他們已經到了，珍妮芙一看到弗朗索瓦在電影院前神經質地走來走去，立刻嚷道：「我們到了！」

「快，」她轉向尚說，「不要拖，電影快開演了，你真是的！」

弗朗索瓦恨得牙癢癢。除了他不打算和他們一起來這裡之外，還因為整個廳幾乎客滿，負責引座的小姐催了他兩次：「你該進去了，先生，很快只會剩下不好的位子了」，觀眾也陸陸續續進場。只有他好生盯著地鐵出口，卻看到他們倆從七遠八遠的地方走了過來，珍妮芙在前，邁著充滿活力的小步前進，哺哺離她一米，老是拖在後面，真受不了，他看電影的興致都讓他們給敗光了。

「我買了票……」他走在他們前面說。

「我們要給你多少錢？」珍妮芙邊回他，邊打開手提包。

「等等再說吧。」

他知道她再也不會主動還錢了，不過當下最緊急的是別錯過電影開場。

尚跟著他們，可是心不在焉。

珍妮芙這麼指責他，實在太沒品，欺人太甚，為傷害而傷害，而且她還得逞了。

失業問題長期存在，從她嘴裡說出來，好像只有他一個人找不到工作。

他父母幫他們，她永遠都嫌不夠。

他們進到廳裡，燈光暗了下來。

「對不起，沒有三個併排坐的位子了。」引座員低聲說。

「沒關係。」弗朗索瓦回道。

珍妮芙和尚坐在最後一排，靠走道。弗朗索瓦在手電筒的光線引導之下，走到最前面幾排，給小費的當然是他。

廳裡回音很大、漆墨一片，進到裡頭，尚極度不適。

他大口喘著粗氣，一坐下，就在座位上動來動去。

「別亂動，尚，少害我們丟臉……」

她就是這樣，一直都很注意街坊鄰居的觀感。家裡飯廳窗戶需要裝窗簾，她挑了他們買不起的高級貨，還邊解釋說：「這樣看起來才像是有錢人……」

電影開始了，觀眾輕聲說：「啊……」珍妮芙已經鬆開雙臂，伸向銀幕，片頭音樂才剛響起第一小節，她已經飄飄欲仙，快樂無比的笑容道出她已進入另一境界，浪漫、多情，《慾火》已在她體內燃燒。

尚怕自己會昏過去，站了起來，離開走道，小綠燈顯示洗手間方向，一扇雙扉門，右邊供男士使用，左邊供女士。一位觀眾匆匆趕回廳裡，電影已經開始了，沒人想錯過任何畫面，他稍微撞到她。他走進洗手間，燈光好刺眼，他瞇了瞇眼睛。他走到小便斗前。他並不想尿，但他的心跳得好快，他的手在發抖，覺得自己要當場癱倒在地，他背對著一間間微微開著的門，好難聞，他想死。

他猛地抬起頭。

彷彿一股突如其來、意想不到的能量觸發了他，他走出男廁，穿過狹小通道，進了女廁。這個地方看似空無一人，但他的直覺並沒騙他，只有一扇門是關著的，門後面有人。

尚十分清醒，他的頭腦記下每個細節、每個動靜，他的大腦將當下這個情況帶來的所有感覺都儲存起來。他毫不猶豫站在緊閉的門前，平靜又篤定，而，這個時候這扇門，當然，剛好打開了。這位少婦美得出奇，他看呆了。她驚訝地「噢」了一聲，但為時已晚。尚已揪住她的頭髮，只見她跪倒在地，雙臂朝天，他用一隻手抓住，他站著，從這麼高的地方，抓起她的頭使勁往馬桶砸。

最後一刻，她轉過頭來，其實他只有打斷她的鼻梁、砸爛顴骨而已，但她已經血流不止。他連忙退後一步，免得被血噴到，隨後再度揪住她的頭髮，拿起她的頭追撞好幾下，先撞瓷馬桶，又去撞牆。她癱倒在地，流了一大灘血，尚走了出去，關上廁所門，在洗手槽裡洗了手，沒有照鏡子。

片刻之後，他回到影廳裡，臣服於暗黑力量，他瞇起眼睛，摸摸索索，走到珍妮芙座位隔壁坐下。

老婆沒發現他回來，一如她也不擔心他上哪兒去了。

尚望著電影畫面，什麼也沒進到腦袋裡，整個腦袋是空的，只差沒睡著。銀幕上，男人正在對少女說話。他說出一字一句，她聽他說，她聽他傾訴衷腸，輪到她對他說話，他們八成覺得心心相印，因為他們的嘴唇愈貼愈近。這一幕似乎比生活更真實，至少比他的生活真實。就在確切這一刻，一聲尖叫：「救命啊！有個女人死了！救命啊！」全廳觀眾嚇得不知所措。

只聽到匆匆腳步聲、尖叫聲，觀眾全都向右轉，衝向洗手間。放映機頓了一下，隨後就停了。「救命啊！」有人喊道，聲音無比恐慌。「出人命啦！」

燈亮了。一陣混亂。

彷彿放映室起火，眼看就要危及全廳，每個人都站了起來，趕著離場，一排排座位瞬間淨空。珍妮芙和其他人一樣站著，強行開出道來，往出口擠去。尚抓著她的胳臂，到了門口，你推我擠，恐慌加劇，一名男子插了進來，肯定是電影院老闆，目光驚惶，還想說點什麼，可是沒人聽，他被廳裡湧出的人群沖到馬路對面去了。觀眾到了對街才停下來，好奇戰勝恐懼，轉過身子，眼神貪婪，盯著電影院門口。

弗朗索瓦伸出兩條胳臂，靠著架拐子撞開人群，開出道來，奔向洗手間。剛剛他是第一個站起來的，立即衝進右側走道。他幾乎到了傳來尖叫聲的地方，但是不可能再往前了。儘管大家使勁想逃離放映廳，但密密麻麻的一大群人卻始終杵在那兒，伸長脖子，扭著身子，想瞥見些什麼。

「讓開！」弗朗索瓦說。

根本沒人動，於是他脫口說道：

「警察，讓開！」

猶如「芝麻開門」這句咒語，人群應聲頓時分開。

幾名圍觀男女已經把洗手間的門推了開，卻沒人敢再往裡面走。引座員背靠著洗手槽，摀著臉，渾身抖個不停。

在她對面，一間廁所的門半開半掩，磁磚地板上拖著一灘血，從散落在地上的一縷縷金髮間緩緩流淌。

弗朗索瓦氣得咬牙切齒，恨自己怎麼沒帶相機過來！

他邁出一步，慢慢推開那扇門，發現那個女人倒在地上。

他跪下去，強忍住一陣噁心，伸手摸了摸她的肩膀，同時飛快往身後瞄了一眼。沒人。他用雙手扶住屍體，讓它仰面倒地，被害人那張被撞爛的臉露了出來。他聽到背後嘔聲連連，他轉了過去。引座員正在洗手槽裡大吐特吐。

他回到直挺挺躺著的屍體旁邊，掏出筆記本。

尚和珍妮芙加入人行道對面的那一群人。有人報警了嗎？

「你看到什麼了嗎？」一位觀眾問道，她的聲音激動得發抖。

「洗手間裡面死了一個人！」

各個版本因觀眾而異，但似乎頗為一致。

「她是被殺的，就在那邊，在廁所裡面！」

「她是被勒死的。」其中一個說。

「她是被小刀刺死的。」另一個拍胸脯保證。

一位老太太，就站在珍妮芙右邊，剛剛覺得很不舒服，大家不得不騰出地方。她的臉色僵硬，白得像裹屍布，嘴唇默默地動啊動的，彷彿在祈禱。

珍妮芙扶她在人行道上坐下。

「是她發現屍體的嗎？」

「不是，」老太太的丈夫說道，狀似遺憾，「她只有看到而已，不過好像很可怕。」

「頭……」老太太說。「好像被砸到地上那樣砸得稀巴爛！」

噢噢啊啊，驚呼聲四起，她說一句，大夥兒重複一句。

珍妮芙撐住老婦人的肩膀。

「整顆頭都碎，」老婦人說。「都碎了。好可怕，好可怕……」

看到這位不幸少婦，弗朗索瓦好不容易才忍住沒吐。現在混合著鮮血的嘔吐物味道從洗手槽裡冒上來，直衝他喉嚨。儘管如此，他還是硬壓了下去，快點，他再三對自己說，快點啊。他屏住呼吸，儘量不往黏在隔板上的腦漿那邊瞄，掏出手帕包住手，抓起被害人的包包，一個帶金扣的串珠包。他站起來，用嘴巴含住筆記本，倒退一步，這樣才有點光線。

現在既然派警察過來了，衝到門口的圍觀群眾膽子也大了，紛紛探頭張望，看到這位「警察」正忙著檢查被害人的包包，於是大家繼續往前，像看市集表演那樣，人人有份，輪流過來瞧瞧這副慘不忍睹的景象，慘叫一聲後，趕緊摀住嘴巴，逃離現場，把位子讓給下一位，於是，就這麼著，人人列隊而過，個個嚇得半死，腦子裡裝滿了可茲他們到處宣傳的影像，而且這些影像還已經傳到人行道上那一小群人那邊，老太太坐在地上，一臉茫然，珍妮芙正摟著她。

同一時間，弗朗索瓦片刻沒停。

他避免去看那具臉色發紫的屍體，打開包包，找到身分證。

天哪……瑪麗．蘭普森！

好幾個警察趕到電影院門口。大夥兒讓開地方，其中一名警員向那位不舒服的老太太靠過去，不會有事的，這位女士，我們會幫妳。

「其他人，讓開！」他下令。

老太太重新站起來，挽著丈夫的胳臂，走了。既然警察來了，圍觀群眾覺得沒趣，也紛紛散去。

珍妮芙後退一步，看了看尚，他狀況不太好。

「來，走吧。」她對他說。

他們朝地鐵走去。尚突然停住。

「沒看到弗朗索瓦……」

「這麼多人，怎麼可能看到？大家都嚇得到處亂跑。」

其實她現在不太想看到弗朗索瓦，免得要還他電影票錢。她繼續往前走，尚緊跟在後。

「拜託，電影放到一半欸，真不敢相信！」

電影院塞得滿滿的，竟然有人做出這種事，她似乎並不感到憤慨，反而比較像是驚訝。她搖著頭，看似在說：膽子真大！

「出了這種事，電影票錢竟然沒退給我們。」

地鐵駛過一站又一站，珍妮芙瞄了尚幾眼。

回到公寓，還不到六點。

餐桌原封不動，維持中午用完餐後的狀況，珍妮芙無精打采開始收拾，家裡像開完派對隔天一樣淒慘。

「你不太對勁，嗯？」

「沒啊，我很好。」

他們像往常一樣把衣服收好，放在床邊。

「這是什麼？」

珍妮芙瞇著眼睛，正在仔細察看尚的外套。

他沒回答。

她伸出食指碰了碰，差點就要往嘴邊送……

「是血嗎？」

她轉向他。

他結結巴巴冒出一兩個音節，根本聽不懂。

然後，突然，他認輸了，癱倒在椅子上，兩腿開開。

珍妮芙走過去，聲音鄭重其事。臉上卻不見小學老師被惹火的神情，因為她有時候跟他講話會這樣。

「你應該小心一點，尚，對嗎？」

他點點頭，小心一點，對……

她看著自己紅紅的食指，拿大拇指搓了搓，隱隱露出微笑，彷彿想起一樁往事、想起昔日某個念頭。

「問題是……這個污斑……」

這話聽起來像在做筆錄。

他面如土色。

她張開十指，伸進他的頭髮裡面，像梳子一樣幫他梳理。

「你有點慌了，我的哺哺，這很正常。」

她拉起他的頭，用兩隻手把它按到她的肚子上。

「會沒事的……」她低聲說。「這沒什麼，沒什麼……」

他們維持這種姿勢了好長一段時間。

然後，珍妮芙跪在尚的兩腿之間。

她笑著把雙手放在他的腰帶上，一下子就把搭扣解開了。

11 我檢查過，一毛都沒少

佩萊蒂埃先生絕不會承認，不過艾蒂安離去對他的影響遠比說出來更嚴重，他私底下跟海倫一樣難過。小兒子這個開心果，儘管過得如此痛苦，依然熱愛生命，他好想他。家裡好像空了，甚至比哺哺或弗朗索瓦離開後的情況還要糟。對前者來說，是逃避，幾乎算解脫。對後者而言，則是勝利，成功進了巴黎高師，弗朗索瓦他啊，他未來會成為一號人物。想到這兩個兒子，他為尚感到難過不捨，他不得不承認，尚沒有任何優點，甚至連好好結個婚都辦不到，飽食終日、無所事事，他的未來就像他的年少時光，乏善可陳、平淡無奇、蒼白焦慮。佩萊蒂埃先生不知如何是好，他實在不配當哺哺的父親，這點他一直都沒能理解或是理解得太晚？兒子失敗就是父親失敗，這件事令他心碎。

他甚至怪罪自己，不應該因為弗朗索瓦輕而易舉獲得成功就自鳴得意……他由衷佩服他。這孩子十八歲時投入一場敗仗，由於他的貢獻，這場仗反敗為勝，但他什麼好處都沒撈到，甚至連國家也不感激他。國家忘恩負義，路易感同身受，彷彿自己也是受害者。看到弗朗索瓦學業成績斐然，覺得他確實是了不起。

至於艾蒂安……佩萊蒂埃先生天生多愁善感，但他向來沒讓自己豐富的情感跨過肥皂廠門檻，他怪自己，艾蒂安臨走之前，為什麼沒告訴他，他有多愛他。

現在只剩下海倫了，她也一心想離家，光看看她就知道，她全心全意只等候一件事，那就是把門打開。她太年輕、太不成熟，脾氣火爆，引得她走偏了路，不能放任她不管，必須保護她不受她這個年齡會受到的誘惑……若說安潔兒看到艾蒂安自立自強感到欣慰，那麼另一方面，路易則對弗朗索瓦（正在高校求學）和尚（惡運連連）依然需要他資助而感到慶幸。「好歹我們還有點用處！」這話他說得挺自豪的。安潔兒看著海倫，回他說她可不像他那麼確定。

路易正在想這些事的時候，察基爾先生走進卡薩爾飯店大廳，西裝綳在身上，拎著大公事包，跟拴著條狗似的。

十一點了，佩萊蒂埃先生看海看得正起勁，雖然感到遺憾，也只得將目光從海面移開，這個時候的海面已經呈現紫色……「葡萄酒海[1]。」讀過《荷馬史詩》的海倫也這麼想，只不過她是在比他父親高了三層樓的地方，站在落地窗前，望著海平線，札維耶．洛蒙正在她身後埋頭苦幹，邊淫聲穢語，她聽都聽煩了。他性慾旺盛，性事方面，她向來不敏感，她迎合他，但他有些做法，比如現在這樣，裝模作樣，就省省吧。她感覺到他硬了，發出低吟，和他在一起有過不少美好時光，其他則……起初還不錯。他幫她拍照，他覺得她好美，他愛撫她，她欲仙欲死，然後，隨著幾個月過去，他變得比較沒想像力，比較不熱情，比較沒那麼仰慕她了。她表達過她感到失望。

「如果你只是想每個禮拜搞我一次，你就直說，這樣比較乾脆。」

他打了她一巴掌，她簡直不敢相信。連她爸都從沒打過她。

「這樣妳比較清楚了嗎？」他問。

問完這話，他剝光她的衣服，她驚魂未定，他壓在她身上，她哭了出來，這讓他無比興奮，來回舔著她的眼淚，一邊說：「妳哭啊，好好哭吧，妳這樣好美。」她的眼淚愈流愈多，之後她再也不知道如何是好。他經常搧她耳光，儼然已養成這種癖好，她再也不知道自己到底要什麼。就在這個時候，他開始滿口髒話，很快就成了辱罵，海倫逆來順受，因為和他在一起，一切都無法預料。她說她可能會終止這段關係，他怒不可抑，出於反射動作，她雙手抱頭，他反而攬她入懷，她喜歡這一刻，他撫摸她的頭髮、她的頸項、她的背……

佩萊蒂埃先生數了數鈔票，交給察基爾先生，後者用他那勾勒分明、龍飛鳳舞的花體字擬了一份「捐款收據」。好一筆巨款，是該校有史以來收到的捐款裡面數一數二多的。

「具有歷史意義。」察基爾說。

「不過就是錢嘛。」路易回道。

花了一個小時核對帳目，重新加總，帳冊記載得極其精確詳實，路易覺得既沒必要查，也很乏味。他現在急著要大快朵頤。

去餐廳的路上，兩人順道把斜背包放在衣帽間。

「安全嗎？」察基爾先生問。

「這種大飯店會不安全？得了吧……」

他們走到預訂的那張桌子旁邊，路易突然拍拍額頭。

「我忘了打電話給老婆大人！不介意我失陪一下吧？」

察基爾先生連忙打個手勢，當然，請便。

路易回到衣帽間，先確認察基爾先生是否也正在欣賞葡萄酒海，然後才打開這位財務主管的斜背包，拿出裝著現金的大皮夾，塞進自己的公事包。

用餐時，路易不太喜歡高談闊論，不過察基爾先生十分健談，不需要任何人幫腔，路易只管笑就好。艾蒂安的第一封信已經寄到，令路易十分擔憂，完全感受不到大家期待的喜悅，顯然也沒有絲毫關於和雷蒙重逢的消息，因為艾蒂安在當地並沒有找到雷蒙。「他一定是去某個地方出任務，幾天而已」，他這麼寫著。就是在這個時候，發生了一個插曲，路易試圖將它從記憶中驅走，它偏偏不斷返回，無比執著……安潔兒確信艾蒂安對妹妹透露的肯定比對父母多，於是去……翻了女兒的東西。光想到這一點，路易就打心裡覺得七上八下。這種事是不該做的。可是，結果令他更坐立不安，因為在安潔兒終於翻出來的那封信中，艾蒂安寫道：「雷蒙下落不明！無論我到哪裡，他們都拒絕告訴我任何事情……我再也睡不著，我擔心最壞的情況。萬一他已經死了呢？」艾蒂安還用他自己的風格大開玩笑（他告訴海倫，約瑟夫成了同性戀，講了一件路易和安潔兒完全搞不懂的事，說什麼他看到約瑟夫在冰箱上面和佛陀溫存，八成是在暗喻某樣東西吧，路易看不太懂……），但可以感覺得出艾蒂安魂不守舍。雷蒙消失無蹤，艾蒂安非常擔心。還有，他也完全沒提他在貨幣局的工作怎麼樣。路易一想到自己當著全家人的面舉杯說道：「敬西貢！」就自責得要命。

如今回想起來，他覺得自己好可笑。

「停！」

海倫斷然拿手擋在洛蒙胸前，不讓他再往前一步。

「右邊，那邊那張桌子，是我爸……」

他們在通往露天座的走廊盡頭，這是唯一出口。洛蒙小心翼翼彎下身子偷看。她說得對，是那個老糊塗佩萊蒂埃和那個印度胖子，那個財務主管，察皮爾、察密爾之類的，他永遠記不住，那些人，黑不溜丟的，他永遠分不清楚誰是誰。

「媽的！」

洛蒙看看錶。他們已經耗太久了。

「他們現在在哪了？」他問。

海倫又彎下身子。

「好像在咖啡館，搞不好還會待很久，誰知道？」

他非常不高興，轉身對著她。

「誰叫妳不快一點！」

這並不公平。她父親和察基爾先生肯定坐在那邊一兩個鐘頭了，都怪他自己今天不該來這裡，應該去別的地方，可是……

「真是個傻屄！」

他再度看了看錶。

「我不能遲到，該死的！」

他衝著地上猛跺腳，眼裡再也沒有海倫。

「我不能在這裡乾等，我得先回家一趟，拿上課要用的教材，我非離開……」

他在自言自語。

的確有另一個出口，不過得沿著整個露天座走過去，反而更引人矚目。海倫覺得他想衝過去。

「幹，真他媽的幹。」他咬牙切齒，髒話連連。

然後他下定決心。

「我會走得很快，從他們後面過，再往右拐，運氣好的話……」

「那我呢？」

「妳給我留在這裡，懂不懂？」

他氣瘋了。

「妳沒去上課，誰在乎！妳等他們走了再走，要等多久就等多久，聽到沒？」

要不是怕引起別人注意，他真想打她一巴掌，這樣他就會舒坦多了。

說完，他開始行動。

洛蒙走到了他們後面，正當他挨著他們桌邊走過去的時候，路易剛好抬起頭來。

「呦，」他驚呼，「這位不是數學老師洛蒙先生嗎？」

「可不是嘛！」察基爾先生對這次巧遇十分高興，立即回道。「洛蒙先生！喂，洛蒙先生！」

全咖啡館的人都轉了過來，只有這個「逃犯」低著頭，給人一種感覺，不管什麼東西擋著他的路，他都會把它給掀了。

「好奇怪。」路易說。

察基爾先生也感到驚訝。

殊不知察基爾先生的煩惱還沒有結束，因為家長會長去付帳，兩人約好在衣帽間碰面，他發現斜背包出奇地輕。他覺得可疑，打開一看，裝著學校現金的大皮夾不翼而飛。對任何人來說，都是沉重打擊。

對察基爾先生來說，簡直是晴天霹靂。如果他是日本人，肯定會當場切腹自殺。

路易呆呆地再三重複：「居然有這種事，居然有這種事……」

等他恢復理智後，他走到服務臺，解釋情況，就在這個當兒，海倫趁機往出口處溜。

飯店經理來到衣帽間，大家東找西找，打電話到總經理家，「怎麼可能發生這種事！裡面有多少錢？」「怎麼能把這種包包就這樣扔在衣帽間，」一位工作人員冒昧說道。路易大發雷霆。「誰知道堂堂大飯店竟然是個賊窩？」每個人的火氣都不小。最後還是察基爾先生的大叫聲才打斷了這場爭論。

「洛蒙先生！」

「洛蒙先生怎麼樣？」路易問。

這位可憐的財務主管臉色白得像雪，渾身顫抖，慘遭焦慮蹂躪，從臉上的表情就看得出來。過了漫長的好幾分鐘，大家才弄懂，按照他的說法，洛蒙先生剛剛肯定打衣帽間經過，斜背包就放在這兒，再加上他明明住在市中心，竟然會在飯店看到他，不亦怪哉，而且，學校裡幾乎每個人都知道他們兩個約在這裡的餐館見面核對帳目，洛蒙先生公然假裝沒聽到他們叫他，自顧自跑了……像個小偷一樣！

察基爾先生現在既然有了這根骨頭可以啃，任何人都拿他沒辦法。路易堅持認為他說的這一切未免牽強，偏偏察基爾先生死咬著不放，他也只好當個和事佬，打著圓場：

「你不介意的話，我們去好好跟他說。如果像我想的那樣，你的直覺沒得到證實，他是清白的，那麼我們就去報案，就這樣而已！此外，這筆錢造成的傷害還不到要命的程度，由我負責全數補上就是了。」

「絕對是他！」察基爾先生說得斬釘截鐵。

他賭上了他的這條老命。

於是兩人在飯店門口招了一輛計程車去德利加德司令街。信箱顯示洛蒙住二樓，他們以各自體重所允許的最快速度奔上樓，察基爾先生把門敲得咚咚直響，路易不斷對他說，「得了，得了，察基爾先生，你瘋了，冷靜一點，我拜託你。」偏偏這個印度人聽不進去。「洛蒙先生，你給我開門！」左鄰右舍紛紛從門裡探出頭來，路易向他們擺擺手以示抱歉。

門開了。

只見洛蒙老師神色慌張，胳臂夾著教材，走到他們面前，誰知道察基爾先生過於激動，一把揪住他的袖子。

洛蒙還沒來得及關上門，察基爾先生已經把門推開，闖了進去……

名場面來了。

洛蒙，現在臉色慘白，一動不動，注視著佩萊蒂埃先生，雙唇微張，就這麼凝結在一句他想不出來能說什麼的話上。非常非常慢，路易沒把目光從他身上移開，慢慢繞過他，走進公寓。

還沒走上三步，察基爾先生已經整個人靜了下來，兩條胳臂垂著，四下張望。這裡是客廳。

整整兩面牆，從地板到天花板，貼滿了大幅照片。

全是少女，年紀非常輕，赤身裸體，搔首弄姿，或慵懶、或淫蕩，不過最常見的還是擺出各種挑逗姿勢，展示臀部、私處，而且總是直勾勾地盯著鏡頭……最令人震驚的是，相對於她們擺出的姿勢，這些模特兒極端稚嫩、天真，這種落差看了令人無比痛心。

有五十多幅。

涵蓋了十一、二屆的學生。

路易認出好幾張臉，那些當年是學生，如今已為人婦、已為人母，還有一些是最近這幾屆的，這邊這幅是察基爾先生的女兒，稍遠處是海倫……

察基爾先生愣在照片牆前，震驚到呆若木雞。

路易轉身衝到樓梯間，下了樓，洛蒙老師則用嚇到發抖的聲音懇求道：「我今天就辭職……」

路易從飯店回來後直接去了工廠，把自己鎖在辦公室裡。

多麼痛的勝利……

學年剛開始，洛蒙剛成為海倫班上的老師，路易一看到這個洛蒙，出於本能就對他心生疑竇。洛蒙實在不是路易會想把女兒托付給他的那種老師。海倫報名參加由他指導的攝影社，路易的懷疑愈發強烈。指導數學，勉強可以，但是課外活動嘛……由於安潔兒顯得也很擔心，他只好安慰她說我們兩個犯不著瞎操心。「這是一所非常好的學校，安潔兒！」他這麼向她解釋。趁著有一次跟學校行政部門開會，路易還是查了教師課程表，並且跟海倫那班的課程表對照一番。由於海倫在這所中學有一天早上沒課，剛好洛蒙也沒課，於是，路易就騎著自行車在市裡到處轉。這麼做很荒謬，但路易看不出他還能怎麼做。荒謬歸荒謬，但是有所得，因為騎自行車一早上可以騎不少公里，而他只騎了三公里就找到了他要找的東西：洛蒙老師的車停在城西這家新開的飯店停車場裡。

快中午的時候，他看到他的小女兒海倫走出飯店，十分鐘後，洛蒙這個下流胚邊照著後視鏡邊悉心梳理自己的頭髮，梳了好久才發動引擎。他的第一反應就是去打爆他那張臭臉，但如此一來，在海倫眼裡，老師反倒成了烈士，這並不是他想要的結果。於是他選了一條較為迂迴的路，豈料完全沒用，枉費他設計查帳、邀察基爾到卡薩爾飯店這一整套大戲，結果幾乎沒派上多大用場。搞了半天，他根本不需要去洛蒙家找機會把察基爾先生的大皮夾藏起來，然後再假裝尋獲失物，藉此誣陷他，指控他偷竊。

他原本是這麼打算的，從某方面來說，發現這批照片，害他這個計畫泡了湯。

他把錢包塞進一只厚厚的牛皮紙信封，寫了幾個字留給察基爾先生：「飯店找到大皮夾。我檢查過，一毛都沒少！此致，祝好。路易．佩萊蒂埃上」。

他派小工把這包錢送過去，察基爾先生剛好到家。

路易沉思良久，眼前又浮現海倫跑過餐廳的身影，但願沒有任何人看到她。

艾蒂安、海倫……突然間，他們這個家有哪裡不對勁？他有什麼地方做錯了嗎？

路易好難過。

他心情沉重，晚上始終緘默不語，一如暮色沉沉。

「工廠有什麼問題嗎？」安潔兒問他。

「沒事，沒事……都很好。」他笑著說。

至於海倫，她回想起自己看到父親坐在餐廳那張桌子的那個當下，他看起來好像變了個人。

「那妳呢？寶貝女兒，」安潔兒問道，「都很好嗎？」

「都很好，洛蒙老師今天下午辭職了。他在的黎波里找到一份更好的工作，得馬上開始，所以他沒回學校。」

她在回家途中聽到這個消息，怪不得今天沒上課。

她有一種奇怪的感覺，解脫了，卻又隱隱作痛，她身上有某樣東西被偷走了，她也說不上來是什麼。

「太好了，」安潔兒說，「我不太喜歡那個人。」

「他沒什麼過失，」她丈夫回道，語帶寬容。「非常敬業的老師……」

海倫看著父母，覺得他們好老。

這時她懂了，她很快就要離開這個家了，她也是。

---

1 une mer vineuse：《荷馬史詩》在《伊利亞特》和《奧德賽》中多處出現 οἴνοπα πόντον 一詞，法國古希臘學者 Victor Bérard 將其翻譯為 mer vineuse。

12 一眼瞬間，使得他的人生天翻地覆

艾蒂安咬著長枕頭，他一下午都窩在房裡。

自從到西貢以來，內心深處，感覺自己再也見不到雷蒙了，音訊全無，這種沉默如此頑強，難以言喻。他曾經希望他是受了傷，抑或是遭到俘虜，但雷蒙卻已經死了。

如今生命猶如一片荒漠。

他不時都會突如其來意識到，自己這輩子將再也見不到他。

兵團成員沒對他做出任何說明，只提供最基本訊息：去找范．穆倫和他隊友的搜查隊發現他們死了。

他是怎麼死的？生前有遭到凌遲嗎？他葬在哪裡？有沒有聯繫他的家人？

艾蒂安再三追問，老兵都沒回他，只有點點頭。他到底知道什麼？沒人說得準。出於對這位年輕人的憐憫，也出於對在這趟任務中失蹤的同袍的支持，他才說出雷蒙的死訊，但他不會再多說什麼。艾蒂安連珠砲似的向他發問，聲音洩漏出這個消息在他心中引爆，老兵僅僅說：

「任務報告沒有傳給部隊，你知道嗎？他們只告訴我們他們想告訴我們的部分……我們已經向戰友致敬，幫他們報了仇，這點你可以放心。」

他原想行個軍禮，但可能覺得流於浮誇，於是放棄，轉而往咖啡館走去。

艾蒂安被悲傷折磨得筋疲力盡，淚已流盡，當他沒有因為想到再也見不到雷蒙而陷入虛空深淵

的時候，就會聽到「任務報告沒有傳給部隊」這句話在腦中迴盪，縈繞不去，神祕難解。雷蒙是中槍死的？還是近身肉搏被刺死的？臨終前可有受苦？

找到雷蒙和他戰友的那位小隊長寫過一份報告，毫無疑問，永遠埋在遠征軍的檔案中了。艾蒂安眼前又浮現畢拉爾上校的身影，穿著合身軍裝，腰桿挺直，目光毫不迴避、堅定、專斷、決絕：「顯江那一帶沒有任何行動。」唯有這份「任務報告」才能將艾蒂安和雷蒙再度聯繫起來，畢拉爾上校也知道，報告甚至可能就在他手裡。

艾蒂安想宰了他。

但他洗了冷水澡、穿好衣服去「大都會」並不是因為這個原因。他手無寸鐵，並不想撲上這名軍官的咽喉使自己淪為笑柄，不，他要的是……真相。

他要大鬧一場。

誰也阻止不了他。

禮拜天和平日一樣熙熙攘攘，只不過充滿無所事事、尋歡作樂的氛圍。高官妻女泡在高地豪宅泳池裡，邊上有雞尾酒伺候，男士們則大抽雪茄犒勞自己。

畢拉爾上校還沒到，詹特倒是和上次一樣坐在同一張桌子。他看到艾蒂安，向他招手，過來，然後，一看到他這位下屬滿臉憔悴，開口問道：

「你怎麼啦？」

「不太舒服而已，沒有大礙。」

艾蒂安不停掃視著大露臺上的男男女女。

詹特凝視著他，看了很久。

「你今天晚上很奇怪……你在找人？」

「沒有，對不起……」

不過艾蒂安東張西望，並沒白費，他還真的看到某人。

「見鬼了……」

「怎麼啦？」

「那邊，那傢伙……可不是米修先生嗎？」

詹特一臉為難，邊嘆氣邊看向他處。

「他不是永遠離開印度支那了嗎？」艾蒂安繼續說道，「他變賣了所有財產，全都轉帳匯回法國！」

「但是他又回來了，沒錯，我知道……這都第三次了，他大概每兩年都離開一次。然後他說他『想家』，所以回來了，而且又回去澤維爾馬頓商行復職。」

那邊，米修正在和朋友碰杯暢飲，像新郎官一樣喜孜孜的。

「你該告訴我的。」艾蒂安脫口而出。

「如果我告訴你，你會不好辦事，因為他確實賣掉了所有家當，遞了辭呈，沒有任何理由拒絕他轉帳，就是這樣，這就是法律……」

可是艾蒂安已經沒在聽他說話了。

喬先生突然出現在他們面前，這位長得像烏龜的買辦，身著一襲優雅套裝，欠了欠身，以一種過於隆重的方式向他和詹特先生致意，指著他們這桌的兩張空椅子說道：

「兩位介意嗎？」

艾蒂安喉嚨跟打了結似的說不出話來，他想宰了這個傢伙，此時、此地，他要是有槍，會朝他腦袋開槍，眼睛都不眨一下。

不過喬先生並不是一個人。

「幫兩位介紹一下，這位是阿榮，我的一個外甥。」

坐在艾蒂安身邊的這個男孩纖細頎長。十分俊俏。

「阿榮今年十九歲，正在攻讀飯店管理。」

艾蒂安被這種情況驚呆了，目光無法從這個對他尷尬微笑的男孩臉上移開，他肯定不到十六歲。

「恕我冒昧打斷兩位，因為我想再跟你談談我客戶的申請案，你知道嗎？就是他在朗布依埃整修房屋那件事。」

「他們從來都不告訴我任何事……這是怎麼回事？」詹特對此毫不在意，隨口問問罷了。

喬先生再度解釋申請轉帳的原因，艾蒂安這才逐漸喘得過氣來。

喬先生為了換取他放行轉帳，特地過來……奉上俊俏少男給他。這再簡單不過。

接下來發生的一切都是隨著一個眼神而起，但是對艾蒂安來說，這罕見的一眼瞬間，使得他的人生天翻地覆，改變方向，不可逆轉。

這個眼神，並不是坐在他旁邊這位少男的，少男必然同意委身於他，是上校的眼神，艾蒂安起先沒注意到，他終於注意到了。

他坐在離他們四張桌子遠的地方。依次端詳著艾蒂安和那名越南青年，眼神既淫穢又得意，既優越又嘲弄。

羞辱人的眼神。

出師不利，一切都在跟艾蒂安作對，他大可一笑置之，就像大家說的那樣，反正他問心無愧，但雷蒙的死讓他心力交瘁，瀕臨崩潰，無力抵抗，於是他倏地站了起來。

喬先生侷促不安，說到一半突然不說了。艾蒂安轉過身來，對著局長。

「明天見。」

隨後一言不發，走出「大都會」，招了計程車，載他去引水渠邊的汽車渡口，付了四倍車錢，說：「在這裡等我。」，步伐堅定，穿過院子，趕走擋路的雞，猛地推開屋門，琰坐在餐桌前，嚇了一跳，在場每一張臉都轉了過來，動作無聲無息，既驚訝又擔心，他走了兩步，說道：

「琰，我接受你的轉帳申請。」

「噢，先生……」

「我甚至要把轉帳金額乘上十倍。」

「呃……什麼？」

「隨便給我一張發票，五十萬皮亞斯特，我一收到就簽核。」

「但是……」

「我要你幫我做一件事作為交換。」

琰這次沒有試圖打斷他，他等著，一臉緊張。

「幫我搞到一份在遠征軍總部的報告副本。你覺得可能嗎？」

琰閉上眼睛一會兒。

然後，彷彿違背心意、勉強接受，僅僅平靜地點了點頭，「可以，可能。」

13 沒跟我商量別輕舉妄動

瑪麗．蘭普森。

天啊！

弗朗索瓦轉身走向那間廁所門口。

這個穠纖合度的修長身材。這頭金髮。

他向右歪了歪，試圖看清楚這張臉，但頭骨凹陷加上血跡泛黑，想看清楚並不容易。血腥味和嘔吐物的氣味直衝胸口……

他把整張身分證看了個遍。

國籍：法國。

地址：塞納河畔訥伊市勒尼佐羅斯基將軍街[1]十二號。

一米七〇，五十三公斤。

快。

他做筆記做得十分亢奮。他很注意，拿任何東西都用手帕包著。要快。

錢包裡有好幾張一百法郎的鈔票，幾家巴黎商店小卡片，一張手寫紙條：「親愛的，沒跟我商量別輕舉妄動。我們一起決定，好嗎？我愛妳。」有署名：「M」。

化妝包。口香糖。鑰匙。

快。

廳裡傳來聲音。「各位先生、女士，你們倒是讓開啊，拜託一下。」

弗朗索瓦站起來，跨過被害人屍體，把包包大致物歸原處，把手帕塞回口袋，走出洗手間，警察剛好要進來。

他回頭張望，看到好多觀眾踏在血泊裡，地上到處都有一點鞋印。

引座員一直坐在通道邊一張椅子上。現在廳裡已經空無一人，只聽到警察的聲音從洗手間傳來。

放映師坐在引座員旁邊的椅子上，輕輕拍著她的手，安撫她：「吉娜特……吉娜特……」

弗朗索瓦蹲跪在她面前，拿出筆記本。

「被害人是妳發現的。」

吉娜特臉發白，兩眼淚汪汪的。她身邊的放映師也沒好到哪去，嘴裡念念有詞「真不敢相信，真不敢相信……」

「我是《晚報》派來的。」弗朗索瓦繼續說道。

由於引座員兩眼空洞，他只好轉向放映師。

「吉娜特，」放映師說，「他是報社派來的。」

引座員捋捋頭髮，「我一定很難看。」

「妳叫什麼名字？」弗朗索瓦問。

他處於亢奮狀態，激動到都快不舒服了。他重新讀了自己寫的筆記，看了看錶，還沒六點，得把第二版搞定。時間掐得很緊，但是辦得到。

這條社會新聞能撐多久時間？想必兩三天內兇手就會被繩之以法。憑他從被害人包包裡面搜集到的資料，弗朗索瓦確定自己有足夠材料可以寫好幾篇文章……如果上面派給他寫的話。

他三步併作兩步爬樓梯來到編輯部。

就是會有像今天這樣的好日子，凡事順到不行。「攝政王」電影院那位被害少婦肯定不做如是想，但是對弗朗索瓦來說，今天簡直是奇蹟。社會新聞部主編馬勒維茨，一年頂多三個禮拜天沒來上班，碰巧最近他正忙著嫁女兒，所以這位主編不在辦公室。

弗朗索瓦直接去找德尼索夫。

「電影院謀殺案……」

「第四版，短一點。」老闆回他，鼻子探到工作臺上攤開的付印樣裡面。

「一名年輕女子，二十六歲，頭骨被馬桶砸得稀巴爛。」

「第二版，寫一欄。」

「電影演員，很紅。」

德尼索夫抬起頭，簡直像在展示他的反射神經有多迅速。

「誰？」

弗朗索瓦稍事猶豫，面對老闆，他很難保持沉默，但說出死者的名字就像出血，你永遠不知道會不會血流成河。

「瑪麗．蘭普森。」

「老天爺啊！頭版。馬勒維茨請假，交給肖薩，要快。」

「我想追這個案子……」

德尼索夫笑了。

「總有一天會輪到你。」

「這是一個好案子，老闆，少說也可以連報三天，何況今天晚上我們是第一家報導的。」

「所以才更不能搞砸，交給肖薩。」

「我是直接證人，當時我在場。我不是在寫一篇報導，我是在提出證詞。」

他往前走了三步，將筆記本遞給德尼索夫，德尼索夫接下，幾乎立刻又遞還給他。

「二十分鐘內，文章放在我辦公桌上。辦不到，就把所有材料轉交肖薩。」

七點三十分，第二版《晚報》從其他各大報脫穎而出。《果敢報》刊出「『攝政王』謀殺案令人髮指」，《震日報》刊出「女演員瑪麗．蘭普森死狀甚慘」。《晚報》則以兩大欄標題刊出：

傑出女演員瑪麗．蘭普森
在巴黎一家電影院遭到殘忍殺害

謀殺案發生當下，本報通訊員就在現場：

「太可怕了……！」

1 rue Général-Lenizewski：經查，這條街應該是作者杜撰的。

14 正在等著某件事發生

艾蒂安以為琰一下子就能拿到報告給他，他實在是太天真了。

「事情不是這樣的，艾蒂安先生。」他們見面時，琰低聲說。

他的「羽冠」亂搖亂晃。

「我正在聯繫，得先找到對的人，商量好酬金細節，還得找到不引起注意的方式拷貝文件，這些全都是大工程。」

當天，琰兩手扶著一大個鐵製的玩意兒，在人行道上等艾蒂安。

「這是什麼？」

「一輛自行車，艾蒂安先生。荷蘭自行車，對對對……」

他「啐」了一聲，氣自己又說出口頭禪。

的確，經過琰這麼解釋，艾蒂安果然認出是一輛自行車，大得不像話，得看第二眼才認得出來。車把和座位高高架起，高度令人眩暈。輪子直徑有正常輪子的兩倍大，看來荷蘭人全都有兩米高……沒剎車，減速和停車都得往後踩踏板才行。

「這是給你的，艾蒂安先生。」

「什麼鬼東西……」

「給你消磨時間，耐心等待用的。」

「你有辦法幫我弄到那份報告嗎？」

「很有希望，對……再過幾天。」

等候消息期間，艾蒂安騎著自行車在西貢到處逛，對他來說，居高臨下俯瞰馬路是前所未有的新體驗。他騎這輛自行車不怎麼熟練，有過幾次不愉快的小擦撞。幸虧一個男孩在最後一秒鐘猛地閃到一邊，否則他差點撞上去。艾蒂安認出了他，就是前幾天晚上，中國買辦喬先生在「大都會」介紹給他（或者該說獻給他）的那一位。兩人互看一眼，但艾蒂安沒有和他交談就騎走了。

在貨幣局，他決定讓自己一貫的嚴格態度靈活一點。如果琰幫他拿到雷蒙之死的報告，他就得放行一筆金額相當龐大的轉帳，不引起注意的最好辦法是也放行別筆，如此一來，琰的這筆才能船過水無痕。

於是他開始放行轉帳。

「很好，老弟！」加斯頓說。「你選對邊。」

艾蒂安本想給他一巴掌，但還是微笑以對。

約瑟夫相當愛撒嬌，艾蒂安都撫摸牠度過漫漫長夜。

雷蒙的死依然抽象難解。那番話只是一個兵團成員說的，他又不在現場，換言之，他什麼都不知道。想到這點，艾蒂安又有了精神，重新振奮起來。但他旋即自忖，這位兵團成員對他撒謊沒有任何好處。何況他還跟他打包票，保證兵團已經幫雷蒙和其他戰友報了仇。雷蒙是真的死了！這時約瑟夫更緊緊挨著他。一人一貓，整夜都像這樣兩相依偎。

艾蒂安收到海倫來信。「此時此刻，我確信你們已經重聚了。」她寫了一大串，詳述和「佩萊蒂埃家長」一起生活有多困難。「你無法想像我有多無聊……」

事實上，艾蒂安相當懂這種感覺，他也經歷過，和自己雖然愛、卻再也無法忍受的人在一起生活有多無聊。「我有點受夠了洛蒙，」她寫道，「他有時候對我並不好，偏偏學校裡的男生又一個比一個蠢，你能要我怎樣呢？只能忍。」那位數學老師的身影又浮現在艾蒂安眼前，他主持攝影社、指導學生下棋，課餘時間，偏好小女生……他怪自己離家前沒有催促海倫斷絕這段不倫戀。現在，他在世界彼端……殊不知，海倫也和他一樣，焦躁不安地正在等著某件事發生。

「進展得並不快！」他對琰說。

「快了，艾蒂安先生，快了。」

為了能讓艾蒂安耐心等候，琰對他關懷備至。

「艾蒂安先生，你什麼都不需要嗎？」

「介於美國冰箱和荷蘭自行車之間，我的裝備相當齊全，謝謝。」

這段期間，他渴望有所進展，偏偏幾乎靜止不動，唯一的一絲曙光是某天早上他發現詹特辦公室的門開著，裡面沒人。儘管他沒心思刺探詹特隱私，但突然有機會滿足好奇心，還是促使他開了門，繞過辦公桌。面前是詹特局長的一整套照片收藏。

其實只有兩個主角。伊蘇，他的德國牧羊犬，去年死了，還有他的前妻蜜莉安，臭名在外的婊子。狗在左邊，妻子在右邊。各有約莫三十個相框。照片全都好像。無論是德國牧羊犬還是前妻，都是在度假時，在山邊，在海畔，在餐館的露天座，在街頭，其中幾幀人像照裝模作樣，一看就是為藝術而藝術，俗不可耐。

要不是自己憂心忡忡、等得不耐煩，這個專門收集離異妻子和死去愛犬照片的人，艾蒂安真的很懷疑他的精神狀況。

15 他們離抓到這頭大野狼還遠得很呢

「他好厲害喔！」她說。「尚，你不認為嗎？」

尚沒回話，珍妮芙一頭熱令他侷促不安。她把《晚報》攤在餐桌上。

「每次她有電影上映，」尚沒問她，她自顧自跟他解釋，「瑪麗．蘭普森都喜歡喬裝混入戲院，看看觀眾反應！她都戴墨鏡，把自己鎖在洗手間，等到電影開演才進場，以免被認出來！」

弗朗索瓦寫的這篇有關年輕女演員的文章，她大聲唸了出來（同時夾雜不少個人評論）。

此一悲劇引起大眾恐慌自然不在話下。

「對啊，就是說嘛，什麼案子嘛！」

瑪麗．勒格朗出身卑微，來自於普通工人階級，後來選用瑪麗．蘭普森為藝名勇闖星途，的確，這名年輕女子不僅美豔動人……

「她真的好漂亮……」

……而且個性尤其討人喜歡，很短時間內便能征服廣大觀眾的心，男女通吃。

「這倒是真的……」

她的勇氣與謙遜相得益彰。值得一提的是，她從未公開她曾志願入伍——當時她才十九歲！——從一九四一年起，便在盟軍軍隊擔任護士。

「你想想看啊！巾幗英雄欸，我就說吧。」

事實上，直到記者發掘出她的服役紀錄，她才以令人震驚的謙遜態度說道：「我和眾多其他人一樣。比起他們，我做的事不足掛齒！」

「竟然還這麼謙虛……」

因此在這名從一九四六年第一部電影《榮耀時刻》就成了大明星的年輕女子身上看出她性格堅毅，而且異常成熟。

「我真的好喜歡她喔！」

……則講述了一則令人動容的冒險故事：一位盲女隻身前往世界彼端，在茫茫人海中尋找誤入歧途的弟弟。全法國都以關愛的眼神注意著瑪麗和英俊的演員馬塞爾·薩維耶爾的文定之喜，以及隨後的豪華婚禮。

「對，我記得那些照片，人山人海，盛況空前呢！」。

得知她在如此悲慘又神祕的狀況下過世，致使她的命運軌跡有如流星，實令大眾為之震驚。

「你弟寫得真好，嗯？尚？」

尚沒回話。

珍妮芙並沒就此打住，而是匆匆趕去尚—饒勒斯大道書報攤去買最新出爐的報紙。尚從沒見過她如此興奮。等她又走進公寓的時候，活像時鐘剛上了發條。

「你知道嗎？」

尚不知道。

「聽說瑪麗·蘭普森想離婚……大家都在傳……我啊，我要跟你說一件事……你有沒有在聽啊？」

「有，有。」尚說得含糊不清。

「你好像沒興趣！」

「有，有，可是妳知道嗎，我……」

「你看這個……」

她將《晚報》頭版攤在桌上。命運賜給弗朗索瓦大好先機，他也著實把握住了。

針對是否有必要將此案保密，而且為期愈久愈好，警方還在跟負責調查此案的預審法官勒諾瓦爭論不休。值此同時，弗朗索瓦早已寫好文章，招來攝影師，趕赴馬塞爾・薩維耶爾家中，將他妻子的死訊告訴他。

這位男士的魅力成謎。哪怕你從頭到腳長時間把他看個仔細，都找不出一絲稍微引人矚目的地方。然而，一到聚光燈下，他卻渾身散發出一股強烈魅力，令人難以抗拒。

他用雙手摀著臉，而當他抬起頭來問道：「這是真的嗎？」這一剎那，攝影師捕捉到了他的神情。

弗朗索瓦如此下標：

「什麼怪物才做得出種事？」

馬塞爾・薩維耶爾驚魂未定喊道。

他剛從本報通訊員處得知，

他的妻子，女演員瑪麗・蘭普森，

幾小時前在「攝政王」電影院慘遭殺害。

報社娛樂版同仁向弗朗索瓦提供了這位女演員生平背景概要，並且附上業內流傳的離婚傳聞，在同樣這篇文章中也一併以最嚴謹的態度予以披露。

「怎麼樣？」珍妮芙問道。

尚搞不清楚她這個問題有何含義。

「你倒是看啊！」珍妮芙不放過他，食指放在馬塞爾・薩維耶爾肖像上。

不，尚還是什麼都沒看到。

「好吧，我說這傢伙不是個好東西。他是個偽君子，你不覺得嗎？」

尚試圖理解她想說什麼。

「三流演員，」她說。「整個演藝生涯都拜他的婚姻所賜。所以囉，如果傳言屬實，瑪麗打算跟他離婚，依我看啊，答案豈不是很明顯嗎？」

丈夫一臉目瞪口呆，惹惱了她，她一口斷定：

「你不認為這是殺她的大好動機嗎？她想離開他，他就把她給宰了！」

尚快撐不住，結結巴巴說道：

「可是，珍妮芙……不是他……是……」

「去去去！誰知道！」

她笑著說，一臉歡欣鼓舞，對自己信心滿滿，使得尚深陷困惑，倉皇無措。

難道珍妮芙忘了這件事是怎麼發生的嗎？

如果她打心裡相信自己剛剛說的那番話，那就代表珍妮芙偶爾會脫離現實。

如果她不相信，那麼，她就變態得令人難以參透。

「噢啦啦……」

尚回過神來。珍妮芙剛剛讀完這篇弗朗索瓦寫的文章。

「呦，驗屍！他們竟然要對她這麼做？你能想像嗎？這麼漂亮的洋娃娃，他們要把她切成碎片，為什麼呢？我倒是問你啊！啊，不……」

她折起報紙。一臉不捨，還邊搖頭。

「我在什麼地方讀到過，驗屍的時候會先用圓鋸切掉頭頂的骨頭，再取出大腦。因為要秤重量！你知道嗎？」

她把一根食指放在喉嚨下方，另一根放在下腹部。

「從這邊開始切，切到這邊！所有東西都掏出來，腸子啦、內臟啦，全部！」

尚感覺不舒服。

「清空她的胃，分析她吃過什麼！我啊，我說噁心死了。他們幹麼這樣？呦？尚，你不舒服嗎？」

他一屁股跌坐在椅子上。

她杵在他面前，捧起尚的臉，聲音夢幻迷茫：

「他們離抓到這頭大野狼還遠得很呢，對嗎，我的哺哺？」

勒諾瓦預審法官因為在職業生涯中首度受到新聞界關注，他欣喜若狂，喜形於色，臉上洋溢著幸福微笑，和偵辦此案應有的嚴肅發言相形之下，難免顯得突兀。這種情況發生在謀殺案兩天後，因為他堅持要親自向各大報公布瑪麗·蘭普森的驗屍結果，他談到「檢查腔室」、「嚴重外傷」、「一連串施暴行為」的時候，都快有點津津樂道了。

弗朗索瓦和所有同行一樣，等待驗屍結果等得十分心焦，但他比其他人多了一個理由。所有通訊員都回到編輯部，準備將瑪麗·蘭普森死亡時已懷有兩個月身孕的這則消息下標付印。

只有弗朗索瓦沒這麼做。

他又去了馬塞爾·薩維耶爾家。

薩維耶爾的經紀人米榭·布爾岱，這位四十多歲男子，向以英式優雅風度自居，婉拒弗朗索瓦的請求。

「不接受採訪，很抱歉。馬塞爾承受極大不幸，你可以理解……」

「請轉告他，他妻子手提包裡有一封信……有可能連累他名譽受損。」

效果立竿見影。

馬塞爾·薩維耶爾下了樓。他十分蒼白，深受震撼，聲音沙啞，彷彿一根接一根，一連抽了好幾天的菸。一下子老了十歲。

弗朗索瓦回到辦公室，馬勒維茨和德尼索夫認為他打得一手好牌。比起各大報，他們報社依然大幅領先，消息總是提早見報。

「親愛的，沒跟我商量別輕舉妄動，好嗎？我愛妳。」

在瑪麗．蘭普森手提包裡找到的那封信上這麼寫著。

「我不知道瑪麗懷有身孕，我認為她有情夫。」

馬塞爾．薩爾維耶表示。

「這封信不是我寫的。」薩維耶爾向他表示。既然如此，弗朗索瓦乾脆先拿掉簽名「M.」這段，留待下篇報導再派上。

勒諾瓦法官始料未及。因為發生謀殺案隔天，他就祕密下令對薩維耶爾的筆跡進行分析比較。看到這則新聞公開刊登出來，害他都快氣瘋了。勒諾瓦是名三十多歲的男士，偵辦刑事案件的經驗甚少，指派、輪班、人力有限、資源不足，這一整套複雜狀況的相互作用，才把他推上了承辦此案的頭把交椅，因為發生悲劇的那個禮拜天，檢察官辦公室剛好只有他出勤。他展現出一種奇怪的複雜情緒，夾雜著驚惶與得意，這點也反映在他和新聞界的關係上：相斥又相吸。所以呢，雖然他討厭無冕王，卻對弗朗索瓦頗有好感，因為他也是本案證人。話說這兩名男子曾經兩度交手。弗朗索瓦是唯一一個，勒諾瓦預審法官覺得自己高他一等的新聞從業人員。因此，勒諾瓦覺得自己遭到背叛，身為證人的弗朗索瓦握有證據，不跟他說明，反而擅自將此事見報，於是，他拿起電話，打給德尼索夫。

「你的通訊員有……」

「記者，不是通訊員。」

「隨你……你的記者利用機密資訊，違反保密規定！本座不能坐視不管！」

老總辦公室對面的椅子上，弗朗索瓦志得意滿，正好整以暇坐在那兒。

「言之有理，法官先生，容不得這種事發生，」德尼索夫回道。「順便說一句，針對這件事，我準備下令寫一篇文章，下回出報會登出來。」

「一篇文章？什麼意思？什麼文章？」

「這個嘛，有關警方、執法人員、檢察官辦公室成員違反偵查不公開，向各報提供機密資訊，還因而得到報酬，偷偷塞的，但油水甚多。我向你保證，絕對會血流成河！」

「等等，等等！」

「我們會把姓名登出來！還有金額！還會盡可能追溯，追得愈深愈好，因為這種檢警是共和國之恥，而且……」

「夠了！且慢！」

德尼索夫沉默了一會兒。

「法官先生，我這麼建議吧：我會叫人把文章擬好，然後等你再打電話給我。你要是沒打，我就把這篇文章扔進垃圾桶，不知你意下如何？」

16 跟你弟揮揮手啊

「快點，尚，我們不能遲到。」

「什麼？去哪？」

尚維持一貫作風，老在妻子後面拖拖拉拉。

「我說你……去參加那個女人的葬禮啊！」

尚睜大雙眼。

「我們去那裡要做什麼？」

他非常驚訝。

「尚，我說你喔！你總不能想像……」

珍妮芙被他氣的，一口氣差點上不來。

「我們不去參加葬禮，別人會怎麼說？」

尚覺得這點很難理解。他一點都看不出別人是哪些人？也看不出別人有什麼好說的？

「我們是證人，尚，提醒你一下！身為證人，我們對這個可憐的被害人有責任！」

啊，對了，還有這點：珍妮芙每當追憶起瑪麗．蘭普森，她都會閉上雙眼，匆匆劃個十字聖號，須臾片刻之後，又立刻回到談話中。

「什麼責任？」

「同情，尚，同情的責任啊！」

同情？尚不記得她曾經用過這個詞。

「她過世那天，我們幾乎等於在她床邊，為她送終，」珍妮芙繼續說道。「我們有義務去！好了，快，你的藍套裝，我幫你準備好了，參加葬禮穿這套最得體。」

他穿得心不甘情不願，珍妮芙則在樓梯平臺衝著鄰居福爾太太說長論短：

「我們有義務去，妳懂嗎？沒有人樂意做這種事做起來並不樂意，但這是我們的責任，就這樣而已。」

尚的胃部一陣翻攪。他們豈不是自個兒往狼嘴裡跳嗎？看來珍妮芙並沒意識到他們冒著多大風險。

謀殺案隔天，警方呼籲證人出面，她已經表現得迫不及待。

至於尚呢，他對這種做法並不熱衷。

「你弟知道我們去了電影院，因為我們是和他一起去的！你不出面的話，你要怎麼解釋？」

她帶著她那令人無法招架的微笑，又加了一句：

「再說，我們有什麼好避不露面的呢？我們又沒做見不得人的事！」

然而那天他們去派出所說明的時候，她並沒如此神采飛揚。

「好可怕喔，」她用拳頭抵住嘴巴、眼睛瞪得大大的，跟便衣刑警說道。「好可怕、好可怕喔！」

尚覺得她的這種用詞和態度不亦怪哉。他不記得她看到任何東西，她像其他人一樣衝向出口，連往洗手間瞥一眼都沒……

「我跟著我太太。」尚說。

出於本能反應，令他尤感自豪的是他隨後加上這句：

「她相當驚慌，你懂嗎？」

他忙著保護妻子別受當時那種可怕景象驚嚇，所以他自己什麼都沒看到，這點說得過去。

明明沒什麼，但珍妮芙利用身為證人的優勢，自以為是一號極其重要的人物。按照這種邏輯，她出席瑪麗・蘭普森的葬禮，實屬理所當然。

他們抵達聖日耳曼德佩教堂附近的時候，聖日爾曼大道、塞納街、聖父街、波拿巴街，所有街道都已經被封鎖了。到處都設有路障，由制服員警看守，現場人山人海，少說也上千人。

之所以有這麼多人在場，既是因為這位年輕被害人的名氣，也因為馬塞爾・薩維耶爾有關妻子貞潔的聲明所洩露出來的醜聞。這場風波激起諸多反應。各報記者緊迫盯人，要這名年輕女子的父母發表意見。兩位老人家都是工人，被這種情況嚇得不知所措，說不出話。廣播電臺搶著採訪，只聽到勒格朗先生聲音微弱到幾乎聽不見，由通訊員代替他回答。

在這齣正上演的家庭悲劇中，出人意料的是蘿拉，也就是瑪麗的妹妹，她才剛成年，又高又瘦，眼神熾熱、焦躁，出人意料地跟薩維耶爾站在同一戰線，毫不避諱，聯合起來反對她父母，為這家人彼此之間的關係投下了震撼彈。大夥兒等著看米榭・布爾岱作何反應，因為他同時既是瑪麗和她丈夫的經紀人。每個人都想知道他將投向哪個陣營。

波拿巴街人行道上擠得水泄不通，珍妮芙像壓路機似的突破重圍往前衝，一路上又是架拐子撞人、又是踩別人的腳、又是破口大罵，終於來到路障前，她丈夫緊跟在後。

兩名員警守在入口處，一位年輕的和一位年長的，因為人群愈聚愈多，年長的那位剛離開片刻去尋求增援。

「拜託，讓我們過去。」珍妮芙說道，語氣沒得商量。

年輕員警看著這名婦女，圓滾矮胖，卻果斷堅定，眼神高傲，毫不懷疑自己絕對有權通過。

「這位太太，可是，我們不能……」

「這位先生，我們是證人！」

婚禮有證人，年輕員警不清楚葬禮是否也有證人。感覺得出來他有點困惑。

這正是珍妮芙選擇予以痛擊的大好時刻：

「不讓證人通過，你就完了，這位年輕朋友！完了！」

幾米遠處，路邊開始有人把路障推開，他不知道如何是好。他有所遲疑，這位婦女又如此堅定自若，他讓了步。

「過去吧。」他說。

尚跟著珍妮芙鑽到路障另一邊，引得人人都在抗議兩人要特權，只差沒造成暴動，增援警力跑著趕了來，珍妮芙走得相當快，一邊說道：

「什麼世界，亂七八糟！快一點，尚，我們要遲到了。」

弗朗索瓦和報社攝影師沒能進到教堂裡面，眼巴巴看著他們一路通行無阻，震驚得目瞪口呆。

「尚，跟你弟揮揮手啊。」

但尚另有心事，兄弟倆對看一眼，人群已把這對夫婦推進中殿。

於是，就這麼著，珍妮芙．佩萊蒂埃和她丈夫參加了瑪麗．蘭普森的告別式，第四排，就在她家人後面，和近親與演藝圈朋友坐在一起。

「那是巴切林，」珍妮芙偷偷指著一位演員對她丈夫說。「那邊，後面那個，可不是勒龐默雷嗎？那個部長？」

觀察出席參加這臺彌撒的人士，可以明顯看出兩大陣營，壁壘分明。

通道右側是勒格朗夫婦。父親，套裝繃在身上，攙扶著老伴，兩眼始終朝地，後者，步履蹣跚，哀毀骨立。

通道左側，年輕鰥夫比所有人都高半個頭，身邊坐著蘿拉，她比任何時候都更亢奮躁動，兩眼發亮，此外，還有米榭．布爾岱，這位經紀人莊重優雅，一派英倫名士風範。

無論哪方陣營，全都深受這場悲劇打擊。「白髮人送黑髮人實乃人生一大磨難，」弗朗索瓦在前一天如此寫道。「即便能夠接受子女因疾病或事故而遭此巨變，因殺人犯而斷送性命卻令父母萬萬無法接受。」他對案發現場情景的描述，大家記憶猶新。凶手選擇痛擊瑪麗．蘭普森頭部，毀她容貌，不僅殺害了一位光彩耀眼的年輕女子，還犯下摧殘美麗之罪行。

「你看看他啊，那小子，」珍妮芙指著薩維耶爾，在尚的耳邊窸窸窣窣。「可不是一臉殺人犯模樣嗎？」

這場葬禮害他受苦受難，使得尚暗暗希望司法出錯。「但願某人被捕，」他默默懇求，「只要不是我就好」。

「筆跡分析結果很快就會出來，」珍妮芙補了一句，值此肅穆時刻，竟然還有人在竊竊私語，周遭人士表示不滿。「我跟你打賭，一有結果，當天凶手就會進牢裡睡大覺。」

彌撒永不止息。珍妮芙經歷了她人生中最重大的時刻。

她哭得唏哩嘩啦，難過到鄰座的一位先生手足無措，只好伸出胳臂，摟住她的肩膀。她拿手帕按著嘴唇，悲慟逾恆。至於尚呢，他滿臉通紅，渾身哆嗦。管風琴演奏起巴赫的Ｆ小調前奏曲，樂音直衝腦門，他覺得彩繪玻璃和雕像都在盯著他、指著他，教堂天花板就快砸到他頭頂。

在他身旁，珍妮芙使勁擤著鼻子，喃喃說道：「可憐的小東西，我的老天爺啊，可憐哪……」

隨著彌撒進行，尚瘦了兩公斤。

眾人走出教堂，這時突然聽到女人慘叫聲。「瑪麗！」原來是亞德里安娜．勒格朗，她的母親，絞著雙手，聲聲呼喚愛女，直想往棺材撲，勉強被她丈夫拉住。哀嚎聲令人不寒而慄。馬塞爾．薩維耶爾的臉色更是慘白得像鬼。

這位不幸的母親，想一頭撞死在女兒的棺材上，好不容易才把她拉到一旁。

這個插曲觸動了所有人的心弦，久久難以平復。

「好感動。」珍妮芙如此評論。

閃光燈劈哩啪啦亂響。傍晚一到，薩維耶爾緊緊抱著死者妹妹蘿拉的照片將隨處可見。

珍妮芙和尚在教堂廣場又看到弗朗索瓦，他正在等棺材抬出來。弗朗索瓦看到他嫂子哭得一把鼻涕一把眼淚，跟死者親屬一樣哀傷，不禁看傻了。他的記者證沒為他排除絲毫障礙，他兀自納悶，不知哥哥嫂嫂靠著哪位高層關照才進得去教堂，而且還參加彌撒。他相當生氣，想質問他哥，但他看到尚如此痛苦，不禁想到另一個問題：莫非這對夫婦與這位年輕的被害人有私交？他是不是漏了什麼？

「拜託噢，」這會兒珍妮芙的眼睛已經完全乾了，她邊把手帕塞進包裡，邊把話說完，「薩維耶爾送的花圈未免太寒酸了吧。你不覺得嗎？哺哺。」

17 他們會找到艾蒂安寫的信……

禮拜五艾蒂安回到公寓，發現樓梯平臺上有一個包裹和一只牛皮紙信封。包裹裡是自從雷蒙離開後，他寫給雷蒙的信，琰想辦法拿了回來。他潸然淚下。至於那只信封，要打開它是不可能的，超出他能力範圍，他在房裡跌跌撞撞，瘋了似的猛拍冰箱的門，冰箱逆來順受，一聲都沒吭，最後他終於倒在床上。

約瑟夫跳下冰箱，挨在他身邊。牠沒打呼嚕，而是注視著信封。

「好吧。」艾蒂安終於說道。

致第一傘降獵兵團拉休姆司令官

第一傘降獵兵團法爾科納中尉

任務報告書

一九四八年三月九日週二午後兩點五十五分，一接到情報，屬下有幸帶領的小隊立即出發，並於午後三點三十四分抵達該區。午後三點四十分，屬下命令本小隊傘兵跳傘降落到一處稱為「燈心草小山谷」的地方。

〔略〕

敵方越盟顯然正在等候法國偵察機，一發現立即回報以便採取行動，隨後便離開該區。

法國士兵遇害前均慘遭凌遲，酷刑方式各有不同：

「維爾布瓦士官長遭到……」

水牛這種牲畜非常笨重，步伐緩慢，偌大腦袋，邊走邊上下搖晃，搖得綁在軛上的鈴鐺叮咚直響。

牠們排成一列從被埋在土裡的士兵兩側走過，蹄子擦過士兵腦袋，為釘齒耙開出道來，耙子的獠牙大如手掌，正在翻地，隨著水牛走過，身後畫出四道深深的褐色犁溝。雷蒙驚恐莫名。

〔略〕

越盟陣營一手導演的這齣「戲」，應該被視為是針對上回那樁事件的報復行動……

雷蒙和戰友一樣，使盡全身力氣扭動身軀，拼命左閃右躲。

突然，他想到他的信，信還留在營地。他快死了，他們會找到艾蒂安寫的信，到時候他們就會知道……

想這些實在很白痴，現在這些又有什麼重要呢？

第一位戰友的喉嚨被叉住，釘齒耙的速度頓時慢了下來，水牛挨了鞭子，牠們弓著背，加倍努力往前。那顆頭終於被從軀幹上扯了下來，滾到一邊，雷蒙看到那對眼睛眨啊眨的，嘴巴愈張愈大，沒了身軀的頭顱兀自在無聲吶喊。

現在可以感覺得到水牛的蹄子引起大地震動，大角時而朝天揚起，時而俯地衝向這些緊張的臉孔，彷彿要把它們指給死神看個仔細。

第二位戰友就在雷蒙前面，慘叫一聲，撕心裂肺，這回，他清楚感受到釘齒耙的獠牙插入下胸部位，刮得脊椎嘎嘎作響，頭被捲了起來，不過依然怪異地掛在釘齒耙底部，彷彿氣球長了眼睛，瞠目圓睜。

雷蒙看到水牛鼻孔貼著地面逐步靠近，感受到沉重牛蹄衝擊著自己的腹部，聽到耙子的犁鏵正在將大地開腸剖肚。

天色暗去。

雷蒙昏厥，再也沒醒。

第二部

一九四八年九月，西貢

18 從丹麥進口的

阿榮輕輕推他的肩膀推了多久？

「三點了……」

艾蒂安設法坐起來，算了，又仰面倒下。呼吸困難，嘴巴發脹，舌頭不靈活。今天早上頭痛八成會伴隨著他好一陣子，因為它已經開始緩緩蔓延，包圍太陽穴、額頭，偏頭痛是最難受的，像鑽子似的硬往頭裡鑽。

他盯著天花板胡亂拼湊的木板看了好久，夜裡，這些木板勾勒出的形狀他已經記不得了，或許是鳥吧。

「野鶴……」

「三點了。」阿榮又說了一遍。

「少囉唆。」

他立即為自己的壞脾氣感到後悔，於是補上一句：

「等一下……」

他使勁想集中精神。

阿榮很有耐心，僅僅輕拍他的手，以免他又睡著。艾蒂安將目光轉向他。這個男孩子，柳葉眉，兩眼炯炯發亮，神情嚴肅，五官經常像威尼斯面具一樣凝結不動，面無表情。幾個月前，他又出現了，宛如從天而降。

宣告雷蒙死訊兩週後，艾蒂安核准了朗布依埃那棟房子維修工程款的轉帳申請，這件申請案是由烏龜頭中國買辦喬先生一手精心策劃的。

艾蒂安沉溺於鴉片，因為需要錢而深陷皮亞斯特泥沼。

喬先生帶來了他承諾的一萬法郎，艾蒂安退還，不到一萬五法郎，休想他在授權許可書上簽字

……第二天，送這筆款子過來的是阿榮，這個小青年幫那位買辦直接送到他家，把厚厚的信封遞給艾蒂安後還站在那兒，準備履行他的職責。艾蒂安接過信封，笑了笑，隨後關上門，邊說：

「不用了，你很好，但是不需要。」

這時阿榮的腳卻已往前邁了一步。一臉驚恐。

要是他沒完成任務就回去，對他來說處境堪憂。

「算了，進來吧，」艾蒂安說得意興闌珊。「你總會泡茶吧？」

他會。他們聊了好久。阿榮說他十八歲了，誰相信。他隻身在西貢打拼，盡可能賺錢謀生。那……旅館管理呢？

「我在『紅龍』大飯店洗碗……」

看到約瑟夫走過來，他笑了：

「牠也是條龍嗎？」阿榮問。

阿榮的法語說得算不錯，但從來不敢吹噓賣弄，也是個性使然。

他們聊西貢聊了好幾個鐘頭。發現兩個人都對越盟深惡痛絕。這位亞洲青年來自越北宣光一帶，他解釋給艾蒂安聽，原來共產黨在他住的村子裡為非作歹已久，好幾位家人慘遭殺害，因為共

產黨懷疑他們向法國軍隊通風報信，其實證據連個影子都沒有。

約瑟夫保持距離，不動聲色，靜觀全場。

艾蒂安去「大世界」的時間終於到了。他都上那去把這禮拜拿到手的贓款一半花在抓子[1]和賭大小[2]，然後再去煙館花掉另一半。阿榮和他一道出門，兩人握手告別。

可是阿榮又回來了。艾蒂安不知道是不是喬先生派他來的，他沒問。阿榮又泡了茶，把公寓整理好，但不是像僕人那樣，而是因為他看不下去艾蒂安這麼懶散、這麼隨便，感覺起來阿榮在他自己家也會做同樣的事。冰箱還是老樣子，約瑟夫靠著牠的佛像，從冰箱上面，審慎觀察著這個年輕人。

夜晚到來，阿榮站在廚房，凝視著艾蒂安，眼裡閃過一絲憂慮。艾蒂安什麼也沒說，僅僅走了出去，關上大門。

那段時間，他都去一家社會菁英經常光顧的豪華場所，那兒有一間間密室，裡頭擺滿被子、褥子、靠墊、獨腳小圓桌，還有精雕細琢的大鋪位，靜悄悄的年輕女郎，比誰都輕巧，服侍你躺下，確保你頭下墊子的位置絕對舒適，用一雙小手輕輕握住你的腳踝，讓你的腿呈現最理想的姿勢，然後，在你面前，好整以暇卻靈巧熟練，為你備上一管又一管的醉人鴉片，讓你通體舒暢。艾蒂安還只是個新手煙民，一管少說也得吸上七八口才吸得來，不過這些少女嫻熟的準備工作對他改進技術大有幫助，後來只需要吸上三大口就能讓自己無拘無束快樂似神仙，臻於祥和妙境，彷彿懸浮於世界之上。

直到大半夜，他才走出煙館，阿榮在等他。阿榮雙手圈成喇叭狀，招來一輛黃包車，把直打哆嗦的艾蒂安帶回家，幫他寬衣，扶他躺下。約瑟夫在牠的冰箱上面，不動聲色，冷眼旁觀這一幕。

牠看到阿榮在床邊坐下，等著艾蒂安然入睡。

約瑟夫瞇著眼睛打量這個亞洲小伙子。

凌晨三點左右，牠才終於起身，伸了個懶腰，跳下冰箱，走向次臥，房門始終開著，牠坐下，就坐在門口。

「好吧。」阿榮說，這回輪到他起身，攤開草席，睡了。

從艾蒂安剛到西貢的那些日子以來，時光就這麼流逝。半年來，好多事情都起了變化。首先，他逐漸成為全貨幣局收賄最嚴重的貪官污吏。在「大都會」，大夥兒提起他，都說「這小子污了不少」，甚至直稱他是「污最多的那個」。一上來，他盡去些豪奢煙館，可是，打從他對這些地方感到厭倦後，鴉片就花他比較少錢了，現在他經常光顧的反而是些下三濫的地方，出入的全是些兩眼凹陷、瘦骨嶙峋的活死人。如今花他最多錢的是「大世界」和那裡的賭場。阿榮沒有多說，但他密切關注這一切，賭博散發著毀滅與墮落氣息，煙館飄散著腐爛與死亡氣味。難道艾蒂安要的就是這些嗎？

某夜，他們回來的時候，阿榮過來貼著他睡，就這麼靜靜待著。最後艾蒂安終於壓到這個年輕人身上。艾蒂安入睡之後，有時會像抱長枕那樣抱著阿榮。阿榮偶爾會輕輕愛撫艾蒂安，輕到不知道是從哪飄來的。他們從沒談過這些。阿榮如絲般溫柔，在你跟前毫不張揚，討人喜歡，和亞洲的氣候一樣陰柔，耗你心智，亂你體膚。

他們之間有一種默契。阿榮，照料公寓，負責採買。他拿魚蝦餵約瑟夫，一人一貓成了好朋友。至於艾蒂安這方面，他則支付所有費用，保障阿榮衣食無虞。夜裡，他們緊挨著一起睡。艾蒂安，疲極累極，立即睡去，陷入焦躁夢境。

看到這個年輕人扶他站起來、讓他重新走上街，艾蒂安想向他略表謝意，但，疲倦使然，他說不出話。啊，他心想，這個男孩的側臉可真美……他多麼希望自己能愛上他！

他的關節好痛。

阿榮照常把頭伸到艾蒂安的胳肢窩下面，撐著他走了幾米，他感覺好多了。他穿過迷宮般的長廊，沿著一張張板床走著，床上一具具皮包骨身軀，猶如從華麗飾布變成了爛布頭被棄置一旁，他繞過那張髒得噁心的桌子，中國人在那兒數著又黏又皺的鈔票，樂此不疲，數了又數，他來到門廊，光走上這段路，艾蒂安就氣力耗盡，不過倒也恢復了神智。除了偏頭痛還是……

「多少錢？」艾蒂安問，阿榮舉著胳臂，正在招黃包車。

夜裡又悶又熱，黏糊糊的。雨季遲遲未到，滿滿濕氣已然預告暴雨將至，大家再也不知道自己希望這雨……下還是不下？艾蒂安問他話，阿榮不想回答，假裝正專心盯著迎面而來的自行車，他感覺艾蒂安壓在他肩上的重量愈來愈軟弱無力，因為艾蒂安兩腿發抖，就快癱倒。

「所以到底多少錢？」

艾蒂安說起話來語帶命令，像老頭子一樣。

「五十六。」阿榮說。

艾蒂安問得好不耐煩，對阿榮回他什麼也已經失去興致。超靈教的紅色小方旗在馬路上招展得固然有氣無力，艾蒂安瞥了一眼，還是大吃一驚。

阿榮好不容易才把他塞進黃包車，在他身邊坐下。艾蒂安癱在座位上，頭靠著阿榮的胸膛，阿榮則望著街道。艾蒂安坐得並不舒坦，還沒來得及找到舒服坐姿，人就頹然無力，座位擠得他的腰都快斷了，幸虧這趟路不會很長。這個時候，西貢大街小巷只剩下幾個酒後興致正好的軍人、三更半夜還在拉客的娼妓，還有醉得不省人事的歐洲人。僕役從主人家裡走出來，安靜且面色沉重，黃包車伕一隻眼看著路，另一隻眼瞅著自個兒的車，邊低聲結束談話，他們也揚起饒有深意的目光望向那些紅色小方旗，旗上有著一道地平線，一輪烈日，金光萬丈，雄踞於地平線上。這個圖騰象徵當紅新教超靈，教皇出巡將於下禮拜天聖座[3]落成大典之際畫下完美句點。整整一週，信眾扛著梯子和梯凳，架在路上、靠在窗邊、甚至爬上屋頂，到處懸掛橫幅、彩旗、三角旗、令旗，大街小巷全為天界覆蓋，超凡神靈明光普照大地。

「我很好奇，想看看那些笨蛋。」艾蒂安順口說道。

黃包車停下，他生怕失去平衡，使勁穩住身子。夜裡抽了五十六管鴉片。要是再加上他在家裡抽的那些，總共將近七十管。艾蒂安日漸形銷骨立。阿榮千方百計讓他吞下補品滋補身子，偏偏艾蒂安向來食慾不佳。他空著肚子去貨幣局上班，午休期間，一心只想回家抽上幾管……

他搬了家，因為這間新公寓離貨幣局辦公的地方相當近，他一衝動就租了。房租遠遠超過月薪，高到令人咋舌，他倒好，大搖大擺在寬敞廳室轉了一圈，隨後來到令全市美景一覽無遺的露臺，說道：

「啊……我想租！」

他指了指房產經紀人，一名越南男子，身著襤褸三件套西服，扣眼上別著大如湯碗的猩紅花朵。

「我的好阿榮，跟這個不知道是誰的傢伙說我租了！租金若是可降三成，我們晚上就搬進來！」

討價還價了半小時，租金只降了一成半，艾蒂安不耐煩，掏出一大疊皺巴巴的皮亞斯特，塞進房產經紀人手心，惱怒到了最高點，嘟囔著：「拿去，滾……」

一搬進去，他就對這間公寓失去興趣。

五大間廳室宛如廢棄火車站大廳，他們只用到其中三間。冰箱跟發羊癲瘋似的，老在打擺子，約瑟夫在佛陀陪伴下重新登上這個寶座。貓和雕像相傍而坐，很難說得出何者更像哲人。

艾蒂安已經叫阿榮把雷蒙的全身照給撤了下來。山巒為景，這個壯小子眉開眼笑，打著赤膊，活力四射，腳邊擱著一把斧頭，站在劈柴用的樹墩旁擺著姿勢。這時候雷蒙大概才二十多歲，可是艾蒂安記不得他怎麼會有這張照片。他還有其他更近期的。原本他請人將其中兩張裝裱起來，但一看到詹特辦公桌上那麼多相框，既觸景傷情，看了又令人不安，於是他決定把自己的這兩個相框收回五斗櫃抽屜。

在他夢裡，雷蒙正在受苦，但雷蒙就在那兒，和他熟識的雷蒙一模一樣，彷彿在一張活生生的照片裡……這些惡夢糾纏著他。總是相同場景，但稍有變化，越共鬼子，一臉慘白，正在對雷蒙施以酷刑，恣意對他施暴，殘酷得莫可名狀。艾蒂安大開殺戒，握著大砍刀宰了好幾十個越共，一大早，他渾身是血。

八點半。

阿榮已經泡好茶，切好水果，因為他去過路邊攤買來水果，順便買了鮮魚給約瑟夫，這時艾蒂安大汗淋漓，氣喘吁吁，還躺在床上，剛從折磨人的影像掙脫出來，失聲痛哭到全身虛脫。

就像某些酒鬼，喝酒喝成了精，即便喝了一宿，一大早依然能夠顯得神清氣爽、精神抖擻，艾蒂安也是如此，他鮮少於拂曉前入睡，在貨幣局上班卻出奇準時。他都九點差幾分就到了，走過加斯頓空蕩蕩的辦公室，加斯頓他啊，工作時間非常不固定，沿路先跟貝魯瓦打招呼，然後敲敲局長的門，局長拿相框大軍當掩護，一上午都窩在後頭喝綠茶。他起身和下屬握手，有時會猶豫不決，不知該拿起哪個相框，隨後才向他伸出手，只見他手臂略彎，手掌微開，一臉若有所思，欲言又止，但旋即放棄，搖頭表示失望。

「還是沒消息？」艾蒂安問。

「唉。」詹特回道，眼神有如鬥敗了的公雞。

雖然琰進口五十萬皮亞斯特的卡瑪格大米一案荒謬至極，艾蒂安還是核可了他的轉帳申請，但核准兩天後琰便不見人影。原本兩人應該在放行隔天見面，琰卻沒有出現。一週後，艾蒂安才開始驚覺，琰該不會出事了吧。話說，當時他正往卡提拿街走去，聽到一聲女人尖叫，離他幾米遠處，一輛機車「轟」地一聲發動，冒著白煙溜了，行人紛紛閃避。人行道上，一名男子躺在血泊中，慘遭割喉。艾蒂安一眼就認出是那個六十多歲的亞洲人，又矮又胖，西裝總是繃在身上，好幾次他都看到這個買辦在和加斯頓談生意。

他立即想到琰，想到他莫名其妙失蹤。莫非某些交易會以這種方式結束？

看到血從頸動脈噴出這一幕，他強壓下噁心，豈料街上卻不見任何恐慌，行人繞過屍體，沒人想多管閒事。

「啊，你還沒看過這種事？」詹特感到驚訝。

他笑得像個老朋友，彷彿艾蒂安剛剛發現了一項亞洲傳統。

「西貢三教九流都有自己的殺手！中國銀行家、買辦、進出口公司、越盟、宗教派別、走私販子，全都有！」

提到這點，詹特挺開心的，卻也夾雜著一絲憐憫之情，彷彿在說這些黃種人竟然有這些怪異的風土民情。

「暗殺在西貢就是在嗆聲。這些團體用一種外人無法理解的語言交流，暗殺便是放話的一部分。」

詹特對他這種說法洋洋得意。他搭著艾蒂安的肩膀，簡直像他父親。

「我說這位年輕朋友，琰對任何人都不重要。別擔心，他是條很小的魚，誰會有興趣呢？」

詹特自以為讓艾蒂安放了心，殊不知那些擱板再度浮現艾蒂安眼前，擱板上頭放著屁股塞了鴉片渣的佛像、孔子像，想必其中暗藏著複雜關係。他內疚得要命。因為他促使琰接受轉帳五十萬皮亞斯特，這種事通常需要好幾週、好幾個月才能辦妥，得動員一整個複雜的共謀網絡，找到白手套，弄出文件、地址、發票，一整條產業鍊。他提議琰將申請轉帳的金額乘以十，等於逼著琰去找人合夥。最後，申請案由一家名為皮特斯和雷諾的公司具名提出，艾蒂安聽都沒聽過。琰成了一筆鉅額轉帳的主事者，想必引起多方垂涎。

「他的野心……」詹特彷彿也在想同樣的事，又開口說道。「也許他眼睛大肚子小吧。」

當晚，艾蒂安就上琰家去了。

人，全沒了，屋也空了。兩隻母雞咯咯叫著，繞著原本擺放雕像的擱板走來走去。艾蒂安問鄰居，沒人知道，也或許是不願意說。

至於位於達約街的皮特斯和雷諾進出口公司，艾蒂安連一間辦公室、甚至連個門牌都沒找到，大樓裡沒人聽過這家公司。

日暮時分，他帶著一大疊小面額的皮亞斯特又來到琰家，站在院子裡，面對這棟人去樓空的屋子，朝著每個人，包括鄰居、老人、小孩大撒幣，承諾大家，任何人向他提供情報都有賞。院子裡的居民收下錢，卻全部噤聲。第一次幫他帶路去琰家的那個老頭沒坐在卡車輪胎上。艾蒂安想起當時看到他在翻看三十六獸與四靈彩券，於是招車前往舉行彩券開獎的「大世界」。

「大世界」，這棟建物碩大無朋，位於華人聚集的西貢河西岸水手街，內有賭場、演藝廳、餐館、酒吧、商店，類似各國商旅雲集之地，到了夜晚，全西貢的三教九流齊聚於此：賭徒、夜貓子、娼妓、流氓、資產階級、農民，就連苦力（有可能在幾小時內就失去一天所得）和政府官員（一點一滴耗盡所有沒能轉帳匯回法國的錢財）也不例外。艾蒂安有時會在這裡遇到加斯頓，擲骰子之前，他總是先擦亮印章戒以帶來好運。還有喬治．維揚，那位高級專員委員會第二級官員，他手發抖，端著茴香酒四處晃，喝了一杯又一杯。

西貢市整天都有人走來走去在兜售三十六獸彩券。每個玩家讀完一兩個與中原王朝[4]傳說有關的神祕句子後，必須猜出與其相關的野獸或精靈。晚上，一大群人擠在臺邊，臺上有人打開盒子公布謎底（「贏家是……蟾蜍！」），結果僅有區區幾個贏家，輸家倒有一大堆。

艾蒂安四處尋找那個山羊鬍老頭，但他知道，茫茫人海，想找到老頭，只怕連百分之一的機會都沒有。然而，當現場認命的輸家散去，剩下的跑到賭桌前輸掉他們所剩無幾的錢之後，這時他看到老頭，正彎著腰翻看彩券，彷彿並沒放棄，還在翻找蟾蜍。

以下這則情報花了艾蒂安四十皮亞斯特。

「他們趁著夜裡走的，一個禮拜前，」老人對他說。「全家都走了……什麼都沒帶。」

街坊鄰居全都明白短期內這家人不會回來。左鄰右舍開始動手搬東西。隨著第一批家具消失無蹤之後，一切都進行得非常快，才兩天，屋裡就空空如也。至於是什麼特殊原因迫使琰如此突然離去，艾蒂安僅能得知「琰走得非常匆忙……」

來自四面八方，「大世界」裡的人群熙熙攘攘，東鑽西竄，他和老頭也不斷被推來推去。

「他們只裝了一卡車的家當，全家人都坐在拖車裡面。」

這場突然逃亡，使得艾蒂安腦海油然升起一種莫名感覺。當他發現琰全家，包括小孩在內，都被迫從事可憐巴巴的走私勾當時，這件事感動了他。除此之外，他還欠琰一聲道謝，因為正是從琰那裡，他才拿到有關雷蒙死亡的報告，剛到西貢時，他自問的那些折磨人的問題才因而有了答案。琰連夜搬家，莫非是受到他的這些問題連累？他礙著誰了？琰為了幫他這個忙付出了多少代價？

春去夏盡，眼看著都九月了，琰連人帶家當已然消逝於印度支那的大泥沼中，艾蒂安自己也是……以他自己的方式。

他孤獨得無以復加。

「回家吧……」，母親在信尾寫道，每個禮拜她都寄給他一封長達八頁的信，詳細描述從法國人大道看到的貝魯特日常情景。雷蒙的死，兒子著墨甚少（「他在越北戰死，軍方保證他當場死亡，沒有受苦」），佩萊蒂埃夫人有預感艾蒂安隱瞞了更痛苦的情況，因此老是再三提到這件事，好像嫌艾蒂安想得還不夠。艾蒂安之所以孤獨，正在於沒人可以分享這些心事。海倫太年輕，無法面對如此可怕的事實。他可以和父親說，但他沒辦法提筆寫信給他，這超乎他能力範圍。至於他那兩個哥哥，弗朗索瓦和尚，他們在巴黎打拼，想必有許多其他事情要操心。他偶爾寫封短信給他們，提及一些雞毛蒜皮的事，他們回他的信既尷尬又小心翼翼。「你朋友失蹤，但願你逐漸恢復過來，」尚以他那一板一眼、書生氣十足的筆跡寫道。「你知道雷蒙究竟是怎麼死的嗎？」弗朗索瓦問道，他八成在巴黎高等師範學院成績優異。

回貝魯特，又和父母一起生活，不……母親宣布他們要來參加葬禮，他甚至感到害怕。她在電報中詢問下葬日期的語氣，使得他不免擔心，深怕她已經拿出箱子，開始打包行李了。他立即回道：「軍禮已舉行——句點——已代為在軍人公墓獻花——句點——愛你們。」

他和海倫通信，但距離造成隔閡，郵件太慢，找到適合的詞語又何其困難，使得通信內容流於表面，只剩下互訴對彼此的愛，這是他們唯一可以分享、較為深層的東西。儘管她還年輕，但海倫感覺得出來，艾蒂安再也不是她目送遠去西貢的那個愛得深切、滿腔熱情的年輕人了。

詹特局長觀察到幾乎在一夜之間，當初剛正不阿、道德感十足、一介不取的廉潔年輕屬下成了整個局裡最貪贓枉法的一個。但艾蒂安的行事方式，使得局長覺得頗有意思。他索取天價賄賂時每每咧嘴大笑，最古怪荒謬的進口商品尤其享有放行特權，而且他最偏好對任何人都沒用的希伯來文音樂史採購案，而非機床零件。

至於面對買辦，艾蒂安也毫不猶豫低聲索賄，他們來找他申請轉帳，一邊斜眼瞄他，想知道他是不是在挖坑讓他們跳，要不就是他徹底瘋了。一旦得逞，艾蒂安便揮著申請檔案衝向詹特辦公室。

「你倒是猜猜看哪！」邊放聲狂笑邊脫口而出。

詹特窩進扶手椅，嘆著氣，閉上眼，無奈地揮揮手：「說吧，你就全部說給我聽吧。」

「一輛掃雪車！三十萬皮亞斯特！從丹麥進口的。」

「了不起！」

兩個禮拜後，則是醃製阿爾薩斯酸菜的鹽水槽，要不就是冰鋸。艾蒂安用拳頭捶著桌子，笑得直不起腰，同事們眼帶警惕，留心他的一舉一動，因為不過才下午三點，他也可能不見人影，直到隔天才回辦公室，面無血色，兩眼無神，他倒下並不罕見，有時候大家會發現他躺在走廊角落的郵包上。

好幾天以來，引起全西貢亢奮，引發熱議的盛大禮拜天，超靈教教皇出巡的大日子終於到來。

艾蒂安觀察到阿榮對這樁備受矚目的逶境大遊行表現得相當興奮，他覺得很有趣。超靈教對阿榮產生奇特吸引力。此外，在不同程度上，此一教派也引起每個人興趣，自始至終都是「大都會」裡的熱門話題。該派教皇，一號名為鸞的人物，向以狡猾多疑著稱。據說他既專橫又有謀略。眾所周知，自從他親眼目睹異象，之後便隱居越北。隨後超凡神靈猶如旭日出現在地平線上那般在他面前顯聖，命他全心奉獻靈與肉以彰顯其榮耀，於是，他旋即周遊全國，並選定西貢以北約四十公里處為其住所。曾有三名孩童，高燒不止，他僅僅讓他們喝了自己手中的水，就治好了他們的熱病，從此，信眾紛至沓來，大肆宣揚其濟世救人事跡。如同其他所有教派，為了保護自己不受匪徒、越共、黑幫、政府軍迫害，超靈教也建立了一支軍隊，向以驍勇善戰著稱。據說，鸞親自帶領大遊行前來西貢，沿途已有數百名弟子加入行列，軍方也指出，信眾長列一望無際，全家攜老扶幼，緊緊跟隨教皇腳步。鸞抵達西貢前十天，信眾已紛紛湧入市中心，張燈結彩，裝飾街道。

「他要來為他的聖座主持落成大典。」阿榮表示。

一個巨型倉庫，靠近堤岸，該教最近剛買下，內有一支信眾大隊忙著拆下窗戶、換上彩繪玻璃、卸下生鏽鋼門、裝上可容車輛通過的奇珍異木大門，日夜趕工不懈。除了在這邊幹活的信眾之外，外人嚴禁入內。教皇出巡隊伍抵達時將舉行盛大儀式，所有受到好奇心驅使的人士均受邀參加（阿榮想去），但真正的彌撒儀式只對虔誠信徒開放，艾蒂安不太清楚如何進行篩選。

教皇出巡當天的那個禮拜天，超凡神靈，慈悲為懷，恩賜眾生宜人天氣。一大早，西貢大街小巷，好奇的人群老早就杵在門廊下占好位子，老婆婆坐在凳子上，小毛頭亂喊亂叫，一心想揪住長方旌旗的繩子。中午時分，露天咖啡座早已高朋滿座。

「啊，你也來了？」詹特坐在卡提拿街的一家露天咖啡座，看到艾蒂安斜背著相機走到他身邊，於是這麼問道。

加斯頓也在。艾蒂安指著人潮與旗海：

「好像環法自行車賽中途站，你們不覺得嗎？」

教皇出巡隊伍抵達聖座廣場時，他拍了幾張照片。首先聽到的是一百多張鼓低沉雄渾的連擊聲。緊接著是被風掀起的片片幃幔，綠金兩色，熠熠生輝，第一批座車由身著寬大白袍信徒拉著往前緩緩移動，速度慢到令人不耐。教皇出巡隊伍還在很遠的地方，出乎艾蒂安預料，隨大隊而來的不是大呼小叫，反倒是一片肅靜，靜得令人不安。鼓聲節奏不墜，動作莊嚴，慢到令人難忘，隨著信眾長隊往前行進，在圍觀群眾中引起一種類似麻醉劑的作用，猶如海水為了讓遊行隊伍通過，再也不闔上。因為他們全身雪白，靜默且虔誠得怪異，同步完美動作，令人印象深刻，信眾倒比圍觀群眾還多上兩倍、三倍、十倍。人群兩側，各走著好幾條彪形大漢，肩上扛著砍刀，兩腿肌肉盤結，步履倒輕巧……這波信眾浪潮，緩慢、不可阻擋、一波接一波、彼此隨時互換，這列長隊是為一個單一元素，具有流動性和同質性，是為單一一個人、一種意志、一具軀體，鑾教皇倏忽出現在這具軀體當中，彷彿駕著這條碩大人龍，只見他高踞戰車之上，由幾十名信徒拉著。大家原以為他會是一個巨人，沒想到卻相當矮小，他套著一件金紅兩色長祭披，戴著一頂驚人的無邊軟帽，頭部每轉動一次，帽上的金流蘇就隨之滴鈴噹啷作響。手執烏木權杖，杖頭為黃澄澄的太陽，他不住地以單一的大動作祝福群眾，以示澤被四方。

好些路人略事猶豫，隨後便以亞洲蹲[5]姿勢屈身在側，其他人旋即仿效。阿榮正準備蹲下，但立刻忍住，因為他看到艾蒂安樂得手舞足蹈。

「去他媽的……」詹特脫口說出。

「不會吧……」加斯頓目瞪口呆。

艾蒂安，鏡頭擰在右眼上，狂笑不止，笑得前仰後合。

超靈教皇來到他們附近，轉向他們，猶如君臨天下，雍容有度，兩掌齊開，朝他們的方向伸出手來。

「哈哈哈！」艾蒂安喊道。

是琰。

1　osselets：亦稱抛接子游戲、五石遊戲。有多種玩法：傳統玩法是一手將至少五個子抛入空中，再用手心或手背接住，接住者得分，否則失分；也可事先約定「抓三」、「抓二」或「抓四」等等。

2　tai xiêu：正式名稱為骰寶。莊家先把三顆骰子放在骰盅內搖晃，等各閒家下注完畢，莊家打開骰盅並且派彩。因為最常見的賭注是買骰子點數大小，故俗稱為買大小、賭大小。

3　cathédrale：原為主教座堂、大教堂之意。本書中，與超靈教相關之專有名詞儘量採取符合該教脈絡的專門譯法。

4　l'empire du Milieu：此處指的是越南受中國統治時期。根據越南的神話傳說，越南歷史可從現代上溯至中原秦代期間，直到李朝建立後，中國宋朝承認其主權。脫離中國之後，越南成為中國朝貢國或藩屬國。

5　des passants s'accroupirent à l'orientale：可說是亞洲人特有的蹲姿，指蹲下時腳掌貼地，膝蓋彎曲，臀部貼近腳跟，大部分歐美人難以完成。

19 是時候該撈一筆了

吃個晚餐還得穿過全巴黎……珍妮芙提到搭計程車，尚充耳不聞，因為手邊的現金幾乎見底。虧她都舉起兩隻手準備叫車了，「很好，隨便你，搭地鐵就搭地鐵。」這兩天他顯得分外焦躁，出差兩週回來，等著他的卻是預審法官傳喚，令他緊張萬分。

兩天前，他到家的時候，看到妻子一如往常，化了妝，容光煥發，坐在桌前抽菸。她沒動，坐看他把行李箱清空、收好。

「一切都順利嗎？」

每次他出差回來，都是同樣的問題。這一次見他有氣無力，把頭從左搖到右，她怕自己誤會他的意思，於是又補上這句：

「我說……沒發生什麼特別的事吧？」

他咕噥了一句「沒」，輕得幾乎聽不到。她從什麼時候開始問這個問題的？她在暗示什麼嗎？實際上，所有這些問題，尚都有答案，但珍妮芙這個女人很多內心戲，所以他寧願當作是她身上的又一個謎團罷了。

這位妻子真是比未婚妻還費人疑猜。九月頭幾天，她母親突然過世，為了讓她去參加葬禮，他不得不把最後一點積蓄都拿了出來。她離開巴黎時淚流滿面，猶如拖著好幾個油瓶的戰爭寡婦，手帕永遠不夠用，讓人巴不得遞給她一條浴巾。誰知道她從貝魯特回來後卻出奇平靜，尚覺得她……

「新鮮」，他想到的就是這個詞兒。她的態度變化之大透著古怪，他不久後就明白了。原來是因為她那三個姊妹一身黑，顯得前所未見的美，美到旁人看了幾乎都想死了，然而，珍妮芙卻緊緊裹著連身裙，毫無魅力可言，頭上那頂帽子，更是近乎可笑，她明明算中等姿色，在她們身邊卻顯得其貌不揚。就在那個當下，珍妮芙憎恨的不是她的姊妹（因為她早就憎恨她們了），而是這位母親，她的死，只是為了逼著她被她們比下去，飽受屈辱。所以，甚至還沒進教堂，她的淚水便已止息，藉口探望公婆，縮短了在墓地停留的時間。第二天，嘴裡塞滿糕點，一整天都在肥皂廠裡到處閒逛。

每逢珍妮芙性情大變，尚總是膽戰心驚。他是否預料總有一天自己會成為犧牲品？想也知道，因為她幾乎跟每個人都吵過架。

然而，尚當下的心思並沒關注在她身上，因為另有一個情況，令他無比擔憂。法官傳喚……

若非因為珍妮芙一頭熱，原本毫無進展、徒然在原地打轉的「瑪麗．蘭普森事件」早被他拋到九霄雲外，誠如他在貝魯特「認識」的第一個女孩（他想到這件事，都用這個詞代替，卻不知道箇中的聖經意涵[1]……）或是外省那座城市的餐廳服務生一樣，他連她叫什麼名字都忘了。豈料，年輕女演員香消玉殞都半年了，預審法官突發奇想，要求所有已經出面的證人一起回到電影院進行現場重建！莫非是為了引他上鉤？他會落入法官策劃的詭計和警察設下的圈套嗎？

「現場重建耶，一定很好玩，對不對？」珍妮芙說得開心。

現場重建，她樂觀其成，就像受邀參加化妝舞會或是喜宴，她覺得很有趣，也很刺激。

另一頭，喬治．蓋諾出人意料的邀請，她也覺得很美好。

四個月來，尚都在跑單幫作業務（帶著一整箱內衣、襯裙、胸罩等等，每個月出門兩趟，每趟

十一、二天），蓋諾先生對他的這位銷售員並沒有表現得特別重視。所以，受到邀請時（「當然是和你夫人一起」）分外令人驚喜。對珍妮芙來說，能上館子吃頓飯總是好的。

任何事情都令尚心驚肉跳。無時無刻，他都感到透不過氣，大汗淋漓，只想打開窗戶吸口氣或是……往窗外這麼一跳。

尚加快動作，生怕會遲到。他瞥了一眼時鐘，就是這個當下，她提到搭計程車。

珍妮芙拒絕加緊腳步，匆匆忙忙，有損她的身分。

喬治先生看到他們，迅速上下打量了一番，隨後才起身伸出兩隻手，夫妻倆每人一隻，三人一道握了握，卻沒意識到他的這個舉動隱含君主接見臣民之意。

喬治先生，這位男士四十多歲，頭髮花白，五官緊繃，彷彿方才經歷了一場暴風雨，餘悸猶存，此外，他還老是兩眼泡泡的，經常拿著手帕在掌心捲成一團揩啊揩的。謹慎、憂心，用冷酷、近乎猜忌的目光瞅著這個世界，也這麼瞅著你，令人一見難忘。

尚毫無想像力，跟人永遠話不投機。因此，一開飯，他就匯報起上趟出差經過。

他敘述這趟旅程，鉅細靡遺，訂單、公里數、客戶，全是些重複無聊的枝微末節。喬治先生任由他說，拜訪客戶、交期、賠禮，尚自相矛盾，愈講愈糊塗，喬治先生也僅止於點點頭，嘴角浮出淡淡微笑，不太清楚他是什麼意思。至於珍妮芙呢，她啊，埋頭猛吃，一個人吃得好比四個人。

尚長篇大論，說個沒完，喬治先生（他堅持他們這麼稱呼他）未置一詞，反而突然轉向珍妮芙，關心起她來了。童年、家庭、職業，似乎她的一切，他都有興趣。珍妮芙樂得像個小天使，笑得猶如身在天堂。既然她還沒有被郵局指派職位，她找不找工作啊？珍妮芙大笑出聲，拱手表示感謝，噢，不用了，承蒙你一番好意，幸虧尚就夠養活他們！她喝了不少，她喜歡白葡萄酒，喬治先生又點了一瓶。

看到老闆是對他妻子而不是對自己感興趣，尚放了心，慶幸有了擋箭牌。關於上回出差，現在他已經費盡唇舌、口頭報告完畢，只見喬治先生托著下巴，用他的三白眼瞅著珍妮芙，尚的煩惱又浮上心頭，檢方傳喚他，這回現場重建到底葫蘆裡賣著什麼藥？

隔天早上十點在「攝政王」……現場重建令他渾身不舒服。尤其是弗朗索瓦和珍妮芙似乎一個鼻孔出氣！彷彿這是「他們」的案子，是他們生活中的大事，沒別的社會新聞比這更激動人心。週日午餐會，弗朗索瓦每回都攤到桌面上來討論，毫無例外，他提到勒諾瓦法官、犯罪性質、被害人的家庭，凡此種種，大家從他在報上發表的文章都已經知道了！珍妮芙倒好，她聽得入迷，東問西問，甚至弗朗索瓦才停下來，她又重啟話題。她托著下巴望著他，和那天晚上對喬治先生一模一樣，當時珍妮芙跟他提起她在貝魯特的「朋友」，「她好想『他們』」。尚不知道她口中的「他們」是哪些人？想必是她在小樹林裡吸過的那十來個男孩吧。尚還是喝他的酒吧，家裡向來沒酒喝。

他凝視著珍妮芙，她現在臉紅紅，眼發亮，聲音比平時高了八度。他一直都覺得她怪，不懂她看待生命的方式，說穿了，他就是不懂她腦子裡到底在想什麼。晚上，她會從他在法國各地兜售的產品中挑一件輕薄短小的睡衣穿著睡覺，關燈前從不看書，仰面躺下，兩條胳臂放在身體兩側，雙拳緊握，一秒鐘就睡著了，然後不再動彈……一整夜！跟她在家裡餐桌的位置一樣，她睡著時什麼姿勢，醒來時就是什麼姿勢。他有時候會看著她睡。死寂、毫無動靜，嚇壞他了，活像一尊亡者臥像。自從結婚初期，他們的性關係以痛苦失敗告終，往後，他再也不敢向她求愛——她肯定不會答應他——話說回來，即便他想，他也永遠沒辦法碰她，睡得跟尊石像似的，令他望而生畏……

「你怎麼說？」

珍妮芙盯著他，目光如炬，很大程度得歸功於白葡萄酒。尚還沒回過神來。喬治先生認為還是說清楚一點比較好：

「你想開店嗎？賣家用織品……」

不等尚反應，珍妮芙就像小孩過耶誕節一樣拍起手來。她一直夢想成為店東。尚則較為審慎。這個提議來得過於突然，面對新事物，尚需要時間應對。錢從哪裡來呢？他自問，貨又從哪裡來呢？

「目前人工不貴。做床單、桌布、毛巾、枕頭套，花不了幾個錢。我按成本價供貨。你們顧店和負責加工。我投入的資金是你們的兩倍，但我只拿百分之五十利潤。」

亢奮之餘，珍妮芙抓住尚的胳臂，還緊緊貼著他，姿態相當幼稚，可是尚沒察覺，他正在思考合約條款。他們「按成本價」買貨，可是金額隨喬治先生怎麼說，難以查核供貨這個階段喬治先生是不是預先賺了一手。不過，另一方面，尚也大可從利潤中動手腳，如此一來，兩者就平衡了。彼此都從對方身上揩點油，符合買賣規矩。

開店這檔子事，喬治先生已經有了個底，他告訴他們在巴黎普羅大眾住的街區租個店面的平均租金、他們得支付的雜費金額，甚至連每季預估銷售圖表，他都準備好了。他先拿走自己那部分利潤後，尚和珍妮芙還可以有四十萬法郎盈餘。

「你有哪些料子呢？」珍妮芙利慾薰心，迫不及待問道。

什麼都有：人字斜紋布、細亞麻布、印花布、一大堆棉布，不過也有緞子、府綢、毛巾布、毛氈，甚至連彈性布和麥爾登呢都有。清單愈長，珍妮芙抓著尚的胳臂就愈緊。

「這些是庫存的舊貨？」

「戰前留下來的。可是保存得相當好，這點我很注意！」

喬治先生提到他在森提爾區[2]的庫存、倉儲、打仗那幾年對小商家來說有多難熬、紡織品配給等等，他講這些事的時候，珍妮芙緊盯著他，巴不得把他給吞了。

尚提到技術問題、交貨期限，珍妮芙則從一個話題跳到另一個話題，毫無章法，不講邏輯，相當討人厭。

需要錢……就算籌得到錢，可是開店賣這些是他真正想做的嗎？話說回來，他向來都不知道自己想做什麼。珍妮芙歡天喜地，喝了一杯又一杯，速度快得令人震驚。眼看喬治先生成了全地球最可愛的人，尚心想她應該還不至於鑽到桌子底下去幫他……但也是時候帶她回家了。

「我考慮考慮。」尚淡淡說道。

喬治先生揩揩泡泡眼，向他們說明，他想過把這門生意提供給其他人選，但他更願意和他們合作。「這麼有成就的一對小夫妻」。尚想不出來他指的是什麼成就。

珍妮芙在人行道上牽起喬治先生的手。令人不禁納悶，她到底是打算和她丈夫還是和她丈夫的老闆回家？

他們搭地鐵。這回，珍妮芙找不出任何要搭計程車的理由。

都快夜裡十一點了，地鐵班次大大減少。珍妮芙突然嚴肅起來，就連臉上的笑容也變得機械化。她彷彿陷入沉思，看著廣告、乘客、車站羅列而過。尚不敢問她話。尚沒有她那麼亢奮，她是否因而失望呢？兩人各想各的心事，經常都是這樣。珍妮芙八成正在做她老闆娘的春秋大夢，只怕明天一切都將遭到遺忘。

地鐵駛抵拉維萊特門站，接下來不得不用走的。打從出了餐館，兩人沒說過一句話，不過這並不稀奇就是了。

他們爬上四樓，珍妮芙掛好大衣。

「這家店……」她邊說，身子邊轉了過來。

她盯著他。

「你會向你爸媽開口要錢嗎？」

這個問題很難回答。他早就料到，但他還是想不出來該怎麼答覆她。

「這……」

她緊緊摟住他的胳臂，打斷了他。

「這樁生意可以賺大錢，親愛的……」

「親愛的」？破天荒頭一遭。就連他們剛訂婚的那個時候，她也從沒這麼喊他……

「你真的理解開店代表什麼意義嗎？」她問。

「呃……一家店……」

「不，尚。開店到底代表什麼意義？」

他不懂她想說什麼。

她開始脫衣服，換上半個月前穿過的那件輕薄短小睡衣。

「我挺喜歡那個蓋諾，他把我笑的喲！他要大家稱他『喬治先生』……紅燈戶可都這樣叫客人呢。」

她轉向尚，盯著他看了好久：

「而且他還把我們當傻瓜耍呢……」

尚很驚訝，他不懂。珍妮芙已經燒了熱水，準備清洗私處。這個時刻，依照慣例，尚都轉過身去做別的事，以免打擾她……

「喬治先生，」輪到他脫衣服，這時她看著窗外跟他解釋，「買了存貨。才不是打仗前買的，而是趁著打仗的時候。這個王八蛋向森提爾那邊的猶太人買的，他們得賣存貨才有盤纏逃命。我跟你保證，他可沒花太多錢。戰爭期間，他一直留著。搞不好還賣了一些給德國佬呢。現在，一切恢復正常，是時候該撈一筆了。他要清庫存、加工、賣掉，可以翻五倍、二十倍、三十倍，至於那些呆頭鵝啊，準備舉債租下店面和花錢做桌布和床單，賞他們兩成利潤就得了。」

尚聽到她在倒盆裡的水，於是轉過身去對著她。

「尚，我們就是要這麼做。」

「但是……」

珍妮芙走到他前面，上了床，睡在她的老位置，躺平。今天絕對是她大大採取主動的一天：她拍拍身旁，要尚也上床躺好，他提心吊膽照做，活像要和猛獸共眠。他們兩個人硬邦邦、直挺挺挨著躺著卻沒接觸，望著天花板。

「我們要剝他的皮，尚。」

珍妮芙的聲音好夢幻。

「他掠奪來的東西，我們要從他那裡拿走。我們要把這個王八蛋的一切全部拿走……」

這聲咒罵在房間和尚的腦袋裡迴盪許久。當他終於敢睜開一隻眼睛……珍妮芙雙拳緊握放在身體兩側，已經睡死了。

1　此典出於聖經，例如《創世紀》第四章第一節：「亞當認識了自己的妻子夏娃，夏娃懷了孕（略）。」聖經以「認識」代替男女之事。

2　le Sentier：位於巴黎第二區傳統重要紡織區。Sentier 原意為「小路」，此處採音譯。

20 我還以為會怎麼樣呢！

他們有權搭計程車。就像報社所有部門一樣，財務部門也因事制宜，因為德尼索夫對發行量感到滿意，所以特地幫弗朗索瓦開了搭計程車的綠燈。「讀者喜歡的事件才是好事件。」他說。這次這個事件相當討讀者喜歡。有美豔的被害人，犯罪該有的恐怖元素，犯案時間和地點出乎意料，她丈夫更是絕佳嫌疑人（他八成——雖然沒有任何證據——與被害人的妹妹蘿拉有不可告人的關係），整樁事件都沉浸在電影圈光鮮亮麗卻敗絮其中的有毒氛圍裡。

計程車駛往「攝政王」途中，弗朗索瓦思索著，一路走來，自己走了多遠的路才來到今天這個位置。

德尼索夫大力推舉他撰寫社會新聞專欄，他一出手，果然有如平地驚雷，造成轟動。他真的十分善於此道。他有抓住別人目光的第六感，掌握公眾興趣與胃口所在的直覺，以及對戲劇性的品味，不出三個禮拜，他寫的好幾篇文章都上了頭版。蘭普森案多虧老天爺幫忙，他才有機會躋身於頭版專欄之列，否則他得花上好幾個月，也許好幾年才沾得上邊。

馬勒維茨，這位部門主管向來只以結果論成敗，欣然同意這位業界新兵的確有兩把刷子。

順道說一句，弗朗索瓦的薪水已經調漲了三分之一，稱不上豐功偉業，但償還父母借他的錢指日可待。儘管他的職業軌跡並沒有完全順著他所希望的圈子繞行，然而向父母坦白即使他沒念巴黎高師，照樣成了知名社論作者，這點他固然很有自信；但承認自己成天寫些愛恨情仇謀殺案、爭奪遺產大悲劇、銀行持械搶劫案、黑市風雲，還是令他厭惡。事實上，社會調查、重大社會問題、海外報導才是他一直以來的夢想，而不是這些社會新聞，再三發生、了無新意，迫使他非得找出某個切入點，方能引起公眾興趣，卻不免流於膚淺，令他毫無成就感。他自問：他對社會新聞天賦異稟，莫非反而害他只能困在這個領域？他是不是走上了一條岔路？

他唯一還想追下去的社會新聞當然是蘭普森案，因為這是他往成功邁進的敲門磚，而且一直以來都是他的吉祥物。

瑪麗．蘭普森慘遭謀殺六個月後，調查依然不見絲毫進展。

針對瑪麗．蘭普森手提包裡發現署名「M.」的信件所進行的筆跡分析，造成一場專家之爭，引發公眾強烈興趣。勒諾瓦法官畢竟還是得宣告結果：那位丈夫，馬塞爾．薩維耶爾並不是該信件作者。後者的律師立即大肆宣揚，指稱瑪麗與這封關鍵信函的作者有染，想必她因而懷了身孕，甚至可能因此送了命。

瑪麗父母的律師立即提出覆核鑑定之訴，得出的結論是這封信「有可能」是薩維耶爾寫的，筆跡鑑定結果莫衷一是，沒有定論完。

至於預審法官，他啊，職業生涯頭一遭，有權檢驗「自由心證」此一概念，他認定馬塞爾．薩維耶爾有罪，正因此兀自陶醉著呢。薩維耶爾與少女蘿拉之間推定有染的關係，在他看來，這名男演員很難自圓其說，他認為薩維耶爾性格違常，可能犯下任何罪行，連謀殺也不例外。他對筆跡鑑定專家非常失望，害他錯失一次精彩的逮捕機會。

弗朗索瓦覺得調查陷入僵局，勒諾瓦法官不僅因為經驗不足而不知所措，這樁犯罪造成公眾輿論關注的程度也對他造成影響。勒諾瓦的上級肯定正在催促他，使得他偵辦此案終將翻船失敗……

計程車送他前往「攝政王」電影院，弗朗索瓦在車上想的就是這些。

年輕攝影師坐在他旁邊，相機夾在兩腿之間，正在閱讀他新寫的那篇文章：

殺害瑪麗．蘭普森的凶手會現身嗎？

今日將在「攝政王」電影院重建這齣悲劇，

所有已經出面的證人都將出席。

瑪麗．蘭普森案

將於本週進入決定性階段。

殺害這名年輕女演員對誰有好處？為何要下此毒手？諸多疑問令勒諾瓦法官傷透腦筋。這件案子非比尋常，會不會有人突然想起什麼，有助於釐清案情？

本案尚有三名證人未曾出面，其中一人可能就是凶手。但檢方也明瞭凶手經常受到自己犯行著迷，每每無法克制，往往會再度回到自己悲慘大作的現場……如此一來，如果凶手就在遭到傳喚出場的兩百二十六名證人之中，這回，他終於會開口了嗎？

預審法官正是想透過傳喚這場悲劇的所有證人來試圖釐清其中一些疑點，這些證人不是別人，正是一九四八年三月二十八日在「攝政王」電影院放映那場致命電影的觀眾。除去瑪麗．蘭普森本人，在為了看這場電影而買了票的兩百三十人中，在警方呼籲下，有一百九十五人挺身而出。另有三十四人不知去向。幾個月來，經過警方鍥而不捨持續追查，審訊、詢問親屬、請線民幫忙，在坦普里埃探長運籌帷幄之下，他的努力終於得到回報，因為警方已經將其中三十一人找出來了。為什麼當初警方呼籲證人出面時，他們沒有出面呢？因為當中包括最近剛被釋放的囚犯、預謀幹一票的流氓、重視隱私的知名人士，他們各有各的理由。

截至今日，依然有三名證人，警方尚未掌握身分……本案持續調查中。

電影院入口周圍設置了路障，阻擋群聚湊熱鬧，同時也把證人區隔開來。這些證人接受記者提問時雖然害羞得臉發紅，身體卻像家禽飼養場的冠軍公雞一樣傲然挺立。

勒諾瓦法官在探長陪同下朝人群走來。由於他相當矮小，所以事先擺了個平臺，豈料卻造成反效果。只見他高棲人群之上，看起來反而更為矮小，腿也更短。

坦普里埃探長沒比法官大幾歲，性格卻冷靜沉穩許多。一張國字臉，襯得他的皮膚緊繃得幾乎發亮，五官粗獷，短髮緊貼頭皮，聲音出奇地又細又柔、女性化，使人不免有面對配音配得很糟糕的硬漢演員的感覺，聽了渾身不對勁。

法官在探長揶揄目光下賣力爬上平臺，弗朗索瓦則已經走到了珍妮芙和尚身邊。當前這種情況，擁抱致意就免了吧，兄弟倆僅止於握手。尚臉色蒼白，搓著雙手。珍妮芙不耐煩地直跺腳。

「等等進到放映廳裡，」她問，「會有犯罪現場重建嗎？有尖叫聲之類的嗎？會有人假扮死去的那位嗎？」

她兩眼熊熊發光，正是弗朗索瓦在他們登上尚—巴特二世時看到過的眼神。

尚卻比平時更加蒼白焦躁。

「他非常敏感，」珍妮芙解釋道。「知道裡面發生那種事，還被逼著非進去不可，害他整個人慌了。」

她對丈夫投以保護與關切的眼神，還將這種心態放大到撫摸著他的臉頰說道：

「對不對？喃喃，你很情緒化喔？」

尚目光凝滯，沒做出任何反應，反而轉向放映廳入口。

「所以呢？現在到底怎麼樣？」珍妮芙追問弗朗索瓦。

「感謝各位過來！」

弗朗索瓦免於受到珍妮芙拷問，因為此時所有人都轉向講臺。法官掛上擴音器，還得用兩隻手托著，整張臉都被遮住。有些證人還沒見過他，覺得這位預審法官怎麼好像大聲公擱在兩條小短腿上。

「這次重建的目的是讓各位都能重拾你們每個人對這場電影放映情景的回憶，這……這場電影放映的情景。從而……我的意思是說……如果有任何蛛絲馬跡可以提供檢方，就算是……嗯，任何新事證……都該來找我做進一步說明。現在開始，我要求各位表現出……做出完全相同路線，還有……我是說，和當天一樣的路線。」

他轉向探長，神情焦慮，目帶詢問：「我說得夠清楚嗎？」探長胡亂比劃了一下，意義不詳，隨你怎麼解讀都行，然後伸出胳臂，接過擴音器，收了起來。大家開始進場。

路障沿線都有制服員警提醒證人，囑咐他們按照自己當天在隊伍中的位子排好。鬧哄哄了好一會兒，我在這邊，才沒有，你在那邊才對，是嗎？你確定？尚和珍妮芙最後才進場，所以排在隊伍最後面。觀眾從引座員前面走過，進了放映廳，廳裡正在放映同一部影片，我坐這邊，不好意思，這個是我的位子，而且我還被那位高大的先生擋住，所以我坐他後面才對！

弗朗索瓦帶著攝影師盡快走到隊伍最前面，這樣才聽得到證人說話，搞不好還能聽到法官發表意見。所以，他不得不出示傳票和身分證。弗朗索瓦翻遍所有口袋，找著那張該死的傳票，但攝影師不是證人，沒有被傳喚到場，於是只能退到外面。

「等等！」弗朗索瓦喊道。

攝影師朝他走回來，他壓低嗓門，對攝影師說：

「去左邊第一條街等！隨時準備好！」

警察等著弗朗索瓦找傳票，擋住路不讓他過去。法官走過來，笑著介入：

「這位先生來自新聞界。他可以進去，不過嘛……當然是因為他是證人！」

這種微妙區分令人摸不著頭腦。

「我們在這裡了！」珍妮芙表示，得意洋洋，瞧她說的，簡直像為這個地方感到驕傲。尚緊盯著洗手間的門。

放映廳的燈關了三次，電影也放了三回。負責帶位那名女子不得不再三大喊：「救命啊！」旋即又喊：「殺人啦！」第一次，她因為情緒激動，聲音卡住。珍妮芙從放映廳裡嚷道：

「大聲一點，我們什麼都聽不到！」

她突然嚷嚷，引起兩個人不滿，她嘴巴不饒人，硬是回嗆了一句：

「本來就是！沒聲音，完全不一樣！」

現場重建持續進行了一個半小時。

所有人剛入座坐好，勒諾瓦法官和坦普里埃探長就看到廳裡正中央那排有兩個空位，宛如一張臉當中有個鼻子那般顯眼。坐在那裡的兩位觀眾始終不願意出面。但是他們不太可能和放映廳最那頭的洗手間裡發生的謀殺案有任何關聯，因為電影剛開場，要是他們離座或回座，半排觀眾都得站起來……可能行凶的嫌疑犯愈來愈少。

檢警雙方詢問坐在這兩個空座位附近的觀眾，沒人記得任何事。「好像是一個相當高大的女人，」一個人說。「才不是，是一個年輕女生才對，很苗條，穿著灰大衣，」另一個人說。「不對，而且，反正啊，」第三個人說得斬釘截鐵，「等電影放映的時候，你和鄰座聊天，誰會注意自己旁邊坐的是誰啊？」

剩下第三個空位，廳裡最後面那排最旁邊的那個座位。法官也沒問出個所以然。「我在想……」坐在這個座位旁邊的人說，「電影剛開始的時候，這裡有人坐嗎？我不太確定。」

弗朗索瓦趁機上了樓，來到放映室，由於「攝政王」是一間小電影院，所以老闆本人就是放映師，他還兼賣票。這名男子，腮幫子胖乎乎的，寬臉，嘴巴扁成一條線，大到驚人，他到底有幾顆牙啊？令人不禁納悶。只不過五十來歲，頭髮全都白了。剛剛走過來鼓勵引座員吉娜特回答《晚報》記者問題的就是他。基本上，弗朗索瓦主要是從技術層面開始問起。他想知道從放映小窗口可以看到什麼。答案是：幾乎什麼都看不到，因為得歪過來扭過去，才避得開放映機的笨重大鏡頭。「再說嘛……」放映師齜著一口大牙，進一步證實。「廳裡開著燈，還可以看到一點，一關燈……」

弗朗索瓦看著這間放映室，這才明白一個人竟然能對這行熱衷到這種程度。放映機足足有一個人高，活像一臺可以與之交談的機器。放映室裡的工作臺用來修復膠卷，此外還有好幾十個盒子，裡頭裝著一盤一盤膠卷。這個窩，神祕、舒適、私密。

「我從十四歲就想幹這行囉。」放映師說。

弗朗索瓦注意到他沒戴婚戒。他娶了「攝政王」為妻。

「萬一我需要聯絡……？」弗朗索瓦想碰碰運氣，試著問問看。

放映師伸出手。

「朗方，」他說。「德希雷・朗方。」

得爬螺旋狀鐵梯才到得了放映室，令人自然而然就覺得自己在潛水艇裡。此時，腳步聲在鐵梯迴盪，扶手欄杆被震得抖啊抖的，一個小男孩正在往上爬，弗朗索瓦側身讓他通過。

「你好，」男孩爬到上面，向他問好。

「我姪子，羅蘭。」放映師說道。

弗朗索瓦科轉過去對著他。

「他也很迷……」朗方繼續說道。「對不對？羅蘭，你也很迷電影吧……」

小男孩臉紅了。弗朗索瓦笑了，這家電影院可真是個世外桃源啊。

「好吧，他才十一歲，還不能看所有電影，不過只要他一有空，就會來幫我一把，對不對？羅蘭。」

弗朗索瓦和他父親也經歷過類似情境，佩萊蒂埃先生也經常像朗方這樣代替小孩發言，由此可見，大人有多麼不尊重小孩，當時他覺得自己被父親情緒勒索。

現場重建期間，共有四人舉手，對自己最初的證詞加以補充。

法官謝過其他證人，允許他們離開放映廳，弗朗索瓦立刻跑到緊急出口。門把虛掛在門上，差點沒被他一把揪下來。門已經微微開啟，除了充充樣子外，再沒別的功能。弗朗索瓦把門推開，偷偷放攝影師進來，對他耳語：「我一叫你拍，你只有一秒鐘的時間，好嗎？沒有第二次機會，因為我們當場就會被攆出去！」

法官在廳裡靠近銀幕的角落接見證人，探長和幾個徘徊不去的觀眾圍在旁邊。一名制服員警好說歹說了半天：「好了，各位女士、先生，拜託讓法官好好工作。」沒人理他。

一位證人表示不確定自己坐的位子對不對。法官感到尷尬，問道：「就這樣而已嗎？」就這樣而已。

第二位證人對引座員喊「殺人啦」的說法提出異議，他認為正確的說法應該是「謀殺！」才對。

法官無言以對，已經轉向第三名證人，不料這位仁兄已經忘了自己為什麼舉手。

弗朗索瓦和法官一樣沮喪，他看到探長冷眼旁觀，似笑非笑，彷彿心中自有定見。

「那時候我在洗手間，」第四位證人瑪莎．蘇比洛表示，這名婦人五十多歲，為了今天這個場合特別盛裝打扮。「燈一滅，我剛好從洗手間出來，正要走回放映廳，被一個男人撞了一下……」

「等等，等等，」法官說，此一新發現令其震驚，「一個男人……妳到現在才說？」

這位太太感到內疚，神情變得嚴肅。

「想必妳是因為不記得了……」探長幫她說話。

柔和、溫暖、女性化的聲音使她安心，於是她轉過去對著探長答道：

「我記得我去過那裡。我是說去洗手間。但我不記得是什麼時候。我急著想看電影，你懂嗎？」

她轉向放映廳某個陰暗處。

「是我丈夫提醒我的。『妳就是這個時候去上洗手間的，』他對我說。所以我才想到。一個男人撞了我一下，我沒有停下來，因為電影已經開始了，想也知道，我急著回去看！」。

「一個男人？什麼意思？」法官問，力圖喚醒她的回憶。「什麼男人？長什麼樣子？」

法官一臉亢奮，蘇比洛太太看著他，心中七上八下。

「法官先生問妳……」探長心平氣和，幫法官把話說完，「能不能認出他？」

「也許可以，」她壯起膽子回道。「我不確定，不過……當然可以，我是說，也許可以，我不知道……」

「拍！」弗朗索瓦對攝影師喊道。

一道閃光劃破昏暗放映廳，所有人都轉過頭去，法官張著大嘴。為時已晚。弗朗索瓦雙手在空中揮著，「好了，好了，我們要走了。」

「拍到沒？」他沿著走道向出口走去，邊問攝影師。

「拍了個正著！」

人行道上只剩下珍妮芙和尚。

「我覺得好失望，」她說。「我還以為會怎麼樣呢！」

弗朗索瓦已經在叫計程車了。

「很抱歉，我得先告辭了。」

一路上，他做筆記做得如痴如狂，邊思索著頭版頭大標題要怎麼下。到了坎康普瓦街，他請攝影師先去洗照片：

「照片一洗出來就拿給我！」

他爬樓梯來到德尼索夫辦公室，把筆記本遞給他：

「我應該可以認得出殺害瑪麗．蘭普森的凶手。」

一位突如其來的證人如此聲稱。

此一新發現將迫使警方盡快安排「指認」，或許可以藉此揪出罪犯。

弗朗索瓦補充說道：

「我有證人的照片。我們是獨家！」

德尼索夫「嘖」了一聲，代表「幹得好！」

這一整天可把弗朗索瓦累壞了。

文章終於定稿，校對過後，直到確定可以刊登了，他才走出報社，以為忙碌的一天到此告一段落，殊不知還差得遠呢，因為海倫正在人行道上等著他，而且還拎著小手提箱。

21 我只是一個卑微的僕人

不過才幾分鐘，西貢看似歷經重創，宛若暴風過境。信眾遊行隊伍隨著一排排鼓、鈸、棘輪[1]走了過去，不久之後，只看到五顏六色的祭袍遠遠在柏油路上飄蕩，彷彿處於熱氣蒸騰之中。那些跟著遊行一路走到終點的人，看到成百上千信徒走進碩大倉庫改建的聖座裡面。繪製得光怪陸離的超靈教教徽高高在上，俯瞰著苦力在港口船隻上裝卸貨物，他們個個彎腰駝背，被貨物壓得直不起腰。

市中心街道恢復熱鬧喧囂，超靈教帶來的壯觀景象引起群眾紛紛交頭接耳。突然看到琰成了教皇，艾蒂安還在狂笑不止，加斯頓也驚訝得還沒回過神來。詹特先生提議喝點開胃酒，於是三人便去露天座坐坐。

「老琰這傢伙可真妙。」詹特向來見怪不怪，如此說道。

「難不成他是靠皮亞斯特發了大財？還是怎麼著？」加斯頓問道，他把西貢所有重大事件都歸因於貨幣局業務，不過向來八九不離十就是了。

「多虧咱們這位朋友（詹特鄭重其事指著艾蒂安），琰順利完成了一次成功交易，五十萬皮亞斯特。」

面對此一彪炳戰功，無法確定他這話是挖苦還是恭維。

「買下一個碼頭倉庫改建成聖座綽綽有餘。」他補上這句。

即便加斯頓身為箇中翹楚，也不禁大為讚賞這一票幹得真好。

艾蒂安笑得燦爛，卻滿腹疑問。超靈教皇排場之大令人瞠目結舌，與向來樸實度日的琰天差地遠。幾個月前他突然離開西貢意義何在？他怎麼可能治得好小兒熱病呢？他在受到神啟之前一直過著隱居生活嗎？他的葫蘆裡到底賣的什麼藥？難道只關乎金錢和利潤？

他陷入思考，這時阿榮出現了。

即便你喜歡女人，也無法對這位小青年的萬種風情無動於衷。他的到來連閱人無數的老船長都不免暈頭轉向，艾蒂安在加斯頓身上發現了這點，而且不是頭一遭，他覺得挺有意思。

阿榮總是氣定神閒，近乎超然。他欠身彎向艾蒂安。

「教皇想和你談一談。」

教皇？艾蒂安爆笑出聲，今天果真是一個了不起的大日子。阿榮卻被他給惹惱了，從他臉上掠過的那絲難以察覺的陰影便看得出來。他說「教皇」的時候極其恭謹莊重，艾蒂安的笑聲刺傷了他。

「兩位先生！」艾蒂安邊站起來邊宣告，「重責大任在召喚小可。請容在下暫時告辭，去晉見咱們這位新救世主。」

他一口氣把杯子喝了個見底。

「等我。敝人先去歌功頌德、屈膝下跪、祈求赦罪，再回來喝個不醉不歸。」

詹特舉杯過頭，看都沒看艾蒂安一眼。

「帶幾片聖潔的渣滓回來給我們啊，第二杯雞尾酒算我的。」

艾蒂安原以為聖座裡會擠滿信徒，沒想到幾乎淨空。他在門口待了很久，這個地方碩大無朋，雄偉壯麗，令人屏息。中央通道寬闊氣派，兩側各有高大彩繪屏風隔出一間間廂房，屏風上繪有寓意非凡的圖騰，真實動物或神靈動物不一。艾蒂安認出有蜜蜂、孔雀、禿鷹、蝦等等，屏風下方是飾有超靈教徽的祭壇，祭壇上點著油燈。成千上萬根線香在燃燒，排列在淺口彩盆旁，盆裡置有供品。窗戶高約四、五米，原本作為天窗用，如今成了繪有寓言場景的彩繪玻璃窗，青煙繚繞，將天花板籠罩，寓言場景在雲遮霧障中若隱若現，使得聖座宛若一艘碩大幽靈船。但最令人驚訝的莫過於巨碑式屏風上的宏偉畫作，每幅皆為人物立像，艾蒂安認出他們是何方神聖，感到無比震驚。有瑪麗．居禮向人群舉著顯微鏡；維克多．雨果身著法蘭西學術院院士大禮服，一副美髯，更甚以往，挺得如同正義女神一般筆直；大仲馬，頭髮短而捲，一管鵝毛筆在手，正在奮筆疾書《三劍客》。再往前走是愛因斯坦，頭戴行星冠冕；接著是聖女德肋撒，她在被單裡面，正在高潮或是正在分娩，任君解讀；路易．巴斯德朝天舉著針筒。耶穌釘在十字架上，置於林肯和聖女貞德之間，隨後是穆罕默德和托爾斯泰。所有這些人物，很難想像竟然會出現在聖座，而且每幅肖像的背景全部一樣：人人站在筆直的地平線上，背景是旭日金光萬丈。

初來乍到，這個地方空蕩蕩的，益發增添了三分威嚴。

一旦從驚訝中回過神來：

「那些傻瓜上哪兒去了？」艾蒂安心想。

他將兩手圈在嘴唇周圍充當擴音器。

「琰！琰……！」

「嘻嘻嘻……」

艾蒂安轉過身。琰在那兒，面帶微笑，還是那身紅長袍，那頂狀似布丁模子的紅軟帽，帽沿飾有一圈綴著棉穗的小流蘇，好像窗簾繩。這頂怪異冠冕令艾蒂安想起童年時期在貝魯特看到的塔布什[2]，高得出奇，想必是為了容納他的「羽冠」，避免被壓扁。琰的面容和他記憶中不太一樣。顴骨依然凸出、發亮，兩眼依然帶笑，但現在他身上卻有一種刻意堆砌出來的矯揉造作之感，這種恭謹姿態既自謙又自滿。

「艾蒂安先生……」

「喲，我的好琰哪，我……」

琰倏地一揮，不讓他說下去。

「請你稱呼我鸞。」

「鸞就鸞吧！」

超靈教皇俯身低語：

「鸞是『鳳凰』的意思，浴火鳳凰。嘻嘻嘻……隨我來吧，艾蒂安先生……」

兩人往中央通道走去，通道上鋪著綠金雙色地毯，無窮無盡，艾蒂安發現，他原以為聖座空無一人，實則滿滿都是身著白袍信徒，教皇途經之處，這才紛紛走出壁龕，欠身蹲在一旁。鸞只管走他的路，猶如君臨天下，卻又虛懷若谷，幾乎稱得上是謙謙君子。這一段路走得出奇地慢，彷彿步步均為省思或祈福之果。艾蒂安扭頭一看，只見阿榮留在門廊附近，他也蹲了下去，低垂著頭……

下。

這會兒，艾蒂安正走向聖座正中央的祭壇，看到代表水、土、氣、火的巨大旗幟自天花板垂

兩人終於走到聖座深處，登上三級臺階，來到一間廂房，房裡擺放著綢緞扶手椅、錦繡靠墊、備有枕頭的奇珍異木床架，以及桌面鑲嵌象牙裝飾的矮桌，凡此種種，盡皆浸淫於一股異香之中，混合著香、茶、胡椒，還有……鴉片，艾蒂安不可能聞錯。

四位耆老，耄耋之年，藍色流蘇軟帽底下是一張靴皮皺臉和一把山羊鬍鬚，雙手雙臂納在白長袍袖中，走到他們面前，屈膝拜服，與四名身著藍長袍的信徒交錯而過，隨後不見人影，而那四名信徒則靜靜端著茶和油燈，油燈發出刺鼻煙霧。

「油燈，」艾蒂安問，「有必要嗎？」

「這些是開智慧的光明燈，艾蒂安先生。」

「好吧，我說老琰啊……老鸞，碰到你還真剛好，因為有兩三件事我非常想弄個明白！」

鸞指著一張椅子，自己也就了座，由於他的座位放在迷你平臺上，儘管他身材矮小，反而高高在上，猶如榮登寶座。帽子上的流蘇蹦跳了一會兒，隨後便停住不動。

一名信徒進來，悄然無息，走到教皇身後站定，煞有介事，雙手取下教皇氈帽，鸞的「羽冠」露出來，傲然朝天，只見信徒虔誠地將流蘇帽奉於高桌之上，隨後消失無蹤。

艾蒂安豎起兩個大拇指以示欽佩，東南西北自轉一周，好像在欣賞新公寓。

「我還以為你是賣冰箱的呢。見鬼了！請容我這麼說！你這就是所謂的『發了』！」

「嘻嘻嘻。」鸞摀著嘴，噗嗤一聲笑了出來。

「我看到你又開始『嘻嘻嘻』……如果是為了做給我看，你就省省吧。」

鸞用他那雙帶笑的瞇瞇眼注視著艾蒂安，但未發一語。

「我還停留在你夾著尾巴逃跑的那個時候呢！我到處找你，家裡沒半個人，慌慌張張溜了……」

「噢，哪有，艾蒂安先生，一點都不慌張。」

他打個手勢，兩名弟子進來奉茶，動作精確隆重。

「你知道嗎？」等他們下去後，教皇說道，「上次你批准我轉帳（啊，艾蒂安先生，我想好好謝謝你，可是沒來得及……），反正，要是我不想讓我的……合夥人濫用你的幫忙，最好快刀斬亂麻，你懂嗎？」

艾蒂安想起皮特斯和雷諾進出口公司總部在達約街，根本是一家空頭公司。

「誰知道其中有幾個合夥伴人的胃口突然變得很大……現在，我終於可以安然回歸，再也無所畏懼，因為我是超凡神靈的信使，你懂嗎？」

隨著琰每個手勢，帽穗晃來晃去，艾蒂安看著他，直想一陣狂笑。

「那麼……你是怎麼變成信使的呢？」

「顯聖，對對對。超凡神靈出現在我面前，對我說：『切莫再做無意義之事，應當宣揚真理。』所以我們教派才取名為超靈，就是『超凡神靈』的意思」。

「這是在轉帳之前還是之後呢？你倒是告訴我啊。」

「剛轉完帳。其實超凡神靈早就選上我了，但一直等到我有能力宣揚祂的醒世箴言才顯聖啟示我。」

「祂考慮得可真周到呢！」

鸞一小口一小口抿著茶，從杯子上方，衝著艾蒂安笑，意氣風發，笑得痴狂。

「再跟我說一點，琰……呃……鸞，關於你創立你的生意……」

「我的教派！」

「你的教派，對不起……才幾個禮拜，你就創立好了，動作還真快呢。」

鸞放下茶杯，靠向艾蒂安，一臉平安喜樂，正因得以全心靈奉教之故。

「非常快，艾蒂安先生，你知道為什麼嗎？」

艾蒂安眨眨睫毛，以示回答「不」。

「我們立刻就成功了，艾蒂安先生，因為我們創立的教派至高無上，是一等一的，難以超越。超凡神靈透過我當媒介（他謙卑地將手置於胸口），向世人說明，有史以來，祂已經派過諸多救世主來到地球，現在是時候了，祂將一統天下。直接統治，請容我這麼說。」

「啊，雨果、林肯等人的肖像原來是因為這樣啊。」

「連耶穌也是！全都是超凡神靈的使者。他們根據祂的指示向世人行善。現在……」

「現在這位救世主……是你囉？」

「艾蒂安先生，你儘管嘲笑吧……超凡神靈的確指派我為教皇，但我只是一個卑微的僕人，只不過是祂的信使罷了。我與祂保持連通，祂將箴言傳遞於我，我再傳達給廣大信眾，如此而已。你不妨這麼想，超靈乃普世萬宗之自然結果，是一個統一教派，萬教歸宗！所有救世主的信徒均可於本教覺返迷津，對對對。」

「我聽說你還治癒重症，非常了不起。多虧你，小兒方得以擺脫熱病？」

鸞虛心地垂下雙眼。

「超凡神靈恩准我在手心放一點奎寧……」

艾蒂安不禁咧嘴大笑。

「為了濟世救人。」

「是啊，」鸞說道，「為了讓群眾信服。可是現在已經不需要了，信眾帶來更多信眾。」

艾蒂安確定空氣中幽幽飄著一絲鴉片香氣。他們的對談中，不時穿插著沉默無語，遠遠望去，宛若兩人正在對弈，雙邊棋手各自花時間深思。

「啟奏教皇，想必是祂來臨見你。我猜應該是在夢中吧。」

「不不不，艾蒂安先生，祂用寫的。」

「祂的尺牘，莫非是郵差送來給你的？」

「嘖嘖嘖……」

鸞伸出胳臂，指向一張桌腳飾有獅鷲的小圓桌。

「真理之籃……超凡神靈用附在籃上的乩筆寫下指示，再將神諭置入籃中，我看了以後，再告知信眾。如此一來，才不會出錯，因為祂直接將箴言傳達給我們。」

艾蒂安用食指指著小圓桌。

「我可以嗎？」

鸞欣喜無比，寬宏大量，手那麼一比劃，邀請艾蒂安走上前去。原來是一個到處可見的長圓形小柳條籃，提把上掛著一枝圓珠筆。艾蒂安轉向教皇，他閉上雙眼以示同意。於是艾蒂安輕輕拿起筆，讀出刻在上面的字樣：印度支那貨幣局。到局裡申請轉帳的客戶，就是用這種筆簽署文件。

「太神奇了，」艾蒂安邊回座邊說。「所以，祂用法文寫給你？我可以看看隨便哪道神諭嗎？」

鸞將手伸進右側迷你小漆櫃的抽屜裡，畢恭畢敬，取出一張紙。艾蒂安像接聖物似地輕輕捏著，讀了出來：「跟法國人接盟[3]」。

「喲，還真了不得……高尚神靈不善於拼寫喔，不過嘛……」

「超凡！」

「不好意思！超俗神靈寫給你的那個當下，我倒想見識見識。」

「超凡神靈，艾蒂安先生，超凡神靈！問題是展現真理的這一刻唯有頭師[4]方能在場觀禮。」

「啊，那……頭師人數多嗎？」

「目前只有舍弟、賤內和一位老鄰居，他十分虔誠，對對對，他從一開始就是忠實信徒。頭師由超凡神靈親自任命。」

艾蒂安倏地起身，鸞出於本能，略感驚嚇，但這位年輕人旋即湊近他耳邊低語：

「我問你啊，這裡是不是有一點點鴉片的氣味啊？」

「艾蒂安先生，本教責任無比沉重，超凡神靈允許我稍微放鬆。唯一的條件是禁止濫用。」

艾蒂安這話說得十分小聲：

「現在會不會剛好是放鬆時刻呢？」

「唉，可惜不是，艾蒂安先生，我得主持神諭大典……」

艾蒂安睜大眼睛。

「不能讓超凡神靈無法發出神諭，你懂嗎？所以說，神諭儀式期間，我會當著信眾的面更換圓珠筆芯，祂才能繼續向吾等傳遞神諭。」

「你這麼做著實謹慎，考慮著實周全啊。」

艾蒂安舉起食指，朝天花板比了比。

「超凡神靈沒有電話實在是太可惜了，對吧？」

「你在取笑我，艾蒂安先生……」

「才沒呢！一點都沒有！我聽說你還有支軍隊？」

「規模甚小，不算是一支正規軍隊。只有少數信徒，負責保護弟兄姊妹安全。」

「少數是多少？」

「四百多人。」

艾蒂安張開大嘴，為之讚嘆。

「非常抱歉，艾蒂安先生，不過儀式就要開始了，我得去準備一下。」

一位信徒出現，幫教皇將流蘇帽再次戴上。

教皇起身，從平臺臺階走下，兩人一同朝出口走去。

「請容我再問一件事，」艾蒂安說。「這些，你的信眾，他們全都相信？我是說：他們真的相信？」

鸞停了下來，目光四下游移良久。

「艾蒂安先生，不瞞你說，本教之成功也令我吃驚。我瞭解到超凡神靈選擇顯聖的時刻神奇得不可思議。法國不再是印度支那的解決方案（只有法國自己不知道）。面對越盟威脅著要實施共產主義，我們還剩下什麼？唯有宗教。所以，本教無論在任何地方扎根，都為信徒提供保護。在亞洲，沒人可以離群索居，非得過團體生活不可。超凡神靈張開雙臂保護信徒，大家就是瞭解到這一點才加入本教。」

有那麼一瞬間，艾蒂安眼前出現幻象，西貢大街小巷都有人在遊行，彪形大漢在信眾隊伍兩側，肩上扛著大砍刀……他想起同事貝魯瓦提出的解釋：「夾在殖民法國和恐怖越盟之間，教派是唯一能夠稍微獲得和平的解決方案」。

「好，告訴我，這段時間你都在哪兒呢？」

「在顯江一帶。離西貢西北部幾個小時。」

鸞原本在笑，但是，看到艾蒂安臉色大變，他伸出手。

「艾蒂安先生，你不舒服嗎？」

他看起來真的很關心。

「沒事沒事，一切都很好，八成是天氣太熱。」

鸞是故意在折磨他嗎？他想搞清楚。

「這……你知道……因為他就是在那裡被殺的……我表哥。外籍兵團團員。」

「對不起！」鸞忽地摀住嘴巴。「很抱歉，我忘了……」

「在燈心草小山谷。」

「啊，對噢，顯江北部平原。」

為了讓自己有時間平復心情，恢復理智，艾蒂安問道：

「你為什麼會在那個地區？」

鸞雙手一攤。

「超凡神靈就是引導我去那邊。因為越共在那邊，使得那一帶民不聊生。」

「所以呢？」

「所以那裡的人只殷切盼望一件事：把那些敲詐勒索、恐嚇謀殺的共產黨趕走！所以我們教派才在那一區發展得相當好。比起遠征軍，我們這個解決方案更加牢靠。」

艾蒂安隱隱約約看出鸞的操作模式。

「所以你向法國提供某些服務。」

鸞發出他專有的嘻嘻嘻笑聲，但艾蒂安一揮手，制止了他。超靈教皇非但沒生氣，反而以一種最最諂媚的語氣擔保：

「行政代表對我們的存在非常滿意。」

顯然，法國政府派駐當地的代表準備好要幫助鸞的教派在當地深耕茁壯。

「而你希望高級專員公署和遠征軍保障你們的協議……」

「沒錯。」

「你向法國政府提出給你特許權的要求，是這樣嗎？」

「特許權……未免稍嫌普通了點，艾蒂安先生，其實……還有別的呢……我們在當地建立基地。在法國幫助下，我們把越共趕出那一區。如此一來，對雙方都有好處。我們依然是獨立的宗教，法國則擺脫掉這根戳進腳裡的毒刺，看到自己的旗幟繼續飄揚。」

艾蒂安現在比較瞭解教皇出巡遊行隊伍穿過西貢主要街道的原因了。

「所以你才謙虛得要命，率領好幾千名信眾而來，就是為了表現給高級專員看，你代表一股力量，有能力履行承諾。」

鸞默默鼓掌，補充道：

「帶領我的超凡神靈素來高瞻遠矚，對對對。」

他重複說著「對對對」這幾個音，此時他帽子上的流蘇活了過來，歡天喜地，彼此交纏。

「再加上足智多謀！」

「千年智慧累積，艾蒂安先生！」

他們打開門，只見聖座現在密密麻麻，人群之密集，立即震懾住艾蒂安。鸞拉住艾蒂安的袖子制止他再往前。

「艾蒂安先生，我想見你是因為我有求於你。」

聖座迴盪著鑼聲和棘輪聲，還有信眾昂揚的誦經聲，就在此際，艾蒂安走出聖座，回到露天咖啡座，詹特和加斯頓已經等得不耐煩了。

「我們差點就走了，老弟，可真久，你跟他談……」

看到艾蒂安，加斯頓硬是閉上了嘴。話還沒說完，最後這個詞宛如石頭落地，戛然而止。

「……生意……」

「的確很久，可是值得。」艾蒂安說，他戴著一頂藍軟帽，頭從左到搖到右，流蘇也跟著左右搖晃。

服務生，覺得事有蹊蹺，不敢過於靠近，胳臂伸得長長的，將冰鎮雞尾酒遞給他，艾蒂安朝詹特和加斯頓方向高高舉起。

「兩位，你們可以恭喜我。我剛剛被教皇任命為使君[5]。」

1 crécelle：一種敲擊樂器。藉由手腕轉動帶動裝有木片的外框圍繞齒輪轉動，兩者摩擦及撞擊發出「啪、啪」的聲音。

2 les tarbouches：伊斯蘭男子戴的平頂圓錐帽帶穗氈帽。

3 Allier-vous aux Français：應為 Alliez-vous aux Français 才對。所以接下來艾蒂安才戲稱「高尚神靈（應為『超凡神靈』）不善於拼寫」。

4 les Grands Initiés：initiés 原指「被授以宗教奧義的人」。

5 nonce apostolique：原為教廷大使之意。

22 我要求賠償

「這些要六萬法郎？」

尚差點癱倒在地。醜。舊，又髒又醜。

「才不醜，」珍妮芙回道，「六萬法郎，我們要跟你父母要這筆錢。」

「不可能！」

珍妮芙認為夫婦關係類似德軍占領法國，任何獨立自主的嘗試光是鎮壓還不夠，必須加以預防，連反叛思想都不准有。

「不可能？什麼意思？」

面對珍妮芙咄咄逼人，尚經常迸出「不可能」三個字，雖然他很少講得贏她，但這回，他絕不讓步。首先，他不喜歡開店這個計畫，其次，這個地方也很差勁，最後就是他父母幫他在巴黎找了第一份工作，又幫他出錢買了車，他不能（他說到某些詞也特別用力，藉以強調想法，這是他從母親那裡繼承來的家族特點）再跟他們開口。

「不可能。」他又說了一遍。

「喲，他來了。」珍妮芙喊道，好像沒聽到他的話。

房產經紀人是一位老先生，極其年邁，因為軀幹前曲症，身體彎成兩半，必須斜著身子、頭歪到一邊，才看得到前面，其餘時間只能盯著自己的鞋子，令人不禁納悶，他怎麼能行動自如呢？對尚來說，這幅景象看了真難過。

「鑰匙不知道放哪兒去了。」房產經紀人說，邊費力地在口袋裡左翻右翻。

「拜託，你倒是快點，」珍妮芙說，「我們可不要在這裡過夜！」。

「找到了，找到了……」

他終於從口袋裡硬扯出一把大鑰匙，現在還得把門打開，只不過以他這種歪斜姿勢，想開門並不容易。

「讓我來吧。」尚說。

珍妮芙撇撇嘴，在她眼裡，這種事不該讓客戶效勞。

毛玻璃門在鉸鏈上嘎吱響，才走進去一步，濁氣、灰塵、霉味、油膩、燒鹼、油彩、洗滌劑，一股怪味兒迎面撲來。

「原本是賣顏料的。」經紀人說。

「不可能……」尚喃喃說道。

這個地方約莫四十平方米，地上鋪著發黃水泥磚。層架彷彿不耐久，一個個東倒西歪，把牆上劃出一道道歪歪扭扭的痕跡。珍妮芙忍不住碎念，從尚身邊走過。

「好極了……」

然後，拉高嗓門：

「我先生說得對，這是不可能的。」

「你們想開什麼店？」經紀人問。

「賣家用織品。月租多少？」

「三萬法郎。」

「不行，整修工程太大。好，謝謝你，再見。」

話還沒說完，她已經一扭一扭，邁著她那堅定的小碎步走了。

「請稍待！」

經紀人使勁抬頭看她，珍妮芙的腰桿從沒挺直成這樣，簡直巴不得多長高幾公分。尚對討價還價無感，走向櫃檯，繞過去，走進後間，這兒有兩張辦公桌，當初用於管理庶務。可憐兮兮的。從天窗望出去，可以看到附近街區，一棟建築物的牆，天空呈三角形，高高在上，倘若歪著身子，還看得到隔壁那條街的人行道。「十八區對我們來說非常適合，」珍妮芙下指令。「窮得剛剛好。」

珍妮芙鄙視普羅大眾，但對做生意而言，她認為小老百姓比什麼都好。

尚迭聲說著「不可能」，回到經紀人那兒。珍妮芙正逼著老先生在店裡走來走去，一邊還說：「過來看，窗戶都壞了！還有這邊，往前走一點，也壞了，那邊也是！這些還不算什麼，跟我來……」

她指著牆頂一些小地方給他看，簡直就像故意的。你看看，這個天花板噢，經紀人痛苦地扭著脖子，使勁想看清楚她指的地方，偏偏她立刻又指著線腳，接著又指向大梁……

幾分鐘後，這對夫婦走在林蔭大道上。

「兩個月四萬法郎，」珍妮芙說，「一半整修費可以跟房東報銷，上限為一萬五。」

尚沒回話。經紀人和他們握了手。然後，像藤蔓一樣歪著扭著，邁著病懨懨的步伐，搖搖晃晃地走了。

「這一區啊……完美！」

珍妮芙環顧四周，彷彿她剛剛繼承了這片產業。

「找不到比這更好的囉。」

尚依然默默無語。

「跟我之前說的一樣，」她補充說。「四萬租金，一萬五整修，六萬，剛剛好。」

「五萬五才對……」

話一出口，尚立即後悔。他下定決心不搭話，保持沉默，偏偏珍妮芙成功地把他從沉默中揪了出來。他們走到地鐵站了。

「寫信太花時間，」珍妮芙下了通牒。「你最好打電話給你爸。」

「我再說一次，這是不可能的！他們已經幫了我們很多忙，我不能再向他們要六萬法郎。」

珍妮芙倏地停住。

「不是六萬，是三十萬！」

尚一整個嚇傻。

「六萬開店用，二十萬找人把布做成成品，因為我們得付生產的錢！」

「這樣才二十六……」尚脫口說出。

他的語氣怯生生的，他已經在原則問題上讓了步，很快也會在金額上讓步。

「二十六萬、三十萬，還不都一樣，」珍妮芙說，「而且，如此一來，我們才有備無患。」

「我不能跟我父母要，這是不可能的。」

「那我去。」

「去做什麼？」

「打電話給你爸。我要求賠償。」

尚不懂。

「賠償我們的婚姻。不實承諾。當初他們告訴我，我嫁的是佩萊蒂埃家族企業繼承人，結果我卻和一個賺不了幾個錢的小推銷員在一起。他們向我保證，我將在貝魯特過好日子，像其他人一樣會有一個大家庭，結果呢？跟一個窩囊廢丈夫住在巴黎城門邊上的狗窩裡，難道我就該知足了，很抱歉，帳不是這麼算的。我要求賠償。十萬法郎。我啊，我要告他們，告你爸媽！」

心意已決，她邁著小碎步，一扭一扭，走到地鐵站臺階前面。

尚望著她的腦袋。珍妮芙的胳臂太短，梳不到後腦勺，所以她的髮捲上得很差勁，白色髮根都露了出來。哪天他決定宰了她，就會死命敲這個地方。

23 妳要我拿妳怎麼辦？

弗朗索瓦和他妹走在街上，看起來像一對老夫老妻，兩人正準備開戰，路人紛紛向他們行注目禮。

海倫緊緊裹著小外套，在貝魯特看上去得體的穿著，在巴黎卻稍嫌土氣，好像佃農家的閨女。「妳簡直瘋了！」和「妳到底知不知道自己在幹什麼？」弗朗索瓦心中早就有了答案，但他還是對她說了，這些話，就饒了讀者諸君，在此不多贅述。

「妳要我拿妳怎麼辦？」

「我又沒要你拿我怎麼辦！」

她特別強調「辦」這個字。弗朗索瓦想刺激她，差點就說她講起話來活像他們的媽，她倒是又繼續講下去：

「我只要求你收留我一個晚上！一個晚上！有這麼難嗎？」

他像個被戴了綠帽的老公，讓她自個兒拎著手提箱。

「嗯，對，很難！我也有自己的生活要過！」

「是啊，我看得出來。」

她扭過身子，往報社入口處走去，弗朗索瓦有好幾位同事正站在大門口看著他們，等著看笑話。在他們頭頂，這棟樓的正面被報社的黑與紅招牌給遮住。

「想必這是高等師範學院的新校區吧？」

「少來！妳該不會也要囉唆這個吧！」

他邁著堅定的步伐朝地鐵站走去，她像小老鼠一樣追著他跑，他又走回她身邊：

「先說妳是怎麼找到我的？」

每句話都像一記耳光甩在臉上，只不過每兩記都有一記沒命中目標。

「這有什麼難的嗎？連你的門房太太知道得都比我們多！」

弗朗索瓦幾乎為自己的天真感到羞愧。這個萊昂蒂娜．莫羅，一點也管不住自己的嘴巴，真是個長舌婦。

「好吧，算了，去你的！」海倫豁出去了。「你不想幫我，我自己再想別的辦法！」

她掉頭就走。弗朗索瓦氣得大嘆一聲，追了上去，一把拉住她的手肘，不讓她走。這是他們第三次掉頭。

報社入口處好幾位同事在抽菸，緊盯著小倆口不放，壓低了嗓門，正在打賭。

「十賠一，我賭他們還會再掉頭……」

「我押一百。」

「成交。」

「那爸媽呢？」弗朗索瓦喊道。「妳離家，妳是怎麼跟他們說的？」

「我說我會住你這邊，可是我要收回我的話！我要寫信告訴他們，說你把我趕出來！」

海倫好像正準備放下手提箱，而她停下腳步的那一瞬間，就是她在人行道上改變方向、掉頭的先兆。報社門口那幾位同事屏息以待。「快快快，轉過去，我的小寶貝，」一個人從牙縫裡輕輕迸出這句。「走，快點，走啊……」另一個也在嘀咕。

「我不是要趕妳走，我是沒地方給妳住，兩者有細微差別！」

「結果是一樣的……」

「我倒是拜託妳，海倫，妳不能這樣離開家裡！」

海倫手一鬆，手提箱碰地一聲掉在人行道上。

「難道一九四一年的時候，你就沒有『這樣』離開家裡嗎？」

她雙手叉腰，活像脾氣暴躁的小學老師。

「我是去打仗，可憐的大笨瓜！」

「很好，我是大笨瓜……」

她又拎起手提箱。

「那就再見吧，這一切，還是謝謝你喔。」

「贏了！」一位報社同事喊道。

另外那位掏出錢包，這時候弗朗索瓦朝反方向走去，緊緊跟著他妹。

「先說妳怎麼通知爸媽的？」

「我從機場發了一封電報。」

弗朗索瓦倏地停住。

「發電報！像通知誰死了那樣？」

「去巴黎——句號——暫住弗朗索瓦那兒——句號——一切都好——句號——會再寫信——句號——海倫」。

夜班報務員通知郵局局長修萊先生有這份電報進來，他立刻衝去法國人大道。佩萊蒂埃夫婦甚至沒注意到海倫不在她房裡，因為她都在屋裡來來去去，碰上不准她出門玩樂的日子、或是夜裡，她就待在床上，他們向來搞不清楚她究竟在家裡哪個角落。

路易大聲把電報念了出來，一念完，立刻扔下電報，扶住妻子，因為她正用一隻手撐著椅背。

「可以麻煩你通知杜埃里醫生嗎？」他問修萊先生。

倒不是說這位醫生有多大能耐，而是佩萊蒂埃先生急於擺脫眼前這位郵局局長。女兒嫁給哺哺以來，局長認為這場婚姻徹底失敗，只要佩萊蒂埃家有可能發生任何不幸，他都幸災樂禍，而且還毫不遮掩。自從尚和珍妮芙前往（他所謂的「逃去」）巴黎，他就再也沒有跟路易聯手打過勃洛特牌，路易只得跟杜埃里醫生這個笨瓜搭擋，有時候禮拜三的牌局倒成了一場苦難。

等醫生過來的時候，路易．佩萊蒂埃陷入靜思冥想，他在工廠看著肥皂在槽池裡大冒泡泡，也進入過這種催眠狀態。他建議安潔兒躺下，輕輕拍著她的手安撫她。兩人都沉默不語，思考著這個新情況，雖然在預料之中，但依然令他們措手不及。現在所有孩子都走了嗎？他們非得變老不可了嗎？安潔兒老了，會變成什麼樣的妻子？他自己老了，又會變成什麼樣的丈夫？路易自問。他們這對夫妻會變成什麼樣子呢？安潔兒心想。

杜埃里醫生很快就到了，腳步細碎卻挺快的，他覺得事情快失控的時候，都會顯得如此匆忙。他幫安潔兒把了脈，其實路易已經幫她把過脈，又看了看她的眼底，路易也看過，囑咐路易讓她休息，路易也是這麼跟她建議的。沒一會兒功夫就走了，他有著廣大客戶群。

「杜埃里醫生怎麼說？」他離開後，安潔兒問道。

「他認為是更年期高峰。」

安潔兒沮喪得閉上了眼。

將近一小時的時間裡，路易都一隻手握著妻子的手，另一隻手翻閱著攤在她躺著的床上的《東方報》。他打算去肥皂廠，正準備抽出手，佩萊蒂埃夫人感覺到他的手從她手中滑掉，猛地抓住。路易像小孩做壞事被逮到一樣很擔心，等了好久。安潔兒嘴裡念叨些什麼，他聽不懂，於是他彎下腰。

「路易。」她說。

她睜開眼睛。他看過這種眼神，幾乎一點都沒變，從中他又看到當年令他陷入熱戀的那名年輕女子，那個女人，二十五年前，他就是在貝魯特這裡娶她進門，她毋須言語，他就懂她。

他俯下身子，輕輕碰了一下她的唇，僅僅說：「好，親愛的，妳放心。我同意。」

整個童年期間，海倫都看到父親只點琴夏洛。弗朗索瓦差點說她這個年紀不能喝，但話到嘴邊及時吞了下去。

他們在他家附近的小阿爾伯特咖啡館，海倫把手提箱放在身邊，臉上顯出一副小女生心中波濤洶湧的百味雜陳表情。弗朗索瓦覺得她帶著稚氣，舉手投足卻出奇成熟。

「你喝吧……」她邊說，邊把自己的杯子朝她哥滑過去。

她不喜歡這個味，但又不想喝別的，手一擺，不需要，謝謝。弗朗索瓦將琴夏洛一飲而盡。他也討厭喝這個。他手發抖，弄斷兩根火柴，才終於點著一支高盧菸。氣得臉發白，緊緊繃著，眉頭深鎖，望著窗外，他一而再、再而三想著這件事，他就是克制不了：照顧妹妹，還得跟她一起住，對她負責，不，這超出他的能力，他辦不到。他當然愛她，但他還不到當爸爸的年齡，偏偏他必須扮演的角色正是爸爸。他必須說服她回去，可是現在她人已經在這兒了……

他似乎沒在看她，其實，他正在觀察她反射在露天咖啡座玻璃上的倒影。毫無疑問，她挺漂亮的。她跟男人在一起過嗎？一想到這點，他就渾身打顫，證實他還沒準備好面對這個問題。她非回去不可。趁現在還來得及。

海倫看著她哥一口乾了那杯琴夏洛。彷彿開胃酒不如預期好喝引起的失望與她的處境相呼應，她輕聲啜泣。她不後悔離家，不，她氣的是選了巴黎。她該去西貢，去找艾蒂安。他會理解她的，這裡卻……其實，她猶豫了好久，她在西貢能做什麼呢？在這裡，巴黎，她可以考慮進文學院。或是美術學院。她很清楚目前這些選擇都是不得已的，都是因為她總得想到些什麼，所以才會想到。事實上，她之所以選了巴黎沒選西貢，還不是因為她怕艾蒂安的悲痛會害她也跟著沉陷下去。儘管他力圖隱瞞，寫給她五花八門的東西，讓她安心，但她夠瞭解他，確定他非常不快樂。得知雷蒙死前沒有受苦，他感到安慰，寫一次就夠了，他寫了三次，爸媽會上當，她可不會。他也不提戰爭，可是他都去了半年了……海倫一直在注意《東方報》的新聞，都是些法國士兵被殺的小型武裝衝突事件，繼某座城鎮（她連念都不會念）發生襲擊之後，雙方暫停談判，以及有關越北公路的報導，遠征軍在那邊抵禦中國共產黨，據說他們特別嗜血，而且即將入侵這個國家……艾蒂安在信中提到，只要他覺得自己還沒走出傷痛，他就會留在印度支那。海倫始終不敢去找他。

現在，只要看看弗朗索瓦倔強的側影，就能明白她在巴黎前景堪憂，並沒有比較美好……他的恐懼，他的懦弱，他的優柔寡斷，他的無能……海倫觀察到這些，眼淚加倍直流。弗朗索瓦，進退兩難之下，捻熄了菸，不甘不願站了起來，繞過桌子，想把他妹緊緊摟在懷中，可惜他笨手笨腳，不知道該怎麼做才好。

他結結巴巴說著蠢話，好像是情人在為分手道歉。

「我們得通知啸啸。」他終於說道。

他不但笨拙，外加愚蠢。海倫抬起頭。面對這個不恰當的提議，雙雙笑得前俯後仰，含著淚在笑、笑得遲疑，他們這才意識到彼此並不見得瞭解對方。

他們對彼此的一丁點瞭解還得追溯到童年時光，爾後因為兩人之間相差七歲，從而畫下了這道鴻溝，但也因為海倫與艾蒂安的關係，他們倆形影不離，容不下別人。現在這個年輕女孩用全新眼光看待這名男子，在她眼裡，他簡直像三十歲這麼老，他們的父親屢次講述他的豐功偉業（他去參戰，他在高校念書有多厲害，聽都聽煩了），這些事蹟籠罩著她的童年，他就像個模範生，因此也是一種威脅，而現在，她看到的是一個笑得靦腆、滿臉尷尬的男人，再也不是她記憶中的那個弗朗索瓦，而成了另一個男人，一個有著熟悉聲音和臉龐的陌生人。她也意識到原來他的生活竟然是建立在巴黎高師傳奇的這個謊言之上。她如釋重負。逃出父母家和對父母撒了兩年謊，哪個更糟呢？

弗朗索瓦則感覺他們兄妹才剛剛開始真正瞭解對方。

「我沒辦法照顧妳。」他說。

「我又沒要你照顧。我只需要一個地方，可以收留我一晚上，就這樣而已。」

「那第二個晚上，妳要在哪裡過呢？」

「我再看看……」

天哪……

「妳有多少錢？」

海倫覺得自己很傻。她僅有的錢幾乎都花在買機票上。

「妳好歹吃過了吧？」

弗朗索瓦舉起手。

「尚—克勞德！」

一個上了年紀的服務生，羅圈腿，一頭白髮捋順在頭頂。滿臉疲憊，眼皮沉重。

「妳……」弗朗索瓦看著他妹說，「當然沒有糧票。」

海倫低下頭，找著手帕。服務生來了。

「不，謝謝，我什麼都不要，我不餓。」

弗朗索瓦用兩隻手按摩額頭，彷彿突然犯了偏頭痛。

「好吧，」他終於說道。「妳在這裡等我，我去去就來。」

海倫懂了，弗朗索瓦跟女人同居。由於他在信中從沒談過她，連她要求他收留她的時候，他也沒提，所以這個想法始終僅止隱憂，離她遠得很。他沒讓她上樓，反而決定在這間距離他家三十米外的咖啡館稍事停留，現在卻撂下她，邊說：「我去去就來。」

「收留自己的親妹妹，還得徵求別的女人同意！真沒骨氣！」

發現這點可把她氣壞了。

她竟然還奢想自己能指望他？

同一時間，弗朗索瓦正在爬樓梯。

當天是禮拜一，瑪蒂德是美麗女園丁[1]百貨公司銷售員，禮拜一不上班。她沒鑰匙，可是弗朗索瓦授權門房太太萊昂蒂娜可以把備用鑰匙借給她用，使得瑪蒂德必須在樓梯間陪她閒聊二十分鐘來償還這筆人情債，代價還挺高的。所以，弗朗索瓦晚上回家的時候，偶爾會發現瑪蒂德正在一邊聽廣播，一邊在廚房桌邊吃罐裝沙丁魚，或是白葡萄酒漬鯖魚。瑪蒂德食量頗大，隨時都在吃、什麼都吃，卻從未多增加一公克。這名女子相當古怪。鼻子、嘴巴、眼睛，毫無出眾之處，但是，想不透是哪種魔法，整個湊起來就誘惑到令人抵擋不住。第一眼不覺得，看了她幾分鐘後，很難不想要她。她很少說話，就算有在聽你說話，表面上也看不出來。只要她自己不表達想法，弗朗索瓦永遠也不知道她在想什麼。

幸虧瑪蒂德不在。她這個人難以預料。弗朗索瓦鬆了一口氣，他有時間思考該用什麼方式告訴她這個消息，因為海倫顯然會對他們的關係造成影響。瑪蒂德和她哥吉爾柏一起住，萬一明天他們不能再在弗朗索瓦家幽會，他們能上哪兒去呢？他想像自己得在不三不四的旅館租個鐘點房……盛怒之下，踹了門一腳。

他大步下了樓，走進咖啡館，氣還沒消。可是海倫已經不在了。

「你一走，她就走了，」服務生說。「她留下帳單要你付，總共八塊五。」

1 La Belle Jardinière：十九世紀前半葉到二十世紀中，法國知名服裝連鎖店，第一家店於一八二四年在聖母院橋對面正式開始營業，但於一九七二年結束營業。

24 我也有自己的生活要過

晚上九點左右，海倫回到聖拉扎爾車站，她筋疲力盡，被一天之內積累的一連串錯誤決定壓得不勝負荷。弗朗索瓦一走，她站了起來，抓起手提箱，氣急敗壞，連羅圈腿服務生試圖攔住她，要她付飲料費，她都只有冷冷地說：「你再跟我哥算。」語氣如此憤怒，神情如此決絕，服務生猶豫了一秒鐘才去追她，為時已晚，她已經在街上走了很遠，衝進了地鐵站。

從而開啟了她那多災多難的新篇章，起手式就是去找她大哥尚。

珍妮芙在樓下一看到海倫，就張開雙臂，像親麵包一樣親她雙頰，但海倫腦中立即響起警報，因為她大嫂滿臉堆笑，說道：

「妳過來探望我們真是太好了！」

而且，就像海倫已經宣布她不能久留似的，珍妮芙緊接著說：

「好歹有時間跟我們喝一小杯咖啡吧，來啊，別客氣！」

哺哺驚慌失措，抱著他妹親了親。

「妳怎麼來了？爸媽同意嗎？」

他只想到對她說這些……

「我通知他們了。」

哺哺，就像一小時前的弗朗索瓦一樣，甚至沒想到要幫她拎手提箱。一行三人趁著爬四層樓的空檔，各自反覆思考自己的立場，因此當他們到達門口時，三人同時開口，支支吾吾了一會兒，隨後便無言以對。

「我可以用一下洗手間嗎？」海倫問。

她發現這間公寓小得嚇人。光是這張床就占了好大地方，她經常聽到珍妮芙抱怨居住環境，看來的確有憑有據……

「在這邊，親愛的……」

珍妮芙，鄭重其事，指了指樓梯平臺廁所的門。語氣還模仿大飯店房務員，顯然是在說：「妳倒是瞧瞧，我被逼著住在什麼爛地方！」

海倫鑽進去，扭過來扭過去，終於關上門，坐下來，膝蓋幾乎頂到門。門外，哺哺和珍妮芙竊竊私語，海倫只聽得到零星幾句，不過很明顯，他們在爭執。哺哺正在建議讓她留下來嗎？她一來就挑起一場無謂的夫妻吵架，因為，無論如何公寓都太小，沒辦法接待她，哪怕留宿一夜也不成。

海倫回來時，珍妮芙向廚房邁了一步，但又停下：

「所以說，這下好了，連妳也跑了？妳媽媽肯定……」

她講得津津有味，彷彿在講一樁趣事。

「我媽媽很好，妳想到她，真的太好了……」

「她很好就好，」珍妮芙說。「畢竟幾個兒子麻煩已經夠多了……對嗎，哺哺？」只要她叫他暱稱，每每帶著一絲諷刺意味，尚假裝沒聽出來。

「我要去弗朗索瓦家。」海倫找了個藉口。

「妳不喝杯咖啡？」珍妮芙問。

哺哺鬆了一口氣。幾乎稱得上熱心，連忙說道：

「對，弗朗索瓦那邊，好主意……」

而且，隨著找到解決方案，他整個人也放輕鬆了，第一次對他妹笑了笑：

「所以妳打算在巴黎做什麼呢？」

「留下來。」

「對，可是妳打算做什麼呢？」珍妮芙問。

「念美術學院！」

不假思索，就這麼說了出來，連她自己也感到驚訝。在父親面前，她當它是一種假設提出來，在珍妮芙面前，她當它是一記耳光好堵住她的嘴，其實念美術學院從來都不在她的計畫之中。

珍妮芙表示懷疑的形式是挑釁，她老是這樣。

她當場忘了自己提議去煮咖啡一起喝的事，一個人在老位置坐了下去，凝視著海倫，好像她是她的女兒。

「確切地說，念美術學院有什麼用？」

「確切地說，念美術學院是為了從事藝術。」

「不，我是說：能靠這個謀生嗎？」

「謀生的機會總比待在家裡什麼都不做大。」

兩人一時語塞，大眼對小眼。

尚拼命想打圓場，終於開心地迸出這句：

「我說這杯咖啡，我們到底喝是不喝？」

「不用了，謝謝。」

海倫抓起手提箱，已經開了門。

「隨時想回來就回來啊！」珍妮芙說。

尚跑到樓梯間去找他妹。

「妳自己也看到，這裡非常小，我們沒辦法……」

海倫已經往下走了兩級樓梯。尚雙拳緊握。「焦慮的臆球症患者」，哺哺就是像這樣，喉嚨老是卡卡的，海倫心想。發現這點令她心驚。她從來不知道她哥除了不開心、侷促不安、愛流汗之外，還有這一面，不禁油然升起一陣憐憫，她往上走了兩級樓梯，放下手提箱，將他抱在懷裡。他任由她抱，反而成了她在安慰他。

「哺哺，你還好嗎？」

他點點頭，想不出來說什麼。

海倫看到公寓的門虛掩著，她猜珍妮芙躲在門後窺伺。

「我得走了。」她說。

她親了親她哥的臉頰。濕的。

現在是下午三點半，她中午才剛到巴黎，但已經耗盡她在抵達時想到的唯二住宿方案。

她一路走到拉維萊特門，再從那邊搭地鐵去林蔭大道。這個詞她從母親嘴裡聽過一百遍，她說到「林蔭大道」的時候，豔羨夾雜懷念，這個地方代表樂趣無窮，無與倫比到讓你覺得此地絕無僅有。結果現在海倫發現不過是一條寬闊幹道，汽車、卡車、機車吵得要命，一大堆人慌慌張張奔向地鐵，要不就在路上追趕公車。一個小男孩喊道：「快來買《晚報》喲。瑪麗．蘭普森事件：明天突如其來的證人要指認殺人犯！快來買《晚報》喲！」路人將硬幣隨手一扔，男孩在空中接個正著，一份份報紙賣得跟剛出爐的麵包一樣快。

海倫停了下來。瑪麗．蘭普森事件？那起令人驚恐的謀殺案，弗朗索瓦和尚間接牽扯在其中。三月的時候，珍妮芙寫信回家提過這件事。原則上，他們都是透過她才知道兩個哥哥的消息。海倫現在比較懂了，為什麼弗朗索瓦很少寫信給父母，因為他原本應該是學生，撒了一個謊，被迫要撒無數個謊。至於尚，他光在珍妮芙寫給公婆的信函下方寫上「愛你們」而已。她在那封信裡描述得鉅細靡遺，還不是因為她覺得那部電影很棒，所以他們才去看，結果剛好碰上那名年輕女演員慘遭殺害。

海倫記憶猶新，幾個月前她在一部電影中看過這位女演員，覺得她好棒，得知她去世時，海倫無比震驚。即使兩個哥哥和珍妮芙遠在巴黎，但他們牽扯到這樁悲慘事件的這個事實令她印象深刻。巴黎，竟然是一座可能發生這種事的城市。她看到頭版刊出一幅人像，一名五十多歲的婦女，戴著帽子。這位突如其來的證人，看起來非常普通。她想買份報紙，可是只有男人才買報，何況她還得擔心錢的問題。巴黎的物價有多貴，她毫無概念，現在她必須自己想辦法應付……

她想到她剛剛原本很餓。

她經過一家不錯的啤酒屋，看到裡面客人成雙成對，不像某些咖啡館只有男人，她走進去，放下手提箱，點了一杯法維多礦泉水和一個酸黃瓜火腿三明治，大口大口吃了起來。大快朵頤之下，希望隨之而來。等父母寄錢給她之前，她得找個旅館房間住幾天。自從確認要念美術學院後，她現在滿腔熱情，她決定了，她要打工賺錢支付住宿費。像她這麼漂亮，隨隨便便就能找到兼差幫學畫的學生當模特兒。突然，巴黎變得美極了。小餐館人聲鼎沸，使她滿心愉悅，林蔭大道亦如是，她透過露天座窗玻璃欣賞著千變萬化的美景，林蔭大道果然名不虛傳啊。好了，她在巴黎了。貝魯特結束了，童年結束了，海倫剛剛終於投身花花世界。

弗朗索瓦搭上計程車，這一趟得花不少車錢……算了。計程車開往哺哺家。海倫唯一一個可以待的地方。「我真白痴！」他怨自己怎麼讓她就這樣走了，何況還是在這座她從沒來過的城市。而且幾乎身無分文！不過一想到可以在哺哺家找到她，他就放了心。但是，他又想到與其待在哺哺家，她八成會比較喜歡別的解決方案，他立刻又警覺了起來。海倫跟艾蒂安一樣，沒有中間地帶，不知天高地厚，這兩個傢伙，真是一對好搭檔！

弗朗索瓦眼前彷彿驀然看到這兩個人正在向下沉淪。

艾蒂安只寫過一兩封信給他，他的近況，多半是從母親那裡得知。所以說，艾蒂安決定留在西貢，那邊打仗打得正激烈啊。雷蒙究竟是怎麼死的？不得而知，可是逝者已矣，越南慘遭撕裂，月復一月，逐漸與法國脫離最後關係。現在，艾蒂安還能對越南這個國家抱什麼希望呢？這下子，海倫又瞞著大家突然到了巴黎。她的行為令人難以捉摸、不合乎邏輯……

但願她在哺哺那邊。弗朗索瓦催促司機，車一減速就掏出錢來。計程車一停，立刻跳下車，不過他不需要爬樓梯，因為他一推開樓下大門，就看到一條小小的人行步道，一路延伸到停著幾輛車的院子裡，而哺哺正癱坐在步道上。弗朗索瓦整個人慌了，搖頭表示「不會吧」。

「她到底來過沒？」弗朗索瓦問。

「一刻鐘前又走了。」

「走去哪？」

「去你那邊。」

「不可能，她剛從我那邊過來。」

「完了！」

於是弗朗索瓦在尚身邊坐下，兩人肩並肩。

兄弟倆默默待在那兒，思索著這場大難，始作俑者正是自己，就像兒時闖禍那樣，坐等父母回來，還有隨之而來的懲罰。

但這次不是打破玻璃窗，而是海倫，因為兩個哥哥都不願意收留她，才十八歲的她得獨自在巴黎流浪。

服務生經過，漫不經心，將一張紙條放在她桌子。海倫拿起來一看，飲料價格嚇了她一大跳。一百二十法郎！她環顧四周，看到大型盆栽，以及彩色玻璃燈從天花板懸掛而下。難怪她上鉤，這家小餐館相當雅緻，光看客戶群就知道了。女士們一身華服，男士們西裝革履，害她看了自慚形穢，因為她穿著貝魯特的衣服，拎著小手提箱，看起來八成像家庭幫傭。一百二十法郎。她不想把錢鋪在桌上數，害自己丟人現眼。憑記憶，除去買飛機票花的錢，她應該還有六百法郎左右……一個旅館房間要花多少錢呢？時間以瘋狂速度流逝，白日將盡。她匆匆付了錢，走了出去，看了聖拉扎爾車站方向一眼，往那兒走去，連買一張公車票都顯得浪費。恐慌襲來。到車站時已大汗淋漓，她要找寄物櫃。

二十五法郎！

現在呢？怎麼辦？

最緊急的是找到旅館。手提箱愈來愈重，她要寄物，把錢也放在寄物箱，這樣應該就安全了。她偷偷算了算自己還剩多少錢，然後打開手提箱，寄物之前，先把四百法郎捋平藏好在衣服裡面，拿走剩下的大約五十法郎。

她從車站周圍開始找起，只要有穿著制服的門衛幫忙開車門和提行李的旅館，她都自動跳過。走了二十分鐘，她看到好幾家旅館，明顯寒酸許多。她從固定在門口旁邊著的牌子上看到價格，還是高達八百法郎一晚，最便宜的也要六百。她愈來愈怕自己什麼也找不到，她得像流浪漢一樣露宿街頭嗎？她繼續找，刻意挑些最不起眼的巷弄。她看到好幾家旅館，可是房費從不低於五百法郎。她連一夜都付不起！回弗朗索瓦那邊，她腦中閃過這個念頭，不行，哪怕她遇到再多困難，都休想要她回去。無論是弗朗索瓦還是尚，想都別想！

夜幕已然低垂。

八點左右，她終於找到一家旅館，提供一晚三百五十法郎的房間。她過到對街，稍微站遠一點，才能看到正面。建築物油漆斑駁。窗戶亮著，窗簾洗到褪了色，散發出昏黃幽光。一個女人走進去，後頭跟著一個穿著大衣的男人。海倫看得到櫃檯，那個女人站在一旁，那個男人肯定正在租房間，因為他從錢包掏出錢來。代表有空房。三百五十法郎過一夜，她就沒剩下多少錢了，不過明天又是新的一天。她記下地址：拉戎基埃街上的海克拉旅館。她花了三刻鐘才走回聖拉扎爾火車站，她不想搭地鐵，剛剛為了去找哺哺，光買二等車票就花了她十法郎。

海倫領回手提箱。隱隱感覺鬆了一口氣。雖然已經很晚了，但她畢竟找到了一家旅館，價格在她能接受的範圍內。毫不奢華，至少她能睡一覺，而且……她突然想到，她剛剛應該問一下還有沒有空房間。她的確看到一個男人在櫃檯接待處掏出錢，但這並不代表還有其他空房。搞不好最後一間被他租走了。找到旅館的前景再度歸零，她不知所措，手一鬆，手提箱掉了下去，突然有人使勁推她，她差點摔倒，「對不起，小姐」，一個聲音說，但她才剛轉身，一個男人的身影已經跑遠了，還拎走了她的手提箱，她大喊：「欸，那邊那個！」然後又喊：「抓小偷！」幾個旅客轉過頭來，一名婦女對她抱以關懷一眼，但還是繼續走她的路。車站出奇冷清。

海倫愣在原地，徹底絕望。

她的全部家當都隨著手提箱不翼而飛，四百法郎，她的衣服，旅館房間，再見了，淚水奪眶而出。

為了別當場出醜，她開始走動，走出車站，擤了擤鼻子。

大鐘顯示晚上九點。

她別無選擇，只能回弗朗索瓦那兒。或者去尚那邊。或許是性格使然吧，她立刻知道，她不會去，永遠不會，永遠都不會！她寧願死也不回頭。

巴黎的夜生活已經揭開序幕。雙雙對對、三三兩兩，紛紛奔往劇場、餐館、電影院……海倫魂不守舍地走著，徒然不停重複著「永遠不會，永遠都不會」。她朝拉戎基埃街走去，彷彿她希望手提箱會在那裡，而且錢還在裡面……她要睡哪兒呢？她想到可以回車站，大廳有長椅。可是手提箱被偷，使得她理解到在這種地方過夜，她不可能毫髮無傷，安然度過……「永遠都不會。」她反覆對自己說。這時，一個點子自腦中閃過。

找個男人過夜。

雖然可怕卻是明擺著的。可是，怎麼去找一個會留妳過夜的男人呢？她該怎麼做？她完全不知道自己該接受什麼？會不會像跟洛蒙在一起那樣？那個男人會先甩她耳光，再粗暴地把她轉過去對著牆，然後付她錢？她會因此賺到一夜安眠嗎？這個情節在她腦中持續了好一陣子，畫面交相出現，她對這種事的所有知識都往這個方向偏去……出賣自己，過上一夜。她想像中的那個男人只不過是一個影子，孔武有力，可能霸王硬上弓，重重壓在她身上，嚇出她一身冷汗。她終於走到海克拉旅館門口。這時她才明白，為什麼她會想到這一大堆，原來全部都有關聯。同樣還是傍晚那個女人，這回後面跟著另一個男人，穿著米色雨衣，可是他的舉動和之前那個一模一樣，先停在櫃檯前面，掏出皮夾，那個女人望著他，一個手肘靠在樓梯扶手上，腳跟已經踏上第一級樓梯，正在看著他付錢……看到眼前這一對，她懂了，她剛剛胡思亂想了好久，想到那件事，具挑戰性、刺激、方便卻敗德，但她永遠也下不了決心真的這麼做。她留在對面的人行道上，那對男女剛上樓。她只差沒自問在旅館「休息」會花多久時間。這跟找個房間睡一覺完全不是同一碼事。

淚水又湧了出來，帶著多少絕望，就帶著多少疲憊。

她非得接受這個無法接受的事實，回弗朗索瓦家，敲門說：「我的手提箱被偷了」。他床上會有人嗎？

她在地鐵站，呆立在地鐵路線圖前，找著怎麼回弗朗索瓦那一區，這時她的目光落在歐洲站。歐洲廣場。歐洲旅館。杜克勞夫人。「妳爸的情婦……」

佩萊蒂埃先生跟那邊很熟，他們會讓她賒帳住一晚的。

搞不好兩晚呢！

證件沒被偷，上面甚至還有貝魯特地址，可以證明她是佩萊蒂埃小姐！這是她的最後機會。萬一歐洲旅館不讓她住，她就去按弗朗索瓦家的門鈴，把床上那個女人轟出去，她有權利睡在自己哥哥家！

現在是晚上十點。

歐洲旅館非常乾淨，跟海克拉旅館完全不同。一名穿紅衣、戴小帽的年輕服務生看著她走進來，很好奇，旅客沒行李，八成很少見。或許因為她只有挽著手提包，所以看起來像是賣淫的。

「有什麼需要服務的嗎？」

海倫轉過身來，他真的好年輕，可能才十五歲吧。

「加布里埃爾，你忙你的！」

一個女人的聲音。她站在接待櫃檯後面。杜克勞夫人，大概是吧，她的年齡不太像是她父親的情婦，她看起來好老，不過倒是滿臉笑意，儘管已經很晚了，還是悉心梳妝打扮得妥妥貼貼。

「妳是海倫嗎？來，過來，過來啊！」

海倫從沒來過這家旅館，卻聽到有人叫她名字，她好怕，扭頭想跑，不過旅館老闆又說了：

「你的千金到了，佩萊蒂埃先生！」

她父親從隔壁那間會客室（海倫沒有注意到還有這間）走了出來，身上穿著旅行和葬禮專用的那套藍西裝，他也滿臉笑意，開口說道：
「喲，我訂了十一點的餐廳，時間抓得很準吧？」

25 外交郵袋[1]，natürlich[2]！

理論上，搭卡車的話，這一趟五小時可以到，旅途中任何事都可能發生，而且多半都會發生。連日來西貢難得過了幾天完全沒下雨的好日子，豈料，雨季突然決定要趕上失去的時光，說來就來。特遣小隊由七輛卡車組成，出發時，街上的水都淹到半個車輪。冷風宣告驟雨將至，只會下一兩個小時，很少更久，雨後，大片地方晴朗、炎熱、濕溽，這座城市的所有活動忽地湧入其中。

但在黎明時分，雨下得如此之大，乃至於幾米外就不可視物，只有靠車燈照明才看得清前車車尾，所以必須緊貼前車，以免一不小心就脫隊。

「不等雨停嗎？」艾蒂安這話問得天真。

穆瓦納上尉，大眾臉，平凡得可怕，兩撇憲兵鬍，又粗又濃，堅持要在天剛亮的時候出發。

「哪怕我們走得再慢，走過的路就是走過了，不需要多走一遍。」

他也有著憲兵邏輯。

「繼續開，繼續開！」他催促著，特遣隊在滂沱大雨下緩慢前進，車輪在爛泥巴裡打滑，萬一因為怕卡車陷入泥沼，非得下車步行的話，泥漿將直淹小腿。

「停！」五、六百米內，道路看似通行無阻，穆瓦納上尉卻突然這麼決定。

他命車隊停下，幫四個偵察兵配備了手榴彈和炸藥，只需要對他們下達指令，不需要解釋，因為這些越共俘虜唯一的工作就是冒死開路。

特遣隊跟在他們身後，維持相當遠的距離，以防萬一受到攻擊時有時間採取行動。說起來這支特遣隊整體組合相當怪異，有摩洛哥人、查德人、臨時補充的越南兵員部隊（從衣衫襤褸和鞋子破舊便可認出），還有一支共約三十人、光鮮亮麗的超靈大隊，分別搭乘七輛法國軍卡。對艾蒂安來說，這種缺乏團結的現象正是這場戰爭相當好的寫照，法國在這場戰爭中差不多試過所有方法，幾乎全部失敗，面對像熱帶小河一樣波動多變的政治意向，法國政府被迫不斷隨機應變，因地制宜，使出一些手段，有時甚至涉及非法，但總是險象環生。

今天這齣重頭戲的主角是超靈士兵，光他們，就占了特遣隊一半成員。鸞教皇嚴格要求他們必須擁有一套剪裁得宜的新制服，一雙合腳的鞋子，還有真正可以操作的武器裝備，然而對前來協助遠征軍團的臨時增援部隊來說，這三大條件卻經常難以滿足，使得這些臨時招募來為法國上戰場的傭兵叫苦連天。

「艾蒂安先生，我會安排一支精英部隊護送你。」鸞向他保證，流蘇隨之在帽上舞動。

鸞請艾蒂安幫忙放行過好幾筆額外的皮亞斯特轉帳，以支持超靈教推行教務，自己也從而成為大客戶。

「好吧，」艾蒂安回他，「不過我要一頂流蘇帽。跟他們一樣。」

他指著皓首、山羊鬍的教中顯要，他們身著白袍、頭戴狀似布丁模子的華麗藍氈帽。

「唉，艾蒂安先生，這是本教長老的服裝……」

「那就讓我當長老吧。」

「噢，艾蒂安先生，你這是在強人所難哪！你知道嗎？別這樣，我有事相求，因為我們正在進行反越共鬥爭，我們在幹大事，不是嗎？」

「啟奏教皇陛下，最了不起的大事是對越共不能心軟，我恨他們入骨，他們是殺人犯。」

「可不是嗎？艾蒂安先生，你現在得到回報了！你在為神聖大業奮鬥啊！」

「有可能，但正是為了神聖大業，我有權戴上一頂長老的帽子。」

「恕我直言，艾蒂安先生，將法國人榮升到超靈長老地位，對本教相當不利。信眾不會理解。」

「我懂，不過你要我怎麼辦呢？我的聖人，我偏偏愛上了這頂藍帽。」

你我皆知，鸞是個識時務的人。

「或許我有辦法解決。」他如此宣告，雖得意卻不驕矜。

為了換來這頂流蘇帽，艾蒂安保證絕不在公開場合戴上，於是，就這麼著，他成了超靈教祕而不宣的使君。

「我那祕密、玄奧、隱蔽的至尊聖父啊，」艾蒂安宣示，「我在此發誓。我就不往地上吐口水了，但我的心足以明志。」

他戴過這頂超靈使君帽逗詹特和加斯頓開心，但從此就只有在家裡才戴，約瑟夫看著他滿面驚奇，阿榮認為他這種行為褻瀆神明，看他的目光不免帶著斥責。

雖然艾蒂安大肆取笑鸞，但他毫不認為簽署放行皮亞斯特轉帳幫助該教是不道德的行為，因為這有助於對抗越共。即使皮亞斯特轉帳造成法國財政嚴重破口，但他像貨幣局許多同事一樣，也或多或少相信轉帳起著安撫時局的功效。

高級專員公署保證法國將幫助超靈教在顯江扎根茁壯，於是，鸞準備率領信眾大隊離開西貢前往該地，艾蒂安再也按捺不住。

「使君必須瞭解那一區，」他說，「我們也想去。」

自從艾蒂安被任命以來，當他以使君身分向鸞提到他自己的時候，經常以「我們」代替「我」，以示莊嚴鄭重。

「太危險了，艾蒂安先生。」

「我們明白。但我們已經決定了。不去顯江，就不蓋章。」

鸞依然不為所動。

「風險太大，艾蒂安先生，我很抱歉。萬一你出了什麼事，我永遠也不會原諒自己。」

「好吧，我們寫給超凡神靈。」

「你說什麼？」

「既然祂可以寫給你，祂肯定也接收得到，不是嗎？」

鸞緊盯著他，雙眉深鎖，細小皺紋顯出深深擔憂。

「你打算怎麼樣？」

「啟奏至尊聖父，做一臺彌撒。戴上我的藍帽，揮動流蘇，召喚信眾向全能神靈請示，以及……」

「超凡神靈！」

「對啦。我要向祂請示，倘若祂書面確認不准本使君去觀光旅遊，本使君就拜服順從。」

鸞長嘆一聲。終於讓步。艾蒂安樂得心花怒放，但在他獲勝的那一刻，情緒一陣激動，因為雖然他的方式嘲弄，但他談論的卻是嚴肅話題。

「鸞，這個你是知道的，他就死在那裡……我表哥。死在顯江。」

他聲音顫抖得厲害，他硬是忍住，成了嗚咽。

「不借助你保護的話，」他補充說，「我永遠也到不了那邊。」

「但是……你希望看到什麼呢？」

艾蒂安自己也不太知道，但他感覺唯有看到雷蒙過世的地方，他才可能放下，走出哀悼。

「我沒別的地方可以幫他上墳，表達哀思……」

鸞閉上眼睛，似乎在請求超凡神靈寬恕他即將贊同的惡行。

於是，超靈教出發前往顯江三個禮拜之後，艾蒂安向詹特請了一個禮拜的假，在超靈教精兵護衛之下，再加上穆瓦納上尉保護，艾蒂安踏上旅程，既是朝聖也出於復仇心切。這兩個動機都有點可笑，但後者令人比較笑不出來，因為越共那支暗黑之師利用犁鏵翻土砍下士兵項上人頭，將士兵活生生碎屍萬段，此舉令得艾蒂安對越共的仇恨不共戴天。

超靈教步兵護衛隊搭卡車或是列隊步行抵達顯江，鸞搭乘的卻是飛機。事實上，超靈教早在十幾年前便購入一架洛克希德織女星飛機，重新上過漆，塗成超靈教代表色，並且成了其中一樁最令鸞教皇感到光榮的事蹟。他親自將專機命名為 *Chim u'ng*。

「『雄鷹』的意思。」他明確指出，深感光榮。

對艾蒂安來說，老洛克希德織女星號與雄鷹的相似性僅止於詩意範疇。詩意與否對鸞來說並不重要，總之他盡可能搭飛機前往各地。信眾將皇家藍地毯一路鋪到空橋，教皇登機，莊重威嚴，好一幅壯觀景象。此外，他也堅持自己這趟顯江行必須大擺排場，非經由空路不可，據說飛機從距離目的地最近的機場降落後，還得開六個鐘頭的車才能抵達，全部旅程算起來，搭飛機比搭卡車走陸路還花時間，鸞也不予理會。

幾週前，這架令人肅然起敬的飛機盛大啟用，艾蒂安受邀參加揭幕大典，甚至得享殊榮體驗首飛洗禮。該趟飛行由一位因酗酒而遭解僱的前德國漢莎航空公司飛行員擔任，此君是鬻以微薄薪水和兩箱杜松子酒僱用來的。風從機艙縫隙倏地竄出，狠狠拍打臉龐，引擎劈哩啪啦亂響，抽噎不斷，著實令人惶恐，陪同艾蒂安的兩位長老從頭到腳都在發抖，他倒是雀躍歡呼。

儘管艾蒂安非常喜歡那次首飛洗禮，但此行搭卡車前往顯江，他並不會感到不悅。特遣隊冒著大雨出發，二十分鐘後，第一場雨停了，證明了剛剛穆瓦納上尉下令堅持出發是正確決定，但他並未因而驕矜自喜，他只是在盡他的職責罷了。

太陽再度金光燦燦，任憑你再頑強，也無法對宜人美景無動於衷。這個國家結合了難以穿越的茂密叢林、稻海、青色山脈，既是天堂又是地獄。艾蒂安欣賞著河上氤氳繚繞，碧靄縹緲於蒼綠田間，瞭解到何以眾人會為這個國家而戰，儘管這片美景並非是這些人的首要動機。

一小時後，卡車開始顛簸。道路坑窪處處，開起來相當不順，然而放慢速度卻又總是引起焦慮，深怕遭到伏擊。這段險路是天然的嗎？坑洞接二連三，呈梅花樁排列，難道不是人工的嗎？這棵半躺在路上的樹是自然倒下的嗎？穆瓦納上尉若無其事，兀自嚼著他的小鬍子，隨後，彷彿倏忽大夢初醒，下令停車，從車上一躍而下，觀察現場，與熟悉該區的臨時兵交談甚久，依情況不同，全體下車勘查周遭環境，一路勘查到叢林深處，或是命偵察兵趨前觀測敵情，卡車在原地待命，機槍對準四個方位。

泥巴路受暴雨滋潤成了厚泥漿，卡車在泥濘中打滑並不罕見，有時候迫使他們暫停一個鐘頭甚至更長時間。

艾蒂安試圖跟穆瓦納上尉聊聊，但很快就打消了這個念頭，因為穆瓦納跟他交談僅僅出於禮貌，其實他更傾向於保持沉默。艾蒂安閉上嘴，隨著車隊深入叢林，穿過沼澤地帶，順著小河邊上駛過，小河因為暴雨而奔騰、暴漲，沿著氾濫稻田開過，他認為自己正在經歷的這一切，雷蒙應該也曾經歷過。他聽到驟雨敲打車頂的聲音，雷蒙應該也曾聽到過，而不得不減輕卡車重量時，他下車在泥漿中行走，雷蒙應該也曾這麼走過。他甚至也希望越共襲擊，希望自己被俘虜、被刑求，希望自己也被肢解……艾蒂安就這麼承受著雙重折磨：一方面，他總是鬱鬱寡歡，另一方面，他竟然把雷蒙的死當成一部廉價小說，把自己編進這種不實空想來自我安慰。

他們出發時天剛亮，天全黑才抵達顯江。

菲利普・德・拉克魯瓦—吉貝上校前來歡迎這批西貢貴客。

「一槍都沒開。」穆瓦納上尉先在上校面前立正站好後簡短報告。

除了上校，鸞也在場，一襲剛熨好的長袍在身，好一位心虔志誠、篤信宗教的教皇啊，他搓著兩隻小手，好像正在洗手，另有一位官員在場，一看就是那種官僚，自我介紹都會先姓後名，藉以強調他對自己的身分與職位有多看重。

「敝姓格蘭瓦雷，小名菲利普，高級專員公署駐地代表。」

格蘭瓦雷・菲利浦先生伸出手來，白淨、滴汗不沾，乾淨到令人懷疑他是不是每天早上都修剪一番。提到手，殊不知每個人的手各自傳達某種訊息。鸞的手在說：「謝謝各位先生，謝謝各位接受敝人之邀前來。」至於上校朝艾蒂安伸出的這隻手則正在抱怨：「原來是為了這個屁眼[3]，害我要麻煩一個禮拜。」高級專員公署代表的手看似在說：「我可是代表法律和政府當局，惠請廣傳周知。」

很明顯，上校看不起代表，代表也看上校不順眼，至於鸞嘛，就算他被卡車輾過，這兩位也不痛不癢，連手指都不會動一下。這種氣氛立即引起艾蒂安興趣，他回眾人道：

「感謝各位先生歡迎在下，不知諸位享用過後，還有剩下鴉片嗎？」

人人佯裝受了冒犯，實則非但沒生氣，反而哈哈大笑。艾蒂安在印度支那貨幣局的工作引人覬覦，每個人背後似乎都暗自揣著一份轉帳申請書，隨時準備接下核准放行的神奇戳印。

鸞走上前來，先向艾蒂安打躬作揖，隨後雙手合十置於胸前，說道：

「艾蒂安先生，我讓你的東道主接待你，不過後天的彌撒，我能期待你大駕光臨嗎？」

「啊！主日彌撒，跟天主教徒一樣？好像有點普通欸，不會嗎？最高神靈不是應該超脫於這些俗務之上嗎？」

「超凡神靈……超靈教廣納百川，艾蒂安先生，本教汲取之前各個宗教精華……以及神諭。」

艾蒂安湊到鸞的耳邊：

「到時候我可以戴上我的流蘇帽炫耀嗎？還是……？」

鸞一臉無奈，艾蒂安閉上眼睛，表示理解他的難處。

「好吧，我還是微服出行吧。」

他趁機加上一句：

「啟奏教皇陛下，不知這麼要求你會不會僭越……？」

他眨眨眼，代替沒說完的句子。

鸞早就答應了。

「早就安排妥當，艾蒂安先生，你樣樣都不會缺。」

遠征軍猶如大水塘，一池子的魚來自各個部隊，一起占著同一座搖搖欲墜的堡壘。別看他們儀服鬆散，行動卻堅決。好個怪異組合：有打赤膊的、有紋身的、有藍眼睛的、有黃皮膚的、有穿褪色制服的、有把衣服晾在繩子上的、有在木箱上比腕力的、有在幫武器上油的、有在拿小木樁把防水布撐起來好讓大夥兒蹲在下面玩牌的，令人驚訝的是，其中竟然還有一位隨軍神父，正邁著穩健大步從中穿過，勉強算兵團成員，留著一大把工兵圍裙落腮鬍，卻又類似高階神職人員，鍍金大十字架掛在胸前，就像自行車手胸口別著號碼牌那樣。

艾蒂安在此駐足了一會兒。

那邊，有人剛轉過身去背對著他，艾蒂安認出他來，五十多歲，短小精幹、寬肩、長方臉、兩眼清澈，就是在西貢卡梅隆露天咖啡座告知他雷蒙死訊的那名老兵。

艾蒂安確信這名兵團成員認出了他，故意轉身離開。

引導他來到這裡的原因正是出於潛意識中希望看到這個人，或許，他可以向他指出他們是在哪裡找到雷蒙和他戰友的，也就是軍事報告裡面提到的那個空曠小山谷所在地。艾蒂安知道顯然自己休想開口詢問菲利普．德．拉克魯瓦—吉貝上校或那位政府代表，因為照理說他不該看過那份報告。所以，這名內斂又躲著他的士兵是他唯一希望。但不久後，艾蒂安就從這些軍人處得知，這支外籍兵團部隊已經完成了在顯江的任務，將於幾小時後離開，返回西貢。事實證明，這名老兵不僅表現得躲躲閃閃，而且剛好艾蒂安一到，他又要走了。

這一趟白來了。

幾小時前，天井已被雨水浸濕，但雨一停，熾熱氣旋立刻回歸，紅土地坑窪處處，走路還得繞過泥潭，在這一大片廣場上，泥潭猶如一組碩大的漂浮島嶼，他們在其間踉踉蹌蹌、東蹦西跳、滑來滑去，邊破口大罵。

就在這座堡壘盡頭，豎立著一棟大型建物，底樓是軍事管理部門，樓上是上校的寬敞公寓，艾蒂安應該會住在這兒。他在下士陪同之下，走過一條又一條走廊，熱氣蒸騰，猶如身處迷宮，左轉右拐，終於來到為稀客預留的客房區域，房間寬敞，天花板備有吊扇，因為防熱用的百葉窗遮蔭之故，房裡照明昏暗，即便在這個時候，大雨已被拋諸腦後，依然又濕又黏。

「菲利普·德·拉克魯瓦—吉貝上校很高興與你共進晚餐。八點開始。」

這是命令。下士不等他答覆便逕自離開。現在艾蒂安獨自一個人，他脫下衣服，啟動手泵，沖了個溫水澡。然後，疲憊不堪的他光著身子躺在中間凹下去的床上，沉浸於午後小憩，直到被房間上方屋頂的嘩嘩雨聲驚醒。艾蒂安從窗戶往外望去，看到偌大天井空無一人，被沉重、昏暗、垂直落下的驟雨淹沒、壓迫。

再過幾分鐘，上校的用餐時間就到了。艾蒂安匆忙穿上衣服，走出房間。他搞不清楚東南西北。這邊剛剛走過了嗎？他往前走了幾米，自以為認出這個地方，豈料又走回原地。四下無人。他聽到聲音，那邊，有一扇門是開著的。他立刻鬆了口氣，原來是護送他到公寓的那位下士正在和同事談話。下士坐在小辦公桌後面，桌上鋪著一幅滿是各色圖釘的作戰地圖。

「我迷路了……」

「很正常，別擔心，這邊很複雜。第一次來都會迷路。我再幫你指路……」

「這是真的嗎？」艾蒂安開玩笑，因為他看到一顆小尺寸的骷髏頭充當紙鎮，在這種行政單位出現，猶如莎士比亞名言一般突兀。

「這還用說！一個越南佬，去年我親自砍掉他的腦袋，對吧？尚諾。」

念了。

艾蒂安看著這兩個男人，他們在微笑，彷彿回憶起一則軼事，距離有點遙遠，都變得令他們懷

「那個混蛋鬼吼鬼叫得可厲害著呢，你還記得嗎？」

下士豎起食指。

「因為啊，電影裡面都拿軍刀那麼一揮，啪，人頭落地，像斷頭臺一樣。現實生活中，完全不是這回事，我可以告訴你！刀子被脊椎卡到，只得往上、往下都砍砍看，這個方向砍砍，再換個方向，真難砍，砍來砍去，砍個沒完。」

艾蒂安盯著他，又看向頭骨，感到一陣不舒服。

「還沒完呢！為了骷髏頭漂漂亮亮的，還得把所有東西都弄掉。我煮了四個小時，瘋狂吧？可不是嗎？這還不夠，還得用刀子把剩下的殘渣刮掉呢。」

「你要害這位先生遲到了。」另一個人說。

艾蒂安聽到他的聲音彷彿遠在天邊，或是隔著一道牆，但他畢竟還是聽到了，足以讓他問道：

「你砍……活生生砍掉對方的頭？」

愈來愈像是囈語。艾蒂安看得到清楚影像，聲音進到耳裡卻帶著回音。

「呃……介於兩者之間……發電機已經夠他受的了，那個滑頭……」

他指著房間角落裡的一臺發電機，長方小箱子，上有兩個大踏板，就像自行車那樣。

「我們把電極貼在他的蛋蛋上，讓他耗盡精力，再也說不出話，不然你要我們怎麼對他？他知道的全招了。不是嗎？尚諾。」

「確認。」

「你害這位先生遲到了。」另外那位又說了一遍。

「對，我走了……」

艾蒂安再也不知道自己在這邊做什麼，骷髏頭在大桶子裡面煮得冒泡泡，這個畫面令他一陣噁心……

「我送你過去。」下士說。

艾蒂安受到驚嚇，花了好幾分鐘才恢復神智，於此同時，他們朝上校公寓走去。

「啊，我看到你已經和庫榭下士見過面了。」

庫榭立正站好，上校再也沒看他一眼，自顧自攬著艾蒂安的肩膀，領著他走向飯廳。

「就像大家說的，吃個便飯。這個月我老婆帶著孩子待在法國，所以做飯和上菜方面嘛，也就不怎麼像樣……」

在座的有格蘭瓦雷．菲利普先生，那位代表，還有一位少校，艾蒂安忘了他的名字和職司，他驚魂未定。

菲利普．德．拉克魯瓦—吉貝，這位男士高大頎長，一頭波浪般的紅髮，擺出一副土財主不拘小節的隨性風格，明明是貴族，為了親民，刻意佯裝粗俗。有的男人從沒失敗過、從不懷疑自己的能耐，他就是其中之一。外表隨和，實際上講究得跟什麼似的，你完全可以想像他精於馬術，跳越障礙。說到底，他這個人，既帶著印度軍人的異國情調，又有著沒落貴族的名士氣息。他沒問誰要喝威士忌，逕自幫大家斟上，而且還指定座位。才剛進門，你就在他的掌控之中。

一名士兵穿著軍裝但繫著圍裙，端上來蛋黃醬佐冷魚，以他那雙摔跤力士的大手，想盡辦法，讓自己的服務優雅出眾。倘若不是現在這個場合，這套沒有女士在場的用餐儀式就會顯得滑稽可笑，活像在變裝癖小酒館耍弄。

「怎麼樣？佩萊蒂埃先生，西貢的情況如何啊？」

酒自流淌，話自暢談。吃完冷魚吃熱魚，話題繞著首都轉，好好的一座城市遭到天真無能之士把持。幫他們服務的士兵不時將餐具掉落，又以一種他希望看起來輕巧的手勢撿了起來，輕輕放回桌上。艾蒂安現在已經恢復神智，竭力表現出興致高昂，機械式地答著話。他吃。他喝。說著說著，不知怎的，又說回下士身上。

「啊，我們的庫榭下士啊！」上校笑了個開懷。「沒了他，真不知道我們該怎麼辦噢！不是嗎？格蘭瓦雷。」

「這還用說嘛。」

「他到底是做什麼的？」艾蒂安問道，「我是說：他負責哪方面的勤務？」

「情報。情報界一等一的好手……」

「我已經見識過，的確是好手。你倒是告訴我，他砍人腦袋的時候，用的是軍刀還是大砍刀？」艾蒂安續問。

「啊，對噢，他的骷髏頭，他引以自豪來著，還真的是……」

上校回的話，好像沒察覺到艾蒂安話中帶刺。

「用大砍刀，不是嗎？」他突然擔起憂來，問道。「這裡又沒軍刀。」

上校點點頭，對，用大砍刀，肯定是。行政代表邊大啖魚肉邊表示贊同，一臉堅信不疑。艾蒂安花了幾秒鐘才意識到，他語帶譏諷卻被他們當成對砍頭技術問題感到好奇。這些人對自己的所做所為顯然洋洋得意。

「軍隊受到批評，」上校說，「有時還被嘲笑，沒錯，竟然還被嘲笑！但是這場衝突展示出我們軍隊適應能力超乎尋常。你懂嗎？佩萊蒂埃先生，我們原本預期會有一場戰爭，一場硬碰硬的戰爭！有前線、有戰鬥！男人對男人，如果我可以這麼說的話。殊不知我們對黃種人嚴重誤解。這個種族，你知道，天生陰險狡詐，黃種人並不勇敢，但十分頑強。所以他們才發明了一種邪門歪道，以騷擾代替正面對決。他們打游擊戰！敵人沒有軍服，說穿了，甚至連軍隊都沒有，他們無孔不入，混入人群，如魚得水。神不知鬼不覺，冷不防就出現，十個、十五個，襲擊、砍頭，來得急去得也快。他們的軍隊不是由士兵組成，而是一支刺客特攻隊。這下好了，那你認為我方當如何自處呢？當然是適應啊。面對他們這場革命戰爭，我們打的是一場反革命戰爭啊！啊哈！」

「包括在他們蛋蛋接上發電機，再用大砍刀把他們的腦袋砍下來？」

「就是要這樣！對付刺客，也就是恐怖分子，最有效的武器就是情報。只要揪出他們其中一個，不把他當敵軍士兵看待，而是當成罪犯，整個做法就完全不一樣囉……」[4]

要麼這位上校是個厲害的辯論家，忽略艾蒂安提問時語帶譏諷，只專注於提問內容，要麼就是他自以為是，只聽得到自己想聽到的，很難確定他究竟是何者。

「難道你不介意，」艾蒂安邊給自己斟酒，邊問，「你的士兵因而成了劊子手嗎？」

「劊子手」一詞對那位代表起了作用，激怒了他，他猛地抬起頭來。少校手一鬆，叉子啪一下落入瓷盤。此時，菲利普．德．拉克魯瓦—吉貝上校則再度展現他的優越感：

「這是一種戰術選擇，佩萊蒂埃先生，如此而已。我們不過是以其人之道還治其人之身罷了。首先，我們從市井小民和攤販裡面僱來線民和游擊隊員，再從黃種人裡面挑選偵察兵和翻譯。分化治理！師夷之長技以制夷！從遠處看，似乎有點殘酷，不過，你聽我解釋，等等就會比較懂了。幾個月前，是……在二月底，對嗎？」

少校始終沒開口，這時點點頭表示同意。

「遠征軍有支部隊遭伏擊後被擄為人質，正是在此地，顯江。一小群兵團成員，個個都是鐵錚錚的漢子！」

艾蒂安本想挑釁上校，現在自己反而落入陷阱，使得他無比激動。

「越南佬折磨他們十來天，最後，你知道他們做了什麼嗎？」

艾蒂安想大叫「我知道」，但既沒精力也來不及。

「我們找到這些可憐的傢伙，第一個人兩隻手都被砍掉，第二個人所有關節都被打斷，第三個人被活生生剝皮，血肉模糊，只剩下幾塊碎皮，其他地方都被剝了，八成是用刮鬍刀和……」

艾蒂安猛地一拳打在桌上，餐具全數跳起，一只空瓶應聲落地，拖著一個玻璃杯也連帶……

上校微微一笑。

「是的，你是對的，越共這個敵人殘酷得可怕……」

他轉向勤務兵。

「麻煩你把咖啡和酒送到我辦公室。」

他站了起來。

「各位先生，我不想吹牛，不過嘛，我應該可以為各位提供全印度支那最上等的哈瓦那雪茄。我小舅子幫我弄來的。外交郵袋，*natürlich*！」

在此逗留期間，艾蒂安再也無法回歸現實、變回自己，反正他再也無法思考就是了。眼睜睜看著上校辦公室煙霧繚繞、眾人相談甚歡，自己則處於迷茫狀態，餐後他回到樓上房裡，和衣躺在床上，就這麼待著，沒睡，等著傾盆暴雨將屋頂和天花板沖垮，將他淹沒於哀傷。

他對這場戰爭恨之入骨，然而，不知為何，他卻下不了決心離開此地，似乎還在等待什麼，可是……等待什麼呢？

艾蒂安發現床邊放著抽鴉片的器具，長煙斗側面刻著超靈教徽，就這一點而言，鸞教皇果然信守承諾，安排妥當，鴉片品質絕佳，數量也充裕。

艾蒂安很晚才睡著，沒做夢，但隔天早上心神不寧，彷彿在他混沌記憶中殘留一幕驚人場景，只不過他的思維尚無法釐清。

天井裡，一小班全副武裝的超靈軍隊正準備在遠征軍分隊的陪同下出發執行任務。自從超靈教在西貢街頭遊行成功並且宣布法國軍隊將助其奪回這一區以來，已可預見許多村莊將一一歸順該教，就拓展地理版圖方面，可說大有斬獲。多虧眼線、奸細和其他耳目的幫助，超靈部隊一一孤立越共據點，逐一將對方趕回該區邊境地帶。在此之後，超靈教透過殖民征服和接管黑道勢力，仰仗這種雙管齊下策略，建立了一種愛國稅制度，藉以金援與保護那些臣服於其下的村莊。

艾蒂安下樓到了天井。旭日，已經相當毒辣，夜裡的大水坑正在蒸發，嫋嫋白煙，輕霧如絮，四下縹緲，在你頭頂升起，爾後消散。為了走到門廊，艾蒂安不得不左繞右繞，走在臨時搭蓋的格板上，沿著一排大門緊閉的建築物往前走著，此時，突然一隻手抓住他的手肘，他還來不及反應，原來是兩隻手，立刻又成了四隻手，把他抓進一個房間，裡頭泛著一股濃烈的香料和魚乾味兒，但眼前一切都陷入黑暗，他什麼都看不見。總共有兩、三個人。第一個人衝著他的肚子狠狠一拳，他跪倒在地，隨後，第二個人抱住他的胳臂，第三個人用腳使勁猛踹他的肋骨。

迅速、疾如閃電，效率之高、之快，令人心生畏懼。

幾秒鐘後，艾蒂安快窒息了，死命想吸氣，翻腸倒胃，吐在紅土上。他抬起頭，那個方臉藍眼的小個子兵團成員的身影，像皮影戲般嵌在門框。

「我冒著風險，在西貢向你提供戰友雷蒙．范．穆倫的機密情報。長官禁止我們把這種事傳出去，想必有他們的理由，我不是一個質疑命令的人。我同意告訴你真相是因為雷蒙……他是個好戰友。我不想有遺憾。」

艾蒂安還沒喘過氣來。

「我想確保你清楚這一點……」

艾蒂安設法靠手肘撐著站起來，那位兵團成員已經關上門，悄悄走了。

他在床上打滾，整個人痛到彎成兩半，整整一個小時，疼痛才稍微減輕，腹部、胸膛被軍靴踢得青一塊紫一塊，留下累累斑痕，艾蒂安惱羞成怒。

突然，他站了起來。

訊號啟動。

這個國家不適合他，他必須走。走去哪兒呢？這個問題他從沒問過自己。

他非走不可。

現在就走。

他正在收東西，門被飛快推開。是上校，穿著靴子，站得筆直，咧嘴大笑。

「你必須瞭解……抱歉，我沒跟你打招呼，就……」

但他卻沒伸出手，繼續說道：

「跟我來！」

他笑得燦爛，一副征服者慣於受人服從的表情。

「我要回西貢了。」艾蒂安說，繼續把衣服塞進包裡。

「什麼？這麼快？是嗎？……」

上校有點狼狽，甚至失望。但是看到艾蒂安板著一張臉，垂頭喪氣，他懂了，發生了一些他不樂見的事。

「那好吧，我們會處理。今天太晚了，不過明天嘛，好，我安排手下護送你。」

他正準備離開，但又走了回來。

「至少不是因為昨晚聚會有什麼地方……？」

「不是，完全不是，」艾蒂安急忙說道，但語氣冷淡。「正相反，每個人都表現得……非常客氣。」

上校遠非傻瓜，他端詳艾蒂安了好一會兒。

「很好。你明天走。」

這不再是提議，而是命令。

「不論如何，我來找你是為了給你看一樣好玩的東西……我們辨識出離這裡北方大約五十多公里的地方有一間越共工廠。」

「下回再看吧……」

「我們二十分鐘後出發去燈心草小山谷。如果你還是感興趣……」

艾蒂安突然挺直身子。

燈心草小山谷。雷蒙就是在此遇難。

於是，在下定決定離開越南幾分鐘後，艾蒂安反而坐上吉普車，為一列由五輛重裝軍卡及身著迷彩服的士兵特遣隊開路。

一個半小時後，抵達運河邊，偵察兵已經集結好幾艘舢舨，武器和彈藥箱也已裝載完成。一片肅靜，警覺、緊繃，彷彿部隊生怕舢舨一下水，開始緩緩向北駛去，叢林會被驚醒，立刻變得密密麻麻。叢林在河道兩邊豎起暗綠高牆，更覺水氣氤氳。空氣濕度飽和，令人呼吸困難。燈心草和荷花覆蓋住運河表面，河岸成了沼澤，腐臭味嗆得喉嚨十分難受。沒人抽菸，沒人說話，就這麼持續了一個小時。艾蒂安覺得好像看到身後的叢林又閉合起來，這段航程簡直像在穿越冥河，不過，他們驀地停了下來，無聲訊號悄悄傳來。人人戒備，艾蒂安不解有什麼好看的？好等的？什麼動靜都沒啊。舢舨再度往前，甚至更慢，右側有座小山頂冒出樹冠之上，清晰可見。然後，警報響起，那邊，類似霧笛在嗚嗚叫，一兩公里外的叢林後面立即一陣騷動，不一會兒，爆炸與烈焰四起，開火了。

「完了，」上校看得很開，如此說道，「我們被發現了，得趕緊撤，不過已經來不及了。」

舢舨正在加速往岸邊駛去，士兵從昏睡中醒來，迅速將武器和彈藥搬下去。一行人走上泥濘小路，有時連腳踝都陷進泥巴、泥漿裡。一走就走了三刻鐘。

上校看似在笑，指著火光說：

「他們把帶不走的東西全部燒掉，打從第一天開始，他們就在為隨時走人做好準備，連正在蓋的工廠一小時內就能拆光。你等等就會看到空無一物。」

他若有所思，隨後又補充道：

「至於是不是空無一人嘛……這點我存疑。」

一行人終於來到廣場，茅屋剛剛燒盡，留下深深燒痕，像鐵軌一樣通往河流另一側的一條隱蔽支流，機器、設備已經拖到小船上了。只剩下被錘子敲爛的鐵件，拆卸下來的零件，化學品罐子碎的碎、倒的倒，存糧也被澆上汽油，散發出濃烈的嗆人煙味，四下偶爾還看到一些臨時工具、被捅破的貨箱……

四周全是沼澤，燈芯草無邊無際，蓊蓊林木，盤虬扭曲，好似靠著根部飄浮在水面。這支部隊將此地包圍，搜索剩下的東西，個個武器在手，戒慎恐懼。

「他們並沒有全部離開，」上校說，「設備先走，人再走，這是他們的座右銘。」

「這裡是什麼地方？」

「一間工廠。有機床、車床、發電機，生產土製手榴彈，可以拿來在市場上、在不聽話店東的店裡引爆，地雷則用來埋在我們經過的路上。」

他盯著沼澤，饒有興味。

「在你面前有好幾十個越南佬。你看不到他們，他們待在水裡，一撐可以撐上好幾個小時。如果你在這裡待的時間夠久，等他們的氣一不足，你就拿槍一個一個把他們給斃了。就像在市集打氣球那樣。」

他四下張望了一番。

「可是我們不能留下來。我們很快就會被越共那群烏合之眾包圍和攻擊。到時候將是如假包換的大屠殺……這已經是我們第三次嘗試突擊他們。我們會再次嘗試，就這樣。」

難得有幾間茅屋沒被燒毀，艾蒂安走向其中一間，可能是因為裡面沒什麼要緊的東西，所以才沒被燒吧。屋裡亂七八糟，鞋子、舊布片、鞋帶、瓶子，簡直像垃圾場。他踢開生鏽的廚房用具和破舊衣物，正準備出去，卻因為一小片紙而留步，沒什麼大不了的，只是一個標籤從空彈藥木箱裡露了出來，他撿起來看了看。

凱勒爾及瓦萊斯科進出口公司。

好像有聽過，艾蒂安試圖想出這個名稱的由來。

他想到了。進口利摩日瓷器的轉帳申請。預付一百多萬法郎，一匯到法國，幾乎成了三百萬。

這個標籤怎麼會在這兒呢？

「這位朋友，我們要走了……」

原來是菲利普．德．拉克魯瓦—吉貝過來找他。

艾蒂安把標籤塞進口袋。

「你不舒服？好歹沒生病吧？」

「沒有，一切都很好。」艾蒂安喃喃說道，跟著上校走了出去。

然而他跟隨著的其實是他自己的思路。

他走向卡車，邊將邏輯線索連結起來，繼續思考發現標籤代表什麼意義。

既然這個標籤在那邊，就代表貼著標籤的貨物被運送到越盟的手上。

而且進口這批貨物還是經過貨幣局許可的。

由於戰爭，法國人在皮亞斯特上大動手腳。公司行號、當地資本家利用這種非法交易獲取暴利，吃得飽飽的，殊不知還有更糟糕的……

越盟已經成功打進這個體系。

利用皮亞斯特不當獲利壯大自己。

這意味著一件事，唯一的一件事，可怕，而且悲哀得要命。

法國和越盟在打仗，卻在不知情之下資助敵方。

---

1 *Valise diplomatique*：政府在國外傳遞文件專用，受到國際公約和各國國內法律保護，具機密性，外人不得檢閱，連海關也不例外。

2 *natürlich*：原文如此。這個詞是德文，是「自然是、當然是」的意思。

3 Tablier de sapeur：原為里昂家常菜名。做法有點像炸排骨，但食材換成牛肚。先將牛肚以白葡萄酒醃製一夜，隔天再煎熟，也可以滾上麵包屑後再煎。作者取其又厚又大的意象。

4 根據《日內瓦公約》，對待戰俘有嚴格規定，例如「戰俘應在任何時候都應受到人道待遇和保護，特別是不遭受暴行、侮辱和公眾好奇心的煩擾。對戰俘的報復措施應予禁止」，一般罪犯則不受該法管束。所以上校才有此一說，意指可以對其為所欲為。

26 如果我是妳，我還是會去看看

計程車將海倫和她父親送到嘉布遣大道上的格蘭咖啡館前，那兒擠滿了剛看完戲的劇院觀眾。熱鬧、繁華，歡樂、美不勝收。海倫在服務生帶領下，穿過鋪著水泥方磚的大露臺，父親要求幫他們安排在第二間包廂。她從橙色玻璃鋪成的天棚下走過，服務生挪了挪桌子，讓她在紅色天鵝絨長椅上就座。經過一天折騰，她那張俏臉在罩了朱紅網紗的壁燈照耀下顯得疲憊。

在計程車上，父親跟她解釋，說他只比她晚六小時離開貝魯特。

「妳搭午夜那班飛機，」他說，「我搭下一班。」

一到巴黎，他立刻去了弗朗索瓦家，可是沒找到他。只有那位門房太太，「叫我萊昂蒂娜就好」，她巴不得纏著他囉唆一整天。

之後，他去了喃喃家。

海倫不清楚最後父親到底是找到弗朗索瓦還是喃喃，反正她很氣他們，所以沒問。

「他們好像對妳不太好，我沒說錯吧？」

「不太好，的確不好，」海倫說，假裝全神貫注在看菜單。「我想先吃點生蠔，你不想嗎？」

「那就點生蠔啊！」

點完菜，路易把眼鏡收回胸前口袋。海倫想知道是透過什麼奇蹟，父女才得以重逢。

「噢，哪兒來的奇蹟！妳走的時候沒帶多少錢，所以我想，要是妳沒在哪個哥哥家過夜，肯定會去歐洲旅館。」

路易點了一瓶麝香白葡萄酒搭配海鮮拼盤，酒擱在冰桶裡送了過來。

路易在服務生耐心十足、充滿自信的目光下試酒，這時候海倫才隱約看出父親年輕時是個什麼樣的人，他並不英俊，但比英俊更好，他令人感動。倏忽間，她有一種感覺，難以忍受卻令她放心，那就是只要父親在她身邊，她就不會發生任何事。可是當路易邊說「好極了！」邊放下酒杯，這時他又變回了她熟悉的父親。

「所以是媽媽叫你來找我回去的……」

海倫問這個問題的語氣既尖銳又咄咄逼人，路易假裝沒注意。

「不，不是她叫我的。」

他指指生蠔。

「好吃吧，嗯？」

「媽媽……」

「妳知道她的個性……妳不吃？」

「我要吃啊！所以，你不是來找我……」

路易邊喝白葡萄酒，嘴巴邊輕輕咂了一聲。

「大家都知道……妳媽早就有心理準備。孩子一離家，永遠不會回來。她都經歷過三次了。」

「可是前幾次是哥哥……」

「沒錯，所以我才在這兒。」

海倫不懂他想說什麼。路易放下餐具，凝視著她。

「妳媽和我只想確定妳的情況穩不穩定，還有……安不安全。」

「可以說得具體一點嗎？」

「具體一點？我不知道。不過就是這個原則，妳應該懂。」

「有點抽象。」

「這就是問題所在，原則本來就很抽象。好，妳倒是跟爸爸說，妳打算在這裡做什麼？」

路易點了酒香腰子，「妳媽向來都不做這道菜！」好像在幫自己開脫似的。海倫點了鴨胸。包廂裡香氣四溢，烤肉、海鮮、冰鎮葡萄酒和香菸煙霧交織一氣。談話聲原本嚶嚶嗡嗡，上最後一道菜前，變得愈來愈大聲，笑聲有如驟浪，一波波傳來，海倫滿腦子都是這家小酒館的裝潢、這瘋狂的一天、這張父親對她笑得和藹的臉，這瓶麝香白葡萄酒就更不用說了。所有這一切都使她情緒激動。對路易來說也是如此。他從來沒有像這樣單獨和女兒面對面共進晚餐。他覺得她非常漂亮，害他心疼得要命，因為他腦中又浮現她赤身露體在札維耶．洛蒙家牆上的那個影像，他不禁自慚形穢。不是因為他女兒將自己奉送給這種變態遊戲，也不是因為她在照片上的眼神挑逗到了低俗的地步，甚至不是因為他因此看到女兒的成熟女人胴體，都不是，而是因為海倫已經長大成人，跟男人有了肉體關係，他竟然毫無察覺，因為她再也不是他的女兒，而是他女兒變成的這位年輕女子，他已經完全不認識她了。

「你說什麼？」

「我說妳在巴黎打算做什麼？」

「我想念美術學院……」

路易點點頭。海倫還以為他會反對，但她白擔心一場。

「現在申請是不是有點晚了？」

海倫不敢置信。

「你只有這些話要說嗎？」

路易瞇起眼睛一下下。

「啊，對噢，很抱歉，親愛的！我應該說：『什麼？美術學院？休想！妳必須嫁給藥劑師，否則我就剝奪妳的繼承權！』算妳有道理，我害妳失望了。」

海倫按捺不住，笑了。

「媽媽……」

「她會習慣的。幾個孩子向來不像我們，妳看哺哺就知道了。我希望他像我一樣，結果呢？」

從父親的語氣中，海倫瞭解到他依然對那段時期的慘痛記憶耿耿於懷。她好想握住他的手。佩萊蒂埃先生相當多變。剛才她還覺得他像個男子漢一樣帥，現在卻發現他像老父親一樣令她感動。

路易心中思緒翻湧，感慨萬千，停頓了一秒，才又回到美術學院話題。

「如果我是妳，我還是會去看看。搞不好有人撤回申請入學，誰知道呢？」

「爸！得先通過會考才進得去。」

「讓他們瞧瞧妳的能耐！」

他實在太天真了，海倫被他打敗了。這下子她確定他是真的老了。尤其是他又加上這句：

「讓我開心開心，好嗎？明天還是去問問有沒有名額。想贏，就得賭一把！」

佩萊蒂埃先生為了幫她才來巴黎，而他的確也像救世主一樣翩翩降臨。他為她預訂了一間漂亮的房間。（「最寬敞的那間，嗯，杜克勞夫人，我女兒要住的！」）一聽到她的手提箱被偷，旅館老闆娘立刻拿給她一個備用盥洗用品包應急。「明天，」路易補充說，「妳去莎瑪麗丹[1]百貨公司，要什麼就買什麼！」在他能力範圍內，他能做的都做了。海倫不忍心拒絕。

「好吧，我會去美術學院問問看還有沒有名額。」她說的這是違心之論，她知道自己不會去，她才不想丟人現眼。

路易吃了好幾個巧克力泡芙，因為「妳媽媽向來都不做這個」。這些情緒，這個夜晚，這瓶美酒……海倫感覺自己點頭如搗蒜，全靠右邊鄰座客人的雪茄菸味，才能保持清醒。

在計程車上，她靠在父親肩上睡著了。他抱她進房間，幫她脫鞋，讓她躺在床上。她迷迷糊糊醒來，只來得及脫下衣服。不過脫衣服之前，她父親躡手躡腳正要走開，她叫他回來。

「什麼事？」

「我愛你，爸爸。」

「我也愛妳，小心肝。」

出乎她意料之外。她小時候，他才這麼叫她。

1 La Samaritaine：一八七〇年成立於巴黎市中心的大型百貨公司，以其新藝術風格建築著稱於世。二〇〇五年關閉，直到二〇二一年才又重新開幕。

27 大家都知道我在說什麼……

尚鬆了一口氣，少了一副重擔，天邊正在放晴，諸事不順的黑暗時期即將告終。弗朗索瓦的文章證實指認工作將於本週五晚間六點在警察局展開。六十四名犯罪嫌疑人已被拘留或遭到傳喚。《晚報》白紙黑字寫得清清楚楚：「遭到傳喚」。

尚什麼都沒收到。

昨天郵差才剛來過。什麼都沒有。

他如釋重負，類似他父親對他說「我認為肥皂廠不適合你」時那樣感到解脫。

雖然他從沒和珍妮芙提過這件事，但他還是開心到忍不住告訴她。

「我沒被傳喚。」

「我知道。」她回答。

聽她這種語氣，瞧她這副神情，尚有不祥之感，腿一軟，只得扶住門框。只見她下巴揚起，呈水平狀，雙眼圓睜，唇邊帶著一抹冷笑，她這種說話方式，他瞭然於心。屢試不爽，這是一種徵兆，象徵著唯有珍妮芙才捅得出的大亂子，絕無例外。

她也一直都在守候著郵差。不多久，尚看到她穿好衣服，站在鏡前調整帽子，一言不發，出門了，害她丈夫焦慮得都快死了。

她去了法院，求見勒諾瓦法官。這是不可能的，法官很忙，將由別人接見她。

「萬萬不可！請轉告他茲事體大，與瑪麗．蘭普森凶殺案有關！我是證人！」

珍妮芙直挺挺杵在走廊正當中。有人請了這位矮小法官過來，他沒認出珍妮芙。

「這位太太是……？」

「佩萊蒂埃。我是尚．佩萊蒂埃先生的妻子，我想知道這次指認凶嫌，為什麼外子沒有遭到傳喚！」

令人不可置信。法官甚至懷疑自己有沒有聽錯。

「因為，畢竟，」珍妮芙繼續說道，「身為共和國公民，他有權要求為自己國家的司法盡一份力！」

勒諾瓦曾和幾個狠腳色打過交道，但他覺得想擺平這個姓佩萊蒂埃的女人，只怕完全是另一碼事。

「他不在名單上，這位太太。」

在他的邏輯中，行政論點勝於其他所有論點，這種武器絕對奏效，這方面他經驗豐富。

「什麼名單？」

「傳喚犯罪嫌疑人名單。」

「好的。這份名單是誰列的？」

「是我。」

「所以你要向我解釋為什麼外子不在名單上。」

又回到原點，看來必須改變策略。

「他不符合標準。現在，這位太太，我先失陪了。」

勒諾瓦向右跨出一步，珍妮芙向左邁了一腳。

「這位太太，妳在妨礙司法！」

「非常好！那我這就去向貴部部長說明啊！」

被告、共犯、刁民，威脅要向「高層」告狀，這在日常行政業務上司空見慣。不過這名婦女正在氣頭上，令他想起公部門這臺機器效率如何無能、無情。勒諾瓦法官不禁心生畏懼。她再鬧下去，這種情況有可能偏離正軌，不受控制，變成暴衝的失速列車。

「我還要通知新聞界！」珍妮芙繼續說道。「我是尚．佩萊蒂埃先生的妻子，也是弗朗索瓦．佩萊蒂埃先生的嫂子，他是《晚報》最紅的通訊員，你好好想想吧！我要告訴他，你是怎麼進行調查的！你有名單和種種標準，我啊，我有司法正義，先生！我可以讓你……」

「這件事攸關體重。」

法官為自己辯解。珍妮芙立即知道這件事她贏定了。不過她依然謹慎以對。

「什麼意思？」

「目擊證人十分確定，她在洗手間門口遇到的那個人很瘦。」

「你認為我丈夫很胖？」

她贏了。勒諾瓦法官也心知肚明。

「好吧，聽我說，請妳先生過來也無濟於事，不過既然妳堅持，我……」

「沒錯，我們很堅持！」

勒諾瓦覺得心好累。

「好吧，那我就傳喚妳先生，就這麼辦。」

聽到這個消息，尚倏地漲紅了臉。

珍妮芙摘下帽子，說道：

「我可以告訴你，這個小法官被我吃得死死的。」

「但是，珍妮芙，」尚結結巴巴。「妳明明知道……」

「知道什麼？」

她杵在他面前，雙手抱胸，頭抬得高高的。

「那……那天晚上，我……」

尚再度心生懷疑。

他們兩人是否有誤解？

難道珍妮芙從一開始就什麼都沒看出來？

這下子誤會可大了，搞亂了他的思緒。

「珍妮芙，是我……」

話說到一半，有人按門鈴。珍妮芙去開門。尚差點暈倒，一位制服員警。

他送傳票過來而已。

「喲，早該送來了！」珍妮芙邊說邊從員警手中奪過傳票。

她代自己丈夫簽了名，員警不敢提出異議。

她關上門，尚已經癱倒在扶手椅上。她把傳票放在桌上，走近他。他抬起頭，滿頭大汗，汗水從髮根滲出，順著太陽穴往下滑落，有幾顆要滴不滴的，一路延伸，掛在下巴尖。

她跪在他面前，笑了，會心的一笑。一隻手撫摸他的臉頰，彷彿正在教訓孩子。另一隻手放在他胯下。

「你窮擔心個什麼勁兒。要是檢警找得到那個可怕的殺人犯，早就找到了，對嗎，我的哺哺？」

正如佩萊蒂埃先生確信巴黎沒有比杜克勞夫人的旅館更好的旅館，他也認為沒有比「莎瑪麗丹」更適合購物的百貨公司。所以，海倫才決定去「美麗女園丁」。父親給了她一萬法郎。她覺得他很大方，問題是，他又再度沒考量到巴黎的生活水準。一雙長筒襪就賣兩百五十法郎。買這些必需品（盥洗用品、內衣、裙子、上衣……等等），她得注意著點兒，能省就省。在巴黎生活如同一場戰鬥。

到了黃昏的時候，海倫與父親會合，路易注意到她提著大包小包，上面有「美麗女園丁」商標，但他寧可不提。杜克勞夫人為他們預留了一張靠窗的桌子，「戀人的角落」，她是這麼說的。

「妳知道艾蒂安到底發生了什麼事嗎？」

佩萊蒂埃先生突如其來提出這個問題（海倫才剛講完她這一天都做了些什麼），足以表明他滿腦子都掛著這件事，而且已經有一段時間了。況且，他還緊盯著她不放，好像他算準她不會願意告訴他，而他已經打算戳破她的謊言。

海倫嚥下一口蛋糕，把茶斟滿。

「他不想回來。」

「這個我們知道，他寫信跟我們提過，我問的不是這個，我擔心的是……他在那邊過得怎麼樣？」

倘若此刻他們是在貝魯特的法國人大道，情況會有所不同。但是在這兒……這裡是她父親的地盤，海倫沒勇氣撒謊。

「我唯一只知道一件事，爸，艾蒂安對任何人都不說實話，甚至連我也在內。關於雷蒙的死，他信上寫的太讓人放心了，一看就很假。我不知道他怎麼面對傷痛，你知道他這個人，他很會鑽牛角尖……」

「妳認為我們應該去那裡，嗯？雷蒙去世的時候……」

「不，這什麼也不會改變，他會裝作若無其事，就像在家裡一樣……」

路易想當個好父親，但他知道，光把四個孩子好好拉拔大，還不配擁有這個稱號。哺哺這輩子，八成被他毀了一部分，艾蒂安的生活，或許他也一無所知。他擔心未來自己會發現他對弗朗索瓦也沒好到哪去。只剩下海倫了。

「也許我不適合有孩子。」

他嘟嘟囔囔，埋頭喝著咖啡。

「噢，爸……」海倫說。

然後，由於她父親點了一根菸，她也掏出自己買的美國菸。路易從沒見過女兒抽菸，但他什麼也沒說，手伸過桌子，拿打火機幫她點菸。

他看了看錶。

「我訂了七點的計程車。」

在佩萊蒂埃先生的生活中，向來沒有十三點或二十三點。一過中午，就是一點，然後是兩點，依此類推，直到「晚上十一點」。

「珍妮芙提議我們去那邊和他們會合，我不知道是不是個好主意？」

「你覺得會花很久時間嗎？」

父女倆談起這場指認，就像在說一場電影或是一場表演場次。

兩人來到法院啤酒屋，看到珍妮芙十分亢奮。

「好了，」她宣布「輪到他了！」

她眉飛色舞，指了指牆上的時鐘：

「準時的話，現在剛剛開始……好希望我是一隻小老鼠喔……」

她突然緊盯著佩萊蒂埃先生。一看就知道，她心裡另有盤算，而她也的確順勢換了話題。

「過來啊，好公公。反正我們有時間……」

路易走過去，在她身邊坐下。

「我得跟你談一件事，和你寶貝兒子有關。」

警方將每六個人編成一組。尚在第四組。弗朗索瓦已經協調好，讓自己被編進第一組，這樣才有時間紀錄其他參與者。勒諾瓦法官希望這篇文章對他有正面報導。

「我的天啊，」弗朗索瓦看到他哥那張崩潰的臉，心想，「珍妮芙說的沒錯，他太情緒化……」這幾個月裡，坦普里埃探長團隊找出了三十一名沒有自動出面的證人，弗朗索瓦寫了系列文章，好比連續劇般扣人心弦。每名新證人都是一段故事和一個潛在罪犯。德尼索夫名利雙收了六個月。「但願最後一個才是罪犯。」他有時會在編輯會議上這麼表示，弗朗索瓦經常被找去開會。將警方還沒能找出來的三個證人稱為「他們仨」，這個好點子出自於弗朗索瓦，所有其他報紙立刻紛紛採用。

到目前為止，在在表明凶手是「他們仨」其中一人，即便不是，凶手也會是今天遭到傳喚的這些證人之一，而且在電影院裡，被他推撞的那個女人也有可能認出他，揭發他的真面目。

勒諾瓦法官解釋過指認程序，不過由於坦普里埃探長是以他自己的方式進行指認作業，所以每次輪到新組別，他都又提醒一次。大夥兒聚在同一個廳裡，雖然在場的人都行得正坐得端，怪的是，廳內卻一片死寂，靜得可怕。

司法誤判的幽靈在空中盤旋，目擊證人瑪莎·蘇比洛侷促不安，萬一她認錯，任何人都難逃今晚得睡在牢裡……前幾組相繼進去訊問室，每個人出來的時候都驚魂未定，好像剛從雲霄飛車下來。

輪到他的時候，尚和其他五個人一起走上前去，全身衣服都叫汗給濕透了，他偷偷拿袖子擦拭額頭。又說了一遍自己的基本資料，出示證件，隨後便就定位站好，右邊數來第二個。每個人都面對警察站好，他看到好多警察排成一排站在唯一的一張椅子後面，上頭坐著目擊證人，頭上戴著帽子，正在啃指甲。法官急著想知道結果，低聲對她說話。一道強光照得小平臺上的這幾個人眼睛都花了。他們得先向右轉、向左轉，然後再轉回正面，等著聽到探長說：

「謝謝各位先生，你們可以出去了。」

出去歸出去，但是還不能離開現場。每個人都得耐著性子等到最後。

指認程序肯定難以忍受，但總歸可以理解，隨著各組一一進去，氣氛變得隱隱帶著威脅。

有人小聲說，目擊證人懷疑某某人。

「不確定她認不認得出來，不過，說不定……」弗朗索瓦低聲回覆，因為他哥，面無血色，走過來問他。

「說不定什麼？」

「說不定她認出來了，我們不知道而已，我跟你說！」

門開了，最後一組人走了出來。又等了二十分鐘。

將近七十個人關在裡面，每個人散發出的體熱，香菸的煙霧，令人心悸的焦慮，在在使得空氣幾乎令人窒息，有人要求打開窗戶，基於安全考量，遭到探長拒絕，不過眼看著某人搖搖晃晃就快暈倒，他旋即改變主意。快暈倒的那個人是尚。員警端了一杯水給他，拍拍他的臉頰。

小法官出現，手裡拿著一張紙。

「克萊恩先生、納利耶先生、惹內先生、納蓋爾先生、佩萊蒂埃先生、卡吉奧先生……」

現場一陣騷動。不少人出於本能閃到一邊，鬆了一口氣。

「怎麼會這樣？」一位五十多歲的男人說，「為什麼叫我？」

尚還是坐在椅子上，隨時都會哭出來。

「各位先生，純粹只是再確認一下，」坦普里埃探長說，「就這樣而已。再指認一輪，大家就可以回家了。」

這一次，除了探長，又多了三名員警檢查每個人的身分和排成一列的位置。尚又是右邊第二個。他們面對目擊證人站著的時間比剛剛那次長得多。那名婦人，在椅子上扭來扭去，好像需要去洗手間。警察一聲令下，他們轉了四分之一圈。警察又命令他們轉回正面，尚覺得自己好像電力放盡，兩條腿再也撐不住，他閉上眼睛，只差沒扶著右邊那人的肩膀。

「睜開眼睛，佩萊蒂埃先生。」探長說，聚光燈光線太強，尚幾乎看不到他。

他們幾個人在那邊待了好久，尚喃喃說道，我再也受不了了，全身肌肉都使不上力，感覺膀胱隨時要炸開了。

「謝謝，各位先生，結束了。」探長說。

尚永遠也不知道自己怎麼有辦法走下小臺子、回到廳裡。所有其他遭到傳喚的證人均遭請回。只有弗朗索瓦在十幾名制服員警陪同之下，正在等最後一組人出來，一邊還在做筆記。勒諾瓦法官現身，面無表情，站在門邊說道：

「克萊恩先生，謝謝你……」

那人走了出去。尚看著法官，他現在正伸出手，對他說：

「佩萊蒂埃先生，謝謝你……」

「我可以走了？」他問。

「對，你的部分已經結束了。」法官說。

弗朗索瓦一直待在後面，因為他正在和坦普里埃探長說悄悄話，所以沒看他哥。

尚魂不守舍，穿過林蔭大道，還被猛按喇叭，隨後走進啤酒屋。

「啊！」珍妮芙說。「哺哺來了！」

尚看到父親和海倫坐在桌前喝飲料。

「瞧你，怎麼流這麼多汗。」海倫邊親他邊說。

佩萊蒂埃先生什麼都沒說。

尚覺得自己打擾到他們，打斷了妻子和他父親之間的談話，他們聊他們的，好像與他無關似的，他不太高興。不過珍妮芙已經要她丈夫分享一下指認經過，對他問個不停，非要他說詳細一點不可。尚講得斷斷續續，她邊聽，邊不時轉向海倫或她公公，彷彿在說：太妙了，不是嗎？「有誰被逮捕了嗎？」「沒有，」尚說，「沒人，我不認為有。」

「所以說指認根本沒用？」珍妮芙問道，一臉失望。

然後摸了一下尚汗津津的臉頰，又補了一句：

「下回一定會指認出來，就是這麼回事。」

「弗朗索瓦沒和你在一起？」佩萊蒂埃先生問道，他訂了餐廳，擔心弗朗索瓦不過來。

「他等等就到。」尚回道，將他那杯啤酒一口乾了。

「抱歉。」弗朗索瓦說。

「我們沒辦法，只好不等你先開動了！」尚嚷道。

他再也不是我們在警察局看到的那個男人，現在他面色紅潤，心情正好，嗓門可大著呢。

「我點一樣的。」弗朗索瓦指著他妹妹那盤對服務生說。

佩萊蒂埃先生幫他倒了酒，舉起自己的杯子。眾人也跟著舉杯。

沒有人真的感到自在。海倫，因為離家出走，而且現在正要討論她的事（她不打算讓任何人幫她做決定，連她父親也不行，所以她的神經繃得很緊）；兩個兄弟，因為他們沒對妹妹盡到責任；珍妮芙，則是因為她公公，她跟他要開店的錢，他支吾其詞……

「我可不會每天都在巴黎請客喔，」路易說，「舉杯敬我們的艾蒂安，他雖然缺席，但是我們都掛念著他，大家都為他遭遇的事感到非常難過……」

這番話有可能掃了今晚聚會的興致，不過大夥兒還是舉起酒杯，珍妮芙舉得比其他幾位低一些就是了。

「難過歸難過，」她語帶尖酸，「可不能難過到忘了家庭職責。」

大夥兒盯著她，不太懂她的意思，她索性挑明了：

「他不常寫信給喃喃。好歹尚是他大哥啊！」

啊，原來只是因為這樣啊，大家心想。就連尚也鬆了一口氣，珍妮芙的情緒波動就像漣漪，喝完開胃酒和第一瓶紅葡萄酒之後，很快就了無痕跡。

因為要討論家務事，所以佩萊蒂埃先生事先抽空發了一封電報給安潔兒，讓她放心。

「媽媽讓我代她問候你們。」他說。

這時開始上主餐。介於兩道菜之間，大家抽起菸，又點了一瓶酒。最少發表意見的人是珍妮芙。尚偷瞄她。他幾乎已經可以聽到一回家，她免不了要怪罪他：「你們害我覺得我只是個外人……」

尚喝著酒。對他來說，這是一種無盡解脫。他曾兩度以為這件事已經結束，這是第三次，而且真的結束了。他幫自己倒酒，他又想拿起酒瓶，海倫輕輕按住他的手。佩萊蒂埃先生對弗朗索瓦說：「你得跟我說說你在巴黎高師情況怎麼樣，嗯？」弗朗索瓦臉一紅，抓起酒杯，想鎮定一下，回說「對，的確應該談談……」然而卻換了話題：

「爸，你會在巴黎待很久嗎？」

「不會！我不想留你們母親一個人太久。趁這次到巴黎，我要幫聯盟去拜會幾個人（弗朗索瓦花了一會兒功夫才弄懂他父親說的聯盟指的是退伍軍人協會），然後我就回去。我訂了後天的機票。」

佩萊蒂埃先生推薦大家吃焗火焰雪山（「你們媽媽啊，向來不做這道甜點」），大夥兒一致同意。服務生淋上白蘭地燃起火焰，引起陣陣歡呼，好像在慶祝生日。在座幾位靜靜品嚐甜點，路易趁機宣布：

「所以說，我們的小海倫選擇留在巴黎求學，是這樣嗎？寶貝女兒。」

海倫默默點了點頭。

「可是巴黎是座大城市，海倫才十八歲啊。」

「十九，爸爸。」

「快十九，十八和十九沒多大差別。我和妳媽不想為妳擔心，可是我們又想確定妳很安全、受到保護……大家都知道我在說什麼……」

尚和弗朗索瓦猜得出來父親的意思。他們任何一個都不可能收留海倫，路易一定會要求他們「看好妹妹」。想也知道。說實在的，雖然之前他們不方便接待她，但他們隨時都準備好要像兩個哥哥那樣照顧她，也就是說關心她的生活、不吝於對她提出建議……等等。誰知道他們父親腦袋裡想的壓根兒不是這些。

「由於海倫和一對小夫妻住在一起不合理，我提議讓她住在弗朗索瓦那兒……」

弗朗索瓦氣得放下湯匙。

「欸，這算什麼嘛……」

但佩萊蒂埃先生朝他的方向豎起食指，命令他閉嘴，通常他不會這麼做。然後才像沒被打斷過似的繼續說下去。

「弗朗索瓦，你目前住的公寓太小，不可能有地方讓你妹住，我到處找了一下午，終於找到一間公寓完全符合你們需求。兩房一廳，每個人都可以有自己的房間和……」

「可是這得花多少錢？」弗朗索瓦慌了，問道。

「不便宜，不過我已經付了一整年的房租，所以你不用擔心，你只需要顧好妹妹。至於這間公寓在哪兒呢？你猜猜看？」

弗朗索瓦有預感好事臨頭，他不敢置信，但他感覺到了，他閉上眼睛，父親輕輕會心一笑……

「火槍兵街，離報社不遠。這樣去上班很方便吧？」

弗朗索瓦火冒三丈。父親知道他在報社上班！代表有人抖出來、出賣了他，是海倫？尚？還是珍妮芙？佩萊蒂埃先生昨天剛到巴黎，任何一篇弗朗索瓦署名寫的文章都還沒有登出來，而且《晚報》也沒在國外發行……

「兒子，你同意的話，」路易說，「這件事就我們幾個知道，先別告訴你媽，這陣子她有點脆弱……」

弗朗索瓦同意。他點點頭，他全都同意。

雖然感到羞愧，卻也鬆了一口氣。他沒去念巴黎高師，反而進了報社，父親並不以為意，不久之後，還會負責把他的情況向他母親開誠布公，一切終於步上正軌。還有就是，公寓較為寬敞，有可能和瑪蒂德重聚，只需要稍微和海倫的時間錯開就好。他對海倫笑了笑，笑得勉強。不，他心想，她不可能出賣我。於是他把目光轉向了尚，他父親也是。

「當然，尚，你也要盡自己的一份力量。妳也一樣，珍妮芙。海倫要能夠指望你們。」

「呃……」尚語帶遲疑，大著膽子問道，「這代表……什麼意思？」

「代表她應該可以從你們這邊得到忠告和慰藉。」

「噢，是嗎？」珍妮芙語帶尖酸。「我說好公公，你要求我們挑起負責你女兒心情好壞的重擔，是這樣嗎？」

「是的，珍妮芙，妳一句話就說清楚了。而且我相信妳一定會做得心甘情願而且睿智。」

珍妮芙被激怒了，隨時準備站起來，啊，她有好多話要對這個老糊塗說，他來得正好……可是佩萊蒂埃先生繼續說下去，聲音再平靜不過。

「我這就回答妳問的問題，我親愛的珍妮芙，我們當然會借給你們開店需要的資金，這是理所當然的。」

佩萊蒂埃先生這時看了他女兒一眼，看得出來，她正在試圖想像自己的新生活。殊不知，剩下最不順耳的還沒說呢，他終於鬆了口：

「至於妳嘛，海倫，我要求妳聽兩個哥哥的話。他們已經成年，有生活體驗又瞭解巴黎。萬一有需要，妳該請教他們，並且聽取他們的建議。」

海倫的臉僵掉，離爆發不遠。這時，佩萊蒂埃先生持續加壓。

「如果你們之間一切順利，妳將在巴黎完成學業，畢業後妳自己選擇自己的路，沒有人會強迫妳做任何事。否則，妳就立刻回貝魯特，到時候我們再交換意見。」

佩萊蒂埃先生該說的都說了，但他不希望在公開場合表現得好像在說教，於是，他靠向女兒，輕聲說道：

「我愛妳。」

海倫的淚水在眼眶打轉，看著他，兩條胳臂摟住他的脖子。突然，她好怕他走掉，怕他不再在她身邊。她聞到滲進路易衣服的菸味和肥皂味。千萬別當著兩個哥哥的面哭出來啊。她坐直身子，瞄了尚和弗朗索瓦一眼。我才不讓他們稱心如意呢。

「我們走吧？」她興高采烈，建議大家。

尚心驚膽跳了一整天，原以為終於沒他的事了，誰知道竟然還沒完呢。

佩萊蒂埃先生要拿回大衣的時候，弗朗索瓦宣布：

「我剛剛遲到，因為我得先把文章交出去。目擊證人瑪莎・蘇比洛確定認出一名嫌犯。一個叫傑爾曼・卡吉奧的人。瑪麗・蘭普森就是他殺的。」

聽聞此言，眾人無一不驚訝。

所以說，這下子真的結束了，這件案子終於水落石出。海倫問道：

「他為什麼要殺她呢？」

「目前還不知道。」

佩萊蒂埃先生幫珍妮芙穿上外套。「謝謝，好公公，」她笑著說。「好個蠢女人……」路易心想。

「他認罪了嗎？」尚往出口走去，如此問道。

「還沒有，」弗朗索瓦說，「但在我看來，不會太久。」

尚臉色蒼白，大家歸咎於酒精過量。

珍妮芙轉向他，笑得跟小新娘子似的。

「多麼美好的一天啊，對嗎？我的哺哺。」

28 所以大家才會有興趣

報社每天早上九點半召開編輯會議都遵循精確儀式。部門主管及專欄負責人共七位，分別坐在德尼索夫辦公桌前的七張椅子上。德尼索夫則一直背對窗戶站著，稍微背光。

社會新聞部主任斯坦・馬勒維茨坐在這圈椅子最左邊，他的死對頭，政治外交部主任亞瑟・巴宏坐在最右邊。

兩大宿敵彼此憎恨到這種程度實令人驚訝，因為外表看來，兩人就像撲克牌裡的兩張J：馬勒維茨白髮黑眉；巴宏正相反，黑髮白眉和白鬚。除此以外，兩人同樣身高，同樣開始發福，同樣一頭亂髮，嘴唇同樣表情豐富。在編輯會議上，前者，自詡曾是自行車運動員（二十年前，參加過為期六天的冬賽館大賽[1]，不過只撐了不到四小時），堅持說通俗法語，滿口俚語。純粹出於不屑，巴宏則以一種考究到誇張的法語來表達。開完會，回到走廊上或各自部門，兩人說話的方式倒是大致相同，一樣言簡意賅。沒有什麼比這更能說明德尼索夫的領導策略：這兩位部門主管是他的左右手，彼此厭惡，這樣操縱起來才易如反掌。報社老闆與巴黎同業展開一場殊死戰，他將這種競爭精神帶進坎康普瓦街辦公大樓，他稱之為良性競爭，藉以作為一種強而有力的統治工具。

本週六上午出了點狀況，北方加萊海峽礦工宣布罷工，以及傑爾曼・卡吉奧突然被捕，這兩大事件各自要占多少版面引起激烈討論。弗朗索瓦正是因為負責後者方得以出席，開會期間可以充當馬勒維茨的後盾。

「此番罷工恐將引發明日內戰。」巴宏說道。

「既然你都提了，你幹麼不乾脆說會造成世界大戰？」馬勒維茨嗆他。

德尼索夫悶不吭聲，他等。這兩大事件都會登在頭版，但其中一件的位置將是頭版頭條，巴黎人行道上小販賣報時嚷嚷的就是這個標題，《晚報》這次號外的成功或失敗取決於它。同業競爭，這是場打不完的仗，隨著當天發行完最後一版，第二天又立刻開始為下一版做準備。

巴宏深深嘆了一口氣。感覺得出來他已經厭倦了，這些事情早就應該決定，竟然還得圍在辦公桌旁爭論。

「共產黨和總工會全體總動員，民間救援組織負責照料傷患，婦女聯盟供應示威人士飲食，警報和罷工糾察隊網絡業已準備就緒。《人道報》呼籲各方團結鬥爭。」

「哪會變成內戰，」馬勒維茨說，「只會有示威運動和打群架，我們都見怪不怪了啦。」

「數個月以來，針對這場社會運動，政府方面早就有以待之，除了肅清共和國保安隊中的左翼分子、撤銷警察罷工權之外，也向北部派遣數百名警察，以確保手中握有致勝武器。」

其實弗朗索瓦一直在關注這場社會運動，其根本原因就在於前一年罷工時造成數名工人死亡。此外，工資下滑和按工計酬也勢必將大大降低礦工生活水準，再加上官方宣布罹患矽肺病的礦工必須重返工作崗位，凡此種種，無不挑起礦工怒火。

「你去年不是說過了嗎？」馬勒維茨問他。「我們一年前就把這個題目做得都榨不出油了，我真看不出來打回頭砲有什麼意思。」

巴宏瞄了他一眼，高傲、隱約帶著輕蔑，他看馬勒維茨整個部門都是這種眼神。

「敝人覺得閣下並未清楚理解……此番對抗並非政府之於工會，而是共產陣營在對法國政府起而攻之，人稱造反。下個階段，我國將慘遭共產鐵靴踐踏，捷克斯洛伐克殷鑑不遠……」

「我清楚得不得了，每天都聽到這種宣傳。不過咱們報可不是政府日報。《晚報》又不是《政府公報》。」

討論很快就偏離方向。德尼索夫身為鬥牛愛好者，坐看兩雄相爭。再過一會兒，他才要吹響哨音，宣布比賽終了。巴宏和馬勒維茨跟他熟得很，十分瞭解他。

「難道你那邊有何進展嗎？」巴宏問道。

「我說這位老兄，就是傑爾曼．卡吉奧啊！我認為讀者會選瑪麗．蘭普森而不是莫里斯．多列士[2]。」

馬勒維茨說完這話，轉向弗朗索瓦……上，看你的了。

「卡吉奧這傢伙十分暴力，」弗朗索瓦說。「曾因傷害罪四度被捕，每次都是針對女性犯罪。唯一一位目擊證人看到他走出瑪麗．蘭普森慘遭殺害的洗手間，並且認出了他。」

「這只是社會新聞，」巴宏說，「並非社會事件。」

「所以大家才會有興趣。」

「好了，斯坦，夠了……」德尼索夫鬆口說道，他聽得都累了。

沒錯，這種唇槍舌戰歷史悠久，打從《晚報》開始發行那天就開戰了。

德尼索夫盯著弗朗索瓦。

「你有什麼意見？」

此君的確深諳察言觀色。因為這回弗朗索瓦與部門主管意見不同。

依他之見，一九四五年至一九四七年間，政府需要礦工去打「煤炭保衛戰」，當時礦工被政府奉為英雄，被捧成「法國最佳工匠」[3]，如今卻遭到蔑視。

敘利亞戰後弗朗索瓦歷經羞辱，使得他對政府忘恩負義與厚顏無恥十分在意。然而，即便如此，按理說，他也無法公開贊同亞瑟．巴宏。

他只得做出違心之論，宣稱：

「罷工很重要，但不是明天開始。而是下禮拜一。萬一我們借題發揮，只怕會遭到公眾指責是在火上澆油，何況，針對罷工……該寫的都寫了，我們還有什麼沒寫過的呢？讀者對瑪麗．蘭普森謀殺案深感興趣。隨著犯罪嫌疑人遭到逮捕，我們……」

「是嫌犯還是罪犯？」巴宏聽不下去，打斷了他。

「法官正是認為嫌疑人有罪才會予以逮捕。」

「我們有什麼材料？」德尼索夫問。

「昨天下午指認時拍到嫌犯全身像。他的犯罪紀錄。還有，一小時後，我要去採訪瑪麗．蘭普森的父母，詢問他們對這次逮捕有什麼看法。」

現場一片安靜。

「就這麼定了。」德尼索夫說，宣布散會。

弗朗索瓦看了巴宏一眼。

巴宏現在成了他得提防的敵人。

1　le Vél' d'Hiv：是Velodrome d'Hiver（冬季自行車競賽館）的簡稱。

2　Maurice Thorez（1900-1964）：長期擔任法國共產黨領導人，曾任法國副總理。

3　meilleurs ouvriers de France：簡稱ＭＯＦ。法國特有的職業技能競賽，一九二四年以來開始舉辦，被各行各業職人視為最高榮譽。

29 這些想法不好……

「我的朋友，這麼快就要走了？」

鸞一聽到艾蒂安要走，立刻過來找他。艾蒂安坐立不安，佝僂著腰，在房裡走來走去。因為被兵團成員狠踹，肚子又痛了。他已經打包好了。聽到卡車隆隆聲響從打開的窗戶傳了進來。菲利普．德．拉克魯瓦—吉貝上校安排的護衛隊準備就緒，正在天井等他。

「今天是禮拜天……」教皇補上這句。

感覺得到他既擔憂又失望。

打從一大早，艾蒂安就陷入焦慮，他克制不了自己。很普通的一張西貢進出口公司標籤，揭發了真相，令他喘不過氣，他無法設想後果……他反覆思考，儘量合乎邏輯、嚴謹，他該不會走錯路了吧？但凡此種種，在在將他引向一種可怕猜想。越盟找到迂迴手段從皮亞斯特不法交易中獲利，讓法國政府幫它出力，反過來對付法國。如果這是真的，簡直就是一顆重磅炸彈。

「不管是不是禮拜天，我都要回西貢。」

「艾蒂安先生，如果有我可以效勞的地方……」

艾蒂安抓起包包的那一瞬間，定睛看了鸞一下，然後在床上坐下。

「有，你可以做一件事。給我意見。」

「噢，艾蒂安先生，我有什麼資格發表意……？」

「少他媽的囉唆，回答我：越盟有可能設法利用皮亞斯特轉帳得到好處嗎？」

鸞噘起嘴，將食指置於上唇，似乎在思考。

「怎麼會呢？我覺得非常不可能。」

「為什麼？」

鸞坐在床上，若有所思。

「你知道嗎？轉帳是資本主義的一大傑作，共產黨恨之入骨。他們的道德標準非常嚴格，順便說一下，這正是他們的力量。共產黨的信念無法動搖，辯證思維容不下任何漏洞。在共產黨跟前，皮亞斯特休想搞鬼。」

「他們不夠務實嗎？」

「噢，非常務實！」

鸞迸出清脆一笑，流蘇興奮得在晃動。

「甚至務實得不得了！不過他們最重視的還是搞意識形態。而皮亞斯特並不在他們的框架之內。」

「怎麼？你沒去度假？」禮拜一詹特看到艾蒂安回來，問他。

「我太想你了，局長。」

「嘿嘿……」

詹特就是這種笑法，低沉而克制的悶笑聲。

「雨這麼大，不回來還能怎麼樣？」艾蒂安幫自己緩頰。「搞了半天，還不如把休假留著，下回真正去旅行……」

還不到上午十點，詹特才剛到，卻又準備走了。回他家？還是去別的地方？他的工作方式令人捉摸不透。

「有時候，」詹特關上辦公室的門，邊指著公眾交易廳說道，「他們快把我給煩死了，你懂嗎？」

他說的某些話隱晦難解。

沒等弗朗索瓦回話，就看到他邁著疲憊的大步走過一間間辦公室，消失了蹤影。

「老弟，你怎麼在這兒？」

加斯頓．鮑梅爾也顯得驚訝。艾蒂安派上同樣藉口。

「啊，對啊，什麼爛季節嘛……」

他認為艾蒂安取消休假回辦公室回對了，他自己就從沒離開過。

艾蒂安一整天都泡在檔案室。

那個亞洲老嫗，好幾個月沒見，臉上連一條皺紋都沒多長，不過也沒地方可長就是了。她做這身打扮肯定有兩百年之久，唯一的變化是面罩，從藍色換作酒瓶綠。

「很好看。」艾蒂安大膽說道。

這位公務員依然板著一張臉。弗朗索瓦將借閱單放在她面前，她慢慢看了看，然後拖著步子走進一排排檔案過道。

艾蒂安要求借閱檔案資料，列出清單，又要求借閱更多檔案，還了一些，又重新借了一些。老婦人看了清單或者聽他說要借閱哪些檔案，靜靜執行要求，一句話都沒說。一個上午就這麼過了。

他沒發現什麼，至少沒發現足夠資訊，讓他可以針對凱勒爾及瓦萊斯科公司展開調查，甚至連較為深入研究都不夠。幾個月來，這家公司進口了各種器材，申請過許多筆小額轉帳，但沒有任何產品有可能供應越盟所用。他列出所有產品，但跟他擔心或是希望找到的線索毫無關聯。

午餐時間，加斯頓熱絡地拍了拍他的肩膀。

「怎麼？聽說你被安妮迷得團團轉！」

艾蒂安佯裝驚訝。加斯頓伸直兩根食指，彼此交纏，搓來搓去，笑得曖昧。

「呵，和她一起在上面待一整天，怪怪的喔……」

說完，手肘還朝艾蒂安的肋骨頂了一下。

「好好享受啊，過不了多久，她就要退休了呢！」

艾蒂安意識到經常去檔案室將招來其他人好奇。就算檔案管理員什麼都沒問，管理階層也遲早會要求他解釋。

儘管如此，下午一到，他還是繼續上去尋找蛛絲馬跡。於是，又是檔案，檔案又檔案，然而檔案和產品清單還是和早上一樣毫無斬獲。

「茶？」

老檔案管理員拿著紅色鑄鐵茶壺，遞給他一個杯子，沒有把手，這種杯子準會燙傷手指。她沒笑，依然故我。快下午四點了。

「你在做什麼？」她邊幫他倒茶邊問。

聲音出奇年輕，法語說得很純正，幾乎沒有口音。

「做統計。詹特先生想要數據、曲線、百分比。要回報部裡。」

「還要清單。」她看著攤了一桌的文件，冷冷加上這句。

「統計工作都是從列清單開始……」

艾蒂安感覺到該趕緊走了，兩三下就將散亂的檔案夾折疊好。

「再喝一點……」檔案管理員將茶壺放在他面前，一邊說道。

「夠了，謝謝，我……」

「再喝一點。」

語氣由不得他拒絕，一說完，她就走了。艾蒂安現在急於離開。他把好幾張清單折起來，塞進口袋。但，就在他把手伸到門把上的那一刻，檔案管理員又回到他身後。她抱著三個檔案夾，相當厚，都用繩子捆著。

「厄爾丹兄弟公司。」她說。

艾蒂安稍事猶豫。

「凱勒爾及瓦萊斯科的一家子公司。」

艾蒂安伸出手。

「檔案不能拿出檔案室，」安妮說。「這是禁止的。」

一說完這條規則，她抬頭看了看牆上的鐘。

「很抱歉，但是時間到了。」

她把檔案夾放在艾蒂安手上，將他往出口推。他沒時間說半個字，已經在走廊上了。喀喀兩聲，他聽到門被上了兩重鎖。

晚上，約瑟夫出奇焦慮。牠從冰箱寶座下來，緊張地圍著床邊兜圈子，艾蒂安正在床上念出日期、金額、各類用品，要阿榮寫下來。約瑟夫繞了半天，終於坐下來，專注地看著這兩個人工作，有時盯著窗戶或門，然後又回頭看床。

「約瑟夫，有什麼不對嗎？」艾蒂安問道。

貓沒回答，待在那兒觀察他們，像謎一樣，靜悄悄的。

厄爾丹兄弟公司從多次轉帳中撈到不少好處。廚房設備訂單裡面突然找到好幾批行軍鞋，從法國運來九百個手電筒和收發兩用無線電，混在一張玩具和棋類遊戲發票裡面，此外還找到繃帶、帳篷、發電機零件。文件顯示，所有這些器材均已運抵西貢，進口商八成已經送到商店，但更可能的是，實際上這些全都進了「越共工廠」，類似於菲利普・德・拉克魯瓦—吉貝上校試圖摧毀了好幾個月的那個……

艾蒂安認為，這些轉帳大部分都由加斯頓・鮑梅爾批准放行，此一事實才最重要。

當天晚上，他沒去「大世界」，也沒去煙館。一管又一管的鴉片煙槍，是阿榮幫他準備的。艾蒂安進入迷離狀態，可是與平常相反，與其陷入軟綿綿、飄飄欲仙之感，他感到怒氣在體內升騰，連鴉片都化解不了。

第二天，他回到檔案室，憂心忡忡，納悶自己是否誤解了安妮的意圖，但她並沒有向他索討厄爾丹兄弟公司的檔案。因為它們原本就應該已經消失了才對。

「告訴我，安妮，有辦法依照核准轉帳的簽署人來搜索檔案嗎？」

「應該可以。」她咕噥了一聲。

於是，當天晚上，他帶著旅行袋潛回檔案室，離開時帶著裝在袋裡滿滿兩紙箱檔案。

整晚，他都在翻閱加斯頓通過的申請案，沒發現可疑之處。

除了前一天發現的那些以外，沒找到其他的。莫非他走錯了路？

夜幕已然低垂，雨也隨之落下。阿榮開始準備夜裡要抽的鴉片煙，艾蒂安側身躺著，靜聽煙泡在火苗下焙軟。他的身體已經因為期待而感受到第一口鴉片煙將帶給他的放鬆，這時，他驀地起身，衝向散落在床上的加斯頓檔案。

越盟既然利用皮亞斯特進口裝備來打游擊戰，極有可能不會因而滿足。

越盟也會想辦法籌錢。

才能買武器。

艾蒂安開始找一些轉帳申請，不需要實際進口貨物，只需要將皮亞斯特匯回法國即可，一匯到法國，兌換成法郎後價值會翻倍，就可以訂購武器了。

透過這個新角度，加斯頓通過的申請案深具參考價值。

好大一部分的皮亞斯特轉帳都申報為「戰爭損失」。

有些公司提出來自警察、憲兵，甚至軍隊的報告，證明橡膠、棉花作物或桑蠶在工地、商店遭到毀壞，全部都是因為越盟造成的。保險專家估算的損失由法國政府按照極高賠償比率返還。有些損害索賠甚至追溯到一九四〇年至一九四五年日本占領期間，即使專家表示今日很難認定，但卻證明了確實有損失的這個事實……

艾蒂安加總了一下。加斯頓經手的申請案中，戰爭損失金額超過一億兩千萬皮亞斯特。

換句話說，超過兩億法郎將憑空蒸發，沒人說得出去了哪兒……

艾蒂安對此一發現非常興奮，但他也明白有可能空歡喜一場。因為這些損失可能真有其事，即便不是，也沒有任何證據表明這些錢透過任何形式流向越盟。

第二天早上，剛好碰到加斯頓。他手上不再只戴著一枚戒指（戒指上的寶石大小與他收到的回扣成正比）；現在又多了一枚。

「新的？」艾蒂安指著它問。

「對。」

加斯頓皮笑肉不笑。

「戒指這玩意兒沒得比，可惜有侷限。我總不能戴著兩公斤重的寶石逛大街吧！所以啊，我要多元化經營。等我每根手指都戴上戒指，到時候我就回巴黎去當包租公囉。」

他揮著戒指，好像在操縱木偶。

「瞧你精的咧……」艾蒂安同意。「我說，老兄，我有一個船東的戰爭損失申請案，他的倉庫被炸彈炸了個稀巴爛。」

「這種事在所難免。」

「他提供了損害憑證、專家鑑定書……我們該怎麼查核呢？」

加斯頓顯然面對著一個他從沒自問過的問題。

「為什麼要查核？」

「因為這是貨幣局的工作……」

「啊，才不是！我們的工作不是查核，而是要讓他們得到賠償。經濟活絡了，才能繼續促進文明發展啊！」

第二天，詹特果然就是這麼向他證實的。

「唔，戰爭損失多得很，而且每天還會有更多，怎麼查核？」

他像海豹一樣吐著大粗氣，手邊拿到任何東西，一張紙、他的帽子、一個硬紙殼檔案夾，全都拿來搧風。

雖然艾蒂安早已料到他會反對，還是故意問他：

「我們可以親自登門拜訪、詢問證人……」

「我知道。可是我們會裡外不是人。你得搞清楚：有損害憑證、有專家鑑定書……保險公司、憲警單位……我們調查，就是『反鑑定』，可說是挑起專家誠信糾紛，懷疑他們！」

詹特歪著頭。

「話說回來，我們幹麼這麼做呢？」

艾蒂安豁出去了。

「我有時在想，越盟有可能企圖利用皮亞斯特轉帳來裝備自己。擴充設備、武器……」

詹特兩腳一蹬，猛地站了起來，臉色通紅。

「你在臆測……呃……」

他找著該怎麼形容，卻沒找著。

「我不會因為懷疑保險和憲警陳述而展開調查！」

「為什麼不會？」

「因為你他媽的把我惹毛了，你的這些事，這就是為什麼！我們在這裡簽署轉帳，是因為政府要求我們簽署轉帳！等到哪天政府要求我們調查戰爭損失，我們再來考慮這個問題！」

他臉紅脖子粗，活像鬥雞想嚇唬對手。詹特抓起一個小木框，遞給艾蒂安。

「我前妻，我給你看過……一個……」

「……婊子。」

「你看過她？」

一瞬間，他的憤怒已然消散，取而代之的是一種青春悸動，他睜大眼睛，彷彿眼前有仙女下凡。

「沒看過真人，」艾蒂安說，「沒有。」

「啊……」

詹特勉強放下相框。他盯著艾蒂安，似乎在努力回憶談話主題。但這僅是表象，因為當他屬下跨過門檻、準備走出去的那一刻，他說：

「還有就是，你的這些事……就自個兒留著，甭往外說，嗯？你的這些想法不好……情況已經夠複雜的了。」

始終諱莫如深，他指著自己補上這句：

「你看看我……」

⁂

艾蒂安花了好幾天時間才承認詹特是對的。他那堆線索毫無價值，因為隨你想怎麼解釋都行。自己這樣一頭熱，不過是埋葬哀悼必經的一個階段，是想為雷蒙的死報仇的無盡想望，是他對失去雷蒙依然感到難過的跡象，他還不習慣。

他又回去「大世界」，比以往任何時候都更為亢奮，幾乎在那邊輸掉了他所有家當，隨後又在煙館欠下債務，他將以賄款償還。

將近凌晨三點，他走出煙館，阿榮準備過來攙扶他上黃包車，這時，一條大漢，高大魁梧，使勁推了阿榮一把，他整個人失去平衡，左右搖晃，好像在踩高蹺。阿榮被推倒在柏油路上，受到這名男子的龐大身軀震懾，再也站不起來。

艾蒂安，體衰力竭、兩腿發抖，眼睜睜看著那條大漢走過來。一個中國人，兩頰肥大，看不到脖子，鼓著雙頰，看似和額頭融為一體，肥到連眼睛都消失於其中。他一言不發，將艾蒂安狠狠壓在黃包車車門上，前臂抵住艾蒂安的喉嚨，掏出一把尖刀。

艾蒂安不能呼吸，死命掙扎，他想用腳踢，但這個人塊頭如此之大，下盤如此之穩，完全不動如山。他一把撕破艾蒂安的襯衫，刀鋒從胸口劃過去。艾蒂安看不到他在做什麼，已經結束了。那人已經鬆開手，收好刀，對他莞爾一笑，隨後轉過身去，邁著笨重步伐慢慢走遠。

艾蒂安連忙查看胸口。那人在心臟部位的皮膚上劃了個十字。

他整夜沒闔眼。阿榮也沒好到哪去。他們沒說話，就這麼併排躺著，兩人之間隱隱感覺受到威脅。艾蒂安反覆列著名單，列了二十遍，列出聽他說過他正在調查這件事的人：鸞、詹特、加斯頓、安妮……他們每個人都可能向其他人提到這件事，而其他人又……可能性的鏈條一直無窮盡延伸。

黎明將至，雨點打在窗玻璃上，艾蒂安終於打破沉默。

「我是對的。」他說。

阿榮沒看他，點了點頭。

這場勝仗毫不喜悅，但就某方面來說，如今他的疑慮得到證實，艾蒂安感覺好多了。他當然受到威脅，不過他提出的問題已經比雷蒙的死更為嚴重。這場殘酷戰爭，動員整個民族、兩個國家、耗費多到瘋掉的巨額資金、害無數人送命，竟然是建立在制度缺陷、體系敗壞之上。艾蒂安並不是那種有使命感的人，但他感覺自己知道的事情有必要說出來。阿榮懂他，兩人彼此心領神會，毋須解釋，雙雙對即將到來的後果感到恐懼。

「你打算怎麼做？」阿榮問。

艾蒂安心情沉重，閉上眼睛，沒有答話。隔天，他從高級專員公署的寬闊臺階緩緩拾級而上，要求面見負責人。他再也不是數月前到此求見官員的那個怯生生的菜鳥。這回，帶來消息的是他。

「我在貨幣局工作。我有重大訊息要告知高級專員先生。」

接待他的是祕書，一位穿著雙排扣西裝的年輕人，艾蒂安經常在「大都會」看到他，渾身散發著一股奧塞堤岸[1]味兒，有教養到連指尖都優雅，只不過指甲被他啃得凹凸不平，使得手指看起來頗像香腸。他刻意表現出奧林帕斯眾神式的莊嚴冷靜，因為他反覆受到這種教導灌輸，他是號重要人物。從他的一本正經，從他的謹小慎微，在在感受到此一訊息。

他將艾蒂安帶來的檔案放在面前，問都沒問，逕自看了起來，足足看了一刻鐘。

「我承認，這裡面有些進口產品，就算不可疑，至少也稍微透著古怪……」

「『至少』，的確是……」

「但就其他方面而言……主要都是些戰爭損失賠償。但這些手續完全合法，我無法理解你如何得出這個結論，指稱越盟藏身於這些操作背後。」

「我當然沒有任何證據，正因為如此，我才來找你們。」

「我不太明白……」

年輕祕書將大拇指尖端輕輕按在嘴唇上，示意他住口。

「這些償還戰爭損失都沒經過核實，」艾蒂安續道，「我們也不知道政府發下來的補償金去了哪兒。展開調查可以……」

「這位先生，情況恰恰相反，恕我直言。我們不會為了找到任何證據而展開調查，而是因為握有證據才會展開調查。程序就是如此。」

「沒證據就不調查，但不調查就沒證據……」

沒想到這位年輕人竟然樂得笑了出來。

「有點是這樣，對。」

艾蒂安站起來，開始解開襯衫釦子。祕書以為他想打架，也站了起來，但他沒叫法警，反而握緊拳頭，擺出法國拳擊姿勢，揮起拳來。

殊不知艾蒂安僅止於展示胸前的十字刀痕罷了。

「正如你所見，我受到威脅。」

「噢，在西貢這兒，這種事司空見慣。我可以跟你說，連我本人也……」

艾蒂安從沒聽到這段軼事的結局，因為他已經收好檔案，走出辦公室。

現在又多了一個人知道他正在調查這件事，這個循環永無止境。

他在街上走著，就在這個當下，艾蒂安想到阿榮。

他一直都將阿榮排除在懷疑之外，從沒想到有可能被他出賣，突然間，洩漏消息的罪魁禍首有可能就是阿榮……這個假設使得他的心情更為沉重。說到底，他對阿榮一無所知，對他在越北的父母一無所知，這一切全都未經證實。喬先生把他送上門來，而無數不清不楚的生意，這個中國買辦都有參一腳……

阿榮，這個男孩子直覺非常靈敏，他感覺到艾蒂安從高級專員公署回來後不太自在，而且他們之間突然出現的嫌隙疑慮與艾蒂安無功而返毫無關係。

兩人默默用餐。

艾蒂安和同事加斯頓談過。隨後又和頂頭上司談過。沒得到回應之下，求助於更高層級，去了高級專員公署，並沒取得任何成果。因此，他決定順著喬先生這條線索往下查，第二天一到，立刻上樓去了檔案室，接待他的是位安南年輕人，他戴著藍面罩，笑得不太自然。

「安妮不在嗎？」

年輕人伸出手。

「我叫阿天。」

艾蒂安並沒握住。

「安妮人呢？」

男孩一點都不以為意。

「她回老家了。她申請退休。上個禮拜。我代替她。安妮是我父親的表妹，這份工作是她幫我介紹的（成為貨幣局檔案管理員令他兩眼發光）。」

艾蒂安倒退一步。

「我覺得好奇怪……」

這回，年輕人再也笑不出來，一副做壞事被逮了個正著的樣子。

「怎麼沒先通知一聲，就這麼走了？」

「噢，不，先生，她很久以前就計劃好要離開貨幣局。」

艾蒂安記得很清楚，加斯頓的確跟他說過，但安妮突然離開，加上現在威脅罩頂，以至於他生怕安妮就是走漏消息的始作俑者，一完成任務，她寧願趕緊遠走高飛。

但旋即一想，艾蒂安立刻意識到自己的假設何其愚蠢。安妮親手交給他那麼多有可能將人入罪的檔案，提供他關於厄爾丹兄弟公司的關鍵線索，如果是她洩漏的，他想不通她為什麼要這麼做。不。安妮更可能名列於他最近主動出擊的連帶被害人之一。在西貢，殺人就像在芝加哥貧民窟一樣普遍。

「她急著回北圻[2]，你知道嗎？」年輕檔案管理員繼續說道。「在北方，我們老家。她想照顧唯一倖存的女兒，經過這麼多不幸……」

艾蒂安這才知道，三年前，安妮的兩個兒子因為拒絕繳納地方稅這件事，慘遭越盟殺害。

「你應該就是艾蒂安先生吧？」

他還沒時間回答，年輕人已經走過去關上檔案室的門，從櫃檯下取出一份硬紙殼檔案夾。

「安妮說這是她的退休禮物。」

裡面僅有寥寥數字，一手漂亮的鋼筆字：「不用為我擔心。安妮。」

檔案夾裡面裝著這六年來喬先生的所有轉帳交易紀錄。

1 le Quai d'Orsay：法國喜以地名代替機構，是為修辭學中的借代或轉喻（métonymie）。例如此地的奧塞堤岸代替外交部，或者愛麗榭宮代替總統府、比京布魯塞爾代替歐盟等等。

2 Bac Kạn：越南東北部的一個省。

30 萬一下雨，就把遮雨棚撐起來！

傑爾曼．卡吉奧被捕之後，起初尚因為自己逍遙法外鬆了一口氣，但也認為平白無故指控一個無辜的人有罪是不正常的。是不公平的。後來，他估計這個案子應該已經結案了，他一點也不覺得愧疚。那名女演員死了，令人遺憾，不過如果她是掉到地鐵下面，沒人會把司機關起來！如果她從窗戶一躍而下，沒人會控告建築師！說到底，那個無辜的代罪羔羊被關入獄，都是因為政府耳聾目瞶、冥頑不靈。

珍妮芙她啊，她發現這個案子愈來愈令人興奮，等不及閱讀弗朗索瓦的文章，文中寫得鉅細靡遺。

「這傢伙一看就怪怪的……」

「弗朗索瓦？」尚問道。

「不是，」她回道，眼睛還是緊盯著《晚報》不放。「這個傑爾曼．卡吉奧，被警方逮捕的犯人……」

「犯人，犯人……」

「你懂我意思……」

她把報紙放回桌上，並且表示：

「真是個人才！」

「犯人？」

「不是，我是說你弟。這行幹得有聲有色！」

珍妮芙表現出對弗朗索瓦的崇拜愈來愈狂熱，尚不免擔憂。他心想這份痴迷是否會像油斑那樣擴散開來，傳到海倫那兒，有一天形成一個大圈子，唯有他被排除在外。

昨天，也就是禮拜天，弗朗索瓦沒能找到藉口避開那頓沒完沒了、珍妮芙無比重視的「自家人午間聚餐」。

福爾太太顫顫巍巍捧著勃艮第牛肉，不勝負荷，珍妮芙倒比以往任何時候都更不可一世，而且她還打開《晚報》，翻到刊登弗朗索瓦那篇文章的那一頁，他在文中描述與瑪麗．蘭普森父母會面經過。

出於某種沒人理解的原因，她突發奇想，竟然要通篇大聲唸出來，簡直像是她親自撰寫的奇文，堅持分享她對自己的寫作風格有多欣賞。弗朗索瓦試圖勸阻她，「我知道內容，珍妮芙，而且尚也讀過……」他邊說這話邊看著他哥，毫不確定尚是否真的讀過，同時，他也再度自忖這對夫婦之間到底有什麼困擾，不過他們兩個人的問題是個無底洞，說也說不盡。於是，珍妮芙念到：「努瓦西勒塞克一棟簡樸小屋……到處都是小桌布……」

在律師建議之下，瑪麗的父母迄今始終拒絕接受採訪，只能兀自忍受被困在家中，無法出門的痛苦。打從本案發生的那一天起，弗朗索瓦始終享有特殊地位，因為悲劇發生當天他就在電影院，而且比起其他新聞同業，他總能取得先機，搶先披露，因此，一聽說傑爾曼．卡吉奧被捕，他立即打了電話，聯繫採訪事宜，同時放出消息，聲稱案情即將大白……

勒格朗家的小屋以磨石粗砂岩建造而成，邊上以石灰漿抹面連接著一座附屬建物，整體予人一種臨時急就章的怪異印象。

「這間是客房，帶浴室，」勒格朗先生如此說明。「我們用女兒給我們的錢蓋的。」看到攝影師在弗朗索瓦身邊，他有點擔心。

「只拍幾張照片而已，然後，我們就可以好好談談，不受打擾……」

勒格朗夫婦聽從律師建議至今沒接受新聞界採訪，還真的做對了，因為二老完全不知道如何拒絕。不過三兩下的功夫，他們就拿著瑪麗的照片在客廳、在從沒人來過的客房裡擺著姿勢拍照。弗朗索瓦看了於心不忍。

「夠了，」他終於對攝影師說，因為攝影師對著屋子猛拍，一路拍到他都走到街上還在拍。屋裡到處都是花邊小布墊，到處都是小擺飾，到處都是兩個女兒的照片。這次採訪比弗朗索瓦想像中還要難受。在他面前的這一對老夫妻被這一連串的事件徹底壓垮。「勒格朗夫婦失去了兩個女兒，」他在《晚報》上寫著，「大女兒過世，小女兒則因為父母認為馬塞爾·薩維耶爾是嫌疑犯，而跟他們鬧翻，再也沒和二老說過話。」

弗朗索瓦不難猜到，老夫婦之所以抱持著這種態度，想必是受到勒諾瓦法官施壓。

逮捕傑爾曼·卡吉奧？

「他為什麼要殺她？他根本就不認識她……」

和他們二女兒蘿拉鬧翻？

「現在我們知道不是薩維耶爾做的，她總可以回來了吧？」

無論轉往哪個方向，弗朗索瓦都能看到從雜誌上剪下來的瑪麗照片，裱在相框裡，至於那幾件新的大型家電，則是瑪麗掙了錢後孝敬二老的禮物，擺在屋裡，反而顯得突兀。

「電視是她送的，」阿德里安娜．勒格朗說。「我們不太會用。我先生比較喜歡看報紙。」

「我們活得沒意義，他償還不了……」

傑爾曼．卡吉奧被捕後，瑪麗．蘭普森的父母這麼表示。

勒格朗夫婦悲痛欲絕，弗朗索瓦深受感染，急於忘掉這篇報導。所以珍妮芙將整篇文章念出來，對他來說，這一刻既漫長又痛苦。

更糟糕的是，才剛開始調查嫌犯，這段小插曲便已畫下休止符，因為傑爾曼．卡吉奧沒遭到任何指控就獲得釋放。

珍妮芙也得到解放。歡天喜地。前一天，她去買了一臺打字機。晚餐後，塞進去一張白紙，開始打字，她打得非常慢，單靠一根手指，每打一個字，都抬頭忖度一番。狀似無比滿意。

她的確有理由感到滿意：三天後，稅務局通知喬治．蓋諾到局裡說明，一位官員正在等他，向他伸出手來，同時自我介紹：

「歐仁．特雷。非法利潤充公委員會。」

喬治．蓋諾嚇得不知所措。

自一九四六年以來，隨著逐步解除配給限制，蓋諾陸陸續續收購一些產品，隨後微量轉賣，謹慎小心得要命。一路順遂，安然度過，直到一九四八年都沒被發現，如今，眼看著肅清運動[1]逐漸平息，解放時期成立的相關委員會也威風不再，如今剩下一些紡織品正在慢慢清貨，他卻被盯上。離終點線幾米遠。實在是得不償失。這些委員會成立於一九四四年，已經查處了為數可觀的奸商，因為這些人跟「敵對勢力」做生意或是從「有利可圖交易」中大發國難財。這回輪到他了。

這位官員告訴他，稍後才會詢問他，因為就在同一時間，他辦公室所在地的管區派出所正在搜查，搜查完後將仔細檢查他的訂單與帳目。

喬治・蓋諾沉默不語。

他這樁案子很難善了。

晚上八點多，有人送來三明治，想喝水的話，可以去樓上洗手間喝，由於沒別的地方可睡，他只得在派出所拘留室裡和酒鬼、流浪漢過了一宿。第二天下午五點左右，他筋疲力竭、提心吊膽，終於進了特雷的辦公室，看到自己的帳本、訂貨簿、檔案夾攤在辦公桌上。還有那封惹出這一切的檢舉信，信是用打字機打的，檢舉內容完整到足以讓一個原本不在委員會黑名單上的人引起注意，這種情況實屬罕見。

匿名信是取之不盡、用之不竭的消息來源，自從解放以來，已經有不少匿名信被證明並非無的放矢，因此委員會頗為重視。檢舉他的這封信既精確又扼要。

「你有兩大倉庫紡織品，數量相當充裕。」

蓋諾先生想解釋，但特雷沒給他時間插嘴。

「昨天開過倉，並且被查封了。」

說完這話，他拿過一本庫存登記簿。

「我們發現紡織品為數甚多，各式各樣都有（甚至連皮草都有），核實你的庫存，得花上好幾個月的時間……本委員會現有人手遠遠不夠。所以我們將假定這本登記簿反映了實際情況。」

這本是「外帳」，喬治．蓋諾只記下部分他買的貨。他有點可以呼吸了。

「但是，由於這裡記載的內容和倉庫裡的貨物似乎有很大出入，所以我們將把數量乘以十倍。」

「不！」

這聲吶喊撕心裂肺。

這些感嘆，特雷聽多了，這聲吶喊反應出真正會做生意的其實是特雷，因為他知道自己估算得八九不離十。

「這些紡織品全是合法買來的！絕對合乎規定！」

特雷點點頭，狀似同意。

「是這樣沒錯。」

他拿過一份文件，整份攤開在蓋諾面前。

「你所有的採購發票都在這裡。我說所有，這個嘛……當然，僅止於猜測。不過，這些發票有沒有反映實際狀況，說穿了，並不重要。它們倒是清楚表明了這些產品是以遠遠低於正常價格買來的。蓋諾先生，你能向我解釋一下原因嗎？」

「嗯……這些產品是從……從想清貨的商人那裡買來的，對！」

「你又對了。」

特雷翻了翻幾張發票。

「德雷福斯父子公司、科恩公司、赫榭勒公司、羅切堡紡織公司……我注意到，這些公司大部分都位於森提爾區。或者應該說『曾經位於』，因為今天大多數都不存在了。」

「從那邊買這些很正常，」蓋諾嚷了起來，陪著笑臉說道，「那裡原本就是紡織品區！」

特雷放下登記簿，沉默良久，這才開口，說得很慢，但很堅決：

「蓋諾先生，你嚴重剝削受德國占領軍威脅的猶太商人。他們逃命之際，除了廉價拋售庫存，別無選擇，在在顯示你趁人之危，利用這點大發其財，遠遠超過合理交易利潤。」

「購買商品並不違反法律規定！價格再低也一樣！」

「你又說對了，蓋諾先生。這種做法並不違法。但將部分貨品轉賣給占領方而大發利市，可就……」

「哎呀！左一點、右一點，總共賣了二十次布料，算得了什麼呢？」

三次！五年來，他只賣給德國佬三次布料！沒人比他更謹慎！

「你總不能把我和那些戰時都在做黑市買賣的人相提並論！」

「完全正確！而且這正是我們只會將你剩下的產品充公而已的原因。」

「啊，太過分了！」

「我這就告訴你接下來到底會怎麼樣，蓋諾先生。過一會兒，我打開這間辦公室的門，你走出去的時候會既開心又放心，因為由敝人代表的政府僅會將這些貨物充公，而你，你可以繼續做你的生意。對你來說呢，這是個千載難逢的大好機會，我認為這是政府法外開恩。因為，萬一很不幸的，你選擇對充公提出異議，那麼我只好逮捕你，交付法官審理。而由於預審曠日費時，所以審判期間，你將被羈押在牢中很長一段時間。預審結束後，你將被判定非法獲利，處以獲利金額五十倍罰鍰，並因通敵罪名再被處以三倍罰鍰。隨後你還可能會因為附敵而遭到判決褫奪公權，並且禁止從事商業活動一段相當長的時間，偏偏你唯一擅長的就是做生意。除此之外……」

喬治・蓋諾舉起雙手，掌心向前，以示屈服。

他瞄了自己的帳冊、庫存登記簿一眼。放著它們的辦公桌和遭到炸毀的城池沒兩樣。

他一言不發，正準備走出去，特雷的聲音叫住了他。

「最後一點，蓋諾先生。雖然你失去了訛詐來的一大部分東西，但你有幸維持自由之身。倘若明天你被發現扯上某件醜事，哪怕是一絲風波、走錯一小步路，奇蹟不會再度出現。你將被交付法官，直接發送入監。」

值此同時，蓋諾被稅務局盯上的這一整段期間，尚都看到珍妮芙早早起床，穿戴好，精心打扮後再出門。每天早上，她都去國有財產局，接待她的職員挺喜歡這名少婦，因為她總是打扮得漂漂亮亮，笑容可掬，說話格外親切，感覺得出來她不想麻煩別人。珍妮芙解釋說她希望從事紡織品買賣。什麼時候會有拍賣會啊？可惜此刻什麼都沒有。

「隨時都有可能，」她解釋給珍妮芙聽。「有時候好幾個禮拜都什麼都沒有，然後一下子，突然看到商家破產清倉、政府扣押……」

這位職員是對的。

「我想終於有妳感興趣的東西了，」她咕噥著。「整整兩倉庫，但暫時不會拍賣，因為要先清點庫存……甭提有多煩了！」

結果，根本就沒清點。

珍妮芙和尚跟負責估價的公務員約好時間見面，提出全數買下。

「這些貨值四十萬法郎。」

珍妮芙提出三分之一的價錢，尚低下頭，看著鞋子。

「十三萬法郎？」

這位公務員喉嚨被卡住，但只是裝裝樣子，僅僅為了表現出他心繫公眾利益，不可能將珍貴的共和國財產廉價出售。其實，他暗暗覺得這筆交易相當划算。不需要清點庫存，不需要勞師動眾，不需要負責倉管，不需要安排運輸，不需要大費周章準備拍賣，不需要花好幾個月的時間分批出售，然後拍賣剩下的貨又乏人問津，搞不好還有尾大不掉的風險……當然，她提出的價格才三分之一而已，可是來買這種貨的客戶都是付現的。

不過首先必須核實一點，這些被沒收的貨物在法律上，確實不再屬於物主，而是屬於國家。

「我得問問特雷先生。」

「他是哪位啊？」珍妮芙問道，笑了個開懷。

「非法利潤充公委員會檢查員。」

第二天一到，特雷就確認了喬治．蓋諾之於他訛詐來的這批貨不再擁有任何權利。

珍妮芙和尚用佩萊蒂埃先生同意借他們的那筆款子買下喬治．蓋諾的庫存。這對夫婦之間的氣氛可說是歡天喜地。好歹在第二天他們去預定的那間店面之前是這樣的。珍妮芙沒說出來，因為堅持要租的是她，但現在他們正在規劃怎麼安裝銷售所需的必要設施，都到了這個份兒上，她才發現店內空間何其狹窄。實在太小了。可是已經沒有回頭路了，租約都簽了，布料庫存也買了……

雖然尚很早就注意到空間不足，但他永遠缺乏精力去反駁珍妮芙，他向來說不過她。

他們跟著木匠一起為日後的銷售櫃檯丈量尺寸，這下子不得不承認，在家用織品展示架之間幾乎沒有任何移動空間。店裡頂多只能同時容納六七個顧客，不可能再多。

「最好能在外面賣。」尚說。

「在人行道上？」珍妮芙嚇得哇哇大叫。

「對，我只想到這個法子。」

「在外面賣？像市場那樣？我們又不是在阿拉伯露天市場！」

難得一次，尚不顧妻子鄙夷，穩紮穩打，暢舒己見，正因為這樣，才把珍妮芙給鎮住。

「市場行得通，這裡，在人行道上為什麼不行？」

「這……這是一家商店啊，尚，一、家、商、店！」

「最要緊的是把貨賣出去，不是嗎？」

好一個強有力的論點。然而，珍妮芙並沒就此認輸。

「下雨的時候，我們就關店嗎？但願這一季都出大太陽，乾脆去非洲賣算了！」。

「請人來搭一個遮雨棚，」尚說。「非常大的。遮住人行道一大部分。我們把展示架擺在外頭，除了床單以外。床上用品放在店裡，其他全部放在人行道上。萬一下雨，就把遮雨棚撐起來！」

珍妮芙不得不同意，就技術上而言，這是唯一解決方案，但如此一來，卻大大違反了她這位未來老闆娘的審美觀。銷售家用織品，她已經認為有失顏面，她更希望賣流行裙裝與襯衫，何況還在人行道上賣……

但無論她再怎麼冷嘲熱諷，日曆一頁一頁翻過，都不允許她再磨蹭下去。最花錢的是遮雨棚。店裡需要做一點細木工活兒、稍微粉刷一下，尤其得打掃乾淨，偏偏裝修預算大部分都被這個超大遮雨棚給吃了。棚子跟店面一樣寬，經過市政府許可，棚子還外擴到人行道上四米多。

這一回，難得尚興致還挺高的。他按照比例畫出一個商業區，包括市政府分配給他們的那部分人行道和商店本身，他私心覺得這些都屬於一個整體。然後再鋪上小方塊紙，代表貨攤和貨架。

珍妮芙略帶嫌棄，冷眼看著他準備東、準備西。和這個男人在一起啊，總是得降低水準、總是不如預期的好。她心目中的商店正在轉向跳蚤市場，她感到自己被玷污了。

她看在眼裡，規劃開店這件事，尚樂在其中，以至於去找下游廠商的時機一拖再拖。

「我說，」珍妮芙窮嚷嚷，聲音大到震得尚耳膜發疼，「桌布和床單可不會自己生出來！」

尚不甘不願，放下鉛筆，動身前往法國北部。

至於海倫和弗朗索瓦呢，他們則已搬到火槍兵街。

公寓很漂亮，長陽臺，站在陽臺上連拉雪茲墓園都看得到。一人一間寬敞的臥室，共享光線明亮的客廳，廚房大到可以兼作梳洗使用，廁所雖然在樓梯平臺，不過只有他們這戶可以用。

這是兄妹倆關係最好的時期。

可惜只持續了一個禮拜。

海倫去了波拿巴街的美術學院，她不抱希望，唯一只擔心自己看起來像個白痴，但既然她答應父親她會去，去就去吧……

誰知道教務主任費迪南．葛侯先生非但沒將她拒之門外，反而接待了她。這位先生五十多歲，一個胖墩，一對藍眼睛，留著金色小鬍子，笑容燦爛到讓人隨時等著瞧他的後腦勺冒出一圈光環。

「我沒通過素描考試……」海倫先開了口，準備好要打道回府。

「是啊，相當遺憾……」

他正在翻閱她準備的相關資料，包括她勉強擠出的半頁自傳和前一天晚上急就章畫的四幅素描，平庸之至，但葛侯先生那顆圓滾滾的漂亮腦袋瓜，依然滿意得點啊點的。

「我剛到巴黎幾天而已，你懂嗎？我沒料到……我是指，我沒想到還要準備資料……」

「是啊，相當遺憾……」葛侯先生又說了一遍。「妳想申請哪一組？建築？還是雕刻？」

「我想申請繪畫。」

「我知道了。」

說完這話，他闔上檔案夾，兩手抱胸，盯著海倫看了好一陣子。

「不經過考試就進美術學院是不可能的。」

海倫鬆了一口氣，正準備起身。

「不過嘛，如果妳有興趣，我們有一種隨班附讀生。大戰（第一次世界戰爭！）之前很久，這種制度就已經棄之不用。所以，我在想……」

聽聞此言，海倫瞠目結舌，於是他向她解釋，這種學生身分原本是為了希望瞭解美術學院教學的外國學生而設立的，以便日後學成歸國之後造福原籍國，這種制度已遭遺忘甚久，不過倒是向來都沒正式取消過。

「妳可以跟著聽課。當然，考試對妳來說依然可望而不可及，但是經過隨班附讀一年，妳明年參加入學考試順利通過的機會將大大提升……」

海倫立刻不再多言，改用另一種眼光看待葛侯先生。

原來在美術學院和其他地方一樣，女人想要的東西，往往只有屈服於男人的某些暗示才得的到。這種生活法則隸屬於女人生存條件範圍，這是她很小的時候就學到的一件事。她正準備穿上外套，費迪南・葛侯的形象卻壓制住了她的衝動。太明顯了，他一看就有斷袖之癖，要麼海倫的理論是錯誤的，要麼就是他破例讓她隨班附讀是受人所託，或是另有隱情。他腦袋瓜上那圈光暈豈不正是偽君子、老狐狸、大變態的標誌？

葛侯感覺到了，覺得受到冒犯。

「小姐，妳要是上禮拜來，我就會請妳打道回府。」

他翻遍字紙簍，終於挖出一張紙。

「妳想像得到嗎？昨晚董事會——刻意強調此一巧合何其難能可貴——突然意識到隨班附讀這種學生身分已遭到擱置，於是要求我們重新『開機』，如果我可以這麼說的話。董事會似乎認為本學院應該落實『開枝散葉』。」

他將那張紙瀏覽一遍，左挑右選，終於找出幾個詞，大聲念了出來，好像它們是用外文寫的。

「『開枝散葉』。『發揚光大』。『踵事增華』。」

他放下那張紙。

「所以，小姐，如果妳願意將本校……『發揚光大』的話，我可以幫妳把美術學院的大門稍微打開一點點。」

當時，海倫和弗朗索瓦的共同生活還處於「蜜月期」。兩人樂於一起下廚，從他的房間到她的房間，說說笑笑，海倫差人送大包小包過來，弗朗索瓦還下樓幫她領，再上氣不接下氣跑上樓。為了慶祝海倫順利進入美術學院就讀，兄妹倆特地從黑市買來沙丁魚和奶油準備了一頓盛宴，用餐期間，講了一大堆父母的壞話，路易和安潔兒八成大犯耳鳴。講完父母，講埔埔和珍妮芙，輕而易舉，有太多可講。提到艾蒂安，有一刻鐘的傷感，海倫大聲念了好幾行他寫的信，這段期間，兄妹倆處得非常之好。不難想像，事情多少還是會變糟，然而惡化到什麼程度和惡化得有多迅速卻不可能想像得到。

因為經過一個禮拜的學習足以讓海倫明白，就算繪畫對她來說是一條可行的路（可能而已，因為一切都還不確定），但在大男人主義盛行的美術學院、在這間氣氛有害身心的學院畫室裡，她也不可能成長茁壯。畫室主任勒內．舍瓦利耶藉著迎新，提醒她這裡的規矩：「謝絕女性、狗、政治、宗教」。好歹針對狗和女性來說，這個規矩遵守得相當徹底。雖然其他畫室接納過一些女學生，但經過幾次接觸後，都以謝絕女性加入告終。人人看在眼裡，海倫沒經過會考就進了美術學院，甚至擁有前一天還不存在的隨班附讀身分，坐享破格優待，每個人都自以為看懂了這種特權的真正性質。她不受歡迎，甚至遭到排擠。臨摹古畫令她百般無聊，畫架雜陳，逼著她得擠來擠去搶位子，少數幾位學生對她有好感，卻顯然抱著並不怎麼藝術的目的，她一進美術學院就感到失落。

美術學院的精神，宛若一件隱形斗篷籠罩著課堂和畫室，起著一種社團保護主義的欺生作用。新生熱切期待融入學院，得到認可，促使他們更為恪遵這句格言：「輪到新生發言才發言，不過永遠也輪不到新生」。

海倫才剛進美術學院，就已經一心只抱著一個念頭：離開這裡。其他學生對她投以異樣眼光，那位負責指導高中生參加美術學院入學考試的「豬哥仙」，他說的黃色笑話和毛手毛腳，令她益發失望。

海倫意識到她從未真正相信自己有能力念美術學院。美術學院不是計畫，只是一個想法，她對素描或繪畫不夠熱衷，不足以讓她想排除萬難留在這所學校。她感到空虛、徬徨，和弗朗索瓦合住的公寓愈來愈像寄宿學校大廳，她的房間則像單人牢房。她想出去，但不知能去哪，她抽好多菸，在貝魯特時的那股怒氣又出現，但她再也沒有父母可以發洩，當初她來巴黎便已迷失方向，而這回，她看不到任何新出路，她無路可逃。

美術學院的學生經常光顧藝術家咖啡館。因為她不再去上課，只有在這裡才會遇到他們，偏偏她生性疏懶又刻意挑釁，所以還是繼續上這兒來。咖啡館裡的人視她為懶惰鬼，她擺出土耳其後宮嬪妃的姿態，慵懶、性感、煙視媚行，待在那兒猛抽菸，等著別人請她喝咖啡……上午的時候，大家看到她坐在最裡面，到了吃晚餐的時候，也經常發現她又坐在那邊。每個男人都不禁納悶她是不是在拉客。關於她的各種傳聞已經開始滿天飛，因為她鄰家女孩般的清純美貌，使得她放蕩輕佻的一面增加了十倍，予人一種印象，只要伸出手，就可以摸摸她的胸脯、拍拍她的屁股，不過沒人膽敢這麼做就是了。她的存在使得那些自詡為反傳統的人士也相形見絀。美術學院最冥頑不靈的學生翹課、溜出畫室，跑來喝一杯，她專門和這些人攀談。

她認識了一個姓瓊薩克的（說得精確一點，是伯納．德．瓊薩克），他和她一樣，也曾經是美術學院的學生，如今仰仗供應在校生夢寐以求的各式禁藥賺大錢。他身邊經常都有嘍囉陪同，不是馬克斯．貝爾納，就是費迪南．拉格爾，他拿他們當襯托自己的配角。「嗑藥講求的是流行，」他發表高見。「這陣子嘛，安公子[2]正當紅。」這些片劑讓海倫享有陣陣痛快之感，雖然對心跳造成小小干擾，但她並不討厭。她沒有錢，所以跟瓊薩克打個商量，他要求的並不過分，也不用花多長時間，只要別得寸進尺就好……

她寫信給艾蒂安，向他講述了（幾乎）所有的事：有關弗朗索瓦的真相（「他老拿美術學院的事煩我，結果自己從沒踏進巴黎高師一步，只知道幫《晚報》寫些狗被壓死的小道新聞！……」）；尚的弱點（「哺哺懦弱到你無法想像，他的珍妮芙是個討厭鬼！……」）。然後，其實她心眼並不壞，她只是憤怒而已，關於弗朗索瓦，她又添上幾句：「我跟你說過瑪麗．蘭普森殺人案，是他在追蹤報導，他寫的文章好精彩，還上了頭版呢！」；尚也有份兒：「他和珍妮芙要開一家店，專門賣家用織品，至少往後他不用再被逼著去外省，一待就得待上好幾個禮拜。」

艾蒂安也寫信給她：「我打算把小鈴鐺送給鸞一世教皇陛下，取代他那頂布丁模子上的流蘇。往後他一走過來，大老遠就聽得到，好比乳牛戴著牛鈴呢。」但海倫太瞭解她哥，猜到他亂開玩笑暗藏苦楚。她好想知道他究竟經歷了什麼事？他愈輕鬆，她愈擔心他對她有所隱瞞。「所以說，咱們這位一九四一年的大英雄更喜歡《晚報》而不是巴黎高等師範學院囉？」他又如此寫道。「就算妳離開貝魯特時沒把妳媽氣死，等她發現弗朗索瓦沒去念巴黎高師那天，他也準會把她氣死！」艾蒂安畢竟有時候也流露出憂心，但寫得雲淡風輕，彷彿從未直接與他有關。「這個國家非常暴力。這裡每個人好像都有和自己配合的殺手，只要去堤岸那一帶就找得到人，為了幾個皮亞斯特，想幹掉就能幹掉誰。」但他向來正經不到兩分鐘。「要是啪啪和他那口子來這裡待個幾天，他很容易找到人幫他變成鰥夫……」

就連艾蒂安的這些信，都是造成她和弗朗索瓦不和的導火線。

「啊，他寫信給妳，很好啊……」每次西貢一有信來，他就用這種酸不溜丟的語氣說話。

「他沒寫信給我，他是回我的信。」海倫回道，假裝看信看得正專心。

弗朗索瓦因為海倫向父親告狀，揭穿他沒去就讀巴黎高師的謊言，始終對他妹懷恨在心，但是海倫堅決自清。

「不是妳打小報告，他怎麼會發現？」

「我不知道！可能是啪啪！說不定是另外那個大嘴巴珍妮芙啊！」

就這件事而言，弗朗索瓦處於最不利的位置，既懷疑他哥又懷疑他妹，既懷疑他妹又懷疑他嫂。他可能永遠也不會知道真相，必須生活在這種不確定中很不好受，因為總而言之，他怪不了任何人，只能怪他自己。

他和海倫之間的氣氛從未變回放鬆、平靜、不折不扣的手足之情。兩人一起訂下的共同生活公約，才剛制定，就被打破。海倫身邊自然而然就會變得亂七八糟，從她房裡蔓延到了客廳、廚房，輪到她打掃清潔和跑腿購物，她都自動跳過。

兄妹倆大小吵不斷。

事實上，因為海倫經常大白天還在睡（「畫室很晚才開……」，她懶洋洋地說），而且非搞到凌晨兩點、甚至三點不回家，他們難得見上面，除了吵，幾乎什麼都沒有。

自從兩人共同生活以來，面對海倫，弗朗索瓦從不知道該採取什麼態度，只好不斷出奇制勝，遊走於威脅和勸導之間。

「是啊，當『爸爸』不容易……」瑪蒂德開他玩笑。

若說弗朗索瓦一開始擔心和他妹一起生活會影響到他和瑪蒂德的親密時刻，那麼他很快就放心。因為海倫三更半夜回到公寓時，他的情人早就走了。

他們搬進去不到兩個禮拜，他才剛定下來準備安心工作，就和弗拉迪米爾．烏洛夫碰了個正著，這小子是和海倫同一間畫室的學生，冒充流亡在外的俄國革命分子（他出生於法國中部的羅莫朗坦，他的俄羅斯姓名純粹拜他祖父所賜，話說他祖父這輩子除了在被牛車撞死之前娶了一個集體農場女孩為妻之外，沒做過任何更值得一提的事）。弗朗索瓦看他的眼光跟看猴子似的，勉強跟他握了手。一個臭皮猴，牙齒和膚色都黃黃的，老是不斷撓頭皮，刮出一種白白的物質，再一下子用指甲彈掉。不一會兒功夫，他們兩人就進了海倫房裡，弗朗索瓦聽到鑰匙在鎖孔裡轉動鎖上的聲音。

他徹底棄械投降。

他對海倫的作息時間提出抗議，擔心早上沒看到她去美術學院上課，抱怨她組織沒有條理，又不注重整齊清潔，不過到目前為止，海倫始終迴避這個他最害怕的問題：她是處女嗎？應該是吧，因為，再怎麼說，她只有十八歲啊，對，好吧，快十九了，可是一個女孩子家總不至於在這種年紀就和男人上床！

「妳在她這個年紀已經和男人那個過了嗎？」弗朗索瓦問瑪蒂德，她抽著菸，慵懶地躺在床上，一隻手肘塞進枕頭裡面，另一隻手愛撫著他的胸毛，接著是他的腹部……

「妳倒是說啊，妳在她這個年紀已經跟男人那個過了嗎？」

她雙手抱胸，繼續抽菸。

一分鐘過去了，然後是兩分鐘。

瑪蒂德掐熄了菸，又點了一根，神情專注。

她的沉默令弗朗索瓦感到尷尬。想必是他問的這個蠢問題，傷害了她。

「我是說……」他冒險一試，說道，「妳，十九歲的時候……」

「不要吵啦，我在算總共幾個！」

兩人爆笑出聲，弗朗索瓦把長枕頭往她臉上一扔。

他對海倫向來所知甚少。他非常生父親的氣。怎麼可以不吭不哈，就把這個年紀的女兒託付給他！

他看著海倫和烏洛夫緊閉著的房門。

他們進房的那個當下他就該做出反應，現在為時已晚。他能夠冒著落人笑柄的風險去敲門嗎？該由他來扮演掃興鬼這個角色嗎？這個小女生真是個禍害……

他開始寫稿。

眾所周知，那個叫傑爾曼．卡吉奧的傢伙，指認結束後遭到逮捕，很快又被釋放，因為，除了沒有任何對他不利的證據外，他也沒有任何殺人動機，甚至連目擊證人也推翻證詞，聲稱自己什麼都不確定，或多或少承認自己再也不會指認他，她認錯人了。勒諾瓦法官雖想繼續羈押嫌疑人，但管理當局下令釋放他，而勒諾瓦不是一個敢說不的人。

於是，弗朗索瓦想到採訪瑪麗．蘭普森的丈夫馬塞爾．薩維耶爾。

他發現他很緊張，與到處可見的瀟灑熟男演員形象相去甚遠，因為他極具巴黎式優雅，所以專門演些魅力大叔的角色。他沒刮鬍子，穿著褪色晨袍，趿著家用拖鞋，香菸一根接一根。

弗朗索瓦引導他說出他和瑪麗相遇的經過，兩人各自的演藝生涯，他說得不慍不火，就像他揣摩好了某個角色，現在不過是在排練，好把臺詞背起來罷了。他確認妻子懷孕對他是一大打擊，但揮手駁斥離婚傳言。

弗朗索瓦毫無斬獲。他有一篇文章得寫，可是還剩下好多問題無解。

瑪麗真的想離婚嗎？出於什麼原因？還是正相反，希望離婚的是他？為什麼？他有情婦嗎？她有情夫嗎？如果她有，瑪麗懷的是誰的骨肉？在這位被害人手提包裡發現的那封信，寫信的人到底是不是薩維耶爾？

弗朗索瓦正在思考這些問題，注意力受到一陣嘶嘶聲吸引。

不，不是嘶嘶聲，是……呻吟聲！從海倫房裡傳出來的。喘息聲！

弗朗索瓦羞紅了臉。

他聽到的是……海倫在做愛嗎？

他站了起來，四肢僵硬，打不定主意。他有權利把耳朵貼在她房門上嗎？不行，他不能……可是……這是一種夾雜著呻吟的喘氣聲……

這種有規律的節奏著實擾人清幽……

弗朗索瓦絞著雙手。要是他沒能阻止海倫遭到性侵，他會更不能原諒自己。

他握住門把，但他知道自己什麼都不會做。喘息聲愈來愈高亢……一個男人在喘氣……弗朗索瓦又貼近一些，朝這些聲音豎起耳朵。是他！喘著粗氣的不是海倫，是那個俄國人。更令人作嘔。

一個個畫面飛快閃過，俄國人躺在海倫身上，像野豬一樣嘎嘎亂叫，害弗朗索瓦快瘋了……他抱著記事本、筆記、打字機，跑去把自己鎖在房裡，但是，喘息聲雖然壓低了一些，卻依然不放過他。他開始打字，大聲哼歌，聲音震耳欲聾，目的在於壓住呻吟聲。他生怕萬一其中一個人開始大叫，有時候他跟瑪蒂德在一起時，他們會忘情大叫，他唱得愈來愈大聲。

不可能再這樣下去。

於情於理，他都不可能繼續和海倫一起生活。

---

1 l'Épuration：此處指的是一九四四年法國解放時對賣國賊展開的肅清運動。

2 méthédrine：甲基安非他命（Méthamphétamine）的俗稱。華人圈稱之為冰毒、冰塊、安公子、冰糖、安仔、砲仔、鹽等等。

31 有點錯綜複雜

過去六年中，喬先生的交易紀錄大約有四十幾頁，艾蒂安花了不到一個小時就看完了。

多虧加斯頓簽署放行，不過也因為貨幣局許多其他官員，喬先生將大量資金流到法國。他提供的憑證可以追蹤付款流向直到香港和新加坡的銀行為止，之後就在法國政府監管之下消失無蹤。

倘若艾蒂安想得沒錯，那麼，接下來這些資金就會轉給越盟的軍火商。

但除此之外，還有其他東西。

兩份文件顯示，法國貨幣局批准了大量資金轉帳（而且是以十七法郎不是八法郎的匯率進行兌換）……匯入巴黎好幾家大銀行的個人帳戶。

收款人的姓名首字母縮寫分別為：E. N.、P. R.、D. F.、A. M.、S. R.。

姑且不論是何許人也，發的都是國難財。

只不過……

只不過艾蒂安預感這一切可能都是真的，卻缺乏確鑿證據，因為這些僅止於是貨幣局交易紀錄罷了。

艾蒂安手中握有足以引起政治風暴的不過是一張空頭支票，他所擁有的實質證據連引起政治風暴百萬分之一的機會都沒有，因為他什麼都證明不了。

阿榮，坐在桌旁一張椅子上，轉過頭來。約瑟夫從冰箱上面起身，伸了個懶腰，跳到地上，坐在一米外，緊緊盯著艾蒂安。牠的預感，有時也得聽聽……艾蒂安感到莫名焦慮，彷彿受到意外威脅，猶如山雨欲來，任憑他再怎麼防範都躲不掉。

他感覺自己被壓得死死的，不論採取行動或者進行反制，全都無能為力，令他悲從中來。雷蒙的死帶給他的傷痛從不曾止息。暗黑勢力視雷蒙為玩物，他所受的折磨和隨後死去，均有如鴻毛。

就像在雨季，有時再也察覺不到驟雨又落下，艾蒂安亦然，再也感覺不到淚水順著臉頰流下。阿榮和約瑟夫持續注視著他，此情此景，怎一個愁字了得。

阿榮終於站了起來，走到艾蒂安身邊坐下，拿起他腿上那份檔案，檔案的硬紙殼上印有西貢印度支那貨幣局抬頭字樣。

「你有危險。」他語帶審慎。

這就是矛盾所在。

這份檔案根本毫無用處，現在卻僅僅因為它在他手上的這個事實而成了一種威脅。阿榮證實了艾蒂安聽過成千上萬次的事：越盟無所不在，它有辦法看到一切，無所不知……

「越盟無所不在」這個想法在西貢到處流傳，對艾蒂安來說就像「火藥陰謀」[1]或是「受祝福的保羅們」[2]的詭計一樣，純屬鄉野傳奇。但，即便阿榮經常表現出一派天真，面對超靈教皇的宗教活動卻十分嚴謹，使得艾蒂安不得不承認，這回，不相信阿榮，他才真的天真。街頭暗殺、遠征軍遭到無數次伏擊，足以證明越盟擁有極其強大的網絡，何況還不止這些……菲利普・德・拉克魯瓦—吉貝上校斷言，這場戰爭，情報是絕對武器，想必他是對的。嚴格來說，越盟沒有軍隊，只有一些武裝團體，他們不斷騷擾法國軍隊，仰仗的正是一張由間諜、耳目、眼線、特務織成的大網，綜觀西方世界，無人能出其右。

艾蒂安擔心的不是他自己，而是無法完成他已經著手進行的調查任務，這一切都將沉入這場戰爭的污水之中，遭到徹底湮滅。

阿榮和約瑟夫也因為他的天真與幼稚而陷入危險。

「我們非走不可。」阿榮說。

「門兒都沒有。」

這句話就這麼迸了出來。他看不出自己還能以哪種方式繼續執行告發計劃，但現在逃跑活像開小差，臨陣脫逃，他辦不到。

「我們非走不可。」阿榮又說了一遍。

艾蒂安站起來，走到窗前。在他眼裡，西貢這座城市從未如此陰沉、泥濘。他搖搖頭，他心意已決，連自己都感到驚訝。

「不可能。我不會離開這裡，直到……」

他不知道該怎麼稱呼這件事。

「……直到我說出真相。」

此話一出，立刻後悔。太誇張了，不像他會說的話。真相，他才不在乎。正義，才是他要的。但就算是正義，聽起來也像書中用語。現實生活中，要他說出這種話是不可能的。這些他雖然沒說出來，但是阿榮懂他，因為這會兒輪到他也站了起來，走過去把約瑟夫抱在懷裡。

「你能帶我們走嗎？」

這位亞洲青年摸著約瑟夫的頭，但沒有看牠，約瑟夫閉上眼睛，彷彿聽聞此言，覺得事情終於出現轉機，如牠所願，符合牠的主張。

「喬先生是我姑丈，」阿榮說，「我進得去他家。你需要的文件，我應該可以幫你拿到，可是我們必須先把一切準備妥當，文件一到手，不能在西貢多待一分鐘。我要你一句話。」

就在這一刻，艾蒂安理解到不久之前他腦中才剛閃過阿榮可能背叛他的懷疑始終潛伏在他腦中某個角落，彷彿毒藥睡著了，而今天，這個亞洲小伙子正沉著堅定地拿出最佳解毒劑予以化解：以自己這條命作為祭品來換取他的信任。

「我答應你，」艾蒂安回道。「鸞的勢力夠大，足以祕密安排我們離開。看在我幫過他的份上，他會挺我們的。」

阿榮點了點頭。這個答案他聽得進去。約瑟夫從他懷裡跳到地上，一躍又回到冰箱上頭，捲成一團躺下。對牠來說，這件事已經解決了。

阿榮畢竟還是補上這句：

「如果你食言，我們就死定了。」

他輕輕帶過，但這正是最糟的狀況。

在艾蒂安眼中，阿榮的臉向來如此多變。起初，他是一個被嚇壞了的、溫順的、願意作為祭品的青少年，但艾蒂安拒絕接受他獻祭。而某一天，另一個阿榮，沒人逼他，他自己來了。這個阿榮是一位溫和堅定的年輕人，有著一張友好的臉，呵護你，從不責備你害他置身於危險之中。然後，阿榮有了一張日常的臉，如今艾蒂安責備自己沒有把它看個夠，阿榮的這張臉屬於一個優雅、纖細，卻精力充沛的男人，猶如一汪泉水，溫暖舒緩，悄悄滑進床單。而現在，驟然之間，艾蒂安發現了一張新的臉，他想都沒想過，阿榮竟然準備冒著生命危險，而且不要求任何交換條件，唯一只要求和他一起走……

艾蒂安感動得落下淚來。

他立刻託穆瓦納上尉將一封緊急求救信轉交鸞教皇。「務必盡快趕來。我非常需要你。千萬別讓人知道你是為我而來的，我再跟你解釋……」

三天後，鸞教皇陛下到了西貢，發現艾蒂安的精神狀態實在堪憂。

「我的朋友，你是怎麼了？」

艾蒂安的確又驚又累又緊張。出於各種藉口，他比較不常去局裡，每天晚上都要抽無數管鴉片煙，數量大到驚人，他自己備的煙，因為阿榮無疑正忙著設法得手他姑丈的那些文件，所以更常和家人待在一起，偶爾才會在艾蒂安這兒露面。

艾蒂安一把抓住鸞的兩隻手。

「鸞，我不能告訴你透過什麼方式，但幾天內，也許幾小時，我就會有確切證據，證明越盟從皮亞斯特不法交易中獲利，還拿這些錢採購武器。」

鸞長嘆一聲，他向來不相信這件事。

「我的朋友……」

但艾蒂安沒讓他說下去。

「相信我，證據確鑿！我需要你幫我們離開這個國家。」

「我們？還有誰？」

「在適當的時候，我會告訴你。現在只有你能幫我……」

艾蒂安總覺得自己好像忘了某件重要的大事，而且這件事將證明是一場大災難。至於鸞，他受到眼前這位年輕人散發出來的緊迫感影響，搔了搔頭。

「這個嘛……」

艾蒂安對他說的每個字都很在意。

「我們再想想辦法……」

「告訴我……」

「我們教會的飛機停在離這裡大約三十公里的邊和市境內的喬治—吉內梅機場。那一區安全無虞，越盟不敢冒險過去。到時候，我們會提供一輛車給你們，讓你們悄悄抵達機場。然後我們的飛機再從那邊載你們飛到某個商業機場。」

剎那間，第一次飛行記憶和那個酒鬼飛行員的那張酒糟臉，依稀從艾蒂安腦中閃過，但他並沒因此就打了退堂鼓。

「那費用……」

「得了，我的朋友！我們之間，這算問題嗎？我虧欠你這麼多……你為琰做的一切，今天，鸞有能力回報你了。」

情緒一上來，這兩個男人緊緊擁抱。但鸞認為他自己也有必要鎮定下來。

「順便問你，你們打算去哪兒？」他問道。

「巴黎。」

海倫告訴他，弗朗索瓦在《晚報》上班，燃起艾蒂安最後一絲希望。但願記者爭相報導這件事，讓真相爆發。他沒辦法清楚理解他哥在報社確切的職責是什麼。海倫寫給他的信，內容前後矛盾。一會兒告訴他，弗朗索瓦正在追蹤報導一樁重要的大案子（「而且登在頭版！」），過不了多久，又毫不掩飾她有多瞧不起他：「他專門寫些雞毛蒜皮事！」不管弗朗索瓦負責什麼工作，他肯定認識會對「喬檔案」感興趣的人，一家發行量這麼大的報社，不可能對這種醜聞無動於衷！

花了兩天時間才在報社聯繫上他哥。艾蒂安先從貨幣局某個辦事處打電話給他，然後又從總局打給他，後來又從一個分局，所有人事物，他全都不信任。好不容易，終於成功聯繫上弗朗索瓦。一上來他覺得弗朗索瓦非常冷淡，興趣缺缺。這樁印度支那皮亞斯特不法交易事件已經夠複雜難懂的了，何況又與弗朗索瓦的職責差了十萬八千里，這種事不屬於他們部門負責，他看不出他有什麼好插手的。但艾蒂安語帶激憤，這種緊急聲調，他聽都沒聽過，感染了他，令他擔憂。艾蒂安縮在港口附近的電話亭裡，投了一個又一個硬幣，眼睜睜看自己的薪水隨著自己所持的論點和硬幣一同消失於無形。

「從事皮亞斯特不法交易的人，他們賺的錢全部由法國政府買單！」

「對，好的……」

「還有更糟糕的呢，弗朗索瓦，越盟也在從事皮亞斯特不法交易！法國正在資助自己的敵人擴充軍備。一個姓喬的中國人拿著完全偽造的文件向貨幣局提出申請，為的就是讓越盟從中得利。」

艾蒂安非常激動，說得非常快。弗朗索瓦聽成「一個姓卡攸還是卡約的中國人」，一聽就怪，整件事都不清不楚。

「你說的這件事有點錯綜複雜……」

「弗朗索瓦，你怎麼搞的！」

「好好好，別生氣！」

他真的提不起勁。

「你說的這些……不屬於我的報導範圍。我負責社會新聞。印度支那發生的事情屬於政治和外交部門。何況這場戰爭在十萬八千里外，你懂嗎？激不起讀者興趣……」

艾蒂安不想提起雷蒙的事。可以預見的是，這種悲情訴求將使他揭發此案的建議像是在狹怨報復，會將皮亞斯特不法交易醜聞降低到一種小鼻子小眼睛的幼稚層面。他心灰意冷，差點放棄。他決定最後一搏，鬆口說道：

「錢匯進巴黎名流的私人銀行帳戶……」

「你說的是誰？」

艾蒂安吸了一口氣，弗朗索瓦上鉤了。

「少說也有五個名流受到牽連。我只有姓名首字母縮寫：E. N.、P. R.、D. F.、A. M.、S. R.。不過，把他們找出來應該不難。這些人都跟印度支那沾得上邊，並且有機會利用這種轉帳體制。光今年就獲利好幾百萬法郎！」

一宗涉及亞洲戰爭的非法交易不會比平常多賣出十份報紙，不過，法國名流從中上下其手撈到好處，顯然大有賣點。搞不好他可藉機脫離社會新聞部門，從而處理更廣泛、更重大、更轟動的主題……

「你手上有他們什麼資料？」

艾蒂安盡可能快速思考。他立即想到，值此階段，他得讓他哥相信他，這點和這些資料的性質一樣重要。

「在電話裡很難說清楚……我有金額、日期、姓名首字母縮寫，現在只剩下找出完整姓名。」

「你沒聽懂我的話，艾蒂安：你有什麼文件？」

艾蒂安撒了謊。

「付款方的付款憑證……這就是為什麼只有姓名首字母縮寫的原因。」

他感覺得出來，這還不夠。

「這些人在戈達爾銀行和霍普金斯兄弟公司都有帳戶。」

弗朗索瓦記了下來。

「可以一份副本寄給我嗎？」

「當然不行！任何資料都不會離開我一步，弗朗索瓦，不能寄給你副本！我會親自全部帶去給你，然後你再登出來，好嗎？」

「等等，等等，我得看看可不可以登……」

「但是……」

弗朗索瓦從艾蒂安的聲音和躁動中感受得到他非常緊張，得先安撫他，讓他平靜下來。

「如果有說服力，當然沒問題，艾蒂安。你確定你的消息來源可靠嗎？」

「百分之百確定。我的消息來源是喬先生的親外甥。」

又是這個中國人，弗朗索瓦心想，他還是不懂喬先生在這樁事件中扮演什麼角色。

「這個外甥是誰？」

「他是我……家裡的佣人。」

弗朗索瓦閉上眼睛。諸如此類的事件，涉及家僕、萬事包辦女傭和其他看大門的人，他每個禮拜都碰上好幾回，而且每樁聞起來都帶著檢舉告發、回鍋報復的氣味……

「我需要貨真價實的證據，你懂嗎？」

弗朗索瓦提問時加強語氣，表達最高程度的懷疑，但艾蒂安似乎沒聽出來。

「好，我懂。所以，我帶證據給你，你就會刊登出來嗎？你保證？」

就算這一切都站得住腳，如何處理這條新聞也不取決於弗朗索瓦，而是取決於亞瑟・巴宏、取決於德尼索夫，這件事他無法掌握，他該怎麼向他弟解釋呢？他放棄了，因為此時此刻，應該搬出最省事的解決方案。

「我保證。」

一陣長時間沉默。

「謝謝，弗朗索瓦，這非常重要，你懂嗎？」

「我懂。」

「我馬上安排我去巴黎的行程，我會把文件帶給你。」

「好。」

「他要來巴黎？」

「他是這麼說的……」

「什麼時候？」

「他不知道，好像很複雜……」

在他妹堅持下，弗朗索瓦不得不鉅細靡遺說了一遍，一個接一個回答她問題，他說著說著，愈來愈擔心。他會不會承諾得太快了？倘若艾蒂安提供的文件不容質疑，這個案子會不會被德尼索夫搶走？

海倫不懂艾蒂安怎麼會扯進這種事。他對政治和金融向來不感興趣，難以想像他成為政治和金融醜聞核心人物，她感到無比訝異。弗朗索瓦將自己所瞭解的細節全盤托出後，再也無法向海倫隱瞞這個案子有多棘手。

「他有危險嗎？」海倫問他。

答案是「有」。

「哪會危險，妳亂想什麼啊！」弗朗索瓦這麼回她。

聽起來就很假。

「你打算怎麼做？」她問。

「等他來，研究他這些文件，如果靠得住的話……」

「我再問一遍。你打算怎麼做？艾蒂安在印度支那遇到危險，你不通知任何人，也不向任何單位求助，反而要等他到巴黎，看看他的文件值不值得讓你寫上幾行塞進報紙第八頁？」

他們吵了起來。

無論做什麼，無論什麼事，最後總是走到這一步，這對兄妹水火不容。

一位超靈弟子來到艾蒂安家，帶了該教福音書給他。一本漂亮的光面小冊子，講述鸞如何受到神啟（書中附有一幅教皇仰望天際的肖像，感覺得出來深受感召），幾位超靈教認可的聖徒傳記，以及該教教義（和平、進步、博愛，教義中不厭其煩再三闡述）。接下來是一份煞為可觀的禁令清單：針對男性（禁止：殺戮、覬覦鄰居妻子——尤其嚴禁上她——偷竊、酗酒、沉溺賭博、葷食、褻瀆神明、威脅恫嚇、論人是非……等等）；也針對女性（禁止：撒謊、賣弄風情、勾引鄰居——尤其嚴禁讓自己被他上——烹調章魚加辛香料、露出腳踝……等等）。

這些信條，差不多剝奪掉人生所有樂趣，明智之士竟然願意堅守，艾蒂安覺得這是一個謎，儘管如此，仔細想想，西方各個宗教提供的樂事或者樂子也沒比超靈教多到哪兒去。

弟子向使君大人鞠躬行禮後告退。

小冊子最後一頁，附有一張手寫便條：「目的地金邊，然後搭飛機前往巴黎。我們的飛機會在吉內梅機場等你十天。超過這個時限，再另外通知我。如果需要送你去機場，請告訴我。保重。」

有署名：「你的朋友，鸞」。

1 la conspiration des poudres：發生於一六〇五年的一起弒君行動。當時英國國王詹姆士一世正在國會大廈參加開幕典禮，一群英格蘭天主教極端分子試圖炸毀大廈並且暗殺他，但未成功。

2 Beati Paoli：這個騎士團於十二世紀出現在義大利西西里島巴勒莫鎮，致力於從西西里貴族手中奪取財富加以重新分配。即便世人對其組織及運作存疑，但當地依然稱其為「義大利的羅賓漢」，後來成為義大利黑手黨的「模範」。關於Beati Paoli，通常音譯為「貝蒂・保利」應為誤譯，Beati Paoli在義大利文中為「受祝福的保羅們」之意。

32 殺人犯！

採訪瑪麗．蘭普森父母引起公眾極大迴響，德尼索夫樂得飛上了天。說真的，報導這個案子進展得相當順利：不到兩禮拜，又出了獨家。仔細看著照片，尤其是瑪麗和馬塞爾．薩維耶爾婚禮那張，蘇比洛太太——雖然她曾經誤認傑爾曼．卡吉奧是凶手，大家還是一直稱她「突如其來的證人」——這回倒是毫不含糊，她之前沒想到，但瑪麗．蘭普森被殺前幾分鐘，她在「攝政王」電影院洗手間門口遇到的那個男人極可能就是薩維耶爾。

「妳確定？」勒諾瓦法官盼望看到隧道盡頭，堅持要她確認。

「這個嘛，我是說……」

怪了。蘇比洛太太一開始總是非常確定，過不了多久就陷入自我懷疑。

「法官先生問妳……」坦普里埃探長細聲細氣說道，「是不是有絕對把握。」

「呃……確定……」

探長把法官拉到一邊：

「你的目擊證人似乎不太確定……」

「她緊張！」

「筆跡分析並沒有……」

「我也想過。我們要重做，我要委任另一位專家。」

坦普里埃探長的表情就像站在鐵軌上，眼睜睜看著火車全速開過來，只能聽天由命。

「我提議……」他按下性子，開口說道。

然而法官已經衝向卷宗，查閱起馬塞爾．薩維耶爾的陳述。

同一時間，探長好聲好氣，俯身向前，繼續向蘇比洛太太問話，她回答說，是，應該是吧，我不確定，不過我想應該是……

弗朗索瓦為文指出：「坦普里埃探長和勒諾瓦法官之間的分歧從兩人使用的詞彙便可一窺端倪：警官審慎稱之為馬塞爾．薩維耶爾的『時間安排』，法官則稱之為『他的不在場證明』。」

「那個禮拜天我在打彈子。」薩維耶爾如此說明過。

這件事已經得到他在那間私人彈子房的球伴證實，他通常都在那邊打。他於下午三點三十分左右離開彈子房，四點四十五分回到他位於訥伊的家，然而禮拜天，走這一趟路只需要半小時。如此一來，四十五分鐘的時間差就成了一大問題。

「我跑了好幾家菸草店去買美國『銀星』牌香菸。禮拜天，沒幾家開門。而且，我沒買到菸就回家了。」

到目前為止，原本法官對這個答案感到滿意，突然再也聽不進去，不接受這種說法。

「很難想像他去『攝政王』殺他太太……」坦普里埃探長試圖說服法官，如此說道。

但勒諾瓦法官像餓死狗一樣死咬著骨頭不放，而且打算啃個痛快。

「他都被證人指認出來了，而且……」

「指認出來……指認出來……」

「而且他的不在場證明有漏洞。差了四十五分鐘！」時間綽綽有餘！

馬塞爾．薩維耶爾立即成了簽發傳票的對象。

坦普里埃探長遵從法官指示，揮開躲在薩維耶爾家門口《晚報》攝影師的閃光燈，三言兩語打發了弗朗索瓦．佩萊蒂埃提問，將這名演員帶進法院，也就是在這個時候，法官開始思考當前情勢有多複雜。的確，從彈子房回訥伊，這一路上禮拜天有開門營業的幾位菸草店老闆，全都不記得見過這位知名演員去過（「然而，這個滑頭顯眼得很，因為一堆報紙都刊登過他這張臉！」法官一個字一個字說得清清楚楚），但這只構成一種反證[1]。更不妙的是，坦普里埃探長提醒他，其實薩維耶爾並沒有四十五分鐘的時間殺妻，而是只有十分鐘。

「十分鐘？怎麼會？」

每當勒諾瓦法官想強調他有多麼憤怒，他就會踮起腳尖。探長不以為意。

「薩維耶爾需要半小時才能從彈子房趕到『攝政王』。再加上從『攝政王』到訥伊估計還得花再半小時，所以他並沒有四十五分鐘，而是十分鐘。」

「他趕得及！」法官不為所動。

「對，但是太冒險了。他得停車，不被任何人發現偷溜進去電影院，找到他老婆，宰了她，再離開電影院，拿回他的車……十分鐘必須完成這些，他很強，非常強。」

「這個畜生的確很強！」法官立刻補刀，無視探長的冷嘲熱諷。

實地勘查過後，證實了緊急出口有名無實，進出放映廳易如反掌。薩維耶爾知道他妻子的習慣是電影開始放映之前先躲起來，而從緊急出口到洗手間這條路剛好可以避開觀眾注意。所以，他偷偷地來，正如他偷偷地去。

法官聲稱離結案不遠了。他緊咬薩維耶爾是凶手的可能性不放，派人將他逮捕。除了薩維耶爾，還有誰會知道這位年輕被害女子去了「攝政王」，而不是另一家電影院呢？還有誰會知道她選的是幾點那場電影呢？這許多問題，法官都暫時擱置。他已經打開了潘朵拉的盒子，在他眼裡，當下最要緊的是知道用哪根鞋拔把他這套理論給塞進這個盒子。

《晚報》立即如此下標：

瑪麗．蘭普森謀殺案

馬塞爾．薩維耶爾成為頭號嫌疑犯，

已經遭到逮捕

當然還有殺人動機這個問題。

「瑪麗．蘭普森想離婚，薩維耶爾氣得都快瘋了！」法官說。

「這只是謠傳，她尚未進行任何手續……」

「他妒火中燒。這個女人被殺的方式顯示出凶手殺她是因為由愛生恨！」

面對坦普里埃探長一臉疑惑，法官補充說明：

「她想離婚，她有情夫，薩維耶爾確認無誤！他嫉妒得要命，這點無庸置疑。」

說到這兒，他洋洋得意：

「況且，倘若她沒情夫，身懷六甲，為什麼不告訴她丈夫呢？」

「因為她想等確定了再說！她才懷有兩個月的身孕，說不定不想害他空歡喜一場。」

這個「情夫」曾是這位年輕女演員生活圈子裡的重點清查對象。她的所有關係全被梳理過一遍，所有人士，舉凡名字以「M」開頭，一概遭到訊問。白忙一場。眼睜睜看著法官認定她有情夫，坦普里埃探長深深不以為然。

他們兩人在案情推論上並不一致，弗朗索瓦特別指出了這點，但是，法官提出這些論點後，探長意識到自己只是執法人員，並非勒諾瓦同僚，畢竟他才是司法人員，於是舉起雙手以示妥協，隨你，你自己決定吧。

「想搞清楚，最好的辦法就是實證！」

「殺死一個女人？」

「不是，」法官回道，他把探長的話當真。「實際走一趟。」

弗朗索瓦下標：

瑪麗．蘭普森

是馬塞爾．薩維耶爾殺的嗎？

重建行車路線

將揭曉他是否有時間犯案……或是沒時間

海倫在藝術咖啡館最裡面坐了一個多小時，愈坐愈不耐煩。自從弗朗索瓦告訴她艾蒂安要來巴黎，她就一直神經緊張。很明顯，就算她哥在那裡遇到危險，她也無法想像是什麼危險。他樹了什麼敵嗎？她確信弗朗索瓦沒有把他知道的一切都告訴她……她弄不清楚整件事情的來龍去脈。萬一艾蒂安出了什麼事，她會永遠也走不出來。一顆「冰塊」應該可以讓她爽到瘋掉，忘卻煩憂。

一想到這個，她的火氣暴增十倍，她神經質地輕輕敲著桌子，緊盯著前門。瓊薩克向她保證，說他中午左右到，這傢伙從沒準時過。

有顧客在長椅上留下一份《晚報》。瑪麗．蘭普森事件原本應該在幾天內解決，豈料卻拖了好幾個月，使得這陣子每個人，尤其是弗朗索瓦，都只對這件事感興趣。可是，艾蒂安卻正冒著風險……她差點想到「冒著送命的風險」，她為什麼總是想像最壞的情況呢？

她讀完弗朗索瓦整篇文章，發現自己竟然在仔細端詳馬塞爾．薩維耶爾的肖像，這張照片登在頭版以增添全文的可看性。他算蠻典型的，就是她不喜歡卻又睡過的那種類型男人，稍帶洛蒙的影子，未來的老帥哥。自從跟這位老師在一起過，她還沒跟別的男人上過床，沒人比她更貞潔。除了幾個例外。第一個例外差點就是弗拉迪米爾．烏洛夫，但他臨陣脫逃。虧她都下定決心要跟他上床了，所以才會把他帶到房裡。她並不喜歡他，但他不像她的數學老師，這一點就是他的優勢。她覺得他應該不會打她也不會羞辱她。沒想到，那天晚上，這個俄羅斯人針對洛特雷阿蒙[2]和波特萊爾誰比較厲害發表高論，滔滔不絕，最後終於全身包得緊緊地睡著了。而且由於他患有類似睡眠呼吸中止症的毛病，所以邊睡邊嚄啊嚄，嗯啊嗯，嘎啊嘎，八成在做春夢，害她根本不可能閉上眼睛，度過了一個不眠之夜。

第二個例外是瓊薩克。雖然這傢伙要求頗少，幾天來，他們之間的關係一直籠罩在某種不清不楚、不明不白……說人人到，剛好，他現在正走進咖啡館，這回他獨自一人，笑臉迎人，神情輕鬆，身上那件花背心一看就品味缺缺，打著一個奇形怪狀的大花領結，整體予人一種小丑扮成藝術家的可笑印象，他就是這副德性。他往海倫這邊走來，沿路東握手、西握手，浮誇地跟好幾個女孩子左擁右抱，交頭接耳親吻，海倫發誓，他到她這邊之前，絕對是在故意拖時間，擺出一副大眾情人的樣子，彷彿像他這種男人，她打著燈籠都找不著。

「妳看這種東西啊？」

他邊坐下，一把抓起《晚報》扔到桌子另一頭去，佯裝報紙味害他聞了難受，所以才把它放得遠遠的。海倫看了就有氣，但她什麼也沒說。

「你還是給我一片吧。」她說。

「這……」

他沒看她，始終盯著廳裡遠處。隨後才突然轉向她。

「這玩意兒現在奇貨可居……」

訊息傳到，他鬆了一口氣，繼續以生意人的口吻說道：

「美舒痛、科利德蘭、普魯定[3]……樣樣缺。順便說一下，因為缺貨，所以……」

海倫提高警覺。瓊薩克壓低嗓門，不過依然沒有看她。

「我們要去補貨。」

「『我們』是誰？」

「貝爾納、拉格爾、我。也許再加上妳。我的意思是說……」

海倫不知道他什麼意思，但她確信準沒好事，她才不要幫他呢，所以沒接話。現在變成她悶不吭聲、頻頻往前門那邊張望。

「一家藥房，妳懂嗎？十拿九穩，藥房化驗師和我們是一夥的，他只抽百分之十五！我們要的東西，那邊應有盡有。」

「那你們要怎麼進去？」

「我不能告訴妳，以防萬一……」

他一臉圖謀不軌的神情。

「不過嘛，我們需要有人把風。」

瓊薩克在口袋裡翻了翻，拿出粉紅色小藥片，握在手裡，遞給海倫，她卻搖頭表示「不要」。瓊薩克一時不知該如何是好，只好伸手把放在隔壁桌的那瓶水拿過來，倒了兩頂針大小的水到海倫的空咖啡杯裡，搞出一種棕色液體，一看就很難喝，不過他並不計較，把粉紅小藥片連同杯子裡的東西一股腦兒嚥了下去。

「妳什麼都不用做。我們會把妳安排在一個重要的戰略位置，監視周遭風吹草動。萬一有人靠近，妳吹完口哨就開溜，就這樣而已，別的事都不用做。」

「我不會吹口哨。」

「我們會給妳一個哨子。」

「跟條子那種一樣？」

「一樣。」

海倫正想把他打發走。但是眼前這個空著的杯子使她改變主意。她突然不想嗑藥了，她可以不嗑，搞不好她再也不用嗑了。因為她心念一轉……從這一刻起，再也沒有任何理由拒絕幫他們把風。

「五千法郎。」

「喲，妳以為妳誰啊？」

「把風費，我得掩護你們三個闖進藥房，如果你們沒被抓進監獄，荷包就會鼓鼓的。」

「五千法郎未免太……」瓊薩克搖搖頭。

從他的語氣聽起來，海倫知道她原本可以要的更多。但不用麻煩了，反正她是因為得冒風險才願意幹這一票的。好玩嘛，她心想。她發現闖進藥房偷東西比吞下一大把「冰塊」還更刺激呢。

「我啊，我確定他有時間過去殺她！」

珍妮芙憎恨馬塞爾．薩維耶爾，尚一直不太理解原因。她能不能理性質疑這個人有沒有罪呢？

「他一臉邪氣，」她補充道。「自以為是美男子，可是我啊，我聞到變態的味道……」

尚在蘭貝格姆鎮郵局打電話給她，這個小鎮位於貝屯市北方，僅有數百居民，鎮上有一家小規模家族企業，他希望將家用織品委託他們生產。

他一到，雨就一直下個不停。在鉛灰色的天空下，狂風將暴雨一陣陣掃過來，拍打著窗戶，一道道細流，歪歪扭扭，順著窗玻璃往下淌。

「他們要模擬……」

尚不懂，珍妮芙只得解釋。

「為了搞清楚他到底有沒有時間過去殺他老婆，我說，難道你還不懂？他們要開車並且對整趟路程計時，這樣就會知道……」

「結果沒成功。」尚打斷她。

「還不知道，今天下午才要做。」

「不，我不是說這個，我是說跟蘭貝格姆那邊沒談成功。」

長時間沉默。這個打擊，珍妮芙挺住了。

「我不知道你是怎麼回事？難道這些人的活兒多到接不下訂單嗎？」

尚早已備妥辯詞，但他受到干擾，一列軍車剛好從街上開過去，人行道和郵局牆壁為之震動。就像火車經過時，大家反射動作會開始算有幾節車廂那樣，尚也開始默默數著有幾輛軍車，十輛、十二輛、十五輛，一輛接著一輛。這一帶整個地區陷入沸騰，礦工罷工愈演愈烈，政府拉高嗓門，態度更為強硬，眼看著這場衝突有惡化成內戰的趨勢。繼警察之後，政府連軍隊都派了過來，兩大陣營彼此對立，互相比狠，交相卸責，事情一發不可收拾，鬧到今天這個地步，都是對方的責任！罷工這方將「黃種人」趕出辦公室，甚至要把他們從自己家裡攆出去，還把婦女剃光頭。社會黨政府則將示威遊行分子視為決心推翻共和國的共產黨，從而派出裝甲部隊鎮壓。罷工者在地面堆礦場區設下路障，還逼迫火力發電站停工，導致現在到處斷電，再也無法預測接下來輪到哪兒，在韋爾坎、在貝屯，都有好幾萬人上街頭抗議。保安部隊朝他們扔催淚彈，其實去年他們就這樣對付過其他罷工的工人。這麼多憲兵、警察、保安部隊、軍人同時攻擊示威者實屬罕見，人民怒火沸騰。尚卻不得不穿過這個地區。

「我這邊，一切倒是都進行得很不錯，」珍妮芙冷冷說道。「我可以告訴你，店裡裝修得很順利！」

講白了，珍妮芙做得好她的工作，尚卻做不好他的。

「這幾個月，他們裁掉不少人，」尚解釋說。「導致現在人手不夠，吃不下我們這種訂單……」

他看到郵局職員，一個女孩，相當年輕，大眾臉，膚色暗沉。電話亭的木頭拉門拉不緊，誰在裡面說什麼，她八成都聽得到。她是來代班的，是她自己告訴他的，她試了三次才接通電話。她甚至連裝裝樣子、假裝在上班都沒有，大剌剌撐著下巴旁聽，簡直像在看戲。尚轉過身去，背對著她，壓低聲音。

「大點一聲，哺哺，」珍妮芙喊道，「我什麼都聽不到！」

「他們人手不夠……」

「你有沒有建議他們轉包出去？」

「呃……沒有，我想……」

「你說什麼？看在老天爺的份兒上，一個字一個字說清楚！一、個、字、一、個、字！」

尚嘆了口氣，又開始悄聲說話：

「我想……」

「怎麼？現在你會想了？好極了，我們這下完了蛋了！」

「我今天晚上去貝爾基厄……」

他說得非常小聲。

「去哪裡？我什麼都聽不到！」

「貝、爾、基、厄……」

他一個字一個字說了，說得很小聲。

「然後呢？萬一不成功，你要去哪？去比利時？去荷蘭？去北極嗎？」

「貝爾基厄，那邊人力比較多……」

「你在那邊找得到嗎？」

尚想掛斷電話。他感覺到那個職員的目光落在他背上。郵局裡空蕩蕩的，她沒別的事可做。她也聽得到珍妮芙說什麼嗎？

「找得到，」他結結巴巴，「我向妳保證……」

「沒出息！」

珍妮芙已經掛斷電話。

尚沒料到會被掛電話，整個人愣住，只好假裝還沒講完。

「好好好……好的，好的……很好……」

他故意留下長時間沉默，在這期間還頻頻點頭，假裝贊同對方說的話。為了使這齣戲增添真實感（「很好，我再跟他說，我聽到了……對不起」），他轉向那位職員，她正在咧嘴大笑，拿著一條天藍色電線展示給他看，原來剛剛珍妮芙掛斷電話後，她就拔掉了電話插頭，已經好一會兒了。

尚猛地漲紅了臉。不知如何是好之下，只好又補上一句，假裝結束談話。

「好的，我得掛了，好，再見……」

他還拿著聽筒，盯著電話亭牆壁，上面布滿用筆塗抹的電話號碼和各種紀錄，有的天真，有的淫穢，加萊海峽電話號碼簿被各式各樣的手摸得髒兮兮的，好幾頁都被撕得只剩下半頁，耷拉著、皺巴巴的、到處都被折起來……

他已經撐不下去了。

「我們要關門了！」那位職員說。

電話聽筒在電話線末端晃啊晃的，尚掛了回去，啪一下拉開嘎吱響的木門。渾身是汗。

「我該給妳多少錢？」

他不敢抬頭看這名代班女職員，假裝在小錢包裡找零錢。他猜她在笑，他幾乎從生理上就感覺得到她的嘲弄，而他正是嘲弄對象。郵局職員和珍妮芙是對的，他表現得像個笨蛋。他付了錢。巴不得自己當場死掉。他向門口走去。

「再見囉……」

是那個職員，聲音嘹亮，語帶挖苦。

他一走出來，郵局的燈熄了。

雨還在下。尚站在郵局門口，望著雨點橫掃街頭，水溝裡的水淹上了人行道。

他豎起雨衣領子，轉過身去，看到那名職員穿著大衣，把門拉上，正在一串鑰匙裡面找著對的那把，試了一把，又試第二把。她以為尚要過來幫忙，因為她看到他握住門把，但他已經打開門，從後面猛一推，把她推回郵局辦公室，她一個踉蹌，想抓住櫃檯，兩條胳臂揮啊揮的，滑倒，扭傷腳踝，失去平衡，重摔在地。砰地一聲，尚關上門，朝她撲來。碰巧的是，這名年輕女子倒在電話亭腳下。尚抓起接在電話線後的黑色聽筒，用盡全力，連續敲擊她的頭。血噴了出來。尚繼續砸，頭骨深深凹陷。因為太用力，衝擊力道使得這名年輕女子的身體翻倒在一邊，電話線太短，任憑尚再怎麼使勁拉，聽筒也打不到她。他停下來。看到她鼻子被打爆，眉弓也碎了，遮住眼睛，嘴裡每顆牙都被打到斷掉，這張臉再也看不出是誰。血流了一大灘，他鬆開聽筒，重重站起來，郵局辦公室隱沒在幽暗之中。他搖搖晃晃，走到門口，打開門。他在門口站了一會兒，雨依然很大。他拉開門，豎起雨衣領子，瞥到側掌根有血。他四下張望，哪裡可以擦手，沒找著，於是他跪在水溝邊沖手。沖完以後，他走上街，始終空無一人，他過了街，沿著人行道走了很長一段時間，來到車前。他坐在駕駛座上，發動，雨刷沒多大用處，擋風玻璃起了霧，非擦不可。

公路地圖攤開在副駕座位上，尚花了點時間查閱。

貝爾基厄離這裡只有十來公里，他應該可以在那邊找到一家旅館。

對弗朗索瓦來說，確定哪條路線將被用來重建薩維耶爾如何從共和國廣場前往「攝政王」，然後再開往訥伊，這一點並不難。必然是最快的那條。

他畫了一張車輛會經過的主要街道示意圖，馬勒維茨拿在手裡，不無懷疑。

「你的鬼畫符，不怎麼……上相。沒多大說服力。登在頭版？當然不行！」

輪到德尼索夫，他也看了看圖，反應截然不同。他從一大堆紅紅藍藍的粗鉛筆裡抓起一枝（這些是他用來刪去文章過長章節或是氣沖沖批註他認為不堪卒讀的句子時用的），把好幾條街都標上大大的箭頭以示強調，好幾個主要交叉路口也圈了出來。遠遠看去，這幅路線示意圖帶著戲劇效果，具有威脅性質，簡直可以看作是一封匿名信。經過重新精心設計過後，登在頭版，煞有其事，感覺起來這些街道上即將發生一些事情。

珍妮芙也有這種感覺，她打開巴黎地圖，詳細查明這條路線。研究了一番之後，指著其中一頁地圖說：

「這裡！」

她看了看錶，研判出發前往共和國廣場前，還來得及去釣具店轉一圈。

同一時間，弗朗索瓦和好幾位同事一起在加略山修女街，緊盯著即將出發的車隊。每家報社的通訊員都在搶拍馬塞爾・薩維耶爾，他臉色蒼白、神情緊張，身邊圍著三個人：律師、暈頭轉向的勒諾瓦法官，以及臨危不亂的坦普里埃探長，後者正在指揮警方摩托車隊，檢查路線標記是否正確。

他們打算讓薩維耶爾自己開車上路，法官、探長和他其中一位律師隨車同行。在他之前有兩輛摩托車，不是幫他開路（整個行車過程必須在真實交通狀況下進行），而是確保沒有意外障礙造成重建行動失準。

坦普里埃探長轉過頭來，看了看這一長串車輛（律師、新聞界、好事者）準備好要緊跟在他們身後，感到非常滿意。

勒諾瓦法官忍不住走近記者說明計畫。他容光煥發，從他滿意的笑容便可看出今天是他這輩子的大日子。他提到「正義必將伸張」、「本席調查辦案向以嚴謹著稱」、「真相即將大白」，說完才得意洋洋地上了車，像賽車那樣下達出發訊號。

他帶著碼錶，奇大無比，想必是專程為了這個場合買的。此番路線重建行動將進行兩次以驗證時間。

薩維耶爾鬆開離合器，打檔，發動，沒說一句話。

大隊人馬上路，碰到第一個紅燈，問題就出現了。

好幾位通訊員擔心自己會脫隊，有被甩到後頭的風險，於是先行超車，在十字路口那側等候薩維耶爾將車子開到，結果造成交通堵塞，警方摩托車隊難以疏通。同車的那位律師激動得加以記錄，「萬一有庭審，這些障礙都事關重要」。勒諾瓦法官那張臉刷地變白，因為又有好幾輛摩托車超過他們這輛車，跟拍正在開車的薩維耶爾。有位通訊員坐在摩托車後座，問道：

「馬塞爾，你有什麼感想？」

律師氣急敗壞，法官喊道：「少來煩我們！真是的！」他轉向探長，現場一片混亂，他得負責。

「探長，你警力安排得不夠！」

「有的在前面，有的在後面，這一路到處都有安排。如果你要的是像阿拉伯國王來訪那樣的警衛大隊，早說嘛，我可以請求增援。」

法官張開嘴，正待回他幾句，探長又補充道：

「這就是通知新聞界、沒悄悄進行的問題所在。何況又是在週間進行……凶殺案明明是禮拜天發生的，交通應該較為順暢才對。」

一語驚醒夢中人，法官當場愣住。他犯了雙重錯誤。新聞界對他辦案亦步亦趨，宣揚他打擊犯罪不宜餘力，他被這種迷湯灌得暈陶陶的，忘了今天是禮拜六，而不是禮拜天。他回頭看了律師一眼，律師坐在後座，筆記本已經收回口袋，一臉雲淡風輕，正在欣賞巴黎風景。對他來說，這次重建已經失敗了，在庭審當天，將毫無重要性……如果真有庭審那天的話。

勒諾瓦法官眼睜睜看著員警騎著摩托車在汽車周圍呈「之」字形穿梭，薩維耶爾板著臉，一有車輛靠近，頭立刻轉開，猛按喇叭警告……對法官來說，這段路很快就成了一條苦路[4]，共和國地鐵站則臻於苦難巔峰。

因為，就在薩維耶爾停下來等紅燈的時候，一名婦人坐在折疊椅上，位置剛好就在車子旁邊。

「殺人犯！」她嚷道。

所有人都轉向她，薩維耶爾就屬第一個。

「混蛋！殺人犯！」

這個紅燈選得妙，因為是整段路最長的一個。

「妳這是……」薩維耶爾期期艾艾。

「我啊，我說斷頭臺！斷頭臺！」

律師想下車，薩維耶爾也想，勒諾瓦法官急得直跺腳。

「別動！」

他轉向探長。

「你……你什麼都不做？」

「如果我花時間驅離這名婦人，重建時間就會不精確……不過，全聽你的，你說了算。」

珍妮芙坐在折疊椅上，不慌不忙，繼續吼叫：

「殺人犯！斷頭臺！殺人犯！」

法官歪過身子，一看……

「我的天哪！」

原來是那個女人，她來找過他，要求讓她丈夫也參加指認。她嚷嚷得這麼大聲，連珠砲飆罵，害他一時想不出她姓啥叫誰……佩萊蒂埃，沒錯，就是佩萊蒂埃！她簡直如影隨形！

「殺人犯！混蛋！人民要剝你的皮！」

就記憶所及，法官搜尋了一遍，想找出這個女人違反哪幾條民法條款，偏偏遍尋不著。如果將她強行帶走，這個瘋女人，這個歇斯底里的瘋婆娘，會黏在他屁股後面好幾個禮拜、好幾個月，她勢必會害他受苦受難。

「閉嘴！」他說這話時輕聲細語，輕到幾乎聽不見，隱約聽出他失敗得有多徹底。

薩維耶爾搖上車窗，兩眼怨懟，瞪著紅燈。但搖上車窗並不夠，還是聽到人行道傳來：

「混蛋！我們要砍你的腦袋！」

大隊人馬在後面聽到有人在大吼大叫，但很難判斷聲音來自何處。因為害怕失去排在車隊中的位置，沒人願意下車一探究竟。

綠燈終於亮了。

大隊人馬重新上路。

弗朗索瓦的車開過十字路口，這時珍妮芙已經悄悄折好釣魚用的折疊椅，邁著她那輕快又愜意的小碎步，回家去也。

---

1 une preuve négative：法律上指為使對造之舉證不能成立而提出之相反證據。

2 Lautréamont（1846-1870）：出生於烏拉圭的法國詩人。默默無聞，卻被超現實主義奉為先驅，去世時年僅二十四歲，可說是天妒英才。

代表作品為《馬爾多羅之歌》和《詩》。

3 Maxiton, Corydrane, Préludine：都是一些興奮劑，吃多了會上癮。

4 un chemin de croix：原指耶穌背上十字架，前往刑場遊街示眾的路途。

33 沒人幫他，一切就結束了

艾蒂安睡得很少，抽好多鴉片，不由自主深陷被迫害妄想，變得多疑易怒。一丁點聲響和影子，都引得他心驚膽跳，他花很多時間待在窗前，監視周遭環境，嚴格限制自己的行動到最低程度。約瑟夫打定主意，保持謹慎，待在冰箱上，肩膀靠著佛陀，看著艾蒂安兀自躁動邊喃喃自語。艾蒂安翻來覆去思考他要怎麼離開越南才安全。

他和鸞談過隔天，便對從西貢到邊和機場這段行程產生嚴重懷疑。他想過向鸞借一輛車，但是，萬一他打算離開此地已經走漏了風聲，那些人絕對會在這段路上沿路試圖攔截他。無論威脅將以哪種形式出現，他都很難靠一輛普通轎車逃脫。在他眼裡，這三十公里正是逃脫計畫中最脆弱的一環。

他被這個想法折騰了兩天之後，終於帶著幾乎所有的錢，拋下約瑟夫（每次他走出公寓都把牠抱在懷裡和牠道別，這隻貓都有點膩了），來到「卡梅倫」，他的出現引起騷動。

兩名士兵認出他，就是前幾天在顯江毆打他的那兩個，爆笑如雷，艾蒂安依稀聽到「他還想被揍」，但他並沒因而卻步，逕自走向那位雙眼清澈的老兵，他可沒笑，因為他猜到想必有更深一層的道理和重大理由，才會把艾蒂安引到這裡。老兵站起來，兩人在露天座走了幾步。這位兵團成員沒說話，他等，這是他的風格。

艾蒂安三言兩語向他解釋情況，怪的是，對方的情緒絲毫不受影響，和他預想的不一樣。

「越盟的皮亞斯特……對，已經謠傳了好幾個月。倘若此事當真，那就非常可悲，因為我們白白犧牲了。但願不是真的。」

說歸說，但這位兵團成員卻在遙望前方，八成是腦海浮現許多畫面。

「過幾天我就會有證據，」艾蒂安鍥而不捨，「也許幾個小時內，確鑿的證據。我要帶去巴黎，一家知名晚報會刊登出來。」

老兵揮揮手，以示聽天由命，他對前景不抱多大信心。

「許多你的戰友……」

「不！」這位兵團成員打斷艾蒂安，直勾勾盯著他的眼睛。「少來溫情攻勢這套，我是個軍人，休想對我動之以情。」

「我沒在對你溫情攻勢，我說的是正義。殺死第二連士兵（他不再提起『戰友』一詞）的武器是法國政府買的單。我要告發這……」

他停了片刻。

「我需要有人護送我去邊和。吉內梅機場。三十公里，半小時車程。誰想攔截我，就會趁這個時候。只要我到得了那邊，就有飛機在等著我。」

「祝你一路平安。」

就這樣而已，老兵點點頭，回到酒吧裡面，消失無影蹤。艾蒂安聽到大家又開始聊天，熱鬧又快活，笑聲不斷。他失敗了。

他轉回最初計畫。

他們逃亡時，阿榮提著約瑟夫的籠子先離開。隨後他再帶著文件離開。什麼行李都不帶，手提箱、包包，任何顯眼的東西，通通不帶。他們三個在卡提拿街會合，再從那邊叫一輛計程車，然後再換第二輛，有必要的話，再換第三輛，然後才告訴司機最終目的地：邊和。

艾蒂安對此行並不抱過多幻想，回家途中，他自問：去買一把槍是明智之舉嗎？不是因為槍有危險性，而是因為在這座城裡，不論做什麼事都會被別人知道，買一把手槍（還是左輪？他搞不清楚有什麼區別）反倒會引起別人注意。然而他的心理狀態已經變得不受理性控制，毫無邏輯，於是他鑽進通往煙館的小巷子，最近他經常光顧這一帶，早就熟門熟路。他跟一個人說了，這個人叫他去找另外一個人，然後又去找了第三個人，他到處留下足跡。

他終於拿到一把納干 1895。為了這把槍，付出身上三分之二的錢，而且很失望，因為這是一把左輪（他原本希望是一把普通的手槍，諜報片中那種，結果這把比較像牛仔用槍），俄國製（他直覺認為共產黨做的槍恐怕靠不住），而且因為他只拿到六顆子彈（他當然不希望遭到圍攻，可是如果加上他八成會射偏掉的那些，六顆子彈畢竟……）。

接下來發生的事，講起來不容易，因為一切都進展得快到可怕。

快八點時，約瑟夫突然起身，從冰箱跳下，旋即又一蹦，躍上窗臺。

很快，腳步聲斷斷續續、鞋跟急匆匆踏在樓梯上發出的篤篤聲傳進公寓。

這時，約瑟夫離開窗口，鑽進提籠。

艾蒂安立即想到，有人要來抓他，甚至會殺了他。他跑去掀開兩塊木地板，左輪手槍藏在底下，瘋了似的尋找那六顆子彈，他確定自己把它們放在槍旁……他終於握在手裡，此時阿榮進來，上氣不接下氣，驚恐萬分。他抱著好大一個灰色檔案盒，一臉惶恐，彷彿一個孩子在問自己：「我做了什麼好事？」

他連氣都喘不過來，說不出半個字。

艾蒂安看看檔案盒，不禁想：「但願全都在裡面。」他沒說出來，可是阿榮，儘管他筋疲力盡、驚惶不安，他還是猜到了。

艾蒂安放下左輪手槍，一把抓過檔案盒，跑到桌旁，解開繩子……檔案盒裡，除了印有印度支那公司抬頭的發票外，還有法國公司的發票，銀行轉帳收據，銀行帳戶明細，信件，有姓名、地址、簽名，這些文件簡直是一顆未爆彈。艾蒂安神經質地翻著，發現好幾份向曼谷或馬尼拉的公司採購武器的訂單！雖然好多文件都必須從中文、越南文翻譯成法文，但是全部都在！喬先生，身為經驗老道的買辦，始終保留著完整的轉帳資金流向。由於每筆交易他都抽取佣金，整體獲利肯定是天文數字。

艾蒂安闔上檔案，又拿繩子綁起來。

「我們得走了。」

但當他轉過身來，阿榮已經不支倒地，背靠著牆壁，汗水從臉上流下，雙拳緊握。他是怎麼拿到這些檔案的？這個年輕人驚恐萬狀，表明已經有人在追捕他……

艾蒂安撐住他的腋下，還是沒辦法讓他站起來。

「沒事。」阿榮低聲說。

根本就有事。阿榮不成人形，整個人空了。

「我去找一輛車，」艾蒂安說。「你在這邊等我，不要動，好嗎？」

阿榮好像聽不懂艾蒂安在說什麼。

「不要動。」艾蒂安又說了一遍。

他看了看檔案，跑去把檔案塞進木條拼接地板底下，再把左輪手槍放進阿榮手裡，可是阿榮連槍都拿不穩。

「萬一有人來了，你就開槍……」

這實在是蠢到家了。想開槍，必須拉動槍栓，舉槍瞄準，可是阿榮連單手握槍都辦不到。

艾蒂安已經走進樓梯間，下樓。

他走到人行道上，快喘不過氣，他強迫自己步伐正常一點，匆忙，但是正常。卡提拿街熙熙攘攘，令他焦慮，他克制不了，太多人，太多風險，他想放棄這一切。為時已晚。

他遠離馬路，沿著商店櫥窗走，計程車招呼站在那邊，看見附近停著好幾輛車。他花了十來分鐘才走到。

沒有任何一輛空車等著載客。相當令人驚訝，艾蒂安每次都看到一長列計程車排在這個招呼站，司機聚在一起抽菸，要是非得前進幾米路的時候，便將兩隻手放在引擎蓋上推著車走，節省汽油。

難道這是一個預兆？但這是什麼預兆呢？艾蒂安不想讓別人看到他在這邊守候，猛盯計程車，於是沿著對面人行道慢慢走著，轉到招呼站這邊來的時候，故意表現得毫不在意。幾分鐘後，一輛計程車開到招呼站，第一個司機，他不喜歡，第二個，他也不喜歡，這完全是非理性的。不過一會兒工夫，六、七輛計程車大排長龍。他無法下定決心，心中油然升起一股抗拒，有什麼東西告訴他折回去。全部停下，因為這件事實在太瘋狂了。

使他下定決心的是想到阿榮，想到他正坐在公寓地板上，帶著那把他握不住的左輪手槍，邊上還有約瑟夫在提籠裡等著。他們兩個現在都得靠他。

於是他採取行動，找了個司機，上了車，車子立刻發動。

一個安南老頭，車子開得又快又差勁，艾蒂安在後座上一顛一簸，不過倒是很快就到了。

「停。」艾蒂安說，司機煞了車。

艾蒂安衝到門廊，向右轉，奔向樓梯，三步併作兩步爬了上去。

然後，倏地停住。

公寓的門微敞……

他推開。

阿榮倒在地上，喉嚨被割斷，躺在血泊中。頸靜脈還在跳動，一股股暗紅色的血汩汩噴出。

艾蒂安跪倒在門檻上，放聲痛哭。

公寓被迅速翻了個遍。約瑟夫的提籠是空的。那把左輪手槍，阿榮八成連用都沒用到，被遠遠拋到地上。

艾蒂安爬到阿榮身邊，伸出手。屍體依然溫熱，年輕人的眼睛，睜得好大，定住，暗淡無光，彷彿蒙了一層紗。

艾蒂安哀痛得在地上翻滾，但，基於驚人的反射動作，他摀住自己的嘴，以免尖叫出聲。他因悲痛與恐懼而陷入瘋狂，他也想死。他試著爬起來，兩隻手黏糊糊的，因為沾滿了血。這時，他依然四肢著地，似乎是擔心槍手透過窗戶瞄準他，他就這麼爬到木條地板那邊，一把掀開。

檔案還在。

因為檔案還在的這個事實，他才做出決定。他抓起檔案，緊抱在胸前，繞過阿榮的屍體，眼光四下游移，尋找約瑟夫，可是沒看到。牠在哪？忽然，找回他的貓成了執念。約瑟夫！約瑟夫！你看看這一幕啊，艾蒂安滿臉是淚，滿手是血，蹣跚搖晃，在公寓裡到處找貓……

是那把左輪手槍將他帶回現實。喚醒他回到現實。他去計程車招呼站，離開了多久時間？二十分鐘……他剛走，那些人肯定就到了，他差點撞上他們！公寓很大，但家具非常少，整個翻過一遍，花不了多少時間。約瑟夫！阿榮看到多少人向他撲過去？他們並沒有審問太久，就以為東西在我身上，他們奉命不惜任何代價也要找到。約瑟夫！床被翻了過去，床墊被大砍刀開腸剖肚，約瑟夫會藏在哪裡呢？

樓梯間有聲音！

艾蒂安轉過身去，正面迎敵。他怕得要命，怕到失禁。這種溫熱的感覺和萬一他大量流血的感覺應該是一樣的吧。

一個女人站在門口謹慎地探頭。艾蒂安在這棟大樓裡見過她，但並不認識。她看著阿榮的屍體泡在那灘不斷擴散的暗紅色血泊，血蔓延到門口。她抬頭看艾蒂安一眼，不發一語，消失了。

她不想多管閒事。

要不就是跑去通知某人。

艾蒂安踉踉蹌蹌，晃到樓梯口，步履不穩，下了樓，檔案緊抱胸前，踩空了幾階樓梯，抓住欄杆才沒跌倒。

他們會回來的。他們已經在找他了。他們正在街上跑。他們在詢問眼線。他們磨利了大砍刀。他們把這座城市翻過來找。他們僱了殺手。

艾蒂安到了樓下，轉過走廊角落，貼著牆走。

他都忘了。原來那輛計程車還停在人行道邊上。

有人在離門廊幾米外的地方盯著他嗎？無計可施之下，他只好鼓起勇氣，拉開車門，跳進車後座。

「去『卡梅倫』！」

老司機迅速發動車子。檔案滑落，一整個打開，裡面的文件散落在車上。艾蒂安笨手笨腳到處撿。司機見怪不怪，這小子，穿著尿濕了的褲子、滿手血跡、忙著整理各式各樣的紙張，一看就不是個好東西。

自從發現了阿榮的屍體，失去了約瑟夫，如今艾蒂安在世上孑然一身，他再也不思考，連想都不想，任由自己被潛意識牽著鼻子走，叫他說出這個地方。「卡梅倫」。原則上，這是個好主意。司機很快就會把這次冒險說出去，刺客已經在全西貢到處找他了，警報已經響起。沒人護送，艾蒂安死定了。沒人幫他，他只能往河裡一跳，一切就結束了。

計程車往那間兵團酒吧駛去，街道巷弄自窗邊飛過，艾蒂安突然一陣噁心，急忙打開窗戶。他吐到胃都翻了過來，計程車繼續往前開，甚至沒有減速，司機急著把這個大麻煩送到目的地。

到了。

司機連睫毛都沒眨一下。艾蒂安掏著口袋，找到一把皺巴巴的鈔票，扔到前座，抓牢檔案，打開車門。門都還沒關，司機已經開走了。

露天座上有好幾個士兵。

他們看到計程車停下來，這名男子下了車，其中一個士兵衝進酒吧，老兵幾乎立刻出現，冷靜沉穩，一如既往。他一把揪住艾蒂安的肩膀，把他推進酒吧，艾蒂安抱著亂七八糟的檔案跌坐在椅子上，文件四散紛飛，艾蒂安把它們從地上撿起來，塞回檔案盒裡。他趴在地上，濕漉漉的長褲害他現在直凍到骨子裡。

四下一片死寂。

這些男人拿著酒杯、香菸。沒有人說話，全都靜靜看著他收拾那些該死的文件，他欲哭無淚，簡直可說已經精神崩潰。

就在他快昏倒的那一刻，一隻強而有力的手撐住了他。

一杯水潑在臉上。

他好像快淹死了，拼命想吸氣，一下子坐了起來。

「現在得走了。」

是那個老兵，站在他面前。

艾蒂安，驚魂未定，慢慢想起來了。「卡梅倫」。他聽到講話的聲音，可是和他在酒吧裡面聽到的那些不一樣。這回這些聲音是悶著的，幾乎算竊竊私語。

「起來。」老兵說。

他撐住他的胳肢窩，強行把他拉起來，逼他往前一直走到現在艾蒂安認出來的這間廳室。

從他剛剛到這邊以來，氣氛大有變化。現在有十幾個人手持衝鋒槍，他被推到門口，這時他隱約聽到引擎傳出的隆隆聲響，原來有三輛車，其中兩輛裝備了機槍。有人把艾蒂安拖進後座，壓住他的頭，逼他躺下，再用毯子蓋住他。

「邊和，吉內梅機場，對嗎？」

特遣隊上路。

艾蒂安不知道車子開得快不快，搖晃得倒是很厲害。空氣不足，但他強迫自己不要亂動。阿榮的屍首又浮現眼前，他被拋在那兒，慘遭割喉，眼睛不再靈動……艾蒂安一陣心悸。約瑟夫呢？牠成功逃走了嗎？還是被開腸剖肚，扔出窗外？

這幾輛車驀地剎住。

毯子被刷地一下掀開。有人抬他下車，扶他站了起來。

一個小型機場，只有一條跑道。一棟低矮建物亮著燈，他們慢慢走近。有點像軍官食堂，但設施簡陋，像二十年前臨時蓋的機場。

艾蒂安站在八名武裝兵團成員中間，他們以三百六十度全方位監視著這個區域。排在後面的士兵都倒著走，隨時警戒狀況。老兵敲敲門，沒等人過來開門，自行進入。

「啊，來了？」

德國飛行員的聲音陰沉。艾蒂安看到他從擺在房間當中的桌子邊上站了起來，桌上的空啤酒瓶橫七豎八。另外還有一個人，一個亞洲人，滿臉皺紋，頭髮灰白，戴著一頂怪異的綠色鴨舌帽。下唇微微耷拉著，不知他是傻了？還是整個人喝茫了？

德國飛行員處變不驚，現在站了起來，面對著這些士兵。說起話來有點大舌頭。

「嗯，我們要去……」

他稍微左搖右晃，走出休息室。

他們朝反方向走去，艾蒂安剛剛沒注意，原來那兒有一架老飛機。

地面上的燈五顏六色，將停機坪照出一條筆直通道。跑道照明想必是由飛行員的助手從食堂那邊負責操作，因為這裡沒有塔臺。

艾蒂安走到飛機旁，轉過身來，對著這些士兵。他想說點什麼。老兵對他輕輕一笑，非常非常輕，朝正在飛機上忙著操作的飛行員那邊眨眨眼睛。

「你放心，」他說。「依我之見，比起清醒的時候，他還更常喝醉開飛機。他訓練得過了頭。」

這時艾蒂安伸出一隻髒兮兮的手。他八成默默問了一個問題，老兵感覺到了，但拒絕回答。

「好了，就這樣吧。」他說道，邊示意其他人上車。

不過一秒鐘，他們已經往車子那邊走去，準備回西貢。

飛機引擎開始運轉，響聲隆隆，震得整個機艙都在晃，艾蒂安勉強爬了上去，全身氣力放盡。機上有四個空座位，飛行員向他指了其中一個，隨後便在操縱裝置前坐定。別看他兩眼混沌，目光呆滯，手勢卻出奇精確。他轉過頭來，說了幾句話，聽不清楚，但看他的手勢，艾蒂安懂了，他找了找安全帶，沒找著，也就算了。

這時飛機已經像樹葉一樣在猛打哆嗦，隨後慢慢搖晃。在跑道中間停了一會兒，引擎轟然巨響，逐漸放慢速度，飛機動了，一上來慢慢滑動，緊接著加快了速度。

儘管疲憊不堪，艾蒂安卻有說不出來的解脫感，猶如緊緊夾住胸口周邊的老虎鉗總算鬆開。他從頭到腳都凍僵了。檔案死命抱在胸前。

飛機滑行，起飛了。

很快，透過舷窗，艾蒂安看到腳下的機場跑道消失不見，隨後是亮著燈的那棟建物，再遠一點是那幾輛停著的軍車，他猜他們每個人都在抬頭仰望飛機吧。

飛機畫出一大道弧線，往西飛去，再度從那棟建物上空飛過。就在建物後面，停著一輛車，大燈亮著，從樹叢中露出光來。

好像是一輛大型豪華轎車。

它在等。

飛機已經飛到離地面數百米高。艾蒂安湊到舷窗前，目光尾隨著停在那邊的那輛車。果真是一輛大型豪華轎車。

飛機飛得太高，看不清楚裡面有誰，但艾蒂安立刻確定。是喬先生。

他立即意識到將有突發事件，於是匆忙轉向飛行員。

就在這一刻，發生爆炸了。

機艙猛然晃動，駕駛艙玻璃布滿星狀裂痕，一片黑暗，艾蒂安根本沒時間去看駕駛艙。他右側的機門被扯掉，所有東西都在四下亂飛，猶如遭到狂風暴雨襲擊。飛行員的頭往後歪去，飛行軌跡迅速變成垂直，飛機朝地面俯衝而去。

艾蒂安在鋼質地板上滑動，終於撞上艙門隔板殘骸。衝擊力道之強，把他撞了個半死不活。機艙內的噪音，風、引擎、螺旋槳，震耳欲聾。

電光石火之間，他看到母親捧著他的臉，問他：「艾蒂安，你什麼時候才會對生命賜予你的東西感到滿足？」

他沒時間回答了。

飛機殘骸墜毀地面爆炸的那一瞬間，他依然緊緊抱著檔案。

第三部

一九四八年十月

34 恨只恨他沒有常常搭飛機

路易邁著沉重的步伐，突然覺得自己呼吸急促，每次吸氣嘴巴都微微張開。跟老人一樣，他心想。人到了六十歲，不可能沒經歷過一些考驗，路易經歷得夠多了，啊，沒錯，說是這麼說，但他從未明確指出都是些什麼考驗，然而失去一個孩子……沒有比這更殘酷的了。他和安潔兒一起承受這個晴天霹靂，隨後他去郵局打電話到西貢，又打給弗朗索瓦，現在正走回法國人大道，唯有到了這個時候，他才終於哭了，當場老淚縱橫，就在大街上。淚水之猛、之多，嚴重程度令他招架不住，只得停下腳步，找個地方。兩扇櫥窗間有一點空間，他走上前去，前臂遮著臉，姿勢好像小孩子在玩躲貓貓，任由淚水潰堤，悲不可抑，口中邊念著艾蒂安、艾蒂安，除了這幾個字，再也無法言語，艾蒂安，他剛剛過世的兒子的名字。

電報是郵局局長修萊先生，珍妮芙的父親，親自登門送來的。每逢佩萊蒂埃家遭受打擊，此君向來幸災樂禍，這回卻不知道該說什麼才好，喉嚨卡住，門一開，就把西貢高級專員公署發來的電報遞給路易。

修萊先生當時臉色發白，電報在他手上發顫，在在告訴路易大難臨頭。肯定跟幾個孩子有關，否則還有什麼好怕的呢？

他當下就知道是艾蒂安。彷彿他一直提心吊膽，這孩子帶著一股無常的脆弱性，千瘡百孔，吸納不幸，注定遭逢悲劇。

路易接過電報，關上門，未置一詞，郵局局長因為自己不用說話，這才終於鬆了一口氣。

安潔兒從廚房出來，用格子圍裙擦了擦手，一綹頭髮掠過臉際，她看到丈夫，張了張嘴，雙手一垂，盯著那份電報，幾秒鐘內，這顆定時炸彈將使她的生活化為灰燼。兩個人都沒動。最後，路易終於雙眼低垂，拆開電報，讀了起來。安潔兒沒有任何舉動，靜待宣判，哪個孩子死了，她想知道，只可能是這件事。

他們向來不曾談過這方面的事，但安潔兒立刻就知道是艾蒂安。

路易不需要戴上老花眼鏡。

「是艾蒂安，」他說，並沒有抬起頭來。「他死了。」

語畢，他把電報放在桌上，走到安潔兒身邊，攬住她，她在他懷裡哭了好久，不停地說，怎麼會這樣？他怎麼死的？在飛機上。飛機失事。

路易緊緊抱著安潔兒，抱了好久，然後她掙脫他，她不想讓他看到自己涕泗縱橫，她走進臥室，他不敢跟著她，她輕輕關上門。小小的喀嗟聲，刺痛了他。

路易感覺到有手搭在他肩上。

他回過神來，原來自己在法國人大道，距離郵局一百米處。

他轉過頭，但他哭得淚眼汪汪，再也看不清楚，有聲音問他：「你還好嗎？」他找著手帕，擦了擦眼睛。原來是一位女士，相當瘦小，年輕，可能三十歲吧，長得頗為普通，整張臉正對著他。

「是艾蒂安，」他說，「他死了。」

她點點頭，彷彿他說的是一個她認識的人，一個舊識，對她來說，過於遙不可及，她沒法哭成像他那樣，但又近在眼前，近得夠她難過的了。她滿足了好奇心，緩緩搖著頭，繼續走她的路。這位老先生在大街上哭成這樣，她知道原因了，可以安心離開了。

「艾蒂安．佩萊蒂埃過世——句號——飛機失事——句號——誠摯哀悼——句號」。

他坐在餐桌前，方寸大亂，不知如何是好。過了好久，安潔兒才過來找他。她脫下圍裙，換了衣服，重新梳過頭髮。她僅僅拿起電報，打開，彷彿想親自核對……飛機失事。

「得通知孩子們……」

她差點說「其他孩子們」。她坐下來，面對窗戶，猜不出她在想什麼。路易明白他們現在不會談這件事，於是站起來，拿了外套，將電報放進口袋。

他到了郵局，請人幫他接通弗朗索瓦報社的電話號碼。新聞傳得並不快，但印度支那飛機失事，他們一定聽說了……他臨時改變主意。

「可以幫我接西貢嗎？」

很少人會打電話到西貢，郵局職員不知道怎麼做，好，當然，她轉求一位較為資深的同事協助，她站起來，走近櫃檯。

路易迅速計算一番。現在那邊應該是下午三點。

「請幫我打到西貢高級專員公署，我不知道電話號碼。」

路易擔心的是從一個辦公室轉到另一個辦公室，每轉一次就得重新解釋一次：有沒有人知道我兒子的死訊。每轉一次就要說艾蒂安・佩萊蒂埃，一次、十次……結果一無所獲。

「佩萊蒂埃先生，對……」

對方聲音權威、冷靜、沉著。年輕。

「敝人向您表示哀悼，先生。」

一陣短暫沉默。對方說得很慢，好像在跟一個語言能力有限的外國人說話。

「令郎搭飛機到邊和，離西貢幾公里。他打算去金邊。他搭的是觀光客機，起飛後不久就掉落地面。」

掉落地面？對方並不想說飛機墜毀。

「有很多人遇難嗎？」

「根據我們掌握到的消息，不多。」

「也就是說？」

「我們認為，這架飛機上，只有飛行員和令郎佩萊蒂埃先生。沒有其他人。」

艾蒂安一個人在飛機上？他有辦法租得起飛機？既然是觀光用的，或許飛行員帶他進行私人旅遊。

艾蒂安收到印度支那貨幣局聘僱通知的時候，路易看過地圖。金邊在柬埔寨，位於西貢以西。吳哥窟神廟就是在那邊嗎？

「對啊，爸，當然囉！」艾蒂安笑著回他。「世界八大奇蹟之一！」

「大家不是說世界七大奇蹟嗎？」

「對，爸爸，但是因為七大奇蹟只剩下一個還存在，觀光旅遊業需要新噱頭，所以就用新奇蹟取代舊奇蹟，並且擴大選擇範圍。下一輪再選的話，你的肥皂廠有大好機會喔。」

父親常誇他是個萬事通。

「喂？你還在嗎？佩萊蒂埃先生？」

「我在，我在……怎麼發生的？我是說……這場意外……」

「飛機相當老舊，一架洛克希德織女星，十一年前除役……」

「飛機已經除役了？」

「對，但是這種情況非常普遍！飛機除役並不代表就不能飛，而是……這麼說吧，而是需要更加頻繁的檢查。」

「那為什麼會墜機呢？」

「目前還不知道，先生，必須等調查結果出來，但我寧願先跟你說，調查起來並不容易。」

路易試圖將這些片段從頭到尾拼湊起來。飛機除役、檢查、調查並不容易……

「飛機墜落的那個區域很難進得去。此外，從軍事角度來看，那個地區也相當不平靜。」

「那艾蒂安……我是說我兒子的遺體……」

這就是他和安潔兒不同之處。換作是她，一接通就會問這個問題。

「嗯……搜救隊剛剛出發……尋找飛機機體……」

這位官員用詞字字斟酌。

「並將遺體送回。」

「好，我們會盡快趕到。」

「沒必要，佩萊蒂埃先生！搜救隊一回來，我們就會將令郎遺體運回貝魯特，你們就在那兒，對吧？」

「對，但我還是想……」

「佩萊蒂埃先生，你到這邊能做什麼呢？如果你希望將令郎葬在西貢，當然可以走這一趟。不過，如果你比較希望讓他安息……我不知道……安息於家族墓室，那麼最好交給當局處理。」將艾蒂安埋葬在西貢？路易無法想像，安潔兒絕對不會接受。

「對，或許你說得對……」

「佩萊蒂埃先生，以下是我的建議：令郎遺體一運回西貢，我們立刻安排運回貝魯特，屆時我再給發電報給你，你認為這樣可行嗎？」

路易掛上電話，走出電話亭，付了電話費，離開郵局。

一個個畫面浮現眼前。艾蒂安滿臉笑容，登上觀光客機，飛行員是他朋友，只需要飛幾小時柬埔寨就到了。吳哥窟神廟。

路易對兒子的最後印象就是吃那頓飯，他花了很長時間醞釀敬酒時的說詞，最後終於舉起酒杯說「敬西貢」，還自以為說得好。從那以後，艾蒂安得知朋友雷蒙的死訊，如今則是自己在那裡送了命。早知如此，當初路易打死不會讓他去！

他在回家的半路上，想起應該通知其他孩子。

他真的好累。他向老天爺祈禱，但願弗朗索瓦在外面採訪，他只需要留個口信就好，因為他覺得自己再也沒有力氣了。

「拿去，喝吧。」德尼索夫遞給他一杯威士忌。

弗朗索瓦揮了一下，敬謝不敏，他討厭喝威士忌。當著老闆的面，不要灰心喪氣，他心想。但這件事偏偏如此、如此猝不及防。

弗朗索瓦也不想這樣，有人叫他去接電話的時候，他正在老闆辦公室討論瑪麗・蘭普森的案子。

「弗朗索瓦他爸，」莫妮克探頭說道。「好像非常緊急……」

德尼索夫伸長手，將話筒遞給他。

「艾蒂安去世了。」父親的聲音萬念俱灰。

辦公室頓時天搖地動。

德尼索夫坐在辦公桌後，似乎在漂浮，從左晃到右，消失於空氣中。弗朗索瓦對這種感覺並不陌生，戰爭期間他經歷過，當時恐慌全面襲來。

「他怎麼死的？」他期期艾艾，「怎麼可能？」

他的聲音哽住。

德尼索夫站起來，假裝找東西，走出辦公室。弗朗索瓦情緒激動，癱在訪客座椅上，手足無措。線太短，電話掉地上。弗朗索瓦趕緊接起來。

「爸，你還在嗎？」

「在，」佩萊蒂埃先生說。「飛機失事。當時他正要去吳哥窟……」

好長一陣沉默。

「他什麼時候過世的？」

路易沒問……

「我們剛剛才接到通知……」

他能說的只有這些。

「遺體會運回貝魯特……」

所以這是真的，弗朗索瓦心想，艾蒂安確實死了。

「他們一跟我們說艾蒂安什麼時候可以到家，我就發電報給你。」

措辭不清不楚，但他理解現在這種狀況，父親難以表達清楚。

「請通知海倫和哺哺。」

怎麼會這樣！弗朗索瓦差點喊出來，父親已經說完了。

「我得去照顧你媽了。我愛你，兒子。」

他掛了電話。

弗朗索瓦神情恍惚。

德尼索夫回來了，繞著辦公桌在踱步。

「我弟。」弗朗索瓦認為有必要跟他交代一下。

當著德尼索夫的面哭哭啼啼，他覺得丟臉，但他站不起來，走不出去，自己讓他看笑話了。他老闆就是這個時候遞給他一杯威士忌，相當於美國人的手帕，弗朗索瓦揮手婉拒，他怕喝了會吐，好像還嫌自己還不夠丟人現眼似的。

「他怎麼死的？」

「飛機失事。在柬埔寨。」

一語驚醒夢中人。

要是他一個人在家，他不會想到這一點，但是在這裡，在老闆辦公室裡，這些訊息意義大不相同。不論在任何地方，「飛機失事」就代表「飛機失事」，但在這裡，在這間辦公室裡，在當前這種情況之下，並不是！他差點就把他弟的事向德尼索夫全盤托出，艾蒂安答應他會有一份檔案，一個獨家新聞，一個政治金融醜聞，位高權重的大人物靠著從印度支那非法交易皮亞斯特大發其財，但他知道這一切都缺乏實質內容。尤其是那份檔案，肯定隨著艾蒂安一起灰飛煙滅了。「任何資料都不會離開我一步，弗朗索瓦，不能寄給你副本！」

「他是軍人？」

「不是，他在西貢工作，在貨幣局。」

「如果你想請假去一趟……」

「不用了，謝謝你的好意，不用，他們會把遺體運回他家，運回貝魯特，我是說，運回他父母家……」

顯然他自己也辭不達意，找不到適合的詞語。

「我得通知海倫，我妹。還有我哥。」

他已經勉強站了起來。

「當然，」德尼索夫說。「跟馬勒維茨說一聲，然後你就走吧，老弟，慢慢來。」

由於弗朗索瓦可以從另一個角度思考，這樁社會新聞悲劇極可能不是一場單純意外，如此一來，艾蒂安的驟逝變得稍微沒有那麼殘酷……

你永遠不知道海倫什麼時候會到。跟誰在一起。處於什麼狀態。

弗朗索瓦一根接一根抽著菸，完全沒想到開窗戶。房間裡朦朦朧朧，與縈繞心中的困惑交相呼應。海倫生活糜爛，他已經覺得自己應該負責，雖然他猜她原本就行為不檢點，如今隨著艾蒂安過世，他擔心她會沉淪得更深。她呼出來的氣息經常夾雜著酒精和菸草味，尤其是她那對眼睛，炯炯發光，瞳孔放大，動不動就想逞凶鬥狠，令人擔心她是否已經染上致命惡習，想找人挑釁的胃口只會愈來愈大。

他選擇等她，先跟她講，因為眼前，這是最不需要花力氣的事，他整個人被掏空，他好累。跟她講完後，再去拉維萊特門那邊，告訴哺哺這個消息。

他沒開燈。懶得開，彷彿和扶手椅化為一體，茫然若失，虛空無力。艾蒂安的影像一幕幕浮現腦海。他們只差一歲，但他們之間的一切都天差地遠，在在都使艾蒂安跟妹妹更親近，儘管她比他小五歲。

他彷彿又看到他弟在學校總是如此孤單。他們不屬於同一掛，或者說艾蒂安不屬於任何一掛，對弗朗索瓦來說，現在想起艾蒂安有多孤單更是痛徹心扉，他生前笑口常開，隨著他的死，徒留無盡哀思。他們很少玩在一起。弗朗索瓦和弟弟保持距離，僅僅是因為艾蒂安「纖細的一面」，誠如母親所言，有損他這個做哥哥的青春雄風，但每一回思及至此，莫不感到羞愧。在操場上，關於艾蒂安的笑話很快成了侮辱，他無意間當然聽過，卻假裝沒聽到。他對自己說：我這是在保護他！他幫自己找理由。的確，他從來沒有讓艾蒂安一個人去面對逆境，但他總是到最後一刻才出手，而且心不甘情不願，他使勁打那個侮辱艾蒂安的男孩，在他心裡頭，打的其實是他弟，於是才有了力氣……如今沒辦法彌補了，艾蒂安死了，他再也無法跟他說他有多抱歉，有多難過。這場死別猶如一把匕首刺進了他的生命，徒留遺憾。

這時他抬起頭。一道泛白微光將房間照亮。

有人按門鈴。

海倫。他沉重地站起來。電鈴又響了，神經質、不耐煩，他走上前去，被這件落到他身上的重責大任壓得身心俱疲。他握住門把，這才想到海倫有鑰匙，她回家時從不按門鈴。

他打開門，不是海倫。

是珍妮芙，滿臉怒氣，衝進公寓，氣急敗壞走了三步，轉身衝著他說：

「怎麼？難道你覺得家人一點都不重要！」

弗朗索瓦不懂……

她揮舞著一張紙，手臂伸得直直的，離他有段距離，他看不清楚。

「我受夠了沒把我放在眼裡，你懂嗎？我知道對你們來說，我向來都只是個外人，你們瞧不起我，勉強容忍我，我什麼都不是！」

她衝向弗朗索瓦，好像要把他推出窗外，直到她快貼到他身上才倏地停住，他感覺到她渾身都散發出怒氣。

「至於這位大記者嘛，人家在報上寫文章，自以為能從高處睥睨眾生，連他哥也在內！很抱歉，不能這樣，親愛的，這件事不能這麼算了！」

「我不懂……妳指的是什麼……？」

「啊，是嗎？你不懂？」

她不停揮著那張紙，在公寓裡走過來走過去，活像要把所有東西給砸了。

「難不成尚沒有權利知道，是這樣嗎？只有別人才能知道？瞧不起尚，連他老婆也連帶瞧不起？」

「妳到底在說什麼？該死的！」

弗朗索瓦大聲吼道。珍妮芙絲毫不為所動。

「他弟的死，尚沒有權利知道！你認為這樣正常嗎？好啊，好極了！他是長子，我提醒你一聲！你應該第一個就通知尚，第一個！而不是窩在扶手椅、抽著菸，痴痴的等，等什麼等？等到驢年馬月[1]啊？」

她在屋裡猛兜圈子，氣得像火雞在發飆，弗朗索瓦現在看出來了，原來她手裡拿著的是一份電報。

「反正啊，尚是個窩囊廢，老是被全家人欺負！沒出息，就是這樣！啊，我早知道就好了。可是談婚論嫁的時候，你們全都瞞著我，不告訴我！出清這個蹩腳貨，把這個呆子甩給別人，可稱了你們的心！」

弗朗索瓦現在已經恢復鎮定。原來這個女人聽聞艾蒂安的死訊，逮著機會大鬧一場……

「幸好我有一個爹！」她續道。「我還有娘家，因為……」

「妳現在給我閉嘴！」他氣到爆炸，大聲吼道。

我要把她趕出去，他這麼想，毅然走向她，可是珍妮芙卻看向他身後，他轉過身去，是海倫，眼睛閃閃發光。

「我在樓下就聽到你們的聲音。」她說。

這一幕對她來說不亦怪哉，她從沒看過弗朗索瓦和珍妮芙爭吵，到底出了什麼事，他們竟然吵成這樣？

「噢，是嗎？」珍妮芙聲調極其尖銳：「當然，我正開心呢，從樓下就聽到我們的聲音，妳自己想想看啊！全世界都聽到妳哥是一個……」

她罵得興致正高，一時詞窮，現場頓時一片安靜。她把電報往地上一扔。

「我啊，恨只恨他沒有常常搭飛機，你們的哺哺！」

她彷彿披上一件想像中的法官長袍，神聖不可侵犯，身子使勁那麼一扭，步履堅定，和她進來時一樣，走出公寓，「砰」一聲關上了門。

海倫的目光從弗朗索瓦身上游移到落在地上的電報。兩人同時撲了過去，但是海倫搶先抓到。

讀完之後，臉色頓時慘白，嚎啕大哭。

她衝向弗朗索瓦，拳頭如鼓點般落在他胸膛。「艾蒂安，我不要，艾蒂安……」弗朗索瓦任她捶打，雙手扶著她的肩膀，抬起下巴，免得被打到臉。過一會兒，海倫沒力氣了，依偎在哥哥身邊，哭了好久。然後，突然，她推開他，衝回自己房裡，砰地一聲關上了門。

電報在地上。

弗朗索瓦忍不住，又拿了起來。「艾蒂安・佩萊蒂埃在西貢死於飛機意外——句號——遺體即將運回貝魯特——句號——佩萊蒂埃先生要求弗朗索瓦通知海倫和尚——句號——爸爸」。

修萊先生從貝魯特郵局發電報向來不付錢。

1　La Saint-Glinglin：原為天主教禮儀日曆中虛構的一天，用於指代某個不確定而且遙不可待的日期，甚至永遠不會到來。

35 艾蒂安不是那種人

連天氣也開始跟他作對。昨天開始，大風起兮，又冰又冷，暴怒狂飆，橫掃整座城市，一踏出家門，就猛賞你耳刮子。而在路易．佩萊蒂埃眼中，一切宛如這種氣候，無序又暴力，衝撞著他所需要的秩序與條理。而這一切都是從艾蒂安的遺體送回貝魯特才開始的。

安潔兒哭得呼天搶地，恨不得殺了全世界，路易不得不拉住她，因為艾蒂安的遺骸裝在廢木料棺材裡，好像要扔到垃圾場。葬儀社人員連忙把棺材抬走，安潔兒哭了一整天。

另一個問題糾纏著路易。這個「箱子」裡裝著什麼？他兒子到底還剩下什麼？剩下這些放在鉛袋裡的碎片？想到他兒子就在那兒，在那個粗製濫造的「箱子」裡的甚至不是他本人，只是被找到的部分，令他悲痛萬分。

隨著「箱子」送回來，從而開啟了一樁冗長複雜事件的序幕，既無秩序，更無章法，一系列決定全是臨時起意，沒人做主，全是從一片混亂中突然冒了出來。路易覺得求助無門。

例如，決定送葬隊伍從家裡出發是安潔兒下的令。她的態度無比堅定，甚至可說是決斷，給人一種感覺她最重視的就是這點，路易只好聽她的。結果，除了葬儀社員工和家屬外，公寓裡人擠人，親朋好友、遠親近鄰，全都一層層在樓梯上排排站，多到禮儀師只得親切地請他們到外面等候，害他們受寒受凍。此外，公寓寬敞歸寬敞，但有些房間，棺材還是很難搬得進去，必須稍微傾斜，才進得了一扇扇的門，才搬得進通往房間的狹窄走廊。路易擔心怎麼抬出門，因為艾蒂安的遺體在裡面，總不能東喬西轉，一下試這個方向，一下又試另一個方向，何不乾脆把棺材立起來算了！路易耐住性子。反正安潔兒什麼話都聽不進去。

對了，還有安魂彌撒。

自從第一次領聖體後，艾蒂安從此沒再踏進教堂一步。三年前教區來了一位神父，由於佩萊蒂埃一家子很少上教堂，所以家裡沒人看過新神父長什麼樣。但是安潔兒，儘管她只是在俗教徒，並未恪遵宗教儀式，還是決定辦一臺安魂彌撒，好，辦就辦吧。

路易全都接受，只不過偷偷犯嘀咕，其實他也心情沉重，只不過外表看不出來。去墓園買一塊地、找人做墓碑，這項任務落到他肩上，在他心中，艾蒂安的墳墓很快就擴大成了家族墓室。他們要為紀念碑舉行落成儀式以緬懷小兒子艾蒂安，然而，全家最年長的路易，卻從沒想過幫自己也造一座。而造一座紀念碑這件事，正是他唯一和安潔兒討論過的話題。

「太招搖了。」路易從大理石墓碑廠商目錄挑出一座紀念碑的照片給安潔兒看，她如此說道。

「這樣才體面。」他回道。

她大致知道他什麼意思。

安潔兒明白路易需要把這場葬禮辦得風風光光，當初他差人在肥皂廠門廊上方以大寫字母鐫刻「佩萊蒂埃父子公司」字樣便是出於同一個原因，只不過這回涉及全家，路易的這個想法令她不寒而慄。她看到的不是她自己，甚至不是路易躺在墓室裡，而是她的每一個孩子，彷彿她和死神進行過不祥磋商，四個孩子全部注定早夭，這個家隨時會毀於一旦。儘管如此，她還是讓了步。

這座紀念碑狀似希臘神廟，有三角楣，塗著灰泥，兩級臺階通向三柱基座（柱上飾有稜槽、渦卷、莨苕葉、挑檐、三角楣下方有齒形飾帶，尖拱則有蔥形飾邊）、門廊，此外還有鑄鐵鍛花欄杆，三角楣正中央還以大寫字母刻著「佩萊蒂埃家族」字樣。炫富，但即便是幾個孩子也沒說什麼，因為每個人都盡其所能哀悼艾蒂安。

隨後的事就變得較為平淡乏味。在墓園，棺材用繩索緩緩降下。陪同送葬行列而來的神父無比失望，因為做彌撒期間，沒有一位家庭成員記得該如何行禮如儀，怎麼坐、怎麼站、怎麼唱、怎麼回應、怎麼劃十字聖號，一看就知道，這家人不虔誠。宗教禮儀方面，修萊一家懂，路易偷看他們，有樣學樣。對這位本堂神父來說，目睹這種混亂、這種不知所措，實在難以忍受。他覺得自己出席葬禮已經夠給他們面子的了，所以在墓園時，他三言兩語草草帶過。

接下來，輪到親友向逝者道別，家屬答禮。

葬儀社人員認為這是理所當然的一環，所以忘了告知他們這個細節。他們請佩萊蒂埃一家在墓穴邊上排成一排，剩下那一大群人一個緊接著一個向前哀悼致意，豈料佩萊蒂埃一家人卻同感卻步，天哪，總共有多少人哪，幾十個、上百個，趨前向棺木扔朵花，握個手，這麼多雙手，何況還要說一些荒謬又尷尬的話，在耳邊細語，小聲到別人連聽都聽不到，也沒人在聽，這些對安潔兒來說都太沉重，她承受不了，她挽著路易的胳臂，帶我回家。海倫哭得快要虛脫，摟著母親的另一隻胳臂。他們三人慢慢走遠，小步小步往前，就快不支倒地。

兩個兒子留在原地，站在墓穴邊上，孤零零的，茫然無措，不知如何應付當前情況。這時，珍妮芙，全套喪服緊繃在身，朝第一個上前致意的來賓伸出手臂，愁眉苦臉，低垂著頭，接受對方慰問，她悲慟逾恆，低聲道謝。尚轉過身來對她說，其實她並不需要……

「尚，你別管，」她打斷他，「這是我的職責。」

於是我們看到在場好幾十個人一個接一個走過，握住珍妮芙的手，匆匆一抱，簡短慰問，她接受了，一臉哀戚，猶如聖母痛苦侍立[1]，非筆墨所能形容。

⁂

這一次，由於事出緊急，三個孩子從巴黎搭機回來。大家說好隔天立刻回去。佩萊蒂埃先生付了機票錢，趁機問他們何時才能「擺脫困境」。雖然他很樂意幫他們付錢，但是非要確定他們生活無虞，他才能放心。

安潔兒不舒服，才會接受路易從餐廳叫外送。事實上，她沒吃晚飯就上床了，海倫跟著她一起回房。

三個大男人（珍妮芙回父母家過夜，娘家的人會好好憐惜她，既因為她和尚的婚姻，也因為她驟然痛失小叔），所以呢，客廳裡只剩下他們。佩萊蒂埃先生問起兩個兒子的工作情形，還有弗朗索瓦和他妹妹同住的情況（都很好，這小子這麼回他省得麻煩，否則就扯不完了），於是，他把注意力轉向了尚和他那間家用織品店的生意上，他對這家店不抱多大信心。不是因為銷售計劃，而是因為依他之見，一個男人，肥皂業都搞不好，一輩子也闖不出什麼名堂。「都很好。」尚這麼回他，殊不知，對路易來說，再沒什麼比這句話更令他擔心的了。

談話告一段落，父子三人抽了菸，每個人都在凝視著自己那杯白蘭地，各有各的心事。

臥室裡，安潔兒和海倫並排坐在床上。

「我甚至都沒問妳，乖女兒，美術學院怎麼樣？妳喜歡嗎？」

「非常喜歡。」

她不假思索就這麼回了，憑她所剩無幾的精力，也只能編造出這句謊話。

「我不太想談這個……」

「當然。」安潔兒說，她很好商量。

海倫這麼回，對她來說已經夠了，她的心思飄向別處。

海倫高估了自己的體力，她跟母親一起待在房裡原本是為了陪她，自個兒反而打起瞌睡，安潔兒坐在床邊，握著女兒的手，思念著死去的兒子。

艾蒂安的東西在哪裡呢？她心想。他們又打過電話給高級專員公署，應該有人會去瞭解才對，到目前為止卻毫無音訊。可是，艾蒂安明明有箱子、有衣服、有他個人的東西啊！路易答應她會再打電話去西貢，可是眼前有太多事需要處理。好累……這時她想起艾蒂安臨行前幾天的某個時刻，那天工廠週年慶，母子倆一起回家，艾蒂安枕著她的大腿，還有約瑟夫……再也沒人想到牠。這隻可憐的貓現在成什麼樣了？

海倫猛地驚醒，對不起，媽，我睡著了……

因為很自然，這個話題浮現在每個人腦海中，也因為當下的片刻寧靜也適合這個話題，所以客廳裡的三個男人和臥室裡的兩個女人都在談同一個話題。

都在談論艾蒂安的死因。

弗朗索瓦告訴父親艾蒂安打過電話給他，要求他寫篇文章登出來，他還打算幾天後帶著關於一起政治金融醜聞的證據到巴黎去……

「哪方面的？」佩萊蒂埃先生問。

「皮亞斯特和法郎的匯兌問題。」

路易睜大了眼睛。

「這哪裡有什麼醜聞？噢，總之艾蒂安不是那種人。」他如此斷言。

「哪種人？」

「揭發醜聞的人！艾蒂安是個詩人，不是自以為道德高尚的白衣騎士。」

「那他幹麼為了這件事打電話給我？」

「他可能有一些話要說吧，而且說實話，你能想像他是調查員嗎？」

從一開始令弗朗索瓦苦惱的正是這個。他始終對於這樁醜聞的真實性和他弟弟在如此重大的問題上蒐集確切證據的能力不是很有信心。

「你不是跟我說他要去巴黎嗎？」佩萊蒂埃先生繼續說道。「既然如此，他幹麼搭觀光客機去看吳哥窟神廟呢？」

隔壁房間裡，海倫因為情緒激動，揚言艾蒂安是一樁黑暗陰謀的受害者時，安潔兒和她丈夫更加抱持保留態度。

聽到艾蒂安和一名飛行員單獨飛行，安潔兒直覺認為更像是他的第無數次戀情……

「乖女兒，好歹想辦法睡一下。」

---

1 *mater dolorosa*：拉丁文，原意為「痛苦（哀傷）的聖母」。在基督宗教藝術中，通常用來表現耶穌受難後，聖母站在耶穌十字架旁（*Stabat Mater Dolorosa*），悲痛逾恆。

36 他再度走進了死胡同

三個孩子回法國後對這件事的看法相當分歧。

最狀況外的是尚，他連皮亞斯特是越南貨幣都不知道，也不懂這件事如何釀成醜聞。至於海倫，復仇心切，使得她非常積極活躍，不斷催促弗朗索瓦趕緊著手調查，動員報社整個編輯部，偏偏一切進展得都不夠快，她覺得她哥膽小怕事。

弗朗索瓦這方面，他先設法搞清楚印度支那貨幣問題。艾蒂安告訴他有關貨幣匯率的說法很快得到證實。從越南將皮亞斯特匯回法國，價值像施過魔法那樣翻了一倍，不難想像誘惑有多大。

他的為難之處來自於良心不安。所有記者都夢寐以求自己能誤打誤撞碰上一樁大案子。他當然也希望，但又覺得自己在利用弟弟的死。同時，他也看不出自己如何能在不驚動報社的情況下展開調查，他得拿出確切證據，報社才會提供他調查支援，但偏偏沒有編輯部資源，他拿不到證據，這件事成了一個循環，永無休止。

在他逗留貝魯特整段期間和回程途中，他翻來覆去，從各個角度思考這個問題，艾蒂安給他的姓名首字母縮寫名單（E. N.、P. R.、D. F.、A. M.、S. R.），他讀了又讀，坐享皮亞斯特不法交易成果的應該就是這五位名人，但是線索依然相當模糊。

他刻意接近一位同事安德烈．路卡，此君在新聞界見多識廣，從一九二〇年代以來就在政治泥沼打滾，始終游刃有餘，是個識途老馬。他人很好，經驗豐富，樂意答覆問題。但他不在編輯部，弗朗索瓦又得出去。

「你為什麼要找他？」巴宏問道，他在政治外交部門辦公室的位子上坐得穩穩的，弗朗索瓦想插足這個領域分明是不知好歹。

「沒什麼，打聽消息。」

「打聽消息，有什麼好打聽？」

「不是的，我是說……」

「打聽什麼？」

「戈達爾銀行。還有霍普金斯兄弟公司。」

巴宏揚揚眉毛。

「哪方面？」

弗朗索瓦笑而不答，巴宏接受了這個回答，但是沒有笑。

「這些私人銀行，」他說，「升斗小民是進不去的。非得要有一筆天文數字存款，戈達爾銀行才會向你敞開大門，不過，作為交換，他們也保證你的所有交易完全保密。霍普金斯則和股市及非法利潤的所有敗類沆瀣一氣。國際金融犯罪圈，差不多就屬這兩條鯊魚[1]搞得最有聲有色。」

弗朗索瓦開始聽出這樁事件的弦外之音，愈來愈有蹊蹺。

「難不成你打算在他們那兒開戶？」巴宏問他。

「可不是嘛。」弗朗索瓦說，假裝被這個笑話引得大笑，才能順勢走出辦公室，無須幫五線譜加線，提供額外解釋。

由於沒有任何機會拿到這些銀行的客戶名單——就連稅務機關本身也不可能——他再度走進了

死胡同。

他把姓名首字母縮寫清單貼在辦公桌上方，但他幾乎向來不看，因為早已熟記在心。猶如一首兒歌，由不得他，兀自再三唱給自己聽。他想逃開，它又回來，虛無縹緲，不絕如縷。

將他從這種痴迷中拯救出來的是一名約莫三十歲的年輕女子。

她在人行道上等他。「喏，就是他，他在那邊。」她問過他的一位同事對她這麼說。她怯生生走上前來，弗朗索瓦猜想她是生性靦腆，她站在他面前，緊握著手提包的皮帶，流露出不安情緒。

「佩萊蒂埃先生……」

她說得很小聲，環顧四周，似乎在尋求幫助。她比弗朗索瓦第一印象所想像的還要年輕，二十五歲，或許還不到，而且，說真的，近距離看，相當標緻。穿著品味甚佳，風格簡約，儘量不引人矚目。她看起來好像在扮演某個角色，明明是青春女郎卻偽裝成已婚婦女。

這個想法立即讓弗朗索瓦為之警覺。

他拉著她的胳臂，「過來，」他說，他不想讓任何人看到她，「那邊有一家咖啡館，」她順從地任由他帶著她走。他轉過頭來，覺得她泫然欲泣。他加快腳步，邊走邊說，「就在這邊而已，快到了。」他全速思考，策略已在腦中成形。

他選了咖啡館最裡面的位置。

「請坐。」他請她就座。

他拿起她的外套，放在自己旁邊的椅子上。她噴的香水隱隱散發幽香。她一坐在他面前，毫無疑問，她的確是個美人兒。一對眉毛彷彿兩片纖細翅膀，翩然翻飛於翦水雙瞳與櫻桃小口之上。

「所以瑪麗．蘭普森過世那天，妳在『攝政王』看電影，是這樣嗎？」

她張開嘴，好一個完美的「對」。還能是什麼呢？

「有什麼我能效勞的嗎？請問貴姓大名？」

年輕女子嚥下口水，顯得難以啟齒。

「正是這點……」

矛盾的是她輕聲細語，刻意低調到幾乎聽不見，但她盯著他的目光卻熾熱得罕見。

「啊，」弗朗索瓦繼續說。「妳不想說出妳的姓名，這就是妳沒去警察局的原因？」

她立即鬆了一口氣。她在微笑。天哪，這個笑容……

「我叫九兒。其實，原本應該是……對大家來說，是九兒……」

她說話的聲音如此輕柔，弗朗索瓦得豎起耳朵才聽得到，她注意到了，略微提高聲調。她雙手交叉放在桌上，沒戴婚戒。服務生突然走過來，她抬起頭，弗朗索瓦趁機垂下眼睛，朝她胸部瞄去。跟他猜的一樣……

「我想向你請教……」

她是不是略帶一絲口音？

「為什麼找我呢？」

「因為你幫《晚報》追蹤報導這個案子，你認識法官……」

荷蘭口音？北歐口音？她說得斷斷續續。弗朗索瓦若是不幫她一把，只怕他們得在咖啡館耗上一整天。

「妳想知道法官會不會接受妳的匿名證詞，是這樣嗎？基於偵查不公開，妳的姓名不會出現在任何地方……」

年輕女子輕輕點了點頭。

「九兒，當天妳和誰在『攝政王』？」

他感覺得出來自己這麼問她很殘忍，但他有點刻意想為難她。她沒回答，現場氣氛變得尷尬。弗朗索瓦為了掩飾窘態，拿出筆記本和鋼筆放在桌上。她沒看他的動作，依然注視著他的臉，沒把目光從他身上移開，弗朗索瓦隱約感到不自在。

「關於謀殺案，妳可曾看到什麼特別的東西嗎？」

「沒有，什麼都沒有！所以我才沒去……你懂嗎？」

像這樣出於本能說話，她的口音變得更明顯，但弗朗索瓦還是聽不出究竟是哪裡的口音。

「那妳的……陪妳一起去的那個人呢？」

「他也什麼都沒聽到，我們一聽到那個女人尖叫，很快就走出電影院，和其他人一樣。」

即便他能理解九兒為什麼沒去警察局說明，今天她為什麼找上他呢？他還在探索原因。九兒臉又紅了，手指在咖啡杯握把上微微發著抖。

「是因為他嗎？」

弗朗索瓦忍不住想幫她。她點點頭。其餘的，對他來說，並不重要。九兒和她情人交惡，關係丕變，加上他們雙雙犯下沒去警察局說明的錯誤，所以現在她想擺脫自己涉嫌的這個假設。

吧檯附近，服務生不小心把杯子弄掉在地上，「糟糕！」弗朗索瓦和所有顧客一樣，都不自覺轉過身去對著吧檯。看到他這麼做，年輕女子也轉了過去，可是動作又快又驚，好像怕被誰當場逮個正著似的。

「好吧，」她又轉回來，繼續凝視弗朗索瓦，這時，他開口說道。「我去找法官，好好跟他談談，讓你們兩個人的身分保密。妳的朋……嗯，他也必須親自去法官那兒說明，妳懂嗎？」

她懂。天啊，這對眼睛……

「如果法官答應的話……」弗朗索瓦繼續說。

「萬一法官不答應呢？」

「妳就繼續不要露面。總而言之，如果妳對這個案子沒有什麼要說的，不露面也沒多大影響。」

「如果法官答應了呢？」

啊，弗朗索瓦好想對她說：「如果法官答應，妳就跟我溫存，共度一夜春宵。」光想，喉嚨就卡住了啊。

「我該怎麼回報你呢？」九兒很堅持。

至於這個問題嘛……弗朗索瓦勉強笑了笑。

「妳付喝咖啡的錢吧。」

她感到困惑。有欠有還，弗朗索瓦卻讓這名年輕女子欠下還不了的債。兩人均感尷尬。他站了起來。

「妳有電話號碼嗎？萬一我需要留言的話。」

他邊說，邊把零錢放進小碟子裡。當下這種情況如此不合乎邏輯，不真實到她連咖啡錢都忘了要付。

她猶豫不決，目光游移，轉向露天座，又回到他身上，彷彿明明已經仔細考慮過答案，一旦面對障礙，依然遲疑。

「既然妳不留下電話號碼或地址……」弗朗索瓦悻悻然插嘴道。「那好，明天打到報社編輯部給我吧。」

他惱羞成怒，她要他幫忙卻不給他任何回報。他忍不住說道：

「妳不會被牽扯進去。」

她伸出手。他勉為其難握了握。純粹是為了感受她的柔荑有多嬌嫩，好歹也從她那裡討點東西回來。

1 les squales：金融圈術語，通常指富有的投資方。

37 他就是忍不住想害她不好過

「不可能！」法官說。

說是這麼說，當他看到弗朗索瓦接受裁決，立即逕自走向門口，反而當場窘住。

「等等。」探長用他那少女般的聲音請他留步。

弗朗索瓦不予理會，反而跨過門檻。

「別走！」

法官用他的小短腿跑到走廊上找他，探長緊跟在後，邁著大步，穩穩往前。

「這個人必須站出來面對司法。這……」

他一時詞窮，轉頭看向探長，探長也幫不了他。

「這是強制性的！」

「好吧，」弗朗索瓦說，「你自己去跟這個人說。」

「可是我不知道這個人在哪啊！我又不認識這個人！」

他老要坦普里埃探長替他幫腔，偏偏這名警官只顧著盯著他瞧，使得法官分外不自在。弗朗索瓦繼續往樓梯走，邊脫口說道：

「你等著這個人見報吧……」

「等等！」

法官又朝弗朗索瓦跑去，這次跑得超過他，杵在他面前，拿自個兒的身體當人牆。

「你沒權利這麼做！」

弗朗索瓦和探長迅速對看一眼，探長被這一幕給逗樂了。

「法官，你對他們出面作證有什麼期待呢？你缺少的那兩名證人，當時他們坐在那排位子正當中，你希望我將他們雙手奉上給你嗎？」

法官瞇起眼睛。眼前又浮現那天在「攝政王」放映廳現場重建的景象，以及正當中那兩個空著的位子。

「難道你認為，」弗朗索瓦繼續說，「他們會驚動整排觀眾去謀殺瑪麗．蘭普森嗎？或是坐在離洗手間門口比較近的觀眾沒看到的東西，他們反而看到了嗎？」

勒諾瓦法官唯有一頭霧水時方如此令人動容。碰上這些時刻，他臉上的表情分外迷惘，誠如我們在傻子臉上看到的那樣。

「我告訴你接下來會發生什麼事，」弗朗索瓦索性把話說白了。「我們《晚報》將公布這兩個人的事，同時告知讀者，報上登的是化名。而你將是唯一一個什麼都不知道的人，你得等到所有人都知道，你才會和大家同時知道。」

法官明白他再度受挫。

在「攝政王」放映廳現場重建並不成功，薩維耶爾路線重建更是一敗塗地，造化弄人，硬是跟他作對。

他僅止於點點頭。甚至連說個「好」字都超出能力範圍。

她沒打電話到報社，而是親自前來。他發現她在對面人行道上，和上回同一個地方，戴著手套的手指緊張地轉著提包把手，不過這次她並沒有起步走過來，過了街的是他。她用那種專屬於她的熾熱目光凝視著他。

「對不起。」她說。

她的聲音引起弗朗索瓦胃裡一陣翻騰。

「法官將私下聽妳到案說明，」他說，「保障妳的身分不曝光。」

他硬是加上這句：

「如果沒有對妳提出任何指控的話。」

「沒提出任何指控？什麼意思？」

「我知道妳告訴了我什麼，但我不知道妳會告訴法官什麼……」

他好惡劣，但他就是忍不住想害她不好過。

「這……我會說同樣的話！」

「嗯，很好。」

他等著，結果並沒有。不過，經過長時間沉默後，終於開口：

「非常感謝你。」

啊，她畢竟還是謝謝他了！

「沒什麼，請別放在心上。再見。」

瑪蒂德專制、不耐煩的一面令弗朗索瓦惱怒。她外表看似冷漠，實則遮掩住了一個跋扈的女人，他心想……但他這純粹是出於惡意，其實瑪蒂德只想做愛而已，她的床上功夫確實了得，弗朗索瓦有的是證據。

「我比較喜歡你的生理而非心理，」她說，「我現在是在對前者說話。」

她邊說這話，邊俯身對著「事主」，弗朗索瓦升起一股從未感受到的強烈慾望。他想掙脫她，瑪蒂德不當他一回事。他無力抵抗，她並沒錯，弗朗索瓦果然屈服了，殊不知反而更糟糕，九兒的臉龐竟然浮現眼前，任何想揮去她一顰一笑的嘗試皆為徒勞。

「好吧。」瑪蒂德站起身來說道。

她整理一下裙子、襯衫，她在笑，這些都不太重要。

「我看我最好放過你。」

「等等！」

弗朗索瓦攬她過來靠在自己身上，她順從了，但繼續扭來扭去穿衣服，披上大衣，在他嘴上輕輕一吻。他目送她走出門，不知道自己是鬆了一口氣呢？還是感到失落？感到傷心？總之是五味雜陳。

依稀彷彿，那名年輕女子最後那抹倩影又浮現腦海，她只留下暱稱，他不知道她芳名為何？家又住在何方？他對她一無所知。無疑是因為這種未知，使得他對她的興趣益增十倍。實在令人心灰意冷。弗朗索瓦感覺自己受到兩大謎團箝制，眼前這位年輕女子擾人心扉，那些姓名首字母縮寫更加執拗難纏。

諸事不順。弟弟驟逝，死得不明不白，他都還沒從震驚中恢復過來，海倫又開始遊蕩，暴躁易怒，難以捉摸，更甚既往；他才剛對皮亞斯特一案展開調查就陷入泥沼，如今瑪蒂德又拂袖而去。她帶來一瓶麝香白葡萄酒（「辦完事再喝！」她說），他們沒打開，現在酒都變溫了，溫就溫吧。反正他也不習慣喝這種酒，才喝第三杯，頭就暈了。

他關了燈，躺在床上，昏昏暗暗，眼前不斷搖晃，他不得不坐起來好幾次以擺脫暈眩，他要吐了嗎？

九兒的娉婷倩影在眼前飛舞，他對這個女人的渴望……這種事竟然使得他的生活一團亂。他不得不站起來走了幾步，缺乏平衡感，與其說他醉了，不如說他迷失了。九兒的臉蛋和艾蒂安給他的那些縮寫字母重疊在一起，他拼命想弄個明白。

有些人書寫的時候比較能思考，弗朗索瓦就是這種人，他將這一連串字母不斷寫了又寫，始終毫無進展。寫這些字母儼然成了機械式動作。於是，他又把記事本拉到面前，又幫自己倒了一杯咖啡，然後繼續邊念邊寫：E、N、P、R、D……

「該死！」

一不小心，杯子摔到地上。他站起來，拿了海綿過來，擦了地板，撿起碎片，所有這一切都害他心情欠佳。

他又坐下，繼續在筆記本前專心致志……

一個念頭閃過，猶如當頭棒喝。因為杯子摔到地上的這個失誤，打斷了他邊念邊寫的節奏，使得這些字母縮寫出現了新的組合方式。

E、N、P、R、D。

他使勁回想他弟告訴他的事。根據記憶：「有五個人涉入……」他克服自己混亂的思緒。誰告訴艾蒂安這些首字母縮寫代表五個人呢？為什麼當天他記下的是「EN」、「PR」兩組兩個首字母縮寫？艾蒂安是這麼念給他聽的嗎？

因為，如果按照「E、N、P、R、D」這麼分組的話（當然他毫無根據），背後就代表著另一種可能性：「EN—PRD」和「FA—MSR」，而非原本他們自以為的「E.N.、P.R.、D.F.、A.M.、S.R.」，如此一來，這些縮寫就完全是另外一回事了。

現在他心生疑問，但他無法重組和艾蒂安簡短又焦躁的談話，所以目前這個解決辦法，只能姑且一試。

PRD：激進民主黨[1]。

MSR：社會共和運動[2]。

兩大政黨。

弗朗索瓦走到舊五斗櫃前，他把各種還沒分門別類的資料都放在這兒，堆積如山。五斗櫃某處有一本行政手冊。不怎麼新。由於接二連三換政府——今年年初以來，這回已經是第四個內閣了——官員們卯足了勁兒來來去去，不過誰知道呢？搞不好……弗朗索瓦翻啊翻啊，拿出一捆捆文件，這些文件早該扔進垃圾桶了……他現在做的事可能是竹籃子打水白費功夫，但他想讓自己心裡踏實一點，於是，他把所有東西都扔在地上，這麼做使他頭腦清醒……終於找到了。

一九四六年的手冊。不算太久以前。

他沒花時間走到書桌前坐下，而是就地盤腿而坐，神色焦躁，飛快翻著歷任國會成員名單，此一任務枯燥乏味，在試圖做愛未果和三杯溫熱麝香酒下肚之後，有點超出他的能力。

他還在翻來翻去，什麼都沒發現，這時候海倫來了。

「妳還好嗎？」他立即問道。

她好蒼白。

「還好，因為累，就這樣。」

最簡單的藉口。弗朗索瓦又繼續埋首於文件。海倫身上也有酒味。

沒一件事順心。

「你在幹麼？」

她沒興趣聽他回覆，走進自己房裡，把大衣往床上一扔，立刻又走去洗手間，跪在馬桶前大吐特吐。

剛剛在地鐵裡，一名男子正在閱讀《晚報》。從她可以看到的部分，她瞥見：

「藥房幫」再度入室竊盜

岱納廣場某藥房發現一人死亡

弗朗索瓦沒看到她從洗手間出來，很擔心。天哪，到底怎麼回事？他打算過去看一下……

就在他起身的時候，目光被一行字吸引住，他用手指著。

艾德加·德·訥維爾——激進民主黨。

「E. N.[3]——PRD」。

六十四歲，短暫當過外交部次長，回顧他的職業生涯，卻可發現他曾在西貢殖民事務部門工作了十年左右。

「你在幹麼啊？」

海倫漱完口回來。胃部像打了結似地可怕，但她逞強，硬是裝沒事。現在幾點？她轉過去看掛鐘。下午四點，她少吃了一頓午餐，胃裡空空如也，怪不得胃疼。

弗朗索瓦大聲念著：

「F. A.[4]——MSR」。

費利克斯·埃亞——社會共和運動。

此君曾經擔任法國駐印度支那高級專員公署祕書長達五年。

海倫探到他肩膀上方看他在做什麼。

「跟艾蒂安有關？」

弗朗索瓦把他認為看懂了的內容解釋給她聽。好一幅怪異畫面，兄妹倆都帶著三分醉意，專心致志，看著這些縮寫，將其視為他們希望破譯的密碼，而這個密碼可能就是導致他們手足枉死的原因。

「我得好好想想。」弗朗索瓦說。

他不是很確定。他妹臉色好難看。

「妳沒事吧？」他問她。

她畏畏縮縮，走了過來，依偎在他身旁。

岱納廣場藥房裡面死了人。

伯納・德・瓊薩克。

她有份嗎？他的腦中一片混亂。

「我好想艾蒂安。」她輕聲說。

弗朗索瓦把他妹摟得更緊一點。

1　PRD為激進民主黨（Parti radical démocratique）的首字母縮寫。
2　MSR為社會共和運動（Mouvement social et républicain）的首字母縮寫。
3　E. N.：為艾德加・德・訥維爾（Edgar de Neuville）這個人名的首字母縮寫。
4　F. A.：為費利克斯・埃亞（Félix Allard）這個人名的首字母縮寫。

38　噢，真可惜！

巴宏向來忌諱旁人撈過界踩到他的地盤，所以兩人針對戈達爾銀行和霍普金斯兄弟公司短暫交流之後，弗朗索瓦並沒指望巴宏會按兵不動，只不過他不知道巴宏會採取什麼行動展開反制。是透過巴宏本人？還是透過德尼索夫？結果是透過馬勒維茨。

「你去見過巴宏？」這位社會新聞部主管問道。「你跟他胡說八道什麼啊？」

他黑眉一皺，活像路西法[1]，不認識他的人準會被他震懾。弗朗索瓦決定盡可能少講。倘若他手中真的握有獨家新聞，旁人休想從他這裡搶走；萬一什麼都不是，他也不至於看起來像個傻瓜。

「我手上有一些東西，不過還不成氣候。」

「跟我們有關嗎？」

「我們」指的是社會新聞部門，但也可以理解為「尊嚴複數」[2]。對馬勒維茨來說，社會新聞是報社靈魂，他不算全錯，社會新聞部門是德尼索夫從美國帶回來的新玩意。「讀者需要像自己、但比自己更慘的事件」，他說。而馬勒維茨的角色就在於找到亮點，確保都是版面焦點，讓打動人心的內容更為凸顯。所以馬勒維茨才自詡為報社的靈魂核心。

「或許有，」弗朗索瓦答道，「我還不知道。」

這位主管最討厭這種回答。

「那還真不巧，因為我們的工作正是必須知道。如果你什麼都不知道，就先跳到別件事，懂嗎？」

弗朗索瓦假裝被他說服。

好吧。

「蘭普森的案子追得怎麼樣？」

關於蘭普森一案，馬勒維茨承認這個小菜鳥的確「幹得好」。弗朗索瓦曾數度成功連續追蹤報導該案，一連刊登了好幾回，炒得風風火火，敵手始終難以望其項背，追趕莫及。弗朗索瓦告訴馬勒維茨有兩個新證人站了出來，但旋即補充說明那只是一樁普通婚外情事件，男女雙方平凡無奇，挖不出什麼天大的新聞。

「勒諾瓦說了一些蠢話，」弗朗索瓦回道。「我不知道能不能寫……」

「要是他所有廢話我們都寫下來，他就會每天上頭條了。這回，他又說了什麼？」

法官約談九兒（他甚至不知道她姓什麼！），馬勒維茨正打算追問，弗朗索瓦卻蓄意遮掩，轉而在次要事實上大做文章，弗朗索瓦這麼做其實並不專業。

「至於最後一位證人。法官認為是他幹的。」

弗朗索瓦實在精通此道。「最後一位證人」的這種說法，一聞就帶著印刷油墨味兒，馬勒維茨眼睛頓時為之一亮。

法官在辦公室裡約談九兒和她情人，兩人也做了筆錄，弗朗索瓦只是過來確認一下有沒有新消息。他也暗暗希望巧遇九兒，尤其是她的情人，他真想瞧瞧那傢伙是何方神聖……

「你怎麼解釋這點？」勒諾瓦法官問過他。「總共只有一位證人沒有出面。」

這名法官坦率得令人難以招架，從他這兒得到答覆易如反掌，因為他就是無法閉嘴。

「我沒辦法解釋，」弗朗索瓦答道。「你認為呢？」

「我認為就是他。」

「我可以嗎？」弗朗索瓦邊問邊從口袋掏出筆記本。

弗朗索瓦釋放的訊息一清二楚。在你面前的是一個記者，他要白紙黑字寫下來。豈料這位法官非但毫無警覺，哪怕連一絲擔憂都沒有，反而受到鼓舞。

「否則他有什麼理由避不出面呢？現場兩百二十九名觀眾，只有他不願意跟司法合作！要是他行得正、坐得端，為什麼怕出面？」

因為和那些拖了好久才出面作證的人一樣，有許多理由，但是指出這一點，對弗朗索瓦並沒好處。要是坦普里埃探長在場，他絕對會指出來。不過當勒諾瓦法官一個人和弗朗索瓦面對面的時候，弗朗索瓦才可以對法官予取予求。

「我沒有從這個角度想過……」弗朗索瓦邊做筆記邊說。

勒諾瓦法官的問題（姑且說他的其中一個問題，因為罄竹難書）在於他太容易說出自己的想法，更糟糕的是，說著說著，最後總是信以為真。

但是這就夠了。話說此刻，勒諾瓦法官已經在辦公室裡來回踱步，大肆闡述推論，完全忘了這純粹是他一廂情願的想法。

「經過呼籲證人出面、現場重建、數度指認之後，有誰還不知道這個案子呢？」

他衝向辦公桌，翻出兩份剪報。某德國雜誌曾以一篇短文報導過這則社會新聞，不過法官揮舞著的是卻是另外一份，藉此來支持他的說法，因為這份義大利報刊登了他的照片。

「全歐洲都知道這個案子！難道這個證人，最後這個證人會是唯一不知道這件事的人嗎？得了吧！」

「沒錯，他能有什麼理由呢？」

「只有一個理由，小老弟，如果你懂我意思的話……」

次日，弗朗索瓦在報上是這麼下標的：

勒諾瓦法官提出質疑：

最後這個沉默的證人，為何堅持不出面？

弗朗索瓦選擇像連載小說一樣，接連寫上好幾篇，連馬勒維茨也拍手道好。

第二天，乘勝追擊再登一篇，證明預審法官的確認為，毫無疑問，始終不出面的證人就是凶手。

手邊握有可以寫上好幾篇的材料，弗朗索瓦趁著這個空檔，集中精神處理他目前最關心的事。

「斯坦，」他說，「我可以休兩天假吧，可以嗎？」

馬勒維茨基於尊重隱私，從沒問過他家裡的喪事。

「我得照顧我妹，她走不太出來，我想……總之，你懂吧？……」

「當然，你請吧。不過還是要保持聯繫，嗯？」

弗朗索瓦搭上地鐵，拿出筆記本，重點整理一番有待他去做的事。

首先，他得回頭研究艾德加．德．訥維爾和費利克斯．埃亞的職業生涯，設法勾勒出大致輪廓。

隨後，還得觀察他們的生活細節。倘若賺了大錢，可能藏在國外，也可能拿來花用。最近幾個月，他們兩家可曾因為嫁女兒花錢大手大腳？可曾添購豪華房車？抑或是買了豪宅？同時，也得想辦法向銀行方面撒網。有沒有可能找到銀行內部人士提供消息？如果這件事行得通，為了買一兩個內幕消息，德尼索夫勢必得花點錢……當下，弗朗索瓦的目標在於好好調查一番，得先確認是否真有此事，才好賣給德尼索夫。

因為，接下來，只有一種調查方式。

想瞭解艾蒂安的死因，必須從貨幣局入手。

再從貨幣局那兒，順藤摸瓜，設法往上追蹤。

要這麼辦下去，只有一種方法。

去西貢。

就是在這個時候，迪克西商店的第一批貨送到。

一輛小卡車，滿載紙箱和板條箱。

珍妮芙站在人行道上，腰桿挺直，神情嚴肅，猶如正義女神，予人一種她想擋住送貨員的印象。她要求卸貨前先看樣品。

「是嗎？」

說這話的是斯特維勒先生，貝爾基厄一家小公司的老闆，他和兒子親自送貨。

「是的，沒錯，這位先生！」珍妮芙板著一張臉，說得斬釘截鐵，好像挨了罵正在回嘴。「因為如果貨做得不完美，你別想卸責，而我呢，一毛錢都不會付！」

老闆把鴨舌帽往後一推，搔搔額頭，看了看尚，他一臉為難。

「好吧，妳想看就看……」

從這兒抽出一張床單，從那兒掏出幾條毛巾，高難度動作，可需要一番真功夫才辦得到呢。

「枕頭套呢？」珍妮芙問。「桌布呢？餐巾呢？在哪兒啊？」

店裡空無一人，樣品都陳列在銷售櫃檯上，斯特維勒先生發現她只是在雞蛋裡挑骨頭罷了，因為明明一看就知道，做工完美，無可挑剔。

難不成他從紙箱左扯右拉了將近一個鐘頭，就是為了抽出一套床組或是幾條格子手帕？感覺得出來他好像被芥末嗆了鼻子，失去耐心，眼看就要發火。

「好吧，」這時珍妮芙開了口，語氣跟大老爺似的，「可以卸貨了。」

「我建議先把帳清了。」

他顯得謹慎。

珍妮芙和他一起檢查訂單、送貨單，逐項核對，搞了個老半天，好不容易，終於開出一張支票，斯特維勒先生小心翼翼收進皮夾。

尚流了好多汗，但不得不跟他握了握手。

到目前為止氣氛緊繃，這會兒稍稍放鬆。貨快卸完的時候，客戶和供應商相談甚歡，幾乎成了朋友。以至於開了店、當了老闆後愈來愈一毛不拔的珍妮芙，竟然提議去附近的巴爾托咖啡館「喝一杯再上路」。

斯特維勒先生的兒子年紀還輕，點了一杯石榴汁。輪到尚的時候，珍妮芙對他大大使了個眼色。他很識相，點了一杯法維多礦泉水，隨後看著斯特維勒先生和珍妮芙呷著他們的比爾開胃酒[3]。由於有關生意和家用織品製造的話題都談完了，斯特維勒先生轉身對尚說：

「你是什麼時候來訂貨的？」

尚出於本能，握緊杯子，他感到風向不對，正往不利的方向吹去。

「十月二十號左右，不是嗎？」珍妮芙搶先回答，「我說尚啊，我們在跟你說話呢！」

「對，是這樣沒錯，二十號左右。」

儘管喝了礦泉水，喉嚨還是發乾。

斯特維勒先生，他呢，點著頭，若有所思。

「這個嘛，你剛走沒多久，我們就聽到一個天大的不幸……」

「你就說呀。」珍妮芙鼓勵他，不論誰發生悲劇，她都興奮。

「我的小外甥女……好，我說『小』，其實她都二十二歲了。我妹妹的女兒。」

珍妮芙注意到尚的臉漸漸泛紅，轉過身去對著彈子房，好像有人叫他去打一局，他正猶豫著要不要站起來。

「嗯，這個女孩子怎麼了呀？」珍妮芙問道。

「被殺了，太太，真不敢相信。她在蘭貝格姆鎮上郵局幫人代班。郵局關門一小時後，家人擔心怎麼還不見她回家，結果發現她死在辦公室，如同我剛剛說的，被殺了。我妹的大女兒，就要訂婚了，這樣還不叫不幸，什麼才叫不幸哪！」

「那……」，珍妮芙壯起膽子問道，「怎麼……？」

「手段極為殘忍……」

尚剛剛站了起來，比了一下，表示他要去洗手間，隨後就走了。

「殘忍？怎麼個殘忍法？」

珍妮芙壓低嗓門。

「頭被砸碎了啊，太太，除了野蠻，沒別的詞兒可以形容。」

「我的天哪！這……用什麼砸的？」

「電話聽筒。公共電話亭的那個。警察說她被砸了十多下，如果我沒聽錯的話，不一會兒就死了。」

「不過，這樣比較好，就某種程度上來說……可是，誰會做出這麼十惡不赦的行為呢？」

「目前還不知道！警察啊，在我們國家，都是些繡花枕頭，擺著好看的。今天說這樣，隔天又成了那樣……甚至還去找了我外甥女未婚夫的碴兒，連我妹都沒放過！」

「可恥！」

尚從洗手間回來了。

「尚，你聽到沒？好可怕！」

他沒坐下來，只管站在那兒，等著離開。

「斯特維勒先生的外甥女被殺了……你剛剛說她多大歲數？」

「二十二。」

「在郵局被殺的。被電話聽筒一下子砸死的。我是說，砸了好幾下。」

沉默良久，每個人都在想像那個可怕的情況。

「斯特維勒先生，我說你倒是告訴我……」

珍妮芙深受懷疑、憂心所苦，從她臉上就看得出來。

「告訴我……這些年輕女孩……對不起，我的意思是說這個年輕女孩……她有被侵犯嗎？」

尚張開了嘴，斯特維勒先生打斷他，搶先說道：

「我的天哪，沒有，佩萊蒂埃太太，幸虧沒有。被殺掉，難道還不夠可怕嗎？」

「當然，當然。」珍妮芙說，臉上已經恢復她那諾曼第農婦般的紅撲撲膚色。

「不過他們有指紋。」斯特維勒先生說道，邊喝完了他的酒。

「什麼？有指紋？什麼指紋？」尚嚷道。

尚如此激動，斯特維勒先生以為是自己剛剛透露的消息太重大了，其實這麼想也有道理。

「警方在聽筒上發現了凶手的指紋，所以他們才去……去除……他們才排除她未婚夫涉案，你們懂嗎？……」

尚看了看珍妮芙，她半閉著眼睛，彷彿在調整視線，以適應新觀點。

「一間郵局裡面有好幾百個指紋呢！」她說。

「這倒是真的！」尚連忙附和。

「甚至成千上萬個……我知道我在說什麼，家父就是郵局局長！」

「哈！」尚喊了出來，勝利的呼喊聲。

「是的，」斯特維勒先生說，「除非……」

他故意製造懸疑效果。

尚的嘴半開半閉，珍妮芙閉著眼睛。

「除非是在我外甥女的血裡面……血指紋，你們懂嗎？這些一定是凶手的。」

珍妮芙睜開眼睛，瞪得好大。

「那麼，有什麼礙著他們去逮捕這個殺人犯嗎？」

「他們好像掌握了指紋，可是對不上是誰的。」

「噢，」珍妮芙說，「真可惜……」

她似乎和斯特維勒先生本人一樣同感失望。

尚的喉嚨依然乾澀，手心猛冒汗。

他願意折壽十年換來一杯水喝，但卻無法動彈。

「好吧，看來整件事還沒完呢，」斯特維勒終於說道，同時把手按在大腿上準備起身，「不過，咱們得上路囉，對嗎，兒子？」

珍妮芙把床單、桌布疊好，放進牆上格子櫃，這家店，她真的厭惡至極。和她的夢想毫無共同之處。空間過於狹小，逼得他們只能在人行道上開賣，而不是接待高雅客戶，在貴客面前輕巧展開桌布和成套寢具，反而是將成堆家用織品胡亂堆在菜市場用的展示架上，丟臉死了！珍妮芙要尚負責，因為什麼事都怪到他頭上成了一種反射動作，但今天她同情他心神不寧，儘量別過分責怪他。

「我說你這是在做什麼？」每當尚手滑沒拿好東西或是像醉漢似的撞到家具，她都這麼問他。她沒像往常一樣鬼吼鬼叫，聲音反倒像慈母那般疼惜又饒有耐心，幾乎被他給逗樂了呢。

「算了，給我吧，我來就好……」

尚憂心忡忡，整個人支撐不住，癱倒在椅子上。蘭貝格姆郵局發現他的血指紋，害他快瘋了。這一天剩下的時間都好可怕，他汗流不止，視線模糊，還得扶著家具，尤其是這些畫面糾纏著他，他遭到逮捕，走進法官辦公室……是勒諾瓦，但比現實威嚴十倍，而且正歪過來對他說：「給我看看你的手啊……」尚伸出手掌，汗津津得直發亮，法官以占卜師的語氣說道：「我看到這雙手曾經握過一個電話聽筒喔……我有說錯嗎？」兩名警察，又高大又魁梧，各留著兩撇黑鬍子，站在法官身旁，一邊一個……

珍妮芙整理完後，這會兒她也坐了下來，兩腿開開，和農婦擠牛奶一個樣。

尚站在門口望著街，好像怕誰會來似的。

「我又想到斯特維勒先生的外甥女……」

尚猛地轉過身來。他老婆從左到右搖著頭，嘴角掛著一絲苦笑以示悲觀。

「他們不會很快找到那小子的……」

「他們有他的指紋。」尚的喉嚨彷彿打結，好不容易才說出口。

「呸呸呸！如果警方心裡有底，早就動手逮人了！依我看哪，他現在會謹慎得多。至於指紋嘛，警方沒這麼快找出來，我可以告訴你！」

晚上，她躺在床上，像根大蠟燭一樣筆直，兩條胳臂貼著身子伸在被褥外，尚躺在她旁邊，聽到她說：

「你啊，尚，你真好運，有機會去旅行……在外省發生特別的事情，你甚至都不告訴我……」

這回，她的聲音不再是她責備他時用的那種又乾又冷的聲音，而是一種覺得好玩、孩子氣，幾乎在撒嬌的聲音。

她慢慢把手伸進被褥。

「可是，偏偏會發生一些事情，對吧，我的哺哺……」

1　Lucifer：原本為基督宗教及猶太教名詞，意為黎明使者、明亮之星。後來意思逐漸轉變為撒旦、魔鬼。

2　un pluriel de majesté：高社經地位人物，例如政治或宗教領袖，慣以複數名詞來借指自己。

3　Byrrh：一款法國金雞納酒品牌，主要以葡萄酒為基底，添加金雞納、咖啡、苦橘調味等等，是當時相當受歡迎的開胃酒。

39 現在沒有，將來也不會

他缺的是門路。弗朗索瓦在報導社會新聞方面是佼佼者，但這回與詢問證人無關，也與挖出震驚社會大眾的細節無關，這回得針對某些圈子進行調查，可是這些圈子又對新聞界抱有成見。所以只能透過通訊錄、人脈、交友網絡調查，偏偏這些他全都沒有。

多虧國民議會存檔、參議院年鑑、政黨宣傳刊物、國家圖書館提供的文件，他毫不費力重建了費利克斯·埃亞和艾德加·德·訥維爾的職業生涯軌跡，得知他們妻子娘家姓氏、孩子們的名字和年齡，以及他們擔任過的各種職務，然而，上述這些資訊，任憑誰都找得到，對他毫無幫助。他只能根據自己的想像力，勉強為他們兩個人各自剖繪出一幅肖像畫。

在他看來，艾德加·德·訥維爾因為娶了詹德侯—巴勒塔薩爾小姐為妻，才具備了當個鄉紳的所有條件，多虧岳父介入，幫他打開了殖民地政府的扇扇大門。有意思的是，他在西貢長期居留，這個職位無疑不僅使他對印度支那和法國之間的關係瞭若指掌，還讓他累積了一份相當可觀的友人名單，各色人物都有。而由於他是激進民主黨黨員，該黨廣納百川，涵括三教九流，使得他也順利當選參議員。

依照日期看來，艾德加·德·訥維爾應該沒有遇到費利克斯·埃亞，因為後者在他離開西貢兩年後才抵達當地。身為法國高級專員公署官員，想必埃亞也對印度支那問題知之甚詳。他換過幾個職位，最後終於爬上了自己冀望的高峰，就是當上眾議員。

總之，第一天調查告一段落的時候，弗朗索瓦確定了兩件事。其一：他一無所獲，沒有任何發現；其二：單打獨鬥，他沒機會繼續深入。

針對此一挫敗，整夜，他都從各個角度翻來覆去思考。終於得出結論：只有一個解決辦法。親上火線。

隔天一大早，他打電話到埃亞眾議員祕書處。議員在外省，明天才回來。至於艾德加．德．訥維爾則在巴黎，弗朗索瓦缺乏經驗，沒意識到這個奇蹟有多難得。他和對方通上電話，一上來，先派上場面話，盛讚對方在印度支那方面知識豐富。

「參議員先生，我正在著手寫一篇有關該地情勢的重要文章。針對這個問題，我訪談過幾位專家，所以今天才冒昧請教您。畢竟您對這個地區知之甚詳哪……」

參議員清清嗓子，八成從來沒人問過他意見，所以他受寵若驚。

「我們找個時間見個面啊？讓我看看，讓我看看……」

「唉，參議員先生，明天早上就要見報了。缺了您在這方面指點迷津，我會深感遺憾。不過，我認為叨擾您半小時便足以……」

「好，就這麼辦吧！你希望什麼時候？」

於是，向晚時分，弗朗索瓦進了參議員私人住所，豈料竟然相當樸實，令他渾身不自在。整間公寓約莫只有他自己住的那間三倍大。書房位於走廊盡頭，相當普通，書房裡塞著一個桃花心木書櫃和一張老式書桌，桌上滿是紙張和煙灰，一個煙斗架，架上排著二十幾根煙斗。基於尊重訪客，參議員打開窗戶，煙霧依然瀰漫不散。

書房並不寬敞，顯得這個人益發魁梧。虎背熊腰，體格壯碩如農民，五官堅毅，大鼻，眉毛濃亂，鬍鬚茂密，外表沉穩得令人一見難忘。弗朗索瓦立刻感覺自己走錯了路。這個人與皮亞斯特流通的齷齪交易能有什麼關係？一看就知道，此君清心寡慾，政府支付他的官俸應當綽綽有餘。

他也相當自負，自說自話，當下他扮演著專家的角色，使得他的自負膨脹到了最高點，衝著這位年輕記者露出志得意滿的笑容，笑迎他提問。

一開始談話，訥維爾先遞上最新一期《晚報》，標題寫著：

勒諾瓦法官：

「最後這個沉默的證人無疑是殺害瑪麗・蘭普森的凶手」

弗朗索瓦・佩萊蒂埃獨家採訪

「是你，對吧？弗朗索瓦・佩萊蒂埃……」

弗朗索瓦沒料到他會有此一問。

「我在報社負責兩項職務：處理一般新聞事件和進行特殊調查。」

參議員喜歡「特殊」這個詞。他安了心，甚至因而更確認了自己的重要性。將《晚報》折好，以行家口吻說道：

「追捕嫌犯行動已經開始了，不是嗎？你們這些無冕王將一湧而上……」

弗朗索瓦謙虛地接受了這份恭維。

他事先從《晚報》數篇專欄中抄了好幾個問題。十多年來，早已不再有人請教訥維爾參議員有關印度支那的問題，今日弗朗索瓦依舊視他為該領域的一流觀察家，就連這點，訥維爾參議員竟然也完全不疑有他。弗朗索瓦將筆記本放在大腿上，佯裝振筆疾書，其實什麼也沒記下來。連他造訪唯一想問的那一句話，現在，在這間書房裡，他都覺得可笑。

艾德加．德．訥維爾長篇大論闡述法國的軍事選擇、法國帶給印度支那哪些好處，以及中國共產主義對整個亞洲大陸的威脅日益加劇。

「參議員先生，非常感謝您提供這番見解，猶如醍醐灌頂，對我書寫這篇文章助益甚大，讀者也受益匪淺。」

「你說明天會登出來？」

「至少主編是這麼向我保證的！」

他站了起來。參議員繞到書桌這邊來，以方便送訪客出門。

弗朗索瓦觀察一下走廊，想好在離書房兩米遠的地方轉身，這樣離書房的門才會既不太遠也不太近。

於是，他停下腳步，一臉憂心，彷彿倏忽想起一件事。

「參議員先生，我想請教您：您在戈達爾銀行或霍普金斯兄弟公司有個人帳戶嗎？」

效果立見。

這個問題突如其來，賞了參議員一記耳光，他那張大臉沉了下來，臉上線條頓時僵硬，嘴也拉長了。

「你說什麼？」

參議員的腦子飛快評估著當前情況，應當如何答覆，以及這個問題本身寓含的後果有多麼錯綜複雜。

弗朗索瓦逐字又說了一遍。

「當然沒有！」參議員喊道。

「向來都沒有？」

「這，這……你為什麼……你想……？」

「據推測，這些金融機構無端允許某些人藉由皮亞斯特和法郎之間非常高的匯差謀取巨額利潤。說白了，背著法國納稅人參與獲利甚豐的貨幣非法交易。」

參議員聽聞此言，立時昂首挺胸，狀似羅馬人那般氣勢洶洶，在交談中，這相當於權威式論證[1]，因此有權有勢人士經常以這種姿態示人。

「先生，我向來沒有在這些金融機構開過帳戶，現在沒有，將來也不會。」

對弗朗索瓦來說，他已經贏了。

參議員沒和他握手就把門給關了。弗朗索瓦走下樓梯，兀自納悶參議員的金錢流向。他有情婦嗎？他有不可告人之事嗎？他嗜賭嗎？說不定他拿這些獲利來填補政治運動資金缺口？

弗朗索瓦振奮不已，數度深呼吸以平息突然加速的心跳。

他又打了電話到費利克斯．埃亞眾議員祕書處，說明他的文章主題，再度大吹牛皮，佯稱自己需要印度支那問題專家指點迷津，正式提出要求，只待第二天眾議員先生一回到辦公室就登門採訪。

倘若訥維爾認識埃亞，兩人會互通訊息嗎？這並不重要。果真如此的話，埃亞眾議員自然會找各種藉口避免和弗朗索瓦見面，但這將和不實陳述一樣同為有力證據。

現在，機器已經啟動。

弗朗索瓦想到艾蒂安，他覺得自己總是誤解他弟，如今他突然覺得能夠償還自己虧欠弟弟的這筆債了。

弗朗索瓦一度希望歷經艾蒂安過世、哀傷的葬禮，回到巴黎之後，他和海倫的關係可以回到正軌。父親問他海倫在美術學院是否一切順利，他撒了謊，一切都很好，應該是吧，對……她對他抱以感謝眼神。其實他完全不知道她還有沒有去上課，她向來不提這些，他對她的生活一無所知，她對他隱瞞一切。

他希望藉由自己在父母面前幫她掩護，她會感激他，好歹可以讓他清靜清靜。

回巴黎兩天後，他就洩了氣。

海倫因為淚水和悲傷身心俱疲，一開始表現得比平時溫和一些，可是說變就變，再度變得易怒，為了一點小事就激動大叫，完全不可能和她同處一個屋簷下，他不知道這種變化應該歸咎於什麼原因，八成是她天性暴躁，故態復萌。

發生在岱納廣場藥房的這起入室盜竊案令海倫心神不寧，心驚膽跳一整夜，可是，一到早上，她又放心了點。反正，她跟這件事又沒關係！她知道是伯納·德·瓊薩克那幫人幹的好事，自己現在應該去報案才對。萬一有人來問她，她就堅稱沒想到他真的做了，因為瓊薩克老在吹噓，說他要做東做西……

不久前弗朗索瓦告訴她，他確信艾蒂安告訴他的名字縮寫就是艾德加．德．訥維爾，也確信此人捲入皮亞斯特不法交易，相較於這件事，入室竊盜藥房搞出人命帶來的威脅顯得無足輕重。

海倫滿腦子都在想艾蒂安的死可能與皮亞斯特醜聞有關，可是當她看到《晚報》頭版，立刻被拉回更為具體、實實在在又近在眼前的現實中。她的臉色發白。

「藥房幫」老大
伯納．德．瓊薩克供出同夥！

她差點昏倒。

歷經長達六個多月暗中追捕，並在岱納廣場藥房入室竊盜案中藥劑師布維先生遇害次日，「藥房幫」即將遭到警方瓦解。該幫派集團首腦伯納．德．瓊薩克，原為美術學院學生，染有重度古柯鹼毒癮，在他嚴格掌控下，兩年來，此一龐大犯罪集團犯下巴黎市區和郊區超過二十五起藥房竊案。該集團分工精細，舉凡強行破門、把風、勘查地形、運貨、轉售……等等，均有專人負責。據悉該犯罪集團總共竊取了價值高達數百萬法郎的各類藥物，隨後轉賣給吸食各種毒品的癮君子，尤其活躍於聖日耳曼區一帶。警方在一次搜查行動中，成功起獲大量安非他命。

該犯罪集團核心人物伯納．德．瓊薩克在警方面前不如在藥房櫥窗前那般剽悍，據說他把所有同夥都「抖了出來」，這些人和他一樣，都將因販毒、組織犯罪、入室盜竊等罪名面臨重刑。警方於昨晚展開大規模突襲行動，逮捕了十幾名同夥。接下來幾天、幾小時內，預計還會展開其他逮捕行動。

從這一刻起，海倫的日子活得膽顫心驚。她的第一個反應是逃，逃去哪？她哪來的錢？向弗朗索瓦求助？他的錢不比她多！警察快來抓她了。可是為什麼還沒來呢？不過，她到底做了什麼呢？她什麼都沒做！她原本應該去把風，但是因為艾蒂安過世，瓊薩克他們行竊時，她已經離開巴黎了！她什麼都沒參加！她沒有任何可以指責的地方！警察還是會希望請她過去說明，她非去解釋清楚不可……她嗑過藥嗎？她買過嗎？跟誰買的？警察一路往上查，查到她在藝術咖啡館自己幫自己搞出來放浪形骸的臭名。檢警將傳喚證人出面說明。瓊薩克為了脫身，不管三七二十一，把每個人都供出來。妳怎麼證明妳沒做過的事？瓊薩克會不會把她為了安公子和他一起做過的那些醜事全抖出來？全都是違法的，她好怕。

她嚇到動彈不得，整天不出門，每五分鐘就朝窗外看。

弗朗索瓦問她，她悻悻然揮揮手，不理會他的問題。

1　l'argument d'autorité：新聞傳播學名詞。引述權威名言、典籍、意圖、姿態，藉以使對方封口，難以辯解。

40 這件事令人相當尷尬

尚看著珍妮芙睡覺。在他眼裡，她一動不動，好像死了，似乎預示著他即將面臨的命運。夜色正濃，分外容易產生晦暗思想，蘭貝格姆郵局發現他的血指紋，如今成了壓在胸口的不可承受之重。他輾轉反側，找著能舒緩內心焦慮的睡姿，他下了床，又倒回床上。珍妮芙睡著。天塌下來，她照睡不誤。她一下子就睡著，正如她一下子就醒來。早上，她驀地坐直身子，立刻掀開被褥，下床，這一天已經開始了。

天一亮，尚就下了床。

依然穿著睡衣，尚透過廚房窗戶望著即將到來的一天，天空一片粉紅，伴隨著道道寬闊白色雲痕。城市喧囂初起，垃圾桶碰碰碰響，公車從大道駛過，汽車按下第一聲喇叭。所有這一切都撼動了尚，使得他賴以抵禦外界侵襲的脆弱外殼上出現裂痕。警方掌握了他的指紋。「如果警方心裡有底，」珍妮芙說，「早就動手逮人了！」她說的沒錯。都快三個禮拜了，警察為什麼還沒有來抓他？

萬一不幸，郵局事件重演（尚始終真心相信，這種事永遠不會再發生），他一定會非常小心處理，千萬別留下痕跡。

但事情不是這麼進行的……預謀犯案的人才會採取預防措施！尚，他犯案完全不是這樣。他，說來就來，即刻、衝動，想都沒想，火氣一上來就下手……算了，你還是擔心你的指紋吧！

話說回來，既然都想到這件事了，警方從沒找到過他的指紋或其他犯罪跡證，簡直是奇蹟。他記不太清楚前幾次怎麼樣，他總是要花很長時間才想得起來，因為他的腦袋兩三下就把這些事給忘掉了，當然，除了瑪麗．蘭普森那個案子以外，因為大家一直都在談，弗朗索瓦領著新聞界瞎起哄，珍妮芙也樂得老是掛在嘴邊。

「你沒準備咖啡？」

珍妮芙站在床邊，正在重新把床鋪好。

身為盧森堡電臺忠實聽眾（她從沒錯過《杜拉頓一家》[1]任何一集），她一醒就打開收音機。尚心不在焉聽著新聞，咖啡煮好了，珍妮芙穿好衣服，他又回到窗邊。

就是在這個時候，他看到他們。

車身黑白兩色的警車出現在門廊下方，停在過道正當中，擋住整個出口。

三名制服員警下了車，白色警棍在腰間甩動。尚被這個景象當場嚇呆。

「尚，你聽到沒啊？」珍妮芙在他背後說，「這是個什麼世界！」

警察消失，因為他們剛剛走進這棟樓，正要上來。

尚緊緊抓住窗戶把手，他視線模糊，他心慌意亂，他轉過身來，很慢很慢，他覺得自己聽到警察在樓梯間匆匆的腳步聲，珍妮芙豎起耳朵聽著收音機，邊幫自己倒咖啡，邊反覆碎念：「這是個什麼世界！……」

「珍妮……」

他「芙」不出來。他東搖西晃，走了一步，倒在椅上。

在他腦海極深處，他的思緒對他絮語：「或許不是衝著你來的……」

然而，敲門聲卻已響起，又急又快。

「咦？會是誰啊？」珍妮芙問道，她從不起身開門，這是尚的工作。他辦不到。

她看了他一眼，他因為擔憂而臉色大變。此時一名男子的聲音傳來：

「警察！開門！」

「又怎麼了？」珍妮芙邊站起來邊說。

她開了門，大聲嚷道：

「催什麼催，等一下！我們又不是野蠻人！」

警察沒料到會碰上這招。

「我說你們是想破門而入還是怎麼樣？要請別人開門，先開口問啊！」

兩名員警面對著她，面面相覷，甚是尷尬。

「尚．佩萊蒂埃先生，住這兒沒錯嗎？」

「找他什麼事？」

她兩手抱胸。很明顯，得先過她這關。員警看到珍妮芙身後，尚始終縮在椅子上，一臉驚恐，盯著他們。

「你就是佩萊蒂埃先生嗎？」第一名員警壯起膽子說道，他手上拿著一張紙。「這是傳票。請你跟我們走一趟。」

「關於什麼事？」珍妮芙問他，還是擋在門口，手放在門上，隨時準備把門那麼一關，賞他們吃閉門羹。

「我們不知道……這位太太，妳知道，我們只是奉命帶這位先生過去。」
「拜託喔，簡直匪夷所思！無緣無故把人帶走？我們這是住在哪個國家啊？」
「聽著，這位太太，最好別惹麻煩……」
「是嗎？」
眼見情況即將一發不可收拾。這時聽到尚聲音微弱，喃喃說道，「我來了」。
他站起來，哆哆嗦嗦把空碗放回桌上。這個動作緩解了緊張氣氛，兩名員警互看一眼，對事態有了新轉折感到滿意。
「很好，」珍妮芙接受了。「既然如此，我們跟你們走！」。
尚穿好外套，走了過來。
「呃……不，這位太太，」警察說。「我們只需要帶這位先生回派出所。妳不是……」
「我不是什麼？」
所有人都感覺得出來，這位員警剛剛快熄滅的怒火，這會兒又被澆上了一桶油。而珍妮芙的兩條胳臂也已經又抱了回去，一隻腳稍微向前。對尚來說，「派出所」這個詞已經刺激到他，引起神經痙攣，全身血液瞬間回流，他一把抓住椅子，再度癱倒其上。
「我們來幫你，先生。」帶頭的警官說。
他們想辦法繞過珍妮芙，朝屋裡走了兩步，架住尚的胳肢窩，同時將傳票伸到他鼻子底下。
「先說是哪個派出所？」珍妮芙疾聲問道。
「十九區那個，奧古斯丁—蒂埃里街。」
「我要求陪我先生一起去！」

珍妮芙擋在前面，斷然宣布：

「我是他明媒正娶的妻子！」

這個理由倒是出人意表。

警員互看一眼。然而，他們走向門口的時候，珍妮芙卻閃到一邊，並沒跟上。

「我要告你們！」

尚，肩膀低垂，步履沉重，心臟就快從嘴裡跳出來，緩緩下樓，朝院子走去。所經之處，家家戶戶的門虛掩著，門縫裡露出一張張臉、一個個注視，隨後又靜靜闔上。

樓上，珍妮芙持續叫陣：「我要告你們。叫你們吃不完兜著走！」

一下樓，尚就被扶上警車。

不知何故，院裡明明空無一人，大道也明明沒有交通堵塞，警車司機卻認為發動時有必要啟動警笛。

對尚來說，這個新打擊猶如一根釘子直刺心臟。

咖啡沒了，食品櫃裡的麵包也沒了。沒人去買東西，弗朗索瓦剛開始著手調查，忙得很，沒去買，海倫也沒去，報上這些文章和重重壓在心頭的威脅令她惶恐，萬一瓊薩克……她寧願別想。

弗朗索瓦輕輕敲了敲門。他聽到一聲低沉的「嗯」，當然是從被子裡傳出來的。他逕自推開門。海倫醒了過來，什麼？怎麼回事？現在幾點？

「家裡沒東西吃了，我要下樓吃早餐，妳想一起去的話……」

兩人同住一個半月以來，弗朗索瓦約她共進早餐少說也二十次，但每次都遭到拒絕。怪的是，這次海倫竟然接受。她十分虛弱，神經緊繃到了最高點，她需要有人陪在身邊。

「等我兩分鐘。」

結果等了十分鐘。弗朗索瓦當場火冒三丈。不是因為等待讓他煩躁，而是因為他這一天還有好多事要做，他腦中湧出一大堆想法，有如麋沸蟻動，很典型的一種狀態，因為他亢奮，每回碰上一個值得好好挖掘的主題，他都會這樣。海倫從房裡出來，弗朗索瓦覺得沒有濃妝艷抹的清新裝扮最適合她，他好心疼，她是如此青春和脆弱啊。

「好了，走吧。」他說。

他們在小阿爾伯特咖啡館的第一間廳裡，找了個位子坐下來。

她到巴黎那天，兄妹倆就是在這裡小坐片刻，那個回憶並不美好。她評估自己從那時起一路走來的歷程，一個陡降坡，很快便向下沉淪，再也不知如何爬上去。

弗朗索瓦有所遲疑，要不要告訴她他正在調查。因為他有點迷信，擔心說出來，會給自己招來厄運，但，尤其是因為海倫這麼沉不住氣、這麼易怒……何況還牽扯到艾蒂安，她準會窮追猛問，對他疾言厲色，不行，等這件事有點眉目，等他去見過德尼索夫，等到綠燈放行時再告訴她吧。

在他看來，連絡上眾議員費利克斯．埃亞應該可以帶動進一步調查。因為畢竟……

「佩萊蒂埃小姐？」

弗朗索瓦沒看到有人過來。

兩名男子，穿著雨衣，兩人看起來好像——警察。

他正要站起來，他看到海倫的臉。他立刻知道，她捅了漏子。

「對。」她說，眼睛看著地面。

「請妳跟我們走一趟。」

「這……這是怎麼回事？」

弗朗索瓦話還沒說完，海倫已經轉向他，滿臉是淚，看了好不忍心。她站起來，自己也不知道從哪兒來的力量。

「欸，等等！」海倫被戴上手銬，弗朗索瓦喊道。

她沒做出任何反抗舉動。不啻為認罪，可是……認什麼罪呢？

「海倫，出了什麼事？」

她往出口走去，回頭望了望他，無比淒楚。一輛拿掉了警徽的車子停在咖啡館門口，才幾秒鐘，她就被抓了進去，車子旋即駛離。弗朗索瓦愣在原地。

嚴重嗎？他該怎麼對父母交代？

「她到底幹了什麼蠢事？」

是尚—克勞德，那個服務生在說話。他並不是在和弗朗索瓦說話，而是透過玻璃門望著她被帶走，他是在說給自己聽。

她被帶到哪裡去？弗朗索瓦甚至連這個問題都沒問。

得趕去報社一趟，線人很快就會通知他們有年輕女孩被捕的消息，報社會知道她在哪個派出所。

他要請德尼索夫幫他介紹一位好律師，他的心七上八下，她到底能幹出什麼蠢事？

不是十九區派出所，八成是刑事警察局，尚沒注意看。他們走進一棟大樓，上了兩樓，走廊兩邊各有好幾間辦公室，人很少，只有長椅沿牆擺著。

「坐這邊。」他聽到有人跟他說。

然後就什麼都沒了。幾乎沒有人經過。他看到一名女子腋下夾著一份檔案，兩名男子低聲交談，連看都沒看他一眼。他心想不知道逃不逃得了。他要站起來，若無其事走到走廊盡頭，從樓梯走，萬一有人攔住他，他就推說他在找洗手間，一到外面，然後……然後，就沒了。他能逃去哪兒？他哪兒來的錢逃亡？

他沒戴錶，也沒任何參照可以知道時間。他覺得自己在這邊已經待了好幾個小時。

他們怎麼發現是他的指紋的呢？他最想不通的就是這點。總有個說法吧，警方不可能無緣無故逮捕一個人。他突然想到……

搞不好他是因為之前那個女孩才被抓到這邊的？

他努力回想。不，不是那個女演員，那個……不，之前那個才對……外省某地餐館的那個才對，可是太久以前了，不，不可能。

所以說是那個女演員。

只可能是這樣。

警方傳喚過他兩次，一次是在電影院現場重建，另一次是那名婦女自以為認得出那個從洗手間走出來的男人。

從那時候起，警方當時不知道的事，難道現在又知道了些什麼？

弗朗索瓦還沒來得及上樓去編輯部，在門口就被逮了。

逮捕動作迅如閃電，簡直像綁架。

沒人問他姓名。一雙手抓住他腋下，等他搞懂怎麼回事，已經被推上車，頭撞到車門框，不過這些都不重要。等他回過神來之前，手腕已被戴上手銬，他坐在後座，兩側各坐著一條大漢，虎背熊腰，兩人正視前方。坐在前座的那兩個看起來好像雙胞胎。

問了也是白問。這不是綁架，而是逮捕。和一小時前逮捕海倫的案子有關。他們以為他是共犯，所以過來抓他，可見這樁案子非同小可。我是記者，弗朗索瓦心想，但他經驗不足，不知道他該如何行使這種身分，甚至不知道記者這個身分能帶給他什麼保護。

他唯一只希望能有打通電話的權利，打給德尼索夫。

德尼索夫會知道該怎麼做。

他們沿著外環大道行駛。從出發以來沒人說過一句話。到了莫蒂耶大道，這輛車倏地改道，從一道門廊下方鑽了進去，開到一處寬闊庭院，然後停在雙扉門前。弗朗索瓦下了車，因為手銬，他哪兒都抓不牢，差點失去平衡。一行人走進走廊。有人幫他解開手銬，怪的是，手銬一解開，所有人都消失了。

他獨自一人在這間小廳，完全搞不清狀況。

他自由了嗎？

一個人都沒有。他轉過身去，載他到這裡來的那輛車正在發動，開走了。

他轉轉手腕，一邊輕輕揉著，當下這種情況著實令人費解。

「很痛，嗯？手銬……這個破玩意兒可痛的呢。」

一位男士，四十多歲，一襲炭灰套裝，風度翩翩，笑容可掬。他對弗朗索瓦說話就像對朋友一樣。他將手搭在他肩上，示意他跟著他，邊隨意說著話，聲音清亮。

「我們得用走的，我們這兒向來沒預算裝電梯……」

兩人爬上一道中間鑿空的石階，來到一條走廊，沿著走廊繼續往前。

「我是拉格朗傑。」

他這麼說不是為了自我介紹，而是為了讓這樁奇事增添看頭，他可真親切啊。

他打開一扇門，兩人走進一間辦公室，相當小，牆上滿是擱板和檔案，應該是一間檔案室吧。裡頭有一個人，他也西裝筆挺，肩膀非常之寬，大扁臉，金魚眼，動也不動。他不眨眼的話，活像格雷萬蠟像館裡的假人。

「我同事亞諾。」

這裡的人都不握手。

「我能知道為什……？」弗朗索瓦開口說道，他希望聲音聽起來很理直氣壯。

他沒時間繼續說下去，拉格朗傑已經打開了另一扇門，通往一間碩大辦公室，裡面有兩張桌子。其中一張桌子旁邊，尚和海倫並排坐著，雙雙面如土色。他們身後有一個人，拉格朗傑向他揮手，那人立即退下。那位名叫亞諾的同事取而代之，坐在最後面，雙手交叉，審慎地放在前面。

「我就不幫各位介紹了，」拉格朗傑笑了個開懷，同時說道。「好，我想我們可以開始了，你們認為呢？」

拉格朗傑指了指海倫旁邊的座位，自己還是站著。

弗朗索瓦坐了下去。這時他繼續說道：

「佩萊蒂埃先生，你問了我們一個小問題……」

「你是誰？」

拉格朗傑轉向他同事，彷彿他早就料到會有這個問題，他們打賭，他贏了。他沒回答，只管自顧自繼續說下去。

「由於你插手介入一件敏感的案子，我們在這裡是要勸你別再往下查。」

海倫和尚動作劃一，轉向弗朗索瓦。原來是因為這樣……

「艾蒂安？」海倫問。

「什麼案子？」尚問。

這些的確都是問題，不過兄妹三人各有各的理由，全都倏地鬆了一口氣。

尚是因為他對東窗事發的恐懼顯然可以解除；海倫是因為自己被抓與藥房的事無關；弗朗索瓦則是因為他確認一切就快要真相大白了。

拉格朗傑依然微微笑著。

「佩萊蒂埃先生非常清楚我的意思，不是嗎？」

這會兒輪到弗朗索瓦也微微一笑。

「我是記者，我有權利進行調查，你們不能拿我怎麼樣。」

拉格朗傑撇了撇嘴，刻意顯示他有多為難。

「原則上，你說得有道理，但是……」

「你們在說什麼啊？」尚問。

「……我認為你自己就會收手。」

「我看不出有什麼能強迫我這麼做……」

拉格朗傑輪流看了看他們三人。他向亞諾點點頭，後者默默離開辦公室。現在，拉格朗傑再也沒在微笑了。

他走到桌子另一邊坐下。突然，一臉嚴肅。

「因為我們剛剛（他飛快看了看錶），三個小時前，逮捕了你們的父親和母親。根據我國和黎巴嫩簽訂的引渡協議，目前他們正在前來法國途中。如果你堅持非繼續調查下去不可，佩萊蒂埃先生，有鑒於他們過去犯下的滔天大罪，我們會將他們兩人送上斷頭臺。」

弗朗索瓦爆笑出聲。

「你在說什麼啊？」

但是，兄妹三人忽然面面相覷，再度陷入焦慮。他們的父母被逮捕了？正在前來法國途中？

「你說的是誰啊？」

這個好問題是尚問的，因為他們三個人都明白，拉格朗傑抓錯人了，但是他們不知道如何糾正這個錯誤。

這時，亞諾回到辦公室，附在拉格朗傑耳畔低聲說了幾句。

「他跟我確認，」拉格朗傑說，「梅亞爾先生和他妻子，也就是三位的父母，正在飛來巴黎的飛機上。」

「啊，梅亞爾啊！」弗朗索瓦鬆了一口氣，嘆道。「我們姓佩萊蒂埃，你們搞錯了！」

海倫和尚也一樣如釋重負，終於喘得過氣，急於澄清，解決問題。

弗朗索瓦說出這句話的同時，突然想到這些人完全知道坐在這間辦公室裡的三兄妹各自叫什麼名字，所以搞錯的可能性非常小。這件事真的太瘋狂了，他想到這點，心頭不禁為之一震。

「你聽到沒？亞諾，我們可能搞錯了。」

那名虎背熊腰的男子已經坐回原位。弗朗索瓦轉過去，看到他又將雙手交叉，置於身前。一張扁臉，兩眼漠然，令人不禁將他想像成布利耶舞廳[2]門口的警衛。

「的確有可能。」亞諾語帶保留。

拉格朗傑突然擔心起來，將一份檔案拉到面前，誰都沒人注意桌上到竟然還有這份檔案。

「我說啊，這才是最精彩的……」

他在上裝胸前口袋裡翻了翻。

「老囉，」他邊致歉邊戴上一副厚厚的玳瑁眼鏡。「好吧，我們這就檢查看看，萬一我們搞錯了，就得糾正，對吧？亞諾。」

「當然。」

拉格朗傑又滿臉堆笑。

「好吧，讓我們瞧瞧。就從你開始吧。」

他抬頭看了看尚，尚感到脊背發涼，渾身顫抖。

「你叫尚—阿爾伯特・古斯塔夫・佩萊蒂埃，一九二一年二月十一日出生於貝魯特。擁有化學文憑。一九四三年四月二十六日，你在貝魯特與珍妮芙・塞西兒・亨莉埃特・修萊小姐結婚。你曾經擔任佩萊蒂埃公司總經理……」

他每停頓一次都摘下眼鏡，將前臂平放桌上，好像在等著上甜點。

「喲，我說當公司負責人，你不怎麼成功，對吧？」

他臉色略微一沉，好像他為這個事實感到遺憾。

「好吧……（他又戴回眼鏡。）直到最近，你都是蓋諾公司的業務代表，但你離職了，因為打算和妻子開家用織品店，店名是迪克西。」

他又摘下眼鏡。

「對了，迪克西是y結尾？還是ie」？

「呃……ie。」

「亞諾！我就說吧！迪克西是ie結尾，像音樂那樣！[3]」

「我們會改過來。」

「但願如此！好，除了這個小細節之外，其他都正確吧？」

尚點點頭。

「很好……」

拉格朗傑轉向弗朗索瓦，依然笑容滿面。

「據我們瞭解……我說『據我們瞭解』，說是這麼說，不過我們有可能完全搞錯，嗯？亞諾。」

「的確有可能。」

「你是弗朗索瓦……勒內……跟夏多布里昂一樣[4]！有可能正是因為這個緣故，所以你熱愛文字、寫作、新聞，對嗎？我啊，我只是隨口說說罷了……好，弗朗索瓦—勒內—奧古斯特—佩萊蒂埃，一九二三年六月十四日出生。中學畢業會考及格。一九四一年五月十三日，你加入由萊根蒂洛姆將軍指揮的自由法國軍隊第一輕裝師。你還參加過黎凡特戰役[5]……」

戴上眼鏡。

「什麼歷史啊！對吧？法國人打法國人，真可悲……好，我說到哪兒了？」

「萊根蒂洛姆。」有聲音回道。

「對，謝謝，亞諾。你現在是《晚報》員工，擔任通訊員……」

「記者。」弗朗索瓦打斷他。

「是嗎？亞諾，你聽到沒？他說他不是通訊員，是記者。」

「我們會改過來。」

「但願如此，因為通訊員和記者可大大不同喔！[6]亞諾，這件事就拜託你了。你被分配到社會新聞部門，由斯坦尼斯拉斯・馬勒維茨監督。噫，順便問一下，老斯坦和亞瑟・巴宏還是王不見王嗎？我猜啊，德尼索夫總是唯恐天下不亂，八成不會幫他們兩個當和事佬呢……」

「你怎麼會知道這些？」

「你是搞新聞的，我們是搞情報的，算是同行，所以呢，行規一樣：保密消息來源。」

他又埋首於檔案。

「好了,到妳了,小姐。妳叫海倫—寶琳—葛楚·佩萊蒂埃,一九三〇年四月二十三日,妳在貝魯特出生。中學畢業會考及格,正在巴黎的國立美術學院就讀。喲,順便說一下,可是在美術學院很少看到妳喔,對吧?在我印象中,妳好像不太喜歡那裡。所以呢……好吧,我不是在批評妳的交友圈,但如果妳願意聽聽我的意見,針對篩選經常來往的朋友方面,妳應該多注意一點,妳懂我意思……」

他正準備闔上檔案,旋即又打消念頭。

「當然還有音容宛在的那一位,艾蒂安·佩萊蒂埃,可憐哪,他於去年十月二十五日在印度支那過世,願天主保佑他的靈魂得到安息。」

兄妹三人,個個呆若木雞。最先回過神來的是弗朗索瓦。

「那麼,馬涅爾又是怎麼回事呢?」

「不是馬涅爾,是梅亞爾。你們父親沒有告訴你們嗎?」

兄妹三人又互看一眼。

「聽到沒?亞諾。他什麼都沒告訴他們。」

「太差勁了。」

「我們來幫他彌補一下吧。我講個故事給你們聽。你們父親的真名是阿爾伯特·梅亞爾。一九一四年,他打了一場了不起的戰爭,可是,打完仗後,他卻遭遇了一點點困難……回歸社會,適應不良。於是呢,他想出一個妙招,開始透過目錄銷售陣亡戰士紀念碑。他在售價上給予非常有吸引力的折扣,以換取大筆訂金。他向市政府、各個協會、學校、政府機關出售了數百座紀念碑。一九二〇年七月十四日……他捲款而逃。帶著他當時的女朋友寶琳·莫德小姐一起，兩人靠著化名埃弗拉爾逃離法國，去了黎巴嫩。在那兒又換了新身分：佩萊蒂埃。用詐騙所得買了肥皂廠，後續各位都知道了。」

尚、弗朗索瓦、海倫聽他揭露這一切聽得瞠目結舌，一時間很難恢復理智。他說的這些事跟他們的認知完全不同，跟他們所熟悉的父母完全不一樣！

「如果你說的是真的，」弗朗索瓦問，「為什麼不將他們繩之以法呢？」

拉格朗傑壓低嗓門，俯在桌上，好像要講心事似的。

「這件事令人相當尷尬，你們知道嗎？這起詐騙案造成非常多人受害，引起群情激憤。將罪魁禍首引渡回國，等於揭開瘡疤，國家有其他顧慮……而且，說實話，當時政府並沒有採取應對措施，因為每個人心中都抱著同樣的疑問：為什麼沒人事先發現，為什麼完全沒防範這種詐騙……天文數字詐騙[7]，請恕我一語雙關。」

這件事，幾分鐘前還荒謬可笑，現在逐漸成形，可信度大為提高……

「可是你們知道他們在黎巴嫩……」

弗朗索瓦真的很難想像父母是騙子。

「噢，是啊，我們從沒忘記他們。幸虧我們一直都有防範，因為今天，這些訊息對我們幫助甚大。」

「哪方面……？」

「對你動之以情，佩萊蒂埃先生。很抱歉，在繼續調查皮亞斯特這件事和你親愛的父母的命運之間，你必須做出選擇，順道說一句，皮亞斯特的事沒有人會感興趣。」

「你剛剛說是在一九二〇年的時候？」

說話的人是尚，一如往常，每個人都忘了他。

「對，他們於七月十四日潛逃。還真會挑日子。」

「所以說已經超過訴訟時效了。」

拉格朗傑張開嘴，卻沒說話。目光投向亞諾。

「聽到沒？亞諾。」

「聽到了。」

「我啊，我說好極了，佩萊蒂埃先生。厲害！你提醒得真好，的確牽涉到時效這個問題。」

「所以，」尚續道，「我不懂我們在這裡做什麼……」

「說真的，時效這點並沒有逃過我們的眼睛，佩萊蒂埃先生，所以我們才不得不改變策略。而且，老實說，我有一種感覺，搞了半天，所謂的已經超過訴訟時效，其實沒那麼糟糕嘛，反正我們已經找到更好的解決方案，不是嗎？亞諾。」

「好多了。」

「我們要訴諸輿論……撻伐整個佩萊蒂埃家族！新聞宣傳鋪天蓋地，弗朗索瓦，包你喜歡！我們要從你們父親的事情開始講起，並且確認他就是因為受益於時效，所以受到保護，免於任何法律訴訟。普通老百姓準會對這點深惡痛絕。即便審判幾乎總是站在被告那邊，但社會大眾最痛恨罪犯逍遙法外。我們要將佩萊蒂埃家族的醜事公諸於世，讓你們翻不了身。你們父親的肥皂廠將被貼上標籤，「由大發國難財的暴發戶創立」，他再也拿不到一張訂單，也休想將公司轉賣出去，整家公司有如鬼域，就像屋裡有人吊死那樣乏人問津。你呢，弗朗索瓦，我們會透過政治干預，讓報社將你開除；你將被打上燒紅烙印，即便你又找到工作，也會是在南部鄉下無足輕重的小報，而且，到了五十歲，你依然在報導狗被壓死的雞毛蒜皮事。妳，海倫，往後一路上，妳注定要像吸伯納・德・瓊薩克的老二那樣，繼續吸妳生命中的每個過客。至於你嘛，尚，你的店連一條四角內褲都賣不出去。佩萊蒂埃家族，從父母到孩子，將從此一蹶不振，不論是人或是資產皆然。」

這番話在每個人腦中迴盪。

吸誰？關於他妹的事，弗朗索瓦兀自納悶。他沒聽錯吧？

一上來，尚還因為拉格朗傑沒提到指紋的事鬆了一口氣，但眼睜睜看著自己的店垮掉……這可是他唯一有希望成功的生意啊。珍妮芙會怎麼反應？

「艾蒂安是你們殺的！」海倫突然喊道。

「噢，不是，小姐，這不是我們的作風。對吧？亞諾。」

「對，這不是我們的作風。」

「老實說，小姐，我們在印度支那的同事沒告訴我們任何有關他的情報，我們不知道妳哥在搞什麼名堂。」

「你到底想要什麼？」弗朗索瓦問。

「沉默，佩萊蒂埃先生，你的沉默。把所有筆記扔進垃圾桶，回去報導自行車竊案吧。如果你不這麼做，如果你想耍小聰明，把案子交給別人，總歸一句，只要你再翻一次舊帳，我說的很清楚，只要一次，我們就請出大貝莎[8]，不分老小，送佩萊蒂埃一家子上西天。」

海倫和尚轉過來看著弗朗索瓦。

「別這麼看我！」弗朗索瓦喊道。

拉格朗傑沒再多說，僅僅闔上檔案夾，坐回椅子，靜候判決，但他對結果胸有成竹。

「你說我們的父母已經被逮捕了？」海倫問。

「我剛剛誇大其詞，小姐。謝謝妳給我這個機會加以改正。嚴格說起來，他們並沒有遭到逮捕。我們只是極力勸說他們來巴黎。」

「來幹麼……？」

「父母經常提出好建議，哪怕是小偷家族也一樣。我們覺得，令尊一定會幫妳哥做出正確決定。」

「他們到之前，我們是囚犯嗎？」

這話是尚問的，因為他已經在擔心怎麼對珍妮芙交代這一切。

「囚犯！聽到沒？亞諾。」

「聽到了。」

「才不是，哪兒的話，你們亂想些什麼啊！你們父母傍晚會到，到時候和他們好好聊聊，再像個大人一樣做出決定。至於在此期間，你，弗朗索瓦．佩萊蒂埃先生，暫時連根眉毛都別動。算是我們之間的一種延期履行義務吧。我勸你千萬別輕舉妄動，以免造成憾事，至於我們這方面嘛，我們會把大貝莎準備好，暫時不會點燃引信就是了，你同意吧？」

弗朗索瓦點點頭。他同意。

1 *La Famille Duraton*：一九三六年由都市廣播電臺（Radio Cité）推出的廣播喜劇，描寫杜拉頓夫婦晚餐時分閒話家常。一九四八年改由盧森堡電臺播出。

2 le bal Bullier：十九世紀中葉，由弗朗索瓦・布利耶（François Bullier）創立，是當年全巴黎數一數二的舞廳，但於一九四〇年已經終止營業。

3 Dixie：或是dixieland（迪克西蘭），也稱為「早期爵士」（Early Jazz）或「熱爵士樂」（hot jazz）。二十世紀初發源自美國路易斯安那州紐奧良的一種爵士樂風格。所以拉格朗傑才會說「像音樂那樣」。

4 François-René de Chateaubriand（1768-1848）：法國十八到十九世紀知名作家，法國早期浪漫主義代表，也是政治家、外交家、法蘭西學院院士。弗朗索瓦的全名與夏多布里昂同為弗朗索瓦—勒內。

5 la bataille duLevant：一九四一年盟軍（英國及自由法國等軍隊）進攻當時受到維琪政府控制的黎凡特一帶。所以下文中，作者才會提到「法國人打法國人」。

6 通訊員（reporter）通常都是非報社正式員工，屬於特約、兼職、業餘性質，記者（journaliste）則是報社正式人員，兩者身分「高低」不同。所以弗朗索瓦才特別指出這點。

7 escroquerie monumentale：monumentale在法文中做「巨大的、壯觀的」解，亦可做「紀念碑的」解，所以拉格朗傑才稱之為「一語雙關」。

8 la grosse Bertha：第一次世界大戰期間德國陸軍使用的一款攻堅榴彈砲，口徑四百二十毫米。或譯為大貝爾塔。

41 絕對要

他們前往拉瑪克街的路易吉義大利餐廳，這裡的義大利麵美味無比，最要緊的是，最靠裡面那一區，餐桌之間都隔得相當遠，可以安心說話，不用擔心被其他客人聽到。路易吉說：「喲，佩萊蒂埃先生，好一陣子沒見到你人了！」隨便哪位客人，只要這禮拜還沒上門光臨，他都會這麼說。

每個人心事重重，看過一遍菜單。大家心照不宣，這頓晚餐是苦酒滿杯。

安潔兒板著一張臉，沒人想開玩笑。艾蒂安才剛過世兩禮拜，看得出來她還經常垂淚。現在又被迫展開巴黎之行，前塵往事，翻攪心頭……她沉默不語，抑制住情緒，心中卻不免憂慮。打從將近三十年前去貝魯特定居以來，她逃避現實，自以為再也無須解釋，也幾乎不曾想起，這下可好，往事帶著這股臭氣重現……總之，她羞愧難當。她人是坐在餐廳桌旁，但心情是坐在被告席上啊，不得不在孩子面前幫自己辯護，令她不堪負荷。佩萊蒂埃先生評論了一下菜單，提出建議，但沒有人在聽。弗朗索瓦很生氣，海倫氣瘋了，尚無所適從。至於珍妮芙，她丈夫什麼都不想向她解釋，只有說「晚上妳就知道了」，她怒不可抑，感覺渾身僵硬。

一如往常，她端坐其間，但由於威嚴受到冒犯，所以雙唇緊閉。

全桌一片靜默，服務生被他們嚇到，這幾位客人好像剛剛大吵過一場，個個一臉鐵青，她幫他們點了餐。沒人知道該從何說起，就連誰會首先談起這件事都不知道……結果是路易。酒一上桌，還在等著上開胃菜，弗朗索瓦張開嘴，正待開口，但他父親已經擱下酒杯，說道：

「我的真名是阿爾伯特．梅亞爾，你們母親是寶琳．莫德。我們利用埃弗拉爾這個化名，於一九二〇年抵達貝魯特。並在當地買了佩萊蒂埃這個姓氏的相關證件，花了兩萬四千法郎。」

「拜託你！」安潔兒覺得這些細節太過不堪。

現場一片死寂，氣氛相當怪異。這已經不再是一位情報人員用法律這頂大帽子威脅他們、強迫接受這個光怪離奇的故事，而是他們的父親正在講述他們的故事、他們的起源。他們每個人親耳聽到、親眼看到這部小說的情節就此展開，當中的每個人物，他們全部認識，卻不知道他們具體扮演什麼角色。這件事如果發生在別人身上，他們絕對不會相信。

暗地裡偷偷開心的無疑是尚。因為這會兒輪到他父親把一件可恥的事攤在大家眼前，聽到父親說出這些可真舒坦啊。

「我打完仗回來，謝謝妳，小姐（安潔兒看到他匆促灌下一杯杯白葡萄酒，於是握住他前臂），日子很難過，因為社會上容不下我們這些老兵，沒有我們的位置。我們打贏這場戰爭，卻失去健康、朋友、青春，回到家鄉後，根本找不到工作，因為根本就沒有工作。甚至連撫卹金都沒發下來。我還得照顧一個戰友（他後來去世了），如此一來，就有兩張嘴要吃飯，我們住在一間小公寓裡……」

「說快一點，路易！」安潔兒說。「照你這個速度，天亮了還說不完。」

「對，妳說得對。」

「所以呢，我和我剛剛提到的那位朋友，我們一起投入一門生意……想當年，大家花在蓋戰士紀念碑的錢比用在退伍軍人身上多多了……反正就是好多城市打算買現成的，所謂的工業化紀念碑。於是，我們請人印了目錄，上面有紀念碑造型圖樣，每種價格都有，我們賣了一大堆。可是我們非但沒做出來、沒交貨……反而帶著錢跑了，就這樣。」

路易將杯子一飲而盡。

「多少錢？」珍妮芙兩眼發亮，問道。「帶了多少錢？」

路易轉向妻子，她以眼神示意：「你就說吧，反正說都說了……」

「按今天的幣值計算，我會說……三千萬吧。」

目瞪口呆。

整桌人從來不覺得自己過著大富大貴的生活。佩萊蒂埃家的生活水準向來只能算是中上階層，不過如此而已。

珍妮芙打破慣例，不再擺出女王英姿，而是托著下巴，用希梅娜的眼神[1]痴痴望著公公，好個男子漢，還真的呢，這才是個男人啊！她好像正在這麼說。

「我們拿這筆錢買下肥皂廠……接下來大家都知道了。」

路易口中的肥皂廠可是一家成功的企業，在的黎波里、阿勒坡、大馬士革都有分公司。當初的創業資本八成錢滾錢，這些年攢下了不少，三兄妹都在試著瞭解這些錢的去向……莫非有一大筆財富藏在某處？

安潔兒靠到丈夫身旁，在他耳邊說了一句話。

「當然……肥皂廠立刻就生意興隆，所以一九二二年我創立了海外退伍軍人聯合會。把住在法國以外、其他地方的所有同袍兄弟聚在一起，我可以告訴你們，人可多著咧。而且很多人都過得連狗都不如……」

「路易！」安潔兒說。「拜託你……」

「很多人都需要幫助！聯合會幫退伍軍人支付外科手術，為經濟最困難的袍澤支付房租，我們創立了養老基金，直到今天還付給退伍軍人年金，讓他們養老。四面八方都有點捐款進來，但由於我們生意做得很好，很長一段時間內，我們都是主要捐助者，對吧？安潔兒。二十年來，我們匯進聯合會的金額大約是我們當初賺來的三倍……」

「騙來的！」尚埋頭吃東西，突然迸出這句話。

「尚，少來！」珍妮芙不依。「他們不是說了嗎？錢已經都還回去了！」

「哺哺說得沒錯，」安潔兒說，「還錢並不能抵消騙錢行為，否則未免太容易了。」

「說是這麼說，」珍妮芙咕噥著，「可是還了錢，畢竟還是不一樣啊。」

這下子，沒人知道還能說些什麼。他們家的財富一直維持在當初那些，路易發的那筆橫財取之於陣亡戰士，用之於退伍軍人，功過相抵，事情又繞回原點。

倒是尚又失望了，因為他父親又成了偉人，他則是四輪華麗馬車上的第五個輪子，是他們家四個孩子裡的長子，是多餘的。他匆匆自問，重壓在他這輩子上的詛咒莫非是他父親罪孽深重的惡果。

路易繼續說道：

「根據我的經驗，老兵寧願要津貼不要紀念碑，不過，這當然只是我的看法……」

他又把杯子裡的酒一飲而盡。

「這就是來龍去脈。」邊說，邊放下了杯子。

現場陷入長時間沉默。

「可是後來……」

說這話的是尚，他雙眼緊盯桌布，看似需要集中精神，才能思考某件複雜的事。他看了父親一眼。

「那麼，佩萊蒂埃家族史？內伊大元帥？所有這一切呢？……」路易轉向妻子，她輕輕揮揮手。你自己想辦法解決，我早就警告過你。

「這……這算真的……也不算真的。好吧，我們是最近才成為佩萊蒂埃的，你硬要這麼說也行。可是佩萊蒂埃，這個姓氏很普通啊！甚至非常普通。我敢打包票，拿破崙身邊肯定有姓佩萊蒂埃的。所以我們才這麼告訴你們……」

「你才這麼告訴他們！」

「對，隨便妳，所以，我告訴你們的佩萊蒂埃家族史應該有一大半是真的！就是這樣。」

他又乾了一杯。從他的表情看來，這件事似乎到此為止，殊不知……

「法律上的訴訟時效已經過了，」弗朗索瓦說，「但他們還是威脅要讓我們身敗名裂，要跟我們鬥到底！」

「噢，不會吧，」路易說，邊搖頭。「明天我去找安德里厄，把這件事給做個了結。」

「安德里厄？羅伯．安德里厄？」

「對，我跟他約好了，這場風波會平息下來的。」

大家再度當場愣住。羅伯．安德里厄是大官，領導過好幾個政府部門，目前是巴黎警察總局局長。

「你認識他？」

「相當熟，對。羅伯，我創建聯合會的時候，他甚至也是創始人之一。當年，他被外派到吉達。」

「派到開羅。」安潔兒說。

「對，妳說對了，開羅才對。」

「你還認識誰？」海倫問。

這頓飯吃下來，第一次聽到她出聲，語氣中帶著懷疑。

「什麼意思？」

「我是說重要的人，你還認識其他大人物嗎？」

「妳知道嗎？一起打過仗的人，總是存在著一種兄弟情誼……大多數擔任要職或是去國外發展的老兵都是聯合會成員，人數加起來可不少，妳懂嗎？」

「不，不太懂。」

「我的意思是說：我們認識的人可多著呢……」

父女倆突然就卯上了，沒人理解這場暗自較勁是怎麼回事。她看他的眼神嚴肅多了，比他剛剛說他戰後那些不光彩的事跡還嚴厲一百倍。

「美術學院呢？你有認識的人嗎？」

這有點不像是個問題。路易轉向妻子求救，但她在想別的事。

「這個嘛，的確認識……」

「你認識誰？」海倫追問，語氣尖銳。

「妳會笑出來……」

「才怪。」

「亞蘭・德・布魯耶，院長。他是我的一個兄弟，我們一起打過索姆河戰役。一度失去聯絡，後來在聯合會碰到，當時他被任命為……哪個聯合會來著……」

「華沙。」安潔兒說。

「對，沒錯。妳說妳想報名美術學院，我打了通電話給他。因為報名已經截止，他才想到重新搬出一條舊法規，妳懂了吧？」

海倫點點頭，對，我懂得很。所以說，她當初不用考試，便得以什麼狗屁隨班附讀身分進入美術學院，這個「奇蹟」，她該感謝的人原來是自己的爸爸。反正這已經不重要了，她恨透了美術學院，也離開了美術學院。儘管如此，她還是對路易干涉她的生活感到憤怒。為什麼他總是……？

一氣之下，她猛地推開盤子，但旋即又問：

「艾蒂安呢？也是你？」

安潔兒默默啜泣，海倫怪自己問得太直接，未免過火。尤其是回答她的不是父親，而是母親。

「是我，」她邊嗚咽邊說，「是我請你們父親透過關係，讓艾蒂安被派去西貢。他那麼想和雷蒙在一起，妳懂嗎？」

海倫站起來，走過去緊緊抱住母親。

弗朗索瓦正在思索，這整樁事件害他造成哪些損失。尚呢，他則想到去年年底，他來到巴黎，庫德克先生僱用了他，都得歸功於他父親人面廣。

「我們現在該怎麼辦？」弗朗索瓦問。

路易已經拿起了甜點菜單。

「我先去和安德里厄談談。然後我們再商量，好嗎？」

安德里厄張開雙臂熱情擁抱路易，同時柔聲道：

「路易，令郎的事，請節哀。」

路易點點頭，他心領了。

這間辦公室非常大，從窗戶往外望去，好幾棵高大梧桐樹被冬天剝得光禿禿的。

警察局長指了指專為訪客預備的沙發。自己則在路易旁邊坐下。

「除此之外，一切可好？」

兩人相識於一九二三年。當年世人對第一次世界大戰記憶猶新。他們因為緣分而結交。儘管曾三度在同一戰區作戰（先是在索姆河、第二次在弗朗德勒戰役，隨後又在埃納河），但兩人從未見過面。他們肯定曾在沒有看到對方的情況下並肩作戰。在戰場上，每個人都認為自己之所以活著，都是拜戰友堅守崗位所賜，有的戰友雖然緣慳一面，但始終與你同在，就像是在暗中保護你，一個守護天使。

他們前後見過幾次面，主要是在巴黎，安德里厄在各部會都擔任過要職，兩人每回見面總是默契十足，繼續暢談上回沒談完的話題。

今日再度相聚，這回感覺有所不同。雙方都不知該如何啟齒，反倒是先行禮如儀，例行寒暄一番。然而局長每天行程十分緊湊，路易很快便感覺到這位朋友稍嫌不耐。

「好，羅伯，現在進行到哪兒了？」

「哪兒都沒，我希望！」局長打著哈哈說道。「這個案子已經了了！已經結案了，不是嗎？路易。」

「那得看你問我的是哪方面。」

羅伯．安德里厄年屆六十，滿臉虛情假意，笑容也惺惺作態，長袖善舞，這是他在政治上獸性的一面，不過路易倒是立刻聽出來他語氣堅定，毫無商量餘地。

「我不得不朝空中開槍示警，嚇嚇他，讓你兒子停下來。現在我們可以談談這件事了。因為他正準備把皮亞斯特交易的事給挖出來……」

「真有其事嗎？」路易打斷他。

「真真假假，誰管它！我們現在不需要找這個麻煩，就這樣！」

青銅座鐘在壁爐臺上滴答滴答響，鐘上雕著的是大兵扛著步槍上前線。

「你這是在提議交換醜聞，對嗎？你的換我的？」

「有點這個意思。只要你兒子停止調查，我們就把狗送回狗窩，你那樁戰士紀念碑的事一筆勾消。否則的話，會發生什麼事呢？路易，我們會挖出你的過去，把你幹的醜事公諸於世。」

「仗都打完三十年了，這年頭沒人在意這些。憑藉我對退伍軍人聯合會的貢獻，大家甚至會把我當成劫貧濟富的羅賓漢。」

「你說得沒錯，路易，可是你們的家族名聲會被拖進爛泥巴，遭到玷污，永遠翻不了身。你幾個孩子得因為你而付出代價。我們則將面對皮亞斯特醜聞，反正這又不是第一個也不會是最後一個，我們自當成立委員會來平息這檔子事。與此同時，我們會在某個地方設下防火線，兩個月後，所有人就拋諸腦後了。在此期間，你卻將失去一切。」

鐘擺敲了九下。

路易試圖為弗朗索瓦爭取繼續調查。但徒勞無功。他抬起頭，望向安德里厄。

「你什麼時候開始知道……？」

「知道你紀念碑那樁事？說實話，我是到這裡才知道的，因為這件事屬於共和國機密，由局長直接交接給局長。」

路易沉默不語，直盯著他的眼睛。

「怎麼？」

「我兒子的死，你們有參與在裡面嗎？」

「完全沒有，路易。我問過內政部長，我可以向你保證。」

「你的保證值多少錢？」

「和你的保證一樣。」

「差不多值一皮亞斯特？」

局長笑了。

「既然你都這麼說了，對，差不多值一皮亞斯特。」

佩萊蒂埃夫婦下榻於歐洲旅館，住杜克勞夫人那兒，「你們父親的情婦」。這幾天的事，害安潔兒身心俱疲，她到旅館時，甚至沒注意到老闆也在。等她吃完午飯回來，真正看到杜克勞夫人，她這才笑自己太多心。路易聲稱她快兩百歲了，確實相去不遠。

路易去赴局長之約，安潔兒打算小睡片刻。總是這樣，她迫不及待等著終於可以躺下睡覺的那一刻，可是一躺下來，眼睛卻闔不起來。

向幾個孩子全盤托出不堪過往，她隱隱感到解脫。要不然，她得等到什麼時候才下得了決心說出來呢？艾蒂安不在場，沒聽到這些，令她遺憾。她彷彿都聽到他在哈哈大笑……

在最嚴重的情況下，思緒反而常常糾結在無關緊要的細節上。因此，自從葬禮之後，可憐的約瑟夫不知去向，還有那口箱子，始終沒人把艾蒂安的私人物品送回來給他們，這些事，一直糾纏著安潔兒的心。

她絕對要再和路易談談箱子的事。絕對要。正是邊想著「絕對要」這個詞，她和衣睡著了。她的思緒依然掛在這個詞上，因為她醒過來的時候，這個詞還在腦中盤旋。「絕對要」。這個詞指的是她兒子的東西。只要她沒有取回它們，就有這件事還沒了結的感覺。

現在是十一月初，夜色降臨得相當早。房間沐浴在白色和藍色的光裡。那是暮光。她明白為什麼路易來巴黎都住在這兒，房間並不大，但溫馨、舒適。安潔兒可以在這裡了此殘生，她有點不想活了。

她跟孩子們約好傍晚時分在旅館底層的小會客室見面，等著路易跟他們說和局長會面經過。現在幾點了？天哪，都六點了。幾乎沒時間去梳洗一下，化化妝，噢啦啦，我跟個瘋婆子似的，他們八成都在樓下等我……

珍妮芙總是耍心機稍微晚到一點，她樂於讓別人等。所以這回她有點失望，因為她到了幾分鐘後，她婆婆才姍姍來遲。安潔兒故意遲到，顯得她高我們一等，珍妮芙心想，肯定是這樣。

於是，路易講述了他與安德里厄的會面經過。

此案已了。

弗朗索瓦只管低著頭，盯著鞋子，沒有發表意見。

「羅伯．安德里厄向我保證，政府各單位和艾蒂安的死都沒有任何關係。」

「你相信他？」海倫冷冷問道。

她父親看著她的眼睛看了好久。

「相信，海倫，我相信他。」

一切都結束了。

他們喝了開胃酒，雖然杜克勞夫人提供的酒單沒有多少選擇，他們已經很滿意了。快七點的時候，安潔兒打起哈欠。

「我們要走了。」尚站了起來，說道。

「這麼快？」安潔兒問道。

尚不想顯得好像在嫌棄他母親感到疲累，所以把責任攬到自己身上，說道：

「對，我們要回家了……今天是漫長的一天，不是嗎？珍妮芙。」

她也站了起來，從沒這麼不開心過，好像自己是被攆走的。她第一個噘起嘴，跟大家抱抱親親，好啊，尚，既然你想回家，我們就回家啊！我都快難受死了……

「她怎麼這麼煩吶。」海倫脫口說道。

「海倫！」母親制止她，其實她也這麼想。

「弗朗索瓦，」這時佩萊蒂埃先生說，「我可以跟你談一下嗎？」

他們把安潔兒和海倫留在小會客室，父子二人走到人行道上，點了菸。

「兒子，放棄調查、放棄這個對你來說大有可為的醜聞，我想像得出來對你而言有多困難。」

「我調查這個案子也是為了安慰艾蒂安在天之靈！」

「對，也是為了他，」路易說。「總之，對你來說是一種犧牲，我想告訴你，我非常感激。我們全都非常感激。」

「感激對我又沒用。」

話一出口，他立即後悔。路易裝作不以為意。

「我還想告訴你……」

他指了指旅館底樓窗戶，透過窗戶可以依稀看出安潔兒和海倫的身影。

「關於巴黎高師，還有你在《晚報》上班的事，我不希望你以為是海倫或是尚出賣你，跑來跟我們打小報告……他們跟這件事無關。」

「我又沒這麼想！」

「你當然有這麼想！話說回來，換作我是你，我也會這麼想。你沒去念巴黎高師，這件事我很早就知道了。你寫信告訴我們，你的成績『名列前茅』，榮獲學校錄取。你知道我這個人有多虛榮，我想拿到榜單，好向我那些在廊柱咖啡館的哥兒們炫耀，我很蠢，你可以這麼說我，我不會惱羞成怒。只不過學校回我，你的名字不在錄取名單上。我去申訴！結果他們乾脆把考生名單寄給我，你根本沒去考試。」

「你為什麼現在才告訴我這些？」

「因為你八成覺得我比較照顧你哥、你弟和你妹。去去去！你心想我們幫尚買了車方便他工作，還借錢給他和珍妮芙開店。我動用關係讓海倫進了美術學院，又幫艾蒂安在西貢找了份差事，而你，我卻什麼都沒為你做。所以我現在才要告訴你這件事。其實，我很早就知道你沒去上那所學校，甚至連入學考試都沒參加，但我假裝不知道，繼續提供金援，因為我對你有信心，對你自己選的路有信心。光靠報社的薪水想必不夠你過日子，所以我繼續付錢，我付得心甘情願。我只希望你不要再覺得你是幾個孩子裡面最受虧待的。」

弗朗索瓦把菸頭掐熄在地上，他好想擁父親入懷，或是投入父親懷裡，但他僅僅說：

「謝謝你，爸爸。」

「好了，我們走吧。」路易說。

「只有一件事……」

弗朗索瓦拉住他。

「巴黎高師的事，我懂，可是你怎麼知道我在《晚報》上班呢？」

「我到巴黎來找海倫，一上來我以為她去了你那兒，結果你不在，碰巧遇到那位門房太太，她叫什麼來著，萊昂蒂娜？她話好多，嗯！我一到……」

「好了，」弗朗索瓦笑著說，「這個小插曲，你就不用說了。」

他們回到旅館。

情緒波動使得尚筋疲力盡，他願意折壽十年換來立即上床睡覺。但偏偏得等到珍妮芙完成她所謂的「淨身」之後才行，說實在的，尚對這個詞所知甚少，對他來說，「淨身」類似於一種私密、稍微有點見不得人的慣例，他覺得提起這種事有失身分。

「我是對的！」她低聲抱怨。

尚閉上眼睛。當時他被兩名制服員警架著離開了公寓，心想這回肯定要上斷頭臺，結果毫髮無傷回來，珍妮芙沒說一句話，甚至連句刺耳的話都沒說。

「我是對的！我早就感覺到了……」

尚知道，她會再三重複這句，直到他認輸，不管是出於疲憊或是惱怒，直到他問他，她為什麼是對的，可是這次他偏偏不問。他也不知道為什麼，但有時候他就是會拒絕承認失敗，或許是因為他覺得自己從這些天以來的焦慮中解脫了，將指紋這件事遠遠拋在腦後，是這一切使他變得堅強吧。

「我從一開始就感覺到了！」

不，尚堅不屈服。

他脫下衣服，小心翼翼，千萬別往珍妮芙梳洗的地方瞄，哪怕出於無心也不成，因為萬一他這麼做了，她就會立刻尖叫連連，好像他強姦了她。

他戰戰兢兢把自己的衣服疊好，頭暈暈的，他喝了太多白葡萄酒。

每次都是珍妮芙先上床，屁股使勁那麼挪上好幾下，肩膀也扭來抖去，邊長吁短嘆，邊把鴨絨被和好幾條毯子一直拉到下巴，尚只落到剩下的部分可以蓋。

「我早就知道……」

尚嘆了口氣。想立刻得到安寧，圖個耳根清淨……算了，好吧：

「妳早就知道什麼？」

「你們家有的是錢！他們甚至不留我們吃頓晚飯，真丟人哪！」

「我媽累了……」

「明明有錢，偏偏不想給我們！」

這回，尚被惹毛了。她這麼指責他父母使得他全身的血猛往腦門衝。

「他們不給我們錢？妳什麼意思！他們付了買車的錢，我才能去工作，開店不論需要多少，他們也全給了。」

「沒有……」

「沒有？怎麼會沒有？他們沒給開店的錢嗎？」

「沒有，他們是借的，借和給大大不同！」

尚氣得說不出話。這實在太不公平了。難道修萊家的人有給他們什麼嗎？什麼都沒有！每次都是佩萊蒂埃家的父母不得不掏出老本。

盛氣之下，他轉向她。

「讓我睡覺，」她閉著眼睛說道。「今天一天夠我累的了。」

「哺哺沒留下來和我們一起用餐，真遺憾。」安潔兒說。

他們幾個在離旅館兩百米遠的一家餐廳坐定。

「可以快點上菜嗎？」路易問。

顧客不多，他們只點了一道菜和一瓶酒。席間聊到艾蒂安，這還是頭一回沒有人哭。

過了一會兒，路易付了帳。

「好了，孩子們，」他說。「我和你們母親明天一大早就得出發，而且……」

「不，」安潔兒說，「我改變主意了，親愛的，我不跟你回去。我要去西貢，我要去找我兒子的東西。」

這時海倫轉身面對她的母親。

「我想和妳一起去……」

---

1 les yeux de Chimène：出於一六三七年高乃依的《熙德》（*Le Cid*）。該劇中，希梅娜愛上羅德里哥（即「熙德」），因此，最初這種說法是指戀愛中的女人，隨後演變成對某事或某人深感興趣。

42 你說得對

這幾天經歷了種種令人震驚的事件，儘管他不准自己再想，卻依然想個不停。這個「九兒」就此音訊全無，而「九兒」這個綽號說不定正是她的第一個謊言。

她向檢方說明過後人間蒸發。

好幾百次，他都想對勒諾瓦法官旁敲側擊，藉以多知道一些她的狀況，但他總是放棄，卻又怪自己為何放棄。

最糟糕的是，她那張可人的臉蛋已然模糊，弗朗索瓦再也無法重組。唯一只找得回她那睫毛的弧度，她那凝視之強烈，她那張嘴，天哪，她的那張嘴，她的側影，瞬間浮現眼前，卻又旋即消逝，他再也重組不了一幅鮮活實在的全身肖像。他愛上了幽靈。

忙了一天，終於走出編輯部。他喜歡搭地鐵回家，因為截稿前，通常都只來得及瀏覽幾頁，剛好趁著這段時間可以好好看一下。

他下了地鐵，右轉，往出口走去。

她在那兒，在月臺上，往反方向走去。兩人雙雙駐足停留。弗朗索瓦還在思量得有多大緣分方能在此巧遇。他白想了。這名少婦的臉龐瞬間泛上紅暈。她的出現絕非偶然。她往前一步，彷彿她剛剛放棄了巧遇這個藉口。

她的聲音在顫抖。

「我想謝謝你……」

人群湧入月臺，等下一趟列車。兩人稍微走到旁邊。

「不用客氣，」弗朗索瓦說，「不用麻煩了。」

她凝視著他，目光之強烈，與之前數度會面一樣。

「此外，我也在想……」

地鐵進站，哐當的鐵軌聲充斥整個月臺，她只得先暫時不說。列車一停，她又繼續說道：

「或許……我的意思是說，如果……」

「如果什麼？」

她提議沿著塞納河堤岸走走。或者去杜樂麗花園。對弗朗索瓦來說，她要他做什麼都行……

「你願意的話，我們改天約巴亞爾街見。」

香榭麗舍大道附近，時髦的高級區。

「離妳家近嗎？」

弗朗索瓦後悔自己口沒遮攔，問得這麼直接，她倒是被他逗笑了。

「對，不遠，沒這麼……該怎麼說呢？不過還可以。」

第一次在外面約會，日期竟然選在第一次世界大戰停戰的那一天（天氣預報當天甚至會起霧），一般人心目中的浪漫約會通常不是這樣的，但弗朗索瓦管不了這麼多了。

「對，當然……」

他回答得很快，是這樣，沒錯。她笑了。沒和他握手。

他目送她遠去，她一定感覺得到他的目光尾隨著她。

他提前四十五分鐘到。天氣預報沒騙人，只不過早上濃霧密布，中午時已經散去。

這一區騷動不已，因為老兵打算在凱旋門下向那位「無名戰士」[1]獻花，法國共和青年聯盟、全國集中營囚犯勞工聯合會，就連總工會、好幾個共產組織、女權團體也加入他們。弗朗索瓦看到一群群人扛著旗子和捲在棍子上的橫幅經過。反正還有時間，好奇心驅使他去一探究竟。

人群往富蘭克林—羅斯福地鐵站聚集，現場氣氛既振奮人心又帶著三分緊張。一位年輕人步履堅定，弗朗索瓦與其攀談，瞭解到香榭麗舍大道一帶許多區域都遭到巴黎警察局禁止舉行示威遊行活動。「事情不會這麼就算了！」年輕人向他保證，說完立刻消失於洶湧人潮。弗朗索瓦很快就意識到事情的確不會這麼就算了。他忍不住，掏出記事本，記下他認為自己理解到的內容，到了地鐵站後，他正在查看剛剛記下的內容。示威者有權前往凱旋門，但不得超過富蘭克林—羅斯福地鐵站！這個決定很怪，甚至荒謬，准許大家去凱旋門，卻封閉通往凱旋門的每條路！弗朗索瓦很快就懂了，對於許多參加今天這場盛會的人士來說，為「無名戰士」獻花只是一個藉口。「支持礦工！簽署聲援礦工！」從這些口號便可看出這群人的意圖想必是在於為礦工請願，警方封鎖香榭麗舍大道圓環週邊一帶，致使群情激奮到了白熱化。的確，警方部署令人望而生畏，共和國衛隊戴著頭盔、全副武裝，從這側到那側，在香榭麗舍大道上一字排開，形成一道人牆，弗朗索瓦將口號、橫幅文字都記了下來，也設法數出警方派出幾個分隊，他被左推右擠，人群吶喊聲不絕於耳。

他看了看錶，時間過得比想像中快，他得趕緊走回巴亞爾街。目前示威者為數三千左右，激動得大聲叫罵，這種喧鬧場面使得他想走回去的任務比預期中困難，因為好幾幅三色旗[2]突然出現，而且，那邊，多位激進分子正拿著撬棍把路面的石頭撬出來……一名男子上氣不接下氣走過來，他確定喬治五世地鐵站那邊設了路障，消息迅速傳開。「我們的人在巴薩諾街拆了一個腳手架，就在商業信貸銀行前面！」他以欽佩的口吻宣布。巴薩諾街是在香榭麗舍大道更往上一點的地方。對弗朗索瓦來說，當下這種情況令他無法理解，因為現在示威人群聚集在大道兩個相對的地方，一上一下，夾在中間的警方必須想辦法禁止下面的人上去、上面的人下去，看起來很難守得住。弗朗索瓦在記事本上寫著字，但是由於他不斷被推來推去，所以鋼筆在紙上不停滑動。

倏忽間，一切加速，沒人知道為什麼，也不知道怎麼會這樣。「警察衝過來了！」有聲音喊道，所有人開始奔跑，試圖跑到鄰近街道，人潮湧回協和廣場，槍聲響起……是槍嗎？弗朗索瓦，他真傻，還拿著記事本，但他也在跑，他的腳被攤在地上的橫幅絆住，整個人重重側摔在地。身邊迴盪著鞋子踩踏在花崗岩路面上的聲響，有人把手伸到他腋下，扶他起來，但馬上就不見了。執法部隊持續前進，高舉警棍，弗朗索瓦很難跑得動，他扶著腰，微微拖著一條腿，他嚇得半死，穿過大道，但警察從四面八方衝過來，而且已經有示威者重重倒地，每個人都在尖叫逃竄。弗朗索瓦走到一條街道拐角處，還來不及看街名，就在這個時候，他看到一個年輕人穿著夾克和高領毛衣，一小群警察追上他，年輕人摔倒，又爬起來，想跑，太遲了，因為警察已經抓住他的袖子，將他往一扇大門裡拽，弗朗索瓦被這個景象嚇到愣住，片刻之後，他想都沒想，衝到那棟樓房那邊，「放開他！」他喊道，「放開他！」年輕人滿臉是血，一個警察轉向弗朗索瓦：「你他媽的在這裡幹麼！」警棍揚起，弗朗索瓦沒時間翻口袋掏出記者證，只好舉起記事本，簡直可笑。「我是記者！」警察搶過他的記事本。「關我們屁事！」立刻就是一棍，打在腦門，弗朗索瓦應聲倒地，一邊設法護著頭，但還沒完呢。

他躺在人行道上，眼睛與地面齊平。

四隻大靴子圍住他猛踢，如雨點般落下，其中一隻衝著他的後腦勺狠狠一踹。

他失去知覺。

他醒來時躺在瓷磚地板上，整個人暈頭轉向。

頭痛得要命，他舉起手，摸了摸。頭上被繃帶包了一圈。

「還是需要照個X光。」有人說。

聲音沉穩。一名男子，四十多歲，套著血跡斑斑的工作罩衫。原來是一位藥劑師。弗朗索瓦靠手肘撐著坐了起來，發現在一大堆貨架中間擺著三把椅子，上頭各坐著一個人。一隻手用繃帶包紮著，一條腿用臨時夾板固定，一張臉上貼著敷料，屋裡到處瀰漫著酒精和藥膏味兒。嚴格說起來，藥房並不算開著，因為光線半明不亮，鐵捲門只拉開一半。窗戶外頭，目光所及之處，街道平靜。

「你叫什麼名字？」

藥劑師張開手，手指在弗朗索瓦面前移動。

「佩萊蒂埃。弗朗索瓦·佩萊蒂埃。」

「算算看有幾根手指……」

「四……」

「很好……」

弗朗索瓦抬頭看了看牆上的掛鐘：下午四點。

「完了！」

九兒！比約好的時間晚了一個小時！他立刻站起來，他的頭在天旋地轉，不得不扶著藥劑師的肩膀。

「你可以嗎？」

他往出口那扇門走去，全身僵硬，躊躇不決，彷彿顧客走出小酒館想掩飾醉意。九兒已經走了，肯定是！他好絕望，好氣自己。藥劑師正在照顧另外一個人，他走回他身邊，伸出手。

「謝謝。」他說。

藥劑師站了起來，和他握了握手。

「我需要付你多少錢？」弗朗索瓦問他。

「不用，什麼都不用。去拍個X光片檢查一下，以防萬一。」

他來到尚—莫爾莫茲街拐角處，開始用跑的，跑了也沒用。香榭麗舍大道這一段現在已經清空。到處都有成隊警察在警戒，示威者已經走到好幾百米外，依然相當激動，叫喊聲此起彼落。弗朗索瓦並沒就此止步，他往巴亞爾街跑去，那邊顯然沒有人。他無計可施，找不到她。她一定以為他爽約。對，本來就是，他真的沒來赴約，但這畢竟不是……這些原因讓他感到窒息。

他搭上地鐵，一個心灰意冷的男人。

佳人明明在此地相候，為什麼他受不了誘惑，偏要跑去探查發生了什麼事？

他從沒如此渴望過一個女人，如此急切、如此狂熱，這下可好，她向他提出邀約，他卻錯過了，這種事怎麼可能發生呢？

回報社的路上，他開始思考剛剛經歷過的這件新鮮事。警察從未禁止記者履行職責，向來不曾毆打記者。他又想起警方部署……一如往常，他在腦子裡寫起文章。他經常想到他的文章，在腦中構思句子、整個段落，隨後只需要將它們訴諸白紙黑字即可，他向以快手著稱，因為他在下筆之前已然構思良久。

坎康普瓦街，他找了一張桌子坐下，將文章匆匆寫在紙上，上樓去找德尼索夫。

「關於香榭麗舍大道示威，我有一些消息。」

報社老闆皺起眉頭。

「我不懂……我們明明派了瓦納克去現場……」

說完，遞給弗朗索瓦一份文件。

「他寫的。」

弗朗索瓦，從他站著地方，看到標題如下：

香榭麗舍大道血腥鬥毆

示威者與執法部隊發生激烈衝突

共計近百人受傷

他走到德尼索夫身邊，把自己那份遞給他。

「這不是一篇文章，是社論……」

德尼索夫瞠目結舌，吃驚到差點就把弗朗索瓦攆出去。社論！從什麼時候起，我們看到社會新聞通訊員寫起頭版社論來了？

他接了過去，戴上眼鏡，開始讀。

我們要什麼樣的共和國？

警察暴力，你我並非從昨天才開始有所警覺。最近，在菲爾米尼鎮[3]，再度見識到警方採取的手段何其殘忍。即便人民有共識，認為警察有時必須對示威者、甚至對暴力激進分子強勢執法，那麼提醒警察，他們的職責在於維護或恢復和平，而非火上加油，並不為過。然而，這正是剛於十一月十一日在巴黎香榭麗舍大道上發生的事情。因為在兩個地鐵站之間，阻擋法國內務部隊[4]、法國義勇軍[5]、退伍軍人聯合會遊行，這種策略不僅愚蠢、帶有煽動性，更是大錯特錯，即便是新手犯下這種錯誤也不值得原諒。倘若想阻止示威遊行，當初就應該予以禁止；既然允許了，隨後又逼迫好幾百人的隊伍取消遊行，不啻為蓄意挑釁。

諸如此類的操弄結果，哪怕只造成數十人受傷，便已非同小可，不容忽視。何況，當警察自覺得到授權，甚至受到鼓勵以粗暴方式禁止新聞界報導事件，從記者手中搶走記事本，他站著也打，連倒在地上都不住手，這就成了另一個問題。

當和平守護者不過是執法部隊，當新聞自由受到威脅或攻擊時，全體民主人士都應深切質疑。從而自問：難道隨著地下抗德運動與最後終於自由解放，我們等來的就是這些嗎？

政府當局理應好好思考，切記，法國人民受苦受難、犧牲奉獻，不是為了看到共和國慘遭踐踏、人民保母充當軍隊來對付異己，或是政府師法專制政權！

德尼索夫放下眼鏡。

「你說得對，寫得非常好。」

他把這篇文章放在辦公桌上。

「社論，頭版。」

弗朗索瓦驚訝得張大了嘴。一天之內，他二度深受震撼，不過當下他沉住氣，僅止於點了點頭。

校樣送到馬勒維茨辦公桌上，弗朗索瓦忙不迭衝過去看，社論的確出現在頭版，署名卻是……亞德里安．德尼索夫。

「王八蛋！」弗朗索瓦說完立刻衝進走廊，馬勒維茨擋在他面前，用雙手將他推開。

「孩子，別亂來！是時候該學學我們這行的規矩了！不然你以為怎麼樣？」

弗朗索瓦正準備推開他，馬勒維茨放開了手。

「你有兩分鐘的時間，看你是要失去《晚報》的職位，還是回去工作，努力讓自己的名字配得上刊登在頭版。」

馬勒維茨心平氣和回到座位，又脫口說了一句，才繼續看校樣：

「現在，你想怎麼樣就怎麼樣，隨便你。」

弗朗索瓦眼中泛淚。

失敗禍不單行。他一言不發，走出編輯部。

---

1 le Soldat inconnu：一九二〇年十一月十一日在凱旋門下方「神聖的石板上」建造了一座無名戰士墓，象徵所有英勇捐軀戰士，就此成為愛國主義聖地。

2 drapeaux tricolores：這裡指的當然是法國國旗，因為上有象徵自由、平等、博愛的藍白紅三色，故亦被稱為「三色旗」。

3 Firminy：一九四八年，法國礦工展開過一次全國性大罷工，造成社會動盪，與執法人員數度衝突。同年十月中下旬起，因為礦工奪回礦井，與警方發生衝突，雙方均有死傷。

4 FFI：全名為 Forces françaises de l'Intérieur，也譯為「法國內地軍」。第二次世界大戰後期，被時任自由法國領導人戴高樂用來作為抵禦納粹德國的戰鬥組織。

5 FTP：全名為 Francs-tireurs et partisans français，也直譯為「自由射手和法國游擊隊」。第二次世界大戰期間，由法國共產黨領導的反法西斯游擊隊。

43 沒有證據，就沒有調查

氣溫三十多度，濕度百分之九十……安潔兒毫無心理準備，這種氣候，這股氣味，混著烤豬、香草、熏魚、廢氣，這股怪異漩渦，花花綠綠、熙熙攘攘、不知所以然、匆匆忙忙，使得這座城市無比熱鬧，苦力、少女笑著過街，店東站在店門口，賣河粉的小販被鍋爐的煙噴得擠眉弄眼，女人家拎著大包小包吃的東西，身邊還有小毛頭揪著她們五顏六色的外衣在哭鬧。她只說了一句：

「我的天哪……」

海倫立刻想像艾蒂安剛到的時候，雙眼圓睜，這個新世界使他大開眼界。沒錯，他是來找雷蒙的，因為他沒了雷蒙的音訊，但在初來乍到的那個當下，在他眼裡，西貢這座城市想必令他歎為觀止。

在巴黎，旅行社那位小姐向安潔兒保證，「西貢只有『大都會』和『水晶宮』兩家大飯店，沒有其他地方能住」。她俯身對安潔兒輕聲說道：

「『大都會』有一點……妳懂我意思。」

她對客戶已經善盡提醒義務，她很滿意，於是又挺直了身子。安潔兒基於安全考量，選了「水晶宮」。

「這是正確選擇，佩萊蒂埃夫人，尤其是像妳這麼一位女士。」

安潔兒永遠也不會知道為什麼「大都會」不適合像她這麼一位女士，因為第一個晚上，她就和海倫一起在那兒喝了開胃酒，她發現「大都會」相當有魅力，綠色植物又高又大、女子樂隊、精英客戶群鬧哄哄的、服務生來回穿梭，靈巧得簡直像在耍雜技。要不是這次是因為艾蒂安才來西貢，她肯定要在「大都會」好好享受一番。

海倫非常引人矚目。這是安潔兒第一次不是和她女兒出門，而是和一位年輕女子出門，只不過這位女郎同時也是她女兒。海倫和男孩們的關係怎麼樣？這個問題問錯了，她知道。她應該這麼問：海倫和男人們的關係怎麼樣？海倫肯定比她母親準備得更充分，足以回答這個問題。「我在她這個年齡時也這麼美嗎？」安潔兒不禁自問。在其他地方、在另一個時間點，她可能會擔心這個問題顯得她老了。但事實並非如此，她一點都不顯老，她相當自豪。然而，正是因為她這麼想，使得她意識到自己的確是上了年紀。

海倫看待母親的眼光也不一樣。她試圖將原本母親在她眼中的形象和她知道母親過去後的形象重疊起來。很難想像眼前這個女人才二十歲就帶著好幾百萬捲款潛逃，買了假身分，還以假身分生兒育女。她根本無法想像，簡直就是另外一個人，一個她永遠也無法瞭解的人。

旅行社員工沒有說錯，水晶宮大飯店的確相當奢華，頂樓露臺無比寬闊，可將整座城市一覽無遺。艾蒂安肯定來過這些地方，他那麼喜歡出去玩、認識新朋友。此情此景，在在使得安潔兒想起她已經永遠失去艾蒂安了。

她們決定，最簡單的方法就是直接去他住的地方，他的東西想必寄放在那邊。

「如果找得到的話。」安潔兒加上這句。

她說這話時的語氣聽天由命，令海倫驚訝。彷彿現在她人已經來了，拿回艾蒂安的箱子不再那麼重要。

她們毫不費力就找到那棟大樓。兩人剛走進門廊，忽然下起傾盆大雨。斗大雨滴砸在人行道、車身、屋頂、陽臺上，造成背景噪音，猶如奔雷轟頂，永無止息。

原來艾蒂安就是住在這裡。安潔兒四下張望，找尋任何一絲艾蒂安的足跡，她好傻。石階寬大，樓梯平臺寬敞，牆上油漆斑駁，繁華落盡，盡皆體現在這棟樓中。今天，因為雨水將濕氣帶進樓裡，整棟樓散發著一股炸魚和潮濕的霉味兒。

公寓裡傳出人聲、叫嚷聲，是聊得正熱烈？還是在爭吵？誰知道呢？所以安潔兒敲門敲得相當用力。

有人刷地一下將門大大敞開，一個四、五歲的孩子，一看到她們就溜了，邊跑邊喊，活像剛剛看到鬼。穿過走廊，可以看到一大間廳室，光線相當好，窗戶俯瞰露臺。此地的輝煌已成遙遠記憶，衣物散落一地，長短腳的椅子上擺著廚房用具，屋裡的人好像都坐在地上吃飯，還隱約瞥見偌大一臺美國冰箱。

離門口幾步遠的地方，地板上有一大塊黑色污斑。

一名婦女，提心吊膽，走上前來，邊叫著跟在她身後的人。原來是一名男子，缺了好幾顆牙，邊哇啦哇啦叫，口水邊四下噴濺。看起來每個人都很害怕。

「你們會說法語嗎？」安潔兒問道，盡可能笑得和藹可親。「有誰會說法語嗎？」

她親切得無以復加，像她這麼討人喜歡，連全套百科全書都賣得出去。

男人匆匆揮了揮，好像在拍掉灰塵，很明顯，拒絕接待，妳們快點走開。

「艾蒂安·佩萊蒂埃，」海倫堅持。「他住過這裡。就是這裡！」

這時兩三個年輕人趕來救援，全都拖著一大群蘿蔔頭跟在腳邊，現在安潔兒和海倫面對著一整個社群，擋在她們面前，鬼吼鬼叫、作勢恫嚇，聲音大到連雨水打在屋頂反彈的聲響都被壓了下去。

安潔兒心生畏懼，倒退一步。

海倫原本想試試別的方法，但母親已經踏上樓梯，正在往下走，兩眼始終緊盯著激動不已的這一大家子，彷彿擔心有人會朝她背後開槍。

雨水為這一幕增添戲劇效果。因為她們一到底樓，雨立刻停了，正如她們剛抵達這棟樓時那樣，母女倆不禁茫然。她們沒有交談。難道她們大老遠跑來就是為了讓自己大吃閉門羹嗎？

突然，海倫喊道：

「媽！」

安潔兒猛地轉過頭來。

「約瑟夫！」

是牠，瘦得像皮包骨，雙眼卻炯炯有神，已經在她們的腿上磨蹭。

她們兩個將牠抱入懷裡，潸然淚下。約瑟夫閉上眼睛，發出呼嚕聲。河水氾濫，卡提拿街的水溝為之淹沒，人行道閃閃發亮。

「我們要算了嗎？」海倫問。

安潔兒把約瑟夫抱在胸前，用外套緊緊裹著，好像在抱小嬰兒一樣。她哭得不能自已。

「我停不下來。」她邊找手帕邊說。

「約瑟夫給我。」海倫說，她也受到感染，止不住嗚咽。

安潔兒把貓遞給她。等兩人擦乾淚水，擤了鼻子，又哭著一直叫約瑟夫、約瑟夫，這時她們已經到了「水晶宮」。

「對不起，夫人，寵物不准帶進飯店。」

這位接待人員對自己的風度舉止、對這身禮賓制服、對看門職守，無不感到自豪。他緊盯著那隻探出頭來的貓，狀似嫌棄。

「你叫警察來攆我吧，」安潔兒一臉疲態，拿了鑰匙說道。「他們可以在我房裡找到我。」

不等他回話，逕朝電梯走去，但又轉過身來，靠在櫃檯上。

「送一點新鮮的魚上來。等警察的時候，我要餵牠。」

一進到房裡，約瑟夫就衝到一張床上，縮成一團。

「牠怎麼這麼瘦！」海倫嚷道。

「不，」安潔兒說，「我們不能算了。」

海倫過了一會兒才搞懂，原來她母親正在回覆她半小時前提出的那個問題。安潔兒把雨衣掛好，繼續思考。

「我原本相信飛機墜毀這個說法。但是，如果艾蒂安惹起的這件事這麼無所謂，我看不出來政府為什麼要如此大費周章。我來這裡是為了找艾蒂安的東西，但也是為了弄明白他的死因。或者說搞清楚他為什麼會死。」

「爸爸說政府跟這件事沒關係……妳相信嗎？」

安潔兒去開門，原來是房務人員送魚過來給約瑟夫吃。

「我相信，對（謝謝妳，小姐）。來，約瑟夫，過來吃吧，好孩子……」

貓咪吃了起來，安潔兒繼續說道：

「我瞭解羅伯・安德里厄……」

她的臉稍稍泛紅……

「從前，他經常背著妳父親對我示好……噢，純粹獻殷勤而已，我們之間清清白白！他不是一個會對這種事撒謊的人。」

「所以呢……？」

約瑟夫正在吃魚，安潔兒坐在地上摸牠。

「所以，不管是政府還是不法商人，我都要知道殺我兒子的凶手到底找不找得到！」

「誰啊？」海倫邊說邊走到門口。

這回是門僮，手裡拿著一封信。

海倫找著硬幣，在她的大包小包裡面翻來翻去，終於找到零錢包，回到門口，謝過這個小伙子。

她轉過身去，看到母親拿著那封信，已經打了開，一本正經，打趣說道：

「寶貝女兒，倘若承蒙我們俯允大駕光臨，超靈教鸞教皇陛下將不勝榮幸。」

這份邀請訂在向晚時分。所以這對母女還有時間先去貨幣局一趟。

她們不得不先領號碼牌，坐下來，等著叫號。

「這得等多久啊？」安潔兒湊在海倫耳邊低語。「沒其他辦法嗎？」

從櫃檯上高高豎起的柵欄到板著臉的公務員，從牆上每秒鐘都在滴答驚跳的掛鐘到好幾十個人，聽天由命，直挺挺端坐座位等著叫到自己，貨幣局這個政府機構顯現出的每個跡象全都僵化到無藥可救。海倫記得局長的名字。「一個古怪的傢伙，詹特，令人摸不清底細，」艾蒂安在給她的信中如此寫道。「專門收集死狗和前妻的照片」。這幅詹特肖像畫相當神祕，但好歹她有個名字可以拿出來套套交情。海倫壯起膽子，躡手躡腳，慢慢往坐在櫃檯盡頭的那名女子處走去。

「妳有約好嗎？」她頭也不抬地說。

「呃……沒有，可是我……」

「一定要先約好！」

「跟誰約？」

這名職員沒想到海倫會這麼問，盯著她看。

「怎麼了嗎？」她身邊有個聲音立即問道。「我可以幫忙嗎？」

一名年輕男子，高大，襯衫花俏，大鼻子，金髮貼著頭皮，自我感覺良好，一看到海倫，立刻一臉諂媚。右手戴著好幾枚戒指，嵌有各色寶石。

「這位小姐要見局長。」

一眼就知道他就是那種人，還不知道對方姓啥叫誰就開始毛手毛腳。出於直覺，海倫意識到機會來了，因為會做出這種行為的人都智商偏低。

「我叫海倫．佩萊蒂埃，我是艾蒂安．佩萊蒂埃的妹妹，他……」

她還沒說完。加斯頓就變了副嘴臉。

「妳……老佩萊那小子的妹妹……」

一雙眼睛瞪得倒有兩個銅鈴那麼大。

「來，過來。」他說。

他多想摟住她的香肩，就像她病了似的，但他忍住了。

「我和家母一起……」

「啊……」

他被潑了一大盆冷水，這個加斯頓啊。

安潔兒走了過來。他跟她握手致意。

「請接受我最誠摯的慰問，親愛的夫人。」說是這麼說，但他忍不住偷瞄海倫，他被她電到。

他們走進一條走廊。所經之處，海倫和安潔兒看到桌上都堆滿檔案，一個個公務員無不專心致志，真不知道艾蒂安怎麼能忍受這種工作環境。「不怎麼愉快，」他在給母親的信中寫著。「貨幣局更像是木乃伊局。」比喻得實在太貼切了。

「局長先生，幫你介紹一下佩萊蒂埃夫人，是他的遺孀……呃，不，他的母親……」

詹特立刻站起來，繞過辦公桌。

「夫人，」他說，像個騎兵軍官一樣腳跟緊緊併攏，「向妳致上最誠摯慰問。本局因令郎過世痛失一位最傑出的員工。他在本局、行政部門和整個印度支那地區所展現的服務熱忱，妳可以為他感到驕傲。」

海倫心想他最後會不會以「共和國萬歲，法蘭西萬歲」作為結語？還好並沒有，他僅僅鬆開腳跟，握住安潔兒的兩隻手，將頭偏向一邊，默默閉上雙眼，藉以強調他對她的喪子之痛感同身受。然後，彷彿加斯頓在他們背後按下開關，可以改變話題了，他重新挺直了身子。

「兩位想喝綠茶嗎？」

令人無法抗拒。

加斯頓靠了過來，一雙三白眼瞟來瞟去，衝著海倫猛打量。

「這位小姐是老佩萊的妹妹……我們那位不幸辭世的同事。」

他笑了個開懷，對自己的措辭感到十分得意。詹特急忙走向這位年輕女子，像剛剛對安潔兒那樣，也握住她的兩隻手。海倫正擔心他把剛剛那套擲地有聲的葬禮致詞又派上場，但他卻說：

「我們也有咖啡！」

海倫的目光掃過詹特辦公桌上那些相框，數量驚人，但與她哥哥不同的是，她片刻都沒猶豫，抓起離她最近、她搆得著的那個，一下子就翻了過來。加斯頓硬是按捺住一聲驚叫，擰著雙手，惶惶不安，注視著上司。

一幅女人的肖像，一臉庸脂俗粉。

詹特非但沒有因為海倫如此放肆而感到不悅，反而滿臉讚賞，一笑置之。

「我的第一任妻子，一個婊……」他說。「絕無僅有，如果妳知道的話……不過嘛，不聊這個，我們聊我們的，請坐。」

他已經忘了剛剛問她們要不要喝綠茶了。

「兩位應該已經見過加斯頓．鮑梅爾了。」詹特說，他看著這位下屬好一會兒，可是海倫在場，加斯頓被迷得團團轉，沒意識到應該從詹特辦公室告退。

海倫想起艾蒂安寫給她的一封信：「所有簽署授權的行政機關裡面都找得到的混蛋，我的同事加斯頓．鮑梅爾就是典型代表。外加厚顏無恥。何況還又醜又蠢。對，這些加起來的確很多，但可惡到這種程度，在街上打著燈籠也很難找得到。」

安潔兒和海倫陷進專門為客人準備的沙發裡，局長肯定刻意把沙發腿鋸短，如此一來，他才能在辦公桌那邊高高在上俯瞰對方，使得訪客很快就有自己矮他一截的感覺。

「小犬，」安潔兒說，「過世了……」

「情況令人於心不忍，我知道……」

「……當時他正在調查皮亞斯特不法交易。我有充分理由懷疑他的死與調查有關。」

「啊，是啊，他在調查不法交易這件事，對……」

詹特突然顯得非常疲憊。

「他有點先入為主。」他鬆口說道。

「所以呢……？」

「所以……？」

他抬頭看了看加斯頓，他正盯著海倫的頸項，予人一種印象，他只差沒當場把長褲給脫了。

「而且……我不知道，夫人，我不知道……他翻閱過檔案，還列出清單，妳希望我跟妳說什麼呢……」

「你是貨幣局局長，難道皮亞斯特不法交易這件事一點都沒引起你注意？純粹是他憑空想像的嗎？」

「他沒有提出任何結論，佩萊蒂埃夫人！沒人知道他查到了些什麼。而且也沒人知道他到底在找什麼，不是嗎？加斯頓。」

「對對對。」加斯頓根本就沒聽詹特在問什麼。

他歪著頭，使勁想瞄到海倫的腿。

安潔兒正準備再開口，但詹特已經站起來，拉過一把椅子，坐在她身邊。

「這件事相當複雜。倘若真有此事，肯定牽涉到一些有權有勢而且受到保護的人士。至於令郎，其實他已經受到最妥善保護，來自他朋友鸞和整個超靈教。誰知道儘管如此……」

局長的目光不斷在安潔兒和加斯頓之間游移，只見加斯頓恬不知恥，正在門前扭來扭去調整姿勢，才能看到海倫全身。他忙著目測尺寸，海倫突然受夠了，轉過頭去，狠狠瞪他一眼，加斯頓卻對此報以一笑，好像在回應邀約。

詹特把手放在安潔兒的手上。

「令郎……」

簡簡單單兩個字，一切盡在不言中。

「我很遺憾，佩萊蒂埃夫人，但妳在這裡找不到任何人可以幫妳。」

海倫喉頭一緊，不禁哽咽。

她母親轉向她，兩眼含淚。詹特口中的「任何人」其實正是貨幣局和他本人的另一種說法。

母女倆未置一詞，站了起來。詹特抓起一個相框，想遞給她們，但旋即改變主意。那張照片上是他死去的狗，拿給一位死了兒子的母親看，並不得體。他嘆了口氣，放回桌上，深感知音難尋。

安潔兒和海倫下了樓，加斯頓緊跟在後。他和她們兩位握手道別，海倫的手握得特別久。啊，他多想撲到她身上。然而，他僅止於刻意燦笑，露出一口黃板牙。

在電話中，這位高級專員公署年輕官員顯得相當同情她們的遭遇。

「我肩負告知重擔……」

他寫電報的時候，這種同情心可沒這麼明顯。安排運回艾蒂安遺體的也是他。

「當然，」他在電話裡如此保證，「妳來西貢的話，敝人接待義不容辭，佩萊蒂埃夫人。」

外交辭令、場面話、言簡意賅、打官腔，果真是人如其言。他差不多跟艾蒂安同齡。安潔兒可不希望有一個像他這樣的兒子，自律、一絲不苟。他叫傑爾曼・魯埃—巴巴里，正在辦公桌抽屜裡左翻右翻，找出名片。安潔兒認為他更巴不得拿給海倫而不是她，不過這不是重點。

「我想知道調查小犬身亡一事進展得如何。」

「步上正軌，佩萊蒂埃夫人。」

「什麼意思？」

「我們在現場收集到許多飛機殘骸。妳可能知道，那架飛機相當老舊，一度除役過。我們正準備將所有這些材料運到專業機構鑑定，非常嚴謹的一家，我必須趕緊強調一下。」

「為什麼還沒運過去呢？」

「夫人，政府當局並不總是像我們所希望的那樣即知即行。我保證本週內就會運出。」

「很快就會知道結果嗎？」

「恐怕得稍微花點時間。嚴謹的鑑定機構並沒有滿街都是。這一家在波爾多。我想我可以說這家是最專業的。」

每回他覺得自己表現優異、又得了一分，就朝海倫一笑。

「你並沒有回答我的問題，」安潔兒追根究柢。「要多久？」

「介於八到十二個月。更傾向於十二個月。」

兩名女子驚訝得張大了嘴。

「那麼……在這段期間呢？」海倫冒然問道。

年輕官員瞇起眼睛表示不解。

「等鑑定結果出來的同時，你們會繼續調查嗎？你們會做什麼呢？」

「啊，當然不會，小姐！沒有專家診斷，妳要我們怎麼調查？我們不知從何查起啊！話說回來，一知道結論，我們就會採取一切措施，這是當然的。」

魯埃—巴巴里不是傻瓜，他清楚得很，對眼前這兩位來說，這些都是壞消息。因此，他心想「先幫齒輪加點油，往後才好辦事」，這個說法是他在行政培訓期間學到的。

「佩萊蒂埃夫人，我跟您說過我有幸見過您剛過世的公子嗎？」

「在什麼情況下？」

「他懷疑有人從事皮亞斯特不法交易，越盟可能從中獲益。他似乎對這個問題相當『上心』。他希望我們展開調查，卻沒提供任何證據。正如我對他說的：『沒有證據，就沒有調查』，這相當符合邏輯。」

「你對每個問題都給出相同答案。」

「很抱歉，您說什麼？」

不過安潔兒已經站了起來，示意海倫跟著她離開。這裡沒什麼好指望的，沒比貨幣局好到哪去。

她們走到辦公室門口，這時傑爾曼·魯埃—巴巴里說道，聲音大了些：

「呃……佩萊蒂埃夫人……」

他拿著一個信封。

「這是高級專員公署備查紀錄。有關運回令郎遺體……」

安潔兒拆開，海倫湊在她肩上讀著，臉色猛地一紅。她剛張開嘴，就被母親打斷。

「我不會付的，先生。」她說。

「行政部門暫付費用必須償還！」

「你們調查小犬死亡一事，」安潔兒心平氣和回道，「永遠也得不出結論，最後想必是草草結案，不了了之。你們把我兒子的遺骸裝在破箱子裡運回來給我，還好意思向我收取總金額兩萬四千法郎的費用？」

她把帳單遞給他，未置一詞。他並未作勢接下，她隨帳單飄落在地。

年輕人看了看這個女人，她如此平靜又堅決。

他突然像她一樣確定：她永遠也不會付。

44 當年每個人都在想盡辦法活下去

路易搭地鐵前往蒙馬特。為了送安潔兒和海倫去機場，他推遲了回貝魯特的時間。送完機之後，因為一直都沒機會跟兩個兒子相處，於是邀他們共進午餐。

「和珍妮芙一起嗎？」哺哺問。

「噢，我想大男人在一起待一天也不賴，對嗎？」

至於珍妮芙，不難猜出她會有何反應……「啊，是嗎？全都不帶老婆去？八成要去逛窯子吧！這敢情好，好極了！代我跟你父親說……」耳根子休想清淨。

他們約好在拉馬克地鐵站見。車站附近有個小亭子，一位六十多歲的老兵在賣樂透。每張彩票八成只賺幾分錢而已，他的殘障撫卹金也好不到哪兒去。

尚準時抵達。

等候弗朗索瓦期間，喝杯咖啡吧。

「不，現在十一點半，我還是來一杯琴夏洛吧，你呢？」

由於珍妮芙始終形影不離，尚已經好一陣子滴酒不沾，於是他點了酒：

「一杯聖拉斐爾威士忌……」

「你和珍妮芙還好吧？」父親邊碰杯邊問。

「很好，對。謝謝，爸爸。」

父子兩人相互尷尬一笑，專心欣賞起咖啡館裝潢和通往地鐵站小廣場的樓梯，看了好一會兒。

他發福了，路易心想。叫他哺哺很快就會變得十分尷尬，之前他胖嘟嘟的時候還算可以，可是現在……他兒子的體重問題令路易百思不得其解，難道珍妮芙有燒菜的本事？他很難想像。她除了像印度女神那樣端坐餐桌那頭之外，啥都不會，那又怎麼樣呢？搞不好尚一有機會就上館子大快朵頤。想著想著，他已經把開胃酒喝了個杯底朝天，他該再點一杯嗎？

「弗朗索瓦很快就會到。」他說。

尚，他呢，他後悔接受邀約，真該找個藉口，都怪他沒想清楚。他覺得單獨和父親在一起非常不自在。

「兒子，我想跟你說……」

「說什麼？」尚忙不迭回道。

兩手冒汗……

路易皺起眉頭。他使勁回想，自從尚離開家裡，他們父子還從沒單獨在一起相處過，也從沒再談起那段黑暗時期，當時哺哺他……啊，真難啟齒……

尚緊張兮兮把玩著吧檯上的空杯子。

「肥皂廠的事……你知道嗎？」

尚猛地臉紅。

「我很抱歉，」路易說。「都怪我。」

「不，不，怪我……我應該……我不知道……」

就是這樣，路易想，兩人各自認罪，說了等於沒說。他毅然轉過頭來對著兒子，但這股衝動立即遭到打斷。看到尚，令他心碎，因為尚從頭焦慮到腳。我的天啊，他都是怎麼過日子的？

路易把手放在兒子肩膀上。

「結束了，」他說，「結束了，兒子……」

尚迷茫不解。

「現在一切都會好起來的，嗯？會好起來的……」

尚哭了出來，哭得很小聲，他那張胖臉因為淚水顯得更加浮腫，路易尷尬得真想憑空消失。

他拍拍尚的肩膀，翻來覆去安慰他，完全沒用，他在口袋裡翻了翻，把手帕遞給尚，乾淨得很，折成方塊，這種玩意兒向來都是安潔兒在照料。尚擤了擤鼻子，好大聲。

「因為你開店這件事看起來挺不賴的，不是嗎？」

路易刻意語帶輕鬆。

尚點點頭，對對，又擤了擤鼻子。

「對，我相信會順利的……」

其實尚才不相信，到目前為止，他一敗塗地，他實在看不出來為什麼現在開始事情會好轉。

這對父子之間大概也只能言盡於此而已。連跟自己兒子說話都辦不到，路易感到羞愧……

他向服務生示意再來兩杯。

「啊，你來了！」

弗朗索瓦剛到，因為遲到，所以上氣不接下氣。他覺得發生了一些事，喃喃的鼻子吸啊吸的，眼睛紅通通的，這是個什麼家庭啊……

由於父親在場，兩兄弟抱了抱。

「這……你怎麼啦？」路易立刻就指著弗朗索瓦的腦門兒問道。

他不自覺拿手摀著頭上某個地方，藥劑師為了幫他縫三針，不得不剃掉那邊的頭髮。

「摔了一大跤……」

他不想解釋太多。

「我們在這裡吃午餐嗎？」為了轉移焦點，他問。

「不，我們到附近吃。這一區的餐館多著呢。」

路易付完酒錢，父子三人出了咖啡館。

「其實，」他說，「我想帶你們去看……」

他停下腳步。

「不知道還有沒有什麼可看的……搞不好現在，這一切……」

對尚和弗朗索瓦來說，他說這話相當神祕。

他們走了一會兒，來到拉梅街。

「就在那邊。」路易走到他們前面說道。

弗朗索瓦抬起頭來：佩爾斯胡同。

一條小巷子，巷子當中有一棟石屋，就是那種一戰前建造的堅固磨石粗砂岩屋，跟小巷子隔著一道水泥矮牆，牆上有著漆成綠色的鍛鐵柵欄。

「想當年是木頭柵欄。」路易說。

這棟屋子並沒對著街，而是對著院子，院裡有一個類似穀倉的地方，還有一個小菜圃。這一整個地方並不算大，布置得倒是合宜有序。一排排蔬菜短歸短，但排列整齊，雜草也都拔得乾乾淨淨。幾件園藝工具旁邊收著一個鐵噴壺。

路易指了指那棟小樓房。最初被認為是穀倉的地方原來是一間耳房，共有兩層。原本應該被拆除，現在卻已經給湊合著修補好了。路易好感動，因為這棟小樓房看起來更像遺跡，而不是給人住的。

「我們以前就住這兒，我和愛德華。」

路易驀地轉過身來，對著兩個兒子。

「我不希望你們始終抱著你們父親是個惡棍的想法。更不用說你們母親！」

一九一八年。從戰場歸來。

「我和愛德華租了樓上。冬冷夏熱。軍人退職金一直都沒發下來，連養活自己都很困難。我不打算用想當年來煩你們，省得我像個囉哩囉唆的糟老頭，但我們畢竟打過一場可怕得要命的仗啊……」

路易雙手握著柵欄，一腳架在水泥矮牆上。

大戰奪去了戰友愛德華的顎骨，事實上他只是因為這場戰爭而四散到全法國的其中一個被毀了容的人而已。

「我們當時真是窮得連湯都沒得喝……我打打零工，他做不了什麼事，不過，對他來說情況很複雜就是了，這個可憐的愛德華，要講他的故事，得花上一點時間。」

陣亡戰士紀念碑騙局是他想出來的，目錄是他設計的，其餘部分由阿爾伯特完成……

路易搖了搖頭，從左搖到右，往事不堪回首，因為歸根究柢，一切都是由此而起。三十年過去了，如今這些往事帶他重回故地，他不想讓陪他前來的兩個兒子留下自己的醜陋形象。

「我們之所以這麼做……當年每個人都在想盡辦法活下去，這就是真相。」

弗朗索瓦和尚互看一眼。兄弟倆很少感到彼此如此親近。

「當時你們母親和我才剛認識。東窗事發後，我們不得不匆匆離開……愛德華……嗯，愛德華還沒走就先過世了，事情就是這樣。」

些許回憶湧上心頭，他搖搖頭，驅走過去。

「這裡，」他指著一棟小屋說道，小屋入口對著院子，「是貝爾蒙特太太的房子。」

路易絲就住在這兒，她是愛德華的小情人，十一歲，漂亮得像朵花兒，沉默又嚴肅，是個戰爭孤兒，她只剩下母親，一個可憐的女人，自從她先生於一九一六年去世後，她再也不開口說話。路易在腳底抹油開溜之前，給小路易絲留下一筆錢。

不過，這一點，路易並沒說出來。有意思的是，他把兩個兒子帶到這裡，為的是讓他們瞭解當年他過得有多苦，沒想到現在這棟小樓房卻變得相當漂亮，穀倉維護得很好，小花園也是，在在予人一種平安就是福的承平印象。

「總之，你們懂我的意思……」

弗朗索瓦和尚聽懂了，其實父親這是在問他們。

「懂，」尚說，「我懂！」

弗朗索瓦則拍拍父親的肩膀。

「走吧。」路易說。

睹物思情，回憶往事，令路易心痛，於是弗朗索瓦拉起他的胳臂，緊緊勾住。尚猶豫著要不要做同樣的事，但還是算了，勾肩搭背走路挺彆扭的。

「我好餓！」路易說。

他不知道還能說什麼。

父子三人又往拉梅街走去。就在佩爾斯胡同對面，有一家餐館，「波希米亞女郎」。

「有何不可呢？」弗朗索瓦回應了路易的無聲建議。

他們推開門。瞬間被紅酒燉牛肉的香氣籠罩。餐館裡鬧哄哄的，每張桌子都有客人，除了一張以外。

「這張桌子向你們伸出雙臂表示歡迎呢。」一名男子，上了年紀，戴著一頂軍帽似的圓形貝雷帽。

白鬍鬚使他看起來像海象，廚房用圍裙幾乎遮不住他的便便大肚，怪不得他走起路來又慢、又一搖一擺。

父子三人在廳裡最裡面坐定，旁邊就是電話亭。

「開胃菜有蛋黃醬配雞蛋沙拉和自製鵝肝醬。我還剩下兩根兒香醋韭蔥。注意喔，韭蔥可是自家園子裡種的！」

他說這話時，用大拇指比了比肩膀後頭。路易心想是剛剛在胡同菜圃裡看到的那幾排嗎？難道現在貝爾蒙特家的房子，是眼前這位先生在住嗎？

「接下來主餐就是紅酒燉牛肉或是白醬燉小牛肉，你們選吧。」

這個男人的嗓音低沉、聲音顫抖。

他走回櫃檯和廚房門口，走到半路，停了下來。

「我的燉小牛肉不合你口味？剩這麼多？」

他拉高嗓門，衝著其中一桌的兩個工人中比較年輕的那位說。

年輕人聞言一臉驚慌。

「小伙子，你別任他欺負啊！」他的同伴看著他，大笑出聲說道。

「信不信我叫你吃不完兜著走，這麼好的白醬燉小牛肉……」老闆不停嘀咕，一邊繼續往廚房走去。

重新感受巴黎小酒館氛圍是路易來巴黎的一大樂事。這位老闆，他可喜歡著呢。他不記得從前有這家餐館，或許他從沒注意過吧，因為當年他哪裡有錢上餐館呢。一瓶薄酒萊大大幫助他消憂解愁，何況身旁還有兩個兒子笑臉相伴。

「爸，還好嗎？」哺哺問。

「感覺好好！」

尚不知道路易說的是重訪佩爾斯胡同感覺好好，還是說他一飲而盡放回桌上的那杯酒。這頓午餐吃得父子盡歡。

「我說，」路易對弗朗索瓦說，「我看了你老闆寫的社論，迪里索夫？還是什麼來著？」

「德尼索夫。」

「沒錯，有關十一號那天的示威遊行，真是篇好文章！這傢伙怎麼寫得這麼好！」

「是啊，」弗朗索瓦說，「的確寫得不錯。」

路易隱隱覺得自己觸碰到敏感話題，所以他沒堅持繼續說下去。

他們提到艾蒂安，但並不悲傷。還有海倫，這就比較令人尷尬了。

「好吧，」路易說，「你們對她已經盡了力。現在，這個小姑娘已經長大了，我們也管不了囉。」

下午兩點半左右，一張張桌子都空了，只剩下他們這桌。要不是廳裡有好戲可看，這家餐館的服務實在慢到令人火大。老闆，朱爾先生，天生愛埋怨、嘴巴不饒人、死不認錯，在整個服務過程中，他都和全廳保持對話。在這家餐館裡，朱爾先生隻身對抗全世界，天南地北，他全都罵了，配給啦、發戰爭財的啦、物價上漲啦、菸草品質啦、美國人跩什麼跩啦、計程車罷工啦、租金管控啦、家居設備用品展啦……

「我覺得他大大取代了報紙。」路易開著玩笑。

老闆剛好走到他們這桌。

「還好嗎？對，我知道，上菜上得非常慢……」

「不，不，很好。」路易急忙說。

「你們父親真逗趣。」朱爾看著兩個兒子說道。

然後轉向路易。

「其實我是在這兒代班的。我只有禮拜五才來，所以有點不上手。」

「白醬燉小牛肉絕對沒失手。」弗朗索瓦向他保證。

「這個嘛……白醬燉小牛肉是在我血液裡頭的東西，這種本事沒法解釋。」

路易付了帳。他們起身，準備走到門口掛衣架那裡拿大衣，這時這一名少婦進了來，邊上跟著一個小女孩，她撲進朱爾先生懷裡，笑著叫他：

「胖爺爺！」

「我不胖，小寶貝，只是穿得有點多……」

少婦問道：

「你可以幫我照顧瑪德蓮一小時嗎？直到……」

話還沒說完，小女孩已經被老闆扛到肩上。少婦笑了笑，轉身離開。

「路易絲！」朱爾先生喊道。

「什麼事？」

路易離她只有幾公分遠，張口結舌。是她。

他完全認出她了。冰山美人，這……他首先認出的是她的這對眼睛，她的眼神。

是路易絲。他的小路易絲啊。

他差點當場淚如雨下。

「妳的咖啡快沒了，」朱爾先生說。「我都跟妳說了兩次了！」

「別瞎說，我昨天才帶了一些回來，儲藏室裡有八包。」

「啊，是啊，」朱爾先生邊轉過身來邊說，一邊還看著高高坐在他肩上的小女孩。「妳媽媽從不告訴我任何事，偏偏又要我什麼都知道……」

「謝謝光臨。」

路易絲幫這三位顧客開了門。

「謝謝……」路易喃喃說道。

弗朗索瓦和尚注意到他眼眶泛紫，掛著黑眼圈。他們走在街上，路易在口袋裡翻來翻去，嘴裡念念有詞，看在老天爺的份兒上，我把手帕放哪去了？

勒諾瓦法官的訪談糟糕透頂，訥維爾參議員全都看在眼裡。

這位法官判定蘭普森謀殺案最後一名證人有罪，相關說法也受到整個新聞界的轉載與評論。由於勒諾瓦一直打電話到編輯部找弗朗索瓦，他被逼著不得不接。

「法官先生……」

「啊，佩萊蒂埃先生，佩萊蒂埃先生啊！」

他在十八層地獄。他的聲音因情緒低落而微微發顫。

「我們是不是太草率了？」

弗朗索瓦很想幫他忙。可憐的法官只能寄望自己是對的，但願最後這名證人會被證實就是凶手。或者說，但願這個案子拖得夠久，久到大家忘了他這些倉促聲明。

「『我們』？什麼意思？」弗朗索瓦問。

「這個嘛，是的，我們提出一些假設，可是最終……」

「法官大人，請容我提醒你，這些都是『你』的假設，『你』發表的言論，我僅止於……」

「我知道，我知道，可是，請你理解……」

這不是一次談話，而是一場治療。

何況，弗朗索瓦已經沒在聽他說了，僅止於口頭敷衍，光說些對、不對、別擔心。他心不在焉。當他想到「但願這個案子拖久一點」，此時，一個念頭閃過腦際，卻抓它不住。

現在這位可憐的法官索性攤開來講，將內心的恐懼與疑慮表露無遺，他意識到自己如今完全孤立無援，明白自己沉溺於對新聞界放話將害自己付出沉重代價……弗朗索瓦掛斷電話。

他整天都在努力回想那個瞬間閃過的念頭，一出現旋即消失無蹤。

突然，他看了看錶。

這個念頭剛剛在他腦海重現。是對？還是錯？

釐清對錯的最好辦法是搭計程車去「攝政王」電影院。

電影放映中。售票口已經關上，弗朗索瓦偷偷從放映廳一路溜到放映室。德希雷·朗方轉過身來對著他，笑咪咪地說：

「啊，佩萊蒂埃先生，什麼風把你吹來的？」

他的小姪子坐在維修臺前，正彎著腰在黏合膠卷，抬起頭，看著這位不速之客。

「等等，」弗朗索瓦說。「……你叫羅蘭，對嗎？」

小男孩臉紅了。弗朗索瓦笑了笑，走上前去，小男孩繼續悉心幹活兒。

「你好嗎？羅蘭。一切都順利嗎？」

然後，他轉向德希雷·朗方，問道：

「我可以跟你借他幾分鐘嗎？」

45 又不是天涯海角

在西貢，要找到超靈教廷並不難。從前的碼頭倉庫改建成了聖座，大老遠就看到彩繪鍛鐵教徽高高豎立。教廷周圍街上僧侶雲集，個個雙手埋入白袍袖內，行色匆匆。聖座一扇扇寬敞的大門緊閉，但當安潔兒和海倫走到廣場時，猶如奇蹟出現，大門竟然微微開啟。一位長老，身著藍長袍、頭戴藍軟帽，向她們走來。

「兩位女士，教皇已經在恭候大駕。請隨我來……」

聖座內部令她們無比驚艷。大片彩繪玻璃高懸上方，散發著乳白色光芒，將擺滿油燈和香燭的桌子飾以光環，數幅報喜天使全身像在柔和光線照耀下益顯莊嚴，走在她們前方的那位長老經過肖像時，微微欠身行屈膝禮。她們沿著綠金雙色地毯走著，無窮無盡，而在這條通往主祭壇的堂皇大道兩側，數十位信徒匍匐在旁，額頭緊貼地面，正在祈福祝禱。

一聲低沉鑼聲響起，長老倏地止步，屈身跪下，雙眼低垂。教皇現身。他向兩名女子伸出雙臂，邁著平靜穩健的步子，緩緩走了過來，旨在凸顯其泰然祥和。紅色長袍上掛著長條項鍊，由各色寶石與黃玉串成，絨球軟帽高高隆起。如今看起來像是兩個布丁模子相疊，宛若一座雙層蛋糕。

他一臉肅穆、神情專注，完全不像艾蒂安在信中描述的那般親切討喜、笑臉迎人。

他走近她們，安潔兒和海倫都不知道該如何反應，兩人稍作遲疑，還是各自握住教皇的一隻手。安潔兒將手送到唇邊親吻，海倫則握了一下就鬆開了。

「佩萊蒂埃夫人、小姐……我該怎麼說呢？」

他悲從中來，喉頭一緊，但迅速補充道：

「來吧，別留在這兒，來，這邊請……」

他帶著她們來到一間像極佛堂的起居室。面對小講臺擺著幾張沙發，極其鬆軟，坐了立刻陷下去，教皇陛下的寶座就在小講臺上。講臺上另有一位長老坐在圓凳上，恭迎教皇登臺。這位僧侶畢恭畢敬拿起絨球帽，輕輕取下，為鸞減輕負擔，也從而揭開了這頂新帽子的奧祕：以往在鸞頭上挺立的「羽冠」現在改由小麻花辮編成，約有二十多公分高，傲然朝天聳起，所以帽子也必須隨之調整，增加高度，以免壓扁新髮型，破壞了其人所代表的尊貴象徵。海倫和安潔兒對於這種浮誇張揚的髮型印象分外深刻，如此碩大無朋，竟然還能保有美髮界所謂的「律動感」，也就是說，只要教皇稍微一點頭，新髮型就優雅地隨之擺動，從而強調教皇諭旨之重要。

一擺脫流蘇帽的束縛，鸞便將兩位訪客領到較為私密的沙龍角落，這兒放置著坐墊和靠墊，他跟著她們隨意坐下。但他一臉嚴肅，甚至連聲音也沒恢復平常音調。

「我一聽說夫人要來，就冒昧提出邀請……啊，佩萊蒂埃夫人（他再次握住安潔兒的手），我能說什麼呢？我非常喜歡艾蒂安先生，妳知道嗎？他對我恩重如山。如果我能幫得上忙……太可怕了……」

他該不會哭出來吧？海倫有一瞬間如此想。

「我必須坦承我鑄下大錯……」

海倫雖然離母親有一段距離，但她感覺到安潔兒身體變得僵硬。鸞輕輕點了點頭，「羽冠」隨之搖曳，猶如麥穗熟成。

「我沒相信令郎，佩萊蒂埃夫人，這是我的錯，對對對。」

安潔兒和海倫都沒打斷他。可是鸞兩眼放空，並沒接著說下去。這時，海倫開了口：

「我哥試圖帶著皮亞斯特不法交易的證據逃走……」

「我卻沒有相信他。我錯了，因為說不定我可以救他……對，這件事有點說不清，請原諒我。艾蒂安先生口中的『不法交易』，在這裡其實是一種司空見慣的做法，非常普遍，每個人遲早都會用到。說實話，連我們教會也曾經占過這個便宜。但是艾蒂安先生確定這種交易也讓越盟從中得利，實在太過分了，不是嗎！然而我卻不相信他。當初我之所以幫他，因為他是我的朋友，但我沒有採取足夠的預防措施。」

「現在你認為他是對的？」

只見鸞拼命點頭，麥穗來回搖晃。

「對我來說，有一件事是肯定的……」

「什麼……？你的飛機嗎？」

安潔兒一個字一個字說出口。

「對，佩萊蒂埃夫人。我不相信那是一場意外。」

「那是一架老飛機，不是嗎？」

「對，可是定期維修！符合所有技術要求，飛到半空中卻幾乎整個爆炸解體，佩萊蒂埃夫人！噢，對不起！」

聽聞此言，安潔兒哭成了淚人兒。

海倫走過去安慰她，鸞向那些迄今有如隱形人般的信徒打了個手勢，他們捧著紙巾、端著茶盤、浸在茉莉花香溫水裡的毛巾，悄然來到。

「謝謝，謝謝。」安潔兒說道，邊擺手示意，為自己控制不了情緒感到抱歉。

茶水奉上，安潔兒擤了擤鼻子。

「我沒事，請不用理會我……」

鸞靜待很長一陣沉默過去，這才又開口說道：

「就算飛機沒有維修得盡善盡美（事實絕非如此！），萬一故障，一遇到困難，飛行員就會嘗試降落。但是，他卻連一點機會都沒有。不過幾秒鐘，連人帶飛機就消失了……對對……」

鸞等到身穿白長袍的年輕信徒奉完茶，步伐輕盈，迅速退下之後，這才繼續說下去。

「但還有一件事。我相信艾蒂安先生的證據來自於一個年輕男孩，他……跟在他身邊生活……並且是……類似他的家僕或管家，妳們懂我的意思吧？」

這兩位女子非常懂。

「他是喬先生的外甥，喬先生是中國掮客，跟越盟……過從甚密。」

「喬？你剛剛說的是喬嗎？」

海倫記得艾蒂安念出這個姓的時候，弗朗索瓦好驚訝。弗朗索瓦聽成「卡攸」或是「卡約」，卻又認為應該不是這兩個姓，當時他還說等艾蒂安到巴黎後就知道……

「對，喬。他外甥從喬那裡偷到相關罪證，可是在艾蒂安先生成功逃脫前幾分鐘遭到謀殺。有可能是越盟知道我把教會的飛機借給他，他們未能在西貢攔截令郎，於是就在飛機上動手腳……」

事件層出不窮，現在猶如電影那般，一幕幕閃過海倫眼前。盜出罪證、年輕人遭到殺害、艾蒂安逃亡、機場、飛機……

「那麼，這位喬先生……」安潔兒問道，這幾個字幾乎是從牙縫裡迸出來的。

「這是第三件事，唉，不幸被我言中。艾蒂安先生失蹤後，隔天就發現他死了，他的屍體漂流在西貢北部一條小河，已被打撈上岸。」

電影進入尾聲。

有人偷走喬先生的罪證，反過來他自己也遭到槍殺。所有角色都死了。劇終，現在只剩下膠捲在空轉。

「你認識這位喬先生嗎？」海倫問。「還是他的外甥？」

「我認識他的外甥，他經常來我們教會，這個年輕人非常溫和，非常安靜，非常虔誠，對對對。他舅舅，我倒不認識。我覺得喬和越盟關係密切，所以……」

說出壓在心頭的這番話後，鸞感覺舒坦多了。

「我們一直都在為艾蒂安先生祈禱。」

「是啊，是啊。」這句話惹惱了安潔兒，祈禱能把她兒子還給她嗎？

「我請人再過來奉茶。」

「噢，不了，謝謝你。」

安潔兒站了起來。起居室的氛圍令她窒息。

海倫也站了起來，她終於忍不住，問道：

「我哥是怎麼去機場的？」

「我不知道。我建議派車送他過去，但他寧願按照自己的想法行事。我猜他叫了計程車。因為自從他來找過我後，我再也沒見過他。」

鸞走在她們前面，三人往聖座門口走去。

他在圓板凳前稍事停留，身著藍長袍的長老想必在此等候教皇陛下已久，他幫鸞戴上雙層教皇冠冕，流蘇立即胡亂晃悠。

聖座宏偉壯麗，靜謐得震懾人心，香煙繚繞，氛圍凝重壓抑，安潔兒難受得緊緊抓住女兒的胳臂。

「如果有什麼地方我可以效勞的……」鸞說。

「或許有。家母和我沒辦法從艾蒂安從前的住所拿回私人物品……」

「噢，我立刻處理。我不確定找不找得回所有東西，可不是嗎？不過我會盡力而為，對對對。」

他神情堅決，流蘇晃得飛快，更顯得積極剛毅。

「禮拜三晚上，適逢超凡神靈顯聖託付我代表祂行善週年紀念，我們教會要舉辦一場夜間巡禮，我決定獻給艾蒂安先生藉以懷念他。不知敝教是否有此榮幸請兩位俯允出席？」

安潔兒想像這列遊行隊伍，兒子的靈魂在人群上空幽幽飄蕩，這超出她能力範圍。

「謝謝你，真的，我認為我可能撐不住……如果我們能拿回艾蒂安的箱子……」

「交給我辦，對對對……」

他們來到廣場，大雨傾盆而下。

「我派人護送二位回去。」鸞說。

「謝謝你，先生，不用麻煩了。」

他們三個人站在印有超靈教徽的巨大披檐下，望著這場驟雨，又密又急，嘈雜得像列火車。

好幾輛人力車已經邊吆喝招攬，邊朝她們飛奔而來。

聖座那邊，除了教主外，其他人似乎都沒有真正活著，這場滂沱大雨將她們從聖座壓抑的氛圍中解放出來，精神為之一震。原本安潔兒和海倫都懷疑艾蒂安的死因不單純，如今得到證實，兩人筋疲力盡，不再有志一同，而是各有各的心事。

安潔兒，僅止於急著拿回兒子的東西，隨後回貝魯特，離開這座她恨的城市、這個她怨的國家。她來這裡是為了找出艾蒂安過世的真相，她找到了，卻不知該如何處理，於是她一心只想回家，好好睡上一覺，這是她的全部願望。

海倫，既因為年紀輕，也因為個性使然，她拒絕認輸，不斷在想自己還能做些什麼。回到「水晶宮」後，安潔兒詢問航班時刻。明天不行，那就後天……花了半個多小時才終於訂到飛回貝魯特的航班。

安潔兒察覺到女兒心有不甘，隱隱有股怨氣。

「海倫，不然妳還想做什麼呢？下令謀殺艾蒂安的人，反過來自己也被殺死了……牽扯到這件事的所有人都死了。」

海倫不甘心這麼就算了，卻也無計可施。她在生悶氣，固執得雙唇緊閉，進行無聲控訴，安潔兒覺得她相當幼稚。

鸞信守承諾。當天傍晚，艾蒂安的箱子送到。

她們立即認出是那個缺了幾顆牙的男人，之前對她們惡言相向，現在態度徹底改變，走路時雙肩下垂，兩眼盯著地面。握著另一邊把手的那位年輕人則完全不像這個老頭如此卑躬屈膝，他昂首闊步，儘管在這種情況下，依然一臉倨傲，幾近挑釁，荒誕得猶如鬥牛士，蓄意直視安潔兒和海倫的目光。

這兩名男子隻字未說，放下箱子就離開了。超靈教皇受人尊重與敬畏可見一斑。箱子是鐵製的，阿兵哥上戰場用的那種。自從安潔兒在貝魯特買下它後，前前後後被撞過無數次。這兩名男子放下它時，感覺出奇地輕。在這個房間裡，安潔兒和海倫幾乎視它為一種威脅，打開它肯定會招來淚水與悲傷，誰都不想率先動手……

海倫打開皮套，相機看起來沒有損壞，她把它放在床上。然後母女兩人一起掀開箱蓋。剩下的東西並不多，她們剛好可以少哭一點。

幾件衣服，包括安潔兒親手打的冬天穿的毛衣（「媽，」艾蒂安笑著說，「我不是去滑雪，我是去西貢！」），幾條四角內褲……遇到搜刮，衣服總是最先被搶走的。還有一尊佛像。

「他在一封信裡跟我提過。」海倫說。

還有約瑟夫的提籠。

「過來，約瑟夫，這是你的……」

貓走了過來，立刻鑽進籠裡，但牠還是坐著，好像正在等隨時出發，等得都不耐煩了。

她們終於找到一本超靈教的小冊子，裡面飄出一張紙條，署名「你的朋友，鸞」。「目的地金邊，然後搭飛機前往巴黎……」安潔兒邊讀紙條，邊不停自問艾蒂安到底是怎麼去的機場。「超過這個時限，再另外通知我。」鸞這麼寫著。沒錯，她心想，艾蒂安應該是搭計程車去的吧。

到目前為止，她們表現得還算堅強，直到安潔兒和海倫各自把信拿出來，才引得兩人潸然淚下。

「妳一定會笑我，」安潔兒擤著鼻子說，「我把艾蒂安寄給我的信都帶來了。」

「我也是……」海倫招認。

相當可笑，乃至於母女倆都笑了出來。

「點一瓶白葡萄酒，好嗎？」安潔兒提議。

母女倆一整晚都在分享艾蒂安寄給彼此的信。兩人邊喝邊笑。

「這邊，」海倫說，「妳聽喔，『我在取景方面進步神速，我想拍的東西都有拍到鏡頭裡面呢，而且還蠻常這樣。我想，一個新職業正對我展開雙臂呢。』」

「還有這段，」安潔兒說：「『超靈教皇鸞打算和其他教會建立關係。但他將當今教宗庇護十二世和雅典總主教視為下級單位部屬，只怕這件事沒這麼容易。』」

入夜前，兩人沒換睡衣，穿著外出服就在大床上睡著了。接近午夜時分，安潔兒醒了，稍微梳洗一下。回到床上之前，她拿起鸞寫給艾蒂安的紙條。

「如果需要送你去機場，請告訴我。」

那些人，殺害了和他同住的年輕人，艾蒂安在他們一路追殺之下，究竟是怎麼到機場的？

⁂

「妳去那裡要做什麼？」海倫問。

她正從艾蒂安的相機裡面把底片退出來，等等打算去市中心找找看有沒有新底片。一臺徠卡，機械聲音悅耳之外，還配有一個五十毫米鏡頭。

「說得也是，妳高中時學過攝影。」安潔兒邊穿衣服邊說。

「說是這麼說啦。」海倫說這話的聲音夠低，以免被她母親聽到。

她喜歡攝影嗎？她只拍過一點點照片而已。她把艾蒂安的相機拿在手裡，油然升起一種非常怪異的熟悉感，彷彿她的手指立刻找到自己該擺在哪兒，彷彿這個動作習以為常……才怪，她連洗照片都不會……

「妳去那裡要做什麼？」海倫又問了一遍。

「否則我們還能做什麼呢？在城裡觀光嗎？」

這個問題本身就很荒謬，不用說也知道，她恨透西貢。

海倫避免回覆安潔兒，其實她正打算去街上走走、去港口逛逛，或許可以拍些照片。

「那個機場離這裡不到一小時車程。又不是天涯海角。」

46 這種感覺很不好受

離店鋪開張只剩幾天時間，尚比平時更為緊張。珍妮芙則更加辛酸。

「好像室內菜市場裡面賣酒的攤子。」珍妮芙看到展示架堆積如山，準備架在人行道上，氣得咬牙切齒。

最後一批貨剛收到。尚很難面對斯特維勒先生的目光，藉口閃了腰，留在店鋪後間。

珍妮芙算好帳，叫尚出來看著貨車開走。這時他們發現喬治·蓋諾在對面人行道上，雙拳緊握，塞在防風大外套口袋裡。

一早上，尚已經累得要命，實在沒勇氣面對前老闆。

他加快腳步想避開這個場面，卻看到珍妮芙雙手抱胸傲然挺立，於是他停了下來。

一看就知道，她想和這位不速之客正面對決，後者現在則正怒氣沖沖大步過了街，隨後停住，說道：

「是你們，對不對？」

珍妮芙直視他的眼睛。

「有人檢舉我，」他補充說。「我知道是你們！」

蓋諾先生有把握得要命。

「除了你們，沒人知道這件事……」

珍妮芙轉向尚，可是尚不知道該採取什麼態度。她低下頭，似乎陷入深思。

「過來。」她終於說。

不等回覆，她轉過身，逕自朝店裡走去，推開門，並且讓店門就這麼大敞二開著。

蓋諾走進來，看到好幾十個紙箱堆在一起。銷售櫃檯上一字排開的床單、桌布、毛巾……等等，立即引起他注意。他對自己的庫存熟得很，一眼就認出不久之前這些布料還是他的。

「這些都是我的！」

「現在是我們的了。」珍妮芙答覆得好整以暇。

但她並沒有看他，她在還能走動的僅有空間裡走過來、走過去。尚和蓋諾花了點時間才搞懂，原來她正在把展示架排在門口，卻不明白她為什麼這麼做。

「這位先生，我們買下了你的存貨。」她繼續說。

她消失一會兒。等她又回來的時候，雙手捧著一塊木頭，尚認出是木匠留下的一塊梁。蓋諾立即倒退一步，準備自衛，但珍妮芙已經把那塊木頭舉過頭頂，使盡全力，往鐵展示架猛地一砸，架子中間凹了下去。

「噢！」尚說。

珍妮芙不聽，向旁邊走了一步，又舉起那塊梁，第二個展示架應聲倒下。

這一次，尚被嚇呆了，說不出話。

至於蓋諾，珍妮芙轉過身來對著他，這時他已站在門邊，準備開溜。

「你來這裡指責我們誣告，火氣一上來，開始到處亂砸。」

「什麼？」

「你破壞了店裡好多東西，我丈夫試圖阻止，你打了他，對不對？尚。」

尚不知道該怎麼回她。反正珍妮芙也沒指望他回。

「你打壞好多東西，害我們沒辦法如期於下禮拜開張。我們要提出損害賠償。」

「等等，等等！」

珍妮芙砸壞第三個展示架，然後才把那塊木頭扔在腳下。

「我們要告你，向那位先生……什麼先生來著？佩雷？費雷？特雷，沒錯，就是特雷！非法利潤充公委員會的那位！」

蓋諾面無血色，蒼白如紙。她怎麼會認識這位檢查員？這個問題在他腦中迴盪卻遭另一個聲音清除。「倘若明天你被發現扯上某件醜事，哪怕是一絲風波……」

「等等。」蓋諾說，雙手舉在面前，像是為了防止珍妮芙靠近。

「……走錯一小步路，奇蹟不會再度出現。」

「我這就走，我這就走。」

蓋諾打開了門。

「你將被判交付法官……」

「一萬法郎。」

蓋諾轉向珍妮芙。

「什麼？」

「一萬法郎。」

她指了指那些被砸爛的展示架。

「賠我們，我們就不告你，對不對？尚。」

「可是一萬……」

蓋諾不敢相信自己的耳朵。

「不二價。」

「這……這是不可能的！」

「你認為呢？」

珍妮芙直直盯著他的眼睛。

「……直接發送入監。」

蓋諾被打敗了。

「我只有八千……」他結結巴巴。

珍妮芙冷眼相對，但是伸出手來。

弗朗索瓦有預感這陣子不會有好日子過。面對德尼索夫，他做好了心理準備，卻沒料到找他碴的竟然是巴宏和馬勒維茨。而且，這正是即將發生的事，因為這會兒他們三個全在老闆辦公室裡。

巴宏和馬勒維茨身為同事，通常都兄弟鬩牆，這回卻齊心協力，一同站在施力那側，弗朗索瓦則是受力這方。

發現父母的黑歷史對他造成衝擊，他還沒從中恢復，所以，當他站在這三個人面前時，他忍不住說道：

「啊，我還不知道呢，難道這是法庭？」

他立刻發現自己說錯話。

「有可能……」

這就是德尼索夫的回覆，非常不客氣。

「大約十天前，你向亞瑟詢問有關戈達爾和霍普金斯這兩家涉及不法的金融機構訊息，隨後我們非常樂意寫了一篇文章。三天後，你沒知會任何人，自己跑去採訪訥維爾參議員，我現在問你：你是獨立記者還是報社通訊員？」

弗朗索瓦的職位岌岌不保。他從沒想過這點……其實這非常合乎邏輯，只不過他還沒時間整理思緒，提出正確問題，找到可以接受的答案。萬一他現在被趕出報社，他永遠也翻不了身。

「我們重新來過，好嗎？」德尼索夫提議。「先從戈達爾和霍普金斯著手？」

「不行，」弗朗索瓦說，「不能從這個角度思考。這是一整件事。」

德尼索夫穩穩坐在扶手椅上，「那你說吧。」

「我弟在西貢調查皮亞斯特不法交易，法國政府不但掩蓋真相，越盟還可能從中得利。」

這三個人立刻意識到這種消息可能帶來的毀滅性後果。

「他懷疑這些資金透過戈達爾或者霍普金斯轉帳。」

「他怎麼會知道？」巴宏問。

他濫用主管職權，問問題的方式咄咄逼人。只要我從這件事脫身，我要剝了他的皮，弗朗索瓦暗自立誓。

「他不知道。他相信是這樣。」

「這是一樣的。他為什麼會這麼相信呢？」

從這一刻起，弗朗索瓦必須與真相保持距離，卻又得維持相當可信度。

「他在他服務的印度支那貨幣局得知內幕消息。問題是，他沒有任何證據。」

「你們懷疑訥維爾參議員跟這件事有關？」

弗朗索瓦眼看自己可以轉寰的空間不斷縮小，稍有差池，就會落入水中，沒人會扔救生圈給他。他們知道他去見了訥維爾，但他猜他們並不知道原因。

「他跟這件事沒有關係。」

「你弟的調查和你去拜訪訥維爾，兩者之間沒有任何關聯？」

「對。我弟沒有不法交易的證據。但因為他的死，所謂死於意外，導致我心生懷疑。」

「訥維爾那個白痴跟這件事到底有什麼關係？」巴宏被惹火了，問道。

弗朗索瓦心一橫，乾脆丟臉丟到底，非得把自己搞得像傻瓜才脫得了身。

他看了看德尼索夫。他敬佩這個人，他想和他共事，他也的確辦到了。要是他不願意把自己搞得像個傻瓜，他就沒戲唱了，再也回不來了……他窘得臉發紅。

「有人跟我說，他對印度支那很熟，曾經派駐當地好幾年……關於我弟的死，我想請教他的看法，我想知道他覺得可不可信……」

「問訥維爾？」

他最擔心的事發生了：巴宏捧腹大笑，德尼索夫勉強忍住，沒跟他一起笑。只有馬勒維茨渾身不對勁。他一手培養的新手搞得像個白痴，對他來說臉上無光。

「胡扯！」巴宏說。「這傢伙根本對印度支那一無所知！是誰讓你有這個餿主意的？」

這下子考倒了弗朗索瓦，因為他完全不知道該怎麼回。幸虧德尼索夫幫他解圍。

「這不重要，你同意這是個餿主意嗎？」

「我一跟他提起我弟，就意識到我真傻，但是問都問了……」

風暴是否正在消散？

「對某個主題一無所知，」巴宏說，「就交給專業的來……」

「閉嘴，亞瑟。」

開這場會以來，這還是馬勒維茨第一次開口。他說這話的口吻帶著男子漢接受失敗，但絕不接受羞辱的意思。

德尼索夫再次傾向於平息這場風波。大家心知肚明，弗朗索瓦藏私，希望挖出天大的案子，所以才一直不把這些說出來。

「這麼一大堆事，你什麼線索都沒掌握到？」

相信艾蒂安，繼續查下去？還是幫政府開綠燈，讓他們把佩萊蒂埃全家的醜事都抖出來？兩者之間，弗朗索瓦得做出選擇。

「不，我弟沒有任何文件、沒有任何具體事證。沒有任何足以讓我們大作文章的材料，就連調查也不可能，皮亞斯特這件事站不住腳。」

「那他飛機失事又是怎麼回事？」

「調查正在進行，那架飛機之前已經除役，極可能狀況不佳。」

弗朗索瓦一敗塗地。每個人都感覺到了。一個人已經倒在地上，不能再踹他一腳，就連巴宏也寧願保持沉默。

德尼索夫和馬勒維茨原本賞識他，如今弗朗索瓦在他們心目中的地位一落千丈，這種感覺很不好受。

不過，他稍微得到一點安慰。

「好吧，我願意承認我表現得像個傻瓜，可是我在這裡也不是完全沒用，不是嗎？」

他把自己寫好的頭版大標題提案拿給德尼索夫看，後者放聲大笑。

「好極了！」他一邊把這份提案遞給馬勒維茨和巴宏，一邊說道。「幹得好！」

瑪麗．蘭普森謀殺案

「最後的證人」不是別人，正是羅蘭

放映師十一歲的姪子

叔叔不准他看的電影

他偷偷下去放映廳看

弗朗索瓦．佩萊蒂埃剛剛重新加入社會新聞部門。

47 他是個聰明人！

她們在「水晶宮」前搭上計程車往西貢東北部邊和開去。司機話很多，一路狂講越南話，一會兒指著這邊某個看不見的紀念碑，一會兒又指著那邊某個早已消失的奇觀，食指朝某個方向猛揮，邊大聲解釋細節，她們根本聽不懂。歷經半小時的折騰，安潔兒和海倫對這趟旅途感到厭倦。司機希望藉由他提供的旅遊導覽服務換來一大筆小費。安潔兒打開包包，抽出一張鈔票，隨便哪張都好，從司機肩頭遞給他，同時說：「閉嘴」。小費到手，他心滿意足。

眼前林木蒼翠，這種深綠，她們從沒見過，水鄉澤國一望無際，稻田、村落，街道狹窄宛若小徑，彷彿只有拉著車的水牛才通得過，三兩兒童雙腳懸在車後，撫摸著抱在大腿上的母雞，冷冷看著你。

海倫不時拍拍司機肩膀，他立刻停車，她下車去拍一兩張照片，風景、人物都好，她人漂亮，笑容又甜，親切有禮，沒人拒絕得了擺姿勢讓她拍。

吉內梅機場位於森林邊緣，只有一條跑道，乍看之下相當短，或許是因為跑道看似直往參天巨木那兒衝去，所以很危險，碰上惡劣天候，飛機想降落，飛行員肯定得像運動員一樣身手矯健。那兒有一棟低矮小樓，因為沒有塔臺，想必是作為管控中心使用。機場只有一個機庫，附近停著一架觀光用的飛機。

她們走進樓裡，司機去把車子停進機庫，以免下雨，因為他們才剛出發，大雨就預示著即將傾瀉而下。

這個地方類似軍官食堂，吧檯應有上百年歷史，牆上掛著數枚勳章，獎盃布滿灰塵，三角旗褪了顏色，訊號旗遭蟲蛀蝕，玻璃櫃變得混濁不透明，上頭擺著一只鍍金黃銅盃，手柄由兩隻翅膀取代。天花板相當低矮，裡頭飄著一股菸絲和廉價雪茄味兒。這一整個地方的唯一特點就是陰森、黯淡，昔日榮光已成過往雲煙，奇蹟般超過預期壽命存活至今，更讓人想起舊時全國聯賽足球俱樂部總部，而非私人機場管控中心。右側是控制臺，即便是門外漢，也猜得出來有多簡陋：一個麥克風、一個喇叭、幾個按鈕，還有一大個紅紅的滅火器。外加一位操作員兼維修人員兼經理兼酒保，話說這個亞洲人，頭戴破舊綠色鴨舌帽，滿臉皺紋，嘴巴老是微微張開，下唇耷拉著，顯得又厚又突出，好像總是在撇嘴，使得他的神情看起來略帶不屑。他應該有六十多歲了。

「什麼事？」他說。

他說話時嘴唇幾乎沒動，聲音被菸草熏得略微沙啞。

安潔兒自我介紹。她不確定自己說的話，這個人有沒有全部聽懂。他依稀聽到她提到艾蒂安搭飛機出發，但是，看到海倫拿著相機左拍拍右拍拍，令他擔心，他不太喜歡這樣。

「對，對。」他重複道。

安潔兒說完後，他問：

「妳們為什麼來？」

安潔兒愣住，難道她剛剛沒說清楚？

「那個年輕人，在飛機上……是我兒子。」她說。

「對，所以是為了什麼呢？」

這位仁兄不是傻子就是腦中風患者。機場大小事由他一個人負責，實在堪憂。

海倫上陣救援。

「他是怎麼到這邊的？搭計程車嗎？」

「搭 chep 。」

母女倆面面相覷。他說的是哪國話？她們不禁心生懷疑。

「搭 chep ，」他又說了一遍。「Vec la léchion 。Che vu fers 什麼？」

「我真想喝杯啤酒，」海倫說。「搭吉普車，所以說我哥是跟兵團一起來的？」

「對。」

安潔兒沒轍，目光從女兒身上轉到酒保。

「他和雷蒙的朋友一起到這邊。為了安全起見……」

「原來如此……」安潔兒說。

「對。」酒保說，他在櫃檯上放了三瓶啤酒，開始喝起自己那瓶。

服務生喝的酒也算在顧客帳上。由於他下唇鬆弛無力，沒辦法直接對著瓶子喝，於是，他將頭往後仰，嘴巴張得大大的，熟練地將啤酒灌進去，發出洗臉盆把水清空的汩汩聲響。

海倫掌握到與他交談的竅門，母女二人才得以重建艾蒂安臨死前的最後時刻，原來他是跟一小隊兵團成員一起來的，超靈教的飛行員（他不在酒吧就在機庫睡大覺）已經等了他好幾天，等他一到，毫無耽擱，立刻起飛，兵團成員則等艾蒂安上了飛機才返回西貢。

還有那輛豪華轎車。

停在管控中心和機庫之間。

「一輛豪華轎車……」海倫始終巧笑倩兮，如此說道。對酒保來說，她的微笑就是強力對話加速器。

「對。」

安潔兒的啤酒喝了一半，海倫則喝完了，酒保開始喝起第四瓶。

到目前為止，酒保概述的當時情景符合她們對艾蒂安匆忙離開的想法（除了兵團之外），但這輛豪華轎車的出現就比較出乎意料了。海倫為了謹慎起見，還專程走出去，仔細觀察周遭環境。兩棟建築物之間出現一輛車……這輛車並不是在停車，而是在藏匿。

「喬先生親自來監督這場意外。」海倫回到吧檯時說道。

安潔兒只顧著擤鼻涕。海倫摟住她的肩膀。

「我們現在回去吧，好嗎？」

然後她轉向酒保。

「謝謝你這麼熱心，先生。」

正是在這一刻，事情起了變化。

「不客氣。」酒保說，舉起酒瓶以示友好。

兩個女人抬頭仰望天花板。

雨，剛剛終於下定決心，瞬間傾瀉而下，落在屋頂上的迴聲如此之大，得提高嗓門才聽得到彼此說話。

海倫離開吧檯，打開門，面對一片雨簾，她彎下腰，瞥見計程車司機，招手請他開過來。

同一時間，安潔兒對酒保靦腆一笑，包包緊緊抱在胸前，力圖鎮定。

酒保打了個響亮的酒嗝，向她靠過去，跟說悄悄話似的：

「不是喬先生。是鸞。超靈。」

海倫不知道自己怎麼回事，竟然從門口就聽到了酒保說的話，立刻衝過去。

「是鸞？超靈教皇？你確定？」

「絕對確定！」

他把啤酒放回櫃檯上，邊笑邊將十根手指分得好開，然後放在頭頂，模仿鸞的怪誕髮型。

車子像小船般在路上緩緩游弋。雨水嘩啦嘩啦，很難說得了話，不過安潔兒和海倫都不想說話。母女兩人各自設法理解這個訊息的意義。原來鸞幫艾蒂安租用的飛機起飛時，他本人也在現場。

海倫靠向母親：

「他堅稱他再也沒有見過艾蒂安。」

安潔兒回她：

「他還說他不知道妳哥是怎麼到機場的，結果當時他明明就在那邊！」

海倫補充道：

「他把所有的指責都導向那個中國人，喬……」

「……因為死無對證。」

經過一番細思量，鸞逐漸從幫凶成了主謀。

為什麼超靈教皇安排這場意外置艾蒂安於死地呢？他居心何在？

「或許有辦法可以知道。」海倫說。

好像嫌第一次碰了釘子還不夠，竟然又來了。

「妳有預約嗎？」坐在接待櫃檯最邊上的那位女士問她。

海倫只希望一件事：千萬別再遇到加斯頓．鮑梅爾。偏偏加斯頓像獵狗一樣，大老遠就嗅得出妙齡女郎的青春氣息。

「佩萊蒂埃小姐！」他叫道，邊死握著她的手不放，噁心得要命。

「你能問問局長先生，他可以接見我一下嗎？」

這名年輕女子在場……對加斯頓來說感官刺激甚大，他伸手扶額頭，長長的手指上戴滿戒指。

「否則我就自己去問他……」

「當然不用！」

他們在走廊上走著，他巴不得在女孩跟前當場掃起地來，好伺機偷窺她的裙底風光。不過，他自有對策。來到老闆門前，他閃到海倫身後，為的就是欣賞她的翹臀哪，她穿著一件印花連身裙，害他都快要瘋了，他彷彿聞到她的香水味，更了不得的是，她的氣味！啊，他有多想把她轉過去，壓在牆上啊！

「局長先生……？」

「是的，幹麼？幹麼？」

加斯頓側開身子，讓海倫過去。

「是佩萊……」

他還沒來得及說完，海倫轉向他，客客氣氣，把他推回走廊。

「謝謝你，鮑梅爾先生，我已經到了。」

她關上門，轉過來對著詹特。

「我非見你不可……」

她本該為自己冒昧闖入道歉，但她的聲音透露出緊急不安。

「啊，是啊，」詹特說，「我也這麼想……」

「什麼？」

「他很黏人，不是嗎？」

他指了指門。海倫笑了。

「而且，」他補充說，「妳算好運的了，妳不用求他什麼，因為……」

他忙著整理相框，擺擺弄弄，好像在玩滑塊拼圖[1]或是大風吹。海倫走近他。他突然拿起一張德國牧羊犬的照片湊到鼻子下面。

「伊蘇。我不得不讓牠打針安樂死……」

「你也該讓鮑梅爾先生打上一針。」

詹特沒聽她說，自顧自用袖子擦擦相框玻璃，放回去，又拿起另外一個。

「是啊，為了妳哥，當然是……」

「我覺得鮑梅爾先生不在場，你應該可以跟我多說一點……」

詹特打開辦公桌抽屜，拿出一塊麂皮，開始進行一場大工程，把相框一個個拿起來，擦乾淨，再放回去。

「是的，是的……多說一點，我瞭解。」

海倫確定這傢伙整個人都瘋瘋癲癲的。

「關於鸞的事，」她大膽說道，「超靈教皇。」

「嗯，是啊，鸞，親愛的老鸞……」

「他跟喬先生熟不熟？你知道嗎？」

一聽見這個中國買辦的名字，詹特整個人跳起來。他放下手中的麂皮，衝向海倫，兩隻手搭著她肩膀，逼著她陷進沙發裡，上回她已經領教過了。但是，跟上回對待安潔兒一樣，他在她身邊蹲下，使自己的位置低於海倫。

「你哥……是個正人君子！正人君子，小姐，妳可以為他感到驕傲！」

他是不是又要搬出共和國萬歲那套了？他朝門口瞥了一眼，壓低嗓門。

「秤不離砣，我會這麼說。」

海倫不懂他的意思。

「鸞和喬，秤不離砣。有段時間，他們經常在一起鬼混。然後……後來那個老痰，我是說鸞，有了自己的教會，不需要那個中國佬了，妳懂嗎？……但是，從前嘛……沒錯，妳哥啊，正人君子一個！」

海倫知道不能打斷他，必須任由他胡說八道，否則線索有可能斷掉。

「喬啊，他是個闊佬，妳懂嗎？……琰嘛，我是說鸞，（我不習慣！），從前只賺點蠅頭小利。後來把腦筋動到中國佬身上，跟他做起生意。按件抽頭，賺取佣金。妳到底為什麼要問我這個？」

「我想設法搞清楚我可憐的哥哥到底在追查什麼。你是貨幣局局長，顧名思義，你應該是局裡消息最靈通的人……所以，我想知道喬先生和……」

「他死了，妳不知道嗎？」

「我知道，正是因為如此，艾蒂安的死和他的死之間巧合得奇怪。」

詹特被難倒了，「什麼，什麼。」他喃喃自語，眼神東飄西飄，尋找落點。

「你很器重艾蒂安，不是嗎？」

「正人君子！」

「所以請幫我弄清楚。喬先生是不是幫越盟處理轉帳的事？」

「天啊！」詹特邊嚷道，邊站起身來。

他揮舞雙臂，看著自己的辦公桌，彷佛它慘遭洪水侵襲。

「妳到底希望我跟妳說什麼呢？」

海倫沉默不語。

「每個人都在大撈油水，妳知道嗎？天大的災難。每個人都一樣。我看不出來越盟為什麼不摻一腳……」

這回輪到海倫也站了起來。詹特瞇起眼睛，他覺得她一下子變得好高。

「告訴我……鸞和越盟保持良好關係會有好處嗎？」

詹特雙眼圓睜。笑了出來。

「當然！他的教會需要和每個人好好相處！和法國政府好好相處，法國政府給了他地盤。和越盟好好相處，時機一到，越盟將成為他的強大盟友。老鸞這個人哪，吃著碗裡看著鍋裡！他是個聰明人！」

安潔兒和海倫在「大都會」喝開胃酒。環境醉人，但兩名女子愁容滿面。出來小酌之前，她們已經在房間裡談了很久。

鸞對她們撒了好幾次謊。

他跟喬先生熟得很。

他「顯然」和越盟關係良好。

艾蒂安起飛的時候，他就在機場，他比任何人都更有辦法搞破壞。

他非常清楚艾蒂安是怎麼到邊和的，卻隱瞞不談。

艾蒂安的調查有可能斷了越盟的重要資金來源，鸞，選了合作夥伴而非朋友。

一切慢慢就定位。鸞甚至一手遮天，把罪全部推到一個如今已經不在人世的人身上，死無對證，再也不能對他怎樣，再也無法知道他的任何事……

安潔兒啜著雞尾酒。

「我想殺了他。」海倫說。

「我也是，女兒，我也是。我們在這裡還要待一天。然後，我們回家，一切就結束了。」

她又喝了一口。

「對，結束了。」

1 pousse-pousse：一種智力遊戲。在平面上滑動數塊平滑板塊以拼成特定排列。

48 一切都結束了

長夜漫漫，海倫氣了一夜，艾蒂安魂魄來兮，召喚她報仇，乞求她為他伸張正義，他呼喚著她，海倫，海倫，「艾蒂安，別拋下我」，她說，海倫……

她殺鸞，殺啊殺啊，猝然驚醒，渾身是汗，茫然無措。儘管手段極端殘酷，卻始終無法真正殺死他，他化為鸞鳳，一再現身，始終微微笑著，他那扭曲盤繞的流蘇影子，投在聖座牆上，成了蛇形。

她三度起床，踉踉蹌蹌，一路搖晃到浴室，拿清水按摩臉部，她累壞了。

她又經過母親房間，聽到母親呼吸平順，看到母親的身影，睡得正熟，令她憤慨，她們剛剛才知道這些事，虧她還睡得著！

約瑟夫受夠了來回奔波，已經躺在旅行用提籠裡，牠也急著要回家。

安潔兒閉著眼睛，沉陷於黑夜。垂死之人想必就是如此，一鬆懈，死亡就伺機進攻。她自問過千百回，當時兒子有什麼感受？他怕嗎？為什麼她不能代他死？

她聽到海倫起身三次，到她房門口站了一會兒，看著她睡。安潔兒從床上就感覺到女兒怨恨、憤怒，對她抱著敵意，喪親之痛，心情一度逐漸平復，如今又強烈得無以復加。安潔兒一動不動，儘量保持呼吸平順，節奏如同睡著時那樣平靜和緩。她需要獨處。

黑夜總有盡頭。

黎明到來，結束了海倫的黑夜。八點多了。母親的床是空的。她洗了澡，穿好衣服，依然不見安潔兒人影。

「佩萊蒂埃夫人要我們轉告妳，她進城去了。」接待中心告訴她。

自從安潔兒硬讓貓住在房裡，這位接待人員就恨得牙癢癢的，他雙嘴緊閉，硬擠出話來。

「她有說她要去哪兒嗎？」

像她們這種人，竟然還要他恪遵職守回答問題，可真難為他了。

「她問了勒科克．達爾奈維爾商行的地址，我只知道這些。」

他已經儘量做到最好了，轉過身去，佯裝一臉憂慮，專心致志，看著掛鑰匙的板子。

海倫剛吃完早餐，母親就回來了。她買了一件鮮黃色的雨衣、一把雨傘、一個手提包。

「妳去哪兒了？」

「我去買了點東西。」

「妳去了勒科克公司。」

海倫覺得她神情疲憊，可是她明明看到安潔兒睡得很香啊。

這是個問題嗎？語氣帶著指責，安潔兒假裝沒聽出來。

「對啊，我的錢用完了。」

「可是我們明天早上就要回去了！」

「『水晶宮』比我想像得貴。妳今天要做什麼？」

安潔兒立即忍住沒再多問。每次海倫回答這種問題都像是在抗議母親竟敢侵犯她的隱私。

「那妳呢？」

有點像在家裡，海倫反問的語氣酸不溜丟。

「今天我讓妳一個人自由自在，親愛的。我好累……」

「妳明明睡得很好！」

安潔兒笑了笑，是啊，睡得很好。

「我可能會再去城裡轉轉吧，我不知道。艾蒂安在這裡生活過，但我永遠都不會再回來了，所以……」

海倫略帶疑惑，撇了撇嘴，她不太懂這是什麼意思。

「我建議我們吃晚餐的時候再會合，妳覺得怎麼樣？」

各走各的，兩個人都覺得這麼安排挺好的。於是，海倫出了飯店，相機斜掛肩上，去買底片。但她始終惦念著要去找鸞。找他幹麼呢？殺了他，拿著一把刀進去，就像櫥窗裡的這把刀一樣，往他肚子一捅，看著他痛苦扭曲。

她辦不到，當然，她知道，那怎麼辦呢？甩他一巴掌？可笑至極。他會自衛，信徒會立刻趕來，她會被攔腰抱住，扔出門外，他們會報警。

她心想這就是她憎恨母親的地方，她逆來順受。這根本就是她的一大弱點，偏偏遺傳給了她，因為她自己也什麼都不做。她在大街小巷走來走去。

這是她這趟來越南期間唯一的一個晴天。雨已北移，天空依然白茫茫一片，空氣潮濕，城市依然故我，並未因天氣變化而改變節奏。

不知不覺，她的腳步帶她來到超靈聖座旁，日正當中，這一帶開始為夜間巡禮做準備。有人將布條拉到對街，裝飾小旗與令旗高高掛起，教會僧侶匆匆來回，忙得跟小老鼠似的。海倫全身每根纖維都在顫抖，因為她想到那個混蛋說的話：「我決定這次巡禮獻給艾蒂安先生藉以懷念他。」

她不禁覺得自己噁心、惡毒、卑劣，她幫大家拍照，其實她更想賞他們巴掌。相機是她心境的化身。

她走過碼頭，穿過市郊，一直走到河邊，返回飯店小憩，她以為會遇到母親，結果並沒有。她和衣躺下，睡了兩個鐘頭，迷迷糊糊醒來，暮色業已深沉。她還是躺著，她一點勁兒也沒有。她母親做了些什麼呢？她一整天都沒看到她。

這是一個彼此錯過的夜晚。海倫等著母親，可是當海倫前腳離開，她母親後腳就到了，母女倆輪流出現在飯店大廳，到了相當晚的時候，才終於碰到面，氣氛並不輕鬆。

她們去「大都會」用餐，吃得不多，喝得倒不少，避免談及重要問題，兩人相對無語，沉默得可怕，飯後回到「水晶宮」，從超靈彩幛下經過，對其視若無睹，上樓回到房間。計程車預訂於早上五點半出發去機場。

「我累垮了。」安潔兒說著，邊梳洗完畢。

她吻了吻海倫的額頭，父親都這麼親她，母親卻是頭一回。

「晚安，媽咪。」

母女各自回房，中間那扇共通的門關了起來。海倫只感到雙腿沉重，她低估了自己的疲憊程度，才剛躺下，立即沉沉睡去。

她是幾點睜開眼睛的？

林蔭道上的燈光透過窗簾照了進來。現在是晚上十點四十五分。是音樂把她吵醒的，音調若有似無，卻擾人清幽，鑼鼓聲從聖座附近傳了過來。遊行！

海倫倒回枕頭。她得起床去洗手間，經過母親房間。

她躡手躡腳走過去，關上浴室的門，又折返回來。母親的床罩雖然被掀開、折疊好放在床腳，床上卻空無一人。約瑟夫則睡在床腳的床罩上。

「媽？」

她的聲音在迴盪。海倫看看椅子，往前走，打開衣櫃。她出去了嗎？她的雨衣不在裡面。手提包也不在。

「媽？」

她的眼鏡不在床頭櫃上。

她去哪兒了？

想必是去參加遊行。當然是。她會害自己哭得傷心欲絕。信徒隊伍的迴聲讓她著了魔，她去看遊行，或者正相反，為了再也聽不到他們的聲音，她離得遠遠的，等全部結束後才回來。這時，海倫再也睡不著，反正時間很快就到了，搭計程車、去機場、起飛。

正是想到「起飛」這個詞，海倫才走到暫放在玄關處的箱子前面。艾蒂安的箱子放在這邊，她輕輕打開，看到那尊包著報紙的佛像，還有信。艾蒂安寫的信。被翻動過。最上面那封是她哥剛到西貢時寫的。海倫臉色發白，抬起頭。

難道……？

「這個國家非常暴力。這裡每個人好像都有和自己配合的殺手，只要去堤岸那一帶就找得到人，為了幾個皮亞斯特，想幹掉就能幹掉誰。」

母親去過勒科克．達爾奈維爾商行。

她消失了一整天。

海倫一秒鐘都沒浪費，一把抓過衣服，拎起包包，邊穿衣服，邊慌慌張張跑下樓，到了接待中心，但這次她沒停留，沒問有沒有人看到她母親，因為她知道……

海倫在跑，推開來人，她沒道歉，她跑。

哀傷的音樂，安魂的音樂，響徹大街小巷。她跑。聖座一帶燈火通明。無數火炬，人山人海，靜默、虔誠、順從。鼓聲。鑼。還有鈴鼓。信徒在人行道上排成長列，空出街道中央供長老和僧侶行進，遊行開始，大老遠都聽得到。

音樂節拍愈發響亮。

海倫不知道該怎麼辦。她往前走，硬往聖座廣場那邊鑽……她現在看得到了，這裡是長老出入口。

她東找西找。那邊，有兩個木箱棄置在人行道上，她衝過去，疊起木箱，站到上面，稍微高出人群，她看到鸞，一襲盛裝，金紅兩色，頭上戴著高聳流蘇帽。

他領頭，後面緊跟著五位身穿藍袍的長老。他們身後，忠實信徒川流不息，緩緩從聖座湧出，手執裝飾小旗與橫幅，邊打著鼓，在銅鑼與鐃鈸緩慢又莊嚴的振動聲中，在尖銳的哨音裡，徐徐向前移動。香煙裊裊，瀰漫整條街。鸞教皇所經之處，眾人紛紛跪服，只見鸞眼神狂熱，遙望遠方，一個理想世界。

海倫看到母親，兩人相距約有三十米遠，她穿著鮮黃雨衣，在那一小群信徒當中，只有她沒跪下迎接教皇。

安潔兒始終站著，她感到自己十分強大。

鸞緩步行進，鮮黃雨衣引起他注意。他微微轉過頭來。

信徒紛紛虔誠膜拜，當鸞捕捉到安潔兒站在信徒當中的身影，目光再也無法從她身上移開，步伐從而受到影響，他稍稍放慢腳步，儘管他重新集中注意力，但依然緊盯著這個女人，這個女人也正在看他……即將發生什麼事。

超靈教皇放慢腳步，人人都感覺到即將發生什麼事。

鸞是第一個……他張開嘴。他想大叫？還是喊人？

遊行隊伍速度減慢，影響到打擊樂器，鼓聲停歇，一個接一個，都停了。火炬的光在晃動。

安潔兒和鸞四目相對。

他無疑想表達些什麼，安潔兒一定感覺到了，因為她搖搖頭，表示拒絕，「不」，搖得非常非常慢。

子彈就是在這一瞬間擊中教皇。

爆炸聲在街上迴盪。

鸞用雙手摀住胸口，倒下、跪地求助，血還沒從他指間湧出，尖叫聲便已四起。流蘇帽滾到人行道上，信眾慌忙奔逃，將其踩在腳底下踐踏。

大家轉向街道兩側的建築物。是從一扇窗戶開槍的。這麼多窗戶！從遠處開槍的嗎？還是附近？

所有人都衝了過去，教皇已經倒臥在瀝青路上的血泊中。

海倫找著鮮黃雨衣，但它消失無蹤。

她從木箱上下來，她想用跑的，但她不得不逆向而行，穿過驚惶失措的人群，人人指手畫腳、呼天喊地、哀嚎痛哭。

她花了將近十五分鐘才回到「水晶宮」附近。

她倏地停在寬闊落地窗前。在接待臺前，母親從包包裡拿出一只沉甸甸的信封，遞給夜班工作人員。她耳提面命了幾句，那人同意，拿著信封，轉身打開砌在牆上的大型保險箱。

海倫在街上待了很久，城市一片嘈雜，人潮慌忙，陸續朝聖座匯集，彷彿害怕遲了就來不及了，人人滿臉驚愕、憂心，所經之處，路人紛紛自問，剛剛是槍聲嗎？是真的嗎？超靈教皇……已經仙逝了。

大約十分鐘後，海倫看到一名黑衣男子走進「水晶宮」大廳，幾綹髮絲從灰色氈帽露出。

他站在櫃檯前。飯店工作人員看他看了很久。

男子只是等待，拿出一包菸，點了一根。

飯店員工轉身面對牆上的保險箱，打開之後，將剛剛從安潔兒手中接過的那只厚信封交給那名男子。

男子走出飯店，海倫發現他眼神冷酷，看似沒有嘴唇。

他將信封塞進口袋，動作精確，隨後融入人群。

海倫回到房間，踮著腳，輕輕往浴室走去，但是並沒有待多久。

半昏半暗中，她看到母親躺在床上。她整個人嚇呆了。

她自己做不到的事，她母親做到了。

一陣激動，淚水蒙上眼簾，她忍住，沒過去緊緊依偎著母親，沒對母親說……她默默流淚，走進自己房裡。

約瑟夫睡在床罩上。

海倫沒脫下外出服，和衣躺在床上。

一切都結束了。

尾　聲

一九四八年十一月十八日

49 妳做得很好

路易只能這麼做。才離開肥皂廠幾天，安潔兒的工作和他的工作累積的一樣多，由於只有他一個人回來，所有工作都落在他身上。因此，當他得知妻子飛機抵達時間，他左想右想，還是抽不出空去接機，最後，他決定派手下最優秀的工頭去機場，自己趕去檢查貨物抵達情況，一併驗貨。但他沒預料到飛機誤點。安潔兒終於到家的時候，都過了晚上十一點，路易已經在家了。工頭把艾蒂安的箱子放在他以前的房間裡，路易迴避視線，以免睹物傷情。

安潔兒緊緊擁抱路易，抱了好久，才終於脫下帽子，掛在衣帽架上。

「一切都好吧？」他問。

「非常好，是的，好極了。」

「妳一定很累。」

「有一點。」

路易準備了番茄沙拉，他只會做這個。

「別擔心，這樣就很棒了。」安潔兒要他安心。

他也開了一瓶白葡萄酒。安潔兒坐下來。

「你呢？跟兩個兒子怎麼樣？」

「還好，還……還可以。」

他們在一起生活將近三十年，一直都很幸福。

最近這幾個禮拜糟透了，尤其是白髮人送黑髮人令他們的傷痛難以磨滅，再加上他們希望埋葬的過往也被挖了出來，但兩人鶼鰈情深，並未受到這些考驗影響。

「我想告訴你……」安潔兒開了口，她夾起番茄，沒有看他。

路易點點頭，「什麼事？」

「我去過勒科克．達爾奈維爾商行。」

她切著麵包，沒有看他。

「我花了很多錢，路易。」

路易稍微等了片刻，隨後平靜問道：

「很多……妳是說……真的很多？」

「對，親愛的，我就是這個意思。」

路易點點頭。許多畫面浮現眼前，但沒有一個真正符合像安潔兒這樣的女人可以稱之為「很多錢」的東西。尤其是因為她一直都很節儉，甚至算摳門兒，這麼說並不是在污辱她，而是實話實說。她似乎並不打算向他解釋她把這一小筆財富用在什麼地方。

「至少，」路易說，「這筆錢花得很值得吧？」

她坦然盯著他。

「我認為是的。」

「那妳做得很好，安潔兒。」

「我愛你，路易。」

「我也愛妳，親愛的，妳知道我愛妳。」

有兩大案件，無論哪個記者都會拿來當成頭條新聞，撰文大書特書，甚至系列報導。阿爾伯特．梅亞爾事件（「一九二〇年出售價值三千萬法郎的假陣亡戰士紀念碑的騙子，終於找到了！」），皮亞斯特事件（「藉由可恥的印度支那皮亞斯特不法交易，檯面上的第一線政客拿法國人當墊背，從中牟取暴利」），偏偏這兩者，他都失之交臂。

甚至連社論都被別人搶走！

從一九四一年起，一盤盤好菜，弗朗索瓦看得到卻都沒吃到。莫非他受到詛咒？

淡紫色信封是快遞送來的，信封上是女性筆跡，大氣而優雅。他立刻明白，趕緊撕開。

「朗布托路六十四號。現在？」

弗朗索瓦從衣架上扯下外套，在走廊拐角處差點跌倒，三步併作兩步飛奔下樓，一到底層，向右走，而不是向左走！他跑啊跑啊跑啊，跑得喘不過氣，第一個街角……

九兒在那裡，兩手交叉，秀氣地置於身前。他停下來。

「我害你用跑的，抱歉……」她說。

「不，不，一點都不會！我想跟妳說……我非常抱歉，因為……妳聽我解釋……」

但她沒給他時間，她衝了過來，熱情擁吻他，令他窒息。她的唇光滑如緞，溫熱，一張櫻桃小口，他像吸吮水果一般吸吮，她緊緊貼著他。隨後才輕輕推開他。

「來……」

她的口音更加明顯。弗朗索瓦抬頭一看，六十四號，墨卡托旅館。

九兒拉著他的手，將他拽到身後。

「有房間嗎？」她問櫃檯接待。

接待員看到面前這位年輕女子滿臉笑意、態度大方，他拿起一大個金字塔形狀的鑰匙圈，上頭掛著一把鑰匙。

「十二號房，二樓。」

立刻上樓，九兒一直拉著弗朗索瓦的手，迫不及待……

她太激動，沒辦法把鑰匙插進鎖孔，她笑自己，弗朗索瓦正想幫她，門終於打開了，來，她說，兩人心急火燎，褪下衣衫，鞋子在房裡飛舞，九兒解開弗朗索瓦的腰帶，慌亂、笨拙、急切，弗朗索瓦脫下她的衣裳。彷彿嫌他不夠快，她彎下腰，自己脫下內褲，來，她把他拉向床邊，推他肩膀，讓他躺下，自己立刻壓到他身上，用手找著它，讓它進入她體內，她大叫出聲，咬住他的肩膀，我高潮了，她喃喃說道，同一時間，她也哭了。

兩小時後，房裡瀰漫著柔情蜜意和焦油[1]氣味，她抽菸的姿態柔媚，弗朗索瓦奉若女神。

絲滑，他想到就是這個詞，她的一切都如此絲滑。

她坐在床上，細小汗珠依然在乳房之間盈盈閃亮。弗朗索瓦也咬了她，腋窩附近。她站起身來。

弗朗索瓦的外套攤在地上，《晚報》從外套口袋露了出來，她走過去，拿了起來。

繼「攝政王」發現最後一名證人之後，
勒諾瓦法官從瑪麗．蘭普森一案中撤訴

「你讓他跌了一大跤。」九兒吸了口菸說道。

「他不需要靠我就能一路跌到谷底。」

「換新法官……」

「沒。」

「上面是這麼寫的……」

「形式上是會任命一位法官。不過既然已經聽取了所有可能證人的證詞，又沒有別的犯罪嫌疑人，任命新法官其實就等於結案。除非有意外發現，否則不會再重啟調查。瑪麗．蘭普森剛剛死了第二次。」

「噢。」九兒說。

她開始穿衣服。她穿了上衣，下身什麼都沒有，無比淫慾，卻又極致天真。

「沒有，我從沒來過這家旅館。」

「妳為什麼跟我說這個？」

「因為你遲早都會問。因為就在你報社旁邊，我才選了這家。我看著你進了報社，才把信交給接待處，跟他們說很緊急。如此而已。」

她邊凝視著他邊穿好衣服。弗朗索瓦決定也把衣服穿上。

「你可以留下來，」她說。「我得先回去了，但是你可以再待一會兒。」

她又說了一遍，聲音很輕，不容易聽懂她的意思。

目送她離去、芳蹤杳然，令他胃痛。她在報紙一角草草寫了些什麼。

「我門房的電話號碼，她會把訊息傳給我。」她低聲說。

她呼出的氣息帶著兩人激烈狂熱的性愛餘味。

「等等。」他喊道。

他緊緊抱住她，緊到她透不過氣。

「我得走了。」她說。

他鬆開手。

「我……我對妳一無所知！」

太荒謬了。這兩個小時之內，他對她的瞭解想必比許多認識她很久的人都多，但是聽見他說出這句話，九兒卻笑不出來。

「我們來日方長。」

她向門外跨了一步，然後轉身對著他。

「你知道，我不是那種女孩……」

九兒提前答覆了一個問題，這個問題在弗朗索瓦腦海中已經悄悄醞釀，陰險又惡毒，任何一個男人都不免自問：九兒是不是……「那種女孩」。那樣輕佻。人盡可夫。

她直視弗朗索瓦的眼睛，好像在等他回答。他竟然會被一種令人尷尬、矛盾、典型的男性刻板印象所誤導，在她坦蕩直率的目光下，他不禁感到羞愧。

九兒在他唇上親了一下，走了出去。

走廊和樓梯間都鋪著地毯，他甚至沒聽到她下樓的聲音。

房裡一片寂靜，驟然變得怪異又壓抑。

他也穿好衣服。某樣東西在他腦中打轉，某個詞，某種想法。

「小姐已經付過房錢。」接待員說。

弗朗索瓦停在人行道上。他永遠也不會知道一塊塊拼圖是如何在他腦海中突然拼就的。

九兒說話的聲音很輕，但她好像不是怕被別人聽見，而是怕自己說得太大聲。弗朗索瓦胸口一緊。他停在人行道正當中，路人紛紛繞過去，避開他。

她的口音並不是外國口音。而是說話有困難。

而且，每次，她都選擇親自前來，而不是留下電話號碼，那是因為她沒辦法接聽。

九兒之所以這麼專注盯著他看，不是因為仰慕，而是因為要看他的唇形才能瞭解他在說什麼。

九兒是聾人。

海倫把第八張照片掛在繩子上。這一定是阿榮，帥哥一個，看似靦腆。他在大冰箱旁邊擺著姿勢，不就是艾蒂安公寓新房客開門時，她看到的那個冰箱嗎？毫無疑問，這張照片是她哥拍的，這位年輕人的左邊肩膀沒拍到，甚至還少了一隻耳朵。

她家的浴室非常狹窄，她得非常小心以免打翻東西，而且，剛搬完家，安頓和整理也得大費周章。換成是以前，可能又會引起她和弗朗索瓦大起爭執，不過他們之間的緊張關係已經緩和不少，家裡接連出事，起著柔化作用。兄妹兩人說好，海倫只在弗朗索瓦不需要用浴室的時候才沖洗照片。

繩子上掛著的這些照片都來自於艾蒂安相機裡的最後那卷底片，街道歪歪扭扭，約瑟夫大半顆頭埋進半個籃子裡，苦力扛著米袋……

下一張照片在大水槽中顯影，當各個形狀從無形變有形，眼前每一刻都好神奇。

海倫愣住。是鸞，戴著流蘇帽，坐在彩車上，正在遊行，唇邊含笑，志得意滿……

那趟西貢之旅，弗朗索瓦問過她，哺哺也問過她。海倫告訴他們，她們去拜訪過貨幣局和高級專員公署，僅此而已。他們始終認為艾蒂安因為調查，所以才成為越盟報復的受害者。說到底，這和事實相距不遠。海倫覺得自己沒有權利再多說些什麼。

她又開了燈，擰好醋酸瓶，收好相紙；所有東西都得搬回她房間。

為了這個陽春的臨時暗房，她幾乎花光了所有積蓄。現在，她得開始找工作。

弗朗索瓦回來了。他是從報社回來的嗎？看起來又累又滿腹心事，身上帶著一股味道，她從沒聞過。

他開了一瓶酒，全神貫注，沉浸在自己的思緒中。

「妳要嗎？」他問她。

「好啊……」

海倫走向餐桌，和他一起坐下。約瑟夫跳到她腿上，縮成一團。

她舉起杯子。

兩人碰杯。

「我想問你，」海倫說，「《晚報》招不招聘攝影師？」

十一月十八日，商店開幕當天，尚在大敞開的遮雨棚下，將展示鐵架安裝在人行道上。「就是菜市場賣菜用的那種。」珍妮芙說得咬牙切齒。

還有一個地方也像菜市場，那就是小石板，上面用藍色寫著「迪克西」三個花體字，尚花了不少時間才寫好。珍妮芙斜眼瞅著他，他俯身在桌上拿畫筆描著字母，俗不可耐，跟迪克西這個店名一樣可笑。尚硬說大家會喜歡，「有美國的感覺，美國一直都是個好兆頭」。他選了石板，價格可以用粉筆寫，根據每天情況更動。

把這些東西擺在人行道上等於是歡迎路人隨手亂翻。店裡只陳列床單和成套床組。

「價格低廉。我們的利潤非常少，但是薄利多銷。」

而且，說價格低廉還過於客氣了呢，因為顧客看到的第一件事就是真的非常便宜。

「我們一點賺頭也沒有！」珍妮芙語帶責備。

尚看不出有別的辦法解決。

「我們既沒財力也沒貨源，沒辦法妄想做奢侈品生意，所以只得像菜市場那樣，任由客人到處翻、到處挑，當場付現。買餐巾就像買馬鈴薯，買桌布就像買花椰菜。」

對珍妮芙來說，尚這麼比較挺傷人的，但是，這種情況並沒持續太久。

一大早，七點就開門。趕著搭地鐵的婦女去程時停下腳步，晚上回程時更是果斷駐足停留。他們很晚才打烊，營業到晚上七點半。白天，其他沒上班的婆婆媽媽經過，原本還猶豫不決，只要手一旦伸進大籮筐，這下子可不客氣了。接下來的一刻鐘內，幾乎每兩位家庭主婦就有一位成了主顧。

餐巾庫存兩天售罄，毛巾和沐浴手套……三天。到了第四天晚上，床單只剩下三分之一和幾個枕頭套、長枕套，其餘全部銷售一空。

幾乎沒東西可賣，尚和珍妮芙關了店。這股旋風、這場成功，把兩人累到疲軟，累得快癱掉。

珍妮芙算了帳。這批庫存是以三分之一的價格買來的，受到菜市場擺攤和賤價策略啟發的銷售技巧，帶來豐碩成果：獲利八十萬法郎。比蓋諾預估的多一倍。

「我建議上館子。」珍妮芙說。

暫且撇開銷售方式和跳蚤市場外觀不談。這對佩萊蒂埃小夫妻找到了一種模式：大量收購廉價布料，以量制價，再以低廉價格賣出成品。

「祕訣就在於商品輪換速度要快。」尚如此分析。

他心想，為了找到庫存和分包商，他得經常出差。

珍妮芙笑得像個小天使。她幫自己點了半瓶麝香白葡萄酒。尚喜歡喝紅酒，略顯遲疑……他能自己點一瓶喝嗎？

「當然可以，」她鼓勵他。「讓自己開心開心。又不是每天都有大事值得慶祝。」

「這倒是真的，」尚同意，「又不是每天都能賺到這麼多錢！」

「我說的不是這個，尚。」

她眉開眼笑，出門前重新化了妝。即便不是端坐家裡餐桌寶座，她依然主導全局，這對夫妻的事，她說了算。

尚不太明白，但他並不介意，他們之間雞同鴨講是家常便飯。

「是啊，對所謂的事件來說，」他續道，「這還真是件大事！」

「有比這個更重要的事，尚。」

尚的笑容凝結。

珍妮芙將兩隻手平放在盤子兩側。

「我懷孕了，尚。我們要有孩子了。」

尚整張臉變了樣，蒼白如粉筆。

「這……」他結結巴巴。

然後，他把手往前一伸，一把抓住珍妮芙的手。

「這……這真是太好了，我的愛。」

二〇二一年書於豐維埃耶[2]

1 le goudron：菸草燃燒時會產生焦油，故房裡有焦油氣味。

2 Fontvieille：位於法國東南部沿海隆河河口，屬於亞爾區。皮耶・勒梅特自二〇一七年起住在該地。

人情債

《大世界》書寫期間，從頭到尾，都受到歷史學家卡蜜兒．克萊雷鼎力相助，她除了提出建議之外，也以同樣善意與效率提供文獻佐證。尤其是連作家不拘一格的歷史引用，她也向我指了出來，所以，《大世界》中倘若與史實有任何出入，在下文責自負。

感謝當代圖書文獻館館長薇樂莉．泰尼埃及該館館員。這家卓越的圖書館位於巴黎南泰爾大學校區，非常感激他們為讀者提供的《法蘭西晚報》[1]收藏，我才得以進一步研究。

針對參考書目方面，我必須承認尤其借助於下列作品：

其中首屬《印度支那之戰》（*La Guerre d'Indochine*，Grasset，一九九七），呂西安．博達爾專門描繪同名戰爭的三部曲。坦白說，我沒想到自己會對這部作品抱有如此強烈的熱情。博達爾在這系列中展現出他觀察力敏銳，如實呈現了當時的浮生眾相，其卓越的寫作才華更是表露無遺，對我書寫《大世界》助益甚大，例如：第二十五章的「越共工廠」以及西貢殺手相關篇章便是拜他所賜，其實不僅這些，還有其他許多內容都受惠於他。

雅克．德斯普埃什的《皮亞斯特不法交易》（*Le Trafic de piastres*，Deux Rives，一九五三）一書，則是我設法將此一貨幣事件訴諸小說、賦予浪漫色彩的寶藏。其實，該事件為歷史學家熟知，我在這方面並未多加誇大……

艾蒂安．佩萊蒂埃喪生一事，靈感來自於弗朗索瓦—尚．阿莫林意外身亡事件[2]

（《他的最後報導》〔*Son dernier reportage*，Véziant，一九五三，由約瑟夫．凱塞爾作序〕）。一九四八年十一月十一日相關事件，部分源於天主教學生會主席喬治．蘇弗寫給《戰鬥報》（*Combat*）總編的一封信。弗朗索瓦．佩萊蒂埃寫的社論則直接受到克勞德．布爾迪特於一九四八年十一月十二日發表在《戰鬥報》上的一篇文章啟發。

關於印度支那的酷刑問題，我尤其參考了雅克．切加雷的知名證詞（〈印度支那酷刑〉，收於《法軍罪行》（*Les Crimes de l'armée française*，La Découverte，二〇〇六）、安德烈．維奧利斯的（《印度支那 *S.O.S*〔*Indochine S.O.S*〕》，Gallimard，一九三五）、特里基耶上校的（《現代戰爭》〔*La Guerre moderne*，Economisa，一九六一〕，以及瑪麗．莫妮克．羅賓的一次訪談（《人與自由》〔*Hommes et libertés*，人權聯盟（Ligue des droits de l'homme）〕）。

此外，我也閱讀了以下作品，受益匪淺：尚．胡格隆的《印度支那之夜》（*La Nuit indochinoise*，Robert Laffont，coll. «Bouquins»，二〇〇四）、尚．拉特居的《失落士兵與天主愚民》（*Soldats perdus et fous de Dieu*，Presses de la Cité，一九八六）、雷吉娜．德福爾熱的《絲街》（*Rue de la soie*，Le Livre de Poche〔LGF〕，一九九六）和《最後山丘》（*La Dernière Colline*，Le Livre de Poche〔LGF〕，一九九九）。除了這些以外，還參考了下列幾部著作：赫梅利及布羅休的《印度支那，曖昧不明的殖民統治，一八五八—一九五四年》（*Indochine, la colonisation ambiguë, 1858-1954*，La Découverte，一九九四）、雅克．達洛茲的《印度支那戰爭》（*La Guerre d'Indochine*，Le Seuil，一九八七）、派翠西亞．傑利奈的《印度支那，一九四五年—一九五四年》（*Indochine 1945-1954*，Acropole，二〇一四）、伊凡．卡朵的《印度支那戰爭》（*La Guerre d'Indochine*，Tallandier，二〇一五），以及法布利斯．格瑞納爾的《黑市的法蘭西，一九四〇年—一九四九年》（*La France du marché noir 1940-1949*，Payot，二

〇〇八）。

很明顯，《大世界》中的「大都會」和「水晶宮」正是受到這兩大飯店啟發，但書中描寫的飯店氛圍，靈感卻來自於諸如：菲利普．芙蘭契尼的《西貢歐陸飯店》（*Continental Saigon*，Olivier Orban，一九七六）和《西貢，一九二五年—一九四五年》（*Saigon 1925-1945*，Autrement，二〇〇八），以及雷蒙．芮丁的《西貢傳奇》（*Le Roman de Saigon*，Éditions du Rocher，二〇一〇）。

海倫在巴黎國立美術學院的短暫停留則得感謝伊莎貝拉．康德的〈女性及美術學院畫室文化〉（Les femmes et la culture d'atelier à l'École des beaux-arts）（《建築史傳承〔*Livraisons d'histoire de l'architecture*，三十五，二〇一八〕》），至於海倫的某些脫序行為，則得謝謝路迪文．班第尼的《最美好年代？》（*Le Plus Bel Âge?*，Fayard，二〇一八）。

喬治．蓋諾的不幸遭遇，其源由則可從弗朗索瓦．胡貴和法布里斯．維爾吉利的《法國男女和肅清法奸》（*Les Françaises, les Français et l'Épuration*，Gallimard，«Folio histoire»，二〇一八）中略窺一二。

至於《晚報》，我參考了羅伯．蘇雷（Robert Soulé）的《拉扎雷夫[3]及其手下》（*Lazareff et ses hommes*，Grasset，一九九二）、克里斯蒂安．德爾波特的《法蘭西新聞史》（*Histoire de la presse en France*，Armand Colin，二〇一六），以及尚．費尼奧的回憶錄《我願意再來一次》（*Je recommencerais bien*，Grasset，一九九一）和丹尼爾．莫甘尼的《其中一個》（*L'un d'entre eux*，Jean Picollec，一九八三）。

關於越南方面，希爾凡．維雍總是秉持著既親切又專業的態度回答我相關問題，即便我的要求再可笑，他也不以為意，我十分感激。皮耶．喬斯亦然，他也和我分享他對東南亞的豐富知識，令我受益良多。

貝魯特的部分，《利比亞愛好者辭典》（*Dictionnaire amoureux du Liban*，Plon，二〇一四）的作者亞歷山大·納賈爾欣然同意擔任我的嚮導。

最後，我要感謝我的越南譯者阮維平，他為我提供了有關超靈教的寶貴資料。

以上四位，我都由衷感謝。

此外，我曾在某個場合引用過赫伯特·喬治·威爾斯在《關於朵洛蕾絲》（*Dolorès*，Édition des Deux-Rives，一九四六）序言中的一段話。藉此機會，且容我再複述一遍：「你從這個人這裡借用一句話，從那個人那裡借用一句話；從認識了一輩子的老朋友那裡借用，或從一個你在月臺上等火車時瞥見的人那裡借用。有時候甚至從報上社會新聞借用一個句子、一個想法。這就是寫小說的方法；沒有別的方法。」

肯定還有許多其他方法，只不過威爾斯的方法恰巧也是我的方法。在創作過程中，我有時候會意識到某些「特點」其來有自。對《大世界》這部小說而言，得歸功於路易·阿爾圖塞、路易·阿拉貢、瑪格麗特·愛特伍、傑哈·奧伯特、索爾·貝婁、米榭·布朗、皮耶·博斯特、喬治·巴頌、傑羅姆·卡於札克、大仲馬、莫里斯·圖翁、居斯塔夫·福樓拜、勒內·戈西尼、伊麗莎白·珍·霍華德、歐仁·尤內斯庫、米榭·若貝爾、法國文化廣播電臺文獻系列、約翰·勒卡雷、尚—皮耶·梅爾維爾、麗莎·摩爾、約蘭德·摩露、克勞德·努加羅、馬塞爾·普魯斯特、喬治·桑、塞西兒·斯科爾德、安東尼奧·斯庫拉蒂、蓋迪翁·塔萊芒·德·雷奧、貝特杭·塔維涅、海米托·馮·多德勒爾、戴利克·沃什伯恩。

還有我偶爾也對喬治·西默農眨眨眼，以示向他致敬，但願能受到他的讀者青睞。

一如既往，我也要感謝幾位朋友：皮耶・阿索利納、傑哈・奧伯特、凱凱薩琳・鮑佐甘、納塔莉・科恩（我的「輝煌年代」（Les années glorieuses）系列一詞就是拜她所賜）、蒂埃里・德班布爾、卡米爾・特魯默、佩琳・瑪格林，他們好心接受幫我校閱本書原稿，給予極其中肯的反思與明智建議。我非常感謝他們。

最後，我還要感謝菲利普・羅賓奈、我的編輯卡洛琳・勒維，我也要藉此表達我對卡蜜兒・魯塞、派翠西亞・胡賽勒、安妮・西特魯克、瓦萊麗・泰勒費爾的感激之情，以及卡爾曼—萊維出版社整個團隊的支持。

1 *France Soir*：前身為法國地下報刊《法國防衛報》（*Défense de la France*）。一九四四年十一月由Robert Salmon及Philippe Viannay正式創辦，並改名為《法蘭西晚報》。

2 François-Jean Armorin（1923-1950）：法國戰地記者及作家。一九五〇年六月十二日，在巴林於飛機失事中喪生。據說他的死可能與皮亞斯特不法交易事件有關。

3 Pierre Lazareff（1907-1972）：法國名記者，曾為《法蘭西晚報》主編。

藍小說 364

大世界

作者—皮耶・勒梅特
譯者—繆詠華
封面設計—許晉維
內頁排版—芯澤有限公司
總編輯—嘉世強
董事長—趙政岷
出版者—時報文化出版企業股份有限公司
108019臺北市和平西路三段二四〇號三樓
發行專線—(〇二)二三〇六六八四二
讀者服務專線—〇八〇〇二三一七〇五・(〇二)二三〇四七一〇三
讀者服務傳真—(〇二)二三〇四六八五八
郵撥—一九三四四七二四時報文化出版公司
信箱—(一〇八九九)臺北華江橋郵局第九九信箱
時報悅讀網—http://www.readingtimes.com.tw
電子郵件信箱—liter@ readingtimes.com.tw
法律顧問—理律法律事務所 陳長文律師、李念祖律師
印刷—勁達印刷有限公司
初版一刷—二〇二五年四月十八日
定價—新臺幣七八〇元
(缺頁或破損的書，請寄回更換)

時報文化出版公司成立於一九七五年，
並於一九九九年股票上櫃公開發行，於二〇〇八年脫離中時集團非屬旺中，
以「尊重智慧與創意的文化事業」為信念。

大世界 / 皮耶.勒梅特(Pierre Lemaitre)著 ; 繆詠華譯. -- 初版. -- 臺北市 : 時報文化出版企業股份有限公司, 2025.04
面; 公分 . – (藍小說;364)
譯自 : Le grand monde.

ISBN 978-626-419-354-2

876.57　　114002985

ISBN 978-626-419-354-2
Printed in Taiwan